Knaur.

Knaur.

Im Knaur Taschenbuch Verlag sind bereits folgende Bücher der Autorin erschienen:
Tränen des Mondes
Die Perlenzüchterin

Über die Autorin:
Di Morrissey ist eine der erfolgreichsten Autorinnen Australiens. Als Journalistin arbeitete sie für Frauenmagazine, Radio und Fernsehen, schrieb Drehbücher und Theaterstücke und wirkte an zahlreichen TV-Produktionen mit. Sie lebt heute auf einer Farm in Byron Bay, New South Wales.

*Für meinen Onkel
Jim Revitt*

*Für deine Liebe,
für alles, was du mich gelehrt hast,
und für alles, was du getan hast.*

›Tis the last rose of summer
Left blooming allone;
All her lovely companios
Are faded an gone.
Thomas Moore (1779–1852)

Letzte Rose, wie magst du
So einsam hier blühn?
Deine freundlichen Schwestern
Sind längst schon, längst dahin.
*(aus dem Libretto zu »Martha«
von Friedrich von Flotow)*

Wenn die Blätter der
letzten Rose des Sommers fallen,
brechen die dunklen Tage des Winters an.

Verzweifle nicht, denn Frühling
und Hoffnung werden bald wieder blühen ...
DM

Prolog
Das Haus am Fluss

Kindcaid 1953

Der Fluss, wohl eine Meile breit, floss von der Stadt weg, gemächlich, spiegelglatt, matt glänzend wie altes Zinn. Mangroven säumten seine Ufer und schirmten die Vororthäuser ab, deren Gärten bis an den übel riechenden Sumpf reichten.

Dieser Teil des Paramatta River wirkte verlassen, doch verborgen im Wurzelgewirr und Geäst an seinen Ufern nisteten Zugvögel und zogen ihre Brut auf, tauchten Wasservögel nach Nahrung. Während der Ebbe marschierten Armeen von Einsiedlerkrebsen, gekleidet in blau-beige Uniformen, in scharrenden, knirschenden Formationen über den Schlick, bevor sie im schieferfarbenen Schlamm verschwanden, begraben unter unzähligen kleinen grauen Bläschen.

In der nachmittäglichen Stille unter den grauen Wolken und dem bleischweren Himmel bewegte nicht der kleinste Lufthauch die Blätter oder kräuselte die Wasseroberfläche. Dann war von der Biegung des Flusses her das rhythmische Schlagen von Rudern zu hören, als sich ein kleines Boot in diese wie gemalte Szene schob. Die Ruder wurden sauber und entschlossen durchgezogen, Tropfen fielen von den Ruderblättern herab und hinterließen eine Spur kleiner Kreise neben dem Boot.

Das Mädchen im Boot war elf Jahre alt. Odette Barber war groß für ihr Alter, trug eine verblichene rote Wollhose, einen grünen Strickpullover und feste Ledersandalen an den nackten braunen Füßen. Ihre Haut hatte die Farbe dicker Sahne, ihre großen Augen schimmerten aquamarinblau. Wirre rote Locken standen um ihren Kopf wie eine Aureole.

Sie hielt inne, ließ die Ruder schleifen und hob prüfend den Kopf. Ein Beobachter hätte meinen können, sie lausche einem unhörbaren Gesang, aber es war ein süßlicher Geruch, der ihre Aufmerksamkeit erregt hatte. Ein schwebender, schwacher Duft, der ihr vertraut vorkam, trieb auf sie zu und verflog wieder. Sie ruderte langsam weiter und hielt dann an. Diesmal war der Duft unverkennbar, er hing über dem Wasser, unsichtbar, aber süß und stark. Rosen.

Odette tauchte das rechte Ruder ein und ließ das linke in der Luft hängen, während sie das Boot näher ans Ufer steuerte. Sie hielt auf eine Lücke in den Mangroven zu, wo sich ein dichter grüner Vorhang aus Bambus, Trauerweiden und raschelnden Kängurubäumen von dem wilden, natürlichen Dickicht am Flussufer abhob. Ein Landungssteg ragte ins Wasser, die dunklen, modrigen Pfähle wie verrottete Zähne. Am Ufer stand ein ehemals hübsches Bootshaus, jetzt verfallen und zusammengesunken.

Furchtlos ruderte Odette zum Steg, zog die Ruder ein, kletterte die wackeligen Stufen hinauf und band das Boot an einem der Pfähle fest. Irgendwo in dem grünen Gewirr blühten Rosen. Der Herbst näherte sich, es mussten die letzten Rosen des Sommers sein. Wenn sie die Rosen fand, würde sie ihre Mutter damit überraschen. Odette wusste instinktiv, dass hier niemand lebte, denn die Stille und Verwahrlosung sprachen deutlich von Verlassenheit.

Polternd lief sie über den Steg, übersprang die fehlenden Bohlen und lugte in das leere Bootshaus, in dem die Überreste eines kleinen Stechkahns an den von Spinnweben überzogenen Dachsparren hingen. Vom Bootshaus führte ein mit Steinplatten ausgelegter Weg in den Bambushain. Die hohlen Bambusstämme standen wie Wächter, und ihre grünfedrigen Spitzen berührten sich an die sechs Meter über ihr. Odette blieb in dem luftigen grünen Hain stehen, lauschte auf das raschelnde Seufzen und das musikalische Knacken in dem alten Bambus. Sie fühlte sich wie in einer schützenden grünen Unterwasserhülle.

Der Bambushain, der den Anlegesteg abschirmte, öffnete sich auf einen terrassenförmig angelegten Garten. Dort, wo Odette stand, verdeckten Gebüsch und Bäume zusammen mit tropischen Pflanzen einen kleinen Felsvorsprung. Daneben befand sich einer der ersten Swimmingpools von Sydney. Eingerahmt von Sandsteinblöcken, strömte das tiefe, leere Rechteck einen durchdringenden Geruch nach vermoderten Blättern aus, die in der grünen, schleimigen Pfütze am Boden schwammen. Auf der anderen Seite standen zwei Badepavillons, die einst als diskrete Umkleidekabinen für die badenden Damen und Herren gedient hatten. Trotz des trostlosen Anblicks und des modrigen Geruchs blieb Odette stehen und stellte sich vor, wie elegant es einst ausgesehen haben musste: hellrosa Sandstein und kühles klares Wasser, auf einer Seite beschattet von den Bäumen, die es zum Fluss hin abschirmten. Sie stellte sich das Lachen und Juchzen einer Familie oder fröhlicher Paare vor, die hier in einer galanteren Epoche geplantscht hatten.

Rundherum waren die Rasenflächen und Blumenbeete mit Unkraut überwachsen, aber eine Reihe von Sandsteinstufen, begrenzt von dicken Steinbalustraden, führten über die Terrassen hinauf.

Odette folgte dem Pfad, vorbei an einem versunkenen Garten, in dem ein mit Schimmel überzogener Cherub von Ranken erdrückt wurde. Auf der Seite sah sie eine Art Sockel und schob, neugierig geworden, die hohen Gräser beiseite, um besser sehen zu können.

Es war eine Sonnenuhr, deren Granitsockel mit Moos und Flechten bewachsen war. Die Bronzescheibe war schwarz und grün vor Alter, genau wie die dreieckige Platte, die senkrecht in der Mitte angebracht war und einen scharfen Schatten in Richtung der römischen Ziffern am Außenrand der Scheibe warf. Unter der Platte war etwas in verschnörkelten Buchstaben eingraviert. Mit dem Ärmel ihres Pullovers rieb Odette den Schmutz ab, bis sie lesen konnte, was da stand.

SCHATTEN DER VERGÄNGLICHKEIT
ZEIGEN AN DEN LAUF DER ZEIT

Ein Schauder überlief sie, während sie die schöne Uhr betrachtete, die lautlos den unaufhaltsamen Lauf der Sonne verfolgte. Wie lange hatte sie hier schon gestanden und die Augenblicke festgehalten? Und welche Ereignisse hatten sich währenddessen hier abgespielt? In diesem Moment fühlte sich Odette mit einer Vergangenheit verbunden, die sie nicht kannte, und mit einer Zukunft, die Ungewisses bereithielt. Staunend legte sie ihre Hand auf die glatte, warme Oberfläche der Sonnenuhr und spürte flüchtig die Vergänglichkeit von Leben und Zeit.

Lichtfinger huschten über einen schlammigen Teich. Einst hatten hier Wasserrosen geblüht, und ein Springbrunnen hatte glitzerndes klares Wasser in den meergrünen Teich gesprüht. Jetzt enthielt er nur noch ein wenig brackiges Wasser, das die Wurzeln der Seerosen bedeckte. Eine traurige Schönheit ging von ihm aus, und Odette wandte sich ab.

Über eine Steinmauer strömte überwältigender Rosenduft auf sie ein. Sie bog um eine Ecke und stand plötzlich vor dem Rosengarten. Der Anblick nahm ihr den Atem.

Kein einfacher Rosengarten, nein, mehr als das, eine ganze Terrasse war mit Rosenbeeten und -lauben bepflanzt, und auch der Abhang dahinter war von Rosen überwuchert. Was einst liebevoll beschnitten und an Spalieren hochgezogen war, wuchs jetzt an einem Wirrwarr aus Farben und Arten durcheinander: Damaszener-, Moschus-, Moos- und Teerosen, Albas, Bourbonen, Gallicas, winzige Banksias, Babyrosen, wilde Rosen und Kletterrosen – alle kämpften in fröhlichem Durcheinander um Licht und Raum.

Odette betrat einen der Laubengänge, dessen bogenförmiger Eingang von Moschusrosen überwuchert war. Sie bewegte sich durch die mit weißen Blüten übersäten Sträucher hindurch und blieb hin und wieder stehen, um ihren milden, frischen Duft einzuatmen.

Hinter dem Torbogen bahnte sie sich ihren Weg durch die alten Rosenbeete, die über ihre viktorianischen Beetbegrenzungen aus Schmiedeeisen hinausgewachsen waren. Inmitten eines Rosendickichts konnte sie einen kleinen Metallzaun ausmachen, und über dem Rosengewirr erhob sich ein Marmorengel, dessen Sockel vom Wildwuchs überwuchert war. Seine Flügel waren schützend ausgebreitet, und er sah wie eine verlorene, einsame Gestalt aus, die ein Geheimnis hütete. Die dornigen Rosenbüsche hatten ihre Zweige zu einer undurchdringlichen Barriere verwoben, und Odette ging weiter.

Jetzt befand sie sich auf der obersten Ebene, wo sich ausladende Eichen und Rasenflächen mit kniehohem Gras bis zu einer Villa hinzogen, deren Türmchen und Schornsteine über dem Grün zu sehen waren. Odettes Sandalen knirschten auf dem Kies im Halbrund der Auffahrt, als sie auf den Vordereingang der verfallenen Villa zuging. Obwohl sie verlassen und vernachlässigt aussah, wirkte sie immer noch beeindruckend. Ehrfurchtsvoll blickte Odette zu der italianisierten Fassade empor. Eingemeißelt über der breiten Doppeltür stand ZANANA 1898.

Auf Zehenspitzen ging sie die Sandsteinstufen hinauf zu der gefliesten Vorhalle unter den korinthischen Säulen, sie setzte die Fersen nicht auf, um kein Geräusch zu machen und die Geister und Geheimnisse im Inneren des Hauses nicht aufzustören.

Sie schob einen zerbrochenen Fensterladen zur Seite, rieb mit dem zerrissenen Pulloverärmel an dem staubigen Fenster und drückte ihre Nase an das Glas. Im Halbdunkel des Inneren konnte sie wenig erkennen, also ging sie um das Haus herum auf die weiträumige Veranda, wo das Licht durch das hölzerne Gitterwerk auf die Marmorfliesen fiel.

Schwere, von der Sonne ausgebleichte Vorhänge hingen vor den Glastüren und Fenstern, daher ging Odette weiter zur Rückseite des Hauses, an der ein Gewächshaus oder Wintergarten angebaut war, der sich an der ganzen Rückwand des Hauses entlangzog und im rechten Winkel seitlich um das Haus herumlief.

Das Ganze wirkte wie ein merkwürdiger Glaszylinder, teilweise mit purpurfarbenen und violetten Glasscheiben versehen, so dass es aussah wie eine dicke braunrote Raupe, die sich an das Haus klammerte. Eine Tür aus Gitterwerk stand offen, und Odette trat ein.

Einst hatten hier die ersten australischen Exemplare der »Saintpaulia« gestanden, entdeckt vom Baron von Saint Paul auf den Hängen der Usambaraberge in Tanganyika. Die winzigen zarten Blüten dieses kleinen afrikanischen Veilchens hatten einen Kontrast zu den auffallenderen und prächtigeren Orchideen gebildet, die entlang des ganzen Treibhauses wuchsen. Die Pflanzen waren längst verdorrt, nur ein paar zerbrochene Tontöpfe und Kästen zeugten noch von der wertvollen Sammlung. Das Licht, das durch das dicke, farbige Glas eindrang, verlieh der cremigen Haut des Mädchens einen bleichen, mauvefarbenen Schimmer und verwandelte den langen Gang in eine violett eingefärbte Welt. Der Boden war schwarz und weiß gefliest, und ihre Schritte hallten geisterhaft.

Odette versuchte, leise zu gehen, während sie sich durch diese merkwürdige farbige Welt bewegte. Plötzlich, als sie an der Ecke zur Seitenfront anlangte, blieb sie stehen. Ihr Herz schlug schneller. Von ferne hörte sie Schritte, die auf sie zukamen. Sie machte sich zur Flucht bereit, da hörten die Schritte auf. Hatte sie sich das Geräusch nur eingebildet? Zwei weitere Schritte, und sie würde um die Ecke sein und vor Augen haben, was immer sich dort befand. Der Gedanke wegzurennen, wohl gar von jemandem gejagt zu werden, schien noch beängstigender zu sein. Vielleicht hatte sie es sich ja wirklich nur eingebildet. Sie wartete eine Sekunde, holte tief Luft und ging um die Ecke.

Ihr Herz wollte stehen bleiben, und sie schlug die Hände vor den Mund, als sie direkt vor sich einen Jungen sah, der ebenso vorsichtig wie sie auf Zehenspitzen den Gewächshausgang hinunterkam.

»Wer bist du?«

»Was machst du hier?«

Sie sprachen beide gleichzeitig, dann traten sie zurück, um einander zu mustern.

Der Junge sah zwei aufgerissene, ängstliche, türkisblaue Augen, ein bleiches, vom einfallenden Licht violett überschattetes Gesicht mit zwei hellroten Flecken auf den Wangen und eine Wolke rostfarbener Locken. Sie erinnerte ihn an ein erschrecktes, fluchtbereites Reh.

Odette sah einen Jungen, der nicht viel älter war als sie, mit weichem braunem Haar, das ihm in die Stirn fiel, gefleckten haselnussbraunen Augen und Sommersprossen auf der kleinen geraden Nase.

Nachdem sie einmal den Schreck überwunden hatten, hier auf einen anderen Menschen zu stoßen, fühlten sie sich beide nicht mehr voneinander bedroht, und Neugier trat an die Stelle der Überraschung.

»Warum bist du hier?«, fragte der Junge.

»Ich schau mich nur um. Und du?«, wollte Odette wissen, entschlossen, sich nicht ins Bockshorn jagen zu lassen.

»Ich wohne hier.«

»Hier? Das Haus sieht verlassen aus.«

»Nein, nicht im Haus. Mein Vater und ich wohnen in einem der Cottages hinten bei der alten Molkerei. Er ist der Verwalter und kümmert sich um alles.«

»Ach so.« Sie wollte nicht sagen, wie ungepflegt es ihr hier vorkam.

Der Junge lächelte zurückhaltend. »Ich hab mich auch umgeschaut. Ich komm oft hierher. Das Haus und der Garten – die sind interessant, nicht?«

»Es ist so anders. Ich wusste nicht, dass es das hier gibt.«

»Wie bist du hergekommen?«

»Ich bin auf dem Fluss gerudert und habe die Rosen gerochen, also hab ich am Steg angelegt. Es sah so ... einladend aus.«

Seite an Seite gingen sie durch das Gewächshaus.

»Ja, das stimmt. Es hat etwas ...«, er suchte nach dem richtigen Wort, »... etwas Besonderes an sich. Hast du das indische Haus schon gesehen?«

Odette schüttelte den Kopf. Als sie aus der Tür des Glastunnels traten, nahm der Junge die Rolle des Führers an. »Das ist alles original indisch. Komm mit. Wir gehen durch die Ställe ... die sind sogar schicker als unser Haus. Die müssen hier früher tolle Pferde gehabt haben.«

Odette beeilte sich, um mit dem Jungen Schritt halten zu können, und lauschte aufmerksam, während er die ehemals prächtigen Ställe und das Torhaus beschrieb. Doch auf den Zauber des indischen Hauses war sie nicht vorbereitet. In einem abgelegenen Teil des Gartens standen sie plötzlich davor. Gebaut auf einer kleinen Anhöhe, doch versteckt hinter Bäumen, schien es einem Bild aus einem alten Märchenbuch entsprungen. Der Miniaturnachbau eines indischen Palastes wirkte fremdartig in dem edwardianischen Garten.

»Was ist das? Warum steht es hier?« Odette war wie verzaubert und lief die Marmorstufen hinauf.

»Mein Dad sagt, dass der Mann, der es gebaut hat, auf seiner Hochzeitsreise in Indien war und seiner Frau dort die Paläste und all das so gut gefallen haben. Daher hat er diesen hier für sie gebaut.«

»Wie romantisch.« Odette betrachtete die kunstvollen Schnitzereien an der Tür. Sie verzog die Nase. »Was ist das für ein Geruch?«

»Sandelholz. Riech mal.«

Gehorsam sog sie den Geruch ein, als sie die Tür aufstießen und in das dämmrige Innere traten. Odette schnappte nach Luft. »Oh, das ist ja wunderschön.«

»Ich kann mich nie daran satt sehen«, flüsterte der Junge. »Schau dir die Wände an.«

Behutsam ließ Odette ihre Hände über den staubigen Samt gleiten, der mit kleinen glitzernden Spiegelchen besetzt war. Der Samt war an einigen Stellen gebrochen, viele der Spiegel waren abgefallen und hatten schwache Klebstoffspuren in dem Blumenmuster hinterlassen. Die Samtbespannung zog sich bis halb zur Decke hinauf. Darüber und über die ganze Decke breiteten sich Miniaturfresken auf goldgerahmten Tafeln aus: geschmückte Elefanten, Radschas, Tiger, schöne Frauen in seidenen Saris, Affen und prächtige Gärten – exotische Illustrationen aus Mythen und Geschichte.

Am meisten aber faszinierten Odette die Fenster. Sie bestanden aus winzigen Stücken seltsam geformten Glases in verschiedenen Farben, die sich wie ein glitzerndes Puzzle ineinander fügten. Das Licht, das durch die Fenster auf den weißen Marmorboden fiel, zersplitterte die Myriaden vielfarbiger Fragmente und schuf so den Eindruck eines kunstvollen, funkelnden Teppichs.

Es gab kaum Möbel, bis auf eine große, quadratische Holzplattform mit hohen Pfosten an jeder Ecke, die einen gewölbten, geschnitzten Baldachin trugen.

»Ist das ein Bett?«

»Ich glaube, ja. Leg dich mal drauf und schau nach oben.«

Mit Hilfe eines kleinen geschnitzten Fußbänkchens kletterte Odette hinauf, streckte sich auf dem Holz aus und schaute mit einem entzückten Lachen nach oben. »Oooh ... das ist ja wirklich toll.«

Der Junge kletterte auch hinauf. Ohne sich etwas dabei zu denken, lagen sie Seite an Seite und schauten hinauf zu dem glitzernden, juwelenbesetzten Nachthimmel, ein Kaleidoskop farbiger Steine.

»Sind das echte Edelsteine?«, fragte sie staunend.

»Keine Ahnung. Aber sie funkeln wie echte. Ich glaube, das Gold ist in jedem Fall echt.«

In kameradschaftlichem Schweigen staunten sie gemeinsam über das Wunder, bevor sie sich aufsetzten und ihre Beine über den Rand des hohen Bettes baumeln ließen.

»Wie heißt du?«, fragte der Junge.

»Detty.« Odette war selbst überrascht, dass sie ihm den Kosenamen genannt hatte, mit dem sie zu Hause gerufen wurde. »Und du?«

»Dean. Das ist nicht mein richtiger Name. Den mag ich nicht.«

»Dean gefällt mir.«

Odette kniete sich nieder und legte beide Hände um einen der geschnitzten Pfosten, um zu sehen, ob sich ihre Finger berührten. Sie konnte den Pfosten nicht umspannen.

»Das ist alles wunderschön.« Sie setzte den Fuß auf den kleinen Schemel und trat hinunter auf den Marmorboden.

»Soll ich dir ein Geheimnis zeigen?«

»Gibt es noch mehr?«

Dean sprang vom Bett und schob den Schemel von Odettes Fuß weg. »Sieh mal hier. Das hab ich zufällig gefunden.«

Der hölzerne Schemel hatte Klauenfüße und dicke geschnitzte Beine, die wie Baumäste geformt waren. An den Ecken waren grinsende Affenköpfe eingeschnitzt. Aufgestickte Blumen bedeckten die gepolsterte Oberfläche, und vorne war in der Mitte eine große Perle angebracht, umgeben von Staubperlen und Granaten.

»Meine Güte«, entfuhr es Odette.

»Ich hab mir die Perle angesehen, und schau …«

Er fummelte an der Perle und drückte darauf. Der Deckel des Schemels öffnete sich.

Odette riss staunend den Mund auf. Das Innere war mit rotem Samt ausgeschlagen. Ein dickes Papierbündel war mit einem silbernen Band umwunden, und daneben lag ein kleiner Samtbeutel. Dean nahm ihn heraus und gab ihn Odette, die ihn vorsichtig öffnete.

Ein kleiner, länglicher, grauer Stein und ein winziges Fläschchen glitten heraus.

Das Fläschchen bestand aus tintenblauem Glas mit eingeritzten Blumen. Der Stöpsel war aus Silber, graviert mit Ranken und Blüten. Sie schraubte den Stöpsel ab und roch an dem leeren Fläschchen. »Rosen. Es muss Parfüm enthalten haben.«

»Ich hab mir die Papiere angesehen, es scheinen Pläne vom Haupthaus zu sein. Zeichnungen und Maßangaben und so. Ganz interessant.«

Odette drehte das Fläschchen langsam in der Hand um. Sie hatte noch nie etwas so Kunstvolles gesehen.

»Was mag das wohl sein?« Der Junge befingerte den grauen Stein.

»Keine Ahnung. Wir sollten das wohl besser zurücklegen.« Widerstrebend gab sie Dean das Fläschchen, der den Stein wieder einwickelte und beides zusammen in den Beutel tat.

»Es könnte Unglück bringen, das mitzunehmen.«

Odette nickte und sah hinauf zum Fenster. Der Sonnenuntergang näherte sich. Sie musste nach Hause.

Dean begleitete sie zum Anlegesteg.

»Was wird mit alldem hier geschehen? Wem gehört es?«

Er zuckte die Schultern. »Ich weiß es nicht. Niemand scheint es zu wissen.«

»Darf ich wiederkommen?«

»Ich denk schon. Aber lass dich nicht von meinem Vater erwischen. Niemand darf das Gelände betreten. Nicht mal ich.«

»In Ordnung. Ich sehe zu, dass ich nächste Woche wieder das Ruderboot haben kann. Am Freitag nach der Schule.«

»Gut. Bis dann.« Er schaute zu, wie sie das Boot in die Flussmitte steuerte, bevor er sich durch den Garten zurück in das Verwalterhaus am anderen Ende des Grundstücks schlich.

Odette ruderte nach Hause, gefangen in einer Traumwelt, in der sie in einem solchen Haus voller Wunder lebte. Beim Abendessen konnte sie nicht mehr an sich halten und platzte mit ihrer Geschichte über das unglaubliche Haus am Fluss heraus.

Ihre Mutter hörte lächelnd zu, während sie ihr von der Fleisch- und Nierenpastete auftat. »Du und deine Geschichten, Detty! So viel Phantasie.«

»Aber das ist nicht erfunden, Mum! Da ist ein riesiges Haus. Über der Eingangstür steht *Zanana*.«

Ihr Vater häufte sich Erbsen auf den Kartoffelbrei. »Ich hab davon gehört. In der Nähe von Cuddys Haus führt ein breiter Privatweg von der Hauptstraße dorthin. Aber er ist gesperrt. Du solltest da nicht hingehen, Liebes. Das ist unbefugtes Eindringen, weißt du. Du könntest Ärger bekommen.«

»Wenn dir dort etwas zugestoßen wäre, hätten wir dich nie gefunden«, fügte ihre Mutter hinzu und zauste ihr das Haar. »Edelsteine im Baldachin, also wirklich. Ich würde niemandem davon erzählen, Schätzchen. Heb's dir für eine der Geschichten auf, die du so gerne schreibst.«

Dean antwortete seinem Vater ausweichend auf die Frage, wo er den Nachmittag über gewesen sei.

»Deine Arbeit hast du auch nicht gemacht. Ich musste die Schweine selbst einsperren.«

»Tut mir leid, Dad.«

Schweigend aßen sie weiter, der Vater betrachtete seinen Sohn und dachte, wie sehr er doch seiner Mutter ähnelte, an die sich der Junge nicht erinnern konnte.

»Du warst doch hoffentlich nicht drüben beim großen Haus. Du weißt, dass das verboten ist. Ich will nicht, dass du dorthin gehst.«

»Aber warum, Dad?«

»Es ist voll schlechter Erinnerungen und hat allen nur Unglück gebracht. Je eher du von hier wegkommst und dir deinen eigenen Platz in der Welt schaffst, desto besser. Du wirst Zanana vergessen.« Er hatte schärfer gesprochen als beabsichtigt, denn der Junge hörte auf zu essen und sah ihn mit verletztem Blick an. »Mach deine Hausaufgaben fertig, damit du einen guten Job kriegst und später deinen alten Vater versorgen kannst«, fügte er barsch hinzu.

Der Junge stand auf und räumte das Geschirr ab.

»Nun lauf schon, ich spüle heute das Geschirr. Mach

deine Hausaufgaben fertig, dann kannst du danach das Hörspiel im Radio hören.«

»Oh, prima! Danke, Dad.« Pfeifend lief er davon.

Sein Vater blieb noch einen Moment am Tisch sitzen, dann fuhr er sich mit der Hand über die Augen. »Das verdammte Haus«, murmelte er vor sich hin. »Verflucht seien sie alle!«

I

Die Vergangenheit – Kate
Die Gegenwart – Odette

Kapitel eins

Zanana 1899

Die Nachmittagssonne blinkte in einem der oberen Fenster und spiegelte die stämmigen Eichen und Fichten in der Scheibe wider. Die irisierende Landschaft verschwamm, als der Spitzenvorhang wieder herabsank.

»Was schaust du, Catherine?«

»Ich habe den Garten betrachtet – ich dachte, wie schön es wäre, wenn dort Kinder spielen würden«, seufzte die junge Frau.

Robert MacIntyre legte die Zeitung beiseite, trat zu seiner Frau und schlang ihr den Arm um die schlanke Taille. »Liebste, ich verstehe, was du empfindest. Auch ich hätte gerne Kinder. Aber die Zeit wird es weisen.« Er gab ihr einen sanften Kuss auf die Wange.

Sie befühlte den schweren Spitzeneinsatz über ihrem flachen, unfruchtbaren Leib. »Ich habe das Gefühl, dich zu enttäuschen, Robert. Vielleicht sollte ich noch einmal Doktor Hampson aufsuchen.«

»Dazu besteht kein Anlass, mein Schatz ... es sei denn, du fühlst dich nicht wohl?«

Sie lächelte schwach. »Nein, mir geht es recht gut. Vielleicht ein Tässchen Tee. Ich werde nach Mrs. Butterworth klingeln.« Sie griff nach der samtenen Klingelschnur neben der Tür und zog leicht daran.

Im Gegensatz zu dem etwas steifen, wenn auch gemütlichen Wohnzimmer im ersten Stock war die Küche im Erdgeschoss ein geräumiger, weiß gestrichener Raum mit hohen Fenstern, die zum Küchengarten und den Dienstbotenquartieren hinausgingen. Der Boden war mit großen schwarz-weißen Fliesen ausgelegt. Und massive gusseiserne Öfen, vor kurzem geschwärzt und gereinigt, standen an der einen Wand neben dem mit Holz beheizten Herd und dem Rauchfang, in dem Fleisch zum Räuchern hing.

Drei große Holztische wurden als Arbeitsflächen benutzt. In Hängeschränken, deren Türen mit schmalen farbigen Glasscheiben versehen waren, war das Gebrauchsgeschirr untergebracht. Alle Arten von Kochutensilien, von Eisentöpfen und Pfannen bis zum hölzernen Butterfass, hingen an den Wänden oder standen in ordentlichen Reihen auf Borden.

Eine Schwingtür führte zur Speisekammer, in der die Vorräte aufbewahrt wurden: Kisten mit Gemüse, Tontöpfe mit Eingelegtem, Säcke mit Mehl und Zucker, große, runde Dosen mit importiertem Kaffee und Tee und Reihen von Gläsern mit selbstgemachter Marmelade, Gelees, Chutneys und eingemachtem Obst.

Als die Klingel ertönte, klappte die emaillierte Nummer vierzehn in einem Holzkasten mit einer Reihe von Zahlen auf, unter denen in sauberer Schrift die Zimmerbezeichnungen vermerkt waren. Unter Nummer vierzehn stand »Kleines Wohnzimmer«.

Mrs. Butterworth war dabei, Pastetenteig auf einem Marmorbrett auszurollen. »Sie werden ihren Tee haben wollen. Ich mache ihn gleich fertig.«

Gladys Butterworth, eine stämmige, rundliche Frau, die gerade ihr drittes Lebensjahrzehnt erreicht hatte, wies schon graue Strähnen in den Löckchen auf, die sich aus ihrem Knoten gelöst hatten. Ihre Wangen waren vor Gesundheit und von der Hitze des Ofens gerötet. Mit beiden

Händen hob sie den dampfenden Eisenkessel vom Kaminvorsprung, nachdem sie ein dickes Tuch um den heißen Griff gewickelt hatte, um sich nicht zu verbrennen. Rasch band sie ihre Arbeitsschürze ab und griff nach der gestärkten weißen Servierschürze mit der Häkelspitze, die neben der Tür an einem Messinghaken hing. Sie zog die Schürze über den Kopf und steckte die widerspenstigen Löckchen in ihrem Knoten fest.

Ihr Mann Harold wusch sich im emaillierten Küchenausguss mit Kernseife die Hände, trocknete sie ab und glättete sich das Haar. Er zog sich die gute Jacke über die Weste, während er seiner Frau half, das Teegeschirr vorzubereiten. Harold war ein rotgesichtiger, drahtiger Mann mit dunkelbraunem, kurz gestutztem Haar, dessen Strenge durch einen Wirbel mitten auf dem Kopf gelockert wurde.

Oben im Wohnzimmer seufzte Robert MacIntyre. Er war ein gut aussehender Mann mit dunklen, scharf geschnittenen Zügen und untersetztem, muskulösem Körperbau. Ein aktiver, erfolgsgewohnter Mann, aber in dieser Angelegenheit fühlte er sich hilflos. Nach drei wundervollen Ehejahren mit seiner liebreizenden Catherine wünschte auch er sich Kinder, und es schmerzte ihn tief, sie so traurig und verzweifelt zu sehen. Es war ihm unerklärlich, genau wie den Ärzten, warum ihre glückliche Ehe nicht mit einem Kind gesegnet war.

Sie hatten so vieles zu bieten. Sie liebten sich sehr, führten ein glückliches Leben, Robert war ein erfolgreicher, äußerst wohlhabender Kaufmann, ein Selfmademan, der das »grandioseste Haus von Sydney« erbaut hatte, wie der *Sunday Morning Herald* Zanana beschrieben hatte. Wieder seufzte Robert und lehnte sich in dem tiefen Lederclubsessel zurück.

Diskret und ohne viel Aufhebens betraten Harold und Gladys Butterworth den Raum, als das Licht zu schwinden begann. Mrs. Butterworth stellte das silberne georgianische Teeservice auf den Teewagen und rollte ihn zu Catherine. Mr. Butterworth zog die schweren weinroten Vorhänge zu und knipste das elektrische Licht an, dann bückte er sich, um die Scheite anzuzünden, die schon im Kamin bereitlagen.

Der Feuerschein flackerte über die Blumen und Vögel auf den handbemalten Kacheln, die den Kamin einrahmten. Mr. Butterworth richtete sich auf und legte die Lederschachtel mit den Wachszündhölzern an ihren Platz neben den silbergerahmten Fotografien auf dem Kaminsims zurück.

»Vielen Dank, Harold.« Catherine reichte Mrs. Butterworth die geblümte Porzellantasse. »Mrs. Butterworth, würden Sie bitte den Tee für Mr. MacIntyre einschenken?«

Mrs. Butterworth brachte Robert die gefüllte Tasse, er dankte ihr mit einem kleinen Lächeln. Leise folgte sie ihrem Mann aus dem Zimmer und schloss sanft die Doppeltüren aus Zedernholz mit den glänzenden Messinggriffen hinter sich.

Catherine stellte ihre Teetasse auf den kleinen Tisch neben dem Brokatsofa und griff nach ihrer Stickerei. Robert trank nachdenklich seinen Tee und starrte in die Flammen der nun hell lodernden Holzscheite.

Wäre da nicht das gelegentlich auftauchende Schreckgespenst des ›fehlenden Kindes‹, überlegte Robert, könnte er nicht glücklicher sein. Er stand jetzt in seinem einundvierzigsten Lebensjahr und hatte mehr erreicht, als er sich je erträumt hatte.

Mit neunzehn war Robert von Schottland nach Sydney gesegelt und mit fürstlichen fünf Pfund in der Tasche in diesem rauen neuen Land gelandet. Seine Mutter war gestorben, als er noch klein war, sein Vater war bei einem Jagdunfall im Dienste des Earl of Lord ums Leben gekommen. Der MacIntyre-Clan lebte weit verstreut, und abgesehen von der jüngeren Schwester seines Vaters war niemand da, der sich des Waisenknaben annehmen wollte. Der Earl hatte für die letzten Jahre von Roberts schulischer Ausbildung gesorgt, dann hatte Robert die dürftigen Besitztümer seines Vaters verkauft und war, versehen mit einer kleinen Geldbörse, die der Earl ihm gegeben hatte, nach Glasgow gefahren. Dort hatte er die Schiffspassage nach Australien bezahlt, dem Land der großen Möglichkeiten.

Robert hatte schnell begriffen, dass er in Sydneytown Dieben und rücksichtslosen Männern ausgeliefert war, die nur darauf warteten, einen naiven jungen Burschen frisch aus dem Heimatland auszunutzen. Doch Robert besaß den Vorteil einer guten schulischen Grundbildung und dazu einen scharfen Verstand sowie Zähigkeit und Robustheit, ererbt von den Mitgliedern seiner Familie, die seit Generationen in rauer Umgebung überlebt hatten.

Wie viele andere Hoffnungsvolle, die der Stadt auf der Suche nach Reichtum den Rücken kehrten, machte sich auch Robert auf zu den Goldfeldern in New South Wales, nach Wattle Flat am Rande der aufstrebenden Goldgräberstadt Hill End. Doch bevor er seinen Claim absteckte, hatte der vorsichtige junge Schotte mit erfahrenen Goldgräbern gesprochen, die schon seit den Anfangstagen des Goldrauschs in diesem Gebiet waren, und von ihnen hatte er so viel wie möglich gelernt.

Ihm wurde schnell klar, dass er einen Partner brauchte, mit dem er sich die Arbeit teilen konnte – und auch aus Sicherheitsgründen. Die Goldgräber bewachten ihre Claims scharf, weil Diebstahl an der Tagesordnung war. Ein einzelner Mann konnte diese Aufgabe nicht bewältigen. Jemand musste die Winde bedienen, mit der die Körbe voll Erz aus dem Schacht hochgezogen wurden, und ein Einzelner konnte nicht gleichzeitig an der Winde arbeiten und die Mine bewachen.

Robert sah sich auf den Goldfeldern um, um zu entscheiden, wo er seinen Claim abstecken wollte, obwohl unbearbeitetes Land allmählich rar wurde. Tausende hoffnungsvoller Männer strömten immer noch in den Bathurst Distrikt, mit zwei Pfund in der Tasche für die Goldgräberlizenz, einer Schürfausrüstung und dem Traum vom leicht erworbenen Reichtum.

Verschiedenste Gruppen, meist verbunden durch ihre nationale oder ethnische Zugehörigkeit, hatten gemeinsame Lager aufgeschlagen und Claims abgesteckt. Außerhalb der Stadtgrenze, hinter dem Friedhof für Weiße, befand sich das Chinesenlager. Sie galten als seltsame Gesellen aufgrund ihrer komischen Kleidung, den spitzen Hüten und den langen Zöpfen. Man betrachtete sie mit Misstrauen und oft mit Hass. Chinesen, die nicht nach Gold gruben, bestätigten sich als Ladenbesitzer, betrieben Spielsalons, Glücksspielhäuser und Opiumhöhlen oder hatten Wäschereien und Gärtnereien eröffnet.

Da er sich einsam fühlte und auch neugierig war, hatte sich Robert eines Tages in den raucherfüllten Schatten hinter dem Schuppen von Wing Ons Wäscherei geschlichen und entdeckt, dass hier schlitzäugige Frauen lethargisch ihre Röcke hoben und ihre Körper jedem Mann darboten, der den geforderten Preis bezahlte. Aber der Anblick, die Geräusche und Gerüche hatten ihn abgeschreckt, und er hatte sich rasch zurückgezogen, da er es weder für den richtigen Moment noch die angemessene Art hielt, seine Jungfräulichkeit zu verlieren. Dieses Geheimnis konnte noch warten.

Im Hinterkopf behielt Robert das flüchtige Bild einer schönen, blondhaarigen Frau, hübscher, lachender Kinder und einer großen Villa am Ufer eines rauschenden Flusses. Diese Vorstellung entsprang einer anderen Welt, dem Leben anderer Menschen, in Büchern erschaut und nur in seinen Träumen lebendig. Er nahm sich fest vor, dass er all dies erreichen und an die Seinen vererben würde … eines Tages.

Robert war verschiedentlich am Chinesenlager vorbeigekommen und hatte einen neu angelegten Gemüsegarten bemerkt, der von einem Chinesenjungen in seinem Alter bearbeitet wurde. Als er sich an diesem Tag näherte, sah er, dass sich eine Menschenmenge um den Gemüsegarten versammelt hatte. Eine rüde Prügelei war im Gange, und er eilte rasch hinzu. Der Chinesenjunge schien gegen einen bulligen Goldgräber zu verlieren, einen rothaarigen Iren, den Robert schon bei diversen Kneipenschlägereien gesehen hatte. Gemüse war aus dem Boden gerissen worden, und der Junge stolperte über einen dicken Kohlkopf. Der Ire warf sich mit Triumphgeheul auf seinen viel kleineren Gegner.

»Was ist denn da los?«, fragte Robert den neben ihm stehenden Mann.

Der füllige Bursche zuckte die Schultern. »O'Mally glaubt, das Schlitzauge hat Gold unter dem Gemüse vergraben.«

»Wessen Gold?«

»Ach, Junge, wen kümmert das – Hauptsache, es gibt einen ordentlichen Kampf.« Er wandte sich wieder O'Mally zu, der auf den Chinesenjungen einprügelte.

Robert warf sich dazwischen. Er schnappte sich eine Schaufel und schmetterte sie dem wild gewordenen Iren auf den Schädel, der daraufhin wie ein gefällter Baum zu Boden ging. Der Menge brüllte und johlte. O'Mally rieb sich den Schädel und schaute zu dem stämmigen Schotten auf, der drohend die Schaufel schwang.

»Wenn du den Kampf beenden willst, dann beende ihn mit mir«, knurrte Robert.

Der Ire war müde und schätzte rasch Roberts Wut und seine Stärke ein. »Ach, steck's dir sonst wo hin, Kumpel, mit dir hab ich doch nichts zu schaffen.« Er kam taumelnd auf die Füße und deutete auf den zusammengeschlagenen, blutenden Chinesenjungen. »Nächstes Mal grab ich dein ganzes verdammtes Feld um und schlag dir den Schädel ein.«

Als die Menge hinter O'Mally wieder zur Stadt hinunterstolperte, half Robert dem Jungen hoch. »Alles in Ordnung?«

»Wie seh ich aus?«

»Ziemlich jämmerlich.«

»So fühl ich mich auch. Danke. Ich steh in deiner Schuld. Mein Name ist Hock Lee«, sagte der Junge mit einer sanften Singsang-Stimme und streckte Robert die Hand hin. Die Männer schüttelten sich die Hand.

»Ich bin Robert MacIntyre. Worum ging's denn hier?«

»Ich weiß es nicht genau. Die haben unten am Bach gesoffen, und dann kamen sie hierher, während ich im Garten arbeitete, und haben behauptet, ich hätte ihr Gold gestohlen und es vergraben. Ich glaube, die waren nur auf eine Prügelei aus. Diesmal war eben ich der Prügelknabe.« Sie wandten sich dem Lager zu, Hock Lee humpelte steif neben Robert her. »Auf uns wird ständig rumgehackt. O'Mally hasst uns ganz besonders. Beim letzten Mal hat er versucht, unseren Tempel abzubrennen. Behauptete, wir würden mit der Asche unserer Toten Gold nach China zurückschmuggeln. Einmal haben sie Dynamit in die Feuerwerkskörper gesteckt, mit denen wir unser Neujahr feiern. Das Verrückte ist, dass ich noch nie nach Gold gegraben habe – mein Vater führt den Gemischtwarenladen, und ich helfe ihm dabei.«

Robert gefiel dieser Hock Lee. Er hatte mit niemandem

seines Alters mehr geredet, seit er nach Wattle Flat gekommen war. »Du sprichst ein sehr gutes Englisch. Wo kommst du her?«

»Aus Sydney. Meine Mutter und mein Vater sind vor Jahren aus Kanton nach Australien gekommen, da war ich noch klein. Eine lange Geschichte ... aber eine recht interessante.«

»Die würde ich gerne mal hören.«

Hock Lee sah schüchtern zu Robert auf und lächelte. »Würdest du wohl mit uns Tee trinken wollen? Wenn es meiner Mutter auch nicht gefallen wird, mich so zu sehen.« Zerknirscht berührte er seine aufgeplatzte Augenbraue und die blutende Lippe.

Robert verbrachte den Rest des Nachmittags im Schatten des Baumes neben der einfachen Hütte der Familie und unterhielt sich mit Hock Lee. Sie stellten fest, dass sie viele Gemeinsamkeiten hatten und beide den Ehrgeiz besaßen, es in dieser Welt zu etwas zu bringen.

»Ich dachte, ich wäre der Einzige, der so hochfliegende Träume hat«, lachte Hock Lee.

»Aber das Träumen bringt uns nicht ans Ziel. Dazu braucht man Geld«, seufzte Robert.

Hock Lee sah ihn nachdenklich an. »Gold ... und ein bisschen Glück. Das könnte der Schlüssel zu unserem Erfolg sein.«

Die beiden jungen Männer begannen sich ernsthaft zu unterhalten. Bei Anbruch der Nacht hatten sie sich darauf geeinigt, Partner zu werden und gemeinsam einen Claim abzustecken.

»Mein jüngerer Bruder kann meine Arbeit hier übernehmen, ich bin sicher, dass mein Vater nichts dagegen hat. Aber die Leute werden unsere Partnerschaft recht ungewöhnlich finden«, meinte Hock Lee. »Könnte sein, dass deine eigenen Leute dich mit schiefen Augen betrachten.«

»Wenn eine auf Vertrauen und Aufrichtigkeit gegründete Partnerschaft ungewöhnlich sein soll, dann ist es eben so.« Robert streckte die Hand aus, und Hock Lee drückte sie mit festem Griff.

Roberts Sicherheit in der Einschätzung und Beurteilung anderer sollte sich bei seinen Geschäften als seine wertvollste Eigenschaft erweisen, die ihn selten im Stich ließ. Seine impulsive Freundschaft mit Hock Lee und ihre zwanglose Partnerschaft bewährte sich in all den Jahren, in denen sie zusammen waren.

Bei den wenigen Gelegenheiten, zu denen Robert allein auf einen Drink in den »Green Man Pub« ging, war er gezwungen, seinen Freund und Partner mit den Fäusten zu verteidigen. Aber die Trinker und Skeptiker hörten auf zu lachen, als die beiden auf eine ergiebige Goldader stießen und einige Monate später die Goldfelder als reiche junge Männer verließen.

Sie hatten sich geeinigt, eine Zeit lang ihre eigenen Wege zu gehen, und Hock Lee ging nach Melbourne und eröffnete eine Kette lukrativer Restaurants und Teehäuser. Robert blieb in Sydney, besuchte aber weiterhin Hock Lees Familie, die mit ihrem Laden ebenfalls ein Vermögen gemacht hatte, nach Sydney zurückgegangen war und sich in einem großen Haus am Meer im vornehmen Stadtteil Mosman niedergelassen hatte.

Als Robert Mitte zwanzig war, hatte er als Gründungsmitglied der Mercantile Bank sein Vermögen verdoppelt und unterhielt eine Zuckerrohrfabrik im Norden von Australien. Die Ernten waren gut, und die Kanaken – Arbeiter von den pazifischen Inseln –, die zur Arbeit auf den Zuckerrohrfeldern eingesetzt wurden, erbrachten durch ihre Plackerei beachtliche Gewinnzahlen in den Rechnungsbüchern.

Nach mehreren Jahren kehrte Hock Lee nach Sydney

zurück und eröffnete ein großes Warenhaus. Die beiden Freunde vereinten erneut ihre Kräfte und gründeten eine Import-Export-Firma. Sie importierten Güter für das Warenhaus und exportierten Wolle und Kohle. Später gründeten sie ihre eigene Schifffahrtsgesellschaft, statteten ihre Frachtschiffe mit Kühlräumen aus und konnten so Fleisch und Milchprodukte nach England exportieren. Robert und Hock Lee widmeten ihre gesamte Zeit, ihre Energie und ihr Interesse dem aufblühenden Geschäft.

Obwohl Robert als einer der begehrtesten Junggesellen in Sydney galt und ehrgeizige Mütter ihm bei jeder Gelegenheit ihre heiratsfähigen Töchter präsentierten, war er zu sehr auf seine Geschäfte konzentriert, um sich eine Frau zu suchen. Er hatte wohl die eine oder andere diskrete Liebelei gehabt, hatte sich aber nie fest gebunden.

Inzwischen achtunddreißig Jahre alt, beschloss Robert 1896, sich einen Urlaub zu gönnen, und verspürte in sich die Sehnsucht, sein Geburtsland wiederzusehen. Er reiste nach Schottland und besuchte seine alte Tante, die einzige Verwandte, die er noch hatte. Sie war gebrechlich, aber noch munter, lebte in einem kleinen Cottage und wurde von einer jungen Frau namens Catherine Garrison versorgt. Catherine war Krankenschwester, Gefährtin und Haushälterin in einem, und Robert verliebte sich sofort in sie. Sie war die ätherische Schöne seiner Träume – zart, zerbrechlich und liebenswürdig.

Robert verlängerte seinen Aufenthalt und umwarb sie langsam, aber leidenschaftlich, fand schließlich auch die Unterstützung seiner Tante und konnte Catherine überreden, ihn zu heiraten und ihm nach Australien zu folgen.

Catherine machte sich Gedanken darüber, ob Roberts unverheiratete Tante auch gut versorgt werden würde – sie hatte die kleine alte Dame lieb gewonnen, da sie selbst kaum Familie hatte außer ihrem verwitweten Vater in Ayr.

Daher übernahm Robert die Bezahlung einer Ersatzgefährtin, einer fröhlichen Witwe aus einem nahe gelegenen Dorf.

Er versprach Catherine ein wundervolles Leben in Australien, wo er das prächtigste Haus von Sydney für sie bauen würde, und versicherte ihr, sie würden ihre Flitterwochen im exotischsten Land der Welt verbringen. Solche Versprechen bedeuteten Catherine wenig, sie war nur etwas verwirrt über Roberts leidenschaftliche Beteuerungen und Vorhaben. Robert, der Mann, den sie lieben gelernt hatte, sprach ihr Herz und ihre Seele an, und sie blieb unbeeindruckt von seiner Eröffnung, dass er wohlhabend und erfolgreich sei. Seine beschützende Stärke, seine sanfte Natur, das warme Lachen und der Glanz in seinen Augen, wenn er sie ansah, gaben ihr ein Gefühl tiefster Geborgenheit und Liebe. Sie wusste, dass dieser Mann sie bis zum Tage seines Todes mit all seiner Kraft lieben würde.

Robert und Catherine heirateten im winzigen Kirk Alloway in Ayr, wo Catherines ältlicher Vater sie Roberts Fürsorge übergab. Es war eine kurze, gefühlvolle Zeremonie, und Catherine, die noch jünger als ihre dreiundzwanzig Lenze aussah, trug ein traditionelles Brautkleid mit langem Schleier, das ihrer Mutter gehört hatte, dazu einen Strauß schottischer Wildblumen. Robert hatte sich ein Zweiglein Heidekraut ans Revers gesteckt.

Sie gaben sich das Jawort in der kleinen, uralten Steinkirche, und als Robert Catherine in die Arme nahm, schien es ihm, als hätte der Himmel diesen Augenblick schon Jahrhunderte zuvor bestimmt. Sein ganzes bisheriges Leben verblasste vor diesem Moment. Als er seinen dunklen Kopf zu seiner goldhaarigen Schönen hinunterbeugte, wusste er, dass sein Leben wirklich begonnen hatte.

Von da an war jeder Tag voller Glückseligkeit für Robert. Zum ersten Mal in seinem Leben hatte er eine ihn aufrichtig liebende Gefährtin. Hock Lee war und blieb auch sein bester Freund. Catherine war seine Seelengefährtin und seine Liebste. In ihren weichen Armen fühlte er sich wie ein Mann, der die Welt erobern kann, ihr konnte er flüsternd seine Wünsche, Hoffnungen und Träume gestehen. Nie wieder würde er einsam sein. Ihr liebevolles Verständnis, ihre fürsorgliche und großzügige Natur, ihre Zärtlichkeit ergriffen sein Herz und füllten seine Augen mit Tränen. Wenn er in der Dunkelheit ihren schlafenden Körper umschlungen hielt, war ihm bewusst, dass er sein Leben für diese Frau hergeben würde.

Nach der Trauung verbrachten sie ein paar Tage in einem kleinen Gasthaus in der Nähe von Catherines Vater, während sie ihre Habe packte. An einem windigen, frösteligen schottischen Nachmittag setzte sich Robert hin und breitete einen Weltatlas vor sich aus. »Catherine, meine Liebste, wohin auf der Welt soll unsere Hochzeitsreise gehen, bevor wir nach Australien fahren?«

Catherine saß auf dem Boden, die Beine untergeschlagen, und schaute sich die kolorierten Seiten des Buches auf seinem Schoß an. »Ich war ja noch nicht einmal in London, Robert. Für mich ist das alles ein Geheimnis. Entscheide du. Wo auch immer wir hinfahren, es wird für mich ein Abenteuer sein.«

Er griff nach ihren Fingerspitzen und küsste sie. »Liebste Catherine, ich treffe gerne Entscheidungen für uns. Aber ich möchte, dass wir in unserer Ehe alles teilen. Alles, was ich besitze, gehört dir. Ich möchte, dass du mir hilfst, Entscheidungen zu treffen, mir deine Gefühle und Gedanken mitteilst – auch was meine Geschäfte betrifft. Ich stelle es mir wunderbar vor, nach Hause zu kommen und alles mit dir zu besprechen. Ich möchte, dass du mir ebenso Freundin wie Ehefrau bist.«

Sie sah lächelnd zu ihm auf. »Ich danke dir, Robert. Ich

weiß nichts von der Welt, die du beschreibst – deiner Arbeit, deinem Leben in Australien –, aber ich werde viel lernen. Manchmal ist es hilfreicher, jemandem ein aufrichtiges und mitfühlendes Ohr zu leihen. Für mich wird es eine Zeit des Wachstums sein.«

Robert beugte sich vor und küsste sie auf den lächelnden Mund. »Meine süße Catherine, du bist wie eine Knospe. Es wird ein Vergnügen sein, dich erblühen zu sehen. Nun ... wie ist es mit Afrika? Reizt dich das? Oder Europa. Was hältst du von Paris? Oder dem kalten Norden? Dem exotischen Osten?«

Catherine lachte. »Das alles klingt wunderbar. Ich weiß, was wir machen. Schlag die Weltkarte im Atlas auf, und ich werde mit unfehlbarer weiblicher Intuition die Entscheidung treffen.« Damit schloss sie die Augen und tippte mit dem Finger auf eine beliebige Stelle der Weltkarte. Ihr Finger traf ein rosa gefärbtes Gebiet des Britischen Empire. »Indien«, hauchte sie.

»Gut, dann soll es Indien sein, Liebling.«

Sie verbrachten mehrere Tage in London, bevor sie sich auf der »Peninsular and Orient Line« nach Indien einschifften. Nachdem Catherine erst einmal seefest geworden war, gewöhnte sie sich an die Schiffsroutine und gestand Robert, dass sie sich vorkam wie auf einem dahingleitenden Stern, wie ein Teil eines glitzernden Universums. Nachts strahlten die Sterne am klaren Firmament über ihnen, während sich in der dunklen See um sie das Mondlicht spiegelte und phosphoreszierende Lichter in ihrem Kielwasser tanzten.

Sie widmeten sich einander in der Abgeschiedenheit ihrer Luxuskabine, sie schlenderten gemeinsam über das Deck, und während Robert mit den anderen Passagieren an Wurfringspielen teilnahm, saß Catherine in einem Deckstuhl und las ein Buch. Oft sank ihr das Buch auf den

Schoß, und sie starrte hinaus auf die vorbeigleitende See, die sie in ihren Bann zog und ihrer neuen Heimat näher brachte.

Sie hatten ihre Plätze am Tisch des Kapitäns, wo die Damen jeden Abend in prächtigen Abendroben mit glitzernden Juwelen erschienen. Die Männer kamen im Cut, unterhielten sich mit dem weiß uniformierten Kapitän über die Weltereignisse und plauderten höflich mit den Damen, die in ihrer eleganten Aufmachung dem runden Zehnertisch Glanz verliehen.

Robert und Catherine freundeten sich mit einem älteren Ehepaar an, Sir Montague und Lady Charlotte Willingham, die von einem Heimaturlaub nach Indien zurückkehrten. Sir Montague war der Vertreter der englischen Regierung in Kaliapur und war bezaubert von Catherines tiefem Interesse an Indien, obwohl sie, wie sie zugab, wenig über das exotische Land wusste, das sie für ihre Flitterwochen ausgesucht hatten.

Catherine erfuhr jedoch mehr über das Leben in Indien von Lady Willingham, die sich ihr manchmal zum Nachmittagstee auf dem sonnenbeschienenen, leewärts gelegenen Deck zugesellte.

»Ich sehe, Sie haben gelernt, der Sonne zu folgen und dem Wind auszuweichen. Darüber hinaus müssen Sie sich merken, meine Liebe, dass Sie sich auf den Seereisen von und nach England stets eine Luxuskabine an Steuerbord sichern sollten.«

»Ich werde daran denken. Doch ich glaube nicht, dass wir regelmäßige Reisen in die alte Heimat unternehmen werden, wenn wir uns erst einmal in Sydney niedergelassen haben. Robert hat dort nur eine betagte Tante, und mein Vater ist Witwer und schon sehr gebrechlich.«

»Der Abschied von zu Hause muss Ihnen schwer gefallen sein, meine Liebe.«

Catherine nickte. Es hatte sie sehr traurig gemacht, ihren Vater zu verlassen, den sie gewiss nie wiedersehen würde, aber ihre Liebe zu Robert war so groß, dass ihr keine andere Wahl geblieben war.

Beim Dinner an diesem Abend sprach das Paar eine Einladung an Robert und Catherine aus, sie in ihrer Residenz in Kaliapur zu besuchen.

Robert dankte ihnen für das freundliche Angebot, aber Catherine sank das Herz, da sie merkte, dass er die Einladung nur für eine Höflichkeitsgeste hielt.

Da sie sich an den Wunsch ihres Gatten erinnerte, sie solle ihren Gefühlen Ausdruck geben, lehnte sich Catherine mit vor Aufregung blitzenden Augen vor. »Ich fände das wirklich sehr schön. Ich hoffe, wir können nach Kaliapur reisen.«

Robert warf Catherine einen raschen Blick zu, ein leises Lächeln umspielte dabei seinen Mund.

Lady Willingham beugte sich wohlwollend zu ihr hinüber und tätschelte Catherines behandschuhten Arm. »Ich meine es wirklich ernst, meine Liebe. Es kommt nicht oft vor, dass wir so charmante Gesellschaft haben. Wir wären entzückt, Sie beide bei uns begrüßen zu dürfen. Sie werden es ganz bestimmt faszinierend finden.«

»Vielen Dank, Lady Willingham und Sir Montague, wir nehmen mit Freuden an«, erwiderte Robert.

Catherine schlug die Augen nieder und errötete erfreut. Sie hob ihr Weinglas und spürte, wie Robert gutmütig ihren Fuß anstieß.

Catherine schlief friedlich, als das weiße Schiff langsam im Hafen von Bombay einfuhr. Robert spürte das Zittern, das durch den Schiffsrumpf lief, und merkte, dass das vertraute Beben des Schiffes aufgehört hatte. Sie hatten angelegt. Er hörte Schlurfen und gedämpfte Stimmen im Korridor und wurde schließlich von Neugier ergriffen. Rasch zog er sich den wollenen Morgenmantel über den Schlafanzug, schlüpfte in seine Pantoffeln und schloss leise die Kabinentür hinter sich, um Catherine nicht aufzuwecken.

Gelb zog die Morgendämmerung herauf, aber der ganze Himmel war von einem trüben, verschwommenen Licht überzogen, das eher wie Rauch aus einem schwärenden Hochofen wirkte. Säuerliche, üble Gerüche drangen ihm in die Nase, und er hustete und legte die Hand vor das Gesicht, trat an die Reling und blickte hinab. Ein schmaler Streifen träge schwappenden, schmutzigen Wassers, in dem allerlei Abfall schwamm, trennte das Schiff von dem mit geschäftigem, ameisengleichem Leben erfüllten Kai. Während er den Anblick von Schmutz, Chaos und Gedränge in sich aufzunehmen versuchte, flogen zwei große schwarze Raben mit schweren Flügelschlägen in der dicken, feuchtwarmen Luft an ihm vorbei und betrachteten ihn aus bösen kleinen Augen. Er zuckte zurück, als ein weiteres Rabenpaar auf ihn zuflog, und kam sich wie eine hilflose Feldmaus vor, auf die sich diese hungrigen Vögel gleich stürzen würden. Von all den Scheußlichkeiten um ihn herum erschreckten ihn diese Vögel am meisten.

Robert ging zurück in die Kabine und schlüpfte neben Catherine ins Bett. Sie tastete nach ihm und murmelte: »Sind wir da?«

»Ja, mein Liebling. Aber es wird noch Stunden dauern, bevor wir an Land gehen können. Schlaf noch ein wenig.«

Sie lächelte verschlafen und schmiegte sich an ihn. Er hielt ihren süß duftenden Körper in den Armen und fragte sich, wie es seiner sanften Braut wohl in diesem wilden, gewaltigen, traurigen Land ergehen mochte, das sich hinter den von Menschen wimmelnden Hafenanlagen ausdehnte.

Zu Roberts Überraschung empfand Catherine Indien als ein erregendes und stimulierendes Erlebnis. Die Verzweiflung der Armen, der Schmutz, die Aggressivität der

Städte ließen sie zurückschrecken, aber sie legte sich bald eine praktische Einstellung zu. »Es bricht mir das Herz, all diese Armut und Qual zu sehen, aber, liebster Robert, wenn wir einem Bettler etwas geben, werden wir von den anderen überrannt. Das ist nur wie ein Tropfen im Ozean. Die Veränderung wird hier nur langsam vonstatten gehen, wir können wenig tun.«

Nach einigen Tagen in Bombay reisten sie weiter durch Dörfer und kleine Städte und bestiegen schließlich den Radscha-Express nach Kaliapur.

Die Zugfahrt allein war schon ein Abenteuer. Catherine war entzückt gewesen, zu sehen, dass die große Dampflokomotive in einem dunklen Rosenrot lackiert war und die Außenseiten der Erste-Klasse-Waggons mit gold- und kastanienfarbenen Girlanden bemalt waren. Das Doppelabteil hatte eine dunkle Holztäfelung, weinrote Ledersitze, und die beiden Kojen waren mit gestärkten weißen Laken und kunstvoll gewobenen Decken ausgestattet. Dazu gab es einen kleinen Raum mit Toilette und Waschgelegenheit.

Über das breite Fenster konnte man dunkelblaue Samtvorhänge ziehen, aber für den größten Teil der Reise ließen sie sie offen und staunten über die Weite und Vielfalt des indischen Panoramas, das sich vor ihnen entfaltete. Die unfassbare Größe des Landes überwältigte Catherine. Die scheinbar unendliche, farb- und formenlose Landschaft war ehrfurchtgebietend. Gelegentlich huschte ein staubiger Baum, in dessen Schatten alte Männer am Boden saßen, wie ein gemaltes Bild vorbei. Kleine Dörfer schienen wie Farbkleckse in der öden Landschaft verteilt.

Bei jedem Halt umschwärmte eine brodelnde Menschenmasse den zischenden, Dampf ausstoßenden Zug. Kinder und Straßenhändler klopften an die Waggonfenster, boten gewebte Teppiche, Stoffbahnen, Halsketten und Tabletts voller Speisen feil. Zu kleinen Bergen geformter regenbogenförmiger Reis, dekoriert mit Früchten und Nüssen, wurde in flachen Körben angeboten. Passagiere, die auf dem Bahnsteig geschlafen hatten, rollten ihr dünnes Bettzeug zusammen und erkämpften sich einen Platz in den überfüllten hinteren Waggons. Das aufgeregte Geplapper in verschiedenen Dialekten und singendem Englisch hob und senkte sich, während die Menge sich gegen die Fenster ihres Abteils drückte und Catherine gezwungen war, die Vorhänge zuzuziehen.

Die Mahlzeiten wurden im Speisewagen erster Klasse eingenommen. Sie wurden von Kellnern in Turban und makellosen weißen, mit roten und goldenen Tressen besetzten Uniformen serviert, an mit weißem Leinen und schwerem Silber gedeckten Tischen. Das Silber trug das Wappen der Königlich Indischen Eisenbahngesellschaft. Robert und Catherine freundeten sich mit verschiedenen englischen Familien an, die alle schon lange in Indien weilten, und waren fasziniert von ihren Geschichten über das Leben in diesem exotischen Land.

Am Ende des Radscha-Express befanden sich die Waggons dritter Klasse: Holzsitze, keine Scheiben in den Fenstern und restlos überfüllt. Die Reisenden waren Welten entfernt von den Passagieren der ersten Klasse. Sie schliefen überall dort, wo es möglich war – aufrecht stehend zwischen den Mitreisenden oder ausgestreckt auf den staubigen Gängen. Sie aßen von dem, was sie mitführten, oder rangelten um billige, würzige *samosas, chapatis* und in Blätter gewickelten gekochten Reis bei den Händlern, wenn der Zug anhielt.

Nach drei Tagen fuhr der Zug in Kaliapur ein, und Robert half Catherine heraus auf den staubigen Bahnsteig, wo sie sogleich von rot bejackten Gepäckträgern umringt wurden. Sie standen in der wirbelnden Menge und sahen verwirrt, wie einige ihrer Gepäckstücke in verschiedene Richtungen verschwanden. Mit Erleichterung entdeckten sie Lady Willingham, die auf sie zugesegelt kam. Sie trug einen großen Schirm vor sich her, mit dem sie die Menge teilte, während sie gleichzeitig ihren Kutscher und den Boy anwies, das Gepäck der MacIntyres zu retten.

Nachdem sie sich herzlich begrüßt hatten, wurden Catherine und Robert in Lady Willinghams offenem Landauer platziert, dem der Nummer-eins-Boy mit dem Gepäck auf einem einspännigen Kutschwagen folgte. Lady Willingham reichte Catherine einen blassblauen Parasol und spannte selbst ihren schwarzen Schirm auf.

»Schützen Sie Ihr Gesicht vor der Sonne, meine Liebe. Sie ist sehr stark und wird Ihren Rosenteint verderben.«

Robert lächelte seine hübsche Braut an. »Auch in Australien brennt die Sonne sehr heiß, du solltest Lady Willinghams Rat befolgen.« Catherine nickte, war aber mehr an den wimmelnden Menschen und den geschäftigen Straßen interessiert, während sie sich ihren Weg durch die Stadt bahnten. Allmählich verließen sie den brodelnden Geschäftsbezirk, und die Straßen wurden breiter, beschattet von scharlachrot blühenden Flamboyantbäumen.

Als sie an einer hohen Steinmauer vorbeikamen, fragte Catherine: »Was befindet sich dahinter, Lady Willingham?«

»Das Quartier der Soldaten. Dort werden sie ausgebildet. Wir haben ein recht schmuckes Regiment hier in Kaliapur. Sie marschieren meist nur bei zeremoniellen Anlässen auf, obwohl Sir Montague sie vor einiger Zeit ausrücken lassen musste, um einen Aufruhr zu unterdrücken. Zum Glück war es nur ein kleiner Sturm im Wasserglas. Ah, hier ist die Residenz. Sie sehnen sich sicher nach einem anständigen Bad und einem bequemen Bett.«

Catherine hielt den Atem an, als der Landauer in die Auffahrt bog. Die Residenz des Vertreters der britischen

Krone bot sich dar als eine exotische Mischung aus herrschaftlicher Pracht und altenglischem Charme. Die klassische Palastvilla aus rosafarbenem Sandstein war von einer hohen Mauer mit Brustwehr umschlossen. Die kunstvoll geschnitzten Tore wurden von uniformierten Wächtern zu Pferde bewacht. Sobald sie sich innerhalb der Mauern befanden, eröffnete sich vor ihren staunenden Augen die Schönheit eines traditionellen englischen Blumengartens.

Während außerhalb der Mauern der Residenz die Sandwege und Bäume staubbedeckt und trocken waren, war dieser Garten gepflegt und üppig grün. Eine Rabatte säumte die Auffahrt mit blühendem Rittersporn, Glockenblumen, Stockrosen und Pfingstrosen. Näher am Haus waren Azaleenbüsche und große Rhododendren mit Blüten übersät wie mit farbigem Schnee. Weiter entfernt in einem kleinen Teich erblickten sie einen marmornen Miniaturpavillon, wo man sitzen und die heitere Gelassenheit des Teiches und des Gartens im kühlen Schatten genießen konnte.

Die große Eingangshalle des Hauses hatte einen auf Hochglanz gebohnerten Holzboden, auf dem Läufer aus Kurdistan und Herat ausgebreitet lagen. Zeitgenössische viktorianische Möbel, große goldgerahmte Bilder, die den Lake District und treuherzige Springerspaniels zeigten, dazu Antiquitäten und schimmerndes Silber gaben Catherine das Gefühl, sich im Haus eines reichen englischen Aristokraten zu befinden. Aber die vielen Dienstboten, die luxuriöse Umgebung und der Lebensstil gingen weit über den des britischen Landadels hinaus. Die Jahre in dieser Umgebung hatten Sir Montague und Lady Willingham ein Auftreten verliehen, als entstammten sie dieser Welt, wenn sich auch Catherine erinnerte, dass Lady Willingham ihr auf dem Schiff erzählt hatte, sie stamme aus einem kleinen Dorf in Surrey.

Robert und Catherine hatten sich bald in der luxuriösen

Residenz eingelebt, und die Tage flogen vorbei. Sir Montague nahm Robert unter die Fittiche und führte ihn in seinen Club ein, während Lady Willingham Catherine durch die farbenfrohen Basare begleitete. Jeden Abend erzählten sie sich ihre Erlebnisse in dem breiten, von einem Baldachin gekrönten Bett.

Eines Tages, als Catherine die Einladung von Sir Montague ablehnte, ihn und Robert auf die Tigerjagd zu begleiten, machte Lady Willingham einen anderen Vorschlag. »Meine Liebe, hätten Sie Lust, mit mir zusammen unsere hiesige Maharani und ihr Palastgefolge im Zanana zu besuchen?«

»Aber gerne. Was ist ein Zanana?«

»Das sind die Privatgemächer im Palast, wo die königlichen Frauen in *purdah* leben.«

»*Purdah?* Ist das so etwas wie ein Harem?« Catherines Augen weiteten sich vor Staunen und Neugier.

Lady Willingham lachte. »Es ist eine matriarchale Hierarchie, angeführt von der alten Maharani. Jede kennt ihren Platz und ihre Pflichten, und die Frauen kommen ausgezeichnet miteinander aus. Sie führen ein sehr behütetes Leben. Sie werden es bestimmt interessant finden, Catherine, und die Damen wären entzückt, Sie kennen zu lernen.«

Zu dem prächtigen Palast wurden sie in zwei Palankins getragen – kastenförmigen Sänften zwischen zwei Stangen, die auf den Schultern zweier rasch laufender Träger ruhten, einer vorn, einer hinten. Abgeschirmt durch einen geblümten Musselinvorhang, saß Catherine auf einem Kissen, hielt sich an den Seiten fest und gewöhnte sich allmählich an das Schaukeln.

An den Geräuschen von draußen erkannte sie, dass sie beim Palast angelangt waren. Ihr Palankin wurde zu Boden gelassen und der Vorhang angehoben. Ein lächelnder Inder in Uniform mit einer roten Feder am Turban, die mit einer juwelenbesetzten Spange befestigt war, winkte sie heraus. Zwei Inderinnen in farbenprächtigen Saris, deren Enden über Kopf und Gesicht geschlagen waren, halfen ihnen beim Aussteigen.

Catherine schaute sich rasch um und schnappte nach Luft. Sie stand im Vorhof des Hauptpalastes. Neben den Marmorstufen, die zum Haupteingang hinaufführten, standen zwei Elefanten, geschmückt mit Goldborten, farbigen seidenen Kopfbändern und reich bestickten Tüchern über ihren Rücken. Diese riesigen Tiere standen gleichgültig da und sahen leicht gelangweilt aus, sie ließen die Rüssel schwingen oder verlagerten das Gewicht von dem einen auf den anderen Fuß. Daneben standen steif aufgerichtet ihre *mahouts*, zwei junge Inder in einfachen weißen *dhotis*, die sich augenfällig von den leuchtenden roten, weißen und goldenen Uniformen der Palastwache abhoben.

Das Zanana war ein kleineres, zweistöckiges Gebäude seitlich vom Hauptpalast. Wenn auch von bescheidener Größe, war die Fassade ein einziges Glitzern aus farbigen Steinchen und Schnitzereien. Sie schimmerte im Sonnenlicht wie das Rad eines Pfaus. Smaragdgrüne, indigoblaue und goldene Mosaiken waren in kunstvollen Mustern angebracht, und rundum lief ein Fries mit exotischen Tänzerinnen auf reich geschmückten Tafeln. Am oberen Stockwerk entlang zogen sich Balkone mit Rundbögen, die mit Bambusrollos verhangen waren. Weibliche Gestalten in Saris waren silhouettenhaft hinter den Vorhängen zu sehen, schauten hinunter in den Hof und beobachteten die Ankunft der beiden weißen Frauen.

Lady Willingham gab Catherine ein Zeichen, und sie begaben sich zum Eingang, begleitet von den aufgeregt um sie herumflatternden Inderinnen. Eine willkommene Brise schlug ihnen auf den Marmorstufen entgegen und hob den Rand des Saris der ihnen vorangehenden Frau. Die andere folgte ihnen, und Catherine stieg der süße Duft von Patschuli in die Nase, der von diesen schmetterlingshaften Wesen ausging. Ihre nackten Füße machten kein Geräusch auf den glänzenden Fliesenböden, und das leise Klirren ihrer Beinkettchen hob sich von den harten Tritten der Lederschuhe ab, die die beiden englischen Damen trugen.

Catherine schaute nach rechts und links, während sie den prächtigen Korridor entlanggeführt wurden. Die weiß getünchten Wände waren mit Fresken ineinander verschlungener Blumen und geometrischen Mustern bedeckt. Das kühle Dämmerlicht des Korridors wurde von bogenförmigen Fenstern unterbrochen, die mit einem feinen steinernen Flechtwerk aus Blumen vergittert waren. In das durchbrochene steinerne Blumenmuster waren bunte Glasstückchen eingefügt, die regenbogenfarbenes Licht auf die Schatten warfen.

Die hohen, mit Schnitzereien aus indischen Fabeln und Mythen bedeckten Türen am Ende des Korridors öffneten sich, und sie wurden von der lächelnden Maharini begrüßt, deren runder, fülliger Körper in blaue, goldbestickte Seide gehüllt war.

Lady Willingham legte die Hände aneinander und hob sie zum traditionellen Gruß vor das Gesicht. Catherine machte es ihr nach und wurde vorgestellt.

»Willkommen in unserem Zanana. Bitte machen Sie es sich bequem.«

Die alte Maharani führte sie in die Mitte des unmöblierten Raumes, wo große Kissen aus Seide und Samt auf wertvollen Teppichen lagen, die den Marmorboden bedeckten. Unbekümmert ließ sich Lady Willingham auf dem Boden nieder, setzte sich anmutig auf eines der Kissen und ordnete ihren Crêperock um ihre Beine.

Mehr als ein Dutzend Frauen befanden sich in dem großen Raum – die zweite und dritte Frau des Maharadschas, ihre beiden Mütter und die Tochter der alten Maharari. Die anderen Frauen waren Schwestern des Maharadschas, Verwandte der anderen beiden Frauen und ihre Dienerinnen.

Catherine versuchte, die drei Ehefrauen nicht zu auffällig zu betrachten, aber es schien keine Rivalität zwischen ihnen zu geben. Sie kicherten und plapperten wie niedliche kleine Vögel, doch es war nicht zu übersehen, dass die alte Maharani im Zanana das Sagen hatte.

Sie trugen alle farbenprächtige Saris, doch Catherine fiel auf, dass die Ehefrauen in kostbare Seide gekleidet waren, während die anderen Damen Saris aus feinstem Musselin trugen. Alle waren reichlich mit Schmuck behängt, wenn auch die Goldarmreifen der Maharanis mit Edelsteinen besetzt waren. Ihre Halsketten, Ringe und Ohrringe waren reich verziert, und es dauerte nicht lange, bis sich das Gespräch dem letzten Besuch des *bangriwalla* zuwandte – des Schmuckverkäufers.

Die alte Maharani klatschte in die Hände und ließ sich das Kästchen mit ihren Einkäufen bringen, und bald waren die Damen damit beschäftigt, die Armbänder und Armreifen aus kostbarem Metall, geschliffenem Glas und winzigen Staubperlen zu bewundern und anzuprobieren.

Während diese Frauen in *purdah* selten den Palast verließen, hatten Besucher und Händler Zugang zum Zanana. Wenn es ein Mann war, bedeckten die Frauen ihre Gesichter mit Gazeschleiern oder saßen hinter einem *purdah*-Schirm. Sie suchten sich Färbemittel für ihre Saris aus Seide oder weichem Musselin beim *sariwalla* aus. Der *attarwalla*, der ihnen Parfüms verkaufte, mischte ihnen besondere Düfte für wichtige Anlässe.

Während die Frauen plauderten und lachten, zog eine Dienerin sanft an einer langen Kordel, die den *punkah* über ihnen bewegte. Das schwere Tuch aus Brokat hing zwischen zwei Bambuspfählen, bewegte sich vor und zurück, fächelte und kühlte die Damen.

Bald wurden *thalis* – Tabletts aus gehämmertem Silber – hereingetragen und in der Mitte der Gruppe abgestellt. Jedes Schüsselchen, bedeckt von einem Tuch, enthielt kleine Süßigkeiten, Kuchen und Delikatessen, alle mit dünner Gold- und Silberfolie dekoriert, so dass es wie ein Mahl aus Juwelen aussah. *Chai*, gesüßter milchiger Tee, wurde in Kelchen serviert, zusammen mit *lassi*, einem erfrischenden Joghurtgetränk.

Nach dem Essen begaben sie sich alle an die von Bambusvorhängen verhangenen Fenster und machten es sich auf Kissen und Teppichen bequem, um die für sie arrangierte Unterhaltung unten im Hof zu beobachten. Unter einem Baldachin auf vier Pfosten traten Musikanten, Sänger und Tänzer auf. Ihnen folgten Zauberer mit dressierten Tieren, deren Künste das Publikum begeisterten.

Am Ende dieser Vorstellung erhob sich Lady Willingham und verabschiedete sich von der alten Maharani und den Damen des Zananas.

Catherine bedankte sich ebenfalls mit glänzenden Augen bei der Maharani. »Es war der interessanteste Tag meines Lebens. Ich danke Ihnen vielmals, dass ich herkommen durfte.« Sie wusste nicht, wie sie jemals Lady Willingham dafür danken sollte, ihr diesen Besuch ermöglicht zu haben.

Die alte Maharani nahm Catherines Hände zwischen ihre weichen, beringten Finger. »Möge das Glück über Ihrem Leben leuchten.« Ihre dunklen Augen schauten Catherine ins Gesicht, und in ihrer Tiefe entdeckte Catherine tiefe Traurigkeit.

Die Maharani wandte sich an Lady Willingham. »Bringen Sie dieses Mädchen zu Guru Tanesh, Lady Willingham.«

Ihr Ton war ernst, und die Gattin des Vertreters der britischen Krone schaute erstaunt, fing sich aber rasch wieder und nickte. »Ja, Sie haben Recht. Ich glaube, Mrs. MacIntyre würde ihn interessant finden.«

»Es könnte wertvoll für dieses Kind sein.« Die Maharani ließ Catherines Hände los und legte sich den Zipfel ihres Saris über die Schulter. Eine Dienerin erschien neben der Maharani mit einem kleinen geschnitzten Holzkästchen, das sie Catherine reichte. »Ein kleines Andenken an Ihren Besuch in unserem Zanana.«

Catherine öffnete das Ebenholzkästchen, in dem ein wunderschön geformter, dunkelblauer Parfümflakon lag.

»Er enthält unsere spezielle Parfümmischung aus Rosenduft. Erfreuen Sie sich daran, meine Liebe.«

Catherine war ganz überwältigt und folgte mit einem scheuen Winken zu den Frauen Lady Willingham und ihren hübschen Begleiterinnen aus dem Raum.

»Wer ist Guru Tanesh?«, fragte sie, als sie die Marmorstufen hinab zu ihren wartenden Palankins schritten.

»Ein weiser Mann mit großem Wissen und besonderen Kräften.«

»Eine Art Wahrsager?«

»So bezeichnet ihn mein Gatte, aber Guru Tanesh ist kein Scharlatan. Er ist mehr ein heiliger Mann und spiritueller Führer. Vielleicht sollten Sie ihn wirklich aufsuchen, wie die Maharani vorgeschlagen hat. Allerdings ist es eine ziemlich anstrengende Fahrt hinauf in die Berge.«

»Ich würde wirklich gerne zu ihm gehen. Wäre es möglich, dass Robert mich begleitet?«

»Ich werde dafür sorgen, dass Sie beide zur Hill Station, unserer Landresidenz, gebracht werden. Nur werde ich Sie leider nicht begleiten können, da ich andere Verpflichtungen habe, was Sie sicher verstehen.«

»Natürlich, Lady Willingham. Ich weiß nicht, wie ich

Ihnen für diesen wundervollen und faszinierenden Tag danken soll, den wir hier verbracht haben.«

Die ältere Frau wandte sich Catherine zu, bevor sie ihren Palankin bestieg. »Das brauchen Sie nicht, liebes Kind. Es hat mir Freude gemacht zu sehen, wie aufrichtig Sie dieses Erlebnis genossen haben.«

Am Abend, zusammengekuschelt in dem großen Himmelbett, umhüllt von dem hauchdünnen Moskitonetz, erzählte Catherine Robert vom Zanana.

»Hört sich für mich an wie ein goldener Käfig.«

»O Robert, das ist es auf gewisse Weise auch, aber sie leben so geborgen und glücklich dort. Es ist ein Refugium, ein Zufluchtsort für Frauen und für alle, die sie bei sich aufnehmen. Jeder ist geschützt im Zanana. Es kam mir richtig märchenhaft vor.«

»Ein Zufluchtsort ... so, so.« Robert gähnte, drehte sich zur Seite und verbarg sein Gesicht an Catherines weicher Kehle. »Hmm ... du duftest nach Rosen ...«

Robert stand dem Besuch bei Guru Tanesh zweifelnd gegenüber, willigte aber ein, weil Catherine so erpicht darauf schien und es ihm Gelegenheit bot, die Hill Station von Kaliapur zu besuchen, wie die Engländer ihre im Bergland gelegenen Residenzen zu nennen pflegten. Sie wurden nur im Sommer benutzt und boten einen kühlen Rückzugsort. Das lang gestreckte, weiträumige Haus war eine Mischung aus kolonialer Pracht und englischer Landhausgemütlichkeit, einschließlich einer Bibliothek, Chintzsofas und einem Kamin.

Teeplantagen und kühle Wälder umgaben das Residenzgelände. Dahinter erhoben sich steile Berge, deren Spitzen im Dunst verschwanden. Die großen Fenster und terrassenförmig angelegten Rasenflächen an der Vorderseite der Residenz boten einen Ausblick auf Täler und ferne Berge. Außer in den Dienstbotenquartieren und einem kleinen

Dorf weiter unten im Tal lebten hier keine anderen Menschen.

Robert und Catherine waren allein in der Residenz, umsorgt von einigen älteren Dienstboten. Es war angenehm kühl und an den Abenden so fröstelig, dass es sich lohnte, ein Feuer zu entzünden. Ihr Kutscher, der sie zur Residenz gebracht hatte, sagte ihnen, dass er sie an einem der nächsten Tage zu Guru Tanesh bringen würde.

»Genauer kannst du es nicht sagen?« Robert hatte inzwischen Erfahrung mit der Flexibilität indischer Zeitangaben.

Singh, der Kutscher, zuckte mit den Schultern und hob den Arm mit einer vagen Geste. Er wollte nicht unhöflich sein, aber seiner Haltung war zu entnehmen, dass er der Ansicht war, diese Gäste hätten immer noch einiges zu lernen. Geduld und dem Schicksal seinen Lauf zu lassen gehörte zum Beispiel dazu. »Es wird zu gegebener Zeit geschehen, Sahib. Vielleicht wird Guru Tanesh Sie empfangen … vielleicht auch nicht …«

»Das wäre ja unerhört, nachdem wir diesen weiten Weg auf uns genommen haben«, knurrte Robert.

Catherine legte ihm besänftigend die Hand auf den Arm. »Reg dich nicht auf, Liebster. Jetzt sag mir, Singh, müssen wir eine Verabredung mit dem Guru treffen, oder gehen wir einfach so hin?«

Der Kutscher wiegte sich unentschlossen hin und her und breitete unsicher die Hände aus.

Catherine ließ ihn gar nicht erst zu Wort kommen. »Verstehe. Singh, wir werden morgen früh um acht den Guru aufsuchen. Sorg bitte dafür, dass ein Wagen bereit ist. Vielen Dank.«

Damit machte sie auf dem Absatz kehrt, griff nach Roberts Arm und verließ das Zimmer, während der Kutscher noch die Hände rang. »Aber Memsahib …«

»Meinst du, das klappt?«, flüsterte Robert ihr zu und grinste seine hübsche Frau an.

»Das werden wir spätestens morgen früh um acht wissen. Lass uns in den Garten gehen.«

Der Landauer stand am nächsten Morgen zur vereinbarten Zeit bereit, und sie fuhren in der frischen Morgenluft auf die Berge zu. Mühsam wanden sie sich eine steile Bergstraße hinauf, bis ein Weiterkommen unmöglich wurde. Singh fuhr an den Wegrand, wo eine kleine Tonga auf sie wartete, die von einem grauen Pferd gezogen und von einem Jungen kutschiert wurde.

»Ram wird Sie von hier aus weiterbringen. Der Pfad ist holprig, aber es ist nicht mehr weit. Und der Wagen ist bequem. Ich werde hier mit der Kutsche warten, Sahib.«

Robert zögerte. Catherine zog ihn an der Hand. »Komm, Robert, bitte hilf mir hinauf.«

Sie nahmen auf dem gepolsterten Sitz Platz. Der Junge schwang sich vor ihnen hinauf und nahm die Zügel in die Hand. Er war mit einem weißen *lungi* aus Tuch bekleidet, der wie ein Sarong um den unteren Teil seines Körpers geschlungen war. Seine Beine und Füße waren nackt, und um die Schultern hatte er sich einen grob gewebten Wollschal gelegt. Er warf ihnen über die Schulter ein scheues Lächeln zu, bevor er das Pferd antrieb.

Nach kurzer Zeit bogen sie von der Straße ab und folgten einem Pfad unter hohen Zypressen. Zu ihrer Überraschung hielten sie bald darauf bei einer einfachen Lehmhütte an, vor der sich Rauch über einem Feuer kräuselte.

Ein alter Mann mit grauem Haar, das bis auf die Schultern herabhing, stand, umhüllt von einem braunen Wollgewand, vor dem Feuer, wo ein *chapati* auf einem erhitzten Stein backte. Seine Hände waren vor der Brust unter den Falten seines togaartigen Gewandes verschränkt.

»Ist das Guru Tanesh?«, fragte Catherine leise. Der Junge zuckte die Schultern und bedeutete ihnen abzusteigen.

»Du wartest hier«, befahl Robert streng.

»Ich glaube nicht, dass er Englisch spricht, Liebster.«

Robert machte dem Jungen mit einer Geste klar, dass er hier bei dem Pferd bleiben sollte, und folgte Catherine.

Der Mann bei dem Feuer blickte auf, als sie sich näherten, bewegte sich aber nicht und sah auch nicht überrascht aus.

Catherine hob die Hände. »Namaste.«

Eine dünne braune Hand tauchte aus dem Gewand des Gurus auf, berührte sein Herz und seine Stirn. »Möge der Segen und der Frieden Gottes mit Ihnen sein.«

»Ich bin Robert MacIntyre, und das ist meine Frau Catherine«, sagte Robert. »Ich nehme an, dass Sie von unserem Kommen wussten.«

Der Mann sah mit sanftem Lächeln von ihm zu Catherine. Er hatte ein friedvolles Gesicht und war trotz der grauen Haare nicht alt. »Nein, ich habe Sie nicht erwartet. Aber Sie sind gekommen, und um die Reise zu mir zu machen, müssen Sie gesandt worden sein. Also ... seien Sie willkommen.« Er lächelte, hob den flachen Fladen vom Feuer und legte ihn auf einen Blechteller neben ein Häufchen gekochten Reis. »Kommen Sie, teilen Sie mein einfaches Mahl mit mir.«

Robert wollte protestieren, aber Catherine stieß ihn an. Sie folgten dem Guru in die Hütte, die nur aus einem Raum bestand. Die Fenster waren nur Löcher in den Wänden, geschützt durch Fensterläden aus Holz. Ein schmales, aus Seilen geflochtenes Bett mit Holzrahmen stand an der Wand. Ein kleiner Altar, geschmückt mit Obst und Blumen, war in einer schattigen Ecke untergebracht.

Der Guru setzte sich mit gekreuzten Beinen auf eine Matte und stellte den Teller vor sich hin. Mit einer Geste forderte er Catherine auf, ihm gegenüber Platz zu nehmen. »Nehmen Sie den *patla,* Sir.« Er deutete auf einen niedrigen Holzstuhl, aber Robert ließ sich unbeholfen neben Catherine auf dem Boden nieder.

Der Guru riss ein Stück *chapati* ab, schaufelte ein wenig Reis hinein, aß langsam und bedeutete Robert und Catherine, es ebenso zu machen. Sie aßen so wenig wie möglich, um den Guru nicht seines kärglichen Mahls zu berauben, denn abzulehnen wäre unhöflich gewesen. Kurze Zeit kauten sie alle schweigend.

»So, wen von Ihnen beiden soll ich unterweisen, und wer hat Sie auf den Pfad zu mir gebracht?«, fragte der Guru schließlich.

Robert sah Catherine an, die sich plötzlich unsicher fühlte, ihre Hände im Schoß verschränkte und mit leiser Stimme sprach. »Maharini Fatima schlug mir vor, Sie zu besuchen.«

Wieder schaute er von Robert zu Catherine. »Wir werden essen und Tee trinken, und dann werde ich mit Ihnen reden.« Er wandte sich an Robert. »Sind Sie ein in Indien stationierter Engländer?«

»Nein, wir sind zu Besuch hier. Wir kehren nach Australien zurück, wo ich mich niedergelassen habe.«

Der Guru nickte. »Ah ja. Erzählen Sie mir von Ihrem Leben dort.«

Während Guru Tanesh sein Mahl beendete, erzählte ihm Robert, wie er von Schottland nach Sydney gereist war, sich mit Hock Lee angefreundet hatte und welches Glück sie gehabt hatten, auf Gold zu stoßen. Wie sie gemeinsam ein blühendes Geschäft aufgebaut hatten und er nach Schottland zurückgekehrt war, wo er Catherine geheiratet hatte, die er nun in ihr neues Heim bringen würde. »Obwohl ich unser Heim erst bauen muss. Ich habe vor, ihr das prächtigste Haus von Sydney zu bauen«, schloss er und lächelte Catherine an.

»Wo man wohnt, ist nicht so wichtig wie das, was man in sich hat. Ich bin hier genauso glücklich wie in einem Palast.«

Robert warf ihm einen scharfen Blick zu. »Ich möchte meine Frau glücklich machen. Ich kann es mir leisten, ihr Bequemlichkeit und Wohlstand zu geben. Darin kann ich nichts Falsches sehen.«

»Nein, aber man darf dabei das Geben von Liebe und Frieden nicht vernachlässigen. Wenn Sie uns jetzt entschuldigen würden, ich möchte mit Ihrer Frau sprechen. Draußen beim Feuer finden Sie frisches Wasser und Tee.«

»Catherine, ich will nicht ...«

Sie lächelte und legte ihm die Hand auf den Arm. »Mach dir keine Sorgen, Liebster. Mir wird nichts geschehen.« Plötzlich wollte sie Robert nicht in ihrer Nähe haben. Was immer der weise Mann ihr mitzuteilen hatte, sie würde Robert später darüber berichten.

Robert verließ die Lehmhütte und starrte nachdenklich in das glimmende Feuer, die Hände hinter dem Rücken verschränkt. Auf was um Himmels willen ließ Catherine sich da ein? Was taten sie hier in diesen abgelegenen Bergen Indiens? Er schaute sich um und sah den Jungen mit untergeschlagenen Beinen neben der Tonga sitzen. Im Schatten der dunklen, hoch aufragenden Bäume sah er eine Gestalt vorübergehen, die ein großes Bündel Äste und Zweige wie einen riesigen Turban auf dem Kopf trug. Robert konnte nicht erkennen, ob es ein Mann oder eine Frau war. In seiner momentanen Verfassung kam ihm die Gestalt wie ein sonderbarer Vogel vor.

Ein Schauder überlief ihn. Er verspürte plötzlich den überwältigenden Wunsch nach einer vertrauten Umgebung, nicht nach der nebeligen Landschaft Schottlands, sondern der sonnigen Weite mit Gummibäumen, leuchtend blauem Himmel und dem Stück Land am Paramatta, wo er den geplanten Palast für Catherine bauen wollte. Ihm kam ein Gedanke, als er sich an ihre begeisterte Schilderung des Besuchs im Zanana erinnerte. So würde er ihr gemeinsames Heim nennen … ein Zufluchtsort, hatte sie gesagt. Er lächelte vor sich hin. Seine sanfte kleine Braut zeigte in der Tat eine gewisse Unabhängigkeit. Sollte sie doch ihre Launen genießen – dazu waren Flitterwochen schließlich da. Schon bald hieß es zurückkehren in die Wirklichkeit und sich anpassen an das Eheleben.

Auch Catherine fühlte sich überwältigt. Der Guru sprach zu ihr in einfachen und doch gewichtigen Worten. Während er ihren Geist für neue Einsichten öffnete, erkannte sie, dass der Pfad, der zu Harmonie und Freude führte, nur in ihr selbst zu finden war. Sie hatte das Gefühl, von Guru Tanesh auf etwas vorbereitet zu werden.

»Es kann ein einsamer Weg sein, selbst mit einem liebenden Gefährten an Ihrer Seite. Sie gehen Seite an Seite durchs Leben, aber jeder folgt seiner eigenen Bestimmung. Weichen Sie nicht von Ihrem Weg ab, um vor oder hinter dem anderen herzugehen, sondern folgen Sie Ihrem eigenen.«

Catherine nickte. Alles, was er sagte, ergab für sie einen Sinn und verlieh ihr da Gefühl von Ruhe und Gelassenheit.

Der Guru griff in eine Tasche unter den Falten seines Gewandes, holte einen kleinen Gegenstand heraus und erklärte: »Ich gebe Ihnen dieses heilige *lingam*. Es ist kein Gegenstand der Anbetung, aber ein Symbol, das viele Dinge verkörpert.« Er nahm ihre Hand und ließ einen länglichen, eiförmigen grauen Stein mit roten Tupfen hineingleiten. Er war schwerer als ein gewöhnlicher Stein und sehr glatt.

Catherine schloss ihre Finger darum, und er lag eingeschlossen in ihrer Handfläche. Sofort spürte sie ein Kribbeln in ihren Fingerspitzen. »Was ist das?«, flüsterte sie.

»Man glaubt, dass diese tantrischen *lingams* während der Schöpfung der Welt vom Himmel fielen. Sie sind nur an einem einzigen Ort zu finden, am Narmadafluss. Sie verkörpern eine Form der Energie und versetzen Sie in Harmonie mit Ihrem Inneren. Der Stein ist ebenfalls ein Fruchtbarkeitssymbol.«

Catherine schlug die Augen nieder und errötete. Der Guru streckte die Hand aus und berührte ihren Scheitel. »Frieden, mein Kind. Denk daran, dass dieses Leben nur der Beginn einer Reise zu einem Zustand der Glückseligkeit ist.«

Catherine blieb mit gesenktem Kopf sitzen und hielt beide Hände um den kleinen grauen Stein geschlossen, den sie an ihr Herz drückte.

Der Guru erhob sich langsam und ging zu Robert hinaus. »Ihre Frau ist etwas Besonderes, Mr. MacIntyre. Sie ist wie eine Blume, die Süße und Schönheit in Ihr Leben bringt. Sie ist ein Geschenk. Machen Sie jeden Moment ihres Lebens zu einer Kostbarkeit.«

Robert blickte in die Augen des Gurus, die wie tiefe schwarze Teiche waren, und versuchte zu ergründen, was er dort sah. Ruhig erwiderte der Guru seinen Blick, und Robert war der Erste von beiden, der mit einem Gefühl der Beunruhigung wegsah.

Catherine kam heraus und nahm Roberts Arm, um sich von dem Guru zu verabschieden. »Frieden«, sagte sie. Der Guru verbeugte sich und berührte sein Herz.

Robert verstärkte seinen Griff um ihren Arm und führte Catherine zur Tonga. Der Guru richtete sich auf und sah ihnen mit einem sanften, traurigen Lächeln an.

Sie begaben sich auf den Weg zu dem Platz, an dem sie den Landauer zurückgelassen hatten.

Beide schwiegen, und nur das Trappeln der Pferdehufe war zu hören. Robert sah Catherine von der Seite an. Sie starrte in die Ferne, die eine Hand in der Tasche der kurzen Taftjacke über der hochgeschlossenen edwardianischen Bluse.

»Willst du mir davon erzählen?«, fragte er sie leise.

»O Robert … es ist schwer zu erklären. Er hat nur über … verschiedene Dinge gesprochen. Spiritualität, das Leben, Frieden und darüber, dass man dem eigenen Pfad folgen muss. Dass dieses Leben nur der Beginn … anderer Leben sein könnte.«

»Hm. Das lässt sich nur schwer mit meiner presbyterianischen Erziehung vereinbaren. Was bedeutet es?«

Sie lehnte den Kopf an seine Schulter. »Es bedeutet, dass wir jeden Augenblick auskosten müssen, mein Liebster. Das Leben kann nur ein Zwinkern im Auge der Ewigkeit sein. Lass uns jeden Augenblick zu etwas Außergewöhnlichem machen.«

»Dem kann ich nur zustimmen.« Er küsste sie auf den Scheitel. »Ich glaube, du und mein Freund Hock Lee, ihr werdet euch sehr gut verstehen.« Robert lächelte, aber das Herz war ihm schwer. Er fand den Tag niederdrückend. Hoffentlich hatte der Hausboy einen guten Whisky parat, wenn sie in die Residenz zurückkehrten.

Catherine beschloss, das *lingam*, das der Guru ihr gegeben hatte, für sich zu behalten. Sie hatte geschworen, vor Robert nie ein Geheimnis zu haben, aber ein weiblicher Instinkt riet ihr, den Talisman niemandem zu zeigen, selbst ihrem geliebten Mann nicht, denn das würde seine Kraft und Bedeutung mindern. Sie wickelte den eiförmigen Stein in ein Samttuch und legte ihn zu dem Parfümfläschchen in den Ebenholzkasten, den sie zwischen ihren Korsetts und der Unterwäsche im Schrankkoffer versteckte.

Die letzten Tage in Indien verbrachten sie in Delhi in einem Wirbel diplomatischer und gesellschaftlicher Feste, mit einer Fahrt nach Agra, um den Tadsch Mahal bei

Mondlicht zu sehen, dann fuhren sie schließlich mit dem Zug nach Bombay. Sie übernachteten im »Tadsch Mahal Palace«, nahe dem Tor zu Indien, wo ihr Schiff nach Australien abfuhr.

Die langen Tage auf See waren geruhsam und friedlich und festigten das Band zwischen Robert und Catherine. Unter allen Sternen des Universums hatten sich die Bahnen der ihren gekreuzt und waren zu einer einzigen verschmolzen. Es schien nur richtig und unvermeidlich, dass sie zusammen sein sollten.

Catherine fragte sich, was in ihrem neuen Leben in diesem unbekannten Land auf sie zukommen würde, aber sie empfand keine Furcht. Sie träumte ihre Träume zurückgelehnt in einem bequemen Deckstuhl, beschattet von einem großen Hut. Robert, der sich neben ihr niedergelassen hatte, war ebenfalls entspannt und glücklich, doch im Kopf bereits mit den Plänen für das prachtvolle Haus beschäftigt, das er für Catherine bauen würde – Zanana, das Haus seiner Träume.

Das Feuer war heruntergebrannt, und Catherines Kopf war über ihre Stickerei gebeugt, während sie sich darauf konzentrierte, die winzigen Stiche anzubringen. Sie hielt das Stoffstück auf Armeslänge von sich weg, um das halbfertige Rosenbukett zu betrachten.

Die Doppeltüren aus Zedernholz öffneten sich leise.

»Soll ich das Teegeschirr abräumen?«, fragte Mrs. Butterworth.

Robert zuckte in seinem Sessel zusammen, richtete sich auf und glättete die Zeitung.

»Warst du eingenickt, Liebster?«, fragte Catherine mit einem Lächeln.

»Nein, eigentlich nicht. Nur ein Tagtraum. Ich habe daran gedacht, wie ich Hock Lee kennen gelernt habe ... und an unsere Flitterwochen ... habe Erinnerungen nachgehangen.«

Catherine ließ die Hände in den Schoß sinken und sah ihren Mann liebevoll an. »Das war eine ganz besondere Zeit. Aber auch heute ist jeder Tag immer noch wunderbar, Robert«, sagte sie leise.

Sie lächelten einander an, Mrs. Butterworth, die den Teewagen hinausrollte, hatten sie ganz vergessen. Auch ihr Gesicht zeigte ein Lächeln. Gladys und Harold Butterworth hatten keine Kinder, und Gladys hoffte auf den Tag, an dem dieses glückliche Paar einen Erben für Zanana in die Welt setzen und sie alle ihre Freude an dem Kind haben würden.

Ohne dass es ausgesprochen wurde, waren Catherine und Robert von ähnlichen Gedanken erfüllt. Er durchquerte den Raum, setzte sich auf die Chaiselongue neben Catherine und schloss sie in die Arme. »Ich liebe dich, mein Schatz.«

»Oh, ich liebe dich auch, Robert ... Ich wünschte ...« Sie verbarg ihr Gesicht an seinem Rockaufschlag, ihre Schultern bebten.

»Still ... es wird sich alles zum Guten wenden, Liebling.« Robert streichelte ihren Kopf.

»Ich hätte so gern ein Kind ...«, kam die gedämpfte, tränenerstickte Antwort.

»Das wirst du auch haben. Die Zeit wird es weisen. Mach dir nicht zu viele Gedanken darüber, Catherine.«

Sie nickte, richtete sich auf und zog ein spitzenbesetztes Taschentuch aus dem Ärmel ihres Nachmittagskleides. Sie wünschte, sie könnte die schwere Bürde, die auf ihrem Herzen lastete, mit ihm teilen, das Gefühl, unter einem schlechten Omen zu stehen. In all dem Durcheinander und der Aufregung bei ihrer Ankunft in Australien, dem Einzug in das Cottage, ihr vorläufiges Heim, während das große Haus gebaut wurde, hatte Catherine entdeckt, dass sie den Stein des Gurus verlegt hatte – sie weigerte sich zu glauben, dass sie ihn auf immer verloren hatte. Jetzt erinnerte sie sich mit Bedauern daran, dass er ihr gesagt hatte, der Stein sei ein Symbol der Fruchtbarkeit. Sie wusste, Robert würde sagen, sie sei dumm und abergläubisch, aber tief in ihrem Herzen glaubte Catherine, dass sie nicht schwanger werden würde, bevor sie den grauen Stein wiederfand, egal wie sehr und wie oft Robert sie liebte.

Ein Gedanke schoss ihr durch den Kopf. Vielleicht sollte sie nach Indien zurückkehren und den Guru erneut aufsuchen. Sie tupfte sich die Augen ab und glättete ihr Haar. »Ich danke dir, Liebster. Jetzt fühle ich mich besser. Komm, geh mit mir durch meinen Rosengarten. Ich bin immer so glücklich und zufrieden bei meinen Rosen.«

Kapitel zwei

Kincaid 1953

Es hatte die ganze Woche geregnet. Odette schob ihre Hausaufgaben zur Seite und trat ans Fenster. Durch den Regenschleier konnte sie gerade noch den grauen Fluss zwischen den dampfenden roten Hausdächern und den tropfenden Bäumen ausmachen. Sie fühlte sich eingesperrt und ruhelos. Der Duft des Kuchens, den ihre Mutter im Ofen hatte, drang warm zu ihrem Zimmer unter dem Dach hinauf.

Odette hatte immer wieder an Zanana denken müssen, die merkwürdige alte Villa am Fluss. Sie sehnte sich danach, zurückzukehren und mit dem Sohn des Verwalters auf Entdeckungstour zu gehen. Sie war so eilig weggerudert, dass sie gar nicht dazu gekommen war, Rosen für ihre Mutter zu pflücken.

Am nächsten Tag, einem Freitag, war strahlendes Wetter, alles sah nach dem Regen wie frisch gewaschen aus. Odette rannte von der Schule nach Hause, zog sich rasch etwas Altes an und rief ihrer Mutter zu, dass sie rudern gehen würde.

»Bleib hier in der Nähe, Detty. Dass du mir ja nicht wieder zu dem alten Haus am Fluss gehst«, rief ihre Mutter ihr aus dem Garten hinter dem Haus zu, wo sie Wäsche von der Leine nahm.

Odette schloss die Haustür und tat so, als hätte sie nichts

gehört. Sie fand es schrecklich, ihre Mutter zu hintergehen, also redete sie sich ein, dass sie ja nicht wirklich ungehorsam war, da sie die Mahnung nicht richtig gehört hatte. Aber die Faszination des mysteriösen Hauses und der Gärten und die Aussicht, mehr davon zu entdecken, waren einfach zu verlockend.

Der Junge kam aus dem Bambusdickicht, als sie über den Anlegesteg hüpfte. Sie begrüßten sich schüchtern.

»Ich kann nicht lange bleiben, weil ich meinem Vater helfen muss«, sagte Dean.

»Meine Eltern wollen auch nicht, dass ich hierher komme. Sie denken, es sei gefährlich. Wenn mir hier nämlich was passiert, würde niemand wissen, wo ich bin. Ich hab ihnen nichts von dir erzählt.«

»Das ist gut. Aber keine Bange, hier passiert dir nichts. Und du bist ja auch nicht alleine.« Sie grinsten sich verschwörerisch an.

»Ich glaube, ich weiß, wie wir ins Haus kommen können«, fügte er hinzu.

»Aber kein Einbruch!«, entfuhr es Odette.

»Nein, es ist doch kein Einbruch, wenn eine Tür offen ist, oder?«

»Eigentlich nicht. Gut, lass uns erst mal sehen.«

Odette war ein bisschen zögerlich, aber Dean führte sie zurück zu dem großen weißen Haus, an dem die Farbe abblätterte. Sie gingen zur Rückseite, vorbei am Gewächshaus zur Küchentür. Sie war verschlossen, doch eine kaputte Drahtgittertür führte in die große, dunkle Waschküche. Eiserne Waschkessel standen an der Wand neben einem geschwärzten Kupferkessel über einer gemauerten Feuerstelle. Borde und Schränke waren dick verstaubt, und in einer Ecke hing eine Tür an zerbrochenen Angeln.

»Ist das die Speisekammer oder ein Schrank?«, fragte Odette, als der Junge die Tür aufzog.

»Da geht es in den Keller.« Eine Treppe führte in die Dunkelheit hinab. »Ich war unten und hab mich umgesehen, wir können von da aus in die Küche gelangen. Machst du mit?«

Odette nickte. »Ja ... es sieht zum Fürchten aus und so dunkel. Bist du ins Haus gegangen?«

Er lächelte, zog eine kleine Taschenlampe aus der Tasche und knipste sie an. »Nein, ich wollte auf dich warten, damit wir es uns gemeinsam ansehen können. Ich geh voran.« Er wollte nicht zugeben, dass er zu ängstlich gewesen war, das Haus allein zu betreten.

Im Schein der Taschenlampe gingen sie die Steintreppe hinab. Es roch muffig, und Dean musste immer wieder Spinnweben wegstreifen, die ihm ins Gesicht hingen.

»Ich bin froh, dass du vorangehst«, kicherte Odette nervös.

Am Fuße der Treppe ließ der Junge den Strahl der Taschenlampe durch den kleinen gemauerten Raum wandern. Reihen von Holzregalen, die einst Weinflaschen beherbergt hatten, reichten bis an die Decke hinauf. Mehrere große Holzkisten, auf die »Penfolds Co.« aufgestempelt war, lagen auf der Seite, und ein schwacher süßlicher Geruch erfüllte die Luft.

»Komm weiter. Hier entlang.« Der Junge folgte einem schmalen Gang hinter den Regalen zu einer kleinen Holztür. Mit einem kräftigen Ruck öffnete er sie. »Diese Treppe führt hinauf in die Küche.«

Die Treppe war schmal und steil, und an ihrem Ende befand sich eine weitere Tür, die sich leicht öffnen ließ. Sie betraten die Küche, in der es einen Arbeitsbereich und eine Speisekammer gab.

»Die ist ja größer als unser ganzes Haus«, staunte Odette.

Ihre Schuhe hinterließen Trittspuren im dicken Staub

auf den schwarz-weißen Fliesen. Auf dem großen Heizofen, der in die Wand eingebaut war, standen rostige Töpfe. Wo einst ein kleiner gusseiserner Ofen gestanden hatte, war später ein Gasherd installiert worden. Küchengeräte aus der Nachkriegszeit hingen neben edwardianischen Küchenutensilien.

Neugierig öffnete Odette nun die Türen eines großen Schranks und rief: »Schau mal, da stehen immer noch Lebensmittel.« Sie betrachtete die großen rostigen Dosen mit importiertem Kaffee und Tee. »Die sind bestimmt nicht mehr gut.«

»Wofür ist das denn?«, fragte Dean und musterte prüfend einen an der Wand angebrachten Kasten mit einer Reihe kleiner Holzklappen, die darüber mir etwas verbunden waren, das wie eine Fahrradklingel und ein Telefon aussah.

Odette schnippte eine der Holzklappen herunter. In Goldbuchstaben stand da »Kleines Wohnzimmer«. »Das muss so ein Klingelding sein, mit dem die Dienstmädchen gerufen wurden«, erklärte Odette. »Schau bloß, wie viele Zimmer es gibt.«

»Komm, wir sehn uns mal um.« Der Junge ging an der Speisekammer vorbei in den Flur. Nach links zweigte ein Korridor ab, rechts führte eine Treppe nach oben.

»Lass uns erst mal im Erdgeschoss bleiben«, schlug Dean vor.

Zimmer gingen in andere Zimmer über, Flure führten im Kreis, und Odette verlor jede Orientierung. Den Möbeln aus englischem Holz, Leder und Polstern, die in dunklen Ecken standen, schenkten sie wenig Beachtung, bewunderten aber die riesigen Räume mit den hohen Decken, geschnitzten Holzpaneelen, altmodischen Beleuchtungskörpern und reich verzierten Spiegeln.

»Mann, hier könnte man ja Tennis spielen!«

Odette lief zu einem Bücherschrank mit Bleiverglasung, der vom Boden bis zur Decke reichte. Die Glastüren waren abgeschlossen, und sie legte den Kopf schief, um die Titel auf den Buchrücken der alten ledergebundenen Bücher zu lesen. »Ich wünschte, ich könnte da dran und die lesen ... ich liebe Bücher.«

Aber der Junge rief sie schon aus dem nächsten Zimmer. »Sieh dir das an!«

In der Mitte des Spielzimmers stand ein großer Billardtisch mit geschnitzten Eichenholzfüßen. Er war mit einem ehemals weißen Tuch abgedeckt. Dean hob eine Ecke des Tuches an, worauf der makellose grüne Filz zum Vorschein kam.

»Und sieh mal hier, auf diesem Tisch sind Spielbretter in verschiedenfarbigem Holz eingelegt. Schach, Dame und Cribbage.« Odette ließ ihre Hand über die glatten Intarsien gleiten.

»Lass uns nach oben gehen.«

Von der Eingangshalle aus führte eine breite, geschwungene Treppe zu einer Galerie auf der ersten Etage. Sie beugten sich über das Geländer, sahen nach unten zum Eingang und fragten sich, ob wohl einmal jemand von hier auf den Marmorboden hinuntergestürzt war. Über ihnen hing ein dreikränziger Kronleuchter, das tropfenförmige Kristall war matt und staubig.

Von der Galerie gingen Zimmer ab, und sie öffneten die Tür des ersten. In seinem ursprünglichen Zustand musste es ein hübscher Raum gewesen sein, tapeziert mit einer William-Morris-Tapete. Hohe Fenster führten zum Rosengarten hinaus, Fenstertüren öffneten sich auf einen Balkon. Aber in späteren Jahren waren Metallstangen angebracht worden, von denen die Überreste eines grünen Vorhangs herabhingen, mit dem man das Zimmer in zwei Hälften teilen konnte. Die Betten wirkten seltsam unpassend – mattes Metall, hoch und skelettartig, mit Kopf- und Fußteilen, die sich in eine aufrechte Position bringen ließen. Dünne Rosshaarmatratzen rochen muffig und alt. Es war ein kalter, steriler Raum, sie verließen ihn ohne ein Wort und öffneten die nächste Tür. Das Zimmer war genauso eingerichtet.

An der Tür daneben war ein schwarz-weißes Porzellanschild mit der Aufschrift Badezimmer angebracht. Über einer tiefen weißen Wanne auf Klauenfüßen hing ein verrosteter Duschkopf an einem Metallrohr. Ein Nachtstuhl mit einem fleckigen Nachttopf stand in einer Ecke neben dickwandigen Porzellanwaschbecken.

»Igitt.« Odette schloss die Tür. »Sieht aus wie ein Krankenhaus.«

»Das muss es wohl auch gewesen sein. Schau mal.« Der Junge lugte in ein anderes Zimmer, in dem ein altmodischer Badestuhl aus Rohr und mehrere antiquierte Rollstühle übereinander gestapelt waren.

In dem Moment schraken sie beide zusammen, als sie Schritte auf dem Kies vor dem Haus hörten. Vorsichtig schlich sich der Junge ans Fenster.

»Mein Vater«, flüsterte Dean. »Schnell.«

So leise wie möglich rannten sie die Treppe hinab und in den Flur zur Küche, verpassten aber eine Abzweigung und standen wieder in der Eingangshalle. Durch die geschliffenen Scheiben in der Eingangstür konnten sie die Umrisse einer Gestalt sehen, die am Türgriff rüttelte.

Unter unterdrücktem, aufgeregtem Gekicher kehrten sie um, fanden den Weg durch das Dienstbotenzimmer in die Küche und hinab in den Keller.

»Wo ist die Taschenlampe? Ich kann nichts sehen.«

»Ich muss sie oben liegen gelassen haben. Nimm meine Hand.«

Stolpernd führte der Junge Odette zurück in die Waschküche. Er legte den Finger auf die Lippen und lauschte, dann flüsterte er ihr ins Ohr: »Lauf los. Ich geh durch das Gewächshaus zurück. Hoffentlich sieht er mich nicht.«

Odette nickte, trat hinaus ins Tageslicht und rannte durch den Terrassengarten in die Sicherheit des Bambushains. Schwer atmend wartete sie ein paar Minuten und lauschte auf Rufe oder Schritte, die sie verfolgten.

Alles war ruhig bis auf das raschelnde Knacken des Bambus. Sie zögerte, dann fasste sie Mut, lief zurück durch den Bambus und über die unterste Terrasse zum Rosengarten. Ohne auf die Dornen zu achten, brach sie sechs langstielige gelbe Rosen ab. Sie waren kurz vor dem Verblühen, und ein Schauer von Rosenblättern regnete vom Busch herab, während sie an den Stängeln zerrte.

Auf Zehenspitzen lief sie über den knarrenden Steg, kletterte ins Boot, legte die Rosen auf den Sitz und ruderte vorsichtig und so leise sie konnte den Fluss hinunter, hielt sich so nahe wie möglich am Ufer und verfluchte die quietschenden Ruder.

Während der folgenden Wochen besuchte Odette Zanana immer wieder. Manchmal traf sie den Sohn des Verwalters, sonst spielte sie allein auf dem Grundstück, dabei prägte sie sich jeden Zentimeter davon ein. Sie war zu ängstlich, allein in eines der Gebäude zu gehen – bis auf das indische Haus. Ausgestreckt auf dem seltsamen Himmelbett, erlebte sie ein Gefühl der Ruhe und Vertrautheit. Es war ein Ort, an dem die Zeit stillstand, während sie vor sich hin träumte, und alle Träume schienen möglich.

Wenn sie auf den Jungen traf, gingen sie zusammen ins Haus, in die Ställe, das Torhaus und den Wagenschuppen. Hier hielt er sich am liebsten auf, denn da standen mehrere alte Autos aufgebockt, staubig, aber in guter Verfassung. Vorsichtig kletterten sie in ein Daimler Cabriolet und wechselten sich hinter dem Steuer ab.

Ihre Treffen fanden stets zufällig statt, weil Odette sich nicht in die Nähe des Verwalterhauses traute, damit sein Vater sie nicht entdeckte. Sie konnten sich auch nicht verabreden, denn Odette wusste nie, wann ihr erlaubt wurde, das Ruderboot zu benutzen.

Wenn sie zusammen spielten, sprachen sie wenig über ihr Leben außerhalb von Zanana. Das hier war ihre geheime Welt, in der sie auf Entdeckungsreisen gingen und Abenteuer erlebten. Traf sie Dean bei ihren Besuchen nicht an, spielte Odette allein und ging in ihren Träumen und Phantasien auf, die ihrem lebhaften Vorstellungsvermögen entsprangen.

Odette richtete sich auf und streckte sich. Sie hatte an ihrem Schreibtisch über ein altes Schulheft gebeugt gesessen und für den Englischunterricht einen Aufsatz über Zanana geschrieben. Die Erinnerung an die schönen Räume, die immer noch einen Hauch von Vornehmheit aufwiesen, verfolgte sie. Sie schlenderte hinunter in die Küche, wo ihr Vater und ihre Mutter am Tisch saßen und Angelschnüre und Haken sortierten.

»Möchtest du Kekse und Tee, Detty?«

»Ich glaub schon. Wenn der Tee fertig ist. Was macht ihr da?«

»Morgen Nachmittag gehen deine Mutter und ich angeln.«

»Aber doch nicht mit dem Ruderboot, oder?«

»Natürlich mit dem Boot. Wie sollen wir denn sonst angeln? Du weißt, dass wir ein paar Lieblingsangelplätze im Fluss haben. Warum, Liebes, wolltest du das Boot benutzen?«

»Na ja ... vielleicht ... ich bin es leid, hier drinnen eingesperrt zu sein.«

»Fahr mit dem Fahrrad irgendwohin«, schlug ihr Vater

vor. »Wir würden dich ja gerne mitnehmen, aber du weißt, wie klein das Boot ist, und du langweilst dich beim Angeln doch immer nach spätestens einer Stunde.«

»Nur wenn ich nichts fange. Ich kann einfach nicht so lange stillsitzen wie ihr.« Aber Odettes Laune hob sich. Vielleicht konnte sie nach Zanana radeln und eine Möglichkeit finden, auf das Grundstück zu gelangen. Sie wusste, dass das Haupttor abgeschlossen war, aber sie konnte es zumindest probieren.

»Bist du sicher, dass es nicht wieder regnen wird, Dad? Die Wolken ziehen sich zusammen.«

»Die Wetterfrösche sagen nein. Obwohl man sich nicht immer auf sie verlassen kann. Aber deine Mum und ich fühlen uns genau wie du – eingesperrt. Ich nehme mir den Nachmittag frei, hab genug Überstunden gemacht.«

Ihre Eltern lächelten sich an, und Odette fühlte sich plötzlich ausgeschlossen. Sie war ein spätes Geschenk im Leben von Ralph und Sheila Barber gewesen, als sie sich schon resigniert darauf eingestellt hatten, nie Kinder zu bekommen. Sie liebten Odette von ganzem Herzen, aber das Band zwischen ihnen war so stark, dass Odette sich manchmal wie ein Eindringling vorkam. Ihre Eltern waren anders als die ihrer Schulfreunde. Sie machten alles gemeinsam und schienen keine anderen Menschen zu brauchen.

Sheila war eine Amateurmalerin, die neben ihrem eintönigen Job bei der Stadtverwaltung zarte Aquarelle von australischen Wildblumen auf kleine Karten und Notizböcke malte, die sie in der Umgebung verkaufte. Weder hübsch noch reizlos, mit weichem braunem Haar, in dem kastanienbraune Lichter spielten, war sie scheu und eher zurückhaltend.

Sie hatte Ralph, der in seiner Freizeit als freiwilliger Ranger für die Nationalparkverwaltung arbeitete, im Busch beim Sammeln von Pflanzen für ihre Zeichnungen kennen gelernt. Er hatte sie sanft dafür getadelt, dass sie geschützte Blumenarten gepflückt hatte.

Sheila war verlegen gewesen, hatte sich entschuldigt und ihm erklärt, dass sie nichts von dem neuen Gesetz gewusst hatte. Ralph schlug vor, sie solle ihr Skizzenbuch mit in den Busch bringen, und versprach, ihr ungewöhnliche Pflanzen zu zeigen, verborgene Blumen und einen besonderen Bach, an dem man manchmal Schnabeltiere sehen konnte.

Zunächst ein wenig furchtsam, doch beruhigt durch seine Dienstmarke und die Uniform, willigte Sheila ein, sich am nächsten Tag mit ihm zu treffen. Allmählich wurden ihre Ausflüge zu einer wöchentlichen Gewohnheit. Ralph behauptete, er hätte keine künstlerischen Fähigkeiten, doch Sheila sagte ihm, er habe das Auge eines Künstlers, weil er die Schönheit im unwirtlichen Buschland sah. Begeistert zeigte er ihr Farne, die an einem Bach wuchsen, moosige Steine und kleine Höhlen, dazu verborgene Plätze mit seltener Fauna. Er machte sie auf Vogelnester aufmerksam, auf ein Opossum, das in einer Astgabel schlief, und einmal sahen sie einen Leierschwanz, der seinen wunderschönen, harfenförmigen Schwanz zur Schau stellte, während er für seine Auserkorene tanzte.

Ihre Freundschaft entwickelte sich bald zu einer ernsthaften Bindung, und sie heirateten ein Jahr darauf. Sie zogen in das kleine Haus im Vorort Kincaid. Sheila behielt ihre Stelle bei der Stadtverwaltung, und Ralph arbeitete weiter für das Elektrizitätswerk. Ihre Freizeit widmeten sie ihrem kleinen Garten, machten Ausflüge in den Busch, zu den Blue Montains oder zu den sumpfigen Lagunen an der Küste. Ihr Lieblingsplatz war der Mangrovensumpf entlang dem Paramatta in Kincaid. Dort beobachteten sie stundenlang Vögel und erforschten die Pflanzenwelt, sprachen wenig, waren aber zufrieden in der Gesellschaft des anderen und betrachteten den Mikrokosmos in der trüben, von Schatten erfüllten Welt zwischen Wurzeln, Schlamm und Schilf.

Die Jahre vergingen glücklich und friedlich. Dann entdeckte Sheila unerwartet und zu ihrer beider Freude, dass sie schwanger war. Sie gab ihre Stelle auf und widmete sich ganz Odette und Ralph.

Odette trank ihren Tee und beobachtete ihre Eltern, die Nylonschnüre entwirrten, kleine Bleigewichte befestigten und schimmernde Haken anbrachten.

»Mal sehen, ob wir bei der Sandbank Weißfische und Flachköpfe kriegen, Ralphie.«

»Kommt auf die Gezeiten an. Hast du die Ködermischung fertig, Sheila?«

»Steht im Kühlschrank. Morgen früh hole ich noch Garnelen. Vielleicht auch ein paar Meeräschen.«

Odette trank ihren Tee aus und nahm sich noch einen Keks. »Na gut, dann kann ich mich ja schon auf das Fischessen morgen Abend freuen.«

Ihre Eltern strahlten sie an, und sie kehrte zu ihren langweiligen Schulbüchern zurück.

Sheila und Ralph machten sich für ihre Angelfahrt fertig, als Odette aus der Schule kam. Der Himmel war bedeckt, aber es sah nicht nach Regen aus. Odette küsste sie zum Abschied, und die beiden machten sich mit Eimer, Angelzeug und Fangnetz auf den Weg.

»Sei schön vorsichtig, wenn du mit dem Rad fährst, Detty. Wir sind kurz nach Einbruch der Dämmerung zurück.«

»Außer sie beißen an wie verrückt«, grinste ihr Vater.

»Keine Bange. Ich werd die Erbsen und die Kartoffeln fertig haben … und die Eier, falls ihr nichts fangt«, lachte Odette.

»Von wegen! Die Viecher haben keine Chance gegen uns.«

»Ralph! Nimm den Mund nicht so voll!« Sheila lachte.

Hand in Hand, trotz der ganzen Angelausrüstung, riefen sie Odette einen Abschiedsgruß zu und gingen zum Auto. Sie fuhren zum Bootsschuppen, wo das Ruderboot vertäut war, und ruderten den Fluss hinunter zu ihrem Lieblingsangelplatz.

Odette lief hinauf in ihr Zimmer, zog die weiße Bluse und die Jacke ihrer Schuluniform aus und schlüpfte in eine bequeme Hose und ein Oberteil. Sie prüfte, ob genug Luft in den Reifen ihres alten Fahrrads war, steckte sich das Haar hinter die Ohren und radelte los. Sie blieb auf dem Bürgersteig, weil sie der Verkehr auf der Hauptstraße von Kincaid etwas nervös machte, war aber schon Minuten später auf der breiten, von Bäumen gesäumten Allee, die zu der Abzweigung nach Zanana führte.

Das große Eisentor war mit einer rostigen Kette und einem Vorhängeschloss gesichert. Odette schaute durch das kunstvoll geschmiedete Gitter in den Park, wo die mit blassrosa Flusskieseln bestreute Auffahrt bald hinter Buchsbaum und Palmen verschwand. Dann schob sie das Fahrrad langsam an dem eisernen Zaun entlang, der im Gebüsch kaum noch zu sehen war. Aber er wies keine Lücke auf. Bis hinab zum Fluss, fast eine Meile lang, begrenzte der Zaun das Grundstück. Seufzend fuhr Odette zurück, um es auf der anderen Seite des Tores zu versuchen.

Als sie sich wieder dem Eingang näherte, stellte sie erstaunt fest, dass dort zwei Leute standen und in den Park schauten. Sie bremste, stieg vom Fahrrad und beobachtete sie scheu.

Eine junge Frau stand neben einem alten Mann, der sich auf Krücken stützte, weil sein einer Fuß in Gips steckte. Er schien sehnsüchtig auf das Grundstück zu schauen. Sein

Haar war grau und ragte buschig unter einer Kappe hervor.

Die junge Frau drehte sich um und lächelte Odette an. »Hallo. Wir schauen nur. Sind die Gärten nicht schön?«

»Nicht halb so schön wie die weiter drinnen«, sagte der Mann. »Die Grotte und der Rosengarten, das war schon was.«

»Und der versunkene Garten, Wally. Sie haben immer gesagt, dass Sie den besonders gern hatten.«

»Sie kennen den Garten? Sie waren auf dem Grundstück?«, fragte Odette.

»O nein, ich nicht. Aber Wally hier ... er sagt, er hätte da gelebt.« Die junge Frau zwinkerte Odette zu und deutete an, dass sie nur einer Laune des alten Mannes nachgab.

Er drehte sich um und sah Odette zum ersten Mal an. »Hallo, Mädchen. Wie heißt du?«

»Odette. Haben Sie wirklich in Zanana gelebt?« Der Mann sah gar nicht so alt aus, trotz seines wettergegerbten Gesichts.

»Zanana. Richtig. Ich hab versucht, mich an den Namen zu erinnern. Er stand über der Eingangstür. Prächtiges Haus ... zu schade, dass es geschlossen wurde.«

Die junge Frau nickte. »Offenbar ist es schon seit Jahren geschlossen. Wally lebt jetzt drüben im Veteranenheim in Bondi. Ich bin dort als Pflegehelferin angestellt. Er hat mich seit Monaten gedrängt, mit ihm hierher zu fahren. Ich hätte mir denken können, dass wir nicht reinkommen. Also weiß ich immer noch nicht, ob es all das gibt, wovon Sie mir erzählt haben«, schalt sie ihn gutmütig.

»Oh, aber es gibt sie tatsächlich«, sagte Odette. »Die Grotte und den versunkenen Garten ...«

»Da war eine Sonnenuhr ...«, warf der alte Mann ein.

»Ja ... und das Gewächshaus mit all dem purpurfarbenen Glas ...«

»Ach ja ...« Er schloss die Augen, und ein Lächeln breitete sich über sein Gesicht.

Die junge Frau sah Odette erstaunt an. »Du bist da drin gewesen? Und es sieht tatsächlich so aus?«

»Noch viel besser. Wie ein Palast aus dem Märchenbuch.«

»Na so was, Wally, und ich dachte immer, Sie hätten eine übermäßig lebhafte Phantasie.«

Wally winkte Odette näher und beugte sich zu ihr hinab. »Ich flüstere dir meinen Lieblingsplatz ins Ohr. Eigentlich durfte ich da nicht hingehen, aber ich hab's trotzdem getan.«

Odette hielt ihr Ohr nahe an das Gesicht des Mannes und wusste schon, was kommen würde.

»Das indische Haus«, zischte er.

»Meiner auch«, flüsterte sie zurück. »Ich durfte da auch nicht hin. Aber ich hab mich einfach reingeschlichen.«

»Tja, heute kommen wir jedenfalls nicht auf das Grundstück. Meine Füße bringen mich um. Warum setzen wir uns nicht da drüben auf die Bank, damit Sie Ihr schlimmes Bein entlasten können?«, meinte die junge Frau und ging zu einer Bank in dem kleinen Park gegenüber dem Tor.

Odette lehnte ihr Fahrrad an die Bank und setzte sich neben den Mann. »Wann haben Sie dort gelebt? Gehörten Sie zu der Familie, die es gebaut hat?«

»Zu der Familie ... ja, ich gehörte dazu ...« Seine Stimme verlor sich einen Augenblick. »Aber dann ist vieles passiert, die Zeiten änderten sich, und danach, tja, danach war es nie mehr wie vorher. Aber damals, nach dem Krieg, war Zanana der reinste Himmel für uns Vets.«

»Er meint den Ersten Weltkrieg«, sagte die Schwester. Sie hatte die Geschichte offenbar schon öfter gehört.

»Vets? Sie meinen Veterinäre?«

»Nein, nein, Kleine ...«, lachte der alte Mann. »Veteranen. Die armen Kerle, die es geschafft haben zurückzukommen. Mein Gott, wir waren ein trauriger Haufen. Senfgas, Tbc ... Sie kamen hierher, um ... wieder gesund zu werden. Einige blieben sehr lange hier. Es wurde zu unserem Heim. Besonders für mich.«

»Oh, das erklärt einiges. Ich hatte mich gewundert, warum all diese Betten und das Zeug in den Zimmern standen«, rief Odette. »Es sah wie ein Krankenhaus aus.«

»Komisch. Obwohl sie diese ganze Krankenhauseinrichtung hatten, mit den schönen Antiquitäten und den alten Sachen, wirkte das Haus immer noch prächtig. Einfach prächtig. Und weißt du, Kleine, all die Burschen da schätzten sich wirklich glücklich. Selbst die Schurken rissen sich zusammen und benahmen sich, so gut sie konnten. Allein schon den Rosengarten anzusehen verschuf Linderung. Oh, und wir hatten es gut. Bauten unser eigenes Gemüse an, hatten unsere eigene Milch und sogar ein paar Schafe, die gelegentlich geschlachtet wurden, damit wir Fleisch bekamen. Lebten wie die Könige. Wir hatten Glück, denn sonst kümmerte sich niemand um uns. Außer am ANZAC-Tag, dem Tag des Australien and New Zealand Army Corps, wenn wir fein gemacht und zur großen Parade hinausgerollt wurden. Die meisten der Kameraden hatten die Verbindung zu ihren Familien verloren oder waren nicht bereit, in ihr altes Leben zurückzukehren, und hier war das Leben gut, und die Menschen waren sehr freundlich zu ihnen.«

»Wie lange waren Sie in Zanana?«, fragte Odette, die seine Geschichte faszinierend fand.

»Ich ging als einer der Letzten. Viele traurige Dinge waren geschehen. Dann kam die Weltwirtschaftskrise, und das Haus musste geschlossen werden. Ich zog zurück in den Norden, uns ging es ganz gut. Viele der Jüngeren gingen auf Arbeitssuche, weg aus der Stadt, schlugen sich irgendwie durch. Das war eine schlimme Zeit. Die wären verhungert, wenn's nicht die Suppenküchen und die Heilsarmee gegeben hätte.«

»Das ist wirklich interessant. Was Sie von dem Haus erzählt haben und so. Ich hab mich oft gefragt, wer dort wohl gewohnt hat. Ich würde gern noch mehr mit Ihnen darüber reden.«

Der alte Mann sah wehmütig aus. »Das waren schöne Zeiten, wundervolle Menschen. Ich könnte dir eine Menge Geschichten erzählen.«

»Aber nicht heute«, unterbrach die Schwester. »Wir müssen zurück, damit wir den Bus erwischen. Komm uns mal besuchen. Frag nur nach Wally im Kriegsveteranenheim in Bondi.«

»Darf ich?«

Der Mann grinste. »Tut uns nur gut, glaub's mir. Wir haben gern Besuch.«

Odette lächelte. »Gut, dann komme ich. In zwei Wochen.«

»Dann erzähl ich dir ein paar Geschichten, Miss Odette.« Er zwinkerte ihr zu.

»Das tut er bestimmt, der alte Teufel«, lachte die Schwester.

Wally griff nach Odettes Hand. »Vergiss es nicht, Kleine. Tut mir gut, mit einem jungen Menschen zu sprechen, der mich nicht wie einen dämlichen Sack Kartoffeln behandelt. Weißt du ... wir Jungs, die in den Krieg gezogen sind ... wir waren die Besten. Haben auch unser Bestes gegeben, vergiss das nicht.«

»Ich werd's nicht vergessen.« Odette schenkte ihm ein warmes Lächeln. Sie spürte, dass er einsam war. Offenbar hatte er keine Familie oder sonst jemanden, der für ihn sorgte, sonst wäre er in seinem Alter nicht in einem Heim.

Die Schwester stand auf und half Wally auf die Füße.

»Fangen Sie jetzt bloß nicht wieder mit Ihren alten Geschichten an, Wally ... Wiedersehen. War nett, mit dir zu plaudern.«

Odette winkte ihnen nach, als Wally, unterstützt von der jungen Frau, auf seinem Gipsbein zur Bushaltestelle humpelte. Odette hatte den Verdacht, dass die Schwester nicht daran glaubte, dass sie die Fahrt nach Bondi unternehmen würde, um ihn zu besuchen. Aber Odette würde ihn nicht enttäuschen. Er konnte ihr bestimmt viele Fragen über Zanana beantworten. Sie stieg auf ihr Fahrrad und fuhr nach Hause, im Kopf formulierte sie bereits eine Geschichte, die sie »Der letzte alte Soldat« nennen wollte.

Wo sich der Fluss durch die Vororte von Kincaid schlängelte, war er breit und von allen Seiten einsehbar und verbarg keine Geheimnisse. Hinter einer Biegung schien er sich verstecken zu wollen, verzweigte sich in Kanäle und Zuflüsse, schwenkte wie beschwipst nach links, dann wieder nach rechts, als wolle er Fangen spielen.

Hier war nichts von den gepflegten Ufern der Gärten von Kincaid zu sehen, kein Park mit Teichen und überfütterten Enten. Stattdessen säumten Mangrovensümpfe und Schlick die Ufer, ein tiefer Wasserlauf zog sich schnell und reißend in der Mitte hindurch. Schlick und Sand, die unter der Oberfläche dauernd in Bewegung waren, machten den Wasserlauf gefährlich für Motorboote, und die Strömung war oft zu stark für kleinere Ruderboote.

Aber Ralph und Sheila kannten diesen Teil des Flusses gut. Mit gleichmäßigen Bewegungen ruderten sie, geschützt vor der Strömung, nahe am Ufer entlang zu der Sandbank, die zu einem tiefen Loch abfiel, wo sich gerne Fische aufhielten, besonders Flachköpfe.

Den Nachmittag über hatten sich graue Wolken mit wässrigem Sonnenschein, plötzlichen Windböen und absoluter Windstille abgewechselt. Sheila saß über ihre Seite des kleinen Bootes gebeugt und sah hinab in die Tiefe des trüben Wassers. Alles war ruhig. Ein sterbender Fisch zuckte mit dem Schwanz und wühlte das ölige Wasser in dem Eimer neben Ralphs Füßen auf.

Ihre Hand ruhte auf der Bootskante, mit der Handfläche nach oben, die Finger anmutig wie die einer Balletttänzerin. Eine hauchdünne Schnur an ihrem ausgestreckten Zeigefinger verband sie mit der unsichtbaren Welt unter der spiegelglatten Wasseroberfläche. Die hellgrüne Schnur war einige Zentimeter weit im Wasser zu sehen, dann verschwand sie im Nichts. Aber kein scharfer Ruck, kein Ziehen, kein vorsichtiges Nibbeln, keine Bewegung kam von dem treibenden Köder hinauf zu ihrer erwartungsvollen Hand.

»Sie beißen nicht mehr an, was, Ralph?«

»Nein. Es tut sich nichts. Vielleicht sollten wir zusammenpacken. Mir gefallen diese Wolken nicht. Da braut sich wohl ein kleiner Sturm zusammen.«

»Wie du meinst, Liebster.«

Sie holten die Angelschnüre ein und verstauten sie, dann legte Ralph die Ruder in die Rudergabeln und begann zum Hauptfluss zurückzurudern.

Sheila knöpfte ihren gelben Regenmantel zu und sah zum Himmel hinauf. »Wird es heute früh dunkel, oder sind das Regenwolken?«

»Könnte doch ein heftiger Sturm werden. Ich hätte es früher bemerken müssen.«

Sheila lächelte. »Du warst zu sehr damit beschäftigt, deine Schnur zu beobachten.«

»Wir haben's gut gehabt, nicht wahr, Sheila?« Er lächelte sie an, und sie fragte sich kurz, ob er damit den heutigen Nachmittag meinte oder die glücklichen Jahre, die sie zusammen verbracht hatten.

Ralph ruderte stetig, tauchte die Ruder tief ins Wasser, zog sie so kräftig wie möglich durch und brachte das kleine Boot mit jedem Schlag ein Stück vorwärts. Er wollte es Sheila nicht sagen, aber er machte sich Sorgen wegen der sich immer dunkler zusammenbrauenden Wolken und des fernen Donnergrollens.

Ein heftiger, kalter Südwind peitschte plötzlich die Oberfläche des Flusses auf. Ralph legte sich in die Ruder und atmete tief durch.

»Der Wind kommt von Süden, Ralph, und du ruderst gegen den Wind. Vielleicht sollten wir aufs Ufer zuhalten«, schlug Sheila mit ängstlichem Blick vor.

»Der Wellengang wird stärker«, brüllte Ralph gegen den Wind. »Es darf uns nicht querschiffs erwischen, weil wir sehr tief im Wasser liegen.« Ralph keuchte vor Anstrengung, schneller und schneller zu rudern und gegen Wind und Wellen vorwärts zu kommen. In den unruhigen Wellen schlugen die Ruder oft ins Leere, und er verlor die Kontrolle über das kleine Boot, das sofort mit der Breitseite in den Wind schwang.

So plötzlich, dass Sheila nach Luft schnappen musste, stürzte Regen vom Himmel herab. Ralph ruderte mit äußerster Anstrengung. Ein Knoten formte sich in seinem Bauch. Der Wind peitschte weiße Schaumkronen auf die Wellen. Sheila beugte sich vor und legte die Hände zu einem Trichter um den Mund, damit die Worte Ralph erreichten, bevor sie vom Wind weggerissen wurden. »Rutsch zur Seite und lass mich eins der Ruder nehmen. Wenn wir beide rudern, geht es leichter.«

Er nickte, und Sheila stützte sich auf seiner Hand ab, trat vorsichtig in die Mitte des Boots und quetschte sich neben ihn auf die schmale Bank. Gemeinsam, wie sie sich allem in ihrem Leben gestellt hatten, begannen sie gegen die aufgepeitschten Wellen und den Wind anzurudern.

Odette hielt inne und sah von ihrem Notizbuch auf, als sie den Donner krachen hörte. Das Licht ihrer kleinen Tischlampe war wie eine Insel in dem jetzt dunklen Zimmer. Sie war ganz in ihre Geschichte über den alten Soldaten vertieft gewesen und hatte das Einsetzen der Dunkelheit und das Aufziehen des Sturms nicht bemerkt. Rasch sah sie auf die Uhr. Es war nach sieben. Sie lief nach unten, fragte sich, wo ihre Eltern blieben. Der Sturm musste sie aufgehalten haben. Als es wieder donnerte, hoffte sie, dass sie nicht mehr auf dem Fluss waren.

Die Fenster im Haus ratterten im Wind, und der Regen trommelte aufs Dach. Odette fröstelte und ging, nachdem sie das Feuer im Wohnzimmer angemacht hatte, in die Küche, um das Abendessen vorzubereiten.

Eine Stunde später verwandelte sich ihre Besorgnis in Angst. »Was ist, wenn...? Was ist, wenn...?«, schoss es ihr immer wieder durch den Kopf. Sollte sie loslaufen, und wenn ja, wohin? Wen könnte sie anrufen? Sie hatte Angst, die Polizei anzurufen und sich zum Narren zu machen. Wie schlimm war der Sturm? Wieder ging sie zum Fenster und sah hinaus in die Dunkelheit. Der Regen rann in heftigen kleinen Bächen an der Scheibe hinunter, und der Garten wurde kurz von einem zuckenden Blitz erhellt.

»Oje... oje«, hörte sie sich die Litanei ihrer Mutter wiederholen, wenn sie in Aufregung war. »Oje...«

Sie hob den Telefonhörer auf. Kein vertrautes Summen. Vielleicht war das eine gute Nachricht. Die Telefone funktionierten nicht, die Leitungen mussten unterbrochen sein. Das hieß, ihre Eltern konnten sie nicht anrufen. Sie hatten irgendwo Unterschlupf gefunden und warteten darauf, dass der Sturm nachließ.

Um neun Uhr lief sie ruhelos durchs Haus und rang die Hände. Tränen standen ihr in den Augen, Klauenhände zerrten ihr an Kehle und Brust und zwangen sie, in keuchenden, rasselnden Stößen zu atmen. Der Sturm war auf dem Höhepunkt. Die Lichter flackerten, und das Haus wurde dunkel. Schluchzend suchte Odette in der Küche nach einer Taschenlampe, lief in ihr Zimmer, zog sich einen Regenmantel an und rannte aus dem Haus.

Sie rannte durch den strömenden Regen, der Wind hatte ihr die Kapuze vom Kopf gerissen. Der Regen klatschte ihr die Haare an den Kopf, lief ihr kalt in den Nacken und ließ sie frösteln. – Odette rannte weiter durch die dunklen Straßen, vorbei an schwach erleuchteten Häusern mit hohlen Augen, Umrissen in der Dunkelheit, die sich gegen den noch dunkleren Himmel abhoben. Der bleistiftdünne Strahl der Taschenlampe reichte kaum einen Schritt weit, aber es war ihr egal, ob sie in Pfützen oder überfließende Rinnsteine trat.

Sie wusste, dass sie sich dem Bootsschuppen näherte. Über dem Heulen des Windes konnte sie das Rasseln des Segelwerks auf den schwankenden Yachten hören, das Quietschen der Ankerketten und das Flattern zerrissener Leinwand, die der Wind von den Booten gerissen hatte. Durch das regennasse Fenster des Bootshausbüros war das Licht einer Lampe zu sehen. Verängstigt klopfte Odette an die Tür.

Ein Mann in Ölzeug öffnete ihr die Tür und trat rasch zur Seite, um das durchnässte Mädchen einzulassen. »Bei so einem Wetter solltest du nicht draußen sein. Willst du nach einem Boot sehen?«

Ein zweiter Mann, der das Emblem der Küstenwache auf dem Pullover trug, lächelte sie an. Er stand mit dem Rücken zu einem Kerosinofen und trank aus einem Teebecher.

Odette hatte Mühe, die Worte herauszubringen. »Nein, ich mache mir Sorgen um meine Mum und meinen Dad. Sie sind heute Nachmittag zum Angeln gefahren und noch nicht nach Hause gekommen.«

»Vielleicht haben sie irgendwo Schutz gesucht. Was haben sie für ein Boot?«

»Nur ein Dinghi. Gerade groß genug für zwei Leute.«

Die beiden tauschten einen raschen Blick aus.

»Erzähl uns, wohin sie wollten, wohin sie vielleicht gefahren sind. Haben sie Freunde hier in der Gegend?«

Odette schüttelte den Kopf. »Ich glaube nicht. Sie kennen nicht allzu viele Leute. Sie sagten, sie wären bei Sonnenuntergang zurück. Dad sagte aber auch, sie würden vielleicht länger bleiben, wenn die Fische beißen.«

»Nicht bei diesem Wetter«, sagte der Mann von der Küstenwache.

»Wie heißt du, junge Dame, und wo wohnst du?«

Die beiden Männer wurden geschäftig, der eine zog seine Regenjacke an, der andere setzte sich einen Südwester auf.

»Wie bist du hierher gekommen?«

»Ich bin gelaufen.«

»Ist jemand bei dir zu Hause?«

Odette schüttelte den Kopf.

»Dann warte hier, Kleine. Da drüben ist Tee in der Kanne. Mach dir nicht zu große Sorgen.«

Die Männer eilten in die Nacht hinaus und liefen geduckt durch den Regen zum Anlegesteg, an dem das Motorboot der Küstenwache lag.

»Wollen wir hoffen, dass sie irgendwo an Land gegangen sind. Sonst stehen ihre Chancen nicht sonderlich gut.«

»Ich fahr selbst nicht gern raus bei diesem Sturm.«

Im Bootshaus hörte Odette vom Fenster aus den Motor anspringen. Der Suchscheinwerfer konnte die Regenwand und die Gischt der Wellen kaum durchdringen.

Odette wandte sich ab, und eine Art Starre überkam sie. Steif setzte sie sich auf einen Stuhl und sah blicklos ins Leere.

Drei Stunden später hatte der Sturm nachgelassen, und der Regen fiel nur noch in einem sanften Vorhang herab.
Der Suchscheinwerfer eines Polizeibootes kreuzte den der Küstenwache. Beide Boote hüpften im aufgewühlten Wasser des Flusses auf und ab. Gestalten waren kurz zu sehen, während sie auf dem Boot herumliefen und Anweisungen an zwei Männer in Tauscheranzügen erteilten, die ein Seil um einen entwurzelten Baum schlangen.

Zwischen dem Treibgut, das an den Baumstamm gespült war, tauchte im bleichen Licht ein halb versunkener, leuchtend gelber Regenmantel auf.

Odette saß immer noch auf dem Stuhl, die Augen geschlossen, den Kopf gebeugt, als der Polizeibeamte die Tür öffnete.

Der junge Beamte stand tropfend im Türeingang. Das Herz war ihm schwer. Er hasste diesen Teil seines Berufes und meinte, sich nie daran gewöhnen zu können. Gott, sie war so jung. Er biss die Zähne zusammen, als er Odettes Hände sah, fest zusammengepresst und mit verschränkten Fingern.

Der junge Mann, der an seine kleine Schwester denken musste, hockte sich vor Odette hin, hob ihre Hände hoch und löste sie sanft voneinander. Er sah sie traurig an und schüttelte den Kopf.

Odette biss sich auf die Lippen, der Polizist nahm das zitternde Mädchen in die Arme und streichelte ihren Kopf. Es gab nichts zu sagen. Sie hatte sogar gewusst, was er ihr mitzuteilen hatte.

Es wurde bald deutlich, wie eng begrenzt Sheilas und Ralphs Lebenskreis gewesen war. Nachbarn, mit denen sie höchstens Grüße über den Zaun ausgetauscht oder gelegentlich eine Tasse Tee getrunken hatten, boten ihre Hilfe an, aber sie wussten wenig von Odette und dem Leben der Barbers.

Mrs. Bramble, die zwei Häuser weiter wohnte, nahm Odette zu sich, während Kontakt zu der einzigen lebenden Verwandten des Kindes aufgenommen wurde. Ralphs Schwester Harriet Poole lebte in Amberville, einem Landstädtchen im nördlichen New South Wales. Sie hatte eingewilligt, sofort nach Sydney zu kommen und sich um die Beerdigung zu kümmern. Sie würde dann natürlich Odette zu sich nehmen.

»Sie klingt wie eine sehr tüchtige Frau, deine Tante Harriet«, sagte Mrs. Bramble.

»Ich kann mich kaum an sie erinnern. Ich hab sie nur zweimal gesehen, vor einigen Jahren«, erwiderte Odette.

»Sie wird sich um dich kümmern, keine Bange. Stell dir mal vor, wie schön es sein wird, auf dem Land zu leben.«

»Ich will nicht von hier weg.«

»Es ist schwer, das weiß ich. Deine Schule und deine Freunde zu verlassen. Aber ... nun ja, dir bleibt keine andere Wahl, nicht wahr, Liebes?«

Was Odette vermissen würde, waren nicht die Schule oder die Freunde oder ihr alltägliches Leben. Das gähnende Loch, das der Verlust ihrer Eltern hinterlassen hatte, würde sich niemals schließen. Sie konnte nicht einmal darüber nachdenken. Dass sie nicht mehr da waren, war unbegreiflich, sie ließ nicht zu, dass diese Tatsache in ihren Kopf eindrang. Wenn sie sich wie ein böser Wurm in ihr Bewusstsein einschleichen wollte, verdrängte sie sie.

Stattdessen befasste sie sich verzweifelt damit, dass sie nicht mehr in der Nähe von Zanana sein würde. Das Haus am Fluss verkörperte für sich plötzlich, wenn auch unterbewusst, Zuflucht und Sicherheit. Es schien aus der Stille seiner Gärten hinter dem verschlossenen Tor nach ihr zu rufen. Odette wusste, wenn sie nur dorthin könnte, in diese verlorene und verwunschene Welt, dann wäre alles gut. Der Alptraum würde verschwinden.

Stattdessen drohten ihr eine kleine Stadt, eine Landschule und Tante Harriet.

Mrs. Bramble, eine mütterliche und gutherzige Frau, vernachlässigte ihre eigene Familie und versuchte nach Kräften, Odette zu trösten und abzulenken. Nach Jahren, in denen sie nur nachbarschaftliche Höflichkeiten ausgetauscht hatten, saßen sie nun am Küchentisch und redeten ausführlich miteinander, und Mrs. Bramble ermunterte Odette, den größten Teil des Erzählens zu übernehmen, von ihrer Schule, ihren Freunden, ihrer Liebe zu Büchern und zum Schreiben ihrer eigenen Geschichten. Odette redete und redete, wie sie es nie zuvor getan hatte, und fand ein wenig Erleichterung und Trost darin, dieser freundlichen Seele von dem glücklichen Leben zu erzählen, das sie mit ihren Eltern geführt hatte. Erschrocken stellte sie fest, dass sie sogar lustige Anekdoten von ihnen erzählen und mit Mrs. Bramble darüber lächeln konnte. Auf diese Weise schienen Ralph und Sheila immer noch bei ihr zu sein, wirklich und lebendig, als seien sie nur in Urlaub gefahren.

Mrs. Bramble ließ das Mädchen erzählen, weil sie erkannte, wie sehr sie sich einen Teil ihres Kummers von der Seele reden musste. Sie erkannte ebenfalls, was für ein behütetes und liebevolles Leben Odette gehabt hatte und welche gewaltige Umstellung ihr neues Leben für sie sein würde.

Tante Harriet traf ein, als ihre Nichte in der Schule war. Odette hatte es vorgezogen, wie gewöhnlich zur Schule zu gehen, statt sich in der leeren Hülle ihres vorherigen Lebens treiben zu lassen, aber sie blieb für sich, mochte nicht bemitleidet werden. Geflüster verstummte, wenn sie vorbeiging, und geschwätzige Freunde wurden plötzlich verlegen und hatten wenig zu sagen.

Odette wollte nicht mit dem Schulbus nach Hause fahren und ging zur Bushaltestelle, setzte sich und wartete auf den Linienbus. Eine Frau mit vielen überquellenden Einkaufsnetzen war froh über ihre Gesellschaft.

»Hast den Schulbus verpasst, was, Kleine? Wie weit musst du fahren?«

»Bis zur River Street.«

»Oh, das ist ein hübscher Stadtteil. Ich wohne oben auf dem Hügel. Zu viele Stufen für meinen Geschmack. Besonders mit den Einkäufen. Aber ein hübscher Blick auf den Fluss. Deswegen haben wir es auch eigentlich gekauft. Wegen des Blicks. Der Fluss sieht so schön aus von da oben.« Die Dame verstummte. »Schrecklich, dieser Unfall neulich abends auf dem Fluss. Das arme Paar, das da ertrunken ist. Hatten auch ein kleines Mädchen, glaube ich. Kennst du sie?«

Odette schüttelte den Kopf und versuchte, gleichgültig zu wirken, ganz entsetzt bei dem Gedanken, dass man sie als das arme kleine Mädchen erkennen könnte. »Also wirklich. Ich hab zu meinem George gesagt, was für eine dumme Sache. An einem solchen Tag angeln zu gehen. Man kann dem Fluss nicht trauen. Ganz schön gefährlich an manchen Stellen.«

Odette gelang es aufzustehen. »Es hat nicht geregnet, als sie losfuhren«, sagte sie mit gepresster Stimme. »Ich muss jetzt gehen.« Sie drehte sich um und ging weg. Die Frau rief ihr nach: »Willst du nicht auf den Bus warten. Der muss jetzt jeden Moment kommen…«

»Wie kommt das Kind damit zurecht, Mrs. Bramble?«, fragte Tante Harriet, während die beiden Frauen auf die Ankunft des Schulbusses warteten.

»Eigentlich ganz gut. Obwohl ich bezweifle, dass sie es

schon richtig begriffen hat«, seufzte Mrs. Bramble. »Da ist sie ja«, fügte sie hinzu, als sie Odette die Straße entlangkommen sah, mit schlurfenden Füßen, die Augen zu Boden gerichtet.

Als Odette näher kam, rief ihr Mrs. Bramble zu: »Odette, wir haben uns schon gewundert, wo du bleibst. Deine Tante ist hier.«

Odette schaute von Mrs. Bramble zu der hochgewachsenen, knochigen Frau im grauen Kostüm, die die grauen Haare unter einem kleinen grauen Filzhut zu einer ordentlichen Außenrolle aufgesteckt hatte. Die Fremde öffnete die Arme und beugte sich zu Odette hinab.

»Mein armes, armes Kind.« Ihre Arme schlossen sich um Odette, die ganz steif wurde und über die Schulter ihrer Tante starrte.

Tante Harriet hielt sie auf Armeslänge von sich weg. »Ja, ja, ich erkenne Ralph in dir wieder. Die Augen, glaube ich. Dasselbe helle Blau.« Odette rührte sich nicht und gab keinen Laut von sich. Unbeeindruckt fuhr Tante Harriet fort: »Nun wollen wir als Erstes Gott danken, liebes Kind, und ihn bitten, sich deiner Eltern anzunehmen und uns die Kraft zu geben, unverzagt weiterzumachen.« Tante Harriet nahm Odettes Hände in die ihren, senkte den Kopf und schloss die Augen. »Vater unser, der Du bist im Himmel …«

Mit lauter Stimme sprach Tante Harriet das gesamte Gebet, auf der Straße, direkt vor Hahns Gemischtwarenladen. Passanten wichen ihnen mit gesenktem Blick aus, zwei Mädchen in Schuluniform unterdrückten ein Kichern hinter vorgehaltener Hand, als sie vorbeieilten. Odette blieb stockstéif stehen und sah ihre Tante mit einem Gesichtsausdruck an, in dem sich Entsetzen und Belustigung mischten.

Tante Harriet beendete das Gebet und hob den Kopf.

»Amen. Na, jetzt fühlen wir uns schon besser, nicht wahr? Mrs. Bramble war so nett, uns Scones zum Nachmittagstee zu machen. Wir müssen über vieles reden. Komm, Odette.«

Odette und Mrs. Bramble sahen sich ausdruckslos an und gingen dann hinter Tante Harriet her, die selbstsicher und erhobenen Hauptes den Bürgersteig entlangschritt, die Handtasche über dem Arm.

Odette war sich bewusst, dass das Leben mit Tante Harriet nicht leicht werden würde. Zum ersten Mal bekam die Mauer, die sie um ihre Gefühle errichtet hatte, einen Riss, und sie sehnte sich nach der Umarmung ihrer sanften und liebevollen Mutter. Eine Träne lief ihr über die Wange.

Mrs. Bramble bemerkte es, sagte aber nichts. »Zumindest dafür sollten wir Gott danken. Endlich weint sie«, dachte sie.

Tante Harriet, zwei Schritte voraus, merkte nichts davon, wofür Mrs. Bramble sehr dankbar war.

Kapitel drei

Zanana 1899

Catherine saß friedlich in ihrem Rosengarten, gab sich ihren Träumereien hin und dachte an die zwei Jahre seit ihrer Ankunft in Australien.

Der erste Anblick dieses neuen Landes hatte ihr Tränen in die Augen getrieben. Im perlmuttfarbenen Frühlicht schienen die nördlichen und südlichen Landspitzen, welche die ruhige Bucht von Sydney umgaben, das Schiff mit einer schützenden Umarmung des Willkommens zu umfangen.

Nach der Hitze und dem grellen Licht Indiens und nach der Routine ihrer Tage auf See in der Eintönigkeit der Weite und der Farben erschienen ihr der strahlend blaue Himmel, das goldene Licht und das üppige Grün der Küste wie ein zum Leben erwachtes träumerisches Bild.

Robert legte ihr den Arm um die Schultern, während sie an der Reling standen. »Kein Bedauern, Liebste? Glaubst du, dass du in deiner neuen Heimat glücklich wirst?«

»Ich bin überall glücklich mit dir, liebster Robert. Aber das hier ... das ist wie ein Bild aus dem Märchenbuch.« Robert lächelte zufrieden und drückte ihre Schulter, wie so oft dachte er, wie glücklich sie sich schätzen konnten, einander gefunden zu haben.

Sobald sie angelegt hatten, wurden sie von Hock Lee rasch aus der aufgeregt wimmelnden Menge auf den

Schiffsdecks weggeführt. Roberts alter Freund begrüßte Catherine mit Umarmungen und Gelächter und brachte das Paar gleich in das schöne Haus seiner Eltern oberhalb der Mosman Bay. Sie würden ein paar Tage dort bleiben, bevor sie sich auf Roberts Besitz am Fluss nahe der kleinen Stadt Kincaid begaben.

Catherine erkannte bald, wie angesehen und erfolgreich ihr Mann in dieser aufblühenden Stadt war. Jeder gratulierte Robert dazu, eine so anmutige, charmante und schöne Frau gefunden zu haben. Begleitet von einem strahlenden Hock Lee, wurden die frisch Verheirateten von der Creme der Gesellschaft auf prächtigen Empfängen und Dinnerpartys gefeiert. Zwischen diesen Einladungen verbrachten Robert und Hock Lee die Tage damit, die Bücher durchzusehen und Einzelheiten ihrer Geschäftsunternehmen zu besprechen. Hock Lee hatte in Roberts Abwesenheit die Geschäfte gut geführt, und sie machten nun Pläne, ihr Geschäftsimperium zu erweitern und auszudehnen.

Zusätzlich zum Export von gekühltem Fleisch und Milchprodukten nach Europa und England importierten sie Tee, Gewürze und Seide. Sie erwarben eine Fischereiflotte, verkauften frische Meerestiere auf den Märkten der Stadt und exportierten geräucherten und getrockneten Fisch. Robert wollte spezielle Wassertanks in ihre Frachtschiffe einbauen, damit sie die exotischen Fischarten, die es in den Flüssen, Mündungsgebieten und vor der australischen Küste im Übermaß gab, ebenfalls exportieren konnten.

Hock Lee besaß zudem eine Reihe von Booten, die in der Torresstraße kreuzten und von denen aus auf den Inseln geborene Taucher Bêches-de-mer sammelten, die dicken Seegurken, für die es in Hongkong eine große Nachfrage gab. Während er die Nordspitze von Australien besucht hatte, war ihm von den Perlentauchern am Warrior

Reef berichtet worden, und er schlug Robert vor, die Möglichkeit zu erwägen, ihrer Flotte einige Perlenlogger hinzuzufügen.

Um sein Argument zu bekräftigen, nahm Hock Lee einen kleinen Stoffbeutel aus seinem Safe und schüttete den Inhalt vorsichtig auf den Schreibtisch.

Makellos geformte Kugeln in fast leuchtendem Cremegelb und Weiß, von kleinen Perlen bis hin zu dicken Murmeln, schimmerten vor dem grünen Hintergrund der Schreibtischauflage.

»Wenn das ein Beispiel für die Ausbeute ist, dann würde ich sagen, dass sich die Investition mit Sicherheit lohnt«, lachte Robert.

»Sie tauchen nach den Perlmuscheln – die Perlen sind nur eine Beigabe.«

Robert ließ eine Perle zwischen seinen Fingern hin und her rollen. »Und was hast du mit diesen Schönheiten hier vor?«

»Ich dachte, als Geschenk für deine reizende Frau könnten sie angemessen sein.«

Robert lächelte. »In der Tat. Ich nehme an, du hast einen Freund im Schmuckgewerbe im Osten?«

»Ich glaube schon«, grinste Hock Lee. Sein weit gefächertes Netzwerk an chinesischen Geschäftsfreunden, entfernten Verwandten und Kontaktpersonen versetzte Robert immer wieder in Erstaunen.

Nach dem Wirbel der Empfänge und Einladungen in Sydney war Catherine froh, endlich zu ihrem neuen Heim aufzubrechen. Sie war begierig darauf zu sehen, wo sie sich niederlassen würden. Robert hatte über vierzig Hektar üppig begrüntes Land am Parramattafluss gekauft. Einiges davon war noch unkultiviert, der Rest waren kleine Farmen gewesen. Der Besitz lag außerhalb der Stadt, aber Catherine war bezaubert von der abgelegenen ländlichen Schönheit.

Sie versicherte Robert, dass ihr die Abgeschiedenheit nichts ausmache. »Verglichen mit dem, was ich über die Pioniere und Siedler im Busch gelesen habe, fällt es mir unter diesen Umständen nicht schwer, Sydney den Rücken zu kehren. Und um ehrlich zu sein, mein Liebster, kann das Stadtleben bei Gelegenheit ganz lustig sein, aber ich bin kein Gesellschaftsschmetterling. Ich ziehe es vor, hier zu sein und mitzuerleben, wie unser Heim entsteht.«

Während die Villa gebaut wurde, wohnten sie in einem der unbenutzten gemütlichen Cottages auf dem Grundstück, geräumig aus der Sicht eines Farmers, aber äußerst bescheiden im Vergleich zu dem Haus, das Robert vor Augen hatte.

Catherine sah sich die detaillierten Pläne und Architektenvorschläge für den Bau an und schritt seine Größe ab. Etwas atemlos blieb sie dort stehen, wo der Haupteingang sein sollte, und sah hinaus in die unberührte Natur. Sie wandte sich zu Robert. »Du baust uns ja einen Palast, ein Märchenschloss. Brauchen wir denn ein so großes Haus?«

»Brauchen? Nein, in aller Aufrichtigkeit gesagt, das glaube ich nicht. Unsere Bedürfnisse sind einfacher Natur – Geborgenheit, Wärme und ein Ort, wo wir unsere Kinder aufziehen können. Aber warum nicht Schönheit, Harmonie, Raum, Abgeschiedenheit und Phantasie mit einbeziehen? Ich habe mein Leben lang hart gearbeitet, Catherine. Ich hatte kein richtiges Zuhause, und dieses Haus war ein Traum, an den ich mich geklammert habe und der mir über einsame und dunkle Stunden hinweggeholfen hat. Ich träumte, eines Tages eine wunderbare Frau zu finden und vom Lachen und der Liebe einer Familie umgeben zu sein. Und wenn ich auch mit dir in einer einfachen Hütte genauso glücklich wäre, kann ich es mir doch leisten, uns etwas

Besonderes zu errichten. Ich will einen Ort schaffen, der für Generationen bestehen bleibt als Zeugnis unserer Liebe.«

Catherine umarmte ihren Mann, zu ergriffen, um sprechen zu können, und schwor sich, jeden ihrer gemeinsamen Tage zu einem Freudentag zu machen.

Und so begann der Bau des großen Hauses am Fluss.

Seinem Versprechen gemäß, sie in alle Angelegenheiten seines Lebens als Partnerin und Helferin mit einzubeziehen, besprachen Robert und Catherine alles gemeinsam mit dem italienischen Architekten, den sie nach Australien geholt hatten, um den Bau des Hauses zu überwachen.

Catherine zeigte eine solche Begabung für Landschaftsgestaltung, dass Robert es ihr überließ, die Entscheidung über die Gestaltung der Gärten zu treffen, während er sich darauf konzentrierte, eine Molkerei und eine Farm einzurichten, auf der Rinder für Fleisch- und Milcherzeugung in kleinem, aber exklusivem Rahmen gehalten werden sollten.

Als es um das Anlegen des Obstgartens ging, wollte Robert keine Bäume, die erst ins ertragsfähige Alter kommen mussten, sondern ließ ausgewachsene Bäume auf das Grundstück verpflanzen. Die zum Haus führende Auffahrt wurde mit stattlichen Buchsbäumen bepflanzt, und bald sah das Grundstück aus, als sei es schon seit Jahren bewohnt. Trotzdem dauerte der Bau der Villa mit all der Handwerkerarbeit länger als erwartet, also verdoppelte Robert die Zahl der Arbeiter.

»Ich muss mich nach wie vor um die Geschäfte in der Stadt kümmern und gleichzeitig um das alles hier«, sagte er zu Catherine. »Hock Lee hat seit langem mehr als seinen Anteil an Arbeit übernommen.«

»Dann sag den Männern, dass sie Anweisungen von mir entgegenzunehmen haben«, erwiderte Catherine. »Wenn ich ihnen etwas sage, nicken sie nur, halten ihre Kappen in der Hand und warten auf dich.«

Robert lachte. »In Ordnung, mein Liebes. Wir probieren es aus. Ich rede mit ihnen und mache ihnen klar, dass du von jetzt an der Boss bist.« Er schloss sie in die Arme. »Ich wünschte, ich hätte das alles machen lassen können, während ich fort war, und dir dann nur noch den Schlüssel des Hauses überreichen brauchen. Aber als ich abfuhr, wusste ich ja noch nicht, dass ich das Mädchen meiner Träume finden und heiraten würde, nicht wahr?« Er küsste sie.

»O Robert, ich finde es viel schöner, dass wir es zusammen bauen. Wir schaffen etwas Wunderschönes, etwas, das wir beide mögen und an dem sich unsere Kinder erfreuen können, lange nachdem wir nicht mehr sind.«

Es brauchte mehrere Anläufe, einige Geduld und sanftes, aber beharrliches Drängen von Catherine, um die Arbeiter für sich zu gewinnen. Widerstrebend begannen sie einzusehen, dass sie praktisch und gerecht war und genau wusste, was vonnöten war und wie man es erreichen konnte.

Daher war es nur gut, dass sie Catherines ausführliche Diskussionen mit dem italienischen Architekten über *feng shui* nicht mitbekamen. Hock Lee hatte sie auf die Wichtigkeit des chinesischen Glaubens an *feng shui* aufmerksam gemacht. Er hatte ein großes Interesse am Bau der Villa und der Gestaltung des Grundstücks entwickelt, und Catherine genoss seine Gesellschaft während seiner regelmäßigen Besuche. Sie verstand Roberts Anhänglichkeit an den sanften und humorvollen Chinesen, der das Wissen aus Jahrhunderten in seinem Kopf und Herzen angestaut zu haben schien.

»*Feng shui* bedeutet, sein Haus in der harmonischsten und vielversprechendsten Weise zu errichten«, erklärte er. »Wir glauben daran, dass wir mit unserer Umgebung verbunden sind und dass ein Haus die perfekte Balance zwischen der Beschaffenheit der Landschaft, der Natur, der Energie des Universums und unserem Platz darin finden sollte, denn das alles hat Auswirkungen auf unser Schicksal.«

Catherine wollte mehr darüber wissen. Für sie ergab es einen Sinn. Instinktiv spürte sie, dass sie beim Bau so wenig wie möglich von dem umliegenden Land zerstören sollten. Bäume wurden stehen gelassen, ein Bachlauf blieb unverändert, und ein kleiner Hügel wurde in den Entwurf von Haus und Garten mit einbezogen.

Hock Lee fuhr fort: »Alles um uns herum hat Auswirkungen auf uns. Gute, wenn das *feng shui* stimmt, schlechte, wenn es nicht stimmt. Dinge wie Form, Farbe, Klang, Sicht und Licht zum Beispiel. Wir möchten die vollkommene Balance zwischen unserem Leben und dem natürlichen Rhythmus des Universums erreichen, damit wir eine erfolgreiche, vom Glück begünstigte und friedvolle Existenz führen können. Wir müssen darauf achten, in welcher Richtung das Haus gebaut ist, was sich um es herum befindet, wie die Gegenstände im Haus platziert sind. Eine bedachte und kundige Ausführung dieser Maßregeln wird für dein Leben ein großer Gewinn sein.«

Catherine versuchte, dies Robert zu erklären, der nachsichtig lachte, aber das Konzept nicht einfach ablehnte. »Ich habe mit den Jahren gelernt, Hock Lees Überzeugungen zu vertrauen. Wenn du also den Architekten dazu überreden kannst, dann soll es mir recht sein, Liebling.«

Hock Lee schickte ihr einen *feng shui*-Mann, und der alte chinesische Herr, gekleidet in eine einfache Hose, eine Jacke aus Baumwollstoff und einen spitzen Hut, verbrachte mehrere Tage auf dem Gelände, wanderte herum, saß auf einem Hügel und schaute auf den Fluss, beobachtete den Lauf der Sonne und vertiefte sich in die Pläne für die Villa.

Mr. Wang hatte einen langen, schütteren Silberbart und tiefbraune Augen, die Catherine an dunkle Rosinen in einem teigigen runden Gesicht erinnerten. Seine Stimme war hell und sanft und klang wie der Wind, der durch die Kängurubäume strich. Bevor er sie verließ, schenkte er Catherine ein Windspiel aus Bambus, um die bösen Geister abzuwehren.

Der italienische Architekt blieb zweifelnd. Vor allem, als Catherine ihm sagte, der *feng shui*-Mann habe dazu geraten, das Haus umzudrehen. Der Architekt wollte, dass die Vorderseite des Hauses der Weite der sanften hügeligen Landschaft zugewandt war. Aber Mr. Wang hatte entschieden den Kopf geschüttelt. »Dem Fluss zugewandt zu sein wird Wohlstand bringen. Der Fluss fließt auf die Eingangstür zu, was bedeutet, dass Glück und Zufriedenheit ins Haus strömen und das Haus von der Biegung des Flusses umarmt wird.«

Geduldig ging Catherine die anderen *feng shui*-Vorschläge mit dem Architekten durch, der schließlich die Hände hochwarf, etwas auf Italienisch murmelte und die Pläne veränderte, so dass das Haus nun mit der Vorderseite dem Fluss zugewandt war.

Robert nickte, als er die veränderten Pläne sah. »Das erscheint mir sinnvoll. Mir gefällt auch die halbrunde Auffahrt vor dem Haus.«

Catherine lächelte. »Signore Bocco ist immer noch verstimmt und pflegt zu verschwinden, wenn er mich kommen sieht. Aber ich bin glücklich. Ich kann es kaum erwarten, alles fertig zu sehen, Liebster.«

Während die Villa vom Rohbau zu einem soliden Gebäude wurde, führten die Handwerker liebevoll die große geschwungene Treppe, die Holzvertäfelung und die Innendekorationen aus, die Catherine entworfen hatte. Ihre Vorliebe für Rosen zeigte sich einmal mehr in den zarten Mustern der Pressmetallplatten an der Decke, die sich auf den Milchglasscheiben der Türen wiederholten. Entlang den Simsen an den Decken wanden sich Gipsrosetten und stilisierte Efeuranken.

Im Ballsaal wurden an allen vier Ecken korinthische Säulen errichtet, und die deckenhohen Fenster überfluteten den Raum mit Sonnenlicht. Catherine hasste die Düsternis viktorianischer Architektur und ließ den Raum elfenbeinfarben anstreichen. Die hellen, narzissengelben Brokatvorhänge an den Fenstern waren seitlich mit goldenen Seidenkordeln gerafft. Ein venezianischer Kristallkronleuchter hing über dem glänzend polierten Parkettboden.

Aber nicht alle Zimmer waren so prächtig wie der Ballsaal. Ecken und Winkel wurden für praktische wie auch dekorative Zwecke genutzt. Ein Bereich wurde zu einem mit Zedernholz getäfelten Wäscheraum gestaltet, in dem deckenhohe Borde und Schränke eine exquisite Sammlung feiner Linon- und Damastwäsche enthielten. Kampfer, Lavendel und Zedernholzkugeln hielten die Motten ab und bewahrten den frischen Duft der Wäsche.

Die Handwerker, jetzt von Catherines Begeisterung angesteckt, waren stolz darauf, an der Errichtung dieses großartigen Hauses mitzuwirken, und gaben sich alle Mühe, kleinste Details zu vervollkommnen und sie zu erfreuen. Aber Catherines größte Freude war das Anlegen des Rosengartens. Sie experimentierte mit verschiedenen Rosensorten und fand heraus, dass die mediterranen Rosen die australische Sonne am besten vertrugen. In einem Paar Gummistiefeln, geborgt von Mrs. Johnson, deren Mann Sid sich um die Ställe kümmerte, steckte Catherine den Saum ihres Baumwollrocks hoch und arbeitete an der Seite der Gärtner, pflanzte und okulierte die Büsche, band dornige Ranken an Spalieren hoch.

Ein kleiner ummauerter Garten auf der einen Seite bot Schutz und Abgeschiedenheit. Die Kletterrosen rankten sich an der Natursteinmauer hinauf, während andere zu schmuckvollen Büschen beschnitten wurden. Auf dem Abhang dahinter wurden terrassenförmige Beete und Rabatten angelegt, bepflanzt in abgestuften und ineinander übergehenden Farbschattierungen. Ein alter Handwerker baute ihr aus knorrigen Ästen eine rustikale Gartenbank. Catherine stellte sie unter einer Pergola zwischen den Rosen im ummauerten Garten auf, und es wurde ihr Lieblingsplatz, wo sie gerne saß, um die Schönheit, den Duft und den Frieden ihrer Rosenlaube zu genießen.

Aber sie war noch nicht fertig mit dem Grundstück. Robert zuckte in gespieltem Entsetzen vor ihrem nächsten Vorschlag zurück – dem Bau eines Badebeckens. Das Becken wurde nahe dem Flussufer ausgehoben, abgeschirmt durch Kängurubäume. Es wurde mit blauen und weißen Mintonkacheln gefliest, und der Rand bestand aus blassen Sandsteinblöcken. Badepavillons mit getrennten Umkleideräumen für Damen und Herren wurden an einem Ende des Beckens errichtet, getrennt durch diskretes Gitterwerk, damit die Damen ungesehen ins Wasser steigen und schwimmen konnten. Catherine hatte nicht vor, sich der neuen Mode des Schwimmens anzupassen, betrachtete aber gern die sich im Wasser des tiefen Beckens spiegelnden Bäume und Wolken.

Während Catherine damit beschäftigt war, die Gärten zu bepflanzen und letzte Hand an die Inneneinrichtung des Hauses zu legen, besprach Robert mit dem Architekten und den Bauleuten ein besonderes Projekt, das er vor seiner Frau geheim hielt.

Mehrere große Holzkisten wurden angeliefert; aber rasch außer Sichtweite gebracht.

Eines Tages bei Sonnenuntergang, als Catherine eine

Zeitschrift las, eilte Robert zu den Bauleuten hinaus. Er kam zurück, sah sehr erfreut aus und umarmte Catherine.

»In zwei Tagen können wir einziehen, Liebling. Aber morgen habe ich eine besondere Überraschung für dich.«

Am nächsten Morgen nahm Robert Catherines Hand, und sie gingen am Fluss entlang, wo ein stabiler Anlegesteg und ein Bootshaus gebaut wurden, und durch die fast fertigen Gärten hinauf zu der prächtigen neuen Villa. Arbeiter fügten die letzten purpurroten Scheiben in den Wintergarten ein und winkten Mr. und Mrs. MacIntyre freundlich zu.

»Schließ die Augen, Liebste«, flüsterte Robert.

Mit der einen Hand vor den Augen und der anderen in Roberts Hand, wurde Catherine zum Vordereingang des Hauses geführt. Ihre Schuhe knirschten auf dem frisch gestreuten Kies der Auffahrt.

»Jetzt schau hinauf.«

Sie öffnete die Augen. Die imposanten Eingangstüren waren einladend geöffnet, aber was ihre Aufmerksamkeit gefangen nahm und sie entzückt nach Luft schnappen ließ, war der eingemeißelte Name über der Tür – ZANANA 1898.

»Du hast es nicht vergessen!«

Er küsste sie auf die Wange. »Dein Besuch im Zanana in Indien scheint einen so großen Eindruck auf dich gemacht zu haben, dass ich es für passend hielt, unser Haus Zanana zu nennen.«

»Eine wunderbare Idee, Robert! Ein Zufluchtsort, ein Ort der Schönheit, an dem Frauen Schutz finden. Oh, ich hoffe, dass wir Töchter bekommen werden. Ich danke dir, Liebling. Was für ein entzückender Gedanke.«

»Es gibt noch mehr zu sehen. Komm.« Er führte sie durch die Gärten in den nordöstlichen Teil des Grundstücks. Wieder bat er sie, die Augen zu schließen, bis sie einen verborgenen Platz erreicht hatten. »Jetzt.«

Catherine riss die Augen auf. Sprachlos klammerte sie sich an Roberts Arm. Vor ihnen stand der Miniaturnachbau eines indischen Palastes. »Ein indisches Haus ... ein Palast ... O Robert!« Sie lief los, schlüpfte auf den Marmorstufen vor dem Eingang aus ihren Schuhen und trat ein.

Sofort fühlte sich Catherine nach Indien zurückversetzt. Erinnerungen überfluteten sie – der Geruch von Weihrauch, Patschuli und Sandelholz. Der kühle Marmor unter ihren Füßen, die farbigen Lichtprismen, die durch das bunte Fensterglas einfielen. Die Schnitzereien, die Spiegel und Mosaiken waren originalgetreue Nachbildungen.

»O Robert ... ich hatte ja keine Ahnung. Wofür ist es?«

»Für dich, mein Liebling. Ein Rückzugsort für dich. Ein Andenken an unsere Flitterwochen.«

»Du bist so wunderbar.« Sie umarmte ihn. »Ich hatte mich schon gefragt, was du da mit dem Architekten ausgeheckt hast.«

»Sir Montague und Lady Willingham waren uns eine große Hilfe. Sie haben Bilder und Pläne geschickt und einen Teil der erforderlichen Materialien hierher verschifft.«

Catherine ließ sich in die Seidenkissen auf dem Baldachinbett sinken. »Ich fühle mich wie eine Prinzessin im Märchenschloss.«

Robert und Catherine hatten sich bald in ihrem prächtigen neuen Haus eingelebt; trotz der Größe und Vornehmheit verströmte das Haus Wärme und Geborgenheit. Zum Wäschewaschen stellte Catherine eine Frau aus dem nahe gelegenen Dorf ein und begann, junge Mädchen als Haushaltshilfen auszubilden.

Während sie damit beschäftigt war, letzte Hand an die Innenausstattung der Räume von Zanana zu legen, widmete Robert sich wieder seinen Geschäften und fuhr zweimal pro Woche in die Stadt.

Einmal in der Woche aß er mit Hock Lee in dessen neuen »Lotus Tea-Rooms« zu Mittag, einem Teehaus, das Hock Lee im Herzen Sydneys auf der King Street eröffnet hatte. Hock Lees Mutter, die sich seit den Tagen auf den Goldfeldern nicht verändert zu haben schien, überwachte das Kochen und Zubereiten chinesischer und australischer Delikatessen und Kuchen, die im »Tea-Room« serviert wurden, und das Restaurant wurde bald zum beliebten Treffpunkt von Geschäftsleuten und Angestellten aus den umliegenden Büros. Es bestand aus einem großen, schlichten Raum mit Tischen aus schwarzem Metall und runden weißen Tischplatten aus Marmor, der Boden war mit schimmernden schwarzen und weißen Fliesen bedeckt, die Vorhänge und Tischdecken waren aus strahlendem Drachenrot. Die Kühle und Schlichtheit des Raumes wurde durch Palmen in Messingkübeln und mehrere chinesische Wandschirme aus Bambus und Seide aufgelockert. Es ging fröhlich und geschäftig zu, die hübschen Kellnerinnen eilten hin und her mit großen bauchigen Teekannen und Tabletts voll süßer Reiskuchen, Sandwiches, Keksen, altmodischem englischem Gebäck und Torten mit frischer Sahne aus Zanana. Einfache, nahrhafte Speisen wie Suppen, Nudel- und Reisgerichte waren beliebte, preiswerte Mahlzeiten.

Zanana wurde bald zu einer Sehenswürdigkeit, über die in Zeitungen und Zeitschriften berichtet wurde, und die Besucher staunten über die verschwenderische Pracht, die herrlichen Gärten und den eleganten Stil, in dem Mr. und Mrs. MacIntyre ihre Gäste bewirteten. Catherine gab Essen und Dinnerpartys für Roberts Geschäftsfreunde und für Wohltätigkeitsorganisationen.

Sie beschränkten ihre Einladungen jedoch auf ein Minimum, und Catherine widmete sich hingebungsvoll ihren Rosen und entwickelte ein Interesse an der finanziellen

Seite der Erträge aus den Nutzgärten, die auf den Märkten in der Stadt verkauft wurden. Doch ihre Tage waren einsam, und sie sehnte sich nach einem Baby, war aber davon überzeugt, dass sie nie eines bekommen würde, wenn sie den kleinen Stein von Guru Tanesh nicht wieder fand.

Ihre treue Haushälterin Mrs. Butterworth verstand Catherines Sehnsucht nach einem Baby, war sie doch selbst kinderlos. Die Ärzte hatten ihr gesagt, sie würde nie Kinder bekommen können, und Harold und sie hatten sich über die Jahre damit abgefunden. Aber Gladys glaubte daran, dass Catherine eines Tages Kinder haben würde, da sie noch jung war und sich trotz ihrer zarten Konstitution bester Gesundheit zu erfreuen schien. Während sie jede Erwähnung dieses heiklen Themas vermied, tat sie ihr Bestes, ihre Herrin aufzumuntern.

Catherine war dankbar für die sachliche, positive Art von Gladys Butterworth und segnete den Tag, an dem die Butterworths nach Zanana gekommen waren.

Harold und Gladys waren aus der im Norden gelegenen Stadt Bangalow nach Sydney gereist. Sie kamen nach Zanana, um Sid Johnson, den Stallmeister, zu besuchen. Sid und seine Frau Nettie waren alte Freunde von ihnen aus Bangalow. Catherine kam zufällig vorbei, als die Butterworths zu Besuch waren, und wurde ihnen vorgestellt. Sie fassten sofort Sympathie füreinander, angeregt durch das gemeinsame Interesse an der Farm und den Gärten.

Bekleidet mit einem blau karierten Rock, dessen Saum leichte Schlammspritzer aufwies, einer weißen Seidenbluse mit einer weichen Chiffonschleife am Hals, einem breiten Gürtel um die Taille und ihrem Lieblingsstrohhut für die Gartenarbeit auf dem Kopf, sah Catherine dennoch ganz wie die Herrin des Hauses aus. Sie bot Mrs. Butterworth an, ihr den Rosengarten zu zeigen, und während sie zwischen den Rosenbüschen umherschlenderten, erzählte ihr

Mrs. Butterworth, dass sie und Harold für einen ehemals wohlhabenden ländlichen Haushalt gearbeitet hatten.

»In den letzten beiden Jahren hatten wir schreckliche Überflutungen, und das hat ihnen das Genick gebrochen. Ich glaube, sie haben viel Geld verloren – das Leben auf dem Land ist hart –, daher beschlossen sie zu verkaufen. Harold und ich kamen hierher, um ein wenig auszuspannen und uns nach neuen Möglichkeiten umzusehen.«

»Wollen Sie aufs Land zurück?«

»Mir gefällt es auf dem Land. Könnte nicht mitten in der Stadt leben. Wenn es auch nett ist, alles in der Nähe zu haben. Aber es wird sich schon was ergeben.« Sie lächelte fröhlich, roch an einer Rose und ließ ihren Blick durch den Rosengarten wandern. »Meine Güte, so etwas Schönes habe ich noch nie zuvor gesehen. Was für ein friedvoller Ort, man sollte ihn jeden Morgen aufsuchen. Macht den Tagesanfang fröhlich, nehme ich an.«

Catherine lächelte die gesunde, strahlende Frau neben sich an. »Wissen Sie, Mrs. Butterworth, das ist genau das, was ich jeden Morgen tue. Sagen Sie, welche Aufgaben hatten Sie bei der Familie, für die Sie gearbeitet haben?«

»Alle möglichen. Harold und ich haben alles übernommen, was so anfiel. Kochen, Saubermachen, die Beaufsichtigung des Personals – des wenigen, das sie hatten –, und Harold hat sich auch um die praktischen Dinge im Haus gekümmert. Er schien ständig was zu reparieren.«

Catherine wurde nachdenklich. Genau so ein Paar suchte sie. Man hatte ihr verschiedene Leute geschickt, aber sie hatten ihr alle nicht zugesagt, und sie hatte beschlossen, so gut sie konnte, allein zurechtzukommen mit der Hilfe, die sie bisher hatten, und den Extrakräften, die sie bei Bedarf einstellte. Harold schien ein solider, zuverlässiger Bursche zu sein. Sie konnte mit der Familie, für die sie gearbeitet hatten, in Kontakt treten und auch die Johnsons über ihre Freunde, die Butterworths, ausfragen. Robert musste gefragt werden. Doch dann entschied Catherine, dass sie ihrer Intuition folgen und die Dinge selbst in die Hand nehmen würde. Robert hatte in letzter Zeit einige Probleme mit zu spät eingetroffenen Frachtschiffen, und sie wollte ihn nicht mit häuslichen Angelegenheiten belasten.

»Wie würde es Ihnen und Ihrem Mann gefallen, hier in Zanana zu arbeiten?«

Mrs. Butterworth blieb überrascht stehen. Dann schlug sie die Hand vor den Mund. »Oh, du meine Güte, ich hatte doch nicht an eine Stelle hier im Haus gedacht. Ich habe nur so geschwätzt ... ich meine ...« Sie zögerte und musterte die junge Frau neben sich aufmerksam. »Ist das Ihr Ernst? Ich könnte mir nichts Wunderbareres denken, als hier zu arbeiten. Für Sie. Und natürlich für Ihren Mann. Sie werden selbstverständlich Referenzen über uns einholen wollen. Ich muss mit Harold darüber reden.«

Sie war ganz aufgeregt. Catherine lachte. »Ich weiß, dass Sie nicht darauf angespielt haben, hier zu arbeiten. Es kam mir nur plötzlich in den Sinn. Es könnte eine gute Lösung für uns alle sein. Abgesehen von Ihrem Mann, was würden Sie davon halten, unsere Haushälterin und Köchin zu sein?«

»Ich? Ich würde gleich morgen anfangen wollen. Aber es ist Harolds Entscheidung.«

»Es ist Ihrer beider Entscheidung. Warum sprechen Sie nicht heute Abend mit ihm?«

Sie gingen durch den Obstgarten zurück. Catherine unterhielt sich noch eine Weile mit Harold und Gladys Butterworth und kam zu der Überzeugung, dass ihre Idee, wenn auch spontan gefasst, die richtige war. Die ganze Angelegenheit wurde zwischen den beiden Frauen verhandelt, und die Butterworths zogen in das Verwalterhaus, ließen sich ihre Habe aus Bangalow schicken und schienen nach kurzer Zeit schon immer zu Zanana gehört haben.

Das war vor fast einem Jahr gewesen.

Catherines Gedanken kehrten in die Gegenwart zurück, und sie streckte sich und verließ den Rosengarten.

Robert saß an seinem Schreibtisch in der Stadt und las erneut einen kurzen Brief in einer gestochen scharfen Handschrift. Als prominentes und wohlhabendes Mitglied der Gesellschaft von Sydney erhielt er viele Anfragen, als Wohltäter zu fungieren, aber dieser Brief – eine offen formulierte Bitte – hatte ihn neugierig gemacht. Er kam von der Leiterin des örtlichen Waisenhauses. Sie hatte von den herrlichen Gärten in Zanana gelesen, der Molkerei, dem Obstgarten und den Nutzgärten, und sie fragte an, ob sie mit den Kindern aus ihrem Heim einen Ausflug nach Zanana machen dürfte.

… diese Kinder sind Stadtbewohner, ihnen steht nur wenig Platz zur Verfügung, und sie haben nie die Herkunft ihrer (wenn auch bescheidenen) Nahrung gesehen, die sie bekommen. Es wäre lehrreich und der Moral höchst zuträglich. Sie bewegen sich im Alter von drei bis dreizehn Jahren, und ich möchte Ihnen versichern, dass auf gutes Benehmen geachtet werden wird, falls Sie meiner Bitte freundlichst zustimmen würden.

Robert faltete den Brief zusammen und steckte ihn in seine Jackentasche. Er würde ihn heute Abend Catherine zeigen. Es könnte genau die Ablenkung sein, die sie braucht, und ein Ventil für ihren immer noch unerfüllten Wunsch nach einer Familie darstellen.

Robert wartete, bis Catherine und er nach dem Essen gemütlich im kleinen Wohnzimmer saßen, er mit seiner

Zeitung und sie mit ihrer Stickerei. Sie saßen in behaglichem Schweigen, bis Mr. Butterworth ein kleines Glas Portwein für Robert brachte und eine Tasse gesüßten, milchigen Tee für Catherine. Es war *chai*, der Tee, den sie in Indien getrunken hatte und den Robert jetzt für sie importierte.

Robert trank seinen Port und zog dann das Schreiben aus der Tasche. »Ich habe einen Brief für dich.«

»Für mich?« Neugierig entfaltete Catherine den Brief und las ihn rasch durch. »Was wirst du unternehmen? Ich hätte nichts dagegen, wenn sie die Kinder nach Zanana bringt.«

»Ich dachte, du würdest die Sache vielleicht vorbereiten, etwas Besonderes daraus machen wollen. Ein Picknick oder so was. Das wäre bestimmt ein Tag für die Kinder, den sie nie vergessen würden. Ich glaube nicht, dass sie allzu oft Ausflüge machen. Obwohl die Leiterin eine unternehmungslustige Frau zu sein scheint.«

Catherine sah gedankenvoll vor sich hin. »Ja, das wäre bestimmt schön für die Kinder. Aber in gewisser Weise auch traurig. Stell dir vor, woher sie kommen, und wenn sie dann das hier sehen … es könnte manche von ihnen unzufrieden machen.« Sie seufzte. Robert wusste, dass sie daran dachte, wie privilegiert ihre eigenen Kinder – so sie denn je welche bekämen – sein würden, in Zanana aufzuwachsen.

Langsam faltete Catherine den Brief wieder zusammen. Vielleicht könnte man es so einrichten, dass sie jedes Jahr einmal herkommen. Es zu einem jährlichen Ereignis machen, auf das sie sich freuen können, so dass sie nicht das Gefühl haben, an einem einmaligen Wohltätigkeitsbesuch teilzunehmen.«

Robert sah seine schöne, goldhaarige Frau an, und ein Lächeln breitete sich über sein Gesicht. »Das ist eine wunderbare Idee, Liebste. Ja, warum übernimmst du nicht das Waisenhaus als dein eigenes Projekt, wirst seine inoffizielle Wohltäterin?«

»Du meinst, ich soll mir auf einen Schlag eine ganze Familie zulegen? Glaub ja nicht, dass ich nicht erkenne, warum du das vorschlägst, Robert MacIntyre.« Ihre blauen Augen sprühten vor Lachen.

Später am nächsten Tag fand Robert Catherine auf der rustikalen Gartenbank in ihrem Rosengarten sitzend und bemerkte mit Befriedigung ihre strahlende und glückliche Laune. Er küsste sie auf die Wange, setzte sich neben sie und nahm ihre Hand in die seine.

Catherine lehnte ihren Kopf an seine Schulter. »Liebster Robert, ich habe beschlossen, dem Waisenhaus auf jede mir mögliche Weise zu helfen. Ich glaube, das Kinderpicknick wird eine gute Möglichkeit sein, damit anzufangen. Mr. und Mrs. Butterworth werden mir helfen, gemeinsam mit den Angestellten, ich glaube, es wird ihnen sogar Spaß machen, und ich habe schon so viele Ideen!« Sie konnte ihre Begeisterung kaum zügeln, als sie ihm ihre Pläne darzulegen begann. »Wir werden jedes Jahr ein anderes Motto haben – einen Zirkus, einen Karneval, eine Aladinshöhle – jedes Jahr wird es etwas Neues geben. Du wirst schon sehen, dagegen werden diese Gesellschaftspartys im Regierungspalast total langweilig wirken!«

Zananas erster jährlicher Kindertag wurde ein voller Erfolg und übertraf Catherines sämtliche Erwartungen.

Zwei Dutzend Kinder wurden mit einer kleinen dampfbetriebenen Fähre, die regelmäßig zwischen Sydney und Parramatta verkehrte, nach Zanana gebracht. Am Anlegesteg wurden sie von einem Clown empfangen, der ihnen Drachen mit einer aufgemalten Glückszahl überreichte. Das ganze Grundstück war mit Jahrmarktszelten übersät, in denen Spiele veranstaltet wurden, Kasperletheater gespielt wurde, Clowns auftraten und auf Eseln geritten werden konnte.

Robert schüttelte verwundert den Kopf, als die Esel in ihren bunten, mit Bändern und Blumen dekorierten Hüten auftauchten. »Die werden die Hüte auffressen, Catherine!«

»Das macht nichts. Ich mache ihnen neue«, lachte sie.

Mr. Butterworth, der Obergärtner, die Molkereivorarbeiter und Sid Johnson führten kleine Gruppen großäugiger Kinder durch den Obstgarten, die Molkerei, die Gemüsebeete und die Ställe und erklärten ihnen, wie Zanana geführt wurde. Lämmer wurden gestreichelt, Melkversuche gemacht, Sahne wurde von Fingern geschleckt, Möhren wurden mit Begeisterung gezogen, dann gewaschen und roh gegessen. Mrs. Butterworth führte andere Kindergruppen durch das große Haus, wo die Kinder in gedämpftem Ton miteinander flüsterten und heimlich Seidenvorhänge und Satinkissen berührten.

Dann kam der Höhepunkt des Tages – das Essen. Lange Tische waren auf der schattigen Veranda aufgebaut, und es gab alles, was ein Kinderherz begehrte. Wackelpudding, Schmetterlingskuchen, gefüllt mit frischer Sahne, Marmeladentörtchen, Pudding, Cremeschnitten, Löffelbiskuits, Regenbogenkuchen, kleine Pasteten, Fleischbällchen, Würstchen mit Brötchen und Würstchen im Schlafrock, gefolgt von Obst, das sie selbst gepflückt hatten, Käse und Eis und dazu große Krüge frischer Milch, selbstgemachter Limonade und Ingwerbier.

Nach diesem Festessen trat ein Zauberer auf, der Kaninchen aus dem Hut zog, Tauben aus seinen Ärmeln und Münzen hinter den Ohren eines Jungen hervorzauberte – zum Staunen und zur Begeisterung der Kinder. Und dann, nachdem die Heimleiterin ihnen strikte Anweisungen gegeben hatte, durften sie in den Gärten Versteck spielen.

»Das Gelände um das Schwimmbecken wird nicht betreten«, erinnerte sie ihre ausgelassenen Rangen streng.

Aber allzu schnell, am späten Nachmittag, kam der Moment, wo sie die Freuden von Zanana verlassen und in die karge Umgebung des Waisenhauses zurückkehren mussten. Die Heimleiterin ließ die Kinder in einer Reihe vor Catherine antreten, die unter dem Vordach stand. Jedem Kind wurde ein bunt eingepacktes Geschenk überreicht, das zu der Nummer auf seinem Drachen passte, dann wurden sie auf Pferdekutschen gehoben, die sie in die Stadt zurückbringen würden.

Die anfängliche Schüchternheit war verflogen, und sie winkten Catherine, dankten ihr noch einmal und riefen ihr Abschiedsgrüße zu. Plötzlich löste sich ein kleines Mädchen aus einer Gruppe, rannte zu Catherine, schlang ihr die Arme um die Beine und vergrub sein Gesicht in der aprikosenfarbenen Seide ihres langen Kleides.

»Ich hab dich lieb«, schluchzte sie. »Ich möchte hier bleiben ...«

Catherine hob das kleine Mädchen auf die Arme und drückte es an sich. »Wein nicht, Liebes. Du wirst wieder herkommen. Und ich werde dich besuchen.«

Sanft trug sie das Mädchen zur Kutsche und überreichte die Kleine dem Kutscher, der sie zwischen die anderen Kinder setzte.

»Gott segne euch alle«, rief Catherine und winkte ihnen zum Abschied zu.

Spontan jubelten die Kinder: »Hipp, hipp, hurra! Danke! Danke! Danke!« Sie riefen und winkten immer noch, als die Pferde mit wippenden Federn auf den Köpfen die gewundene Auffahrt hinab und aus dem großen schmiedeeisernen Tor hinaus in die Alltagswelt hinter dem Märchenland von Zanana trabten.

Robert trat vor und legte den Arm um Catherines Schultern, während sie tränenblind mit ihrem Spitzentaschentuch den verschwindenden Kutschen nachwinkte. »Mein Liebling, du hast ihnen so viel Freude bereitet.«

»O Robert, sie haben mir so viel mehr zurückgegeben.«

Gemäß ihrem Versprechen besuchte Catherine von da an jeden Monat das Waisenhaus und brachte frisches Obst und Gemüse aus Zanana mit. Bei jedem Besuch rannte das kleine Mädchen, das sich beim Abschied auf Catherine gestürzt hatte, sofort auf sie zu und klammerte sich an sie. Jedes Mal wurde sie von der Heimleiterin sanft gescholten, von Catherine losgemacht und an ihren Platz zurückgeschickt. Die eifrige kleine Fünfjährige schien immer ganz genau zu wissen, wann Catherine kam, und schlich sich zur Eingangstür, um sie als Erste zu begrüßen.

Bei ihrem ersten Besuch war Catherine stehen geblieben und hatte sich kurz mit dem helläugigen Kind unterhalten.

»Wie heißt du?«, hatte sie gefragt.

»Mary.« Die Kleine machte einen raschen Knicks und hielt mit den Händen die Ränder der Schürze fest, wie man es ihr beigebracht hatte.

»Und wie alt bist du, Mary?«

Sie hielt die Hand hoch. »Ich bin fünf Finger alt.«

Catherine unterdrückte ein Lächeln. »Und wann ist dein Geburtstag? Wann wirst du sechs?«

Das Kind sah sie verständnislos an. »Mein Geburtstag?« Sie biss sich auf die Lippen und schüttelte den Kopf.

Die Heimleiterin trat vor und sagte zu Catherine: »Wir feiern einen gemeinsamen Geburtstag. Eine Geburtstagsfeier für alle. Das ist einfacher für uns.«

Catherine, die dachte, wie traurig es sein musste, den eigenen Geburtstag nicht feiern zu können, nickte und nahm Marys Hand in die ihre, während sie der Heimleiterin ins Haus folgten.

Über die Monate merkte Catherine, dass sie sich darauf freute, die entschlossene kleine Mary zu sehen, und angesichts ihrer Beharrlichkeit erlaubte die Heimleiterin Mary, das ›Empfangskomitee‹ zu bilden, wenn Catherine zu Besuch kam.

Eines Tages erkundigte sich Catherine beim Tee im kleinen Büro der Heimleiterin nach Marys Herkunft.

»Die übliche Geschichte, muss ich leider sagen. Ihre Mutter war ein armes lediges Dienstmädchen, das in Schwierigkeiten geriet. In solchen Fällen verliert man entweder die Stelle oder das Kind, doch im Falle dieses Mädchens verlor sie beides. Der Vater der kleinen Mary war der Herr des Hauses und nicht gewillt, die Vaterschaft eines Dienstbotenkindes anzuerkennen. Mary ist seit ihrer Geburt hier. Sie kennt kein anderes Zuhause.«

»Wie traurig. Sie ist so ein liebes kleines Ding.«

»Sie sind alle liebe – und einsame – Kinder, Mrs. MacIntyre«, sagte die Heimleiterin sanft.

»Natürlich, natürlich.« Aber die Heimleiterin bemerkte, dass es stets Mary war, die eine Extraliebkosung von Catherine bekam, wenn sie sich von den kleinsten Kindern verabschiedete. Und so war sie nicht allzu überrascht, als Robert MacIntyre das Waisenhaus aufsuchte, um eine bestimmte Angelegenheit mit ihr zu besprechen.

»Meine Frau und ich haben ... äh ... bisher noch kein Kind bekommen, und das bedrückt Catherine sehr. Sie sehnt sich nach einem Baby. Sie hat so viel Liebe zu geben und fühlt sich unausgefüllt trotz unserer glücklichen Ehe und unseres angenehmen Lebens.«

»Ich verstehe. Sie wollen damit sagen, dass Mrs. MacIntyre ... dass Sie beide ein Kind adoptieren möchten?«

»Das ist es, was Catherine sich wünscht. Sie hat lange darüber nachgedacht. Es ist keine unüberlegte oder plötzliche Entscheidung.«

»Und was ist mit Ihnen, Mr. MacIntyre? Wie denken Sie darüber?«

»Ich möchte alles, was meine Frau glücklich macht. Ich hatte gehofft, dass uns ein Kind geschenkt werden würde, aber da das nicht der Fall ist, halte ich eine Adoption für eine vernünftige Lösung.« Als er den fragenden Ausdruck im Gesicht der Heimleiterin sah, fügte er hinzu: »Natürlich bin ich sicher, dass ich das Kind mit der Zeit als mein eigenes betrachten werde.«

»Sie scheinen Bedenken zu haben.«

»Nun ja, ehrlich gesagt, Catherine hat ihr Herz an ein kleines Mädchen verloren, mit dem sie sich hier angefreundet hat. Ich hätte lieber einen Sohn. Zanana ist eine große Verantwortung und ein gewaltiges Erbe, verstehen Sie.«

»Selbstverständlich. Aber was das betrifft, nichts kann Sie daran hindern, ebenfalls einen Jungen zu adoptieren.«

»Ja. Daran hatte ich nicht gedacht. Natürlich wird es recht einsam für ein einzelnes Kind sein«, sagte Robert nachdenklich. Sein Gesicht erhellte sich, und er lächelte, sein Entschluss war gefasst. »Ja, in der Tat. Aber gut, einen Schritt nach dem anderen. Könnte ich die kleine Mary sehen, ohne dass sie den Grund meiner Anwesenheit erfährt?«

Robert stand im sonnendurchfluteten Schulzimmer der Kinder. Das Gebäude war jetzt während der Spielstunde so gut wie leer. Auf dem Hof unter dem Fenster sah er eine kleine Gruppe von Mädchen, die Seilspringen und Himmel und Hölle spielten. Mary spielte in ihrer Nähe, aber allein, sie war mit einem Phantasiespiel beschäftigt, für das sie Grasbüschel und kleine Zweige gesammelt hatte. Zwei Mädchen, ein bisschen älter als Mary, näherten sich ihr mit einem Springseil und forderten sie offenbar auf mitzuspielen. Mary sah nicht auf, schüttelte aber den Kopf und schien dem selbstgemachten Spielzeug, das sie in der Hand hielt, etwas vorzusingen, es war eine grob geformte Puppe aus getrocknetem Gras.

»Unabhängige kleine Miss«, dachte er. Es war ein gutes Zeichen, dass sie sich selbst beschäftigen konnte. In Zanana gab es keine anderen Kinder bis auf den kleinen Sohn von Sid und Nettie Johnson.

Da er nun den Entschluss gefasst hatte und recht eingenommen von der kecken kleinen Mary war, suchte er Hock Lee auf und erzählte ihm von seinem Plan.

»Ich halte das für eine ausgezeichnete Idee, Robert. Es wird Catherine glücklich machen, und du musst an die Zukunft von Zanana denken.«

»Allerdings. Wenn Catherines Herz nicht daran hinge, die kleine Mary zu adoptieren, hätte ich einen Jungen gewählt. Nun werde ich erst einmal abwarten, wie sich die Dinge entwickeln, und dann vielleicht später einen älteren Jungen bei uns aufnehmen. Ich würde einen älteren Jungen vorziehen, damit man wenigstens einen kleinen Eindruck von seinem … Charakter hat. Schließlich muss Zanana an den ältesten Sohn übergehen.«

Dann stattete Robert seinem Anwalt Charles Dashford einen Besuch ab.

Der vornehme, arrogante Dashford sagte wenig, aber seine Haltung war missbilligend. »Das ist ein großer Schritt, Robert. Und ich meine, man weiß ja nie … wo diese Kinder herkommen. Sie legen sich da lebenslang fest.«

Robert tat seine Bemerkungen mit einer Handbewegung ab. »Ich habe mich entschieden. Machen Sie nur die erforderlichen Papiere fertig, bitte.«

Catherine und Robert fuhren gemeinsam zum Waisenhaus, um Mary abzuholen. Die Heimleiterin hatte Mary bereits erklärt, dass sie von nun an in Zanana leben würde, aber das Kind glaubte ihr einfach nicht. Doch als sie ins Büro der Heimleiterin kam und Robert und Catherine lächelnd dort sitzen sah, blieb sie ganz still stehen und betrachtete die Erwachsenen im Zimmer. Ihre natürliche Überschwänglichkeit verwandelte sich in Schüchternheit und Ungläubigkeit. Sie konnte nicht glauben, dass dieses bedeutsame Ereignis tatsächlich stattfand.

Catherine öffnete die Arme, doch diesmal stürzte sich Mary nicht hinein, sondern schritt langsam auf sie zu, die Hände hinter dem Rücken verschränkt, den Kopf gesenkt. Ihr Haar war gebürstet und mit einem Band zusammengebunden, ihre abgetragenen Schuhe waren frisch geputzt, und sie trug ein verblichenes Kleid mit Blumenmuster, vererbt, aber sauber und gebügelt. Zum ersten Mal sah Catherine sie nicht in der Kittelschürze, die sonst alle Kinder im Waisenhaus trugen.

»Hallo, Mary«, sagte Catherine sanft. »Bist du traurig, dass du all deine Freunde hier verlassen musst?«

Der kleine Lockenkopf wurde energisch geschüttelt.

»Sprich, wenn du angeredet wirst, Mary, du brauchst nicht schüchtern zu sein«, forderte sie die Heimleiterin auf.

»Nein«, ertönte ein kleines Stimmchen.

»Bist du froh, dass du zu uns nach Zanana kommst?«

Jetzt nickte der Kopf eifrig, gefolgt von einem inbrünstigen »Ja«.

»Warum siehst du denn dann so traurig aus, liebes Kind?« Catherine zog das Mädchen auf ihren Schoß.

»Sie lassen mich meine Schürzen nicht mitnehmen, und ich hab nur dieses eine Kleid«, murmelte Mary und verbarg ihren Kopf an Catherines Schulter.

»O meine Süße.« Catherine drückte sie fest an sich. Tränen rannen Mary aus den Augen und benässten Catherines Kleid.

Die Heimleiterin und Robert tauschten ein mitfühlendes Lächeln aus.

Robert beugte sich vor und hob Marys Kinn mit dem

Finger an, so dass das kleine Mädchen ihm ins Gesicht sehen musste. »Das ist ein sehr schönes Kleid, Mary, aber vielleicht hättest du gerne noch ein paar neue dazu. Wir werden jetzt für dich sorgen, und du bekommst dein eigenes Zimmer und alles, was du brauchst.«

»Ein eigenes Zimmer?« Ihre Augen weiteten sich vor Erstaunen. »Ganz für mich allein?«

»Es liegt direkt neben unseren«, beruhigte Catherine sie.

Mary glitt von ihrem Schoß, ging zu Robert und umarmte ihn rasch, ein breites Lächeln erhellte ihr Gesicht. Robert wollte zuerst überrascht zurückzucken, dann tätschelte er ihr unbeholfen den Kopf.

»Lass uns deine Tasche holen, Mary.« Die Heimleiterin nahm sie bei der Hand. »Ich gehe mit ihr. Es könnte die anderen Kinder traurig machen, wenn sie sehen, dass Sie Mary mitnehmen. Davon träumt jedes Kind hier. Leider haben sie nicht alle so viel Glück wie die kleine Mary«

»Machen Sie bitte den anderen Kindern klar, dass sie mir immer noch am Herzen liegen und dass ich sie weiterhin besuchen werde. Und es wird auch weiterhin Kinderfeste in Zanana geben.«

»Selbstverständlich, Mrs. MacIntyre. Das ist sehr freundlich und großzügig von Ihnen.«

Mary ging durch den langen Schlafsaal, vorbei an den Reihen gleichartiger Betten. Die Heimleiterin griff nach einem kleinen Kleidersack, der am Fußende von Marys Bett lag und ihre bescheidene Kleidung und ihre wenigen kostbaren Besitztümer enthielt: eine Lumpenpuppe, die sie von einer Wohltätigkeitsorganisation einmal zu Weihnachten bekommen hatte, und ein kleines Kaleidoskop aus Pappe – ihren Preis vom Kindertag in Zanana. Sie hatte es stundenlang ans Auge gehalten und langsam gedreht, damit sich die kleinen Glasstückchen zu immer neuen Mustern zusammenfügten.

Die anderen Kinder waren im Klassenzimmer, und als Mary vorbeigeführt wurde, sahen sie alle von ihren Schiefertafeln auf, und ein Murmeln ging durch den Raum. Der Lehrer klopfte an die Wandtafel, und rasch wandten sich alle Augen wieder ihren Rechenaufgaben zu. Aber Mary hatte den Neid in ihren Blicken gesehen und ging mit stolz erhobenem Kopf weiter.

Innerhalb weniger Wochen nach ihrer Ankunft in Zanana kannte Mary jeden Zentimeter des Grundstücks, hatte sich mit allen Angestellten und Arbeitern angefreundet, besaß ihr eigenes Lämmchen und hatte sich angewöhnt, Mrs. Butterworth bei ihren häuslichen Arbeiten auf Schritt und Tritt zu folgen.

Mrs. Butterworth scheuchte sie mit einem Winken weg. »Lass das, Mary, du musst lernen, eine Dame zu sein. Nun lauf, geh in dein Spielzimmer. Bald ist es Zeit für deine Musikstunde.«

Mary verzog die Nase. Catherine brachte ihr Klavierspielen bei und gab ihr auch Schulunterricht, obwohl sie angekündigt hatte, dass eine Gouvernante kommen und bei ihnen wohnen würde, um Mary zu unterrichten, wenn sie älter wäre. Auf diesen Tag freute Mary sich gar nicht.

Catherine war entzückt von dem kleinen Mädchen, merkte aber, dass Marys überschäumende Energie sie schnell ermüdete. Ja, sie merkte wohl, dass ihre Kraft nachgelassen hatte, ignorierte aber alle Warnzeichen, denn nichts sollte ihr die Freude nehmen, Mary erblühen zu sehen.

Auch Robert erfreute sich an der Gesellschaft des kleinen Mädchens, wenn sie zusammen waren, machte sich aber Sorgen um Catherines Gesundheit. Er war froh, dass sie mit Mary glücklich war, bezweifelte jedoch, dass sie es so bald auch noch mit einem zweiten Kind aufnehmen konnte. Er würde warten und einen Jungen adoptieren, wenn Catherine sich wieder kräftiger fühlte.

Catherine fuhr fort, die Dinge zu tun, die sie am meisten genoss. Sie verbrachte viel Zeit in ihrem Rosengarten, wenn sie auch in letzter Zeit nicht mehr die Kraft hatte, sich ihrer Pflege zu widmen, aber sie saß gerne dort und erfreute sich an ihrer Schönheit und ihrem Duft. Sie unterrichtete Mary weiterhin, lehrte sie englische und schottische Geschichte und flocht dabei Erzählungen aus ihrer eigenen Kindheit ein. Mary war wie verzaubert, sowohl vor Freude, dass sie bei Catherine sein durfte, wie auch von den Geschichten, die sie erzählte. Mary liebte ihre schöne neue Mama abgöttisch und freute sich auf den Unterricht, weil sie dann der Mittelpunkt von Cathcrines Zeit und Aufmerksamkeit war. Doch wie sehr sie es auch genoss, die aufgeweckte und aufmerksame Mary zu unterrichten, wurden die Zeiten, die Catherine ruhend in ihrem kühlen Schlafzimmer verbrachte, immer länger.

Und so freute sich Robert, als Catherine vorschlug, ihn zusammen mit Mary auf seiner nächsten Fahrt nach Sydney zu begleiten. Robert küsste Catherine, als sie in der Stadt ankamen, in der es bereits von Büroangestellten, Verkäuferinnen und Straßenhändlern wimmelte.

»Willst du auch wirklich allein durch die Straßen gehen? Der Verkehr wird immer dichter heutzutage, ganz zu schweigen von den finsteren Gestalten, die in manchen Gegenden herumlungern.«

»Wir werden schon zurechtkommen, Robert. Wir werden uns an die Hauptstraßen im Zentrum halten, außerdem wird es ein Abenteuer werden, nicht wahr, Mary?«

Das kleine Mädchen nickte, die Augen leuchtend vor Aufregung. Sie griff nach Catherines Hand, hielt ihren Strohhut fest und versuchte, all die Anblicke, Geräusche und Gerüche in sich aufzunehmen.

Catherine und Mary begannen ihren Stadtausflug mit einer Fahrt in einem von Pferden gezogenen Bus, der sie über die George Street zum Circular Quay brachte, wo sie sich die Frachter, Dampfschiffe und das geschäftige Treiben am Hafen ansahen. Sie spazierten durch den Botanischen Garten, kauften von einem Jungen eine Tüte mit Brotkrümeln und fütterten die Enten im Teich. In der Nähe stolzierten gebieterische Pfauen auf und ab, die männlichen Tiere ließen ihre üppig gefiederten Schwänze in arroganter Lässigkeit nachschleifen.

Zurück in der Stadt, machten sie einen Schaufensterbummel durch die Sydney Arcade. Während Catherine unter dem hohen, gewölbten Dach aus Glas und Stahl entlangschlenderte, lief Mary voraus und drückte ihre Nase an das Schaufenster eines Spielzeugladens.

Aufgetürmt lagen dort bunte Kreisel, Kisten mit Bilderbüchern, Maltafeln und Farbkästen, Rechenschieber mit bunten Kugeln und alle möglichen Brettspiele von Cribbage, Dame und Flohhüpfen bis zu hübschen Spielesammlungen in ausklappbaren Mahagonikästen. Es gab Bilder für die Laterna Magica, Zinnsoldaten, Masken und jede erdenkliche Art von Aufziehspielzeug. Im Inneren des Ladens lockten Schaukelpferde, Puppen und Puppenstuben.

»Papa hat dir zwei Shilling gegeben, würdest du dir davon gerne hier etwas kaufen?«, fragte Catherine mit einem Lächeln.

»O ja, ich glaube schon.«

Mary lief voraus und guckte in die Schaukästen. Catherine fühlte sich wieder wie ein kleines Mädchen und ging direkt zu den Puppen. Sie war nie mit Spielzeug verwöhnt worden. Ihre Mutter war sparsam gewesen mit Geschenken – hin und wieder ein Brettspiel oder Kleinigkeiten für das Puppenhaus, das ihr Vater ihr gebaut hatte. Catherine liebte ihr Puppenhaus und spielte mehr damit als mit allem anderen, dachte sich immer neue Geschichten für ihre große und lebhafte Puppenfamilie aus. Im Vergleich zu ihrem einsamen und abgeschiedenen Leben war das dieser Familie voll von Gefühlsdramen und Abenteuern. Sie lächelte bei dem Gedanken, welche Freude sie viele Jahre lang daran gehabt hatte. Robert und sie würden Mary ein Puppenhaus schenken, beschloss sie.

Zu Catherines Verwunderung wählte Mary kein Spielzeug oder Brettspiel aus, sondern eine kleine neuartige Sparbüchse. Es war die bemalte Metallfigur eines Jungen, der einen Hund tätschelte, und wenn man ihm eine Münze in die Hand gab, verschwand sie in dem Schlitz hinter dem Ohr des Hundes.

»Ich werde meine Threepence sparen«, verkündete sie.

»Und dir dann ein hübsches Spielzeug kaufen?«, fragte Catherine, während die Verkäuferin die Sparbüchse in braunes Papier einpackte.

»Nein«, sagte Mary nachdenklich. »Ich spar sie einfach nur.«

Catherine nickte verständnisvoll. Für Mary war die Erinnerung an Entbehrungen immer noch frisch, und selbst im zarten Alter von sechs Jahren war sie sich der Notwendigkeit des Sparens und der Möglichkeit, eines Tages wieder mit wenig auskommen zu müssen, bewusst.

»Ich hab auch zwei Shilling zum Ausgeben und werde den Butterworths ein Mitbringsel kaufen. Schau, da gibt es Süßigkeiten«, machte Catherine Mary aufmerksam.

Die beiden schauten sich ausführlich unter dem angebotenen Konfekt um und entschieden sich schließlich für eine Tüte mit gezuckerten Mandeln, Kokosflocken, Sirupstangen, Nougat, Veilchenpastillen und Aniskugeln. Dazu kauften sie noch einen kleinen Beutel mit Pastillen, Lakritz und Toffees, die sie auf dem Heimweg mit Robert teilen wollten.

»Ich hab Hunger«, sagte Mary mit einem Blick auf die Tüten.

»Dann muss es Mittag sein«, verkündete Catherine mit einem Lächeln.

Sie aßen im prächtigen Speisesaal des Wentworth Hotels. Mary saß steif auf dem hochlehnigen Stuhl und hatte eine große Leinenserviette über den Schoß gebreitet. Enttäuscht betrachtete sie die Kürbissuppe, die Lammkoteletts und das Gemüse, das von einem Brotpudding gefolgt wurde, da ihr der Anblick und die Gerüche aus Sargents Pastetenladen, an dem sie auf dem Weg zu dem eleganten Wentworth vorbeikamen, viel verlockender vorgekommen waren.

Am Ende des Tages konnte Mary kaum noch die Augen offen halten, und als Robert fragte, was sie alles unternommen hatten, ratterte sie den Tagesablauf rasch herunter. »Bus, Schiffe, Geschäfte, Spielsachen und Süßigkeiten. Wir haben die Enten gefüttert, und Mum hat einen Freund besucht.«

»Wo denn?«, wollte Robert wissen.

»In der Macquarie Street. Ich erzähle dir später davon, Liebster.«

Als sie schließlich Zanana erreichten, war Catherine völlig erschöpft. Während Mrs. Butterworth Mary badete, ihr ein gekochtes Ei und Toast zum Abendessen machte und sie dann zu Bett brachte, ruhte sich Catherine in ihrem Schlafzimmer aus. Vor dem Dinner ging sie zu Robert in die Bibliothek.

Robert trank einen Sherry vor dem Essen und betrachtete Catherine aufmerksam. »Geht es dir wirklich gut, Liebste? Der Tag war zu anstrengend für dich. Aber nun erzähl mir ein bisschen ausführlicher, was ihr gemacht habt. Wen hast du besucht?«

Catherine lächelte ihn an, und ihr bleiches Gesicht strahlte. »Komm, lass uns vor dem Abendessen einen Spaziergang zum indischen Haus machen, Robert – der Mond scheint so hell. Dann erzähle ich dir von meinem Tag.«

Hand in Hand schlenderten sie durch den dunklen Garten und blieben im Rosengarten stehen, wo der schwere Duft der Rosen in der angenehm kühlen Abendluft hing.

Catherine atmete ihn tief ein. »Mmm. Man braucht sie nicht zu sehen, um sich in sie zu verlieben. Rosen ... der Duft, den ich auf der Welt am meisten liebe.«

»Mein Lieblingsduft ist ein anderer«, murmelte Robert. »Ich liebe den süßen Geruch deiner Haare, deiner Haut, deines Atems ...« Er verstummte, schloss sie in die Arme und küsste ihr Gesicht, ihr Haar, ihre Lippen, überwältigt von der tiefen und unkontrollierbaren Leidenschaft, die er für sie empfand.

Catherine küsste ihn, erfüllt von der Liebe zu diesem Mann, der ihr alles bedeutete. Sie griff nach seiner Hand und sagte mit einem verschwörerischen Lächeln: »Lass uns ins indische Haus gehen.«

Sie ließen ihre Schuhe auf den Marmorstufen stehen und schoben die mit Schnitzereien versehene Tür auf. – Das Mondlicht strömte durch die Buntglasfenster und wurde von den kleinen Spiegeln auf der roten Samtwand zurückgeworfen. Der Geruch von Sandelholz hing in der Luft, und der Miniaturpalast war immer noch von der Wärme des Tages erfüllt.

»Jedes Mal, wenn ich hierher komme, fühle ich mich nach Indien zurückversetzt«, flüsterte Catherine.

»Das Haus hier ist von einem besonderen Zauber erfüllt«, stimmte Robert zu.

Einen Moment lang standen sie schweigend da, dann setzte sich Catherine auf das große Bett und sah hinauf zum Baldachin, wo die Edelsteine in dem künstlichen Nachthimmel blinkten. »Ich muss dir etwas sagen, Robert.«

»Ja, mein Liebling?«

»Ich bekomme ein Kind. Doktor Hampson hat es mir heute bestätigt.«

Robert sank neben sie und griff nach ihrer Hand. »Das ist ja wundervoll! Ich kann es kaum glauben. Wie konnte das geschehen, nach so langer Zeit?«

Catherines leises Lachen erfüllte den Raum. Sie beschloss, ihm nicht zu erzählen, was sie glaubte. Vor kurzem hatte sie sich einem plötzlichen Impuls folgend entschlossen, einen Frühjahrsputz im indischen Haus zu veranstalten und all das zu sortieren, was sich noch in einer Truhe und in ihrem Schrankkoffer befand.

In einer kleinen Schublade zum Aufheben von Wertgegenständen in der Rückwand des Schrankkoffers hatte sie das kleine Holzkästchen gefunden, das ihr die alte Maharani geschenkt hatte. Darin befand sich das Fläschchen mit Rosenparfüm und ihr kostbarer *lingam*. Beglückt hatte sie beides an ihr Herz gedrückt und dann sorgfältig in dem bestickten Fußbänkchen neben dem Bett verstaut, auf dem sie jetzt saßen.

»Doktor Hampson sagt, es ist nicht ungewöhnlich, dass Paare mit Schwierigkeiten ein Kind adoptieren, sich keine Sorgen mehr um die Empfängnis machen, und dann passiert es einfach.«

»Aber was ist mit deiner Gesundheit, Catherine? Dir ist es in letzter Zeit nicht gut gegangen.«

»Vielleicht lag es an der Schwangerschaft. Aber keine Bange, Robert, ich werde dir einen Sohn schenken, egal, was es mich kostet.«

»O nein, das ist keineswegs egal.« Er umarmte sie, plötzlich voller Furcht. »Komm, lass uns zum Haus zurückgehen. Darauf müssen wir mit einem Portwein anstoßen. Dem ältesten und besten aus dem Keller!«

Aber ihre Überraschung und ihre Freude wurden durch die mit ernster Miene vorgebrachten Warnungen Doktor Hampsons getrübt, dass Catherine, falls sie das Kind austrug, ihre Gesundheit in Gefahr bringen würde. »Nicht nur ihre Gesundheit, Mr. MacIntyre, sondern auch ihr Leben. Sie steht noch am Beginn der Schwangerschaft, und es gibt ... Möglichkeiten, in dieser Situation Abhilfe zu schaffen.«

So sanft er konnte, brachte Robert ihr diese Nachricht bei. Catherine legte den Finger auf die Lippen und bat ihn, nicht weiterzusprechen. »Liebster Robert, da gibt es keine Entscheidung zu treffen. Ich möchte, dass du deinen Sohn bekommst. Was geschehen wird, wird geschehen. Ich habe keine Angst. Das habe ich von dem Guru in dem indischen Dorf gelernt. Man kann nichts ändern, was das Schicksal bereits vorausbestimmt hat.«

»O Catherine.« Seine Stimme zitterte, als er seine geliebte junge Frau in die Arme schloss, sie an sich drückte und sanft wiegte.

Während der kommenden Monate wurde Catherine immer schwächer und war gezwungen, die meisten Tage ruhend im Bett zu verbringen. Mary wurde von Mrs. Butterworth versorgt, aß bei ihr und Harold in der großen, freundlichen Küche und wurde nur zu kurzen Besuchen an Catherines Bett geführt. Robert war meist in Gedanken versunken und beachtete Mary kaum, obwohl das Kind stets auf seine Rückkehr aus der Stadt wartete und ihm entgegenlief, um ihm an der Tür Hut und Mantel abzunehmen.

Robert saß an Catherines Bett, nahm ihre bleiche Hand in die seine und bemerkte die blauen Venen, die unter ihrer fast durchsichtigen Haut zu sehen waren. »Catherine, Liebste, ich mache mir solche Sorgen um dich.« Er hielt sie vorsichtig in den Armen, fürchtete fast, ihr geschwächter Körper könne zerbrechen.

»Mach dir keine Gedanken, Robert.« Sie strich ihm glättend über das Haar. »Ich liebe dich so sehr.«

Sie klammerten sich lange Zeit aneinander, doch als er

dann ihre Erschöpfung sah, bettete Robert sie wieder in ihre Kissen und wollte leise das Zimmer verlassen.

Catherine lächelte schwach. »Schick mir Mary herein, ich möchte, dass sie das alles versteht.«

Mary verstand es nicht. Sie wusste nur, dass ein Baby unterwegs war und ihre Mama sehr krank machte.

In den frühen Stunden einer regnerischen Nacht wurde Doktor Hampson nach Zanana gerufen. Eine besorgte Mrs. Butterworth hielt ihm die Tür auf, während die Laterne, die er in der Hand trug, schwankende Schatten über die Vorhalle warf. Sein Cape bauschte sich auf, als er mit seiner schwarzen Arzttasche die breite Treppe hinaufeilte.

Kurz vor Tagesanbruch, als der Regen aufgehört hatte und die klagenden Schläge der Großvateruhr durch die Villa hallten, verließ der Doktor das Haus. Er hatte alles getan, was in seiner Macht stand, aber es war das eingetreten, was er befürchtet hatte.

Catherine MacIntyre hatte eine kleine, zarte Tochter zur Welt gebracht. Doch die Anstrengung war zu viel für ihren geschwächten Körper und das schwache Herz gewesen, und sie war friedlich in Roberts Armen entschlafen, war wie das letzte bleiche Flackern einer niedergebrannten Kerze erloschen.

Mrs. Butterworth nahm das Neugeborene mit in die Wärme ihrer Küche und wiegte das kleine Bündel in den Armen. Sie blickte auf das winzige herzförmige Gesicht. Catherines Züge sahen der untröstlichen Haushälterin entgegen. Mrs. Butterworth schluchzte auf. »Du armes kleines Wesen.«

Sie erhob sich, als der aschfahle Robert MacIntyre die große Küche betrat. Er setzte sich an den Tisch und vergrub den Kopf in den Händen. Mrs. Butterworth ging zu ihm und hielt ihm das in ein Baumwolltuch gewickelte Baby hin.

Ein Schauder überlief ihn, er sprang auf und warf dabei den Stuhl krachend zu Boden. »Bringen Sie es weg, Mrs. Butterworth! Ich will das Kind nie wieder sehen!« Mit geröteten Augen sah er zur Tür, und als er aus dem Raum schritt, brüllte er: »Und schicken Sie sie dahin zurück, woher sie gekommen ist! In diesem Haus wird es keine Kinder geben!«

Mrs. Butterworth fuhr herum und sah Mary in ihrem langen Nachthemd, das Gesicht tränenüberströmt, an der Tür stehen.

Plötzlich stürmte das Mädchen wie ein wütendes Tier auf Mrs. Butterworth zu. Zorn, Angst und Enttäuschung brachen aus ihr heraus.

Wie wild zerrte sie an dem Tuch, in welches das Baby gewickelt war. Zwischen den Schluchzern stieß sie hervor: »Ich hasse dich, Baby! Du hast mir meine Mama weggenommen. Ich hasse dich …«

Kapitel vier

Amberville 1956

Das Städtchen Amberville hatte in Odettes Augen während der letzten Jahre nichts hinzugewonnen. Sie fand es klein, langweilig und beengend, ohne dass es irgendeinen ländlichen Charme aufweisen konnte. Die Bewohner waren verschlossen und zurückhaltend und gaben ihr nach wie vor das Gefühl, eine Außenseiterin zu sein.

Amberville ähnelte vielen australischen Landstädten. Die Häuser waren meist aus Holz, hatten Metalldächer und große Veranden. Es gab mehrere gut gepflegte Kirchen, ein imponierendes Bankgebäude und eine Post. In der Mitte der breiten Hauptstraße standen welke Palmen, parkende Autos und Lastwagen. Die Bürgersteige waren breit, beschattet von den Markisen der Geschäfte. Niemand schien es eilig zu haben.

Die Isobel Street war die Geschäftsstraße der Stadt. Am einen Ende befand sich der Park mit dem Ehrenmal für die Gefallenen des Ersten Weltkriegs.

Am anderen Ende stand das neue Klubhaus der Kriegsheimkehrer, erbaut mit Spenden, die die Veteranen zweier Weltkriege gesammelt hatten. Dazwischen erstreckten sich die Geschäfte, die ein ganzes Jahrhundert zu verkörpern schienen – von der Drogerie, in der immer die hübschesten Mädchen des Ortes bedienten, bis zu dem schummrigen Eisenwarenladen mit seinen Reihen kleiner Schubladen, in denen Nägel, Schrauben, Haken und Bolzen untergebracht waren.

Der große Gemischtwarenladen, der immer noch die aus dem neunzehnten Jahrhundert stammende Bezeichnung Emporium trug, hatte alles zu bieten, angefangen von Nahrungsmitteln über jede Art von Gebrauchsgütern bis hin zu Geburtstagsgeschenken. Mr. Steiner, der örtliche Juwelier, ein Goldschmied, der 1939 aus Wien geflohen war, führte eine Auswahl an Hochzeitsgeschenken aus Silber und Kristall, tickende Uhren, die an einer Wand aufgehängt waren, und Armbanduhren, die in einem Schaukasten aufgereiht lagen und deren Zeiger alle auf Viertel vor drei standen.

Das Kurzwarengeschäft, geführt von Ethel und Audrey Armstrong, zwei grauhaarigen, unverheirateten Schwestern, bot Schuluniformen, Moskitonetze und Ballen praktischer Stoffe an. Ein Teil des kleinen Ladens war angefüllt mit Kurzwaren, Bändern und einer Auswahl bunter Strickwolle. Ein viel benutztes Musterbuch hing an einem Band neben dem Ladentisch. Wenn die Damen nicht bedienten oder ihren Laden aufräumten, strickten sie Teewärmer, Kleiderbügelüberzüge, Püppchen und Babyjäckchen für den Stand vom Roten Kreuz.

Der Metzgerladen hatte einen mit Sägespänen bestreuten Boden, und an einer der schwarz und weiß gekachelten Wände hing eine Schautafel, auf der ein kräftiger Ochse abgebildet war, zerteilt in die gängigen Fleischstücke. Auf zerstoßenem Eis waren im Schaufenster Tabletts mit Frischfleisch aus dem örtlichen Schlachthaus ausgestellt. Die Trunkeys, Vater und Sohn, schwangen in ihren blauweißen Kitteln an den beiden großen Blöcken, die einst dicke Baumstämme gewesen waren, ihre Messer und Fleischerbeile mit lärmender Geschicklichkeit.

Im Zeitungskiosk, in dem der geschäftige, bebrillte Mr.

Lennox das Sagen hatte, war immer am meisten los. Er öffnete jeden Tag als Erster von allen, damit die Leute ihre mit dem Nachtzug aus Sydney eingetroffenen Zeitungen holen konnten. Im Zeitungskiosk kauften sie auch ihre Lotterielose. Hier fanden sich Nachbarn und Bekannte ein, gaben ihre Kommentare zu den Zeitungsschlagzeilen ab, tauschten Klatsch und Tratsch aus oder redeten über die Trockenheit und den dringend benötigten Regen.

Die Jugend des Ortes traf sich im Athena Café, trank schäumende Milchshakes aus Metallbechern oder löffelte Eis vom Boden ihrer *spider* – hoher Gläser, gefüllt mit sprudelnder Brause. Die ständig lächelnden Wirtsleute Mr. und Mrs. Spiros kochten auf einer zischenden Elektroplatte und stillten den Bedarf an Hamburgern, Rissolen, Speck- und Eierbrötchen und Steaksandwiches. Am Abend waren sie die Letzten, die das Eisengitter vor ihre verschlossenen Türen zogen.

Kleinere Läden wurden eröffnet und schlossen wieder, wechselten von einem Besitzer zum anderen, fast alle kamen von außerhalb der Stadt. Am anderen Ende der Hauptstraße, in der Nähe des Kriegerdenkmals, befand sich eine Tankstelle mit Autowerkstatt. Dort konnte man ebenfalls Saatgut und Korn kaufen. Daneben, von der Werkstatt getrennt durch eine Koppel, auf der zwei alte Clydesdale-Pferde ihr Gnadenbrot bekamen, kämpfte die Schmiede, in der noch Pferde beschlagen wurden, gegen die Konkurrenz der modernen, motorbetriebenen Landmaschinen an.

Das Gemeindehaus und das Rathaus waren in soliden, altmodischen Backsteingebäuden hinter dem Park untergebracht. Weiter unten an der Straße stand das weiß gestrichene Schulhaus mit den vor kurzem angebauten neuen Klassenräumen. Ein Maschendrahtzaun grenzte den Schulhof ein, auf dem mehrere Pferde angebunden waren, die zum Ritt in die Schule benutzt wurden, und treue Hunde darauf warteten, dass ihre Besitzer um drei Uhr nachmittags aus der Schule kamen.

Die Isobel Street endete schließlich am Fluss, wo Fahrzeuge mit einer kleinen Fähre übergesetzt wurden. An seinen Ufern entlang zog sich ein mehr als zweieinhalb Quadratkilometer großer Streifen dichter Regenwald, der »der Busch« genannt wurde, bis zu den Hügeln im Hinterland. Odette hatte diesen schattigen Rückzugsort, durch dessen Blätterdach nur wenig Licht drang, schon bald entdeckt und lieben gelernt. Die Wurzeln der hohen Feigenbäume bildeten Höhlen so groß wie Zimmer und boten ein nach vermoderten Blättern riechendes Versteck. Luftwurzeln und Ranken hingen wie dicke Seile von den Ästen und streckten sich der federnden, feuchten Erde entgegen. Hier im Wald wurde sie an den heimlich genossenen Frieden und das Geheimnis von Zanana erinnert.

Der Busch beherbergte viele Tierarten, von denen kaum etwas zu merken war, mit der lautstarken Ausnahme einer Unzahl von Flughunden, die wegen ihrer rasiermesserscharfen Zähne und Klauen auch als fliegende Füchse bekannt waren. Während des Tages hingen sie mit dem Kopf nach unten, eingehüllt in die Samtcapes ihrer Flügel, wie eine reiche Ernte dunkler reifer Früchte. In der Dämmerung erhoben sie sich in einer kreischenden Wolke und fielen über die Obstbäume in meilenweitem Umkreis her.

Odette trottete von der Schule nach Hause. Es war sehr heiß. Sie wünschte, sie hätte ihr Fahrrad mitnehmen können, aber Tante Harriet hatte es zusammen mit fast allen anderen Sachen aus dem Besitz der Verstorbenen verkauft. Es war typisch für Tante Harriet, die Kontrolle zu übernehmen und davon auszugehen, dass sie alles am besten wusste und jeder ihr zustimmen würde. Die Jahre, in denen sie für ihren Vater gesorgt hatte, und dann die Jahre des Alleinseins hatten sie gegen die Empfindsamkeit anderer Menschen abgestumpft. Die meisten Menschen wichen einer Auseinandersetzung mit Tante Harriet aus, weil sie nicht bereit waren, sich mit ihrem herrischen und oft herablassenden Gebaren abzugeben.

Wie Odette diesen Verkauf, der im Hause ihrer Eltern stattfand, gehasst hatte! Einen ganzen Tag lang hatten Fremde mit abfälligen und gelangweilten Kommentaren in den liebevoll zusammengetragenen Schätzen von Ralph und Sheila Barber herumgewühlt.

»Diese Stühle sind ein bisschen schmuddelig. Für die Veranda gehen sie vielleicht noch.«

»Warum haben sie nur all diesen alten Kram aufgehoben? ... Wir könnten vielleicht ein Angebot für das Angelzeug machen, Schatz.«

Odette hatte es aufgegeben, zu streiten und zu protestieren, während Harriet den Inhalt der Schränke und Kommoden geschäftig zu Haufen zusammentrug. »Von der Tischwäsche brauche ich nichts, davon habe ich selbst genug«, verkündete sie fröhlich.

Heimlich hatte Odette hinter dem Rücken ihrer Tante den Wäschekarton durchwühlt und die gehäkelten Deckchen und Untersetzer herausgezogen. Auch die handgestrickten Eierwärmer für ihre »Soldateneier« hatte sie gerettet.

Wie die drei ihre weich gekochten Eier geliebt hatten, die aufrecht im Eierbecher standen. Wenn der Eierwärmer abgenommen wurde, lachte Ralph und der erstaunten und begeisterten Odette ein von Sheila aufgemaltes lustiges Gesicht entgegen, ein witziger Spruch oder ein kleines Bild. Für die Soldateneier gab es ein Ritual – sie wurden mit dem Messer geköpft, und Sheila war der Gefreite gewesen, während Odette und ihr Vater die Generäle waren. Das Eiweiß wurde aus der abgeschlagenen Spitze gelöffelt, dann wurde der Löffel in das cremige Gelb gesteckt, das weich sein musste, aber nicht von glibberigem Eiweiß umgeben sein durfte. Ein Stück Toast wurde in vier ›Reiter‹ geschnitten, die so tief wie möglich eingetaucht wurden, wobei kein Eigelb über den gezackten Schalenrand laufen durfte. Und wenn das Ei aufgegessen war, wurde die Schale verkehrt herum in den Eierbecher gestellt, und sie witzelten miteinander, dass sie noch heile Eier hatten.

Mit den Eierwärmern in der Hand erinnerte sich Odette daran, wie Sheila immer das Ei für Ralph geköpft, die Spitze sauber abgeschlagen, es mit Salz und Pfeffer bestreut und ihm mit einem Lächeln hingeschoben hatte. »Hier, Ralphie, genau, wie du es gern hast. Jetzt lass es aber nicht kalt werden.«

Und ihr Vater hatte die Zeitung zusammengefaltet, das Ei betrachtet und staunend gesagt: »Deine Mutter kocht die Eier auf die Sekunde genau, und dabei sieht sie nie auf die Uhr. Sie muss eine eingebaute Uhr haben, was, Detty?« Und mit einem Lächeln für seine Frau hatte er den Löffel gehoben und sich über das Ei hergemacht.

Odette versteckte die Andenken in einem alten Pappkoffer unter ihrem Bett, zusammen mit ein paar anderen Sachen, die sie gerettet hatte – ein Kristallschälchen, das auf der Frisierkommode ihrer Mutter gestanden und das selten benutzte Gesichtspuder enthalten hatte, und die Gipsfigur einer Ballerina in einem lindgrünen und rosafarbenen Ballettröckchen, die auf dem Klavier ihren Platz gehabt hatte.

Odette wusste nicht, woher die Ballerina stammte. Solange sie denken konnte, hatte die Figur, erstarrt auf der Zehenspitze, auf dem Klavier gestanden, den einen Arm über den Kopf gebogen, den anderen graziös um das steife Ballettröckchen gelegt, die Finger in anmutiger Haltung, den ausgestreckten Zeigefinger auf die zierlichen Zehen gerichtet. Staub hatte sich zwischen den winzigen Löchern des Gips-Tülls angesammelt, und die Farben waren verblichen, aber das ließ die Figur fast durchscheinend wirken und die Tänzerin noch graziöser aussehen.

Diese Dinge waren nicht wertvoll, aber ihre Vertrautheit und das Wissen, dass ihre Mutter sie gemocht hatte, machten sie zu etwas Besonderem, daher hielt Odette sie vor Tante Harriet versteckt.

»Odette? Du kommst sehr spät aus der Schule, Liebes. Du solltest nicht in dieser Hitze herumtrödeln.« Harriets Stimme drang in ihre Erinnerungen ein. »Ich habe dir etwas zu essen gemacht«, sagte Harriet und hielt die Verandatür auf. »Wasch dir die Hände, und dann fang mit deinen Hausaufgaben an. Aber ich hätte gerne, dass du zur Butterfabrik gehst, bevor es allzu spät wird. Ich brauche frische Sahne. Ich habe eine Torte gebacken.«

»Wie schön«, sagte Odette gehorsam. Sie beäugte die mit Käse belegten Kräcker und den Krug Limonade. Wenn Tante Harriet nur nicht so ein Theater machen würde. Sich selbst überlassen, hätte Odette den Imbiss genossen, aber solange ihre Tante dabeistand und selbstzufrieden lächelte, fiel ihr das Schlucken schwer.

Es kam Odette so vor, als müsse man in Tante Harriets Haus ständig dankbar sein. Sie wurde dauernd daran erinnert, »für unsere Segnungen zu danken, Odette. Es gibt viele Menschen, denen es bedeutend schlechter geht als uns.« Sobald das Abendbrot auf dem Tisch stand, faltete Harriet die Hände und sprach mit lauter Stimme ein Dankgebet. Odette empfand keine wirkliche Dankbarkeit, sondern Schuld, als sei sie eine fortwährende Belastung für Tante Harriet.

Odette trank ihre Limonade aus und entfloh der Enge des Hauses, ihrer hässlichen Schuluniform und Tante Harriets Fragen, wie ihr Tag verlaufen war. Sie hüpfte, hopste und sprang an den Eisenbahnschienen entlang und genoss ihre Freiheit. Vorsichtig, wie auf einem Drahtseil, balancierte sie auf einer Schiene, lief dann in der Mitte entlang und hüpfte von einer Schwelle zur anderen. Der Zug kam nur zwei Mal am Tag nach Amberville – früh am Morgen in Richtung Norden und um sieben Uhr abends in Richtung Süden. Die Gleise führten an der alten Butterfabrik vorbei, wo die Milch von den örtlichen Farmen zu Butter, Sahne und pasteurisierter Milch verarbeitet wurde, um dann mit dem Zug pünktlich zum Frühstück nach Sydney zu gelangen.

Harriet hatte sich mit der Frau des Fabrikleiters angefreundet und durfte sich jede Woche frische Kostproben abholen. Sie wollte das »nicht ausnutzen«, wie sie es ausdrückte, schickte aber trotzdem Odette alle vierzehn Tage zur Butterfabrik, um sich die Milchkanne mit dicker gelber Sahne füllen zu lassen.

Wenn in der Fabrik nicht zu viel zu tun war, ließ einer der Männer Odette die Metallleiter an der Außenseite der großen Bottiche hinaufklettern und einen Blick in die wirbelnden Milchstrudel werfen. Die Milch hatte einen süßen, köstlichen Geruch, der ihr immer noch anhaftete, wenn die tägliche Milchration geliefert wurde. In den frühen Morgenstunden holte der Milchmann die Milch aus der Fabrik, fuhr mit seinem Pferdewagen zu den einzelnen Häusern und füllte sie in die beim Briefkasten oder auf der Türschwelle bereitstehenden Flaschen oder Kannen.

Odette blieb nicht lange in der Fabrik – der Tag neigte sich dem Ende zu. Die Kanne fest mit dem Deckel verschlossen, ging sie am Fluss zurück, der an der Fabrik vorbeifloss. Als sie um eine Wegbiegung kam, blieb sie überrascht stehen und drückte die Kanne schützend an ihre Brust.

Unter den Bäumen am Flussufer war ein improvisiertes

Lager aufgebaut worden. Aber was für ein Lager! Ein verbeulter Bus, drei alte amerikanische Autos, zwei in allen möglichen Farben bemalte Wohnwagen aus Holz und mehrere Pferde bildeten so etwas wie einen Kreis. Gestalten bewegten sich um ein loderndes Lagerfeuer, und alles wirkte bunt, hell, lärmend und fröhlich. Odette machte einen Schritt zurück, denn sie wollte nicht von diesen sonderbar gekleideten Leuten entdeckt werden, die anders waren als alles, was sie je zuvor gesehen hatte. Aber gleichzeitig war sie fasziniert von der fast zirkusartigen Atmosphäre und der Fremdartigkeit des Ganzen.

Die Frauen trugen lange glitzernde Röcke, Samtjacken und Kopftücher über dem dicken schwarzen Haar. Die Kleidung der Männer war bunt, sie trugen komische Hüte und Tücher um den Hals. Sie alle schienen aus flimmernden Lichtern und blitzendem Gold zu bestehen, und immer wieder tönte Lachen auf. Mehrere Kinder, gekleidet wie die Erwachsenen, rangelten mit bellenden Hunden.

Odette beobachtete das alles ein paar Minuten lang, ganz verzaubert von diesen merkwürdigen Leuten. Fasziniert stand sie im Schatten eines Baumes, als plötzlich eine Stimme aus dem Nichts zu ihr sprach. Sie schrak so sehr zusammen, dass die Sahne unter dem Deckel der Kanne hervorschwappte.

»Du brauchst dich nicht zu verstecken. Wir sind ganz harmlos, weißt du.«

Es war eine sanfte männliche Stimme mit einem leichten Akzent, die sich, so dachte Odette später, wie ein Lachen anhörte.

»Wer ist da? Wo bist du?«

»Schau nach oben, Mädchen, schau nach oben.«

Sie legte den Kopf zurück und sah hinauf in den Baum.

»Hallo.« Ein junger Mann grinste sie an.

»Oh, hallo. Was machst du da oben?«

»Ich mag Bäume. Man hört Musik in den Bäumen.«

»Tatsächlich?«

Er schwang sich mit einem geschmeidigen Sprung vom Baum und landete vor den Füßen von Odette, die ihn schweigend ansah. Er war nur ein paar Jahre älter als Odette, ein großer schlanker Junge mit einem Schopf langer schwarzer Locken, dunkelbraunen Augen und erstaunlich weißen Zähnen. Seine Haut war gebräunt, und er trug die gleiche farbenprächtige Kleidung wie die Leute beim Feuer. Mit Verwunderung bemerkte sie einen kleinen goldenen Ring in seinem Ohr.

»Möchtest du die Musik hören?«

Odette blinzelte. »Welche Musik?«

»Die hier. Gib her.« Er nahm ihr die Kanne ab, stellte sie auf den Boden, griff nach ihren Händen und legte ihre Arme um den dünnen Baumstamm, so dass sie ihn umarmte. Sanft drückte er ihre Wange gegen die glatte frische Rinde. »Hör zu. Hör, wie der Baum für dich singt.«

Gehorsam schloss Odette die Augen und konzentrierte sich. Der Baum schien von vibrierendem Leben erfüllt, von Wärme und Wachstum, und sie bildete sich ein, in dem hohen Stamm ein schwaches Summen zu hören. Dann hörte sie tatsächlich ein leises Lied in einer Sprache, die sie nicht verstand. Sie öffnete die Augen und merkte, dass ihr der Junge das Lied ins Ohr sang. Odette ließ die Arme sinken und trat zurück. »Du machst dich über mich lustig.«

»Nicht im Geringsten. Bäume singen, ich singe auch.« Der Junge sang weiter. Er hatte eine sanfte, melodiöse Stimme.

»Was ist das für eine Sprache? Ich versteh kein Wort.«

»Das ist Romani. Wir sind Zigeuner. Wusstest du das nicht?«

Odette schüttelte den Kopf.

»Du weißt nicht sehr viel, nicht wahr? Hast ja noch

nicht mal einen Baum singen hören. Komm mit, komm und lern meine Familie kennen.« Er griff nach ihrer Milchkanne.

»Nein, das geht nicht. Ich muss nach Hause.«

»Sei doch nicht so schüchtern. Wenn du noch nie von Zigeunern gehört hast, dann kannst du auch nicht wissen, was für schlimme und boshafte Menschen wir sind. Komm mit.«

Sie folgte dem Jungen, der mit langen, schwingenden Schritten vor ihr herging und dabei pfiff.

Niemand schien überrascht, Odette zu sehen, alle lächelten und begrüßten sie und bewunderten ihren hübschen Namen. Einige der Frauen berührten entzückt ihre rotgoldenen Locken.

»Ein Glückskind. Du bist von den Geistern berührt!«

Odette warf dem Jungen neben sich einen etwas erschrockenen Blick zu.

»Von freundlichen Geistern, keine Bange«, meinte der Junge grinsend. »Also, du bist Odette, und ich bin Zacharias, und wir alle hier sind eine große Familie.« Mit einer ausholenden Geste deutete er auf die im Kreis um sie herumstehenden Menschen.

»Ihr gehört alle zu einer Familie?«, fragte Odette erstaunt.

Ein alter Mann antwortete ihr: »Kein Mensch gehört einem anderen, mein Kind. Zusammen gehören wir zu einer Familie. Wir sorgen füreinander und teilen alles, was wir haben – Kinder, Pferde, Besitztümer. Alle gehören zur Familie, keiner gehört einem Einzelnen.«

»Das dort sind meine Mutter und mein Vater, und die anderen sind meine Onkel und Tanten und meine Vettern und Cousinen«, sagte Zacharias und machte wieder eine ausholende Geste. Er deutete auf den alten Mann. »Edwin ist unser Stammesführer, eingesetzt von unserer Königin.

Sie ist nicht hier«, fügte er hinzu, als er sah, wie Odette den Blick rasch über die Frauen wandern ließ, um herauszufinden, welche die Königin sein mochte.

»Wo lebt ihr?«

»Wir leben im Augenblick, liebes Kind«, erwiderte Edwin. Mit einem Blick hinauf zum Himmel fügte er hinzu: »Wir reisen auf der Straße des Lebens. Wir sind die Kinder Böhmens, die ewigen Wanderer.« Er verstummte, schien noch etwas sagen zu wollen, meinte dann aber nur: »Und du wohnst hier in der Stadt?«

Odette nickte lustlos.

»Es gefällt dir hier nicht?«

Odette schüttelte den Kopf.

Eine der Frauen zuckte die Schultern und breitete die Arme aus. »Dann komm mit uns! Sei frei wie ein Vogel und folge der unendlichen Straße und dem wandernden Fluss.« Sie trug klirrende Armbänder, Ketten, Ringe und Ohrringe. Odette hatte noch nie so viel Schmuck an einer einzigen Person gesehen. Die Frau trug mehrere Röcke übereinander, alle in verschiedenen Farben und aus unterschiedlichem Material. Ein Tuch war um ihren Kopf gebunden, und das Haar hing in zwei dicken Zöpfen, die unten mit einem farbigen Wollfaden zusammengebunden waren, auf ihrem Rücken.

»Ich muss zur Schule gehen«, sagte Odette.

Sie lachten, und Zacharias zog sie an einer ihrer Locken. »Und was bringen sie dir da bei? Wie man glücklich ist? Wie man die Bäume singen hört und den Gesang der Vögel versteht? Wie man das große Abenteuer des Lebens genießt?«

Odette konnte nicht anders, sie musste zurücklächeln. »Schön wär's ... nein, sie bringen uns Lesen, Schreiben, Geschichte und Arithmetik bei. Gehst du nicht in die Schule?«

»Ich gehe in die Schule des Lebens und der Welt.« Wieder begann er zu singen. Einer der Männer holte eine kleine Geige hervor, ein anderer eine Ziehharmonika, und ein Mädchen schlug ein Tamburin, das mit Glöckchen und Bändern geschmückt war.

Eine schöne junge Frau mit einem strahlenden Lächeln und blitzenden Augen schnippte mit den Fingern, stampfte mit den Füßen und begann zu tanzen. Alle schlossen sich ihr an, die langen Röcke der Frauen flogen, während ihre nackten Füße ausgelassene Tanzschritte ausführten. Die Männer, würdevoll und ernst, tanzten voll Sinnlichkeit auf die Frauen zu. Alle gaben sich vollkommen der Leidenschaft und der Musik hin.

Die Kinder rannten lachend herbei und tanzten mit. Bevor sie sich's versah, hatte Zacharias Odette ergriffen und wirbelte sie herum.

»Bleib hier und iss mit uns zu Abend, Mädchen«, sagte eine der Frauen, als der fröhliche Tanz endete.

»Ich kann nicht. Meine Tante wird sich Sorgen um mich machen. Oje, es wird schon dunkel. Ich muss gehen.«

»Bring sie sicher nach Hause, Zac. Leb wohl, Kleine. Komm wieder, wenn du kannst.«

Zac nahm ihre Hand und ging mit ihr zusammen zur Stadt zurück. Odette winkte den anderen zu und fragte: »Was hat sie damit gemeint, wenn ich kann?«

»Wir haben die Angewohnheit weiterzuziehen«, lachte er. »Jetzt erzähl mir deine Geschichte. Ob sie stimmt oder nicht, ist mir egal.«

Odette warf den Kopf zurück. »Ich lebe auf einem Baum. Und jede Woche gleitet ein Zauberreich auf einer Wolke zu meinem Baum, und ich erlebe viele Abenteuer in diesen fremden und wunderbaren Ländern.« Sie bezweifelte, dass er eine ihrer Lieblingsgeschichten aus ihrer Kindheit gelesen hatte.

Er hörte ihr mit zur Seite gelegtem Kopf nachdenklich zu. »Was passiert, wenn das Land weitergleitet, während du noch drin bist?«

»Oh, das darf nicht passieren! Du musst rasch die Leiter von der Wolke zu deinem Baum hinunterklettern, bevor das Land weitertreibt, sonst bist du für immer verloren.«

»Ah, verstehe. Ich muss in den Wipfel meines Baumes klettern und sehen, ob ich auch so ein wunderbares Land finde. Doch ich glaube, jetzt sind wir erst mal bei deinem Haus angekommen.«

Er zwinkerte ihr am Tor von Tante Harriets Haus zu, drückte ihr kurz die Hand, warf ihr durch die Luft einen Kuss zu und tanzte singend davon. Noch ganz verwirrt, schaute Odette ihm nach und lief dann schnell hinein.

»Wo warst du?«, wollte Tante Harriet wissen. »Ich wollte mich gerade auf die Suche nach dir machen. Du bist eine Träumerin, Odette, du achtest nie auf das, was du tust. Es ist ja gut und schön, dass du dir Geschichten ausdenkst und in der Gegend herumtrödelst, aber das Leben geht weiter. Du wirst es auf dieser Welt nie zu etwas bringen, wenn du dich ständig in Tagträumen verlierst. So, und wo ist die Sahne? Das Abendessen ist fertig.«

»Oh. Ich hab sie nicht, Tante Harriet.«

Ihre Tante wirbelte herum und sah Odette an. »Und wieso nicht? Wo ist die Milchkanne? Sag mir nicht, sie haben dich abgewiesen.«

»Nein, nein ... ich ...« Ihr Instinkt riet ihr, die Zigeuner nicht zu erwähnen. Schon jetzt kamen ihr Zac und seine Familie wie ein Traum vor. »Ich glaube, ich habe sie am Fluss stehen lassen. Ich bin auf dem Uferweg zurückgekommen.«

»Na siehst du, was habe ich dir gerade gesagt – du lebst in einer anderen Welt, Odette. Wirklich, du bist hoffnungslos. Wie du in der großen Welt zurechtkommen willst, ist mir ein Rätsel. Du wirst deine Handtasche verlieren, vor einen Bus laufen oder dich verirren.« Harriet seufzte aufgebracht. »Jetzt ist es zu dunkel, um die Kanne zu holen. Und was ich mit der Torte machen soll, die ich dem Roten Kreuz für morgen früh versprochen habe, weiß ich nun wirklich nicht. Ich bin sehr ärgerlich.«

»Ich hole die Kanne morgen ganz früh, bevor ich zur Schule gehe.«

»Bis dahin ist sie bestimmt gestohlen worden. Jetzt geh und mach dich fürs Essen fertig«, schimpfte die Tante.

Kleinlaut verließ Odette das Zimmer. Das Abendessen wurde schweigend eingenommen, und nachdem sie das Geschirr gespült hatte, floh Odette unter dem Vorwand, Hausaufgaben machen zu müssen, in ihr Zimmer. Harriet saß vor dem Radio und strickte einen weiteren Teewärmer für einen Wohltätigkeitsbasar. Das rasche Klappern der Nadeln und ihr fest zusammengepresster Mund deuteten darauf hin, dass sie sich immer noch über den Verlust der Sahne ärgerte.

Vor Odettes Fenster ertönte ein Vogelruf. Erstaunt hob sie den Kopf und wunderte sich über das nächtliche Gezwitscher. Sie ging ans Fenster und sah auf die dunkle Straße hinaus, aber das Zwitschern hatte aufgehört. Als sie an ihren Schreibtisch zurückkehrte und sich wieder der Geschichte über ihr Treffen mit den Zigeunern widmen wollte, hielt sie plötzlich inne und lachte laut auf.

So leise sie konnte, schlich sie aus dem Haus und lief zum Tor. Dort hing die Milchkanne mit der Sahne, unter den Griff war eine Rose geklemmt. Odette erkannte sie als eine der Rosen aus einem Garten ein Stück die Straße hinauf, lächelte und wusste jetzt, von wem der Vogelruf gekommen war.

Sie versteckte die Rose in einer Falte ihrer Strickjacke und brachte die Sahne ins Haus. »Tante Harriet, mir ist gerade eingefallen, wo ich die Kanne stehen gelassen habe. Weiter oben an der Straße bei Eileens Haus.«

Summend ging Odette in ihr Zimmer zurück und hielt die süß duftende Rosenknospe an die Lippen gedrückt. Sie hoffte, dass die Zigeuner am nächsten Tag noch unten am Fluss sein würden.

Nach der Schule lief sie zum Fluss, blieb stehen, um zu Atem zu kommen, und ging dann um die letzte Wegbiegung. Doch sie wurde bitter enttäuscht. Der Lagerplatz, wo die Zigeuner getanzt hatten, war leer. Die Wanderer waren weitergezogen auf ihrer jahrhundertealten Suche.

Kapitel fünf

Zanana 1901

Den Sommer über hatten die Rosen in voller Blüte gestanden, doch jetzt waren sie verblüht. Die Wunde in Roberts Herz war nach wie vor offen und schmerzte wie an dem Tag vor sechs Monaten, als Catherine ihm genommen worden war.

Er hatte sich in sein Arbeitszimmer zurückgezogen, hatte seine Geschäfte vernachlässigt und kümmerte sich nicht um sein Wohlergehen. Den Butterworths ging er aus dem Weg, bat darum, dass man ihm sein Essen auf einem Tablett hochschickte, und ließ die verlockenden Speisen oft genug kaum angerührt stehen. Was in und um Zanana geschah, schien ihn nicht zu interessieren, wenn auch Harold Butterworth dafür gesorgt hatte, dass die Farmprodukte weiterhin auf die Märkte geliefert wurden, und zusammen mit Sid Johnson sichergestellt hatte, dass alles auf dem Besitz normal weiterlief.

Einem geisterhaften Schatten gleich, tauchte die schmale Gestalt der kleinen Mary hier und dort auf dem Grundstück auf wie ein scheuer Schmetterling. Sie hielt sich von Robert fern, wie er verlangt hatte, und erschien brav zu den Mahlzeiten, die sie schweigend mit den Butterworths im Küchenanbau einnahm. Ihre schulische Ausbildung wurde vernachlässigt, und Mrs. Butterworth, die neben ihren sonstigen Pflichten auch noch das Baby versorgen musste, hatte wenig Zeit für Mary. Das Mädchen ertrug seinen Schmerz und seine Trauer in einsamer Verzweiflung und fragte sich, was sie in ihrem siebenjährigen Leben je angestellt hatte, dass Gott sie so hart bestrafte. Sie blieb für sich und wollte nichts von dem Baby wissen.

Catherines Tochter war ein ruhiges Kind und machte wenig Schwierigkeiten. Harold sorgte sich, dass Gladys sich zu sehr an das Kind gewöhnte, aber im Moment machte es sie glücklich, und das kam Robert MacIntyre durchaus gelegen; er hatte das Kind seit der Nacht der Geburt nicht ein einziges Mal mehr angesehen. Doktor Hampson kam regelmäßig vorbei, war aber trotz seiner medizinischen Behandlung und langer Gespräche mit Robert nicht in der Lage, das gebrochene Herz und den verstörten Geist des Mannes zu heilen, der das Wertvollste in seinem Leben verloren hatte.

Tüchtig, wie sie sonst auf allen Gebieten war, fand Gladys Butterworth die Aufgabe, für ein Baby zu sorgen, doch manchmal erdrückend, und dann holte sie sich Rat bei Sid Johnsons Frau Nettie. Sie war dankbar für die Gesellschaft ihrer alten Freundin, und wenn sie die Zeit dazu erübrigen konnten, breiteten sie im Gras unter einem schattigen Baum eine Decke aus, tranken ein Glas frische Limonade und sahen Netties kleinem Sohn Ben dabei zu, wie er das glucksende Baby kitzelte.

»Glaubst du nicht, sie sollte in ihrem Kinderwagen liegen statt hier auf dem Boden?«, fragte Nettie. »Schließlich ist sie die Herrin des Hauses.« Sie lachten beide über die Herrin in ihrer dicken weißen Windel, die mit den Beinen strampelte und entzückt ihre winzigen Fäuste öffnete und schloss.

»Ich habe gelesen, Babys müssten stets ein Häubchen tragen, wenn sie draußen spazieren gefahren werden. Aber das ist Quatsch, Nettie. Es ist viel zu heiß. Schau nur, wie vergnügt sie ist.« Nachsichtig lächelten sie das zufriedene Baby an.

»Was wird aus ihr werden, Gladys? Er muss sich doch irgendwann an sie gewöhnen.«

»Ich weiß. Aber die Zeit heilt viele Wunden. Es lässt sich nicht beschleunigen. Er trauert immer noch um Catherine und macht, auch wenn ihm das vielleicht nicht bewusst ist, das arme kleine Ding für ihren Tod verantwortlich.«

»Und in der Zwischenzeit darfst du die Mutter spielen. Häng dich nicht zu sehr an das Kind, Gladys … du weißt, dass du die Kleine den Kindermädchen und Gouvernanten übergeben musst, sobald der Herr wieder zu sich gefunden hat.«

»Ich weiß«, seufzte Mrs. Butterworth und hob den kleinen Ben hoch, bevor er sich auf das dicke Bäuchlein des Babys setzen konnte. »Na gut, wir sollten besser zum Haus zurückgehen. Auf geht's, Kate.«

»Kate? Hat sie jetzt einen Namen?«

»Ich nenne sie nur so. Nach ihre lieben Mutter. Schrecklich, dass sie noch nicht mal getauft wurde. Er will nichts davon hören. Sagt, das Kind solle ihm niemals unter die Augen kommen oder in seiner Anwesenheit erwähnt werden. Er jagt einem Angst ein mit seiner Kälte. Er hat sie nicht einmal angesehen. Ich wette, ihm schmölze das Herz, wenn er sie sehen und in den Armen halten würde. Wie dem auch sei, ich danke dir für die Limonade, Nettie.«

Gladys nahm das Baby auf den Arm und wickelte es in ein Baumwolltuch. Kates blaue Augen wurden von der frischen Luft und dem Gestrampel allmählich schwer. Gladys ging durch den Garten zurück und schlug aus einem Impuls heraus den längeren Weg ein, der am versunkenen Garten vorbei zu der dunklen Baumgruppe führte, in der das indische Haus versteckt lag.

Seit Catherines Tod war sie nicht mehr hier gewesen.

Und auch vorher war sie nur selten hierher gekommen. Das Haus war Catherines privater Rückzugsort, und sie wurde nie gestört, wenn sie sich dort aufhielt, friedlich meditierte oder auf ihrem »magischen Bett«, wie sie es nannte, in Schlaf versank. Es war stets kühl im indischen Haus, und in den heißen Sommermonaten hatte Catherine hier oft ihren Mittagsschlaf gehalten. Umgeben von süß duftenden Ölen, die über einer kleinen Kerze verdampften, hatte sie ihren Geist schweifen lassen, während sie hinauf zum edelsteinbesetzten Baldachin schaute, bevor sich ihre Augen schlossen und sie friedlich einschlief.

Überrascht sah Mrs. Butterworth, dass die Tür des indischen Hauses einen Spalt offen stand. Vorsichtig drückte sie die Tür auf und trat hinein. Eine plötzliche Bewegung ließ sie nach Luft schnappen und das Baby an ihre Brust drücken. »Ooh, Mrs. B. ... Sie haben mich aber erschreckt!« Die kleine Mary sprang vom Bett und stand verlegen vor der Haushälterin.

»Mary! Was machst du hier?«

»Ich komm oft hierher, seit unsere Mum ... fortgegangen ist.«

»Ich glaube nicht, dass du hier sein darfst. Ich dachte, das Haus sei abgeschlossen. Hast du dir den Schlüssel genommen?«

Mary ließ den Kopf hängen und zog einen großen Messingschlüssel aus ihrer Kleidertasche. »Ich komm her, um alles sauber zu halten. Schauen Sie ... Ich wische Staub und kehre den Boden und putze all die hübschen Fenster.« Eifrig lief sie in dem kleinen Palast herum und zeigte, was sie gemacht hatte.

»Das hast du fein gemacht, Liebes. Es ist wirklich alles blitzblank.« Gladys legte das schlafende Baby auf das breite Bett und folgte Mary. »Es ist hübsch hier. Riecht immer noch nach den Ölen und dem Parfüm, das sie so mochte.«

Gladys Butterworth spürte, wie ihr Tränen in die Augen traten, als sie aus den bunten Zierfenstern sah. Sie vermisste Catherine mehr, als sie jemandem sagen konnte, am wenigsten Harold.

Während Gladys sich einem für sie seltenen Augenblick der Melancholie hingab, merkte sie nicht, dass sich Mary zum Bett schlich und mit stumpfem Blick auf das schlafende Baby starrte. Langsam streckte Mary die Hand aus und legte sie auf das Baby, dann beugte sie sich unbeholfen vor, um es in die Arme zu nehmen.

Mrs. Butterworth drehte sich bei dem leisen Geräusch um. »Meine Güte, was machst du da, Mary? Du wirst sie fallen lassen, wenn du sie so hochnimmst. Fass sie nicht an ... oje, jetzt hast du sie aufgeweckt.« Mrs. Butterworth nahm das nun schreiende Baby auf den Arm. Sie gab beruhigende Geräusche von sich, drehte sich zur Tür um und sah nicht, dass Marys Arme herabsanken, während sie mit gesenktem Kopf auf ihre Füße blickte, um das Glitzern in ihren Augen zu verbergen. »Komm jetzt, schließ hier ab. Und bevor du noch mal hierher kommst, bittest du um Erlaubnis. Verstanden?«

»Ja, Mrs. Butterworth.«

Hock Lee hatte Robert während dessen Trauerzeit in all ihren geschäftlichen Angelegenheiten nach besten Kräften vertreten, fand aber, es sei nun an der Zeit, Robert aus seiner kummervollen Lethargie herauszuholen.

Der Generalgouverneur war zu Besuch in Sydney, und Hock Lee bestand darauf, dass Robert sich aufraffte und den Generalgouverneur mit seiner Frau einlud. »Das ist die beste Gelegenheit, die Geschäfts- und Regierungskontakte wieder aufzunehmen, die du in diesen letzten Monaten so vernachlässigt hast, Robert. Denn ich werde mich wohl mehr im Hintergrund halten müssen, als dein ›stiller Partner‹. Diese Ängste und aufgebauschten Behauptungen, die ›gelbe Gefahr‹ würde in Horden aus dem Osten einfallen, bringen mich in eine unangenehme Lage.«

»Du bist ein angesehener und einflussreicher Geschäftsmann, Hock Lee, du bist von dieser ganzen Hysterie nicht betroffen.«

»Trotzdem ist es erstaunlich, welche Furcht und welches Misstrauen die Menschen all jenen entgegenbringen, die eine andere Herkunft und eine andere Kultur haben als sie.« Hock Lee war nicht im Geringsten darüber beunruhigt, dass ihn jemand beleidigen oder an seinem asiatischen Aussehen Anstoß nehmen könnte. Vor einigen Jahren hatte er seinen langen Zopf mit der entsprechenden Zeremonie abgeschnitten, und jetzt trug er sein seidiges schwarzes Haar modisch kurz. Während die meisten Männer sich einen Schnurrbart oder einen Bart zulegten, war seine olivfarbene Haut glatt und haarlos, wodurch seine ebenmäßigen Zähne und seine schwarzen mandelförmigen Augen betont wurden.

Hock Lee wollte Robert dazu bringen, die Zügel wieder in die Hand zu nehmen. Er war schockiert über Roberts Aussehen und sein abwesendes, fast verwirrtes Verhalten. Robert bewegte sich nicht in der Welt der Realität. Einsamkeit, ein gebrochenes Herz und zu viele Flaschen Whisky hatten ihn in eine graue Welt der Schatten und Erinnerungen hinabgezerrt.

»Ich möchte, dass du mitkommst und ein paar Tage bei mir verbringst, damit ich dir berichten kann, wie die Geschäfte gelaufen sind. Außerdem wird es dir gut tun, dich von den Kochkünsten meiner Mutter aufpäppeln zu lassen. Ein Nein lasse ich nicht gelten. Und was den Empfang betrifft, da habe ich schon entsprechende Leute eingestellt, um den Abend zusammen mit den Butterworths auszurichten. Du brauchst dich um nichts zu kümmern.«

»Catherine hat alles immer so hübsch arrangiert ...« Roberts Stimme verlor sich.

Hock Lee wurde energisch. »Komm, Robert, du musst hier raus. Die Stadt ist genau das, was du jetzt brauchst.«

Zwei Wochen später erwachte Zanana zum Leben, wenn auch nur für einen Abend. Es war ein vollendeter Spätsommertag. Bei Einbruch der Dämmerung wurden die Gaslaternen entlang der Auffahrt angezündet, sie gaben ein weiches, rauchiges Licht und erhellten die Bäume am Weg entlang. Am Haupteingang des Hauses warfen die knorrigen Äste eines von unten beleuchteten Feigenbaums unheimliche Schatten über den Rasen.

Zanana erstrahlte in hellem Licht. Durch einige der Fenstertüren im Erdgeschoss, die in den Ballsaal führten, flanierte die Creme der Gesellschaft von Sydney und plauderte unter den riesigen Kristallkronleuchtern. Weiß bejackte Kellner mit Silbertabletts bahnten sich ihren Weg durch die elegant gekleideten Gäste, viele davon in Galauniform.

Die Herren des Empfangskomitees, angeführt von Robert, stellten ihre Gläser ab, sahen auf die Uhr und begaben sich zum Haupteingang. Während sie sich am Fuße der Stufen gruppierten, fuhr eine Limousine mit der Standarte des Generalgouverneurs vor. Im glänzend schwarzen Lack des Wagens spiegelten sich die Lichter der Villa.

Unter dem Vordach wurden dem Generalgouverneur und seinem Gefolge die anwesenden Würdenträger vorgestellt, dann begab sich alles in den Ballsaal, wo die Kapelle »God Save the King« spielte und sich alle Gäste erhoben hatten.

»Ich dachte, das sollte ein ganz ungezwungenes Dinner werden«, flüsterte Harold Gladys ins Ohr.

»Ohne ein bisschen Pomp würde es doch nur halb so viel Spaß machen«, erwiderte Gladys.

»Sieht mir nicht gerade nach Spaß aus. Stell dir vor, wie es sein muss, in diesen Aufmachungen rumzulaufen. Und auch noch mit Federn.«

»Ach, Harold! Das trägt man doch nur zu festlichen Anlässen wie diesem. Schau nur den Schmuck, den diese Frau trägt!«

»Die Frau des Generalgouverneurs sieht aus wie ein Schoner unter vollen Segeln«, bemerkte Harold ungnädig, als die rundliche Dame in Sicht kam.

»Komm schon, Harold, wir haben viel zu tun«, sagte Gladys und drängte ihn zurück zur Hintertreppe.

Sechzehn Personen wurden um den großen Esstisch platziert, jeweils acht weitere an zwei anschließenden runden Tischen. Die Silberkandelaber glitzerten, der Damast und das Leinen waren frisch gestärkt, üppige Rosenbuketts standen in Vasen aus Silber und Kristall neben den Servierplatten auf der Walnussholz-Anrichte und der Mahagoni-Chiffoniere. Die kunstvollen Tafelaufsätze in der Mitte jedes Tisches waren mit Süßigkeiten, Nüssen, Früchten und Blumen gefüllt. Jeder Platz war mit georgianischem Silberbesteck, Mennecy-Porzellan und viktorianischen Gläsern gedeckt.

Das Dinner war mit Bedacht zusammengestellt – Waldpilzsuppe, Forelle, gebratene Ente und Gans, gefolgt von einem köstlichen, mit Madeira zubereiteten Nachtisch und *kheer*, einer delikaten Reiscreme, die Catherine in Indien kennen gelernt hatte, serviert in hübschen Schälchen und geschmückt mit *vark*, einer dünnen Schicht aus purem Silber, die sowohl essbar als auch dekorativ war.

Trotz der eleganten Umgebung, der unaufdringlichen und stilvollen Bedienung und des diskret im Hintergrund spielenden Palmgartenorchesters wirkte Robert abwesend und bedrückt. Der Verlust seiner geliebten Catherine schien ihn fast zu erdrücken. Aber der Ehrengast wirkte ganz entspannt und genoss sichtlich die Zwanglosigkeit dieses privaten Essens. Die Unterhaltung ging vom Tod der geliebten Königin Viktoria auf das vor kurzem proklamierte Commonwealth of Australia über.

»Ich muss sagen, die Feierlichkeiten waren sehr gelungen. Die Truppen aus Indien und Südafrika waren äußerst beeindruckend.«

»Offenbar muss es in Adelaide hoch hergegangen sein. Es sollen sogar Automobile an der Parade teilgenommen haben – haben natürlich die Pferde verstört.«

»Soviel ich gehört habe, hat Lord Tennyson, der Gouverneur der Provinz Südaustralien, von einem Chor ein Gedicht seines verstorbenen Vaters intonieren lassen.«

Eine der Damen zitierte schüchtern das Gedicht.

»Schwört Treue der Königin, meine Freunde,
und dann stosst mit allen Gästen auf England an.
Für die Menschen nur der sein Bestes gibt,
Der sein Heimatland über alles liebt.«

»Hört, hört«, ließ sich die Gruppe am Tisch vernehmen. Der Generalgouverneur erhob das Glas. »Es ist unsere Heimat und unser Land und das unserer Kinder. Ich trinke auf den Australischen Bund – eine Flagge, eine Hoffnung, eine Bestimmung!«

»Ist es jetzt auch Ihr Heimatland?«, flüsterte die Frau des Generalgouverneurs Hock Lee zu, der links neben ihr saß.

»Allerdings. Ich bin schon als kleines Kind mit meinen Eltern in dieses Land gekommen. Ich habe es hier zu Wohlstand gebracht und bin sehr dankbar für die Möglichkeiten, die mir geboten wurden. Dies hier ist meine Heimat, nicht das Land, aus dem meine Vorfahren stammen.«

Robert blieb die ganze Zeit schweigsam und reagierte nur, wenn er angesprochen wurde. Er rang sich ein Lächeln ab und heuchelte Interesse, wenn notwendig, saß aber während des Dinners meistenteils abwesend und mit glasigem Blick da.

Hock Lee beobachtete seinen alten Freund über den Tisch hinweg, und das Herz wurde ihm schwer. Robert war gealtert, tiefe Falten der Traurigkeit und der Verbitterung hatten sich in sein Gesicht gegraben. Als er sah, dass Robert im Laufe des Abends immer tiefer in seine Träumereien versank, beschloss Hock Lee, demnächst mit Robert zu sprechen und Charles Dashford hinzuzuziehen, um die Situation von Roberts Adoptivtocher Mary und seiner eigenen kleinen Tochter endgültig zu klären.

Zum Glück schienen sich die meisten Gäste gut zu amüsieren und die Niedergeschlagenheit ihres Gastgebers kaum zu bemerken. Die Damen zogen sich in den Salon zurück, die Männer zündeten ihre Zigarren oder Pfeifen an und tranken ihren Port in beschaulicher Würdigung des großartigen Abends.

Um Mitternacht, nachdem der Generalgouverneur, seine Frau und deren Gefolge Zanana verlassen hatten, fuhren auch die Kutschen der anderen Gäste vor.

Als die Gäste fort waren, teilte Hock Lee seine Beunruhigung flüsternd Mrs. Butterworth mit, die ihm beipflichtete, dass Robert tief verstört sei. »Ich mache mir Sorgen um die beiden Kinder. Er kann nicht weiter so tun, als existierten sie nicht«, seufzte sie.

Hock Lee nickte. »Selbst Charles Dashford, Roberts Anwalt, hat schon diesbezügliche Bemerkungen gemacht. Das Baby ist noch nicht getauft. Ich weiß, dass Sie es Kate nennen, und ich muss sagen, Sie leisten Bewundernswertes, indem Sie sich zu allem anderen auch noch der beiden Kinder annehmen.«

»Ich war Catherine sehr ergeben, und ich liebe ihre Kinder«, erwiderte Gladys schlicht.

»Hm«, machte Hock Lee tief in Gedanken.

Nach seiner erzwungenen Rückkehr in die Welt versuchte Robert, seine Routine und den Alltag von früher wieder aufzunehmen. Doch es war nur ein oberflächliches Bemühen. Er verbrachte Stunden im Büro, tat aber wenig, schob Papiere hin und her, starrte aus dem Fenster auf die geschäftig wimmelnden Hafenanlagen und war in seinen Aussagen vage und abwesend.

Zu Hause zeigte er vollkommene Gleichgültigkeit gegenüber den Geschehnissen um ihn herum. Trotzdem begann Mary, ihm wie ein kleiner Geist zu folgen, brachte ihm einen Drink oder stellte leise eine Tasse Tee neben ihn. Meist nahm er keine Notiz von ihr oder blaffte sie nur an: »Nimm das weg.«

Mary war verwirrt und verängstigt über sein Verhalten ihr gegenüber. Mrs. Butterworth riet ihr, ihm aus dem Weg zu gehen, und sagte, ihr Papa sei immer noch traurig und unglücklich, aber er würde nicht im Ernst daran denken, Mary wegzuschicken.

Für Mary war Zanana ihr Zuhause. Catherine hatte ihr zum ersten Mal in ihrem kurzen Leben Liebe und Sicherheit gegeben, und für Mary war Robert ihr Vater und Beschützer. Sie wollte nicht von hier weg und konnte es nicht ertragen, dass er ihr seine Zuneigung entzog. Sie lebte in der ständigen Furcht, weggeschickt zu werden, wie sehr Mrs. Butterworth sich auch bemühte, sie zu beruhigen. Instinktiv wusste Mary, dass der Schlüssel zu ihrer Zukunft bei Robert MacIntyre lag, und trotz all seiner Zurückweisung blieb sie standhaft in ihrer Entschlossenheit, von ihm geliebt oder wenigstens wahrgenommen zu werden.

Hock Lee hatte dafür gesorgt, dass an mehreren Tagen der Woche eine Gouvernante nach Zanana kam und Mary unterrichtete, was vor Robert geheim gehalten wurde, obwohl er Besucher in der Villa kaum bemerkte oder sich nicht um sie kümmerte. Hock Lee versuchte, mit ihm über die Zukunft Zananas zu sprechen und sein Interesse an neuen Geschäftsunternehmen zu wecken. Er gewöhnte sich auch an, jeden Tag in Roberts Büro vorbeizuschauen und für ihren Lunch Delikatessen aus den »Lotus Tea-Rooms« mitzubringen.

»Robert, ich habe gestern Charles Dashford wegen einer Geschäftsangelegenheit aufgesucht. Dabei kam er auf deinen Besitz zu sprechen, und ich finde, du solltest dich wirklich mit ihm beraten. Du hast einige Entscheidungen zu treffen und Dinge zu regeln, die jetzt lange genug in der Schwebe waren.«

»Was für Dinge?«

»Deine Kinder, Robert. Das Baby und Mary.«

»Mary ist nicht mein Kind.«

»Catherine hat sie wie ihr eigenes geliebt.«

»Catherine ist nicht mehr da.« Mit einer bitteren Geste schwang er seinen Drehstuhl herum und wandte Hock Lee den Rücken zu.

»Das stimmt. Catherine ist von uns gegangen, Robert. Du musst sie loslassen und dein Leben weiterführen. Denk an die Mädchen. Das Baby ist noch nicht mal getauft.«

Robert zuckte nur die Schultern, drehte sich aber nicht um.

»Dashford sagt, du musst ein neues Testament machen und festlegen, wer was erben wird. Deine kleine Tochter ist die Erbin von Zanana, aber du warst dabei, die letzten Schritte zu Marys Adoption zu unternehmen, als Catherine starb. Wo steht sie jetzt? Du musst das regeln.«

»Ich habe kein Interesse an Zanana, und mir ist gleichgültig, was daraus wird. Es wurde für Catherine gebaut.«

»Dann denk an sie, Himmel noch mal, Mann«, schrie Hock Lee verärgert. »Dreh dich um und sieh mich an, Robert. Catherine wäre entsetzt, dich so zu sehen. Du vernachlässigst deine Pflichten. Diese Mädchen sind alles, was du noch an Familie hast.«

»Ich habe keine Familie.«

Hock Lee erschrak vor der Kälte, mit der Robert diese Feststellung traf. »Damit nimmst du dir alles, Robert. Die Mädchen könnten in den kommenden Jahren viel Freude in dein Leben bringen. Wirf das nicht weg. Du musst eine Entscheidung treffen.«

Robert drehte sich langsam wieder zurück und sah ihn an. Als er die tiefe Trauer im Gesicht seines Freundes sah, verflog Hock Lees Zorn, und er legte ihm die Hand auf die Schulter. »Du bist mein Freund, und wir sind in diesem Leben eine lange Strecke zusammen gegangen. Es schmerzt mich sehr, dich so zu sehen. Ich werde immer da sein, um dir und den Deinen zu helfen, aber zuerst musst du dir selbst helfen. Verstehst du, was ich damit sagen will, Robert?«

Robert blickte zu Hock Lee auf und legte die Hand über seine. »Ja. Du bist mir ein guter Freund gewesen. Versprich mir, dass du immer gut von mir denken wirst. Aber Catherine war mein Leben, Hock Lee.«

Tränen liefen über Roberts Gesicht. Schweigend nahm Hock Lee seine Hand weg und nickte. Ohne dass noch etwas gesagt wurde, tauschten sie einen Blick tiefster Zuneigung und Verständnisses aus. Leise verließ Hock Lee den Raum und glaubte, dass Robert es nun wohl geschafft hätte. Er ließ endlich seine Trauer los.

Als Hock Lees Schritte auf den Marmorstufen verklangen, ließ Robert den Kopf auf die Arme sinken und schluchzte qualvoll. »O Catherine …«

Während der nächsten Tage, fern von der Zuflucht seines Büros, wollte Robert nur noch in Catherines Rosengarten sein. Er saß auf ihrer Bank, gab sich süßen Erinnerungen hin und schaute zurück auf die allzu kurzen Jahre, die ihnen vergönnt gewesen waren.

Der geschützte, ummauerte Teil des Rosengartens fing die letzte Wärme der Herbstsonne ein, und eine Bourbon-Rose, eine »Souvenir de la Malmaison«, brachte eine letzte prachtvolle Knospe hervor. Robert gewöhnte sich an, den Garten jeden Tag aufzusuchen, berührte die sich allmählich entfaltende Knospe und wartete darauf, dass sie voll erblühte. Dieses kleine Ritual gab seinen Tagen einen Sinn. Das Aufblühen der Rose bekam eine Art spirituelle Bedeutung und schien eine Verbindung zu Catherine zu sein.

Der Morgen, an dem sie sich schließlich öffnete, war still und sonnig, der Himmel strahlend blau. Die Blütenblätter schimmerten in einem herrlichen cremigen Rosaton, das schwache Erröten so zart wie eine Babywange. Robert hatte auf den Tag gewartet, an dem die letzte Rose des Sommers erblühen würde. Sie war für ihn zum Symbol für Catherines kurzes Leben geworden, und wenn die Blütenblätter fielen, würde sein Schmerz aufhören. Er war zu einer Entscheidung gekommen.

An diesem Morgen hatte Mary beschlossen, all ihren Mut zusammenzunehmen und Robert zu zeigen, wie viel er und Zanana ihr bedeuteten. Sie ging früh in die Küche hinunter und sah Mrs. Butterworth beim Vorbereiten seines Frühstückstabletts zu.

»Bitte, ich möchte es zu ihm hinaufbringen«, bat Mary.

Gladys Butterworth sah erstaunt auf, als sie das Drängen und die Verzweiflung in der Stimme des kleinen Mädchens hörte. »Was für eine nette Idee, Mary. Vielleicht weckt ihn das auf ... in mehr als einer Hinsicht.«

»Ich werde ihn nicht stören und nichts sagen ... bitte!«

Mrs. Butterworth gab ihr das weiße Korbtablett mit dem Tee und dem Toast. »Du kannst guten Morgen sagen, aber nicht plappern. Und pass auf, dass du den Tee nicht verschüttest.«

Vorsichtig nahm Mary das Tablett, stellte es zur Seite

und lief, unbemerkt von Mrs. Butterworth, hinaus in den Garten. Kurze Zeit später stieg sie die Treppe hinauf. Sie stellte das Tablett auf den Boden, klopfte an die Tür, nahm es wieder hoch, als sie ein gedämpftes Brummen hörte, und betrat das Schlafzimmer. Stolz marschierte sie durch das Zimmer und ließ das Tablett auf den Nachttisch gleiten.

Robert las die Morgenzeitung und schaute nicht auf. Die siebenjährige Mary blieb mit auf dem Rücken verschränkten Händen stehen. »Guten Morgen, Papa.«

Robert raschelte mit der Zeitung und sah sie über den Rand seiner Brillengläser hinweg an.

»Ich hab dir deinen Tee gebracht.« Sie schenkte ihm ein strahlendes Lächeln und sah auf das Tablett.

Im ersten Moment hätte Robert das Lächeln fast erwidert, doch dann entrang sich ihm ein gepresster Schrei, der Mary entsetzt zurücktreten ließ. Roberts Blick war auf die vollkommene, blassrosa Rose gerichtet, die seitlich auf dem Tablett lag. Seine letzte Rose des Sommers, abgeknickt in der vollen Blüte ihrer Süße und Schönheit. Schon erfüllte ihr unvergleichlicher Duft den Raum.

»Nein ...!« Er holte aus, stieß das Tablett zu Boden, schlug völlig außer sich mit der Zeitung auf Marys Gesicht ein und brüllte dabei unverständliche Worte.

Mary krümmte sich vor Angst und Entsetzen zusammen und floh zitternd und weinend aus dem Zimmer. Während sie den Flur entlangrannte, hallte sein Gebrüll ihr nach. »Geh! Geh mir aus den Augen. Geh. Geh dahin zurück, woher du gekommen bist!«

Dann ertönte ein Schrei, der das Haus von den Dachsparren bis zum Keller erschütterte, ein Schrei äußerster Qual. »Catherine ...«

Unrasiert und zerzaust saß Robert an seinem Büroschreibtisch und schrieb hastig etwas nieder. Er versiegelte es und kritzelte »Vertraulich – Hock Lee« darauf, dann steckte er es unter den Rand seiner Schreibtischauflage. Er schob den Stuhl zurück, stand auf und warf einen kurzen Blick auf Catherines lächelndes Gesicht in einem Silberrahmen auf dem Schreibtisch, dann verließ er, ohne sich umzuschauen und ohne sein Jackett vom Garderobenständer zu nehmen, das Büro.

Mrs. Butterworth saß auf einem alten Korbstuhl im Küchengarten und fütterte Kate in der Sonne. Harold kam dazu, hockte sich neben sie und betrachtete das Baby auf Mrs. Butterworths Schoß. »Wie geht's ihr?«

»Gut. Doktor Hampson war da, und wir haben sie auf der Küchenwaage gewogen. Sie entwickelt sich prächtig. Auf jeden Fall ist sie gesund.«

»Hat er sie sich angesehen?«

»Nein«, seufzte Mrs. Butterworth. »Er will nichts von ihr wissen. Es ist so traurig. Ich mache mir Sorgen, Harold. Mary ist davon überzeugt, dass er sie zurück ins Waisenhaus schicken will. Sie hat mir gesagt, er hätte vor, auch das Baby wegzugeben.«

»Aber das ist doch verrückt, sie ist sein Kind.«

»Vielleicht hat Mary übertrieben, aber er hat tatsächlich gedroht, Mary zurückzuschicken. Ich habe es selbst gehört.«

Einen Moment lang schweigen sie beide.

»Es gehört sich nicht, dass sie nicht getauft ist und noch nicht mal einen richtigen Namen hat«, murmelte Harold Butterworth und legte seinen rauen Finger an die samtweiche Wange des Babys.

»Weißt du, Harold, vielleicht, vielleicht …« Mrs. Butterworth verstummte.

»An was denkst du, Gladys?«

»Dass wir sie vielleicht aufziehen sollten.«

»Das tun wir doch schon.«

»Nein. Ich meine richtig. Sie adoptieren oder so.«

Harold war vollkommen verblüfft und starrte seine Frau ungläubig an. Mrs. Butterworth zog ruhig den Sauger der fast leeren Milchflasche aus dem Mund des Babys. Kate lächelte und gluckste zufrieden, ein kleines Rinnsal schaumiger Milch rann ihr aus dem Mundwinkel.

Schließlich brachte Harold heraus: »Du bist wohl nicht ganz bei Trost, Gladys. Nicht nur, dass das Baby nicht unseres ist, es hat auch noch einen Vater. Ganz zu schweigen von der Tatsache, dass sie eine Erbin ist.«

»Sie hat keine Mutter und einen Vater, der nichts von ihr wissen will«, wandte Gladys dickköpfig ein.

Harold erhob sich und werkelte in dem kleinen Küchengarten herum, zog hier ein Unkraut aus, zwickte da ein paar verblühte Gänseblümchen ab.

Gladys schwieg, sie wusste, dass er überlegte.

»Nun ja, es ist eine vernünftige Idee«, gab Harold schließlich zu. »Aber es könnte nur was Vorübergehendes sein … bis Mr. Mac sich wieder erholt. Das arme kleine Ding braucht Sicherheit und Liebe, so viel ist klar. Ist ein gewaltiger Schritt. Besser, wir lassen's erst mal, wie es ist.«

Das war eine große Rede für Harold, und Gladys erkannte bewegt die Tiefe des Gefühls, das ihn dazu veranlasst hatte.

»Hier, leg sie über die Schulter und lass sie aufstoßen. Klopf ihr auf den Rücken. Ganz sanft, Harold.« Mrs. Butterworth legte ihm das Baby in die Arme und ging zur Küche zurück. »Ich mach uns eine Kanne Tee.«

Aus dem Küchenfenster sah Gladys Butterworth, wie sich Harolds Lippen bewegten und ein leises Lächeln um seinen Mund spielte. Also summte er dem Baby etwas vor. Er würde schon zustimmen.

Mit vom Schlaf verquollenen Augen bereitete Gladys die Milch für das Baby zu, sterilisierte Flaschen und brühte eine Kanne Tee für sich und Harold auf, bevor sie Roberts Frühstück fertig machte. Er hatte zwar in den letzten Monaten den morgendlichen Marmeladentoast kaum je angerührt, aber Gladys hoffte, dass eines Morgens das Tablett leer gegessen herunterkommen und Robert wieder wie früher sein würde.

Sie wurde aus ihrer Träumerei gerissen, als Sid Johnson in die Küche stürmte, die Stiefel voller Schlamm, das Gesicht bleich, die Augen vor Entsetzen weit aufgerissen. »Gladys ... schnell, wo ist Harold? O mein Gott ...«

»Sid, was ist los ... HAROLD ...«, brüllte sie, ohne sich darum zu kümmern, dass sie das Haus aufweckte, denn irgendwas Schreckliches musste passiert sein. »Sid ... was ist denn los?«

Sid sank auf einen Stuhl, verbarg das Gesicht in den Händen und brachte mit erstickter Stimme hervor: »Mr. MacIntyre ... ich ... er ist ... tot.«

Gladys merkte, wie die Knie unter ihr nachgaben und ein scharfer Schmerz ihren Leib durchfuhr. Sie klammerte sich am Tischrand fest. »Was soll das heißen, Sid? Was ist passiert? O nein, das kann nicht sein.«

Harold schlurfte in die Küche, hielt seine Hose mit der einen Hand fest, während er mit der anderen das Hemd anzog. »Sid, was ist los?«

»Der Herr ... er ist tot. Ich hab ihn gerade im Stechkahn gefunden. Ich wollte angeln gehen.«

»Großer Gott! Schnell ... lass uns gehn, vielleicht ist er gar nicht tot.« Harold rannte zur Tür und stolperte über sein Hosenbein.

Sid rührte sich nicht. »Er ist tot, Harry.« Nach einem kurzen Blick auf Mrs. Butterworth sagte er mit heiserer Stimme: »Er hat sich erschossen.«

Mrs. Butterworth begann zu weinen. »Ich wusste es. O nein ... Der arme Mann ...« Mit bebenden Schultern sank sie auf einen Stuhl und schlug die Schürze vor das Gesicht.

Harold und Sid warfen sich einen Blick zu. Langsam ging Harold zu dem schwarzen Telefonapparat, der an der Küchenwand angebracht war. »Ich rufe Sergeant Thompson an, dann gehe ich mit dir.«

Schniefend, das Gesicht immer noch tränenüberströmt, goss Gladys zwei Tassen Tee ein und reichte eine davon Sid, der sie mit zitternden Händen entgegennahm.

»Wie ist es passiert, was glaubst du, Sid?«

»Er muss mit dem Stechkahn ein Stück den Fluss hinabgefahren sein. Er hat die Schrotflinte benutzt. Ich hatte sie im Stall ...« Sids Stimme zitterte. »Ich hätte sie wegschließen sollen. Aber die Füchse sind zu einer richtigen Plage geworden ...« Seine Stimme verlor sich.

»Ach, die armen Kinder. Was ist nur mit Zanana geschehen, Sid? Als ob ein Fluch darauf läge. Es war so ein glückliches Haus, als wir hierher zogen ...«

»Nun hör aber auf damit, Gladys«, sagte Harold streng, als er wieder in die Küche trat. »Komm, Sid, wir bringen den Stechkahn zurück zum Anlegesteg. Der Sergeant sagt, wir sollen nichts anfassen. Gladys, meinst du, du könntest Hock Lee anrufen?«

Gladys nickte. »Ja. Er wird wissen, was zu tun ist. O Gott, sie standen sich so nahe.«

Hock Lee schwieg am anderen Ende der Leitung, nachdem ihm Mrs. Butterworth die schreckliche Nachricht mitgeteilt hatte.

»Alles in Ordnung mit Ihnen, Hock Lee? Sind Sie noch da?«

»Ja, Mrs. B.« Er seufzte tief. »So traurig ich auch bin, ich kann nicht sagen, dass es mich wirklich überrascht. Ich bin entsetzt, aber irgendwie wusste ich, dass etwas passieren würde. Ich komme, so schnell ich kann.«

Ruhelos wartete Mrs. Butterworth auf das Eintreffen der Polizei, auf Hock Lee und auf die Besucher, die sicher bald auftauchen würden. Aber im Moment war alles ruhig. Das Baby und Mary schliefen immer noch, die Angestellten hatten sich am Fluss versammelt. Mit hängenden Schultern ging Mrs. Butterworth durch die prächtigen Räume, die Catherine und Robert geschaffen hatten. Sie machte die Tür zum Kinderzimmer auf, in dem die kleine Kate in ihrer mit gekräuseltem Stoff bespannten Korbwiege lag. Zwei Türen weiter schlief Mary in ihrem in Blau und Weiß gehaltenen Zimmer, in dem die Besitztümer ihres neuen Lebens ordentlich aufgereiht waren. Da sie vorher nie etwas besessen hatte, ging sie sehr sorgsam mit ihren Sachen um und behandelte ihre Kleider und ihr Spielzeug pfleglich und liebevoll. Marys dunkle Locken waren über das weiße Spitzenkissen gebreitet, und sie schlief tief und fest.

Gladys Butterworths Hand krampfte sich um den Türknauf aus Porzellan, und sie schloss die Augen, plötzlich von Kummer überwältigt.

»Mach dir keine Sorgen, Catherine«, flüsterte sie abwesend, »ich lasse deinen Kindern nichts geschehen. Das verspreche ich dir. Er und du, ihr seid jetzt zusammen. Ich werde mich um die Kleinen kümmern.«

Durch den verlassenen Rosengarten fuhr ein kalter Wind und zerrte an den dornigen Büschen und Ranken, an denen jetzt keine Rosen mehr blühten.

Kapitel sechs

Amberville 1958

Die Zeit zog sich wie zähes Gummi. Odette hatte den Eindruck, sich durch jeden einzelnen Tag geschleppt zu haben, als wäre sie durch Klebstoff gewatet. Ihre langweilige Schulzeit näherte sich dem Ende, und vor ihr lag die Zukunft.

Tante Harriet redete ständig in ahnungsvollen Tönen über die Zukunft, was Odette das Gefühl gab, von einer aus Schule, Heim und Amberville bestehenden Klippe in einen schrecklichen Abgrund zu stürzen, den Tante Harriet als Leben bezeichnete.

»Das Leben ist kein Zuckerschlecken, Odette. Du musst sorgfältig über die Zukunft nachdenken. Viele von uns hatten nicht die Vorteile, die du besitzt, und konnten nicht die Zukunft anstreben, die sie sich vielleicht gewünscht hätten.«

»Welche Vorteile meinst du, Tante Harriet?«

»Ein bequemes Leben, Sicherheit, eine gute Schulbildung. Die Welt liegt dir zu Füßen, Odette. Die Zukunft wartet auf dich. Wenn du ein Stipendium für die Universität bekommst, wird das Leben sehr viel leichter sein.«

Was Odette betraf, so hatte Amberville ihr nicht die Welt zu bieten, oder überhaupt eine Zukunft, nicht mal ein Leben. Der Ort war noch genauso langweilig, geisttötend und abgelegen wie damals bei ihrer Ankunft. Tante Harriets begrenzter Bekanntenkreis bestand aus Kleinstadtsnobs, die gegen die Labor Party waren, gegen ›die Schwarzen‹, alle Ausländer und jede drastische Veränderung der Stadt, sei es ein modernisierter Bahnhof oder die Verbreiterung einer Straße.

Odette wollte nicht an die Universität. Sie wusste genau, was sie tun wollte und wie ablehnend Tante Harriet ihrem Traum gegenüberstand, Zeitungsreporterin zu werden. Ihre Tante betrachtete das als vorübergehende Laune, entstanden durch Odettes Teilzeitjob als Laufmädchen bei der Lokalzeitung *Clarion*.

Wenn es überhaupt Leben in Amberville gab, dann, entschied Odette, spielte es sich nur beim *Clarion* ab.

Jeden Tag nach der Schule arbeitete sie zwei Stunden für den *Clarion*, dazu auch noch am Samstagmorgen. Sie machte Tee, betätigte sich als Botin, nahm Telefonanrufe entgegen, schnitt Artikel aus Zeitungen aus und legte sie für das Archiv ab. Zu Hause, in ihrer Freizeit, schrieb sie viele kleine Artikel, hatte aber noch nicht den Mut gefunden, sie einem der Redakteure zu zeigen.

Harriet wusste nicht, dass Odette schon seit ihrer Kindheit geschrieben hatte. Odettes Mutter Sheila hatte es gern gehabt, wenn das Kind ihr seine Geschichten vorlas, und hatte sie ermutigt, obwohl nie die Rede davon gewesen war, daraus einen Beruf zu machen. Kreative Ambitionen wurden in der Welt von Sheila und Ralph Barber als Hobby betrachtet. Für Tante Harriet war ein guter Beruf etwas Solides wie eine Stelle bei der Bank, als Verkäuferin oder, wenn man die Fähigkeiten und die Berufung dazu hatte, als Lehrerin.

Eines Samstagnachmittags fuhr Odette mit dem Fahrrad – gekauft von dem beim *Clarion* verdienten Geld – ihre Lieblingsstrecke am Fluss entlang. Der Vormittag bei der Zeitung war recht interessant gewesen. Ein alter Mann war mit Fotos und Briefen in die Redaktion gekommen, die noch aus der Zeit vor der Jahrhundertwende stammten. Die Familie seiner Frau hatte zu den ersten Siedlern in der Gegend gehört, und jetzt, wo seine Frau »von uns gegangen« war, hatte er ein bisschen aufgeräumt und gedacht, dass die Lokalzeitung an den Sachen interessiert sein könnte.

Odette war gesagt worden, sie solle sich um den alten Burschen kümmern, also hatte sie mit ihm geplaudert, seinen Namen und seine Adresse notiert und ihm dafür gedankt, dass er die Hutschachtel mit den Briefen aus der Hinterlassenschaft seiner Frau gebracht hatte.

»Die sehen aus, als könnten sie von historischer Bedeutung sein«, sagte Odette.

Der Mann kratzte sich am Kopf, bevor er seinen Hut wieder gerade rückte. »Da weiß ich nichts von. Kommt mir vor wie ein Haufen alter Plunder. Aber sie war ein sentimentales altes Huhn und hat immer gesagt, ich dürfte nichts davon wegschmeißen. Sie meinte, eines Tages könnte sich jemand dafür interessieren. Keine Ahnung, wer sich für all den alten Kram interessieren soll. Niemand will doch noch was von der alten Zeit wissen. Sehn Sie sich's an, Mädchen, und dann machen Sie damit, was Sie wollen.«

Odette hatte eine Stunde damit verbracht, sich die in den Gründungstagen von Amberville aufgenommenen Fotos anzusehen. Dabei war ein besonders gelungenes von einem Ochsengespann, das mit seinem wettergegerbten Fahrer vor dem ursprünglichen Bankgebäude auf der Hauptstraße stand.

Die Briefe schienen von einer Farmersfrau zu stammen, die außerhalb der Stadt wohnte, und an ihre Schwester gerichtet zu sein. In gestochener Handschrift erzählte sie mit stoischem Humor von der Härte ihres entbehrungsreichen Lebens. Odette fand es faszinierend und nahm sich vor, alles durchzulesen und einen Artikel für die Zeitung zu schreiben, mit Auszügen aus den Briefen und einigen der alten Fotos.

Zum ersten Mal nahm Amberville für sie eine größere Bedeutung ein. Die Stadt hatte eine Vergangenheit, und ein Gefühl der Nostalgie weckte in Odette so etwas wie Sympathie für die fade, nichts sagende Landstadt, die sie heute kannte.

Sie war tief in Gedanken versunken, als sie das stetige Trappeln von Pferdehufen hinter sich wahrnahm. Sie fuhr an die Seite, um den Reiter vorbeizulassen, aber stattdessen blieb das Pferd stehen. Odette sah über die Schulter und bremste mit einem plötzlichen Ruck. Vom Rücken des großen schwarzen Pferdes lächelte der Zigeunerjunge Zac zu ihr herunter.

Auf dem Pferd mit der bunten Satteldecke und dem verzierten Geschirr sah er verwegener aus denn je. Er schwang sich aus dem Sattel und kam mit dem Pferd am Zügel auf Odette zu. »Ich hatte gehofft, dich zu finden, Odette. Und dazu noch so hübsch wie immer.«

»Ihr seid zurückgekommen!«

»Das sind wir, ja. Wirst du kommen und uns besuchen?«

»Jetzt?«

»Warum nicht?« Er griff nach ihrer Hand. »Darf ich dir Mercy Mild vorstellen, mein tapferes Schlachtross? Hab keine Angst. Pferde sind wie Hunde, sie spüren die Angst.«

Vorsichtig streckte Odette die Hand aus und streichelte die samtweiche Nase des Pferdes. »Ich hatte nie viel mit Pferden zu tun.«

»Wir fürchten uns oft vor dem Unbekannten, nicht wahr? Hier, du führst sie, und ich nehme dein Fahrrad. Jetzt erzähl mir, welche bedeutenden Ereignisse sich in deinem Leben abgespielt haben, seit wir uns zum letzten Mal gesehen haben.«

»Bedeutend! In Amberville? Hah!«

Während sie das große sanfte Pferd am Zügel führte und Zac mit seinen langen Beinen in Schlangenlinien neben ihr herfuhr, erzählte Odette von der Leere und Eintönigkeit ihres Lebens.

Wie sie sich danach sehnte, von hier fortzukommen, wie gerne sie für eine große Zeitung in der Stadt schreiben und arbeiten wollte. Er hörte ihr mit großem Ernst zu, und Odette fühlte sich besser, nachdem sie ihrem Zigeunerfreund das Herz ausgeschüttet hatte.

»Ich werde es wahrscheinlich nie schaffen oder auch nur von hier wegkommen, aber ich arbeite nach der Schule bei der Lokalzeitung. Nur als Aushilfe.«

»Gib deine Träume nicht so leicht auf, Odette. Verfolge dein Ziel. Du kannst deine Wünsche wahr werden lassen. Du hast die Macht dazu – wir alle haben sie –, aber nur wenige wissen, wie man sie einsetzt. Du hast einen Anfang gemacht, das ist gut.« Er blieb einen Moment stehen und lächelte sie an. »Und worüber willst du schreiben? Dein Wunsch zu schreiben ist für mich ein Rätsel. Wir haben keine geschriebene Sprache, was jedoch nicht heißt, dass wir ungebildet sind. Unser Wissen und unsere Vorstellung von der Welt stammen nicht aus Büchern, sondern von unserem Verständnis für die Dinge um uns herum, für die Erde, die Pflanzen, die Tiere, den Wind und den Himmel. Wir lernen durch mündliche Überlieferung und auf hergebrachte Art.«

»Welche hergebrachte Art?«

»Bestimmte Wissenschaften und Weissagungen – deine Leute nennen es Hexerei und Wahrsagerei.«

»Ist das wahr?«

»Die Wahrheit ist das, was du glaubst«, erwiderte Zac geheimnisvoll. »Ich kann lesen, aber das, was ich weiß, stammt aus der Poesie und aus Liedern.«

»Ich erinnere mich an deine Lieder«, sagte Odette schüchtern.

»Ich habe noch viele mehr komponiert, seit du mich zum letzten Mal singen gehört hast. Ich werde einige davon für dich singen, und eines Tages werde ich sie für die Welt singen.«

Odette sah ihn an. Er hatte das ganz schlicht gesagt, und seine Augen waren auf einen Punkt in weiter Ferne gerichtet. Dann wandte er den Kopf ab und begann leise zu singen. Seine melodiöse Stimme stieg hinauf zu den Baumwipfeln, und Odette, die das friedliche Pferd am Zügel führte, hörte den schlaksigen Zigeunerjungen von Weite und Freiheit und einem Ort namens Heimat singen. Einem Ort, an dem das Herz sich ausruht. Als er die letzten Noten sang, hob er die Arme über den Kopf, und das Fahrrad schwankte gefährlich.

Odette lachte. »Das war wunderschön. Ich weiß, was du meinst ... dein Zuhause ist dort, wo dein Herz sich befindet. Für mich ist das ein ganz besonderer Ort, den ich einst gekannt habe.«

Zac brachte das Fahrrad wieder unter Kontrolle. »Erzähl mir davon. Hast du dort mit deinen Eltern gelebt?«

»Nein, aber es war nicht weit weg. Ein wunderschönes altes Haus an einem Fluss. Mit einem Garten voller Rosen und Erinnerungen. Es hatte etwas Magisches ... Schwer zu beschreiben.«

Zac drängte sie nicht, er merkte, dass sie im Geist zu ihrem Lieblingsort zurückgekehrt war, und wollte nicht in ihre Gedanken eindringen.

In der Ferne hörte Odette Stimmen, und lautes Hämmern hallte durch die Bäume. Bald konnte sie wieder das kunterbunte Zigeunerlager sehen, das sich im Flussufer ausbreitete. Kinder kamen auf sie zugerannt, um sie zu begrüßen, ein alter Mann, der einen Kotflügel ausbeulte, richtete sich auf, und die Frauen um das Kochfeuer winkten ihnen freundlich zu. Odette winkte zurück und lächelte.

»Sie erinnern sich an dich«, sagte Zac.

»Das ist schön.« Odette lachte über die auf sie zustürmenden Kinder, die eine kichernde, schnatternde Eskorte bildeten.

»Wofür sind all die Pferde?«, fragte Odette, als sie ein Dutzend Pferde in einem rasch zusammengezimmerten Pferch sah.

»Die werden verkauft, wenn jemand ein feuriges und gesundes Pferd erstehen will.«

»Woher kommen die Pferde?«

»Damit würde ich zu viel verraten, nicht wahr?« Zac zwinkerte ihr zu. »Komm. Meine Familie möchte dich wiedersehen.«

Wieder wurde Odette von einer verwirrenden Menge von Vettern und Cousinen, Onkeln, Tanten, Brüdern und Schwestern willkommen geheißen. Alle waren mit allen durch Blutsbande oder geistige Verbindungen verwandt. Sie setzte sich auf die Stufen eines kleinen Wohnwagens, zu beiden Seiten ein Kind, das sie mit freundlicher Neugier ansah. Zac ließ sich zu ihren Füßen nieder, und einige der älteren Frauen hockten sich hin und betrachteten sie mit glänzenden, interessierten Augen.

Odette trug eine weiße Hose, weiße Turnschuhe und eine einfache Baumwollbluse. Sie kam sich sehr schlicht vor neben den farbenprächtig gekleideten Frauen.

Als hätte es ihre Gedanken gelesen, fragte eines der kleinen Mädchen mit der Offenheit eines Kindes: »Warum trägst du nicht solche Kleider wie wir?«

»Weil ich solche Kleider nicht besitze. Du siehst sehr hübsch aus«, erwiderte Odette und berührte das scharlachrote, mit Goldfäden durchwobene Tuch, das die Kleine um die Schultern trug.

»Dann werden wir dir was zum Anziehen geben!«, rief Zac und sprang auf. »Cousine Delia, hol deine Truhe heraus und such etwas Passendes für Odette.«

»Nein, das geht doch nicht«, protestierte Odette, als Zac sie zu einem anderen Wohnwagen zerrte.

Schüchtern kam sie einige Zeit später wieder heraus. Ein durchsichtiger, glitzernder Rock fiel ihr über die weiße Hose bis auf die Knöchel herab, ein mit Seidenfransen besetzter und mit bunten Blumen bestickter Schal war um ihre Schultern geknotet, goldene Ohrringe klimperten, und das aus dem Zopf gelöste Haar stand in krausen Locken um ihren Kopf und war auf einer Seite mit einem Schildpattkamm hochgesteckt.

»Das ist schon besser – du siehst aus wie eine Waldfeenprinzessin.«

Zac nahm sie bei der Hand und wirbelte sie herum, bis sie den Atem verlor. Sie taumelte zu Boden, setzte sich im Schneidersitz hin und lachte, während sie nach Luft rang.

Zac griff nach seiner alten Gitarre und setzte sich neben sie. »Ich singe dir eine meiner Balladen vor.« Er sang von den Zigeunerstämmen, die gezwungen wurden, ihre alte Heimat in Indien und Ägypten zu verlassen. Er sang von der Durchquerung des Roten Meeres, als die Truppen des Pharaos vom Wasser eingeschlossen wurden. Aber ein Paar entkam und wurde zu den Begründern eines Zigeunerstamms. Er sang davon, wie die Söhne Kains die Nägel für die Kreuzigung geschmiedet hatten und deswegen in Angst und Schrecken fliehen mussten. Und schließlich sang er von dem Tag, an dem die Stämme das Land Chaldäa erobert hatten, und als es für sie zu klein wurde, teilten sie sich auf … einige gingen nach Indien, andere nach Ägypten. Sie nahmen mit sich ihre geheimen Wissenschaften, ihre Sprache, ihr Wissen und ihr *patrin* – die Kunst, geheime Zeichen und Botschaften zu entziffern, die von den

Zigeunern auf ihren Wanderungen für ihre Stammesbrüder hinterlassen wurden. Am Ende der Ballade schloss Zac die Augen und sang voller Leidenschaft von »dem Tag, an dem die Kinder der Stämme wieder an einem Ort vereint sein werden«.

Die Töne verklangen, und Zac legte die Gitarre neben sich auf den Boden. »Und das, süße Odette, ist der Fluch der Zigeuner – wir müssen endlos wandern, bis wir unsere Heimat wiederfinden.«

Odette saß schweigend und ganz überwältigt da. Die Geschichte, die Musik, Zacs bewegender Gesang hatten etwas tief in ihr berührt. Sie brach das Schweigen. »Das ist alles so tragisch, und doch so schön. Ich möchte mehr über dein Volk erfahren.«

Zac erhob sich. »Ein andermal, Odette. Komm und begrüße unsere Königin Cerina.«

Schüchtern schüttelte Odette der alten Zigeunerin die Hand, die Königin dieser und anderer in dieser Gegend herumreisender Gruppen war. Die alte Frau besaß immer noch eine große Schönheit. Die zarten hohen Wangenknochen, die Adlernase und die blitzenden dunklen Augen beherrschten das Gesicht. Die Fältchen um ihren Mund und ihre Augen, das Netzwerk der Falten auf ihrer Haut sprachen von einem erlebnisreichen und erfüllten Leben. Ihr langes Haar war von Silberfäden durchzogen, die sich von ihrer olivbraunen Haut abhoben. Erstaunlich lange Fingernägel bildeten den Abschluss ihrer dünnen, knochigen Finger. Cerina strahlte eine Stärke und Kraft aus, die einschüchternd hätte wirken können, aber die sanfte Freundlichkeit in ihren Augen nahm Odette die Befangenheit.

Cerina lächelte Odette an, dann drehte sie ihre Hand um und betrachtete sie sorgfältig. »Sehr interessant.«

»Lies Odette aus der Hand, Cerina«, bat Zac.

Odette sah ihn an. »Was meinst du damit?«

»Deine Zukunft ... einige von uns haben die Gabe der Chiromantie, Handlesekunst, Chirologie – nenn es, wie du willst. Es hat alles zu tun mit Veranlagung, Neigungen und Merkmalen wie auch mit Vorsehung«, erklärte Cerina.

»Sie können meine Zukunft vorhersagen?« Odette schaute auf ihre ausgestreckte Handfläche, die in den langen braunen Fingern der alten Frau ruhte.

»Setz dich, Kind.« Sie setzten sich beide auf den Boden, ihre farbenprächtigen Röcke waren wie Blütenblätter um sie herum ausgebreitet. Die Königin nahm Odettes Hände in die ihren und betrachtete das Muster der Linien auf den Handflächen. Dann berührte und bog sie jeden Finger der linken Hand.

»Der Daumen ist der Finger des Missgeschicks ... der Zeigefinger der des Glücks ... Hm.« Sie schwieg einen Moment, dann sagte sie mit leiser Stimme: »Ich sehe, dass dir in jungen Jahren Trauriges zugestoßen ist, aber die Schatten verbleichen allmählich. Bald wirst du deiner Bestimmung folgen ... und diese Hände benutzen, um deinen Traum zu erfüllen. Da ist auch Liebe, die auf dich wartet, aber der Pfad dorthin ist verschlungen, macht eine Kehrtwendung, bevor du dein Glück findest. Du hast viel Kraft und Mut und große Zielstrebigkeit. Aber um Freude und Erfüllung zu finden, musst du deinem Herzen folgen, nicht deinem Kopf.« Sie tätschelte Odettes Hand. »Sei glücklich, Kind.«

Sanft half Zac der Königin auf die Füße, und sie sahen ihr nach, wie sie langsam mit barfüßiger Würde zu ihrem Wohnwagen schritt.

Odette schaute auf ihre Hände. »Puh ... das war faszinierend. Aber kann man genau sagen, was passieren wird?«

»Oh, du möchtest Zeitpunkte, Daten, Namen! Die kleine Reporterin, was?« Zac legte den Arm um ihre Schultern und drückte sie spielerisch. »Warum das Geheimnis und die Überraschungen des Lebens vorwegnehmen? Eines Tages werden wir Cerina oder eine meiner Cousinen bitten, dir die Tarotkarten zu legen.«

Odette schlüpfte aus dem raschelnden Rock, nahm das Tuch ab und gab Zac beides zurück. Sie gingen zu ihrem Fahrrad, das am Rande des Lagers gegen einen Baum gelehnt stand.

»Bleibst du diesmal lange?«

»Lange genug. Ich brauche Geld für eine neue Gitarre. Ich werde eine Weile hier beim Schmied arbeiten. Darin sind wir Zigeuner gut, weißt du. Wir können gut mit Metallen umgehen, mit Magie, mit Pferden und Tieren wie tanzenden Bären und Ponys«, meinte er grinsend.

»Und mit Musik.«

Zac wurde nachdenklich. »Ja, und mit Musik. Meine Musik bedeutet mir alles, Odette. Wie dir das Schreiben.«

Sie seufzte. »Ich wünschte, ich könnte Tante Harriet davon überzeugen, dass ich am liebsten schreiben möchte. Ich will nicht auf die Universität.«

»Das könnte dir aber weiterhelfen.«

»Mr. Fitz, der Chefredakteur des *Clarion*, sagt, niemand kann einem beibringen, ein Reporter zu sein, das lernt man während der Arbeit und durch Erfahrung.«

»Wenn man dir Türen vor der Nase zuschlägt, wenn du an den Schauplatz eines Verbrechens gehst, ja?«

»So in etwa.«

»Dann mach das. Kannst du deinen Teilzeitjob nicht in eine volle Stelle umwandeln?«

»Der *Clarion* ist nur eine kleine Wochenzeitung. Die haben schon genug Angestellte.«

»Das weißt du nicht. Sprich mit dem Chef. Er glaubt wahrscheinlich, dass du mit diesem Aushilfsjob zufrieden bist. Weiß er, dass du diesen brennenden Wunsch hast, Journalistin zu werden?«

Odette schüttelte den Kopf. Sie hatten den Baum erreicht, an dem Zacs Pferd angebunden und ihr Fahrrad angelehnt war. Er packte das Fahrrad am Sattel und hielt es ihr hin.

»Dann jag deinen Träumen nach, Odette. Cerina sagte, du würdest bald deiner Bestimmung folgen und dazu deine Hände benutzen. Greif nach deinem Stift und fang an.«

Sie lächelte ihn an. »Ich glaube, ich sollte eher tippen lernen … sobald ich eine Schreibmaschine habe. Danke, Zac, du weißt nicht, wie sehr du mir geholfen hast.«

Er küsste sie sanft auf die Stirn. »Doch, das weiß ich. Komm mich bald mal in der Schmiede besuchen.«

Odette hatte über Zacs Rat nachgedacht und beschlossen, mit Joe Fitzpatrick zu sprechen, dem Herausgeber und Chefredakteur des *Clarion*. Früher wäre sie vielleicht einfach in sein Büro geplatzt, hätte ihr Anliegen stotternd vorgebracht und das Beste gehofft, doch diesmal setzte sie sich hin und dachte alles genau durch. Was die Zigeunerkönigin ihr gesagt hatte, ergab für sie durchaus einen Sinn. Sie wusste, was sie sich für ihre Zukunft wünschte, und sie würde ihrem Herzen folgen, nicht ihrem Kopf.

Odette hatte einen Bogen Papier genommen und sich Notizen gemacht – was sie wollte, was sie zu erreichen hoffte und welche Hindernisse es geben mochte. In zwei Rubriken hatte sie die Vor- und Nachteile aufgelistet, die Wege und Möglichkeiten, ihr Ziel zu erreichen. Zufrieden hatte sie festgestellt, dass mehr auf der Plus- als auf der Minusseite stand.

Schließlich hatte sie sich ihre Geschichten und kleinen Artikel vorgenommen, die vier besten aussortiert und noch einmal überarbeitet, bevor sie sie Mr. Fitzpatrick gab. Sie fand den Artikel, der auf den alten Briefen und Fotos aus der Gründungszeit von Amberville basierte, am besten gelungen. Sie hatte überlegt, ob sie den Chefredakteur einfach in seinem Büro aufsuchen sollte, was aufgrund seiner ›Politik der offenen Tür‹ durchaus möglich gewesen wäre, aber sie entschied sich dagegen. Stattdessen hatte sie angerufen und um einen Termin mit Mr. Fitz gebeten und ihm dann zwei Tage vorher die Artikel auf den Schreibtisch gelegt.

Es war Freitagnachmittag, und der Termin war um vier. Odette eilte von der Schule nach Hause und zog sich sorgfältig an. Sie wählte einen Rock und eine hübsche Bluse, dazu ihre Schulschuhe und weiße Socken. Ihre widerspenstigen kastanienbraunen Locken band sie hinten mit einer blauen Schleife zusammen. In die Rocktasche steckte sie den Zettel mit den Punkten, die sie ansprechen wollte, als Gedächtnisstütze, falls sie nervös wurde und etwas vergaß.

»Ich fahre zur Zeitung, Tante Harriet. Es könnte etwas später werden als sonst.«

»Du bist aber vor der Dunkelheit zurück«, rief ihre Tante. Als sie dann Odettes Aufmachung sah, meinte sie: »Du siehst sehr hübsch und ordentlich aus, Liebes. Hast du was Besonderes vor?«

»Nein. Nur eine Besprechung mit dem Chefredakteur.« Mit einem Grinsen im Gesicht segelte Odette hinaus.

Obwohl sie schon oft mit Mr. Fitz zu tun gehabt hatte und sich in seinem voll gestopften Redaktionsbüro wohl fühlte, war ihr diesmal ganz anders zumute, als sie die Redaktion des *Clarion* an der Isobel Street betrat.

Nervös glättete sie ihren Rock und steckte eine Locke zurück, dann ging sie zu dem kleinen abgetrennten Raum, der dem Chefredakteur als Büro diente. Fitz, wie er genannt wurde, hatte schütteres graues Haar, ein gerötetes Gesicht und trug stets eine Fliege, ein weißes Hemd und eine Weste. Eine Goldkette, dick wie eine Amtskette, spannte sich über seinem wohlgerundeten Bauch. Am

Ende der Kette steckte in seiner linken Westentasche eine goldene Taschenuhr, auf die er wohl ein dutzendmal am Tag sah.

Eine Angewohnheit, die Odette amüsierte, da der Redaktionsschluss des wöchentlich erscheinenden *Clarion* am Donnerstagnachmittag war.

Fitz deutete auf einen Stuhl vor seinem überquellenden Schreibtisch. Er räumte ein paar Manuskripte zur Seite und schob seine Zweistärkenbrille auf die Stirn hinauf, verschränkte die Arme vor der Brust und lehnte sich über den Schreibtisch. »Was kann ich für dich tun?«

Odette war ebenso direkt. »Ich möchte beim *Clarion* arbeiten. Ganztags. Ich möchte Reporterin werden und als Praktikantin anfangen.«

»Wir sind keine der großen Tageszeitungen mit Praktikanten und einem Ausbildungsprogramm, Odette.«

»Das ist mir klar. Aber eben weil der *Clarion* so klein ist, glaube ich, dass ich hier mehr über alle Aspekte des Journalismus lernen kann und darüber, wie eine Zeitung gemacht wird.« Sie schenkte ihm ein rasches Lächeln. »Ich glaube, Sie könnten mir viel beibringen, Mr. Fitz.«

»Hm.«

»Haben Sie die Artikel gelesen, die ich zu Hause geschrieben habe?« Sie sah sie auf dem Schreibtisch liegen.

Mr. Fitz blätterte darin herum und murmelte: »Ich hab sie überflogen.«

Odette fuhr fort: »Ich weiß, dass Sie nur wenige Angestellte haben und dass es vermutlich eine Zeit dauern wird, bis ich von Nutzen bin … ich meine, bis ich etwas Druckreifes schreiben kann.«

»Hab ich auch eine Chance, was zu sagen? Du scheinst alle meine Argumente vorwegzunehmen.«

»Ich hab mir überlegt, was Sie sagen würden, wie schwer es ist – wegen des Geldes und so –, aber insgesamt, Mr.

Fitz, glaube ich, dass es sich für uns beide auszahlen würde. Es hat mehr Vor- als Nachteile.«

»Ach, meinst du?«, bemerkte er mit einem leicht verwirrten Ausdruck im Gesicht.

»Mr. Fitz, wenn ich diese Stelle nicht bekomme, muss ich mich um ein Stipendium für die Uni bewerben oder in einer Bank oder an einem anderen grauenvollen Arbeitsplatz arbeiten – falls meine Tante das letzte Wort behält.«

»Sie hält nichts vom Journalismus?«

»Ich glaube nicht.«

»Dann müssen wir ihr wohl das Gegenteil beweisen, nicht wahr?«

»Sie meinen ...?«

»Wie du ganz richtig angenommen hast, kann ich dir nicht viel Geld bieten, auch keine Journalistenausbildung mit allem Drum und Dran. Aber ich kann dir das eine oder andere über das Zeitungmachen beibringen. Allerdings weiß ich nicht, ob du das Zeug dazu hast oder ob du schreiben kannst, trotz dieser kleinen Schreibübungen hier.« Er klopfte auf ihre Artikel. »Also, was hältst du davon, wenn wir dich erst mal sechs Monate zur Probe einstellen?«

»O Mr. Fitz ...«

»Schau nicht so erstaunt, du hattest dir doch von Anfang an alles zurechtgelegt!«

Der Erste, dem sie davon erzählte, war Zac.

Nach ihrem Gespräch mit Mr. Fitzpatrick radelte sie zu der alten Schmiede am anderen Ende der Stadt. Als sie näher kam, hörte sie das Hämmern von Metall auf Metall.

In der Schmiede hämmerte Zac mit bloßem Oberkörper ein Stück glühendes Eisen auf dem Amboss zurecht. Die Arbeit und die Hitze aus der mit Holzkohle befeuerten Esse hinter ihm ließen ihm den Schweiß über den Körper laufen. Sein Körper war schlank, aber muskulös, und

Odette fand, er sah aus wie ein griechischer Gott. Wie die Bilder der Statuen, die sie gesehen hatte, geschaffen von berühmten Bildhauern.

Zac nickte ihr zu, hörte aber nicht mit dem rhythmischen Hämmern auf. Odette setzte sich neben der hohen Tür auf einen Holzklotz, der durch jahrzehntelangen Gebrauch glatt und rund geworden war. Hier hatten Männer auf das Beschlagen ihrer Pferde gewartet und zugesehen, wie das Eisen in Form gebracht wurde.

Zac beendete seine Arbeit und tauchte das heiße Metall in einen hölzernen Wasserbottich, wo es kurz aufzischte und rasch abkühlte. Er schöpfte kaltes Wasser mit den Händen, goss es sich über Kopf und Gesicht und kam zu ihr. »Hallo. Du hast dich ja so fein gemacht. Was hast du vor?«

»Ich habe deinen Rat befolgt, bin zum Chefredakteur gegangen und habe ihn um einen Job gebeten. Ich habe ihm erzählt, was ich tun möchte und warum, und er ... hat zugestimmt.« Sie sprang auf und fiel Zac impulsiv um den Hals. »Ich danke dir, Zac. Vielen Dank.«

Ihre Begeisterung war ansteckend, und er drückte sie an sich, wirbelte sie herum, so dass ihr Rock und ihre Beine flogen. »Du hast das gemacht, nicht ich. Meinen Glückwunsch!«

Odette quietschte vor lauter Freude und Aufregung. Zac stellte sie wieder auf den Boden, ließ sie aber nicht los. Sie sah in seine dunklen Augen, auf seinen lachenden Mund und die weißen Zähne, die in seinem gebräunten Gesicht aufblitzten. Langsam streckte sie die Hand aus und wischte ihm einen Rußfleck von der Wange. Plötzlich wurde sie sich seiner starken Arme und des moschusartigen Geruchs seines schweißfeuchten Körpers bewusst.

Verlegen ließ sie die Hände sinken und machte sich aus seiner Umarmung frei. Er ließ sie los, knüpfte aber das

Band auf, das ihre Haare zusammenhielt. »Kein Grund, jetzt schon wie eine Reporterin auszusehen. Ich mag es lieber, wenn du das Haar offen trägst.« Er breitete die dicken rotgoldenen Locken über ihren Schultern aus und ließ die seidigen Strähnen durch seine Finger gleiten.

Odette wirbelte herum. »Gut, ich wollte dir nur schnell Bescheid sagen. Bis später.« Sie schnappte sich ihr Fahrrad und fuhr davon, ohne sich noch einmal umzusehen.

»Hab keine Angst vor deinen Gefühlen, kleiner Spatz«, rief Zac ihr leise nach. Dann bückte er sich, hob das blaue Band auf, das zu Boden gefallen war, und steckte es in die Tasche seiner Shorts.

KAPITEL SIEBEN

Zanana 1901

Die Sonne sandte ihre Strahlen über den Hafen von Sydney, wo sie das Wasser in geschmolzenes Gold verwandelten, bevor sie weiterwanderten und das schimmernde Metall und den Lack einer Reihe dunkler Kutschen und Sulkys aufblitzen ließen. Langsam bahnte sich diese Prozession ihren Weg zur Sankt-Stefans-Kirche am oberen Ende der Stadt, wo die Trauerfeier für Robert MacIntyre abgehalten werden sollte.

Wie es sich für diesen Mann geziemte, hatte Hock Lee eine Trauerfeier für ihn arrangiert, die stilvoll, geschmackvoll und vornehm war. Hunderte von Geschäftsleuten und Politikern nahmen zusammen mit den Gesellschaftsspitzen von Sydney daran teil, aber keine Familienangehörigen. Viele der Trauergäste waren überrascht zu erfahren, dass Robert weder in Australien noch in Schottland Verwandte besaß. Die Letzte seiner Familie, eine unverheiratete Tante, war vor einigen Jahren in Schottland gestorben.

Während sich die Kirche zu füllen begann, spekulierte man im Flüsterton darüber, was wohl mit Zanana und dem MacIntyre-Vermögen geschehen würde. Es war eine Frage, die Hock Lee als Nachlassverwalter tief beunruhigte. Die Dinge wurden noch dadurch kompliziert, dass es kein Testament gab. Hock Lee und Charles Dashford hatten vergeblich nach einem solchen Dokument gesucht, obwohl der Anwalt sicher war, dass Robert ein Testament gemacht hatte.

»Ich habe ihn dazu gedrängt, nachdem Catherine gestorben war, und sogar schon vorher, als er Marys Adoption einleitete. Und ich muss sagen, dass er bei mir den Eindruck hinterlassen hat, er habe ein solches Dokument verfasst«, sagte der weltmännische und makellos gekleidete Dashford. »Ich nahm an, es würde sich in seinem Arbeitszimmer in Zanana befinden. Er hat sich einfach geweigert, mit mir darüber zu sprechen – ist dem Thema stets ausgewichen.«

Hock Lee hatte Marys unvollständige Adoptionspapiere gefunden, aber sonst nichts, was dem auf Ordnung bedachten Robert gar nicht ähnlich sah, aber wenn er daran dachte, wie verzweifelt Robert seit Catherines Tod gewesen war, wunderte es Hock Lee eigentlich nicht. Sein Instinkt warnte ihn davor, Charles Dashford den Brief zu zeigen, den Robert ihm geschrieben und auf seinem Schreibtisch zurückgelassen hatte, bevor er sich das Leben nahm. Der Brief war nur kurz gewesen.

Hock Lee, mein lieber Freund, vergib mir das, was ich zu tun vorhabe. Das Leben erdrückt mich, und ich kann nicht ohne Catherine an meiner Seite weiterleben. Du bist mir in den vergangenen Jahren ein treuer Freund gewesen, und ich bitte Dich, nicht schlecht von mir zu denken. Ich weiß, dass Du die Geschicke von Zanana mit fester Hand lenken wirst. Verkaufe meine Geschäftsanteile und investiere das Geld für den laufenden Unterhalt des Besitzes. Ohne meine geliebte Frau ist Zanana nicht länger ein Ort der Liebe und Zuflucht. Es ist erfüllt von Erinnerungen, die mich zu sehr schmerzen. Ich möchte neben ihr begraben werden. Lege gelegentlich eine Rose auf unser Grab als Symbol für die allzu kurze Zeit, die uns zusammen in die-

sem Leben vergönnt war. Nun werden wir bis in alle Ewigkeit eins sein.

Hock Lee hatte die traurige Aufgabe übernommen, seinen Freund Robert in aller Stille neben seiner geliebten Catherine begraben zu lassen. Sie lagen zusammen auf der obersten Terrasse des Rosengartens, wo ein schlichter Marmorengel über ihren beiden Grabsteinen wachte. Danach hatte Hock Lee stets eine Rose auf das Grab gelegt, wenn er Zanana besuchte. Gab es keine blühenden Rosen, hatte er nur still an den Gräbern gesessen und sich an etwas besonders Glückliches aus ihrer gemeinsamen Zeit erinnert.

Dann hatte er den Kummer über den Verlust seines besten Freundes beiseite geschoben und mit Hilfe von Charles Dashford, der sich um die rechtlichen Dinge kümmerte, den Nachlass seines Partners geordnet.

Hock Lee hatte sehr bald die Butterworths zu einem Gespräch über die Zukunft der Kinder zu sich gebeten. »Es gibt folgende Möglichkeiten: Ich nehme sie zu mir, was mich mit Stolz und Freude erfüllen würde. Doch bei meinem Lebensstil und meinen geschäftlichen Verpflichtungen könnte ich ihnen keine stabile oder kindgerechte Umgebung bieten.«

»Welche Möglichkeiten gibt es dann?«, fragte Harold.

»Mary könnte auf ein Privatinternat geschickt und Kate von einem Kindermädchen und einer Gouvernante großgezogen werden, bis sie alt genug ist, auch ins Internat zu gehen.«

»Das ist aber eine sehr kalte Art und Weise, ein Kind aufwachsen zu lassen. Wo bleiben da die Liebe und die Geborgenheit der Familie?« Mrs. Butterworth konnte nicht verhindern, dass sich Entrüstung in ihre Stimme einschlich.

»Es gibt noch eine andere Möglichkeit … dass Sie die

Vormundschaft für die Kinder übernehmen und sie hier großziehen.«

»In Zanana bleiben und die Kinder aufziehen?«

Hock Lee nickte. Mrs. Butterworth brach in Tränen aus und suchte in ihrer Handtasche nach einem Taschentuch. Harold legte ihr den Arm um die Schultern. »Nun, nun, Liebes. Mach keine Szene.«

»Nein. Ich bin nur so glücklich. Das habe ich doch die ganze Zeit gewollt. Ich liebe das Baby. Genau wie ich seine Mutter geliebt habe.«

»Und Mary ist ein liebes kleines Mädchen. Macht keine Schwierigkeiten«, fügte Harold hinzu.

»Gut, dann ist das beschlossen. Ich werde die Vormundschaftspapiere von Dashford aufsetzen lassen. Ich dachte, es wäre eine gute Idee, das Baby im Rahmen der Trauerfeier taufen zu lassen. Etwas unorthodox, aber es hätte so etwas wie einen symbolischen Wert. Was meinen Sie?«

»Ganz wie Sie wollen, Hock Lee. Ich bin nur froh, wenn sie endlich getauft wird. Würden Sie die Patenschaft übernehmen … und können wir sie Kate nennen, Katherine, nach ihrer Mutter?«

»Ja, Mrs. B. Kate ist ein hübscher Name, und es wäre mir eine Ehre, ihr Pate zu sein. Sie verstehen doch beide, dass es nur eine Vormundschaft ist? Sie haben kein Anrecht auf ihr Erbe, Sie sind ihre gesetzlichen Vormunde, beauftragt mit ihrer Erziehung und der Sorge um ihr Wohlergehen. Das Gleiche trifft auf Mary zu, wenn auch da die Situation eine vollkommen andere ist.«

»Ja, das verstehen wir. Uns ist nur daran gelegen, dass diese kleinen Mädchen die ihnen zustehende Liebe und Fürsorge bekommen«, sagte Gladys.

Hock Lee lächelte und tätschelte ihre Hand. »Genau aus diesem Grund finde ich die Vereinbarung ja auch so gelungen.«

Vor dem massiven Sandsteinbau der Sankt-Stefans-Kirche auf der Macquarie Street fuhr ein stetiger Strom von Kutschen, Wagen und Droschken vor, aus denen die Elite der Gesellschaft von Sydney ausstieg. Damen und Herren in Trauerkleidung schritten durch den Park auf die Kirche zu, und viele von denen, die für Robert gearbeitet hatten, waren gekommen, um ihm die letzte Ehre zu erweisen.

Sid und Nettie Johnson kamen zusammen mit ihrem Sohn Ben mit der besten Kutsche aus Zanana. Darin saßen Harold und Gladys Butterworth mit der kleinen Kate und mit Mary.

Hock Lee, gekleidet in einen schwarzen Anzug, eilte herzu, um Mrs. Butterworth mit dem Baby aus der Kutsche zu helfen. Er nahm Roberts kleine Tochter, die in ein Spitzentuch gehüllt war, auf den Arm. »Was ist sie für ein hübsches Ding. Wird sie das auch gut überstehen, Mrs. B.? Es wird eine lange Feier – so viele Menschen wollen Robert ihre Hochachtung erweisen.«

»Sie schafft das schon. Außerdem bringt es Glück, wenn das Baby schreit … das jagt den Teufel davon.«

»So ist es. Und wischen Sie bei der Taufe das Wasser nicht weg, lassen Sie es trocknen«, fügte er hinzu.

»Himmel, ihr zwei werdet die Kleine noch zu einem völlig abergläubischen Wesen erziehen«, lachte Harold.

Hock Lee nahm ihm das nicht übel. »Viele Dinge, die heute als alberner Aberglaube gelten, haben ihren Ursprung in starken und praktischen Überzeugungen.« Er hob die Hände nach oben und sah kurz zum Himmel hinauf. Es war nicht an ihm, einen jahrhundertealten Glauben in Frage zu stellen. Schweigend betraten sie die dämmrige Kirche. Mary, die ein Matrosenkleid trug, schlurfte hinter ihnen her.

Ein Chor sang, und von Politikern, einflussreichen Geschäftsfreunden und Kirchenmännern verschiedener Glaubensrichtungen wurden Reden gehalten und Nachrufe verlesen. Alle zollten dem Leben und der Arbeit von Robert MacIntyre höchste Anerkennung. Nachdem die Gemeinde »Bleibe bei mir« gesungen hatte, setzten sich alle, und es gab eine kurze Pause. Ein leises Summen geflüsterter Unterhaltungen strich wie eine Brise, die in der Hitze eines Sommertags Erleichterung bringt, durch die Kirche und sorgte für einen kaum merkbaren Stimmungsumschwung. Plötzlich ertönte ein triumphaler Orgelakkord, und die Butterworths und Hock Lee wurden nach vorne geführt. Mr. Butterworth hielt sich sehr gerade und sah in seinem steifen weißen Kragen etwas nervös aus. Mrs. Butterworth stand vor ihm und machte sich an der Schleppe von Kates Spitzentaufkleid zu schaffen.

Es war eine schlichte Feier, während der die Butterworths mit der Fürsorge und Erziehung des Kindes betraut wurden. Der Pfarrer tröpfelte Weihwasser auf den Kopf des Kindes, taufte es und verkündete mit Wärme und Aufrichtigkeit: »Wer einem Kind ein Heim gibt, baut im Reich Gottes Paläste.«

Harold und Gladys warfen sich einen kurzen Blick zu, sie waren sich ihrer neuen Verantwortung wohl bewusst. Beide lächelten auf das ernst blickende Baby hinab. Dann wurde Kate ihrem Paten Hock Lee übergeben. Hock Lee hielt sie hoch über seinen Kopf und sagte: »Ihnen allen, die Sie hier versammelt sind, stelle ich hiermit Katherine Gladys MacIntyre vor«, woraufhin sie einen lustvollen Schrei ausstieß und ein Lächeln über die Gesichter glitt.

Als die kleine Prozession die Kirche verließ, bemerkte niemand, wie Mary heimlich ihre Finger ins Taufbecken tauchte, damit ihre Stirn berührte und leise vor sich hin flüsterte.

So fand die Trauerfeier für Robert einen fröhlichen Ausklang, und alle standen in Grüppchen auf dem Bürgersteig zusammen und bewunderten das jetzt schlafende Baby. Allmählich löste sich die Menge auf, und die Butterworths schlossen sich der Gruppe an, die sich zur Tauffeier in Hock Lees Villa begab.

Die siebenjährige Mary blieb während des ganzen Vorgangs unbemerkt und unbeachtet. Sie machte ein mürrisches, verdrossenes Gesicht und sprach mit niemandem. Das Baby stand nun im Mittelpunkt der Aufmerksamkeit, und sie konnte nicht verstehen, warum so viel Theater um den Säugling gemacht wurde, der für den Tod ihrer Adoptivmutter Catherine verantwortlich war. Und auch Roberts Kummer und seinen Tod schob Mary jetzt auf das Baby.

Hock Lee wohnte in einem geräumigen Haus im vornehmen Mosman, neben der Villa, in der sich seine Familie nach Erlangen eines beträchtlichen Vermögens niedergelassen hatte. Vom oberen Balkon des Hauses hatte man einen phantastischen Blick auf die Bucht, und das Haus war mit vielen chinesischen Antiquitäten möbliert, die Hock Lee sich aus Shanghai hatte kommen lassen.

Die Trauergäste, die zu dieser Feier eingeladen worden waren, standen in Gruppen zusammen, unterhielten sich und aßen die Köstlichkeiten, die Hock Lees Mutter zubereitet hatte. Mary, immer noch unbeachtet, hielt sich abseits und stocherte in ihrem Essen herum.

In ihrer Nähe unterhielt sich Charles Dashford mit Hock Lee. »Ich habe die Vormundschaftspapiere für die Butterworths so weit fertig. Es ist alles ganz unkompliziert abgefasst. Ich wünschte nur, Robert hätte ein Testament hinterlassen. Man weiß gar nicht, wie er die Dinge geregelt haben wollte. Mary ins Waisenhaus zurückzuschicken ist keine Lösung.«

Hock Lee entdeckte plötzlich Mary, die die beiden Männer mit entsetztem Gesicht anstarrte. »Lassen Sie uns später darüber reden, Charles. Mary ...« Er drehte sich zu dem kleinen Mädchen um, doch sie rannte aus dem Zimmer.

Hock Lee lief hinter ihr her, aber das Kind war verschwunden. Er seufzte und kehrte zu seinen Gästen zurück, die sich allmählich zum Aufbruch rüsteten. Sie hatten einem angesehenen Mann, der tragischerweise bei einem ›Bootsunglück‹ ums Leben gekommen war, die letzte Ehre erwiesen, hatten Hock Lee ihr Beileid ausgesprochen, dankten ihm nun für den Leichenschmaus und waren bereit, die Fäden ihres eigenen Lebens wieder aufzunehmen.

Charles Dashford, seine Frau und ihr kleiner Sohn Hector verabschiedeten sich ebenfalls. »Würden Sie nächste Woche in mein Büro kommen, Hock Lee? Die Papiere, die das Baby betreffen, werden dann bereitliegen.«

»Was ist mit Mary? Wie ist ihr rechtlicher Status?«

»Die Adoption wurde nie vollständig abgeschlossen, also gibt es keine rechtliche Vereinbarung oder Verpflichtung, was, offen gesagt, die Dinge hinsichtlich eines Erbanspruchs langfristig vereinfacht.«

»Aber trotzdem besteht die moralische, soziale und emotionale Verpflichtung, für ihr Wohlergehen zu sorgen«, erwiderte Hock Lee.

»Durchaus ... durchaus.« Dashford blieb unverbindlich. »Nun ja, wir müssen gehen. Sag auf Wiedersehen, Hector.«

Der kleine Junge ließ den Kopf hängen und weigerte sich, die Hand zu geben. Hock Lee tätschelte seinen Kopf und ging weiter, um sich von anderen Gästen zu verabschieden.

Nachdem der offizielle Empfang vorüber war, sank Hock Lee in einen Sessel und schloss die Augen. Er wusste, dass der Schmerz um den verlorenen Freund noch gar nicht richtig eingesetzt hatte. Bilder ihrer Tage auf den Goldfeldern – das raue und ungewisse Leben, die Gefahren, die Erregung, als sie auf Gold stießen – liefen vor seinem inneren Auge ab. Hock Lee atmete tief durch, da er spürte, wie seine Brust eng wurde. Er sah sich um. Seine Mutter goss eine letzte Tasse Tee für Harold und Gladys Butterworth ein. Sie sahen müde und erschöpft aus.

»Ich lasse die Kutsche vorfahren, die Sie zurück nach Zanana bringt. Wo ist Mary?«, fragte Hock Lee.

»Im Garten«, erwiderte Gladys.

Hock Lee verließ das Zimmer. Er musste das ganze Grundstück absuchen, bis er sie endlich fand. Mary lag mit dem Gesicht nach unten unter einem großen Azaleenbusch. Ihr Gesicht war auf ihre Arme gebettet, und obwohl sich ihrem kleinen Körper kein Laut entrang, bebten ihre Schultern vor unterdrücktem Schluchzen.

»Mary, Mary.« Hock Lee nahm sie auf den Arm. Aber Mary wehrte ihn wütend ab und strampelte sich frei. Ihr Gesicht war mit Erde und Tränen verschmiert.

»Lass mich in Ruhe!«

»Mary, ich verstehe dich. Ich weiß, wie du dich fühlst.«

»Nein. Nein, das weißt du nicht«, kreischte die Kleine.

Hock Lee hielt ihre fuchtelnden Arme fest und sagte mit fester Stimme: »Hör mir zu, Kind. Hab keine Angst. Alle haben dich lieb. Du wirst in Zanana immer ein Zuhause haben. Du bist ein Teil der Familie, genau wie die kleine Kate.«

Das Mädchen schwieg und schaute ihn ungläubig an.

»Verstehst du mich? Jetzt musst du damit aufhören. Kate ist deine Schwester, und ihr beide werdet unter der besonderen Obhut von Mr. und Mrs. Butterworth stehen.«

»Sie ist nicht meine Schwester. Ich habe keine Familie. Ich bin nicht erwünscht.« Mary sprach in ruhigem, altklugem Ton, drehte sich um und entfernte sich von Hock Lee mit durchgedrücktem Rücken und so angespannt, als sei ihr Körper eine Sprungfeder. Sie ging sehr steif, bot so viel Stolz und Selbstbeherrschung auf, wie es ihr möglich war, und wischte sich erst kurz vor dem Haus mit einer verletzlich wirkenden, kindlichen Geste die Augen mit den Fäusten aus.

Mit schmerzerfülltem Herzen ließ Hock Lee sie gehen. So viel Qual und Bitterkeit bei einem so jungen Menschen zu sehen war fast mehr, als er ertragen konnte. Für einen kurzen Augenblick nahm er es Robert regelrecht übel, sich seiner Pflichten entzogen zu haben, schob den Gedanken aber rasch beiseite. Es war ein langer und emotionsgeladener Tag gewesen.

Mehrere Wochen vergingen, und bald hatte sich in Zanana eine neue Routine eingestellt. Gladys Butterworth hielt mit Nettie Johnsons Hilfe die Villa in Ordnung. Sid Johnson und Harold Butterworth übernahmen die Verwaltung der Molkerei und der Gärtnerei. Hock Lee kam einmal wöchentlich nach Zanana und sorgte dafür, dass die Milchprodukte und die anderen Waren auf die Märkte von Sydney gebracht wurden und alles seinen gewohnten Gang ging.

Bei einem dieser Besuche saß er mit Gladys auf einem Rasenplatz, von dem aus man einen Blick auf den Fluss hatte. Sie tranken Tee, und Hock Lee fragte sie, wie sie mit Mary und dem Baby zurechtkam.

»Das Baby macht überhaupt keine Probleme. Aber Mary ist ein bisschen schwierig. Launisch und trübsinnig. Sie war früher so ein sonniges Kind«, seufzte sie.

»Hat es Ärger gegeben?«

»Oh, sie läuft ab und zu weg. Kommt nicht, wenn sie gerufen wird, und spricht oft nicht mit mir. Sie will mir überhaupt nicht mit dem Baby helfen. Scheint nichts mit Kate zu tun haben zu wollen. Vielleicht wäre es gut, wenn sie mehr Unterricht bekäme, damit sie beschäftigt ist.«

»Daran habe ich auch schon gedacht. Ich kümmere mich darum, dass ein Hauslehrer aus dem Dorf kommt.«

Später, als er sich an der Auffahrt von Harold verabschiedete, sagte Hock Lee: »Übrigens, Harold, ich würde Sie und Mrs. Butterworth bitten, bald einmal in die Stadt zu kommen. Dashford hat die Vormundschaftspapiere zur Unterschrift fertig. Ich könnte sie herbringen, aber ich glaube, ein Tag in der Stadt und ein Lunch in den ›Tea-Rooms‹ würden Mrs. B. gut tun.«

»Ja, das wäre mal eine Abwechslung für sie. Vielen Dank, Hock Lee. Ich bin froh, wenn für Kate alles geregelt ist, so wie es sich gehört.«

Hock Lee schlug die Kutschentür zu. »Machen Sie so weiter, Harold. Sie leisten gute Arbeit.«

»Keine Bange, wir kommen jetzt gut zurecht.«

Als sie sich voneinander verabschiedeten, bemerkte keiner der beiden Männer die kleine Mary, die hinter einer der Säulen hervorkam und wie der Blitz im Garten verschwand.

Mrs. Butterworth machte sich sorgfältig für ihre Fahrt in die Stadt zurecht. Sie setzte ihren Filzhut mit der Straußenfeder auf und summte Kate etwas vor, während sie ihr das gestrickte Häubchen zuband. Als sie Mary mit mürrischem Gesicht an der Tür stehen sah, lächelte Mrs. Butterworth ihr zu. »Schau nicht so verbiestert, Mary. Ich weiß, dass du gerne mitkommen wolltest, aber heute hast du den ersten Unterricht bei deinem neuen Lehrer, und den willst du doch nicht verpassen, nicht wahr?«

»Ich will keinen Mann als Lehrer.«

»Mr. Brighton wird dir gefallen, und er ist ein sehr guter Lehrer. Du kannst von Glück sagen. Und er wird dir auch Klavierstunden geben.«

Mary schien immer noch zu schmollen.

Mrs. Butterworth redete weiter. »Nicht mehr lange, dann kannst du in die Dorfschule gehen. Freust du dich darauf?«

»Nein. Ich will nicht weg von Zanana.« Sie rannte den Flur hinunter und stampfte mit den Füßen auf dem gebohnerten Fußboden auf.

»Oje, Kate, Mary hat mal wieder schlechte Laune. Hoffentlich ist sie bald darüber hinweg, was?«

Das goldhaarige Baby schenkte ihr ein zufriedenes Lächeln, und Mrs. Butterworth drückte es an sich, bevor sie es in ein feines Häkeltuch hüllte.

Der Tag ging für Mrs. Butterworth allzu schnell vorbei, aber Harold drängte darauf, nach Zanana zurückzukehren, damit er aus seinen guten Schuhen herauskam und seine bequemen alten Stiefel anziehen konnte. Im Beisein von Hock Lee hatten sie in Charles Dashfords Büro die Vormundschaftspapiere unterzeichnet, hatten sich dann einige der neuen Läden in der geschäftigen George Street angeschaut und ihren Lunch gemeinsam mit Hock Lee in dessen »Lotus Tea-Rooms« eingenommen – obwohl Harold ein Humpen Bier und eine Pastete in einem der Hotels der Stadt lieber gewesen wären.

Am Nachmittag waren sie durch den sonnigen Botanischen Garten spaziert, der sich in Hufeisenform um die Bucht erstreckte, mit dem Regierungsgebäude an der westlichen Spitze und der als »Mrs. Macquaries Stuhl« bekannten Landzunge im Osten. Die Schönheit des Ausblicks hatte sich nicht verändert, seit Mrs. Macquarie, die Frau eines der ersten Gouverneure, sich eine Bank in den Sandstein hatte hauen lassen, um von dort aus den Hafen und das Küstenvorland betrachten zu können. Das glitzernde blaue Wasser schwappte gegen eine niedrige Steinmauer am Ende des Rasens, und durch die Norfolkkiefern, die Gummibäume und Palmen hindurch konnte man die Masten und Schornsteine der Schiffe aus aller Welt sehen.

Den Butterworths wurde die ganze Freude an diesem herrlichen Tag verdorben, als sie in der Dämmerung Zanana erreichten und eine aufgeregte Nettie Johnson vorfanden, die ihre Hände rang. »Es geht um Mary. Ich kann sie nirgends finden, Gladys. Ich habe nach ihrer Unterrichtsstunde mit dem Tee auf sie gewartet, aber sie ist nicht erschienen. Und dann rief Mr. Brighton an und sagte, es täte ihm leid, aber er hätte nicht kommen können ... sein Pferd würde lahmen oder was weiß ich.«

»Wo ist Sid? Wir rufen besser die Männer zusammen und machen uns auf die Suche nach ihr«, sagte Harold.

»Was kann ihr denn nur passiert sein? Hier hätte sie doch in Sicherheit sein müssen. Ich hoffe nur, sie hat nichts Dummes angestellt und ist wieder mal weggelaufen«, meinte Mrs. Butterworth besorgt.

Nettie nahm ihr das Baby ab. »Komm, du musst müde sein. Trink eine Tasse Tee, während die Männer nach Mary suchen.«

»Hast du auch bestimmt in allen Zimmern nachgeschaut, Nettie?«

»Ja, Gladys. Ich habe mir solche Sorgen gemacht. Sid meint, sie hat sich vielleicht versteckt, weil sie böse war, dass ihr sie heute nicht mitgenommen habt.«

Mrs. Butterworth blieb wie angewurzelt stehen. »Da mag er Recht haben. So hatte ich das gar nicht gesehen, Nettie. Und sie war in letzter Zeit so traurig. Ja ... ich glaube, ich weiß, wo sie sein könnte.« Mrs. Butterworth raffte ihren guten Seidenrock zusammen und lief so schnell, wie es ihr in den hochhackigen Schuhen möglich war, im rasch schwindenden Licht durch den Garten.

Das indische Haus war dunkel, und Mrs. Butterworth drückte mit einiger Beklommenheit gegen die Tür. Sie öffnete sich knarrend. Drinnen war alles still, Sandelholzduft erfüllte die Dunkelheit.

»Mary ... Mary ... bist du hier, Liebes?«

Ein leises Rascheln war zu hören. Mrs. Butterworth trat

ein. Sie konnte gerade noch die Umrisse des großen Baldachinbettes erkennen.

»Mary ...?«

Mit dem Schrei eines verwundeten Tieres schoss etwas auf sie zu, stieß mit ihr zusammen und floh durch die Tür in die Nacht. Der heisere Schrei hing noch in der Luft, als Mrs. Butterworth um Atem ringend ihr wild pochendes Herz zu beruhigen versuchte.

»Was ist nur los mit dem Kind? Ich kann diesen Unsinn nicht mehr lange ertragen«, dachte sie. Langsam und mit schleppenden Schritten ging Mrs. Butterworth zum Häuschen der Johnsons zurück, um zu berichten, dass mit Mary alles in Ordnung sei. Nun ja, körperlich war sie in Ordnung, aber gefühlsmäßig schien mehr im Argen zu liegen, als sie gedacht hatten.

Mary wusste, dass sie in Ungnade war, und blieb mehrere Tage für sich. Sie war in sich gekehrt, und ihr Verhalten schwankte zwischen hochmütiger Verachtung und missmutigem, widerspenstigem Trotz.

Abends sprachen Harold und Gladys darüber in ihrem breiten Bett mit dem stabilen Holzrahmen.

»Vielleicht sollten wir mit Hock Lee reden. Er wird wissen, was zu tun ist«, entschied Harold.

»Hm. Wäre wohl besser ... mir kommt es nur so vor, als wäre da noch was anderes. Etwas Widerspenstiges, Halsstarriges. Ich wünschte, wir wüssten mehr über sie ... über ihre Herkunft«, seufzte Gladys.

»Schlaf erst mal darüber, Liebes. Wir treffen morgen eine Entscheidung«, gähnte Harold.

»Das schlägst du immer als Lösung aller Probleme vor«, sagte Gladys zärtlich und stupste Harolds kräftiges Bein mit dem Fuß an.

Aber am nächsten Morgen nahmen die Dinge eine rasche Wendung, und Marys Schicksal war besiegelt.

Harold war früh auf und ging verschlafen an Kates Kinderzimmer vorbei. Als er sah, dass die Tür offen stand, wollte er sie schließen, damit Gladys noch ein bisschen länger schlafen konnte. Doch seine Hand verharrte auf dem Türknauf. Das Moskitonetz über der Wiege des Babys war zurückgeschlagen, und er wusste sofort, dass die Wiege leer war.

Er trat ein und sah sich rasch im Zimmer um, rannte dann den Flur entlang und riss Marys Tür auf. Entsetzt erstarrte er.

Mary, immer noch in ihrem langen weißen Nachthemd; saß auf dem Sims des offenen Fensters. In ihrem Schoß hielt sie die kleine Kate, deren vertrauensvolle blaue Augen auf sie gerichtet waren. Sie befanden sich im oberen Stockwerk, unter ihnen war das Dach des Vorbaus mit dem gefliesten Marmorboden und den Steinstufen, die zur Auffahrt hinabführten.

Marys Beine baumelten aus dem Fenster. Sie musste nur die Knie ein wenig senken, und Kate würde von ihrem Schoß gleiten. Ihre Hand ruhte leicht auf dem Nachthemd der Kleinen.

Harold bemühte sich, ruhig zu bleiben, aber seine Stimme war angespannt und voller Furcht. »Mary, Liebes, was machst du da? Es ist ein bisschen gefährlich, dort mit Kate zu sitzen. Komm, komm jetzt wieder rein.« Er machte einen Schritt auf sie zu.

»Komm bloß nicht näher«, kreischte Mary. »Geh weg.«

»Mary ... um Himmels willen ...«

Hinter Harold schnappte jemand nach Luft und stieß ein unterdrücktes Schluchzen aus. »O nein ...«

Harold wirbelte herum und sah Gladys mit weit aufgerissenen Augen im Türrahmen stehen. Er ging auf sie zu, aber sie stieß ihn zur Seite und lief zum Fenster. Im selben Moment geriet Mary in Panik, wollte vom Fenstersims aufstehen und riss plötzlich beide Arme hoch, um sich vor der heranstürmenden Gladys zu schützen.

Wie in Zeitlupe glitt das Baby außer Sichtweite. Harold war als Erster bei Mary und warf sie zu Boden. Gladys, deren Beine unter ihr nachgaben, bevor sie das Fenster erreichen konnte, sackte in sich zusammen. Draußen war ein schwacher Aufprall zu hören, danach eine schreckliche Stille. Harold verschwamm alles vor den Augen. Und dann kam es. Ein kräftiger, wenn auch verängstigter Schrei.

Harold klammerte sich an den Fenstersims und schaute hinaus. Das Baby hatte sich in der ein Meter fünfzig tiefer gelegenen Regenrinne verfangen und lag gefährlich nahe am Rand. Die kleinste Bewegung würde es abstürzen lassen.

Harold schwang ein Bein über den Sims und probierte vorsichtig die Festigkeit der Dachschräge aus.

»Harold ... ist alles in Ordnung mit ihr? O Gott, sei vorsichtig.« Gladys war ans Fenster getreten, ganz weiß im Gesicht. »Warte ...« Sie zerrte das Laken vom Bett und gab Harold rasch einen Zipfel davon. »Halt dich daran fest. Ich binde das andere Ende ans Bettgestell.«

Harold ließ sich langsam zu dem wimmernden Baby hinab, bewegte sich leise und vorsichtig, um es nicht zu erschrecken oder zu einer plötzlichen Bewegung zu veranlassen.

Gladys umklammerte das andere Ende des Lakens, schloss die Augen und betete.

Mary war nicht mehr im Zimmer.

Furchtsam bemüht, die Dachrinne nicht noch mehr zu belasten und sie vielleicht abzubrechen, streckte Harold die Hand aus. Er konnte Kate an ihrem Nachthemd fassen und zog sie zu sich heran. Es gab ein reißendes Geräusch, als sich ein Teil des Nachthemds an der Dachrinne verfing. Dann klemmte er sich das kleine Bündel mit einem Gefühl der Erleichterung unter den Arm. Sie hörte auf zu schreien und lag still. Langsam und schwerfällig zog er sich am Laken wieder zum Fenster hinauf. Sobald seine Hand den Sims erreichte, blieb er liegen, und Gladys eilte zu ihm.

»Gib sie mir!« Sie nahm das Baby, und Harold kletterte durch das Fenster. »Gott sei Dank scheint ihr nichts passiert zu sein«, sagte Gladys und betastete das Baby mit den Händen. »Sie strampelt und bewegt sich. Hat keinen Kratzer abbekommen. Sie ist nur ein bisschen erschrocken. Ein Wunder!«

Harold sah sich rasch im Zimmer um. »Wo ist sie?«

»Du solltest sie besser suchen, Harold. Wahrscheinlich ist sie im indischen Haus. Jetzt müssen wir auf jeden Fall Hock Lee benachrichtigen.«

Hock Lee kam einige Zeit später und brachte einen Arzt mit. Mary war in ihrem Zimmer eingesperrt, sie hatte sich geweigert, mit jemandem zu sprechen.

Als Mrs. Butterworth den Tee servierte, erklärte Hock Lee, dass der Herr, den er mitgebracht hatte, Doktor Hodgkiss sei. »Aber er ist kein Doktor im üblichen Sinne«, fügte er hinzu.

»Ich beschäftige mich ebenso mit der Heilung des Geistes wie auch des Körpers. Man nennt es Psychologie. Es ist ein ziemlich neues Wissensgebiet«, sagte der Doktor.

»Sie glauben, Marys Geist sei krank?«, fragte Harold.

»Sie scheint ernstlich gestört zu sein. Offen gesagt, ist das nur zu verständlich angesichts ihrer Geschichte. Sie hat ein sehr unglückliches Leben gehabt, eines, in dem sie dauernd verlassen wurde. Zuerst von ihrer leiblichen Mutter, von ihrem Vater wissen wir nichts. Dann erhält sie von Mrs. MacIntyre die Liebe und Aufmerksamkeit, nach der sie sich sehnt, und auch die wird ihr wieder genommen. Wofür sie das Baby verantwortlich macht. Sie hat Angst, wieder verlassen zu werden, also hängt sie sich verzweifelt an Robert – um sich zu integrieren –, aber auch er verlässt sie. Trotz der guten Absichten von Ihnen und Ihrer Frau, Mr. Butterworth, fürchtet sie um ihre Position in Zanana. Sie wusste, dass Sie Papiere unterschrieben haben, die das Baby an Sie binden, während sie selbst im Ungewissen blieb. Kate stand ihr immer im Weg. Indem sie Kate beseitigte, meinte sie, an der einzigen Sicherheit und Geborgenheit, die sie je gekannt hat, festhalten zu können.«

»Meine Güte. Oh, das arme Kind.« Mit Tränen in den Augen stellte Gladys die Teekanne ab. »Wenn wir doch nur gewusst hätten, was in ihrem Kopf vorgeht.«

»Wir müssen vor allem dankbar sein, dass Kate nichts passiert ist«, meinte Hock Lee. »Mary ist in der Tat ein trauriges Kind.«

»Aber ist es nicht gefährlich, sie weiter in Kates Nähe zu lassen?«, fragte Harold.

»Das ist genau der Punkt. Ehrlich gesagt, ich halte es für ein Risiko. Bis sie älter und besser … angepasst ist«, sagte Doktor Hodgkiss, »würde ich sie gerne regelmäßig sehen.«

Mrs. Butterworth warf Hock Lee einen besorgten Blick zu. »Aber was wird mit ihr geschehen? Sie kann nicht zurück ins Waisenhaus. Das würde sie umbringen. Oje, oje.« Gladys begann zu weinen.

»Beruhige dich, Gladys.« Harold tätschelte ihre Hand. »Nimm dich zusammen.«

Hock Lee trank nachdenklich seinen Tee. »Ich schlage Folgendes vor: Es gibt eine sehr gute Mädchenschule in Sydney, an der Rose Bay. Mary ist alt genug, um ins Internat zu kommen. In den Ferien werde ich sie zu meiner Familie holen. Und wenn der Doktor meint, dass es ihr gut genug geht, kann sie Zanana besuchen. Sie können sie sonntags in der Schule besuchen und den Tag mit ihr verbringen. Ich werde es mit Charles Dashford besprechen.

Ihr Schulgeld und ihr Unterhalt werden aus dem Treuhandvermögen bezahlt.«

»Nun, das kommt mir wie eine vernünftige Lösung vor«, gab Harold zu. »Zumindest für den Übergang.«

Gladys schniefte. »Sie ist erst acht Jahre alt. Sie ist immer noch ein kleines Mädchen. Mir kommt das so vor, als würde sie damit nur in eine weitere … Institution abgeschoben.«

»Das ist eine sehr teure und gute Schule, Mrs. B.«, versicherte ihr Hock Lee. »Dadurch wird sie im späteren Leben viele Vorteile haben.«

Mrs. Butterworth nickte und wandte sich dann an den Doktor. »Wissen Sie, Mary war so ein strahlendes, fröhliches kleines Ding, als sie zu uns kam. Catherine verliebte sich bei dem Kinderfest gleich in sie.«

»Ja, Gladys, wir erinnern uns«, sagte Harold sanft.

Doktor Hodgkiss beugte sich vor. »Geben Sie uns Zeit, Mrs. Butterworth, dann finden wir vielleicht das fröhliche kleine Mädchen wieder, das damals nach Zanana kam.«

»Ich hoffe es, Doktor.« Sie faltete die Hände in ihrem Schoß und sagte mit fester Stimme: »Aber ich werde nicht diejenige sein, die ihr sagt, dass sie von hier fort muss und ins Internat gehen soll.«

Hock Lee seufzte. »Ich werde es tun.«

Oben in ihrem freundlichen hübschen Schlafzimmer, dem ersten Zimmer, das sie ganz allein bewohnt hatte, saß Mary auf dem Boden und zerschnitt systematisch jedes Spielzeug, jedes Buch und jedes Kleidungsstück, das ihr je geschenkt worden war.

Kapitel acht

Amberville 1959

Die nachmittägliche Stille wurde von dem staubigen Laster, der plötzlich die Hauptstraße von Amberville entlangratterte, kaum gestört.

Der Hund, der neben der Tür der Metzgerei lag, setzte sich auf und kratzte sich schläfrig hinter dem Ohr. Mr. Lennox vom Zeitungskiosk blickte kurz von der Lektüre seiner Zeitschrift auf. Im Athena Café drehte Mr. Spiros das Gas unter der Fettpfanne an, um genügend Sixpenny-Tüten mit Chips fertig zu haben, wenn die Kinder aus der Schule kamen.

Odette streckte ihre Beine unter dem kleinen Schreibtisch aus, der ihr in einer Ecke der Redaktion des *Clarion* zur Verfügung stand. Sie seufzte. Ein weiterer ereignisloser Tag. Ihre sechsmonatige Probezeit war zu Ende gegangen, ohne dass Mr. Fitzpatrick sich dazu geäußert hatte. Doch sie hatte das Gefühl, die Prüfung bestanden zu haben, denn ihr wurde das Schreiben kleiner Artikel anvertraut, die auch meist in der Zeitung erschienen.

Mr. Fitz winkte sie zu sich. Odette griff nach Notizblock und Stift und eilte in sein kleines Büro. Er zwängte sich zurück in seinen Drehstuhl.

»Setz dich, Odette.« Er schob die Brille auf die Stirn, kramte in den Manuskripten auf seinem Schreibtisch und zog einige Blätter zu sich heran. Odette wurde steif, als sie ihren Artikel über die Musik- und Theatergesellschaft von Amberville erkannte. Er überflog die Seiten und räusperte sich. »Hm ... nicht schlecht. Mir gefällt der Ansatz, den du gewählt hast.«

Odette entspannte sich.

»Aber es ist zu lang, zu verschnörkelt. Kürz den Artikel um mindestens ein Drittel und bring ihn mir dann wieder. Übrigens, war es deine Idee, der Sache einen humorvollen Anstrich zu geben?«

Odette nickte und biss sich auf die Lippen. »Die Musikgesellschaft ist ein langweiliger Verein. Sie nehmen sich alle so wichtig, da dachte ich, das sei eine ganz gute Idee.«

Der alte Zeitungsmann erlaubte sich ein leichtes Grinsen. »Ich weiß nicht, ob es dem Vorstand der Gesellschaft gefallen wird, aber unseren Lesern bestimmt ... und das ist die Hauptsache. Gute Arbeit, Mädchen, wir werden schon noch eine Reporterin aus dir machen.«

Odette verließ das Büro des Chefredakteurs wie auf Wolken. Ihre Zeit als Mädchen für alles, die Mühe, die sie sich mit ihren kleinen Artikeln für einen Chefredakteur gemacht hatte, der geradezu fanatisch war, was Grammatik, Interpunktion und Rechtschreibung anging, machten sich bezahlt. Dann war schließlich der Tag gekommen, an dem ein kurzer Artikel, den sie geschrieben hatte, ohne jede Änderung gedruckt worden war. Dem waren andere gefolgt, und sie bekam den Auftrag, regelmäßige Beiträge zu schreiben. Einmal war sie gebeten worden, das Wochenhoroskop zu schreiben, da es von der Agentur in Sydney nicht rechtzeitig eingetroffen war.

»Das kann ich nicht, ich hab keine Ahnung von Horoskopen und Voraussagen und dem ganzen Astrologiekram«, protestierte sie.

»Denk dir was aus. Schreib für alle was Positives. Schreib, sie würden zu Geld kommen. Der Mann vom Zeitungskiosk hat es schwer, hilf ihm, eine Menge Lotterielose zu verkaufen.«

Odettes Artikel waren alle ungezeichnet erschienen, und sie wusste, dass ihr erster namentlich gezeichneter Artikel das Signal sein würde, dass sie es geschafft hatte.

Odette ging ganz in ihrer Arbeit beim *Clarion* auf. Mr. Fitz konnte manchmal ein recht jähzorniger Chef sein, aber sie mochte ihn, weil sie merkte, dass er großes Interesse an ihr nahm. Er führte sein Mini-Imperium mit zwei Reportern, einem Fotografen, einem Schriftsetzer und einem Drucker.

Mrs. Dorothy »Dottie« Jackson schrieb die Frauenseite. Sie war an die sechzig und wurde trotz ihres bärbeißigen Auftretens als gute alte Haut betrachtet. Sie kannte jeden in der Stadt und der Umgebung und schien ein enzyklopädisches Wissen über sämtliche Leichen im Keller jeder einzelnen Familie zu haben. Sie bevorzugte gut geschnittene Kostüme, Rüschenblusen und festes Schuhwerk und sah immer sehr förmlich gekleidet aus. Im Gegensatz dazu stand ihre Angewohnheit, unter ständigem Husten ihre selbst gedrehten Zigaretten zu rauchen.

Tony James, der Nachrichtenreporter, war jung, hatte größere Ziele vor Augen und betrachtete seine Zeit beim *Clarion* als ermüdende Pflichtübung. Er kam von einer noch kleineren Provinzzeitung und fand Amberville, genau wie Odette, erstickend. Tony war verrückt nach Fußball, Autos und Mädchen. Er pinnte sich Farbbilder von Filmsternchen aus amerikanischen Zeitschriften an die Wand, dazu dralle Schönheiten aus den Zeitschriften *Pix* und *Man*. Die Bilder waren schon etwas schmuddelig, verblichen und verknickt, aber er bestand darauf, sie über seiner Schreibmaschine hängen zu lassen, weil es »ja sonst nichts Hübsches in Amberville anzusehen gibt«.

»Oh, vielen Dank«, sagte Odette.

Tony hatte den Anstand, verlegen zu werden. »Na ja, ich meine natürlich nicht dich, du bist anders, du bist ... eine von uns.«

Odette fasste das als Kompliment auf und hörte gutmütig Tonys endlosen Tiraden über die Engstirnigkeit der Bevölkerung Ambervilles und die Enge der Redaktion des *Clarion* zu.

Sie selbst war jedoch begeistert und liebte den Geruch der Druckerschwärze und des heißen Bleis in der Setzerei, den Krach der alten Druckmaschine und die chaotische Unordnung in der Redaktion.

Donnerstags nachmittags, wenn die ganze Auflage gedruckt war und die Zeitungsjungen sie per Fahrrad in der Stadt auslieferten, öffnete Mr. Fitz gern ein paar Flaschen Bier und ergötzte sie alle, wenn er in der Stimmung dazu war, mit Geschichten aus seiner Zeit als junger Reporter in der Londoner Fleet Street.

Tony flüsterte dann Odette zu: »Himmel, jetzt geht das schon wieder los«, aber Odette liebte seine Geschichten und träumte davon, eines Tages ein richtiges Volontariat bei einer großen Zeitung zu bekommen. Sie erkannte jedoch, dass der *Clarion* die Bedürfnisse der ländlichen Gemeinde befriedigte, und die Sitzungen mit Mr. Fitz, in denen er ihre Artikel kritisierte, waren zwar aufreibend, aber gleichzeitig unschätzbare Lektionen für ihren späteren Werdegang.

»Warum hast du mit diesem Satz angefangen? Wird er irgendjemanden dazu veranlassen weiterzulesen? Nein! Du musst den Leser schon mit dem Anfangssatz und dem ersten Absatz in den Artikel hineinziehen. Und ständig vergisst du die Antwort auf die fünf grundlegenden Ws, die da sind ...?«

»Wer, was, wann, wo und warum«, antwortete sie geknickt.

»Also los, Mädchen. Schreib's noch mal neu.«

Und Odette nahm ihren Artikel, bedeckt von Fitz' Blaustiftanmerkungen, hämmerte mit zwei Fingern auf ihre uralte Remington ein und überarbeitete ihn ein weiteres Mal. Mit zunehmender Regelmäßigkeit erschienen ihre kleinen Beiträge in der Zeitung, und sie machte Tante Harriet stolz darauf aufmerksam.

»Wieso steht dein Name nicht darunter wie bei den beiden anderen, die da arbeiten?«, wollte ihre Tante wissen. »Ich sehe wirklich nicht, wie dieser Job dich weiterbringen soll, Odette. Und wie ich so höre, sind Zeitungsleute nicht eben die angenehmsten Menschen.«

»Was meinst du damit, Tante Harriet?«

»Sie haben keine Klasse, Liebes. Sitzen dauernd im Pub und trinken, wie ich gehört habe. Ich begreife nicht, warum du da arbeiten willst. Nun ja, es ist ein Job, und das ist wohl besser als nichts.«

Odette hielt den Mund. Dorothy Jackson hatte eine Menge Klasse, obwohl es stimmte, dass die Männer sich öfter in den beiden Pubs im Ort aufhielten. Mr. Fitz behauptete, er erfahre bei einem Humpen Bier mehr Neuigkeiten als aus irgendwelchen anderen Quellen.

Tante Harriet teilte Odettes Liebe zum Lesen oder Schreiben nicht. Sie hatte die Zeitschrift *The Lady* abonniert, die erst Monate nach ihrem Erscheinen in England bei ihr eintraf. Geduldig wartete sie auf den Tag, an dem Odette einen guten Bürojob finden und ein bürgerliches Leben beginnen würde, denn ihrer Meinung nach konnte eine junge Frau ihr Geld einfach nicht mit Schreiben verdienen.

Als ihr kleiner Artikel über die Intrigen und die kleinlichen Machtspielchen in der Musik- und Theatergesellschaft erschien, war Odette dankbar, dass sie sich ihre Namenszeile noch nicht verdient hatte. Tante Harriet war ein treues Mitglied der Gesellschaft, und niemand kam auf die Idee, dass ihre junge Nichte, die still im verdunkelten Zuschauerraum der Schulaula gesessen hatte, für die Geschichte mit ihrer beißenden Kritik verantwortlich war. Hätte Tante Harriet gewusst, dass diese Schlange aus ihrem eigenen Nest stammte, wäre es ihr unmöglich gewesen, sich jemals wieder im Theater blicken zu lassen.

Beim Frühstück verschluckte sich Tante Harriet beinahe an ihrem Marmeladentoast. »Du musst unbedingt herausfinden, Odette, wer für diesen unverschämten Artikel verantwortlich ist. Er lässt uns alle wie vollkommene Idioten dastehen.«

»Das war humorvoll gemeint, Tante Harriet. Ich meine, all diese als Schafe verkleideten Farmersfrauen …« Odette konnte sich das Lachen kaum verkneifen.

»Es handelt sich um eine ländliche Satire, Odette. Einige gebildete Leute haben das durchaus wahrgenommen, aber es war offenbar zu subtil für diese holzköpfigen Zeitungsleute.«

»Offenbar, Tante Harriet. Also, ich muss jetzt los zu dieser Bande von stumpfsinnigen und begriffsstutzigen Holzköpfen. Bis heute Abend.«

»Sei nicht so schnippisch, Odette, das passt nicht zu dir.«

Aber Odette hatte den Raum schon verlassen.

Die Beziehung zwischen Odette und ihrer Tante war generell freundlich, aber distanziert. Während der Jahre, in denen sie zusammenlebten, hatte sie Harriets Leben um eine neue Dimension bereichert, trotz Harriets ständiger Beschwerden über zusätzliche Kosten, Arbeit und Verantwortung.

Für Odette konnte niemand die riesige, klaffende Lücke ausfüllen, die beim Tod ihrer Eltern in ihrem Leben entstanden war. Sie war Tante Harriet dankbar und wusste, dass deren barsches Verhalten und ihre Pedanterie oft nur das verzweifelte Bedürfnis nach Zuneigung verbargen. Das verursachte Odette manchmal Schuldgefühle. Es fiel ihnen beiden schwer, einander Wärme und Zuneigung zu zeigen. Odette hatte den Verdacht, dass ihre Tante, wenn sie ihr um den Hals fallen und ihr einen Kuss geben würde, eine solche Liebesbezeugung – sosehr sich die alte Frau das auch wünschen mochte – nur mit einer barschen, nüchternen Bemerkung abwehren würde.

Sie wusste, dass ihre Tante sie auf ihre eigene Art liebte und dass sie ihr am Herzen lag, aber Harriet zeigte das durch Taten, nicht durch Worte – das Stück Kuchen, Tasse, Untertasse und Milchkrug, die ordentlich mit einem Tuch bedeckt auf dem Tisch standen, wenn Odette spät von der Arbeit kam, die fein gestrickten, wenn auch schlichten Pullover, ihre stets gestärkten und sorgsam gebügelten Kleider, obwohl Odette angeboten hatte, das selbst zu machen.

Ihre Tante machte sonntags Ausflüge mit ihr, kleine Fahrten zu nahe gelegenen Sehenswürdigkeiten. Manchmal gab sich Harriet, während sie mit Lederhandschuhen an den Händen am Steuer ihres zwei Jahre alten Holden saß, den Erinnerungen an ihre Jugendzeit hin. Dabei kam eine Seite von Harriet zum Vorschein, die Odette eher traurig fand.

Harriet war eine glänzende Schülerin, und wenn ihre Eltern wohlhabender gewesen wären, hätte sie auf die Universität gehen können. Stattdessen fand sie Arbeit bei einer Bank im Ort und wurde bald in eine größere Zweigstelle versetzt. Obwohl eine Frau nicht Bankdirektor werden konnte, wusste Harriet, dass sie für Höheres bestimmt war. Eine wichtige Stelle bei einer Bank in der Stadt stand ihr in Aussicht. Doch nach dem Tod ihrer Mutter musste sie nach Hause zurückkehren und für ihren kranken Vater sorgen.

»Ich wünschte, du hättest deinen Großvater gekannt. Er war ein wunderbarer Mann, hatte einen so trockenen Humor. Dein Vater hat ein bisschen was davon geerbt, würde ich sagen. Natürlich bedauere ich es nicht, meinen Beruf aufgegeben zu haben, um mich um Vater zu kümmern, dein Dad konnte das nicht, hatte sein eigenes Leben und seine Familie. Es war meine Pflicht, und ich kann mit erhobenem Kopf vor Gott treten und ihm in die Augen schauen, Odette, weil ich mich um meine Eltern gekümmert und ihnen das Leben angenehm und erfreulich gemacht habe bis zum Tage ihres Todes.«

Odette gab anerkennendes Gemurmel von sich über die Tugendhaftigkeit und den Edelmut von Harriets Pflichtgefühl, aber in ihrem Inneren fragte sie sich, ob Harriet das Richtige getan hatte.

Hatte Harriets Vater je auch nur das geringste Schuldgefühl empfunden? Schließlich wusste er, dass sie ihre Chancen auf eine erfolgreiche Karriere und vielleicht eine Ehe aufgegeben hatte, um einen alten Mann zu pflegen. Vielleicht wäre er glücklicher gewesen, wenn seine Tochter ein erfülltes und zufriedenes Leben gelebt hätte, auch wenn das bedeutet hätte, sie seltener zu sehen.

Odette fühlte sich unbehaglich, weil sie spürte, dass hinter Tante Harriets Worten die versteckte Andeutung lag, auch sie, Odette, müsse sich ihrer Familienpflichten bewusst sein: Odette verdrängte die Gedanken an Tante Harriet, als sie mit dem Fahrrad in den Hof des *Clarion* einbog. Sie stellte das Rad in einer Ecke ab und fuhr sich mit den Fingern durch das windzerzauste Haar. Dann ging sie durch die lärmende Setzerei und winkte Mac, dem Setzer, zu, dessen ratternde Linotype Dutzende von Bleizeilen ausspuckte. Heute blieb sie nicht zum Schwätzen bei ihm stehen, da sie spät dran war und man sich mit Mac, der ununterbrochen weiter die Buchstaben setzte, bei dem ohrenbetäubenden Krach der alten Maschinen nur schwer unterhalten konnte.

An ihrem Schreibtisch nahm Odette Manuskriptblätter und Notizblock aus ihrer Schultasche, die ihr als Aktentasche diente, und beeilte sich dann, den Morgentee zu machen, damit er fertig war, wenn die anderen kamen. Es wurde als selbstverständlich betrachtet, dass sie das tat, aber Odette machte es nichts aus, weil für sie Tee genauso wichtig war wie für die anderen. Tony James behauptete, Odette würde »mit Tee angetrieben wie ein Auto mit Benzin«. Der Chefredakteur erschien als Letzter und nickte nur zur Antwort auf das ihm entgegenschallende »Morgen, Mr. Fitz«, während er mit trüben Augen auf sein Büro zuging.

»Der hat gestern Abend zu tief ins Glas geschaut, würde ich sagen«, flüsterte Tony Odette zu.

»Wenn er erst mal drei Tassen von meinem Tee intus hat, wird er schon zu sich kommen«, lachte Odette.

»Ich geh rüber zum Gericht und schau mal, welche weltbewegenden Verhandlungen für nächste Woche angesetzt sind. Bis dann.« Tony schnappte sich seine Jacke von der Stuhllehne und verschwand.

Nach seiner zweiten Tasse starkem schwarzen Tee war Mr. Fitz wieder funktionsfähig. »Odette, hol mir Mac her. Dann komm in einer Stunde wieder, ich hab da vielleicht was für dich.«

Odette war damit beschäftigt, Artikel aus den überregionalen Zeitungen für die Referenzbibliothek des *Clarion* auszuschneiden, als der inzwischen wiederhergestellte Chefredakteur an die Glaswand klopfte und sie zu sich winkte. Odette sprang auf, griff dann nach Notizblock und Stift. Sie war dafür gerügt worden, dass sie sich keine Notizen machte, wenn er mit ihr sprach.

Er war kurz angebunden und kam gleich zur Sache. »Ich

möchte, dass du zum Fluss runtergehst und mit der Bande redest, die da kampiert. Die Bevölkerung ist ihretwegen in Aufruhr. Könnte zu Auseinandersetzungen führen. Sieh zu, dass du beide Seiten der Geschichte zu hören kriegst.«

»Äh ... welcher Geschichte, Mr. Fitzpatrick?«

»Zigeuner, Mädchen. Die kommen so alle zwei Jahre hier vorbei. Finde heraus, was du kannst. Nimm Horrie mit, um ein paar Fotos zu machen. Horrie ist ein kräftiger Kerl, also werden sie dir nichts tun, solange er bei dir ist.«

»Zigeuner sind nicht gefährlich.«

»Ach ja? Frag mal die Leute hier, die von ihnen beklaut und betrogen worden sind. Sieh zu, dass du alles über sie rauskriegst – woher sie kommen, wohin sie gehen, wer sie sind und so weiter.«

»Wie lang soll der Artikel werden?«, fragte sie vorsichtig.

»So lang, wie er sein muss. Und jetzt los«, knurrte er.

Als sie aus dem Büro lief und nach Horrie rief, wurden seine Gesichtszüge weicher. Er fasste sie manchmal hart an, aber er wusste, dass sie ein Talent besaß, dessen sie sich noch gar nicht bewusst war. Ihr Schreibstil war nicht oberflächlich, sie hatte ein Geschick für Beschreibungen, und sie konnte mit den Leuten auf eine Art reden, die sie viel mehr sagen ließ, als sie eigentlich wollten. Sie war noch zu weich und zu sensibel, aber sie würde es weit bringen, und er hoffte, dass ihr seine Führung in ihrer Anfangszeit auf die richtige Spur verhalf.

Odette überlegte, ob sie erst zur Schmiede gehen und mit Zac reden sollte, aber als Horrie mit seinem Holden-Kombi auf die Hauptstraße einbog, überlegte sie es sich anders.

Während Zac in den letzten Monaten in der Stadt geblieben war und gearbeitet hatte, waren die Zigeuner weitergezogen. Odette hatte nicht gewusst, dass sie zu ihrem Lager am Fluss zurückgekehrt waren.

»Weißt du irgendwas über die Zigeuner, Horrie?«, fragte sie.

»Nichts Gutes. Ich glaube, wir sollten lieber anhalten, bevor wir zu nahe dran sind, und den Rest zu Fuß gehen. Wenn du ihnen den Rücken kehrst, schlachten sie deinen Wagen in Minutenschnelle aus. Das hab ich schon mal mitgemacht.«

»Was ist passiert?«

»Tja, das war vor etwa zwei Jahren. Ein hübsches Mädchen wollte per Anhalter mitgenommen werden, also hielt ich an, und sie fragte, in welche Richtung ich fahre. Sie beugte sich ins Autofenster, trug eine ausgeschnittene Bluse, weißt du, flirtete mit mir. Bot an, mir aus der Hand zu lesen und so. Während ich mit ihr sprach, haben ein paar Kerle mein Auto ausgeräumt und auch noch zwei Radkappen abmontiert.«

Odette lachte den beleibten, kräftig aussehenden Fotografen an, der die meiste Zeit sanft wie ein Kätzchen war.

»Geschieht dir recht, wenn du flirtest, Horrie. Dachtest, du hättest das große Los gezogen, was?«

»Ja.« Er grinste verlegen. »Komisch ist nur, dass sie mir aus der Hand gelesen hat und ganz viel von dem, was sie sagte, auch eingetroffen ist.«

Er bog von der Straße ab, parkte den Wagen bei einer Baumgruppe, schloss ihn ab, hängte sich seine Kameratasche über die Schulter und folgte Odette durch den Busch auf dem Pfad dem Fluss entlang. Nach einer Biegung standen sie vor dem unordentlichen, farbenprächtigen Zigeunerlager. Hunde kamen bellend auf sie zu, hinter ihnen eine Schar kleiner Kinder.

Horrie blieb stehen und brülle: »Pfeift die verdammten Hunde zurück.«

»Die tun dir nichts, Horrie. Delia, Noyla, Mateo ... hallo.« Odette winkte und ging auf die Frauen und den Mann zu, die ihnen entgegenkamen.

»Du kennst diese Leute?«, fragte Horrie verwirrt.

Odette wurde umarmt, und die Kinder hüpften um sie herum. Rasch erklärte Odette, dass es sich nicht um einen Freundschaftsbesuch handelte. »Die Zeitung hat mich geschickt. Das ist Horrie, er ist Fotograf. Hat es irgendwelche Schwierigkeiten gegeben?«

Die Erwachsenen sahen einander an. »Odette, du bist unsere Freundin. Das könnte schwierig für dich werden. Wir haben dir vertraut, wir wollen unsere Geschichte und unsere Fotos nicht in einer Zeitung gedruckt sehen.«

Odette legte Delia die Hand auf den Arm. »Bitte vertraut mir. Ich bin eure Freundin. Horrie, würdest du hier warten, ich will mich nur mal kurz mit ihnen unterhalten.«

Horrie ließ die schwere Tasche zu Boden gleiten und blieb mit verschränkten Armen stehen. Odette ging zusammen mit ihren Freunden ins Lager, spürte aber ihre Zurückhaltung bei diesem offiziellen Besuch.

»Weiß Zac, dass du hier bist?«

»Nein. Ich wollte zuerst zu ihm gehen, dachte dann aber, ich komme selbst her, um zu sehen, was es für Probleme gibt ... ich wusste nicht, ob irgendwelche Leute aus der Stadt hier sind oder ob ihr vielleicht Hilfe braucht. Was ist denn los?«

Das Lager wirkte wie immer, obwohl Odette auffiel, dass außer dem alten Mateo keine Männer da waren, keine Pferde und auch keines der großen amerikanischen Autos, die sie gerne fuhren.

Die Zigeuner tauschten Blicke aus, bevor sie etwas sagten. »Odette, wenn wir mit dir reden, dann musst du schreiben, was du als Wahrheit erkennst, und dich nicht von der Wut und den Vorurteilen der Stadtleute beeinflussen lassen, die kaum etwas außerhalb ihrer kleinen Welt kennen.«

»Ich schreibe immer die Wahrheit.«

»Aber manchmal kann die Wahrheit verdreht und eingefärbt werden, damit sie ein anderes Aussehen bekommt«, sagte Noyla sanft.

»Und manchmal sind die Tatsachen nicht einfach schwarz und weiß ... du musst auf das Grau achten, Odette, auf die Zwischentöne. Komm, trink Kaffee mit uns, und wir werden die Königin fragen, ober wir mit dir reden können.«

»Kann Horrie auch mitkommen? Glaubt ihr, er könnte in paar Fotos machen?«

»Dräng uns nicht, Odette. Manche von uns mögen nicht fotografiert werden. Die alten Leute glauben, dass es die Seele raubt. Wenn die Königin zustimmt, werden wir es erlauben.«

Odette winkte Horrie zu, sich ihnen anzuschließen, während Noyla zu dem kleinen Wohnwagen der Königin ging, der immer noch von einem Pferd gezogen wurde, im Gegensatz zu anderen, moderneren, die von Autos gezogen wurden. Horrie kam herüber und setzte sich ein wenig unbequem in einiger Entfernung auf das Trittbrett eines Wagens.

Nach einigem Hin und Her kam Cerina mit Noyla und Mateo aus dem Wagen. Sie griff nach Odettes Händen und begrüßte sie herzlich. »Du bist unsere Freundin. Wir werden mit dir reden. Vielleicht ist es Zeit, dass die Leute in der Stadt ein bisschen besser über unsere Bräuche unterrichtet werden und erfahren, warum wir so leben, wie wir leben. Du weißt schon ein wenig von Zac, aber es gibt immer noch viel Aberglauben über uns, der zu Reibungen führt.«

Die Königin ließ sich zu Boden sinken und nahm im Schneidersitz Platz, der weite, farbenprächtige Rock lag um sie gebreitet. Die Reifen an ihrem Arm klirrten leise, als sie die Falten ihres Rockes ordnete. Sie trug weiche Satinpantoffeln mit edelsteinbesetzten Spangen, dazu ein mit Silbermünzen benähtes Kopftuch um ihr dunkles, ergrauendes Haar, das zu einem dicken Knoten geschlungen war.

Horrie hüstelte.

»Das ist Horace, der Fotograf. Er kann es kaum erwarten, ein Foto von Ihnen zu machen«, lächelte Odette. »Sie haben ein so schönes Gesicht. Würde es Ihnen etwas ausmachen?«

Cerina lächelte breit. Die Falten in ihrem Gesicht hatten sich um Augen und Mund tief eingegraben, aber ihre Schönheit war mit den Jahren nicht verblasst. »Ah ... du hast bereits gelernt, dass du mit Honig mehr erreichst als mit Essig. Und weil du so nett gefragt hast ...« Anmutig winkte sie Horrie zu, der sofort seine klobige Speed-Graphic-Kamera bereitmachte und mit professioneller Geschmeidigkeit in Aktion trat.

Die anderen Frauen, mehrere Kinder, ein dicker Welpe und der alte Mateo bildeten einen Halbkreis um Odette. Sie öffnete ihren Block und fragte: »Warum zieht ihr wie die Nomaden herum? Wäre es nicht leichter, euch an einem Ort niederzulassen?«

»Wir sind ein Volk ohne Heimat, wir suchen immer noch nach dem Land unserer Vorfahren. Aber das ganze Leben ist eine Suche, Kind. Wir alle suchen nach dem unerreichbaren Ort ewiger Ruhe, an dem Heiterkeit, Schönheit und Frieden herrschen. Manche finden ihn im Tod. Oft verdecken Ehrgeiz, Habgier und Verwirrung die Reinheit des einfachen Lebens. Natürlich brauchen wir alle Schutz und Nahrung und Wärme und Liebe, doch das ist nicht abhängig vom Besitz materieller Werte. Unsere Bedürfnisse sind einfach, aber vielleicht werden unsere Methoden missverstanden.«

»Warum mögen die Leute euch nicht? Warum wollen die Leute hier aus der Stadt, dass ihr weiterzieht?«

»Viele Menschen misstrauen dem, was sie nicht verstehen, und lehnen es ab. Und man sagt uns nach, wir würden uns das Eigentum anderer ›borgen‹ und, wie manche glauben, die Menschen verhexen. Wahrsagerei ist eine Gabe der Prophezeiung, die vielleicht nicht unheilvoller ist als Märchen und Mythen. In meinem Innersten glaube ich, dass die meisten Menschen uns unsere Freiheit neiden. Dem Sonnenaufgang und dem Regenbogen zu folgen ist eine sehr freudvolle, fröhliche Art zu leben.«

Dann erklärte die Königin Odette einige ihrer alten Lehren und Bräuche.

Wie die Zigeunerkönige und -königinnen gewählt wurden, wie das Krönungsritual und wie die Zeremonie anlässlich ihres Todes ablief, wenn sich alle Zigeuner an einem Ort versammelten.

»Wir haben viele Bräuche und Gaben, die unser Geheimnis bleiben müssen«, fügte sie hinzu.

»Wo kommen die Zigeuner her?«, fragte Odette.

»Ah, da müssen wir weit zurückgehen, in den Nebel der Zeit. Und es ist nicht so sehr die Frage, woher wir kommen, sondern, wohin wir gehen. Die Alten erzählen, wie es seit Generationen überliefert wird, dass wir von einem uralten Hindustamm abstammen, aber im neunten Jahrhundert aus dem Land gejagt wurden. Schon mit den ersten Entdeckern kamen um 1770 Zigeuner nach Australien, und es sind viele nachgekommen. Wir bleiben unter uns, wenn es uns erlaubt wird, weil es uns so am liebsten ist.«

Horrie hielt sich im Hintergrund und fotografierte die ganze Gruppe, hatte aber immer wieder das kraftvolle Gesicht von Königin Cerina vor dem Sucher. Mit einem

Klicken nahm er das Magazin heraus und legte einen neuen Film ein.

»Um auf die hiesigen Probleme zurückzukommen«, fuhr die Königin fort, »und um es genau zu sagen, der momentane Ärger in dieser Stadt hat mit dem Verkauf einiger Pferde zu tun. Wir Zigeuner sind schon immer Pferdehändler gewesen, weil das Pferd uns unsere Reisen ermöglicht hat, weil wir es zum Tausch benutzen konnten und es für die frühen Krieger eine Notwendigkeit war. Wir verfügen über ein großes Wissen über diese Kreatur, das von Vorteil für uns ist.«

Mateo hob spöttisch die Augenbrauen. »Aber nicht immer für andere.« Er setzte die Erzählung fort. »Wir sind Gaukler, wir sind Händler, also benutzen wir oft bestimmte Tricks beim Handeln.«

»Wie den mit dem Mädchen, das den Autofahrer ablenkt, während die Männer ihn um seine Besitztümer erleichtern«, sagte Odette.

»Das ist kein Diebstahl. Wir lassen immer etwas im Austausch zurück, und wenn es nur ein wenig Weisheit und Phantasie ist ... für diejenigen, die zuhören wollen und das zu schätzen wissen. Was nun die Pferde angeht, von denen wurden einige hier verkauft. Gute, lebhafte, muntere Tiere, als sie verkauft wurden. Sie scheinen jedoch innerhalb eines Tages ... ermüdet zu sein. Es sind immer noch gute Pferde, gut für den Preis, der für sie bezahlt wurde. Wenn der Käufer dachte, er bekäme mehr ...« Mateo hob seine Arme mit einem philosophischen Schulterzucken.

Zac erklärte es später Odette. »Damit ein Pferd beim Verkauf lebhaft wirkt, kann man ihm Brennnesseln unter den Schweif tun. Man kann auch einen Tag lang oder länger vor ihm mit einem Eimer Steine rasseln, so dass es dann allein beim Anblick des Eimers schon wild wird. Rosmarin wird zerdrückt und dem Pferd ins Maul gestopft, damit sein Atem frisch riecht. Und es gibt zahllose Kräutermixturen, die man einem kranken Pferd füttern kann, damit es leichter atmet und kläräugig und gesund wirkt.«

»Aber ist das nicht Betrug?«

»Es werden keine Versprechungen gemacht oder gegeben. Was meinst du – sollte es nicht dem Käufer überlassen sein, sich in Acht zu nehmen?«

Odette stellte Mateo weitere Fragen. »Und jetzt will derjenige, der die Pferde gekauft hat, sein Geld zurück?«

»Wir haben nie herausgefunden, was er will. Er verkaufte die Pferde zu einem viel höheren Preis weiter, und als der neue Besitzer kam und sich bei ihm beschwerte, schob er die Schuld auf uns. Wobei er verschwieg, dass er uns sehr wenig bezahlt hatte. Er betrank sich im Hotel, regte sich darüber auf, dass er betrogen wurde, und überredete seine Saufkumpane, mit hierher zu kommen. Sie beschimpften uns aufs übelste. Es war sehr unerfreulich. Cerina hat sie weggeschickt, aber sie haben gedroht, wiederzukommen und uns aus der Stadt zu jagen.«

»Was haben Sie zu ihnen gesagt, Cerina?«

Sie wand ihre Hände in einer kreisenden Bewegung. »Ich sagte nur, dass ein Unglück sie befallen würde, wenn sie noch näher kämen.« Ihr Gesicht blieb ausdruckslos, während sie das sagte, aber Noyla unterdrückte ein Kichern.

»Sie sahen sehr verängstigt aus, obwohl sie betrunken waren«, sagte sie. »Ich glaube, sie dachten, Cerina würde sie auf der Stelle verhexen und in Steine oder so was verwandeln.«

»Was werdet ihr tun?«

»Wir ziehen auf jeden Fall bei Sonnenaufgang weiter, daher ...« Wieder das ausdrucksvolle Zucken der Schultern und Heben der Hände.

»Wir werden uns wiedersehen, Odette.« Die Königin

erhob sich und legte ihre Hand auf Odettes rotbraune Locken. Odette senkte traurig den Kopf, weil sie ahnte, dass es lange dauern würde, bis sie ihre Zigeunerfreunde wiedersah.

Bevor sie in gedrückter Stimmung aufbrachen, umarmte Odette Noyla und Delia.

Horrie schwieg, als sie zum Auto zurückgingen, aber als er seine Kameratasche in den Kofferraum stellte, meinte er: »Komisches Völkchen, aber irgendwie interessant. Besonders die Frauen.«

Odette lächelte, sagte aber nichts. Trotz Horries schnoddriger Bemerkung war ihr klar, dass die Zigeuner, besonders die Königin, großen Eindruck auf ihn gemacht hatten. Sie waren nicht die dreckige, zudringliche, unredliche Bande, die er erwartet hatte. Stattdessen hatte er etwas über ein stolzes Volk erfahren, das entschlossen war, sein Erbe und seine seit Jahrhunderten überlieferten Überzeugungen zu bewahren.

Am Abend wartete Odette, bis Zac seine Arbeit in der Schmiede beendet hatte, und begleitete ihn zu dem kleinen Haus, in dem er ein Zimmer gemietet hatte.

»Ich wasche mich schnell und ziehe mich um, bevor wir zu den anderen ins Lager gehen«, sagte er.

»Fehlt es dir, zusammen mit der Familie unterwegs zu sein? Fühlst du dich in dem kleinen Zimmer nicht eingesperrt?«, fragte Odette.

»Ja, schon. Aber gelegentlich müssen wir uns anpassen, um unsere Bedürfnisse zu befriedigen. Einmal bin ich über ein Jahr mit meiner Mutter in einer Stadt geblieben. Ich bin jeden Tag zur Schule gegangen. Die längste Zeit, die ich an einem Stück die Schule besucht habe.«

»Warum bist du ausgerechnet hier geblieben? Es muss doch noch bessere Möglichkeiten geben.«

»Ich mag die großen Städte nicht, ich arbeite gern mit Pferden und bin ein guter Schmiedegesell, die Familie kommt regelmäßig hier vorbei und ... du bist hier.«

Odette wurde rot. »Mach dich nicht lustig über mich.«

Er griff nach ihrer Hand und schwang sie beim Gehen auf und ab. »Und was hat mein Reportermädchen heute gemacht?«

»Genau darüber wollte ich mit dir reden.«

Odette erzählte ihm von dem Gespräch mit der Königin und der Sache mit den Pferden.

»Es stimmt, dass manche Pferdehändler ganz schöne Teufel sein können ... aber sie würden nie ein Pferd verkaufen, das krank oder gefährlich ist. Dieser Hoskins, der die Pferde gekauft hat, wollte sie zu einem überhöhten Preis weiterverkaufen. Er ist derjenige, der einen Schlag auf die Nase verdient hat.«

»Er droht, deine Leute aus der Stadt zu jagen.«

»Betrunkenes Gequatsche. Der Mann ist ein Feigling. Aber für deinen Artikel, Odette, solltest du mit allen reden, nicht nur mit uns.«

»Oh, das habe ich auch vor. Aber ich wollte auch mit dir reden.«

»Das ist gut.« Er drückte ihre Hand. »Komm und iss mit uns, und ich singe ein paar Lieder am Lagerfeuer für dich.«

»Gut, ich komme. Tante Harriet werde ich erzählen, dass ich an meinem Artikel gearbeitet habe. Was ja auch stimmt.«

Es wurde ein fröhlicher Abend für Odette. Ein Abend voller Musik und Lachen und Geschichten. Sie saßen auf Decken und Teppichen um das Feuer und hatten einen köstlichen Eintopf gegessen. Als Odette sah, wie die Kinder in den Armen ihrer Mütter und Tanten unter sanftem Wiegen, Liebkosen und leise gesungenen Liedern einschliefen, vermisste sie die Wärme und Geborgenheit einer Familie.

Zac legte ihr den Arm um die Schultern. »Schau nicht so traurig, Odette. Ich weiß, du vermisst deine Eltern und das Leben, das du einst hattest. Eines Tages wirst du eine eigene Familie haben.«

Sie sah mit tränenfeuchten Augen zu ihm auf. »Du scheinst immer zu wissen, was ich denke.«

Zac griff nach seiner Gitarre und sang das Lied, das sie am meisten liebte – »Ohne Liebe«. Die Gruppe um das Feuer verstummte und hörte Zac zu. Funken flogen, der Feuerschein tanzte über ihre Gesichter, während sie sich wiegten und mitsummten. Der Kreis der kleinen Wohnwagen bildete einen schützenden Wall gegen den dunklen Busch.

Bevor Zac geendet hatte, entstand eine plötzliche Unruhe hinter ihnen in der Dunkelheit. Hunde begannen zu bellen, Stimmen erhoben sich. Dave Hoskins, der Mann, der die Pferde gekauft hatte, kam auf sie zugeschlendert. Dichtauf folgten ihm einige Männer.

Hoskins hob die Faust. »Also gut, ihr Mistkerle. Verschwindet von hier. Auf der Stelle. Packt zusammen und verpisst euch. Wir wollen keine Gauner und Diebe in unserer Stadt.«

Zac sprang auf, und sogleich waren Mateo und zwei andere Zigeuner bei ihm. Sie gingen den Männern entgegen, die offenbar alle betrunken waren.

»Nun mal langsam, Hoskins«, sagte Zac besänftigend. »Diese Leute haben dir nichts getan, und sie ziehen bei Tagesanbruch weiter.«

»Nichts getan! Sie drehen einem Mann ein paar alte Klepper an und sollen nichts getan haben?«

»Das waren keine alten Klepper, und das weißt du. Und wenn es so war, warum hast du sie dann deinem Kumpel für den doppelten Preis verkauft?«, fragte Zac. Er sprach mit ruhiger Stimme, aber jeder konnte sehen, dass seine Augen kalt und seine Fäuste geballt waren.

Hoskins trat vor. »Du verdammter Schweinehund. Komm her, und ich zeig's dir.«

Zac machte einen Schritt auf ihn zu, genau wie die anderen Zigeuner.

Wie sie da im Feuerschein standen, die Ärmel hochgekrempelt über den muskulösen Armen, die Hosenträger über den kräftigen Brustkörben, ein trotziges Starren auf den markanten Gesichtern, gaben sie ein furchteinflößendes Bild ab.

Einer von Hoskins Begleitern trat neben ihn und stieß ihn an. »Sieh zu, dass du dein Geld zurückkriegst, und dann verschwinden wir von hier.«

»Keine Bange. Ich hab keine Angst vor diesem verlausten Haufen.«

Er schwankte etwas und wollte sich auf Zac stürzen, übersah aber ein schlafendes Kind vor seinen Füßen. Er stolperte und wäre fast gefallen. Wütend holte er mit dem Fuß aus. Der Junge wachte auf und begann zu weinen. Sofort sprang Zac vor und versetzte Hoskins einen kräftigen linken Haken.

Verwirrt durch das Weinen des Kindes und die Frau, die herberannte, um den Jungen hochzunehmen, sah Hoskins Zac nicht kommen. Seine Knie knickten ein. Die anderen Männer stürmten vor, und das Lager wurde zu einem wilden Durcheinander von schreienden Frauen und Kindern, die sich in Sicherheit brachten, um sich schlagenden und prügelnden Männern, Ächzen, Stöhnen und dem Geräusch aufeinander prallender Fäuste und Knochen.

In Minutenschnelle war alles vorbei. Die betrunkenen Arbeiter aus der Stadt konnten es mit den kräftigen und nüchternen Zigeunern nicht aufnehmen. Sie nahmen die

Beine in die Hand, stießen Verwünschungen aus und humpelten mit blutigen Gesichtern davon.

Zac und Mateo sahen ihnen nach. »Sie könnten mit Verstärkung und Waffen zurückkommen. Ich glaube, ihr solltet das Lager besser sofort abbrechen«, warnte Zac.

»Komm mit uns, Zac.«

»Nein. Ich bin noch nicht bereit, Amberville zu verlassen. Komm, Odette. Ich bring dich nach Hause.«

Odette zog ihre Jacke an, verabschiedete sich rasch und folgte Zac zu einem der Autos.

»Ich fahre dich zurück. Tja, jetzt kannst du deinem Artikel noch einiges hinzufügen, was?«

»Mir zittern die Knie.«

Er tätschelte ihr Bein. »Bei mir bist du immer sicher.«

Das Licht über der Eingangstür leuchtete hell, als Zac vor Tante Harriets Haus anhielt.

»Wir sind da.«

»Danke, Zac. Es war ein wunderschöner Abend … bis auf das Ende.«

»Lass es dir nicht so zu Herzen gehen. Wir sind daran gewöhnt, schikaniert zu werden. Aber versprich mir eins, Odette … schreib immer aus dem Herzen und schreib nur die Wahrheit. Es wird zwei Versionen geben von dem, was heute Abend passiert ist.«

»Ich versprech's. Gute Nacht, Zac.«

»Gute Nacht, kleiner Vogel.«

Er beugte sich zu ihr, drehte ihr Gesicht zu sich herum und gab ihr einen leichten Kuss auf den Mund. Odette bewegte sich nicht. Die Berührung seiner Lippen war für sie ganz unerwartet gekommen. Sie hob ihr Gesicht, um ihn ihrerseits zu küssen, aber Zac beugte sie über sie und öffnete die Autotür. »Deine Tante wird sich Sorgen machen. Es ist schon spät.«

Widerstrebend stieg Odette aus, lächelte Zac zu und

winkte ihm nach, als er davonfuhr. Bei dem Gedanken an die Prügelei zwischen den Zigeunern und den Rüpeln aus der Stadt, aber auch an die Berührung von Zacs Lippen fingen ihre Knie erneut an zu zittern.

Ihre Tante hörte in der Küche Radio. »Odette? Wo warst du? Es ist schon fast zehn! Dein Essen steht im Ofen, aber es ist inzwischen wahrscheinlich ungenießbar.«

Am nächsten Morgen war die Prügelei in aller Munde. Allgemein hieß es, Hoskins und seine Kumpel hätten ihr Geld für den Kauf einiger minderwertiger Pferde zurückverlangt und wären von allen Zigeunern auf einmal angegriffen worden. Manche behaupteten, sogar die Frauen wären über sie hergefallen.

Odette interviewte Hoskins, der mit gebrochener Nase und einem blauen Auge vor dem Pub saß. Sie hörte ihm zu, als er erzählte, wie er überfallen worden war, ohne zu wissen, dass sie dort gewesen war und die wahre Geschichte kannte. »Mörderische verdammte Bande«, schloss er.

Sie sprach mit dem örtlichen Polizeibeamten, der sagte, er wisse überhaupt nichts über den Aufruhr, und zugab, dass er nie irgendwelche Schwierigkeiten mit den Zigeunern gehabt hatte. Als kluger Landpolizist, der er war, gab der Beamte sowieso nur das zu wissen vor, was für ihn gut war.

»Ach, gelegentlich beschweren sich die Leute darüber, auf der Straße ›aufgehalten‹ zu werden oder so was. Aber die meisten lachen nur darüber.«

Sie sprach mit den Stadtverordneten, von denen einige versucht hatten, das Lagern der Zigeuner im Stadtbereich zu verbieten, wenn auch ohne Erfolg. Nach einigem sanften Nachbohren gestand der barsche Bürgermeister sogar, dass er den Lebensstil der Zigeuner romantisch fand und er, ja doch, nichts dagegen hätte, dieses Leben selbst einmal auszuprobieren. »Wenn mich meine Frau mal vom Haken ließe«, setzte er glucksend hinzu.

Odette hatte ihren Artikel. Sie schrieb von der Geschichte und den Gebräuchen der Zigeuner, davon, was wirklich an dem Abend passiert war und wie Hoskins die Pferde weiterverkauft hatte, die seltsamerweise alle aus ihrem Gatter verschwunden waren und nie wieder gesehen wurden.

Am folgenden Freitagmorgen öffnete sie den *Clarion* und fand auf den beiden Mittelseiten der Zeitung ihren Artikel, zusammen mit Horries Fotos. GESCHICHTEN DER ZIGEUNERKÖNIGIN – TATSACHEN HINTER DEN MYTHEN lautete die Überschrift.

Darunter stand in kleinerer Schrift, die Odette so groß wie der Mount Everest vorkam, »von Odette Barber«.

Von einem der Fotos lächelte Zacs gut aussehendes Gesicht sie an.

II
Zarte Liebe unter dräuenden Schatten

Kapitel neun

Zanana 1916

Es war Frühjahr, und in den Gärten von Zanana spross üppig das junge Grün, dicke Rosenknospen, neue Ranken und wucherndes Unkraut machten sich auf der fetten Erde im warmen Sonnenschein den Platz streitig.

Mrs. Butterworth, deren verschwitztes Gesicht von einem Baumwollhut beschattet wurde, richtete sich auf und begutachtete die Fortschritte, die sie beim Unkrautzupfen gemacht hatte.

»Das ist ja Schwerstarbeit. Schau dir den Berg Unkraut an, den ich ausgerupft habe, und trotzdem habe ich erst einen kleinen Teil des Beetes geschafft. Der reinste Dschungel.«

»Es ist Frühjahr, da muss alles wachsen«, sagte Kate, die neben dem Beet eifrig Sträucher beschnitt.

»Ich frage mich, wie das Frühjahr wohl in England ist ... sanfter Regen und gedämpfte Farben, und alles wächst langsam. Hier geht alles mit einem Schlag vom Winter in den Sommer über und umgekehrt genauso, ohne diese langen Übergangszeiten, von denen man liest.«

»Ja, wo sich die Blätter im Herbst verfärben und im Frühjahr Knospen an den kahlen Zweigen erblühen ... tja, wir müssen uns wohl mit dem australischen Frühling zufrieden geben. Wenigstens haben wir keine zweiunddreißig Grad im Schatten, Mum«, lachte Kate.

Gladys Butterworth drehte sich um und lächelte das neben ihr arbeitende Mädchen an. Kate war fünfzehn und atemberaubend schön. Mrs. Butterworth wurde nie müde, ihre goldhaarige Schönheit zu bewundern. Kate hatte das helle Haar und die Haut ihrer Mutter, war aber viel robuster, als es Catherine MacIntyre gewesen war. Kates Wangen waren rosig, ihre saphirblauen Augen funkelten, und ihre schlanke Gestalt strahlte Lebenskraft aus.

»Dad wird ein ordentliches Freudenfeuer anzünden können, wenn wir hier fertig sind.«

»Ich glaube nicht, dass wir das hier schaffen werden, Kate. Man kann das Grünzeug regelrecht wachsen hören! Ich wünschte, wir hätten mehr Hilfe, aber alle gesunden Männer haben sich zum Kriegsdienst gemeldet, und das ist wichtiger.«

»Streng dich nicht zu sehr an, Mum. Wir können nicht alles machen. Die Gärten können warten, bis der Krieg zu Ende ist.«

»Kommt nicht in Frage. Solange ich hier bin, wird Zanana nicht verkommen. Das habe ich deinen Eltern versprochen, und deine Mutter liebte diesen Rosengarten. Ich kümmere mich um dich, und ich kümmere mich um ihre Rosen. Die wird es noch geben, wenn ich längst nicht mehr bin.«

Kate legte ihre Gartenschere weg und umarmte ihre Pflegemutter. »Du wirst noch lange Zeit bei uns sein. Aber geh's etwas ruhiger an. Wenn ich volljährig bin, kannst du dich zurücklehnen und nur noch Anweisungen geben. Ich werde jede Menge Leute für Zanana einstellen, und wir werden viele Feste geben, und alle Räume werden geöffnet und benutzt werden. Du wirst schon sehen.«

Mrs. Butterworth lächelte das Mädchen an, das sie großgezogen und das ihr und Harold so viel Freude gebracht hatte. Kate war ein glückliches und zufriedenes Kind gewesen und hatte ihnen kaum Schwierigkeiten gemacht. Aber sie besaß einen starken Willen. Wenn Kate sich auf die Unterlippe biss und das Kinn vorreckte, wussten sie, dass sie mit sanfter Bestimmtheit ihren Willen durchsetzen würde.

»Du erinnerst mich an deinen Vater. Du hast die Entschlossenheit der MacIntyres und träumst große Träume.«

»Ich dachte, ich wäre mehr wie die einzige Mutter, die ich je gekannt habe.« Kate bemerkte plötzlich, wie grau Mrs. Butterworths Haar geworden war. »Wie glücklich ich mich schätzen kann, dass ihr beide für mich und Zanana gesorgt habt.«

Mr. Butterworth schob rumpelnd eine Schubkarre mit einer Hacke und einem Spaten den Weg hinab. »Na, macht ihr Mädels Pause? Wie wär's mit einer Tasse Tee?«

Beim Tee in der Küche unterhielten sich Harold und Gladys, wie so oft dieser Tage, über den Krieg. Kate aß einen Mohrenkopf und leckte tief in Gedanken versunken die Schokolade und die Vanillecreme vom Biskuit.

»Verdammt schade um Wheelers Sohn. Und von dem Bruder gibt es auch keine Nachricht. Es ist nicht recht, dass ein Mann beide Söhne in den Krieg schicken muss«, sagte Harold.

»Warum sind wir in diesem Krieg, Harold? Er ist so weit von uns weg.«

»Ich kann's dir auch nicht genau sagen, aber wir sind im Krieg, weil wir ein Teil des Empire sind – das weißt du.«

»Mutter England scheint mir so fern«, schniefte Mrs. Butterworth. »Ich hoffe nur, dass es schnell vorbei ist.«

»Wollen wir's hoffen. Tja, ich geh wohl besser wieder an die Arbeit, wo's uns doch so an Arbeitskräften mangelt.« Harold ging nach draußen, von Sorge erfüllt. Er mochte seine Frau nicht beunruhigen, aber er hatte das Gefühl, dass der Krieg in Europa noch längst nicht vorbei war und seine Tentakel immer weiter ausstreckte, mehr und mehr Männer aus den Dörfern und Städten Australiens heraussog.

Kate war immer noch tief in Gedanken. Sie starrte auf einen Sonnenstrahl, in dem die Staubflöckchen tanzten. »Woran denkst du, Kate? Lass dir von Dad nicht das Herz schwer machen mit seinem Gerede über den Krieg.«

Kate schreckte hoch. »Tut mir leid. Ich habe nicht an den Krieg gedacht. Ich habe an die Vergangenheit von Zanana gedacht. Ich meine, mir sind die Dienstbotenklingeln aufgefallen, und ich habe überlegt, wie es gewesen sein muss, als meine Mutter und mein Vater noch lebten. Was du mir alles erzählt hast – das Servieren des Tees im Salon, die wichtigen Leute, die zu Besuch kamen.«

»Es war alles sehr prächtig ... ja, das war eine schöne Zeit. Und wie ich den Tag gesegnet habe, an dem deine liebe Mutter Harold und mich überredete, nach Zanana zu kommen und hier zu arbeiten. Aber weißt du, Kate, diese Zeiten sind vorbei. Ich glaube nicht, dass sie so noch mal wiederkommen. Selbst wenn du Herrin von Zanana bist, die Zeiten – und die Menschen – ändern sich. Du wirst auf andere Weise wieder Leben in dieses Haus bringen.«

»Es macht mich traurig, es so unbenutzt zu sehen. Das Haus wirkt ... einsam. Eines Tages wird es wieder voller Lachen sein.«

Kates Gedanken an die Vergangenheit beunruhigten Mrs. Butterworth. Kate wuchs allmählich zu einer jungen Dame heran, aber welche Zukunft stand ihr bevor? Wenn ihre Eltern noch am Leben wären, würden Pläne gemacht, um sie in die Gesellschaft einzuführen. Schon bald würden sich junge Männer um sie bewerben, und was sollte Kate tun, um die Zeit zwischen ihrer schulischen Ausbildung und dem Tag ihrer Eheschließung auszufüllen?

Die Gedanken an jene Tage, als Catherine und Robert noch lebten und Zanana von Leben und Lachen erfüllt war, brachten Erinnerungen an die energiegeladene kleine Mary mit sich, die durch das Haus sauste. Wie unbeschwert das kleine Mädchen vor Kates Geburt und Catherines und Roberts Tod gewesen war.

Mrs. Butterworth seufzte. Was für ein trauriges Kind Mary geworden war. Mehr bitter als traurig, und das nicht ohne Grund, nahm sie an. Das Herz wurde ihr schwer, wenn sie an die Besuche dachte, die Harold und sie Mary über die Jahre in ihrer Schule in Sydney abgestattet hatten, und wie sie von ihr zurückgewiesen worden waren.

Pflichtbewusst hatte Mary zunächst Feiertage und Ferien in Hock Lees Haus verbracht, aber sie war reserviert und höflich geblieben und hatte Distanz bewahrt. Wenn Harold und Gladys sie in der Schule besucht hatten, war Mary in sich gekehrt und mürrisch gewesen. Höflich und zurückhaltend hatte sie Fragen über die Schule beantwortet, sich aber nie nach Zanana erkundigt, sie schien es sogar vorzuziehen, dass ihr früheres Zuhause nicht erwähnt wurde. Ihr Gesicht wurde verschlossen, und ihr Mund verkniff sich, wenn von Kate die Rede war, und als Mrs. Butterworth merkte, wie sehr es das Mädchen schmerzen musste, dass sie weggeschickt wurde, während die andere blieb, vermied sie jede weitere Erwähnung.

Schließlich hatte die Direktorin der Schule in freundlichem Ton vorgeschlagen, dass Harold und Gladys vorübergehend ihre Besuche einstellen sollten, da sie Mary mehr aufzuwühlen als ihr zu helfen schienen. Sie brachten ihr den Schmerz über ihren Verlust in Erinnerung und erneuerten ihre Schuldgefühle über das, was sie getan hatte.

»Lassen Sie ein paar Jahre vorübergehen. Bis sie erwachsener ist. Dann lassen sich die Schäden vielleicht reparieren. Mary will selbst ihren Weg in der Welt finden, und unabhängig zu sein ist in diesen schwierigen Zeiten keine schlechte Idee für eine junge Dame.«

Gladys schrieb ihr weiterhin kleine Briefchen, aber es war schwierig, eine Seite zu füllen, ohne von Zanana oder Kate zu sprechen. Die Briefe wurden nicht beantwortet, und mit der Zeit schrieb Gladys seltener, schickte Mary gelegentlich eine hübsche Karte oder ein kleines selbst gestricktes Geschenk und zu Weihnachten einen besonderen Brief. Gladys' Traurigkeit fand stattdessen Ausdruck in ihrem Tagebuch. Obwohl sie nur über eine geringe Schulbildung verfügte, führte Mrs. Butterworth Tagebuch, und ihre Einträge waren in ordentlicher, sauberer Handschrift geschrieben. Manchmal fügte sie kleine amateurhafte Zeichnungen des Gartens oder eines Vogels hinzu und hob Kates Malversuche und eine Locke ihres Haares auf.

Und obwohl Hock Lee dafür gesorgt hatte, dass es Mary an nichts fehlte, wofür er einen bestimmten Teil von Roberts Vermögen nutzte, wurden Marys Besuche bei ihm ebenfalls unregelmäßiger. Mary zog es vor, ihm hin und wieder brieflich auf formelle Weise über ihre Fortschritte in der Schule zu berichten. Sie hatte nicht den Wunsch, Hock Lee zu sehen, und schien entschlossen, Zanana hinter sich zu lassen.

Im Gegensatz dazu waren Kates schulische Ausbildung und ihr Leben behütet, geschützt und umhegt. Ihren Unterricht erhielt sie durch Gouvernanten und Privatlehrer, und bei den seltenen Gelegenheiten, zu denen sie Zanana verließ, war sie immer in Begleitung. Aber dieser eingeschränkte Lebensstil machte ihr nichts aus – Kates Leben drehte sich um Zanana. Anders als Mary liebte sie die Besuche bei Hock Lee. Kate verehrte ihren Patenonkel und wandte sich an ihn um Unterweisung und Rat. Sie mochte seinen Sinn für Humor und die philosophische Weisheit, die er aus dem Erbe seiner Vorfahren zog. Außerdem war er die engste Verbindung, die sie zu ihrem leiblichen Vater Robert MacIntyre hatte.

Als sie zehn war, erfuhr Kate von Mary. Kate war tief bekümmert über das Schicksal des Waisenmädchens, wollte sie kennen lernen und ihre Freundin sein. »Wir sind doch fast Schwestern«, rief sie aus. »Warum können wir nicht Freundinnen sein? Das ist doch alles schon so lange her. Ich war noch ein Baby, ich kann mich an nichts erinnern. Es ist mir egal.«

»Mary ist ein bitteres und trauriges Mädchen«, erklärte Mrs. Butterworth. »Sie gibt uns die Schuld am Verlust ihres Glücks und der Veränderung ihres Lebens. Sie bekommt eine gute Ausbildung und verfügt über etwas Geld aus dem Erbe deiner Eltern. Ich bete nur darum, dass sie ihren Weg in der Welt finden und sich ein neues Leben schaffen wird, dass sie eine Familie gründen und ihr das Glück zuteil werden wird, das sie verdient.«

Kate war immer noch neugierig und spürte, dass ihr nicht alles erzählt worden war. Doch sie behielt diesen Teil der Familiengeschichte zusammen mit den anderen Informationen über ihre Eltern und Zanana im Gedächtnis.

Die Butterworths als ihre Vormunde hatten mit ihr über Robert und Catherine MacIntyre gesprochen, seit sie ein Baby war, also war sie mit ihren leiblichen Eltern vertraut. Aber da sie nur steife und formelle Fotografien von ihnen gesehen hatte, konnte sie sich ihre Persönlichkeiten, ihre Gesten, ihren Geruch, den Klang ihrer Stimmen oder ihres Lachens nicht vorstellen. Sie waren ein Teil von Zanana, genau wie die schönen Möbel, das gepflegte Grundstück oder die kaum benutzte Villa. Kate fühlte sich von der Verbindung zu ihrer unmittelbaren Vergangenheit abgeschnitten.

Die Butterworths lebten im Erdgeschoss in einfachen Räumen, und Kate war erst vor kurzem in eines der Schlafzimmer im ersten Stock eingezogen. Ihre Mahlzeiten nahmen sie in dem kleinen Sonnenzimmer neben der Küche ein oder im Sommer auf der hinteren Terrasse. Das Speisezimmer, in dem die Butterworths für die MacIntyres serviert hatten, wurde nie benutzt. Ein Hausmädchen half Mrs. Butterworth, das Haus sauber zu halten, jede Woche wurde in allen Räumen gelüftet und Staub gewischt. Mit der Hilfe von Sid Johnson überwachte Harold die Pflege des Grundstücks, die Instandhaltung der Molkerei, der Gärtnerei, der Ställe und der Arbeiterunterkünfte.

Ben, der Sohn der Johnsons, jetzt siebzehn Jahre alt, leistete ebenfalls Männerarbeit auf dem Gut. Als der Krieg ausgebrochen war und sich alle wehrfähigen Arbeiter zum Kriegsdienst gemeldet hatten, war Ben von der Schule abgegangen, um in Zanana zu helfen. Sid und Netties einziges Kind hatte lockiges braunes Haar, braune Augen und dichte Wimpern, die jede Mutter zum Seufzen brachten. Er war groß gewachsen, hatte zwar noch die Schlaksigkeit der Jugend, jedoch bereits einen kräftigen Brustkorb und breite Schultern und strahlte Gesundheit und ländliche Kraft aus. Er war in Bangalow geboren, doch seine Eltern waren nach Zanana gezogen, um für die MacIntyres zu arbeiten, als er ein Kleinkind war, und der Besitz war das einzige Zuhause, an das er sich erinnern konnte.

Ben, der die überhängenden Zweige eines Baumes zurechtstutzte, beobachtete Kate aus seinem schattigen Versteck. Wie sie da an der Rosenlaube vorbeiging, das Musselinkleid gehalten von einem blauen Seidengürtel, dazu das blonde Haar, das ihr über den Rücken fiel und von einem blauen Seidenschirm beschattet wurde, hätte sie das Modell eines französischen Impressionisten sein können. Aber für Ben war sie liebreizender als der Marmorengel, der das Grab ihrer Eltern bewachte. Er bemühte sich immer ganz besonders, das Gras, das Strauchwerk und die Rosenbüsche um das Doppelgrab von Robert und Catherine in Ordnung zu halten, und hatte manchmal Mitleid mit Kate, wenn er sie so ganz allein durch den Garten gehen sah.

Kate wandte sich dem versunkenen Garten zu, blieb bei der Sonnenuhr kurz stehen, schloss den Sonnenschirm und ging die Marmorstufen zum indischen Haus hinauf.

Sie kam nicht oft hierher, obwohl es ihr Lieblingsplatz war. Sie öffnete die Tür und atmete tief den schwachen Geruch von Sandelholz ein. Das Sonnenlicht sickerte durch die kunstvollen Fenster, funkelte und brach sich in den unzähligen kleinen Spiegeln.

Sie hatte nur vage Geschichten darüber gehört, wie ihr Vater diesen indischen Miniaturpalast nach den Flitterwochen in Indien für ihre Mutter gebaut hatte. Sie wünschte, sie wüsste mehr über die beiden, weil sie spürte, dass dieser Ort etwas Besonderes an sich hatte. Das hier war keine überspannte Idee, kein bloßes Monument. Es barg Geheimnisse, und sie wusste von Mrs. Butterworth, dass das Haus einen besonderen Platz im Herzen ihrer Mutter eingenommen hatte.

Kate setzte sich auf den geschnitzten Ebenholzstuhl und spürte, wie der Zauber dieses Ortes von ihr Besitz ergriff, wie immer, wenn sie hier war. Sie schloss die Augen und ließ ihre Gedanken schweifen. Bald schien ihr Körper abzuheben und zu schweben. Sie fühlte sich durchsichtig, nur mehr ein Lichtfragment, und ein Gefühl unglaublicher Freude durchströmte sie. Sie meinte, eine ferne, lockende Melodie zu hören, seltsam und ein bisschen unheimlich, aber wärmend und schmeichelnd. Das sanfte Lachen einer Frau vermischte sich mit der Musik, und der Duft von Rosen überwältigte ihre Sinne wie eine Droge.

Wie lange sie so schwebte, wusste sie nicht. Aber als die Musik verklang und der Duft verflog, öffnete sie die Augen und spürte in sich eine große Ruhe. Kate war sich immer bewusst, dass ihr, wenn sie Zweifel oder Fragen hätte, die Zeit der Stille im indischen Haus ein Gefühl der Gelassenheit und der Seelenruhe vermitteln würde, ihren Kopf frei machen und ihr Lösungen aufzeigen würde.

Kate stand in dem kleinen Turmzimmer von Zanana, als sie ein Pferd im leichten Galopp über die Auffahrt nahen hörte. Neugierig trat sie auf den Rundgang vor den Turmfenstern.

Der Reiter trug eine seltsame Mischung aus Zivil- und Militärkleidung – Armeestiefel, eine dicke Khakijacke und den Schlapphut eines Soldaten. Er stieg vom Pferd, doch bevor er die Eingangsstufen erreichte, kam Harold Butterworth um die Ecke, stieß einen erstaunten Ruf aus und lief zu ihm, um dem Mann überschwänglich die Hand zu schütteln. Grinsend klopften sie einander auf den Rücken und gingen ins Haus. Als Kate nach unten lief, hörte sie Harold rufen: »Gladys, Gladys ... schau mal, wer hier ist.«

Kate wartete in der Eingangshalle und hörte Mrs. Butterworths freudigen Überraschungsschrei. Mit scheuem Lächeln betrat Kate die Küche. Der Mann reagierte verblüfft auf den Anblick des eleganten jungen Mädchens, sprang auf und fuhr sich glättend mit der Hand über das Haar.

»Das ist Katherine MacIntyre, unsere Tochter«, sagte Harold. »Und das ist Wally Simpson – aus Bangalow an der Nordküste. Wir sind alle zusammen aufgewachsen.«

Wally lachte. »Das waren Zeiten, was, Harry? Wir waren damals ganz schöne Rowdys«, meinte er zu Kate.

»Nun mal langsam, Wally – so lange ist das noch nicht her.«

»Das stimmt – ich bin immer noch jung genug, mich zum Militär zu melden«, meinte er glucksend. »Na ja, so genau nehmen sie's auch nicht, vorausgesetzt, du hast zwei gerade Füße, ein halbwegs gesundes Herz und bist nicht vollkommen blind. Enid, meine Frau, hält mich natürlich für verrückt. Lässt euch übrigens herzlich grüßen.«

Mrs. Butterworth stellte die Teekanne auf den Tisch. »Du hast dich freiwillig gemeldet, Wally? Um … nach da drüben zu gehen … und zu kämpfen?«

»So sieht es aus, Gladys – den Hunnen eins auf die Mütze geben.« Er wurde ernst. »Deswegen bin ich auch hier. Und nicht nur ich, wir sind ein ganzer Trupp. Ich bin so was wie die Vorhut, und bevor wir in Sydney einfallen, brauchen wir eine Verschnaufpause, bisschen was zu futtern und so. Wir sind zu Fuß hierher marschiert, versteht ihr.«

»Von Bangalow!«

»Einige kamen sogar von noch weiter her. Und wir haben unterwegs eine ganze Menge eingesammelt. Wir nennen uns die Buschbrigade.«

»Wie viele seid ihr?«, fragte Mrs. Butterworth.

»Ungefähr zweihundert bei der letzten Zählung, Gladys.«

»Ja, hol mich doch der Teufel«, entfuhr es Mr. Butterworth.

Wally griff nach einem der Milchbrötchen, die Kate herumreichte. »Na ja, ein paar von uns in Bangalow gefiel es nicht, wie sich die Sache da drüben entwickelte. Wir redeten darüber, und schließlich haben uns die Frauen vom Roten Kreuz dazu gebracht, was zu unternehmen. Sie sagten, wir sollten aufhören darüber zu quatschen und was tun. Sie machten ein Banner und hängten es auf – ›Wenn ihr nicht geht, dann gehen wir!‹ Also rissen wir uns am Riemen und beschlossen, nach Sydney zu gehen und uns freiwillig zu melden.« Wally unterbrach sich und biss in das Brötchen mit der selbstgemachten Maulbeermarmelade. »Das war schon was, sag ich dir. Mehr und mehr Leute schlossen sich uns an, als sich die Kunde von Ort zu Ort verbreitete. Wir marschieren bei Tag und verbringen die Nacht in einer Halle oder Kirche, manchmal auch im Freien. Die Leute aus den Städten geben uns Lebensmittel und warme Kleidung, Stiefel – was immer sie erübrigen können.« Wally war ganz aufgeregt geworden. »Da ruft uns was, ganz laut. Das Mindeste, was wir tun können, ist, dem Ruf zu folgen, was, Harry?«

Mrs. Butterworth spürte, wie sich ihr Herz vor Angst zusammenzog, als sie ihren Mann mit einem Ausdruck von Neid und Bewunderung zu Wally aufschauen sah.

»Donnerwetter, Wally«, rief Harold. »Wir bereiten euch ein fürstliches Mahl. Wir haben genug zu essen hier, wir schlachten ein paar Schafe und bringen alle in den Gebäuden hier unter.«

Kate tauschte einen Blick mit Mrs. Butterworth aus. Es klang aufregend. Wenigstens konnten sie etwas tun, um den Jungs zu helfen, die an die Front gingen.

Die Buschbrigade war immer noch einen Tagesmarsch entfernt, und Harold und Wally fuhren ihr mit einem der Einspänner von Zanana aus entgegen. Kate hatte gebettelt, mitkommen zu dürfen, aber ihr wurde gesagt, das sei nicht schicklich. Seufzend wünschte sie, sie hätte daran gedacht, sich als Stallbursche zu verkleiden wie die Heldin in einem der Romane, die sie gelesen hatte.

Wally und Harold hörten das Singen, lange bevor sie die Männer sahen. »It's a long way to Tipperary«, schallte es durch die Bäume. Sie stimmten kräftig mit ein, aber Harold verstummte, als sie um eine Biegung kamen und die bunt zusammengewürfelte Armee erblickten.

Die Männer bildeten eine Kolonne, marschierten zu dritt nebeneinander, in den unterschiedlichsten Aufmachungen. Manche hatten ihren Sonntagsstaat an, andere sahen aus, als hätten sie ihre Hacken auf dem Feld fallen lassen und sich der vorbeimarschierenden Truppe angeschlossen. Die Männer trugen Spruchbänder und Banner, gestickt mit patriotischer Leidenschaft von den Rotkreuzdamen in Bangalow und Lismore, dreihundert Meilen weiter nördlich. Zwei Männer marschierten an der Spitze – ein siebzehnjähriger Junge und sein fünfundvierzigjähriger Vater – und trugen an zwei grob behauenen Masten einen staubigen Union Jack vor der Truppe her.

»Dafür kämpfen wir, Harold«, sagte Wally und sprach leise:

»Es ist nur ein altes Stück Fahnentuch,
Es ist nur einfarbiger Lappen,
Doch Tausende liessen ihr Leben dafür
Und kämpften für Englands Wappen.«

Wally wurde von dem Hornisten begrüßt, der auf seinem Fahrrad ankam. »Hast du was für uns gefunden, Wally? Oder ist das ein neuer Rekrut?«

»Das ist mein Kumpel Harry. Er wird uns morgen königlich bewirten, wart's nur ab.«

Den Schluss der Truppe bildete ein Ford Modell T, gefahren von einem schon älteren Farmer, der sein Auto und seine Dienste als Chauffeur zur Verfügung gestellt hatte. Er agierte als Vorhut zusammen mit Wally, als Krankenwagen, wenn nötig, und als Kurierfahrer. Mehrere Kutschwagen und zwei Einspänner beförderten den Rest der Ausrüstung, die ihnen unterwegs gespendet worden war. Jeder Mann trug seinen eigenen Tornister und eine Decke auf dem Rücken.

Ein Halt wurde angeordnet für eine Zigarettenpause, und als kühles Wasser und Dosenkuchen herumgereicht wurden, erfuhr Harold die Gesichte der Buschbrigade – einer Hand voll Männer, die zu dieser beeindruckenden

Truppe angewachsen war. Einige hatten sich bei Rekrutenanwerbungen in den Städten am Weg entlang angeschlossen, andere waren von Farmen und Schafscherschuppen gekommen und in Gleichschritt gefallen mit diesen Fremden, die zu ihren lebenslangen Kameraden werden sollten. In den kommenden Monaten würden sie ihr Leben füreinander und für ihr Land geben und Teil der ANZAC-Legende werden, der Legende des Australian and New Zealand Army Corps.

Harold hörte von der außerordentlichen Begeisterung, die ihnen die dankbaren Menschen am Weg entlang entgegengebracht hatten. Essen und Unterkunft und kleine Dinge des täglichen Bedarfs wurden großzügig zur Verfügung gestellt, Frauen schenkten ihnen handgestrickte Socken, kleine Kuchen und Süßigkeiten. Ein Gastwirt hatte jedem fußlahmen Mann ein Paar neue Stiefel gespendet, und eine freundliche Dame hatte jedem Mann eine Einpfundnote in die Hand gedrückt, ihre gesamten Ersparnisse – sie war Witwe und hatte ihre beiden Söhne in Gallipoli beim Dardanellen-Feldzug verloren, das hier war ihr Beitrag für die Kriegsanstrengungen und die tapferen Jungs, die dem Aufruf zu den Waffen folgten. Und überall kamen die Kinder zu ihnen gerannt. Sie sangen für sie auf Kundgebungen, kleine Jungen marschierten eine Weile neben der Buschbrigade mit, und hübsche Mädchen steckten den Männern Rosen ins Knopfloch.

Vor dem Aufbruch der Buschbrigade nach Sydney war eine Kundgebung in Kincaid geplant. Die Brigade würde diesen Abend im Freien unter den Sternen verbringen, aber die Männer brauchten etwas für die darauf folgende Nacht. Da er wusste, dass Kate mit Freuden dieser tapferen Truppe helfen würde, bot Harold bereitwillig an, sie nach ihrer nächsten Etappe in Zanana zu verköstigen und unterzubringen.

Wally und Harold fuhren eilig zurück, um Mrs. Butterworth zu benachrichtigen. Sid und Nettie Johnson halfen bei den Vorbereitungen, und Ben wurde ins Dorf geschickt, um zusätzliche Hilfskräfte zu holen. Hock Lee wurde angerufen und versprach, mit Nahrungsmitteln und zusätzlichen Tischen und Stühlen und sonstigen benötigten Gegenständen aus den »Tea-Rooms« auszuhelfen.

Zanana hatte seit Jahren nicht mehr so viel Betriebsamkeit erlebt. Mrs. Butterworth und einige Frauen aus dem Ort bereiteten gepökelten Schinken, frisches Gemüse, selbst gebackenes Brot, Kuchen und Pudding vor. Mehrere Schafe waren geschlachtet worden und bereit, über dem offenen Feuer geröstet zu werden. Leute aus dem Ort strömten nach Zanana und brachten alles, was sie entbehren konnten – von Decken und Reiseproviant bis hin zu Tabak und Planen –, um es den Männern für ihren Marsch zu spenden. Kate stellte eine Gruppe von Kindern zusammen, die ihr halfen, bunte Plakate und Spruchbänder zu malen. Mit Ben Johnsons Hilfe spannte sie Flaggen und Wimpel über die Einfahrt und das Tor.

Bei Sonnenuntergang schwenkte die Buschbrigade von der staubigen Straße in das breite Tor von Zanana ein. Die Männer hatten in Versammlungshäusern, Bahnhöfen und Wollschuppen übernachtet, auf Farmen, an Flüssen und einmal in einem fast leeren Krankenhaus. Aber an Zanana würden sie sich später alle am besten erinnern.

Die Brigade war seit Tagesanbruch flott marschiert, aber jetzt machte sich doch bei einigen Erschöpfung bemerkbar. Füße wurden schwer, und abgesehen von der enormen Strecke, die sie seit ihrem Aufbruch in Bangalow zurückgelegt hatten, hatten sie mit Hitze, Rauch und fliegender Asche von Buschfeuern, Fliegenschwärmen, die sich an ihren Augen und Mundwinkeln festsetzten, und einer ständigen Staubwolke fertig werden müssen.

Alle Hilfskräfte von Zanana hatten sich an der Einfahrt aufgestellt und jubelten den Freiwilligen zu, als sie stolz vorbeimarschierten. Die Männer waren gut gedrillt und organisiert und teilten sich gleich in Gruppen auf. Sie wechselten sich beim Abkühlen in dem großen Schwimmbecken ab, während die, die es nicht erwarten konnten, einfach nackt vom Anlegesteg in den Fluss sprangen.

Erfrischt und guter Stimmung, setzten sie sich an die Tische auf dem von Lampen erleuchteten Rasen und machten sich über das hochwillkommene Festessen her.

Sid Johnson häufte Lammkoteletts und große Steaks auf die Teller der Männer. »Ah, gutes rotes Fleisch«, bemerkte einer der Rekruten. »So nett die Frauensleute unterwegs auch waren, Kuchen ist einfach keine gute Marschverpflegung!«

Nach dem Essen erhob sich der Hauptmann der Truppe und bedankte sich mit kurzen Worten bei allen für ihre Gastfreundschaft, und die Männer stimmten einen fröhlichen Gesang an. Bald sangen alle mit.

Kate mischte sich mit einem Tablett voller Süßigkeiten unter die fröhlichen Gruppen. Viele der jungen Männer, manche nur zwei oder drei Jahre älter als sie, nahmen ihr das Versprechen ab, ihnen an die Front zu schreiben. Später stand sie in ihrem langen, weißen, mit Spitzen besetzten Baumwollnachthemd in ihrem Zimmer und schaute hinaus auf die im Mondlicht liegenden Gärten. Die Männer waren in Cottages, auf Feldbetten auf der Veranda, in Zelten und unter Planendächern auf dem Rasen untergebracht. Es war eine laue Nacht, und sie fragte sich, welche Schrecken und welche Gefahren diesen Männern wohl in den nächsten Monaten bevorstanden. Im Moment schien es alles nur ein ehrenvolles Abenteuer zu sein, und sie beneidete die Jungs unter ihnen. Sie wusste, dass viele Frauen und Mädchen als Krankenschwestern und Helferinnen dienten, aber mit fünfzehn und in ihrer Stellung war ein solches Abenteuer einfach nicht denkbar. Sie sprach ein kurzes Gebet für die Sicherheit der Männer, die in dieser Nacht so friedvoll in Zanana ruhten, und schlüpfte ins Bett.

Am nächsten Morgen war Kate bei Tagesanbruch auf den Beinen, und während die Männer der Buschbrigade sich gerade erst zu rühren begannen, kleidete sie sich rasch in einen langen Rock und eine sittsame Matrosenbluse und machte einen Morgenspaziergang durch den entfernteren Teil des Gartens. Kate war überrascht, Ben Johnson im Rosengarten ihrer Mutter zu finden. Er schnitt alle Rosenknopsen ab und legte sie sorgfältig in die Schubkarre.

»Was willst du mit den Rosen, Ben?«

»Ich bringe sie in die Stadt für die große Parade und die Kundgebung, die heute stattfinden. Sie haben mich dazu überredet, bei der Dekoration für die Parade zu helfen.«

Kate lachte. »Aber mit dem Pflücken von Blumen und dem Binden von Schleifen ist es nicht getan. Du kannst mir helfen, ein paar Banner aufzuspannen. Wir brauchen eine kleine Leiter und Hammer und Nägel. Ach, und vielleicht auch noch Schnur.«

Ben sah erfreut aus. »Ich bringe alles mit. Du sagst mir einfach, was ich tun soll, und ich mache es.«

Als Mrs. Butterworth sie dann in der Stadt fand, standen sie beide auf kleinen Leitern und hielten jeder ein Ende eines großen Spruchbandes. Sie hatten zwei Stunden damit verbracht, patriotische Banner und Plakate an Pfosten und Läden entlang der Hauptstraße zu befestigen. Sie hatten einen guten Arbeitsrhythmus gefunden, und beide fühlten sie sich wohl in der Gesellschaft des anderen. Kate winkte Mrs. Butterworth zu und deutete auf die Nägel in ihrem Mund.

»Schluck sie ja nicht runter, Kate. Und sei vorsichtig.

Wir treffen uns im Park beim Teich, es gibt etwas Kühles zu trinken und ein Sandwich. Auch für dich, Ben.«

»Prima, Mrs. B. Keine Bange, ich pass schon auf.«

Sie lächelte den beiden zu und wusste, dass Kate bei Ben in guter Obhut war. Dann eilte Mrs. Butterworth davon, um den Damen des Roten Kreuzes zu helfen, die im Versammlungshaus Tische und Stühle aufgestellt hatten und Tee und Kekse servierten.

Am späten Vormittag säumten viele Menschen die Hauptstraße. Sie waren von überallher gekommen, aus der ganzen Umgebung, und es herrschte eine aufgeregte, festliche Atmosphäre. Kate ergatterte zusammen mit Mrs. Butterworth und Nettie Johnson einen Platz im Schatten unter der Markise der Bäckerei an der Hauptstraße.

»Von hier aus haben wir einen guten Blick. Da drüben ist das Podium, das sie für all die Reden aufgebaut haben«, sagte Mrs. Butterworth.

»Wo sind die Männer? Ich habe Sid und Ben schon seit Stunden nicht mehr gesehen«, meinte Nettie Johnson. »Deinen Harold auch nicht, Gladys.«

»Ich habe Ben beim Aufhängen der Banner geholfen, Mrs. Johnson. Dann haben wir Tee getrunken, und er ist losgegangen, um seinen Vater zu suchen. Sie müssen hier irgendwo sein«, erwiderte Kate und reckte den Hals, um die Straße hinunterzuschauen. »Ich habe noch nie so viele Menschen gesehen. Und alle in so guter Stimmung.«

Plötzlich erschallten laute Rufe aus der Menge. »Sie kommen.«

Vor der Buschbrigade marschierte stolz die Dudelsackkapelle von Kincaid, und beim anrührenden Klang der Dudelsäcke begann die Menge zu jubeln.

Erfrischt und bewegt von dem herzlichen Willkommen, schritten die Männer flott aus und erwiderten das Winken der Kinder, die für diesen Anlass schulfrei bekommen hatten und einen Wald von rot-weiß-blauen Fähnchen schwenkten. Was ihnen bevorstand, ob sie zurückkehren würden oder nicht, bekümmerte diese Männer jetzt kaum. Das hier würde das Abenteuer ihres Lebens werden, eine Sache der Vaterlandstreue und der Pflicht.

Nahe der Tribüne kamen sie unter einem großen Blumenbogen hindurch, der über und über geschmückt war mit den Rosen aus Zanana. Er wurde von heimgekehrten Soldaten gehalten, die in Gallipoli und beim Dardanellen-Feldzug verwundet worden waren. Inzwischen war der Jubel ohrenbetäubend, und die Männer sangen mit lauter Stimme beim Marschieren. Als sie das Podium erreichten, blieben sie wie auf Kommando stehen.

Der Bürgermeister, der Hauptmann der Buschbrigade und der ›kämpfende Pfarrer‹, der sich ihnen angeschlossen hatte und zum Sprecher der Männer geworden war, betraten das kleine Podium.

Der Bürgermeister wünschte den Männern alles Gute und eine sichere Heimkehr und sagte, sie würden den von Herzen kommenden Dank und die guten Wünsche der Stadt und des ganzen Landes mit sich nehmen. Der Hauptmann, der nur ungern Reden hielt, dankte den Bewohnern von Zanana und der ganzen Stadt für ihre Freundlichkeit und Gastfreundschaft und sagte, an diese Zeit würden sie sich alle erinnern, wenn sie »da drüben wären und unter Beschuss stünden«.

Dann war der kämpfende Pfarrer an der Reihe. Er war ein untersetzter, rotgesichtiger Mann, ein Farmer, der Gott gefunden hatte und es nicht unter seiner Würde fand, eine Auseinandersetzung oder einen Streit in seiner Gemeinde mit der Faust zu schlichten. Er hatte seinen Spitznamen bekommen, als ein Unruhestifter eine Schlägerei vom Zaun gebrochen hatte. Als der Pfarrer versuchte, die Angelegenheit friedlich beizulegen, war er als »störender Bibelschläger« beschimpft worden, worauf der Pfarrer entgegnet hatte, er sei durchaus ein Mann von Schlagfertigkeit, und den Unruhestifter prompt mit einem linken Haken niedergestreckt hatte.

Er war nicht nur schnell mit den Fäusten, sondern auch ein guter Redner, und jetzt hielt er eine mitreißende Ansprache in der Hoffnung, weitere Männer für den Kampf für König und Vaterland zu rekrutieren. Er sprach von den heimtückischen und feigen Taten der Hunnen und der Bedrohung des Empire, rief die Söhne des Empire auf, dem Ruf zu folgen und in Scharen zu kommen. Mit einer dramatischen Geste zog er sein Jackett aus, rollte die Hemdsärmel hoch und rief: »Es ist Zeit, die Ärmel aufzukrempeln und an die Arbeit zu gehen. Ich bin dazu bereit. Ihr auch?« Damit deutete er auf die Menge, die in Applaus und Jubel ausbrach. Dann forderte er die Frauen mit sanften Worten auf, beiseite zu stehen und ihre Männer gehen zu lassen. »Um unserer Kinder, unseres Vaterlandes und unserer Freiheit willen.«

Er senkte den Arm und gab der Buschbrigade ein Zeichen, die daraufhin »Vorwärts, christliche Soldaten« anstimmte. Stille senkte sich über die Menge, dann fiel sie in das Lied ein, wobei vielen die Tränen über die Wangen liefen.

Als das Lied geendet hatte, traten mehrere Männer aus der Menge vor und reihten sich bei der Buschbrigade ein. Man klopfte ihnen herzlich auf den Rücken, und andere riefen: »Hier ist noch Platz für mehr!« Unter dem Jubel der Menge marschierten die Männer zur Oddfellows Hall, wo die Rekruten sich einschreiben mussten, nachdem sie eine flüchtige ärztliche Untersuchung bestanden hatten.

Die Männer und Jungen kamen auch an Kate, Gladys und Nettie vorbei, die ihnen kräftig applaudierten. Gladys schnappte plötzlich nach Luft. Mit festem Schritt, erhobenem Kinn, gestrafften Schultern und in perfektem Gleichschritt marschierten mit schwingenden Armen Harold Butterworth und Sid Johnson vorbei.

Kate jubelte und winkte. »Sehen sie nicht fabelhaft aus!« Dann begriff sie, warum sie dort marschierten. Sie drehte sich zu den Ehefrauen um. Beide standen stockstill, mit einem Ausdruck des Schocks und der Traurigkeit auf den erstarrten Gesichtern. Mrs. Butterworth biss sich auf die Lippen, und Nettie Johnson schüttelte den Kopf.

»Ach, diese alten Dummköpfe«, seufzte Mrs. Butterworth.

Die beiden Frauen hakten sich unter und drängten sich, gefolgt von der besorgten Kate, durch die sich auflösende Menge.

Als die Buschbrigade aus Kincaid abmarschierte, war Harold aufgenommen worden und hatte den Befehl erhalten, sich ihr in zwei Wochen in Sydney anzuschließen. Sid Johnson war aus gesundheitlichen Gründen abgelehnt worden, obwohl er sich, genau wie Harold, fünf Jahre jünger gemacht hatte. Charles Dashfords Sohn Hector hatte sich ebenfalls anwerben lassen und war gleich mit der Brigade mitmarschiert. Bis sie Sydney erreichten, würden diese Männer, die bis dahin einander fremd waren, zu einer Bruderschaft zusammengewachsen sein, für immer vereint durch die unvergesslichen Bande von Vaterlandsliebe und Kameradschaft.

Beim Abendessen in Zanana wurde an jenem Abend wenig gesprochen. Als Kate das Geschirr abräumte und es zu Mrs. Butterworth an den Spülstein brachte, sah sie, dass ihr Tränen über das Gesicht liefen. Sie stellte das Geschirr ab und legte ihr den Arm um die Schultern. »Wein doch nicht, Mum. Vielleicht kann Hock Lee es ihm ausreden.«

»Dafür ist es zu spät, Kate. Nein, jetzt ist nichts mehr zu machen.«

Später am Abend, als sie im Bett lagen, nahm Harold seine Frau in die Arme und umschloss die tröstliche Weichheit ihres drallen, molligen Körpers, der in ein bauschiges, züchtiges Nachthemd gehüllt war.

»Bist du sicher, das du das Richtige tust, Harold?«, fragte Gladys.

»Ich muss es tun. Könnte mir nicht mehr in die Augen sehen, wenn ich nicht mitginge und meine Pflicht erfüllen würde. Ich mach mir Sorgen, dich und Kate hier allein wirtschaften zu lassen, obwohl der alte Sid ja hier sein wird. Er war ganz gebrochen, dass man ihn nicht nehmen wollte. Aber Hock Lee hat versprochen, ein Auge auf euch zu haben und euch Hilfe zu schicken, wenn ihr sie braucht.«

Mrs. Butterworth legte ihren Kopf an die Schulter ihres Mannes. »Wir kommen schon zurecht, mein Herz. Aber ich werd mir die ganze Zeit Sorgen um dich machen.«

»Keine Bange. Mir wird schon nichts passieren. Ich bin wieder da, bevor du es merkst.«

Mrs. Butterworth sagte nichts, und ein Schauder lief ihr über den Rücken. Schüchtern begann Harold Butterworth die Stoffmassen des Nachthemdes hochzuschieben, um seine Frau auf die einzige Weise zu trösten, die er kannte.

Es blieb nichts mehr zu sagen.

Kapitel zehn

Amberville 1959

Im Gemeindesaal der St.-Johns-Kirche drängten sich die Menschen. Wenn der Ortsverein des Roten Kreuzes einen Basar veranstaltete, schien sich die ganze Stadt zum Erscheinen verpflichtet zu fühlen.

Auf Böcken liegende Tischplatten füllten den Raum, überhäuft mit allen möglichen Waren, von selbst gebackenen Kuchen, Marmeladen und Chutneys bis hin zu Kartons mit Sämlingen, Topfpflanzen und frisch geerntetem Gemüse. Es gab Berge von handgestrickten Babyausstattungen, Decken und Schühchen, bezogenen Kleiderbügeln, Patchworkdecken, Teewärmern in Form von Koalabären und Küken – alles Beweise für die handarbeitlichen Fähigkeiten der Damen der Gemeinde.

Aus Scheunen, Garagen, Speichern, Kellern, Schuppen und von den hintersten Borden der Küchenschränke war jede Menge Nippes zusammengetragen worden. Einige Gegenstände, die als gut verkäuflich betrachtet wurden, hatte man auffällig platziert, andere einfach in Kartons geworfen, zum Durchstöbern für entschlossene Schnäppchenjäger.

Am anderen Ende des Saales wurden Tee, Kekse, Milchbrötchen und Gebäck verkauft, ein Sammelpunkt für alle, die Neuigkeiten über die Veranstaltung und ein bisschen Klatsch austauschen wollten. Die Damen vom Roten

Kreuz waren im Saal verteilt, überwachten alles, nahmen Preisangleichungen vor und überredeten Freunde, etwas zu kaufen oder für einen guten Zweck zu spenden.

Odette und Horrie sollten für den *Clarion* über die Spendenaktion berichten. Seit ihrem Artikel über die Zigeuner bekam Odette regelmäßige Aufträge, wenn Mr. Fitz sie auch weiterhin kritisch mit seinem Blaustift durchging und mit scharfer Zunge Bemerkungen machte.

Odette notierte sich aufgeschnappte Bruchstücke der Unterhaltungen zwischen den Damen, die von Komplimenten bis hin zu abfälligen Bemerkungen von erstaunlicher Schärfe reichten. Das alles konnte sie zu einer amüsanten Geschichte verweben. Sie entdeckte Tante Harriet, die schon wieder auf sie zukam, vermutlich, um darauf zu bestehen, dass noch ein Foto von einer Gruppe ihrer Damen gemacht wurde. Zum ersten Mal schien sie stolz darauf, dass Odette bei der Zeitung arbeitete.

Odette stahl sich rasch weg, um Tante Harriets Raubvogelblick auszuweichen. Sie wandte ihre Aufmerksamkeit den in Kartons gestapelten Gegenständen auf dem Boden zu, wobei ihr einer mit der Aufschrift Verschiedenes plötzlich ins Auge fiel. Die Ballerina ihrer Mutter ... die gläserne Puderdose ... Untersetzer und Eierwärmer! All die von Odette heiß geliebten Erinnerungsstücke an ihre Eltern! Sie schnappte sich den Karton und zitterte vor Wut.

Eine Frau, die neben ihr stand, lächelte. »Sie nehmen das alles? Ich wollte es gerade noch einmal durchsehen.«

Odette konnte kaum sprechen vor Zorn, in ihrem Inneren kochte es. »Das gehört mir! Es ist nicht zu verkaufen!«

»Aber Odette, all der alte Kram, den wirst du doch wirklich nicht mehr haben wollen«, trällerte Tante Harriet und kam von hinten auf sie zu.

»Das gehört mir. Das sind meine ganz persönlichen Gegenstände, die mir sehr viel bedeuten. Wie konntest du es wagen, sie einfach zu nehmen. Und auch noch ohne mich zu fragen!«, brauste Odette auf.

Tante Harriet lächelte unbehaglich und sah mit erhobenen Augenbrauen zu der Frau, die neben ihnen stand und mit unverhohlener Neugier zuhörte.

Odette beachtete sie nicht. »Du hattest kein Recht dazu, Tante Harriet. Die Sachen haben meiner Mutter gehört.«

»Meine Güte, Odette, das ist doch kein Grund, sich so aufzuregen. Es war ein Versehen.« Sie nahm Odette am Ellbogen und führte sie von der Frau weg.

»Wie kann das ein Versehen sein, Tante Harriet, die Sachen lagen in einer Schachtel unter meinem Bett.«

Tante Harriets Lächeln war verschwunden. »Ich habe sauber gemacht und Sachen für diese Veranstaltung gesucht. Wie sollte ich das wissen? Für mich sah es wie altes wertloses Zeug aus.«

»Es hätte dir doch klar sein müssen. Ich hoffe, es fehlt nichts.«

Harriet schaute in den Karton, den Odette noch immer an sich geklammert hielt. »Ich glaube nicht. Also, es ist nichts passiert, kein Schaden entstanden. Lass uns die ganze Sache vergessen.«

Damit drehte sie sich um und entfernte sich mit raschen Schritten. Aber es war ein Schaden entstanden. In dem dünnen Gewebe ihrer Beziehung hatte sich ein Riss gebildet. Odette erkannte, wie unsentimental ihre Tante war, während Harriet Odettes Festhalten an der Vergangenheit für ungesund hielt. Und wie so oft konnte keine von beiden die Ansicht der anderen akzeptieren. Odette fand es schwierig, ihrer unbeugsamen Tante ihre Gefühle zu erklären.

Horrie, der Fotograf, kam auf Odette zu. »Hast wohl auch ein bisschen was zusammengeklaubt, was? Ich verstehe nicht, was euch Frauen dazu bringt, auf solchen Veranstaltungen überhaupt etwas zu kaufen. Ich nehme an, das Zeug wird nächstes Jahr alles wieder gespendet.«

»Horrie, mach noch ein Foto von den Komiteedamen beim Geldzählen oder so was. Das wär's dann. Bis später.«

Odette lief hinaus, verstaute den Karton im Gepäckkorb ihres Fahrrads und radelte davon, blind vor Wut. Den Kopf gesenkt, die Füße wie wild strampelnd, die Hände fest um den Lenker geklammert, fuhr sie direkt zur Schmiede auf der Suche nach Zac. Der alte Schmied saß auf einem Holzklotz vor der Tür und drehte sich eine Zigarette.

»Morgen, Mr. Cameron. Ist Zac da?«

Der alte Mann fuhr fort, das dünne Papier um das Häufchen Tabak zu drehen, leckte es an, drückte es fest und glättete die fertige Zigarette zwischen den Fingern. Er steckte sie in den Mund und suchte in der Tasche seiner Lederschürze nach Streichhölzern, bevor er antwortete.

»Nee.«

»Oh. Arbeitet er heute nicht?«

»Nee. Ist Samstag.«

»Wissen Sie, wo er ist?«

Odette erwartete ein weiteres »Nee«. Aber nachdem er die Zigarette angezündet und einen tiefen Zug genommen hatte, erwiderte der alte Mann: »Am Fluss. Wollte schwimmen gehen. War hier, um zu sehen, ob es was zu tun gibt.«

Odette lächelte ihn an. »Vielen Dank, Mr. Cameron.«

Sie wusste, wo Zac sein würde, und radelte dorthin, ihre Wut war jetzt auf einen brennenden Schmerz zusammengeschrumpft.

Sie fand ihn mit baumelnden Füßen am Wasser sitzend, wo er an seiner Gitarre zupfte. Er stand auf und kam auf sie zu, als sie ihr Fahrrad an einen Baum lehnte. »Du siehst bedrückt aus, Kleines.«

»Das bin ich auch. Ach, Zac, du würdest nicht glauben,

was meine Tante gemacht hat.« Odette sprudelte heraus, wie sie die geliebten Besitztümer ihrer Mutter auf dem Wohltätigkeitsbasar gefunden hatte. Sie deutete auf den Karton in ihrem Fahrradkorb. »Wenigstens habe ich sie zurückbekommen.«

Tränen traten ihr in die Augen. Sie fühlte sich tief verletzt. Die Jahre mit Tante Harriet schienen nur eine zerbrechliche Brücke zwischen dem plötzlichen Zusammenbruch ihres liebevollen Lebens mit ihren Eltern und ihrem jetzigen Leben zu sein. Sie wischte sich die Tränen mit dem Handrücken weg.

»Wehre dich nicht gegen deine Gefühle, Odette. Das war ein Eindringen in deine Privatsphäre, und du hast jedes Recht, wütend zu sein. Aber dass du ihr die Stirn geboten hast, hat dir die Kontrolle über dein Leben gegeben. Du hast sie herausgefordert, und sie hat klein beigegeben. Du wirst sehen, von jetzt an wird alles anders.«

Zac griff nach ihrer Hand und führte sie ans Flussufer, ließ sie sich setzen und zog ihr die Sandalen aus. »Halt die Füße ins Wasser, das beruhigt. Und ich werde dir etwas vorsingen.«

Er begann zu singen, und Odette ließ sich ins Gras zurücksinken, schloss die Augen und spürte, wie die Anspannung aus ihrem Körper wich. Er beendete das Lied und saß schweigend da.

Odette öffnete die Augen. »Wie hieß das Lied?«

»›Loslassen‹. Du kannst nicht vorwärts kommen in diesem Leben, wenn du nicht eine Menge von dem Gepäck loslässt, das dir in der Vergangenheit aufgebürdet wurde. Manche Dinge sollte man behalten. Das Überflüssige ... wirf es ab, Odette. Reise mit leichtem Gepäck durch diese Welt.«

»Du meinst, ich soll keine Schachteln voll ... altem Zeug mitschleppen?«

»Nein, das meine ich durchaus nicht. Aber man braucht nicht immer greifbare Dinge, um die Erinnerung lebendig zu halten. Gefühle und Erinnerungen bleiben auch so vorhanden und sind so leichter zu tragen. Behalt nur die glücklichen und lass die traurigen los. Denk an die besonderen Erinnerungen, die du bewahrt hast ... an Menschen und Orte.«

»Hm«, meinte Odette nachdenklich und spürte die warme Sonne auf ihrem Gesicht.

»Erzähl mir davon.«

Odette hatte wieder die Augen geschlossen, und ihre Stimme kam aus weiter Ferne. »Die Zeit mit meinen Eltern. Auch wenn sie als Paar fast eine geschlossene Einheit bildeten. Mir war nie klar, wie ungewöhnlich sie waren. Sie waren völlig aufeinander eingestellt, brauchten keine anderen Menschen. Es fällt mir schwer, an sie als Individuen zu denken. Sie waren immer ein Paar. Ich hoffe, dass ich eines Tages jemanden ebenso lieben kann.«

»Und Orte?«

»Oh, das ist einfach. Zanana und der Rosengarten. Es war ein verzaubertes altes Haus am Fluss, wo ich gerne mit dem Boot hinfuhr und spielte. Da war auch dieses indische Haus ... und ein Junge, mit dem ich spielte ... schon bei dem Gedanken daran kann ich die Rosen riechen und den Geruch des indischen Hauses ... ich hatte es ganz vergessen, bis ich vor einem Jahr ein Stück Seife bekam, das genauso roch – nach Sandelholz. Das war wirklich ein außergewöhnlicher Ort, Zac. Aber so traurig und leer. Was wohl damit passiert ist? Hoffentlich ist es nicht abgerissen worden. Es wäre schrecklich, wenn all das verloren ginge.«

»Es geht bestimmt nicht verloren«, versicherte ihr Zac. »Eines Tages werde ich für dich ein Lied über Zanana und die Rosen schreiben.«

Odette setzte sich auf und umarmte Zac unwillkürlich:

»Wenn ich mit dir rede, fühle ich mich immer ganz befreit. Danke dir.«

»Wie wär's mit einem Bad? Es ist heiß.«

»Ich hab keinen Badeanzug dabei.«

»Ich auch nicht. Schließ deine Augen, züchtige Maid.« Scheu bedeckte Odette das Gesicht mit den Händen. Sie hörte es rascheln, als er seinen Gürtel aufschnallte, und erhaschte durch ihre leicht gespreizten Finger einen Blick auf Zacs Rücken und die nackten braunen Pobacken, kurz bevor er ins Wasser tauchte. Sie sah ihm zu, wie er bis in die Mitte des Flusses schwamm, tauchte und herumspritzte, bis er genug hatte.

»Ich komme raus.«

Gehorsam schloss sie wieder die Augen, während er sich die Hose anzog, doch im nächsten Moment spürte sie seinen kühlen, feuchten Körper auf sich und wurde sanft zu Boden gedrückt. Sie erschauerte unter dem Gefühl seiner nackten, nassen Brust auf ihrer Haut, durch ihre Bluse wurde sie von der Feuchtigkeit abgekühlt, aber sie erschauerte auch vor einer tiefen, noch unbekannten Erregung.

Unbefangen schüttelte er über ihr seine dunklen Locken. Glitzernde Wassertropfen fielen auf ihr Gesicht. »Fühlst du dich jetzt kühler?«, lachte er.

Sie nickte, und er lag still und lächelte sie an. Odette streckte die Arme aus und drückte ihn fest an sich. Sein Gesicht war dem ihren ganz nahe, und er leckte die Wassertropfen von ihren Wangen und ihrer Stirn.

»Süße kleine Odette.«

»Warum sagst du dauernd, ich sei klein?«

»Weil du immer noch ein kleiner Vogel bist und Schutz brauchst. Und ich bin größer, stärker und älter als du.«

»So viel älter auch nicht.«

»Äonen. Ich habe schon viele Leben vor diesem gelebt.«

»Hör auf, dich über mich lustig zu machen, Zac.« Sie umarmte ihn noch fester.

»Ich mache mich nie über dich lustig.« Sanft machte er ihre Arme los und rollte sich von ihr herunter. Er griff nach ihren Sandalen und zog sie ihr an. »Lass uns einen Spaziergang durch den Busch machen.«

Hand in Hand gingen sie am Fluss entlang zu den wenigen Hektar Regenwald, die es in der Nähe der Stadt noch gab. Sie folgten einem kleinen Pfad in das kühle Innere des Waldes. Das fast undurchdringliche Blätterdach verwehrte ihnen den Blick auf den Himmel, und in der dunklen, feuchten Stille fühlten sie sich wie in einer vorgeschichtlichen Welt. Sie drängten sich enger aneinander wie zwei Kinder, die sich in einem fremden Land verlaufen haben.

Zac blieb stehen und sah an einem uralten Carabeenbaum hinauf, dessen hoch aufragender Stamm mit Flechten bedeckt war. Dicke Ranken wanden sich spiralförmig um den Stamm und verloren sich weit oben im dichten Laubdach.

»Sieht wie ein Zauberbaum aus«, meinte Zac.

»Ein Zauberbaum?«

»Ja. Geh dreimal um ihn herum und sprich dabei einen Wunsch aus. Er wird in Erfüllung gehen.«

Odette lachte. »Gut, mach ich.« Über die dicken Wurzeln stolpernd, umrundete sie den Baum und murmelte dabei vor sich hin.

Indessen bückte sich Zac, grub eine Hand voll Erde unter den vermoderten Blättern aus und formte sie zu einer Kugel. Dann brach er ein bisschen trockene Rinde von einem der Bäume in der Nähe ab, holte eine Schachtel Zündhölzer aus der Tasche und hatte gleich darauf ein kleines Feuer in Gang gebracht.

Odette beobachtete ihn neugierig. Als eine dünne Rauchfahne von dem Feuerchen aufstieg, riss er Odette eines ihrer rotgoldenen Haare aus und ebenfalls eines aus seinem glänzend schwarzen, schulterlangen Haarschopf. Er drückte die Haare in die Schlammkugel und ließ sie ins Feuer fallen. Schweigend sahen sie zu, wie Dampf aufstieg, als das Wasser in der Hitze verdunstete.

»Ich nehme an, du wirst mir gleich sagen, was das alles zu bedeuten hat?«

»Ja, gleich. Hab Geduld, kleiner Vogel.«

Als das Feuer herabgebrannt war, rollte Zac die Kugel mit einem Stock heraus und kratzte ein kleines Loch in den Waldboden. Er schob die Kugel hinein und bedeckte sie mit Erde. Dann griff er nach Odettes Hand, legte sie zusammen mit der seinen auf das Hügelchen und sagte leise: »Erde, Feuer, Wasser, Luft – die, deren Geist hier ruht, sind unter dem immer währenden Lauf von Sonne und Mond verbunden.«

Ein leichter Schauer überlief Odette, als Zac sie hochzog.

»So, jetzt sind wir für immer miteinander verbunden.«

»Wirklich?«

»Wenn du daran glaubst.« Er lächelte sie verschmitzt an. »Oder tu es als Zigeuner-Hokuspokus ab.«

»Was bedeutet es, Zac?«

»Nichts Schlechtes, Odette. Nur, dass wir für immer Freunde sein werden.«

»Das ist gut. Aber dafür hättest du keinen Zauber machen müssen!«

Zac antwortete nicht, sondern zog ihr eine Grimasse und lief davon. Im Spaß jagte Odette ihm nach, doch tat sie die kleine Zeremonie nicht als Albernheit ab. Tief in ihrem Inneren fühlte sie sich mit Zac verbunden, und der Gedanke machte sie ungemein glücklich.

Odette traf sich weiterhin regelmäßig mit Zac. Er schien damit zufrieden zu sein, in der Stadt zu bleiben und in der

Schmiede zu arbeiten, und sagte mit einem Grinsen, dass er noch nie so lange an einem Ort gewesen sei.

Tante Harriet missbilligte die Freundschaft ihrer Nichte mit »diesem Zigeuner« ganz und gar. Sie hatte ihn aufgrund des Fotos in Odettes Artikel wieder erkannt, warnte sie vor »den diebischen Angewohnheiten dieser Leute« und meinte, obwohl er ja »ein gut aussehender Bursche« sei, hätte er bestimmt »eine silberne Zunge, also nimm dich in Acht, Odette«. Odette hatte nur mit den Schultern gezuckt, in den Worten ihrer Tante erkannte sie die versteckte Warnung, dass er ihr sexuelle Avancen machen könnte.

»Er ist mein Freund, Tante Harriet, und ich werde mich auch weiterhin mit ihm treffen.« Ruhig war sie in ihr Zimmer gegangen. Tante Harriet war mit verkniffenem Mund in die Küche gegangen, um Tee zu machen. Odette wurde für Harriets Geschmack zu unabhängig, und sie wusste nicht recht, wie sie mit dieser neuen Odette umgehen sollte.

Zac und Odette machten ausgedehnte Picknicks, gingen zusammen schwimmen, er lieh sich ein Pferd und brachte ihr das Reiten bei, er sang ihr vor, und sie redeten stundenlang miteinander. Er öffnete geistige Türen für sie, brachte sie zum Nachdenken und erweiterte ihren Horizont. Zac besaß eine Intelligenz und ein Wissen, die nicht auf schulischer Bildung beruhten, sondern der Weisheit einer weltweiten Kultur entstammten, die Jahrhunderte weit zurückreichte. Allmählich wurde die Freundschaft mit Zac das wichtigste in Odettes Leben.

Es war der Neujahrsabend. In der Redaktion des *Clarion* hatten Bierflaschen und klebrige Gläser feuchte Ringe auf Manuskriptpapier, Zeitungen und Notizen hinterlassen, die auf den Schreibtischen lagen. Aschenbecher liefen über, ein paar halb aufgegessene Käsebrötchen lagen auf verknickten Papiertellern. Die Redaktionsfeier war vorüber. Alle waren zu anderen Silversterpartys aufgebrochen.

Fitz saß zurückgelehnt auf seinem Stuhl, die Füße auf dem Schreibtisch, ein schäumendes Bierglas in der einen, eine Zigarette in der anderen Hand. Odette stopfte Papierteller und verknautschte Servietten vom Redaktionsschreibtisch in den Papierkorb.

»Lass das, Odette. Geh los und mach dich fertig, du willst bestimmt noch auf eine Party.«

»Ist schon gut, Mr. Fitz. Ich hab sowieso nichts vor.«

»Nichts vor? An Silvester? Wartest wohl darauf, dass sich noch was ergibt, was?«

Sie schlenderte hinüber und lehnte sich an den Türrahmen. »Ehrlich gesagt, ich kann Silvester nicht leiden. Letztes Jahr bin ich zu einer Party gegangen, und alle saßen nur rum, haben sich betrunken und auf Mitternacht gewartet. Die Fröhlichkeit wirkte so aufgesetzt ... so als ob man nie mehr Spaß haben würde, wenn man an Silvester keinen hat.«

»Ja. Das geht mir genauso. Wo ist dein Freund?«

»Nicht in der Stadt. Ich weiß nicht, wo er ist ... und er ist auch nicht in dem Sinne mein Freund.«

»Tja, das ist vermutlich auch gut so. Männer können der Karriere im Weg stehen. Lass dich bloß nicht dazu hinreißen, den erstbesten Jungen aus der Stadt zu heiraten, der dir schöne Augen macht, Odette. Das ist nicht das Ende des Regenbogens. Die Ehe ist kein Fluchtziel.«

»Oh, da besteht keine Gefahr, Mr. Fitz!«, lachte Odette. »Ich kann es kaum erwarten, von hier wegzukommen. Ich weiß nur nicht, wie ich das anstellen soll.«

»Wie war dein Leben in Sydney? Ich nehme an, dass du deiner Tante hier nicht sehr nahe stehst?«

»Nein, eigentlich nicht. Ich hatte sie vorher kaum gekannt. Sie ist die Schwester meines Vaters. Meine einzige

Verwandte, also hatte ich nicht viel zu sagen, nachdem meine Eltern gestorben waren.«

Der Chefredakteur hielt einen Pappbecher hoch. »Bier?«

»Ja, danke.«

Er bedeutete ihr, sich auf den Stuhl ihm gegenüber zu setzen, und reichte ihr den überschwappenden Becher, ohne die Füße vom Schreibtisch zu nehmen. »Also hast du keine Wurzeln dort in der Stadt, keinen Ort, der dir etwas bedeutet?«

Odette nahm einen Schluck von ihrem Bier. Zanana kam ihr in den Sinn. »Ich würde gern nach Sydney zurückgehen … Dort gibt es einen Ort … dieses Haus … das war etwas Besonderes. Ich würde es gerne wiedersehen.«

»Was für ein Haus? Wer hat dort gewohnt?«

»Eine große, leer stehende Villa, genannt Zanana. Ich weiß nicht viel darüber oder über die Leute, die dort gelebt haben. Ich würde gern ein paar Recherchen über die Geschichte des Hauses anstellen. Ich bin mal mit dem Sohn des Verwalters hineingegangen. An ihn kann ich mich lebhaft erinnern. Es war ein märchenhaftes Erlebnis. Ich frage mich, was aus ihm wohl geworden ist. Ja, das war ein besonderer Ort für mich«, sinnierte sie.

»Klingt nach einer guten Geschichte.«

»Nicht für die Zeitung. Eher für einen Roman – eine romantische, geheimnisvolle Geschichte.«

»Du willst Romane schreiben? Ich dachte, ich würde dich zur Reporterin ausbilden.«

»Ich hab schon immer Geschichten geschrieben. Hab eine Schublade voll mit halb fertigen Werken.«

»Willkommen im Club, Mädel. Kratz einen Journalisten an, und du findest einen frustrierten Schriftsteller unter der Oberfläche. Wir wollen alle den großen australischen Roman schreiben.«

»Nein, ich möchte eine wirklich gute Reporterin werden. Ich halte das für viel … wichtiger. Ich meine, man kann die Menschen erreichen, kann ihnen sagen, was wirklich vorgeht. Man kann die Menschen informieren, Missstände aufdecken und, na ja … ein bisschen Lob aussprechen, wenn es angebracht ist.« Verlegen nahm Odette einen großen Schluck aus ihrem Becher.

»Hoch gesteckte Ideale. Nicht immer leicht zu erfüllen in der Zeitungswelt, meine Liebe.«

»Sie versuchen es.«

»Wer bin ich schon? Chefredakteur einer kleinen Landzeitung. Eines Provinzblatts, das ein paar Wellchen in einem sehr kleinen Teich macht. Ach, früher hatte ich mal dieselben Ideale wie du, Odette. Ich hab bei einer großen Zeitung in der Stadt gearbeitet. War eines Abends Schlussredakteur. Eine Meldung kam rein, und ich wollte sie ins Blatt heben. Eine große Razzia in einer illegalen Spielhölle. Prostituierte waren darin verwickelt, mehrere Politiker und einflussreiche Geschäftsleute. Am Morgen war die ganze Geschichte auf ein paar Absätze ohne Namensnennung zusammengeschrumpft. Ich hab Stunk gemacht und wurde auf einen niedrigeren Redakteursposten versetzt. Manchmal ist es schwer, der edle Ritter zu sein.«

»Wie sahen Ihre Träume aus?«

Der Chefredakteur machte ein verlegenes Gesicht. »Na ja, was soll's … ich erzähl's dir. Ich wollte eine große Zeitung leiten, vielleicht sogar ein paar Zeitungen. Mein eigenes Zeitungsimperium aufbauen. Aber dann hab ich mir die Kerle angesehen, die so was gemacht haben. Klar, die führten ein Imperium, bauten eine Dynastie auf. Aber sie waren Geschäftsleute geworden, waren keine Journalisten mehr. Also denke ich, dass ich besser dran bin. Ich bin mein eigener Chef, hab das Sagen und mache alles, wie ich es für richtig halte. Ich bin furchtlos, manchmal tollkühn, aber ich bin frei. Und ich hab Freude an dem, was einen in diesem verrückten Beruf auf Trab hält ... die Herausforderung, mit jeder Ausgabe, die gedruckt wird, etwas Neues zu schaffen. Ob ich belehre, informiere, bloßstelle oder unterhalte, niemand kann mir den Geruch und den Lärm der Druckmaschine nehmen und das Gefühl, das man hat, wenn man das erste druckfrische Exemplar in die Hand nimmt, selbst wenn's nur ein Provinzblatt ist. Ach ... hör sich das einer an. Gib mir mal das Bier.«

Odette verspürte eine seltsame Zuneigung für den alten Journalisten. »Aber Sie kämpfen immer noch, Fitz. Der *Clarion* mag zwar keine Nachrichten von nationaler Bedeutung verbreiten, aber Sie kämpfen für die Menschen und für das, was in unserer kleinen Welt hier von Belang ist. Wenn wir nicht hier in unserem Provinznest für das eintreten, woran wir glauben, welche Hoffnung gibt es dann für das ganze Land?«

»David und Goliath, was? Manchmal fragt man sich, ob es die Mühe wert ist, Odette. Man fragt sich, ob das Ankratzen der Oberfläche von Themen auf die Dauer Wirkung haben wird. Vom persönlichen Glauben an Integrität und Gerechtigkeit bleibt am Ende nichts als die Druckerschwärze auf dem Einwickelpapier für Gemüseabfälle. Und man kann immer noch unter die Räder geraten, wenn es hart auf hart kommt.«

»Ein paar Sandkörner im Getriebe können die größte Maschine lahm legen.«

Fitz lachte. »Du hast Recht. Trink noch ein Bier.« Er erhob sein Glas. »Trinken wir auf die Sandkörner ...«

> DIE WELT ZU SEHN IM KORN AUS SAND,
> DAS FIRMAMENT IM BLUMENBUNDE,
> UNENDLICHKEIT HALT IN DER HAND
> UND EWIGKEIT IN EINER STUNDE.

»Willam Blake?«

»Zehn Punkte von zehn. Jetzt weiß ich, warum du eine Eins in Englisch hast.«

»Ein gutes neues Jahr, Fitz!«

»Und viele gute Jahre für dich, Odette. Prost!«

Odette wünschte, sie hätte an diesem Abend noch etwas vorgehabt. Sie hatte alle Einladungen zu Partys abgelehnt, weil sie hoffte, Zac würde kommen und vorschlagen, zusammen etwas zu unternehmen, aber in letzter Zeit hatte er abwesend gewirkt, und er hatte ihr gesagt, dass er für ein oder zwei Tage außerhalb der Stadt zu tun hätte. Sie fragte sich, wo er wohl war.

Tante Harriet hatte nicht vor, sich der neuen Dekade der sechziger Jahre zu stellen, und ging mit einer Tasse Kakao und einem Buch ins Bett. Also wanderte Odette in den letzten Stunden des Jahres durch das kleine Haus, wo in der leeren Küche kalt gewordener Tee und übrig gebliebener Weihnachtskuchen unter einem von Glasperlen beschwerten Tuch aufbewahrt waren. Sie setzte sich an den Küchentisch, das Kinn in die Hände gestützt, die Ellbogen auf der von der Hitze klebrigen Wachstuchdecke, und dachte an Zac. Instinktiv wusste sie, dass der Zeitpunkt gekommen war, an dem er weiterziehen würde. Sie würde ihn vermissen und hoffte, dass er nicht vollständig aus ihrem Leben verschwand. Und was würde aus ihrem Leben in den kommenden Jahren werden? Traurigkeit umfing Odette, sie schloss die Augen und merkte, wie ihre Gedanken verschwammen.

Sie öffnete die Augen. Sie stand im Garten von Zanana. Die Bäume waren von Mondlicht übergossen, die Umrisse der Villa hoben sich gegen den sternenübersäten Nachthimmel ab. Sie drehte sich um und ging in Richtung des versunkenen Gartens, wo das Wasser im Becken klar und spiegelglatt war. Riesige, tellergroße Seerosen blühten seltsamerweise in der Nacht, die Sonnenuhr strahlte und schimmerte, der Duft der Rosen hing in der Luft, und das Gras roch frisch gemäht. Die Gärten sahen gepflegt aus, das Haus frisch gestrichen.

Odette ging auf das indische Haus zu, und dort bei den Stufen stand mit einem Lächeln im Gesicht ein schlanker junger Mann. Erinnerungen an den Sohn des Verwalters, die Haltung seines Kopfes, sein scheues Lächeln, durchströmten sie. Er sah ihr erwartungsvoll entgegen, als Odette auf ihn zuging.

»Odette …? Odette?«

Ihr Name, woher wusste er ihren Namen? Sie hatte ihn ihm nie genannt.

»Odette?«

Die Vision des indischen Hauses und der Gestalt bei den Stufen begann zu wabern und zu verblassen. Odette zwinkerte. Die gelben und orangenfarbenen Karos der Wachstuchdecke füllten ihr Blickfeld. Sie hob den Kopf. Sie saß in der Küche, neben ihr stand Tante Harriet, rüttelte sie an der Schulter und rief ihren Namen.

»Odette … du bist eingeschlafen. Es ist schon weit nach Mitternacht, geh zu Bett, Kind.«

»Oh.« Odette sah sich mit verwirrtem Blick um.

»Alles in Ordnung? Du bist nicht mit deinen Freunden ausgegangen?«

Odette schüttelte den Kopf, stand auf und streckte die Arme.

Ihre Tante band den Gürtel ihres Chenille-Morgenmantels fester. »Schlaf dich morgen aus. Es ist ein Feiertag, und du sagtest, du müsstest nicht arbeiten.«

Odette nickte schläfrig und ging zur Tür.

»Glückliches neues Jahr, Odette.«

»Dir auch, Tante Harriet.« Sie gähnte und verließ die Küche.

Die alte Frau stand in der Mitte der Küche und spürte, wie ein Gefühl der Verlassenheit sie überkam. Das Mädchen, das sie als ihr eigenes aufzuziehen gehofft hatte, das sie hatte formen und lenken wollen, war verschwunden. An seine Stelle war eine willensstarke junge Frau getreten, die sie kaum kannte. Sie waren durch Blutsbande miteinander verbunden, doch unfähig, einander Zuneigung zu zeigen. Sie waren immer noch Fremde. Harriet seufzte, knipste das Küchenlicht aus und ging langsam zurück zu ihrem schmalen, ordentlich gemachten Bett.

Zac kehrte zurück, blieb aber vage in seinen Äußerungen über seine Abwesenheit. Er umarmte Odette, als sie allein beim Fluss waren, und sagte ihr, seine Zigeunerfamilie ließe sie grüßen.

»Du hast sie gesehen? Wo sind sie?«

»Im Norden. Es geht ihnen allen gut.« Er wechselte das Thema. »Schau, was ich mir gekauft habe.« Er hielt ihr eine neue Gitarre hin. »Hör mal.« Er ließ seine langen braunen Finger über die Saiten gleiten. Langsam begann er, einen eindringlichen Rhythmus zu zupfen, der schneller und stärker wurde, während seine Finger über die Saiten flogen. Er schloss die Augen, hielt den Kopf tief über das Instrument gebeugt und ergab sich dem Klang der feurigen Musik.

Er endete mit einem lauten Akkord, und Odette applaudierte. »Das war atemberaubend, Zac. Ich wusste nicht, dass du so spielen kannst.«

»Flamenco. Der hat für uns eine lange und uralte Tradition. Aber ich bin nicht so gut im Vergleich zu den wirklichen Könnern. Das hier ist meine Musik ...« Er sang ihr ein Lied, das er geschrieben hatte und das den Titel »Der Weg zu den Träumen und Hoffnungen« trug. Als er geendet hatte, sah er sie wehmütig an. Odette wusste, dass er nach den Worten suchte, die er ihr sagen musste. Er konnte sie singen, aber nur schwer aussprechen.

»Wohin führt dich dein Weg, Zac?«, fragte sie schließlich leise.

Er schaute in die Ferne. »Ich weiß es nicht genau. Aber es ist Zeit, Odette. Ich muss fort.«

Sie nickte. »Ich weiß. Ich habe es gespürt. Werde ich dich wiedersehen?«

»Selbstverständlich. Ich werde immer ein Teil deines Lebens sein, Odette. Aber du hast deinen Weg und ich meinen.«

»Können wir nicht zusammen gehen?« Ihre Stimme zitterte.

»Ach, kleiner Vogel.« Er nahm sie in die Arme und wiegte sie. »Du und ich, wir können nicht zusammen sein. Unsere Bestimmung ist nicht dieselbe, aber unsere Freundschaft wird immer bestehen. Selbst wenn einige Zeit vergeht, bevor wir uns wiedersehen.«

»Das gefällt mir nicht«, kam ihre erstickte Antwort.

Er lachte leise und hob ihren Kopf an, den Finger unter ihrem Kinn. »Du wirst eine gute Reporterin werden. Du wirst reisen, Menschen helfen und Erfüllung in deinem Beruf finden, weil du eine besondere Gabe besitzt. Ich weiß das. Und du wirst auch Liebe finden, keine Bange.«

»O Zac, ich liebe dich.« Sie schlang die Arme um ihn und drückte ihn an sich, ihre Tränen liefen ihm über die Haut. Blind suchte sie nach seinem Mund und küsste ihn, verströmte all die Liebe, die sie nie hatte geben können.

Er erwiderte ihren Kuss und war sich bewusst, dass sie zum ersten Mal voller Liebe und Leidenschaft küsste. Dann zog er sich zurück. »Nein, Odette. Noch nicht. Nicht mit mir.«

»Zac, Zac … bitte.« Sie küsste sein Gesicht und seinen Mund, und allmählich ließ er sich darauf ein.

Odette ließ sich ins Gras zurücksinken und zog Zac mit sich. »Zeig es mir, Zac, bitte. Ich möchte, dass du es bist«, flüsterte sie.

Er schwieg einen Moment, dann sagte er: »Ich werde trotzdem nicht bleiben, und du musst aufhören, mich zu lieben.«

Sie verschloss seine Lippen mit ihrem Mund und zerrte an seinem Hemd.

Er lächelte sanft. »Langsam, kleines Kätzchen.« Zärtlich begann er sie zu streicheln und zu küssen, vergrub sein Gesicht an ihrem Hals, ließ seine Hände über ihren schlanken jungen Körper gleiten. Odette entspannte sich und erlaubte Zac, sie zu erregen und zu liebkosen, bis sie bereit war, dann glitt er vorsichtig in ihren angespannten Körper und brachte ihn zum Singen. Als sie vor Entzücken, Schmerz und Freude aufschrie, drückte er sie mit zitterndem Körper fest an sich, bis ihr Atmen schließlich ruhiger wurde und ihre verschlungenen Leiber zu verschmelzen schienen.

Odette öffnete die Augen und umschlang Zac, spürte die Wärme der Sonne auf seinem Rücken, roch das zerdrückte Gras unter ihnen und hörte das Rascheln der Blätter. »O Zac, ich fühle mich so schön, so wunderbar.«

»Das freut mich. Du bist schön … und etwas ganz Besonderes.« Er streichelte ihr Gesicht und ihre Haare und ließ seine Hände über ihren flachen Bauch gleiten, als würde er eine Katze streicheln.

Langsam senkte er den Kopf und leckte das süße, klebrige Rot von ihren Schenkeln ab. »Du bist jetzt eine Frau, Odette.«

»Und ich fühle mich herrlich.« Odette wusste, dass er ihr ein kostbares Geschenk gemacht hatte, indem er ihre Wandlung zur Frau zu einem Erlebnis voll Schönheit und Leidenschaft gestaltete.

Sanft zog er sie hoch. »Lass uns schwimmen gehen und dich waschen, meine Schöne.«

Sie standen bis zur Taille im kühlen Fluss, Zac rieb ihren Körper mit seinen Händen ab und ließ Wasser über ihr Haar und ihre Haut laufen. Über sich hörte Odette den Ruf eines Vogels.

Es war ein trauriger Ruf, ein Ruf voller Sehnsucht, Verlust und Trennungsschmerz. Und er hallte in ihrem Herzen wider.

In den ersten Wochen des neuen Jahres herrschte eine erstickende Hitze. Tag für Tag brannte die Sonne erbarmungslos nieder. Mehr denn je sehnte sich Odette nach den breiten, kühlen Windungen des Paramatta in Kincaid und der Brandung an den goldenen Stränden von Sydney.

In Amberville bestand das öffentliche Freibad aus einem Zementbecken mit lauwarmem Wasser. Der Bach war fast versickert, und in den wenigen schlammigen Pfützen vergnügten sich lachende Aboriginekinder aus der Siedlung am Rande der Stadt. Sie hatten keinen Zugang zum Freibad.

Schwärme kleiner Fliegen setzten sich an den Lippen fest, an Augenwinkeln und Nasenlöchern und bedeckten verschwitzte Rücken. Tante Harriet hatte klebrige braune Fliegenfänger an den Glühbirnen aufgehängt und hielt die Türen geschlossen, was die Innentemperatur um zehn Grad erhöhte. Und als letzte verzweifelte Kapitulation erlaubte sie sich, auf ihre Strümpfe zu verzichten.

Im *Clarion* war eines der Fenster mit Farbe verklebt und ließ sich nicht öffnen, und durch die anderen strömte heiße Luft von der Straße herein. Jeder hatte gelernt, mit verschwitzten Achselhöhlen und feuchtem Rücken zu leben. Die mit Fliegendreck verschmutzten Deckenventilatoren drehten sich träge, als sei die Luft dick wie Sahne, und trugen wenig dazu bei, die erstickende Atmosphäre erträglicher zu machen.

Odette fächelte sich mit ihrem Notizblock Luft zu. War es drinnen heißer als draußen? Sie sollte sich mit Tony James beim Stadtrat treffen, um über eine Sitzung zu berichten, bei der es voraussichtlich hoch hergehen würde. Wenn sie nicht in den nächsten paar Minuten aufbrach, würde sie zu spät kommen, aber sie konnte die Energie nicht aufbringen, sich zu bewegen. Sie fühlte sich träge, war gelangweilt, deprimiert. Sie vermisste Zac. Ihr Leben schien zu stagnieren. Sie war einsam und wusste nicht, wohin sie sich wenden sollte, um Antworten zu bekommen oder ihrem Leben eine Richtung zu geben.

»Odette …?«

Sie schreckte hoch. Mr. Fitzpatrick stand neben ihrem Schreibtisch, seine Ärmel waren hochgerollt und mit elastischen Ärmelhaltern befestigt, der Kragen offen und der Schlips gelöst.

»Ich bin schon weg, Mr. Fitz.« Sie sprang auf.

»Immer mit der Ruhe, Mädchen. Komm mit in mein Büro.« Er wirkte ernst. Mit sinkendem Herzen folgte ihm Odette, instinktiv mit Notizblock und Stift bewaffnet.

Er deutete auf den Besucherstuhl, setzte sich hinter den Schreibtisch, zog die Brille vom Kopf und schob sie sich auf die Nase. »Wollen wir mal sehen … wo hab ich es denn …?« Er wühlte in den vor ihm liegenden Papieren. »Ah ja.« Er glättete einen Brief, faltete seine Hände darüber und sah Odette über den Brillenrand hinweg an. »Wie ernst ist es dir wirklich mit dem Journalismus? Welche Pläne hast du?«

»Pläne? Was meinen Sie damit?«

»Weich nicht aus, gib mir einen klare Antwort. Willst du nun Reporterin werden oder nicht?«

Odette brauste auf. »Ja, ich will Reporterin werden.

Und eine verdammt gute dazu. Ich will mir einen Namen machen. Ich weiß zwar noch nicht, wie ich das erreichen soll, aber ich werde es erreichen.«

Sie richtete sich auf, nachdem sie die Sätze hervorgesprudelt hatte, und sah dem Chefredakteur direkt in die Augen, die Schultern trotzig zurückgenommen und mit einem entschlossenen Zug um ihren Mund.

Die Lippen des Chefredakteurs verzogen sich leicht amüsiert, und er reichte ihr den Brief. »Das könnte vielleicht zur Klärung der Sache beitragen.«

Verwirrt nahm sie den Brief und blickte auf den kunstvoll gestalteten Briefkopf der Australischen Zeitungsgesellschaft mit Sitz in Sydney. In dem an Mr. Fitzpatrick adressierten Brief war zu lesen, dass man gerne bereit sei, Miss Odette Barber als Volontärin einzustellen, sobald es sich machen ließ. Sie würde an einer vierjährigen Ausbildung teilnehmen, die alle Aspekte des Journalismus beinhaltete ... Sie würde der Abteilung der Frauenzeitschriften zugeteilt werden, wahrscheinlich der *Women's Gazette*. Unterzeichnet war der Brief von George Mendholsson, dem Chefredakteur.

Odette konnte kaum sprechen. Noch einmal überflog sie den Brief. »Was bedeutet das alles ... Wie ...?«

Mr. Fitzpatrick grinste und lehnte sich triumphierend im Stuhl zurück. »Lass mich dich von deinen Leiden erlösen. Ich hab immer noch ein paar Kontakte in der Pressewelt. Ich hab denen eine Kopie deines Zigeunerartikels geschickt und ein bisschen von dir erzählt und vorgeschlagen, sie sollten dich in Betracht ziehen, wenn eine Volontärsstelle frei würde. Du hast es geschafft, junge Dame.«

»O Mr. Fitz, ich weiß nicht, was ich sagen soll.« Tränen traten ihr in die Augen.

»Du solltest besser anfangen, Pläne zu machen. Du musst eine Unterkunft finden, am besten mit jemand zusammen. Viel wirst du nicht verdienen, weißt du. Aber ich schätze, du wirst bald genug auf die Füße kommen.« Er kam um den Schreibtisch herum und streckte die Hand aus. »Du bist auf dem richtigen Weg, Mädchen. Herzlichen Glückwunsch!«

Odette schüttelte seine Hand, sprang dann impulsiv auf und fiel ihm um den Hals. »Wie kann ich Ihnen je dafür danken?«

»Immer mit der Ruhe«, lachte er. Dann legte er ihr die Hände auf die Schultern und sagte leise: »Du kannst mir danken, indem du dich bewährst und deine Träume nicht aus den Augen verlierst. Enttäusche deinen alten Chefredakteur aus dem Busch nicht. Ich hoffe, ich hab dir das eine oder andere beigebracht.«

»Das haben Sie. Mehr als Sie denken, Mr. Fitz.«

Er wandte sich ab und machte sich mit den Papieren auf seinem Schreibtisch zu schaffen. »Na gut, junge Dame, an die Arbeit. Du kommst zu spät zur Stadtratssitzung«, sagte er barsch.

»Das schaff ich schon!« Odettes Stimme war voller Kraft, Glück und Selbstvertrauen, energiegeladen eilte sie aus dem voll gestopften Kabuff, das dem Chefredakteur als Büro diente.

»Das wirst du. Darauf wette ich.« Lächelnd sah er ihr nach, als sie an ihren Schreibtisch lief, sich ihre Handtasche schnappte und zur Treppe rannte.

Tante Harriet befingerte den Brief der Australischen Zeitungsgesellschaft, als enthielte er so etwas wie eine ansteckende Krankheit. »Das ist ja alles schön und gut, Odette, aber wie willst du von diesem mageren Gehalt in Sydney leben, wo du kein Zuhause mehr hast und niemanden kennst? Du bist schrecklich jung, um auf eigenen Füßen zu stehen, ich weiß nicht, ob ich das erlauben kann.«

»Ich bin fast achtzehn, Tante Harriet. Du kannst mich nicht zwingen, hier zu bleiben, und es ist eine einmalige Gelegenheit. Ich werde mir mit einem anderen Mädchen eine Wohnung teilen, oder ich könnte vielleicht auch vorübergehend bei Mrs. Bramble unterkommen.« Odette blieb ruhig und vernünftig, was Tante Harriet mehr den Wind aus den Segeln nahm als jede hitzige Debatte.

»Gut, ich komme mit dir, um zu sehen, dass du ordentlich und sicher untergebracht wirst.«

»Ich brauche keine Anstandsdame, Tante Harriet.«

»Lass mich wenigstens einigen meiner Familienpflichten nachkommen, Odette. Es ist doch nicht zu viel verlangt, dass ich dich begleite, da du mich oder Amberville ja wohl kaum in dein neues Leben einbeziehen wirst.«

Tante Harriet sah grimmig und verärgert aus mit ihrem zu einem dünnen, verbitterten Strich zusammengekniffenen Mund. Traurigerweise war sie einer jener Menschen, deren äußeres Auftreten tief sitzende Gefühle verbarg, die verleugnet und selten anerkannt wurden. Das, woran ihr am meisten lag – Zuneigung von Odette –, konnte sie nur von sich weisen.

Odette seufzte und hatte ein schlechtes Gewissen. Sie wusste, wie zutreffend die Worte ihrer Tante waren. Tante Harriet und diese kleine Stadt würden nicht vergessen werden, aber zu ihrer Vergangenheit gehören. Sie holte Luft und bemühte sich, ihrer Stimme einen warmen Klang zu geben.

»Ich bin dankbar für alles, was du für mich getan hast, Tante Harriet, versteh mich nicht falsch. Komm mit, wenn du willst, aber ich glaube, es wird am Anfang ein bisschen hektisch sein. Es wäre bestimmt netter für dich, mich zu besuchen, wenn ich eine Wohnung gefunden habe und eingezogen bin.«

Harriets Laune hob sich. »Dich besuchen? Tja, ich glaube, ich könnte schon mal nach Sydney kommen. Und es wäre nett, die Brambles wiederzusehen.«

Sie eilte geschäftig davon, und Odette sah sich in dem kleinen, ordentlichen Wohnzimmer um, betrachtete die dreiteilige Couchgarnitur mit dem Blumenmuster, den klobigen Radioapparat mit den Glasschränkchen zu beiden Seiten, in denen die guten Sherrygläser standen, die gerahmten Drucke an den Wänden, zwei jagende Hunde, ein Rosenstrauß und ein Seestück.

In diesem Raum hatte sie nur wenig Zeit verbracht, und Odette bezweifelte, dass sie ihn vermissen oder sich später an ihn erinnern würde. Die Jahre mit Tante Harriet kamen ihr jetzt wie eine an einer bequemen Bushaltestelle verbrachte Wartezeit vor, in Gesellschaft einer Fremden, die sie vielleicht nie wiedersehen würde. Aber sie würde Tante Harriet zu einem Besuch einladen, dachte Odette. Jetzt, wo sie ihr Leben eine positive Richtung annehmen sah, konnte sich Odette großzügigere Gefühle gegenüber ihrer unbeugsamen Tante erlauben, die in der engen Welt von Amberville gefangen war.

Odette wurde ganz aufgeregt. Es stieg von den Zehen hoch, und sie breitete die Arme aus und tanzte durch den Raum.

»Und mit das Erste, was ich tun werde, ist ... Zanana besuchen!«

Kapitel elf

Zanana 1917

Kate saß im Schatten einer ausladenden Zeder in der Nähe des versunkenen Gartens, ein Schreibpult aus Walnussholz auf den Knien. Konzentriert führte sie die letzten Pinselstriche eines zarten Aquarells aus, das sie von dieser friedvollen Ecke der Gärten gemalt hatte. Es war nur ein kleines Bild, aber es fing die Heiterkeit und Schönheit des plätschernden Springbrunnens ein, eines Vogels, der aus dem Becken trank, und der sich sanft in der Brise wiegenden Blumen. Sie richtete sich auf und träumte eine Weile vor sich hin, während das Bild in der mittäglichen Hitze trocknete. Wie weit weg dieser ›große‹ Krieg zu sein schien. Sie vermisste Harolds kräftige Gestalt und seine fröhliche Stimme. Und sie wusste, wie einsam sich auch Gladys fühlte, besonders nachts allein in ihrem Ehebett. Aber tagsüber gab es genug zu tun, und Gladys und die Johnsons beteiligten sich eifrig an den Kriegsanstrengungen vor Ort.

Sid war immer noch verbittert darüber, dass man ihn aus gesundheitlichen Gründen abgelehnt hatte, und er arbeitete unermüdlich bis zur physischen Erschöpfung, um zu beweisen, dass er kerngesund war. Nettie verbrachte viel Zeit mit Gladys, die froh war über ihre Gesellschaft. Ben arbeitete an der Seite seines Vaters. Manchmal wollte er die Kriegsfortschritte mit ihm besprechen, merkte aber, was für ein heikles Thema das für Sid war.

Kate seufzte und legte das Bild in ihr Schreibpult zu ihrem Farbkasten, dem Füllhalter und dem Brief an ihren Vater. Sie hatte auch an Wally Simpson und Hector Dashford Karten geschrieben. Ihnen war gesagt worden, wie viel den Soldaten Post von zu Hause bedeutete, also schrieb Kate regelmäßig an die Jungs aus dem Ort, bemühte sich, die Briefe fröhlich klingen zu lassen, und füllte sie mit interessanten Neuigkeiten aus Zanana und Kincaid. Nie sprach sie vom Krieg oder den Schwierigkeiten und der Traurigkeit der Frauen, die nun ohne ihre Männer zurechtkommen mussten. Sie beschrieb die Jahreszeiten, die Schönheit der Landschaft und der Gärten, die Wildvögel, die sie fütterte und gezähmt hatte, und kleine Ereignisse im Leben des Ortes.

Gelegentlich trafen Briefe aus Frankreich in Zanana ein. Harold Butterworth schrieb einfach und aus dem Herzen heraus und stellte viele Fragen über Zanana – wie lief es auf der Farm, wie kamen sie zurecht, was gab es Neues von den Leuten aus dem Ort und von Hock Lee? Er ersparte seiner Frau und Kate die Einzelheiten der Strapazen, die die Männer an der Front durchzumachen hatten, schrieb nur, es sei hart und schien kein Ende nehmen zu wollen. Doch er versuchte stets, eine humorvolle Anekdote einzufügen, denn es sei, wie er oft meinte, in der Tat alles verloren, wenn sie nichts mehr zu lachen fänden in dieser Hölle. Doch Kate ahnte, wie schlimm es sein musste, wenn sie die anwachsende Liste der Gefallenen sah, und versuchte, zwischen den Zeilen der stets knapp gehaltenen Berichterstattung zu lesen.

Kate kehrte zum Haus zurück und fand Gladys Butterworth damit beschäftigt, Obst und Gemüse aus den Gärten zu sortieren und zum Transport in die Stadt zu verpacken, wo es unter den Bedürftigen verteilt wurde. Da so zahlreiche Haushalte ohne Ernährer waren, hatten viele

Familien zu kämpfen, um genug Nahrung zu haben. Hock Lee schickte jede Woche einen Pferdewagen nach Zanana, kam oft selbst mit, um zu sehen, ob alles in Ordnung war, und kehrte dann mit einer vollen Ladung zurück, die an die vielen von ihm unterstützten Wohltätigkeitsorganisationen verteilt wurde.

»Bist du fertig mit deinem Bild?«, fragte Mrs. Butterworth.

»Ja, und mit meinen Briefen auch. Es fällt so schwer, fröhliche Briefe zu schreiben, wenn man eigentlich nur sagen will, kommt nach Hause, wir vermissen euch, wir machen uns Sorgen um euch.«

Mrs. Butterworth biss sich auf die Lippen. »Ich wünschte, ich wüsste, was mit ihnen passiert. Die Abstände zwischen den Briefen sind so lang ...«

Sie ließ den Satz unbeendet. Es konnte Wochen dauern, bis Verwandte vom Tod eines ihrer Familienangehörigen erfuhren.

Kate schloss sie in die Arme, dabei dachte sie, wie sehr ihre Pflegemutter doch in diesem Jahr gealtert war, da Harold nicht bei ihnen war. »Sie werden alle bald gesund nach Hause kommen, Mum.«

Beim Geräusch eines Autos in der Einfahrt atmete Mrs. Butterworth tief durch und straffte die Schultern. »Da kommt Hock Lee. Ich setze den Kessel auf.«

Kate lief, um die große Eingangstür zu öffnen, hüpfte die Stufen hinunter und begrüßte Hock Lee mit einer Umarmung. Jetzt, wo Harold fort war, füllte ihr Patenonkel eine große Lücke in ihrem Leben aus.

Hock Lee erwiderte ihre Umarmung und gab ihr einen Kuss. »Ich weiß, dass ich das jedes Mal sage, aber du wirst von Woche zu Woche hübscher.«

»Danke, Hock Lee. Das höre ich gerne!«, lachte Kate.

»Wie geht es Mrs. B.?«

»Ein bisschen niedergeschlagen, fürchte ich. Es ist schwer für sie, so lange ohne Nachricht zu sein. Wird der Krieg bald ein Ende haben?«

Hand in Hand gingen Hock Lee und Kate ins Haus.

»Wer kann das schon sagen. Wir beten darum. Diese Offensive in Europa scheint die Deutschen in Schach zu halten, aber um welchen Preis … so eine Verschwendung von Menschenleben.«

Sie bemühten sich, solch düstere Gedanken beiseite zu schieben, während sie den üppigen Picknickkorb über den Rasen ans Flussufer trugen. Dort breiteten sie ein Tischtuch aus und taten sich an Kuchen und Sandwiches mit hausgemachtem Cornedbeef und Pickles gütlich.

Später, nachdem sie ihren Strohhut fest verschnürt hatte, ging Kate zu dem Schwimmbecken aus Sandstein. Im Boothaus bewahrte sie eines ihrer Lieblingsspielzeuge aus der Kindheit auf – ein hübsch geschnitztes Segelboot, das Harold ihr gemacht hatte.

Sie lächelte entzückt vor sich hin, als das Boot anmutig über das stille Wasser des Beckens glitt.

»Pass auf, lehn dich nicht zu weit über den Rand, damit du nicht hineinfällst«, sagte eine sanfte Stimme hinter ihr.

Kate drehte sich um. Ben Johnson lächelte zu ihr herab. »Hallo, Ben. Wie geht es dir? Was hast du gemacht?«

Ben hatte ein sauberes Arbeitshemd an, dazu Baumwollhosen, die von einem breiten Ledergürtel gehalten wurden. Seine Stiefel waren geputzt und das Haar ordentlich gekämmt. »Ich habe Tomaten auf Hock Lees Wagen geladen. Wir hatten eine gute Ernte. Jetzt wollte ich ein bisschen am Fluss spazieren gehen.«

Kate, die immer noch am Rande des Beckens kniete, beugte sich vor, nahm das tropfende Segelboot aus dem Wasser, raffte ihren langen Rock und lächelte Ben an. »Ich hab eine gute Idee. Ich war gerade im Bootshaus und hab den Stechkahn gesehen … Würdest du mit mir eine Fahrt auf dem Fluss machen?«

Sie kehrten zurück und fanden Mrs. Butterworth im Gespräch mit Hock Lee, der sich gemütlich ins Gras hatte sinken lassen, den Hut über dem Gesicht und neben ihm sein Jackett.

»Ben nimmt mich mit zu einer Bootsfahrt auf dem Fluss«, verkündete Kate.

»Meine Güte, der alte Kahn war seit Jahren nicht im Wasser. Passt auf, dass er nicht leckt«, warnte Mrs. Butterworth.

»Der Wagen ist beladen, Hock Lee.«

»Danke, Ben. Ich schicke den Fahrer auf den Weg. Aber soll ich euch nicht erst helfen, den Stechkahn runterzuheben?«

Mrs. Butterworth ließ ihre Häkelarbeit in den Schoß sinken und sah zu, wie Hock Lee, Ben und Kate den Kahn zu Wasser brachten und bis ans Ende des Anlegestegs zogen, damit Kate einsteigen konnte.

Hock Lee umarmte Kate. »Pass auf dich auf, und viel Spaß. Bis bald.«

»Auf Wiedersehen, Hock Lee. Würdest du bitte meine Briefe in Sydney zur Post bringen? Ich schicke Dad ein Aquarell, das ich vom Garten gemalt habe.«

»Darüber wird er sich bestimmt sehr freuen – eine Erinnerung an zu Hause. Es wird ihm viel bedeuten.«

Kate biss sich auf die Lippen, und Hock Lee tätschelte ihre Hand. »Hab Vertrauen. Das Lachen wird nach Zanana zurückkehren, du wirst schon sehen.«

In der Stille des Sommernachmittags glitt der Stechkahn leicht über den glasklaren Fluss. Ben hielt sich nahe am Ufer, wo die überhängenden Zweige hin und wieder Schatten auf Kates weiße Bluse warfen. Die Bänder ihres Huts flatterten in der leichten Brise, und in der Sonne, die sie von hinten beschien, schimmerten ihre Haarsträhnen wie pures Gold. Ihre Augen waren so blau wie der Himmel über ihr, aber leicht umwölkt, während sie nachdenklich die Fingerspitzen durchs Wasser gleiten ließ.

»Woran denkst du?«, fragte Ben.

»Wie anders es dort sein muss, wo unsere Männer kämpfen.«

Ben schwieg einen Moment lang. »Ja ... aber wir müssen dort sein – sie brauchen die Männer. Mach dir keine Sorgen, wir werden alle gesund nach Zanana zurückkehren.«

Kate sah auf in Bens sanfte braune Augen. Eine hellbraune Locke fiel ihm wie immer in die Stirn, und sein freundliches offenes Gesicht war von der Sonne gebräunt. Er lächelte sie schüchtern an, und es dauerte einen Moment, bis ihr der Sinn der Bemerkung bewusst wurde.

»Wir kehren zurück ...? Wir?«

»Ja. Ich habe mich zum Militär gemeldet. Mum und Dad habe ich es noch nicht erzählt.«

»Ben! Warum?« Kate richtete sich bestürzt auf und brachte das Boot zum Schaukeln.

Ben setzte sich und hielt sich an den Seitenrändern fest, bis das Boot wieder ruhig lag. »Ist die Frage notwendig? Auch ich muss meinen Anteil leisten, Kate.«

Kate betrachtete seine muskulösen Arme und merkte, wie groß er geworden war. Ben war jetzt ein Mann. Und an der Schwelle zum Erwachsensein war er bereit, sein Leben zu geben, bevor er es gelebt hatte.

»Es ist ungerecht, dass Zanana alle Männer verlieren soll.«

»Mein Vater ist noch da.«

»Ja, aber nur, weil man ihn aus gesundheitlichen Gründen abgelehnt hat, sonst wäre er auch weg. Und er bedauert es so, dass er nicht da drüben bei den anderen ist. Ach, Ben, ich wünschte, ich könnte gehen, etwas tun, statt nur hier zu sitzen, mit Nahrungsmitteln auszuhelfen und Briefe zu schreiben.«

»Wirst du mir schreiben?«

»Selbstverständlich!« Kate schaute weg, Tränen brannten ihr in den Augen.

Ben stand auf und stieß den Kahn weiter durch das Wasser. Nach einer Minute sagte er leise: »Wenn ich da drüben bin, werde ich mich an das hier erinnern.«

Kate sah zu ihm auf und erkannte, dass in dem Blick, den sie wechselten, mehr als Freundschaft lag. Sie wurde plötzlich von dem Verlangen überwältigt, alles über ihn zu wissen, jetzt, wo nur noch so wenig Zeit blieb – was er dachte, was er mochte und nicht mochte, wovon er träumte und was er plante. Sie hatte in dem großen Haus ein behütetes Leben geführt, und Ben und sie hatten sich gerade erst als Erwachsene wahrgenommen, waren nicht mehr die Kinder, die zusammen auf dem Grundstück spielten. Der Krieg hatte sie einander näher gebracht, hatte Klassenschranken aufgehoben, die sie vorher vielleicht getrennt hätten. Kate betrachtete Ben als Teil der Familie von Zanana. Es schien unvorstellbar, dass er fortging – in den Krieg.

Als sie Ben das nächste Mal sah, wirkte er wie ein Fremder. Stolz präsentierte er sich in seiner Uniform an der Eingangstür von Zanana, um Lebewohl zu sagen. Sid und Nettie Johnson warteten im Einspänner, sie wollten ihn zum Bahnhof bringen.

Kate kam langsam auf ihn zu und schaute sich Ben in der groben, schlecht sitzenden Khakiuniform an. Das gegürtete Uniformhemd hing locker an seinem schlanken Körper. Unbeholfen löste Ben den Riemen seines Schlapphuts und nahm ihn ab. Sein Haar fiel ihm in die Stirn, und Kate musste dem Drang widerstehen, es ihm zurückzustreichen.

Mrs. Butterworth umarmte ihn unter Tränen. »Wenn du

da drüben meinen Harold siehst ... oder Wally ... grüß sie von uns und sag ihnen, wir kommen gut zurecht.«

»Das werde ich tun. Und Sie haben ein Auge auf meine Eltern, ja? Danke für alles, Mrs. B.«

»Du brauchst dich nicht zu bedanken, Junge. Wir alle sollten solchen Männern wie dir danken. Gott schütze dich.«

Ben wandte seine Aufmerksamkeit Kate zu. »Das wär's dann also. Ich muss fort. Zuerst ins Ausbildungslager, und in zwei Monaten stechen wir in See.«

Kate nickte.

»Eine große Reise für einen Burschen, der kaum aus Zanana rausgekommen ist«, grinste Ben. »Du wirst dein Versprechen nicht vergessen?«

Kate fand ihre Stimme wieder. »Nein. Ich werde dir schreiben, Ben. Komm gesund zurück.«

Ben ergriff ihre weiche kleine Hand und hielt sie kurz fest. Sein Kopf näherte sich für einen Moment ihrem herzförmigen Gesicht, doch dann richtete er sich auf, nahm die Schultern zurück und schenkte ihr ein flüchtiges Lächeln. Er setzte den Hut auf und wandte sich ab.

»Mach dir keine Sorgen um deine Mutter und deinen Vater. Ich bleibe hier bei ihnen«, rief Kate ihm nach.

Er schaute über die Schulter zurück und nickte ihr dankbar zu. Ihr Herz machte einen Ruck, als sie die Traurigkeit in seinem Gesicht sah, er kämpfte mit den Tränen.

Kate lief nach drinnen und wartete nicht, bis der Einspänner mit der Familie abfuhr, die bereit war, ihr einziges Kind für den Kampf in einem Krieg herzugeben, der auf der anderen Seite der Welt stattfand. Die andere Seite der Welt war ein Alptraumgelände, das sich in das Gedächtnis der Männer einbrannte, die es nie wieder vergessen würden.

Schwarzer, stinkender Rauch hing über den Ruinen eines kleinen französischen Dorfes, durch das Armeelaster voller Australier in Richtung Front fuhren. Die einst friedliche Landstraße war verstopft. Die Laster, auf denen jeweils zwanzig Soldaten saßen, mussten langsam am Rand der Straße fahren, vorbei an dem traurigen Strom der Dorfbewohner, die ihre Höfe und Häuser verließen. Sie ließen halb gegessene Mahlzeiten auf den Tischen stehen, ließen Geflügel und Kaninchen unbewacht auf den Höfen zurück, die Türen weit offen. Die wenigen Dinge, die sie hastig zusammengeklaubt hatten, waren auf Fahrräder geschnürt oder in Karren gepackt. Ein junger Mann schob eine Schubkarre, auf der sein alter Vater saß.

Harold und Wally warfen sich einen Blick zu. »Furchtbar, was, Wally?«

Es wurde schon dunkel, und die Männer fragten sich, wo sie wohl ein paar Stunden Schlaf ergattern und Marschverpflegung fassen könnten, bevor sie sich der deutschen Vorhut stellten.

Inzwischen ratterten die Laster durch schmale Kopfsteinpflasterstraßen, die zum Marktplatz des Dorfes führten. Kleine Häuser säumten die Straße, und immer noch waren Familien damit beschäftigt, ihre Habe durch enge Eingänge nach draußen zu schleppen.

Die Soldaten winkten ihnen freundlich zu, und ein Mann, der ein bisschen Englisch sprach, rief den Männern auf Wallys und Harolds Laster zu: »Was seid ihr für Soldaten? Wo kommt ihr her?«

»Wir sind Aussies, Kumpel«, rief Wally zurück.

»Australier«, fügte Harold erklärend hinzu.

Der alte Mann ließ die Kleiderbündel fallen, faltete die Hände zum Gebet, die Augen zum Himmel gerichtet, salutierte dann vor den Männern und rief seinen Freunden und Nachbarn etwas zu. Der Laster fuhr langsamer, während sich die Menschen zusammenscharten und dem Mann zuhörten, der von »les Australiens« sprach. Dann lächelten und winkten sie den Soldaten zu und begannen, ihre Habe wieder nach drinnen zu schleppen.

»Was macht ihr da?«, rief Wally.

»Pas nécessaire maintenant – vous les tiendrez«, rief der Mann ihnen über die Schulter zu.

Einer der Soldaten übersetzte: »Er sagt, es sei jetzt nicht mehr nötig – wir würden sie aufhalten.«

»Himmel, ich hoffe, wir enttäuschen den alten Kerl nicht«, murmelte Harold, während der Lastwagen weiterfuhr.

Zwei Meilen vom Dorf entfernt hielt die Kolonne an. Den Soldaten wurde gesagt, sie würden die Nacht in der Scheune eines nahe gelegenen Hofes und in den Räumen einer Landschule verbringen.

Während sie sich für die Nacht einrichteten, bauten die Köche eine Feldküche auf, und schon bald blubberte ein Lammeintopf in den großen Töpfen. Mehrere Dorfbewohner kamen mit einem Karren und brachten eine Kiste Landwein, einen Sack Kartoffeln und einige Hühner.

Später schrieb Harold an Gladys:

… wir haben den Abend alle genossen, und er munterte uns auf, bevor wir bei Tagesanbruch abmarschierten. Es war fast wie eine Art Picknick. Wir haben sogar ein bisschen gesungen. Die Bauern blieben bei uns, nahmen vor ihrem Heimweg Habt-Acht-Stellung an und sangen die Marseillaise. Es war ein bewegender Anblick, und mir wurde die Kehle eng. Kein Laut war zu hören, als sie geendet hatten, und unser Hauptfeldwebel stand auf und stimmte mit seiner dröhnenden Stimme »Waltzing Mathilda« an. Wir fielen alle ein, und es war ein fröhlicher Ausklang für einen erinnerungswürdigen Abend. Wir waren alle gerührt von

der Großzügigkeit der Bauern, da wir wussten, wie knapp die Nahrungsmittel waren ...

In der kalten, nebligen Dämmerung brachen sie auf. Die Laster schlingerten über die schlammige, löchrige Straße. Schweigen senkte sich über die zusammengekauerten Männer, als sie am ausgebrannten Wrack eines großen Panzers vorbeikamen. In dem von Granattrichtern übersäten Feld konnten sie den Tod in der frischen Morgenluft riechen.

Ein Fahrzeug, das in die entgegengesetzte Richtung fuhr, kam an ihnen vorbei, und ein verschlafener australischer Soldat rief dem britischen Mannschaftswagen und den darin sitzenden Offizieren zu: »He, Jungs, ihr fahrt in die falsche Richtung, der Krieg ist da vorne.«

Bald wurde den Männern befohlen, von den Lastwagen zu steigen und in langen Einzelreihen zu beiden Seiten der Straße auf die Front zuzumarschieren. Die kahle Landschaft wurde zu einer Szene unvorstellbarer Verwüstung. Ein beißender Wind fuhr über die Öde aus gelbem Schlamm, in der nur die schwarzen Skelette einstmals mächtiger Bäume als starre Wächter übrig geblieben waren. Verbogener Stacheldraht, ein ausgebranntes Fahrzeug und Granattrichter zernarbten die Erde. Alles war unheimlich still und geisterhaft. Aber in der Ferne war das ununterbrochene Rumpeln von Artilleriefeuer zu hören, und die Männer spürten, wie die Erde erbebte.

Sie erreichten die Nachschublinien und verbrachten eine kalte Nacht, zusammengekauert in den Gräben, mit klappernden Zähnen und geflüsterten Unterhaltungen. Einige Männer ahnten ihren Tod voraus und sprachen offen darüber. Oft wussten ihre Freunde es auch und waren nicht überrascht, wenn ihr Kamerad fiel.

Rum wurde ausgegeben, um die Männer warm zu halten, die auf die Stunde null und den Befehl zum Vorrücken warteten. Kurz vor Tagesanbruch begaben sie sich leise in die vordersten Gräben. Der Befehl zum Angriff kam bei Morgengrauen, als noch der Nebel über dem Morast wallte, der die beiden Truppen voneinander trennte. Niemand zögerte. Mit gezückten Gewehren und aufgepflanzten Bajonetten kletterten sie aus den Gräben und marschierten mit festem Schritt in die Nebelschwaden des Niemandslands.

Der Boden bestand hauptsächlich aus grauem Schlamm. Das Maschinengewehrfeuer des Feindes krachte wie Stockhiebe, schlug wie Blitze in den teilweise gefrorenen Boden ein. Der Lärm war ohrenbetäubend und der Gestank erstickend.

Das Bataillon von Harold und Wally verlor eine Menge Männer. Der Angriff erreichte die deutschen Gräben nicht. Es war ein blutiges Desaster. Den Australiern wurde befohlen, sich zurückzuziehen.

Harold war erleichtert, als er Wally im Graben in einem Unterstand hocken sah. Sie nickten sich zu, zu erschöpft zu sprechen. Der Beschuss hatte aufgehört.

Die Stille, die sich jetzt über das Schlachtfeld senkte, war für Harold entsetzlicher als das Artilleriefeuer. Alle lauschten, und eine Weile sprach niemand.

»Hör dir nur die armen Kerle da draußen an«, flüsterte Harold schließlich Wally zu. Im Niemandsland riefen die Verwundeten nach ihren Kameraden. Sie mussten dort liegen, bis sich bei Anbruch der Nacht die Sanitäter mit ihren Tragen hinauswagen und die Überlebenden zurückbringen konnten.

Im Frühlicht saß Ben Johnson zusammengekauert in einer Ecke des Grabens, das Kinn auf der Brust, die Arme um den Körper geschlungen, in dem Bemühen, sich warm zu halten. Seine Knochen waren steif gefroren und kamen ihm brüchig vor. Er versuchte zu schlafen. Um ihn herum dösten andere Männer oder hockten schweigend da, abgetaucht in eine Welt des Vergessens. Die einzige Möglichkeit, das Grauen zu ertragen, lag für sie darin, nur an den Augenblick zu denken, vergangene Freuden und Glück auszulöschen, um die Qual der Gegenwart zu überleben.

Ben hob den Kopf und lauschte. Ein Stöhnen drang über den grauen Schlamm des Niemandslands an sein Ohr, gefolgt von einem schwachen Ruf: »Ist denn kein Kamerad hier draußen?«

Ben lugte über die Brustwehr und entdeckte die Gestalt eines Verwundeten, der in einem Granattrichter im Niemandsland Schutz gesucht hatte. Er wollte sich vorwärts kämpfen und war von den Sanitätern in der Nacht zuvor entweder übersehen oder für tot gehalten worden. Ohne nachzudenken, ließ Ben sein Gewehr fallen, sprang über die Brustwehr, bückte sich tief und rannte im Zickzack auf den Mann zu.

Als er den Granattrichter erreichte, rollte er sich hinein und entdeckte, dass zwei Männer darin lagen. Der Verwundete hatte eine Kopfwunde und ein zerschossenes Bein. Der andere lag still und bewegungslos da.

»Guten Tag«, sagte Ben mit aufgesetzter Fröhlichkeit. »Du hast nach einer Tasse Tee gerufen?«

»Du musst verrückt sein«, stöhnte der verwundete Soldat dankbar, als ihm Ben seine Wasserflasche reichte. »Danke.«

Zum Erstaunen der beiden hob der Mann neben ihnen den Kopf. »Himmel, ich dachte, du wärst tot«, stotterte der Verwundete.

Ben war im ersten Moment sprachlos, als er merkte, dass er in die angstgeweiteten Augen von Hector Dashford starrte. »Hector! Bist du verwundet?«

»Hol mich hier raus!«, schrie Hector, in seinen blicklosen Augen lag wilde Verzweiflung.

»Immer mit der Ruhe, Kumpel, dir fehlt doch nichts. Du hast nicht einen Kratzer abbekommen!« Ben hielt ihm die Wasserflasche hin, aber Hector beachtete sie nicht, legte den Kopf auf die Arme und begann zu weinen.

»Gott«, dachte Ben, »der hat einen Koller.« Er wandte sich an den Verwundeten. »Wie heißt du? Ich heiße Ben.«

»Stan ... Stan Jackson.«

»Also gut, Stan, sollen wir einen Versuch wagen, oder willst du bis zur Nacht hier warten? Wenn ich auch sagen muss, dass mir das Aussehen deines Beins nicht gefällt – du hast eine Menge Blut verloren, schätze ich.«

»Ich tät's wagen, wenn du mir hilfst.« Er warf einen Blick auf Hector. »Was ist mit dem da?«

Ben sah auf die zitternde, zusammengekrümmte Gestalt von Hector, stieß ihm den Stiefel in die Rippen und fuhr ihn barsch an: »Komm schon, steh auf, Hector. Du machst uns allen Schande, besonders dir selbst.«

Hector schüttelte den Kopf und rutschte noch tiefer in den Krater, ganz in sich zusammengekrümmt.

»Ich warte nicht auf ihn.« Der Verwundete zog sich aus dem Trichter und robbte vorwärts, brach aber gleich zusammen und sackte stöhnend mit dem Gesicht voran in den Schlamm.

»Los, halt dich an mir fest«, sagte Ben. »Wir müssen uns ein bisschen beeilen. Hoffentlich sind die Hunnen alle beim Frühstück.«

Den Verwundeten mit sich schleppend, der auf einem Bein humpelte und das zerschossene Bein hinter sich herzog, machte sich Ben auf den Weg. Unter der Last ging er weit vornübergebeugt, seine Stiefel sanken bis zu den Wickelgamaschen in den weichen Schlamm ein, und sie kamen nur sehr langsam voran.

Sie waren kaum zwanzig Meter weit gekommen, da flog die erste Kugel. Sie stolperten weiter, bewegten sich leicht im Zickzack, aber die nächsten Kugeln schwirrten gefährlich nahe an ihnen vorbei, und sie warfen sich in einen Granattrichter. Als sie im Schlamm landeten, schrie Stan vor Schmerz auf. Ein weiterer Schrei brach hervor, gefolgt von mühsamen Atemzügen. Ben sah dem Mann in das aschfahle Gesicht.

»Bereit für einen weiteren Sprint, Kumpel?«
»Ja. Wird schon gehen, Ben.«

Sie erhoben sich und stolperten auf die Gräben der Alliierten zu, und wieder schossen die deutschen Scharfschützen sich auf sie ein. Inzwischen lugten ängstliche Gesichter über den Rand der Gräben und riefen ihnen Ermutigungen zu. Einige der Männer schossen auf die deutschen Linien, in der Hoffnung, die Deutschen in Schach zu halten, während Ben seinen heroischen, stolpernden Lauf fortsetzte und den verwundeten Stan halb zog und halb trug.

Ben nahm die Stimmen wahr, nicht aber, dass Hector aufgesprungen war und in wilden Sätzen hinter ihm herjagte, ohne auf irgendetwas zu achten. Er rannte stur geradeaus, blindlings hinter Ben und dem Verwundeten her.

»Ihr seid fast da, nur noch ein Stück, weiter, weiter«, rief eine Stimme aus dem Graben, als Ben in die Knie sank. Er kroch jetzt und zog den ohnmächtigen Stan mit sich, aus dessen Bein das Blut schoss.

Hector erreichte sie, als sie sich den Gräben näherten und willige Hände sich ihnen entgegenstreckten, um sie herüberzuziehen. Ben hob den bewusstlosen Soldaten im gleichen Moment über die Brustwehr, in dem Hector in Sicherheit sprang. Ben erhob sich, um hinüberzuhechten, spürte aber plötzlich nichts mehr als einen brennenden Schmerz. Dann wurde alles um ihn schwarz.

Er kam in einem überdachten Unterstand zu sich, in dem noch andere Verwundete lagen. Ben dachte, er müsse sich im Delirium befinden, denn als sich sein Blick klärte, sah er das besorgte Gesicht von Harold Butterworth vor sich.

»Immer mit der Ruhe, Ben. Du bist getroffen worden, aber es ist nicht viel passiert. Nur eine Fleischwunde. Hat dich aber glatt umgehauen.«

Ben brachte mühsam hervor: »Wo kommen Sie denn her?«

»Sechsundfünfzigstes Bataillon. Ein Stück weiter vorne. Hab deinen verrückten Lauf gesehen, und als ich hörte, dass du es bist, bekam ich Erlaubnis, dich zu besuchen.«

»Wie geht's dem anderen Burschen?«

»Nicht so gut, aber er wird's schon machen, meint der Doktor.«

»Hector?«

»Dem ist überhaupt nichts passiert. Keine Ahnung, warum der nicht schon letzte Nacht reingekommen ist. Dein verwundeter Kamerad sagt, er hätte Hector mit in den Trichter gezogen; er lag einfach auf der Erde. Hatte aufgegeben.«

»Muss wohl unter Schock gestanden haben, nehme ich an.«

»Inzwischen ist er wieder bei seiner Einheit. Die halten Hector für einen Helden. Sie denken, er hätte zwei Verwundete gerettet – dich und den anderen Jungen. Ich werd ihnen schon sagen, wie's wirklich war.«

»Ach, vergessen Sie's, Harold«, sagte Ben mit müder Stimme.

»He, Ben, pass gut auf dein Souvenir auf. Sieh dir das an.« Grinsend reichte Harold ihm seinen Helm. Eine Kugel war durch den Helm geschlagen und hatte ihn aufgerissen, sie hatte Bens Kopf um Haaresbreite verfehlt, ihn aber bewusstlos gemacht.

Ben schnappte nach Luft. »Großer Gott.« Er streckte die Hand aus, berührte seinen verbundenen Kopf und zuckte vor Schmerz zusammen, als er merkte, dass er eine Kugel in die Schulter bekommen hatte. »Was für ein Glück, dass ich so einen Dickschädel habe, was?«

Harold lachte leise und legte dem Jungen die Hand auf den Arm. »Wir sind alle stolz auf dich, Ben. Ich muss zu meiner Einheit zurück. Nimm's mit der Ruhe. Mach so was Verrücktes nicht zu oft. Sonst könnten sie noch auf dich aufmerksam werden.«

Ben grinste und hob salutierend die Hand, und Harold eilte durch den Graben davon, der den Namen ›Martin Place‹ trug.

Später wurde Verpflegung ausgegeben, zusammen mit der Post aus Australien. Harold saß in seinem kleinen Erdloch und las seine Briefe zum wiederholten Male durch. Langsam entfaltete er das Bild, das Kate vom Garten in Zanana gemalt hatte. Bewegungslos saß er da, nahm das Elend um sich herum nicht mehr wahr und ließ die Augen über jeden Pinselstrich, jede zarte Schattierung der Farben gleiten. Das kleine Bild durchdrang die Mauer, die er um seine Gefühle aufgebaut hatte, und Tränen brannten ihm in den Augen. Er konnte die Rosen riechen, die sanfte Brise auf seinen Wangen spüren, Kate und Gladys in der Küche plaudern hören und den Fluss gemächlich an der großen Villa und dem Grundstück vorbeigleiten sehen.

In den folgenden achtundvierzig Stunden nahmen Wally und Harold an einer erbitterten Schlacht teil, die sich über weite Teile der Frontlinie hinzog. Ununterbrochen hagelte es Granaten in donnerndem Artilleriefeuer, das in allen Gräben Tote forderte.

Wie viele seiner Kameraden war Wally vollkommen abgestumpft und erschöpft von der Anspannung der Schlacht, die erbarmungslos rund um die Uhr fortgesetzt wurde. Sie waren alle immun gegen das Entsetzen um sie herum, es war so alltäglich geworden. Der Mann neben ihm bekam einen direkten Treffer ab. Warmes Fleisch und Knochen spritzten auf Wally.

Die australischen Linien standen unter ständigen Infanterieangriffen. Wenn sie an die Brustwehr befohlen wurden, um die Deutschen zurückzuschlagen, feuerten die Männer, luden nach und feuerten, funktionierten wie Maschinen, wurden trotz Erschöpfung, Hunger und Kälte von einem inneren Instinkt vorangetrieben. Einige der jüngeren Männer zeigten Anzeichen des Zusammenbruchs, und Harold verbrachte ebenso viel Zeit damit, sie zu ermutigen, wie mit der Aufgabe, auf den Feind zu schießen.

Als ihre Ablösung schließlich kam, sanken die Männer zurück und schlurften in die Unterstände entlang den Versorgungsgräben. Sie aßen ihr durchweichtes Brot und Pökelfleisch, das Wasser schmeckte faulig und abgestanden, aber es war ihnen egal. Ihre Gesichter waren mit Dreck, Blut und Schlamm bedeckt, das Weiß ihrer Augen blitzte aus grauen Fratzen heraus, die durch die Tore der Hölle gesehen hatten, in das Grauen eines heftigen Bombardements mit Tausenden von Waffen.

Wally ging zu Harolds Platz, fand ihn aber dösend, den Kopf auf die Brust gesenkt. Harolds Gesicht sah eingefallen aus, und er wirkte gebrechlich und alt. Wally nahm seinen kleinen Proviantbeutel, schob ihn Harold in den Nacken, legte dessen Kopf dagegen und sagte leise: »Hier, Kumpel, da hast du ein Kissen.«

Nach ein paar kurzen Stunden waren sie wieder auf dem Schlachtfeld und rückten gegen einen sich langsam zurückziehenden, aber immer noch trotzig kämpfenden Gegner vor.

In Zanana bewegte sich Kate in ihrem Bett, plötzlich war sie wach geworden. Es war kurz nach Mitternacht, das Mondlicht strömte durch das Fenster, eine leichte Brise hob die Spitzenvorhänge an.

Unten drehte sich Gladys Butterworth im Bett und streckte instinktiv die Hand nach der beruhigenden Körperfülle ihres Ehemanns aus, fand aber nur Kälte und Leere.

Die Gärten von Zanana waren in silbriges Licht getaucht, erstarrt in einem zeitlosen Augenblick, ein Ort der Heiterkeit, der Schönheit und des Friedens, der Traum von Robert MacIntyre, eingefangen in einem ätherischen Gemälde.

In Frankreich, auf einem regendurchweichten und schlammigen Feld, fiel Harold Butterworth vornüber mit dem Gesicht in den Morast und sah im selben Moment die vom Mondlicht beschienenen Gärten von Zanana.

Wally, der in seiner Nähe kämpfte, war gleich an seiner Seite. Er drehte ihn um, bettete Harolds Kopf in seinen Arm und sah, dass eine einzelne Kugel ihn an der Schläfe getroffen hatte. »O Junge. O Junge. Jesus, Harry ... Himmel, Kumpel ... nicht nach all dem ...«

Tränen schwammen in Wallys Augen, während der Regen den grauen Schlamm und das helle Blut zu einer ockerfarbenen Paste auf Harolds Gesicht vermischte.

»Lass ihn liegen, Soldat. Beweg dich, sonst bist du der Nächste.«

Sanft legte Wally Harold zurück auf den schlammigen Boden, nahm ihm die Identifizierungsmarke ab und zog die Papiere und die Brieftasche heraus, die Harold in der Innenseite seiner Uniformjacke bei sich trug. Er stopfte sie in seine eigene Jacke, griff nach seinem Gewehr und stolperte vorwärts, wie taub vor Schmerz und Trauer.

Erst später, als er sich hinsetzte, um den schwersten Brief seines Lebens zu schreiben, sah sich Wally die Sachen an, die er Harold abgenommen hatte. Da war ein Brief von Gladys, ein Foto von ihr als junge Braut und noch eines, das viel später aufgenommen worden war, von ihr und

Kate im Garten. Er faltete ein dickes Blatt auseinander und fand einen unbeendeten Brief an Gladys und das Wasserfarbenbild, das Kate vom Garten in Zanana gemalt hatte. Die Farben waren durch den Regen etwas verlaufen, aber Wally wusste, dass Harold dort war, nicht hier, auf einem fremden Schlachtfeld, einer der anonymen, »nur Gott bekannten« Gefallenen, sondern dort, zu Hause und in Frieden.

Hock Lee war es, der Gladys Butterworth und Kate die Nachricht brachte. Mrs. Butterworth blieb gefasst. »Ich wusste es. Ich habe es in der Nacht gespürt, in der es passiert ist.«

Aber Kate war verzweifelt. Sie hatte einen Vater verloren, den sie nie gekannt hatte, und jetzt war ihr der Mann, den sie als Vater geliebt hatte, grausam genommen worden. Sie rannte in den Rosengarten und warf sich schluchzend ins Gras. Hock Lee fand sie dort, hob sie auf und schloss sie fest in die Arme. Als ihr Schluchzen nachließ, setzten sie sich schweigend und betrachteten die herabhängenden Köpfe der Rosen.

Schließlich sagte Hock Lee leise: »Es gibt einen alten chinesischen Glauben, der besagt, dass der Geist im Tod zu seinem wahren Heim zurückkehrt. Ich glaube, Harold ist hier, an diesem Ort, den er liebte, zusammen mit denen, die er liebte. Er wird dir immer nahe sein, Kate.«

Sie fand ein wenig Trost in diesen Worten und nickte langsam. »Ja, das glaube ich auch. Er ist nach Hause gekommen. Hierher nach Zanana.«

Kapitel zwölf

Sydney 1960

Odette schwor, dass sie ihren ersten Tag als Volontärin bei der Australischen Zeitungsgesellschaft nie vergessen würde.

Es war der Tag, nach dem sie sich in den letzten Wochen des Packens, Sortierens und Verabschiedens immer gesehnt hatte. Tante Harriet war zum Winken mit an den Nachtzug gekommen, der Odette nach einem Essen im Goldenen Drachen, einem chinesischen Restaurant, nach Süden bringen sollte. Sie half Odette, ihren Koffer im Schlafwagen zu verstauen, und überraschte sie beide mit einer Umarmung zum Abschied und tränenfeuchten Augen.

»Pass gut auf dich auf in der großen Stadt, Odette. Du bist immer noch sehr jung, um allein in der Welt zurechtzukommen.«

»Mir wird schon nichts passieren, Tante Harriet. Das CVJF-Heim ist sauber und ein sicherer Ort, und ich bin davon überzeugt, dass die Leute von der *Gazette* mir helfen werden, eine Wohnung zu finden.«

»Besuch Mrs. Bramble so bald wie möglich. Ich habe ihr geschrieben und von deiner Ankunft erzählt.«

»Danke, Tante Harriet ... äh ... meinst du nicht, du solltest besser auf dem Bahnsteig warten?«

Odette schob das Abteilfenster herunter und lehnte sich für die letzten Abschiedsworte hinaus.

»Schließ die Abteiltür ab, Odette. Der Zug kommt morgen früh um sieben in Sydney an, also schlaf dich gut aus.«

»Das werde ich. Ich schreibe dir, sobald ich kann.«

»Du könntest auch anrufen. Wenn es wichtig ist, per R-Gespräch.«

»Keine Bange, Tante Harriet.« Zu ihrer Erleichterung blies der Stationsvorsteher in seine Pfeife, der Zug stieß eine zischende Dampfwolke aus und begann sich mit ratternden Rädern in Bewegung zu setzen. Harriet hob die behandschuhte Hand. »Viel Glück, Odette.«

Odette winkte der hoch gewachsenen Dame in dem grauen Kammgarnkostüm, die das Haar zu einer Außenrolle aufgesteckt hatte und Seidenstrümpfe und hochhackige Schuhe zu ihrem Kostüm trug, eine einsame Gestalt auf einem Bahnsteig, die genauso aussah wie damals, als Odette sie zum ersten Mal gesehen hatte.

»Du wirst mir fehlen, Odette.« Aber Harriets letzte Worte gingen im Zischen des Dampfes unter, der den südwärts gehenden Postzug bei seiner Ausfahrt aus dem Bahnhof von Amberville begleitete.

Odette schob das Fenster zu, nahm die Karaffe mit Wasser aus dem Metallhalter über dem Fenster und goss sich ein Glas lauwarmes Wasser ein. Sie hob das Glas dem Fenster entgegen, hinter dem sich in der Dunkelheit die Bewohner der Außenbezirke von Amberville zum Schlafen bereitmachten. Sie prostete ihrem Spiegelbild im Fenster zu. »Auf die große Stadt ... und auf mein neues Leben!«

Odette schlief nicht gut, trotz des rhythmischen Ratterns der Räder und des beruhigenden Schaukelns des Waggons. Nervosität und Aufregung ließen sie nicht zur Ruhe kommen.

Eine Minute nach sieben am nächsten Morgen hob sie ihr Gepäck auf den geschäftigen Bahnsteig des Hauptbahnhofs von Sydney, wo mehrere Fern- und Nahverkehrszüge gleichzeitig angekommen waren. Sie sah sich in der gewölbten Bahnhofshalle um und betrachtete kurz die Neonreklame für Penfolds Wein, ein blinkendes Büschel dunkelroter Trauben, aus denen Saft in ein Weinglas tropfte. Als sie das Schild für den Ausgang fand, gönnte sie sich den Luxus einer Taxifahrt zum Christlichen Verein Junger Frauen in der Stadt.

Sie bezog ihr Zimmer im CVJF, entdeckte aber am nächsten Morgen, dass die jungen Frauen nicht so christlich waren, wie es der Ruf der Institution versprach – ihre Geldbörse war aus ihrer Handtasche gestohlen worden. Zuerst empfand sie Panik, dann Wut, als ihr klar wurde, dass ihr Geld weggekommen war. Ihr blieb keine Zeit, den Diebstahl zu melden. Ihre Ersparnisse hatte sie auf ein Bankkonto eingezahlt, daher war der Verlust nicht allzu groß. Odette dachte nicht daran, sich an ihrem ersten Tag in der Stadt von so etwas kleinkriegen zu lassen. Sie war auf dem Weg zu Berühmtheit, Reichtum und Ruhm. Der Verlust von ein paar Pfund, so ärgerlich er auch war, würde sie nicht aufhalten.

Sie fand ein bisschen Kleingeld in ihrer Manteltasche und bestieg einen Bus in die Stadt. Sie hatte sich die Adresse eingeprägt, aber das hohe Gebäude, das einen ganzen Eckblock einnahm, war nicht zu übersehen. Der Haupteingang bestand aus einer gläsernen Doppeltür, auf der in Goldbuchstaben die Namen der Zeitungen und Zeitschriften aufgeführt waren, die der Australischen Zeitungsgesellschaft angehörten.

Sie zögerte vor dem beeindruckenden und einschüchternden Portal. Vielleicht gab es einen Eingang für die Angestellten. Odette eilte um die Ecke, wo in der lärmenden, geschäftigen Ladezone Lastwagen von kräftigen Männern in Shorts und Unterhemd mit Zeitungsbündeln beladen wurden.

Sie wandte sich an einen der Männer auf der Ladefläche eines Lastwagens. »Entschuldigen Sie, wie komme ich in das Gebäude?«, fragte sie etwas verlegen und fügte dann mit gezwungener Beherztheit hinzu: »Ich bin ein neues Redaktionsmitglied.«

»Der Haupteingang ist um die Ecke ... aber es geht schneller hier durch.« Er deutete auf den Lastenaufzug im hinteren Teil der Ladezone.

Odette dankte ihm und rannte zum Aufzug. Sie drückte auf den Knopf, eine Klingel ertönte, und ein großer Eisenkäfig ratterte vor ihr herunter. Die Gittertüren waren schwer, und sie musste mit aller Kraft drücken, um sie öffnen zu können.

»Halten Sie die Tür auf!« Ein großer, kräftig gebauter Mann eilte vom Parkplatz neben der Ladezone zum Aufzug und trat neben sie. Er war schon älter und trug eine dicke, dunkle Brille.

»Drücken Sie auf neun für mich.«

Odette drückte die kleinen weißen Knöpfe für fünf und neun. Sie wandte sich an ihren Mitpassagier. »Arbeiten Sie auch hier?«

Er war sehr groß und schaute auf das junge Mädchen hinab. »Ja. Und Sie?«

»Heute ist mein erster Tag.«

»Als was?«

»Als Volontärin«, sagte sie stolz.

»Hm«, war alles, was er sagte, während er den Blick zur Decke des Fahrstuhls wandte.

Als der Aufzug mit einem Ruck im fünften Stock hielt, fasste Odette an den Metallgriff, um die Tür zu öffnen, doch ihre Hand wurde von seiner großen Pranke bedeckt.

»Lassen Sie mich das machen.«

»Vielen Dank.«

Odette trat aus dem Aufzug und sah sich um. Der Aufzug ratterte weiter nach oben. Sie befand sich in einem Flur, und auf der gegenüberliegenden Tür stand in Goldbuchstaben Grafikabteilung zu lesen. Langsam öffnete sie die Tür und schaute hinein. Ein Mann, dessen Gesicht hinter einem Bart verborgen, dessen Kopf aber kahl und glänzend war, sah sie über randlose Brillengläser hinweg an. Er saß über einen schräg gestellten Tisch gebeugt, auf dem große weiße Papierbogen lagen.

»Wen suchen Sie?«

»Den Chefredakteur Mr. Mendholsson.«

Der Grafiker deutete mit dem Bleistift den Flur hinunter. »Zweite Tür rechts hinter der Ecke.«

Es war ein Kaninchenbau von Gängen und Treppen, aber schließlich fand sie George Mendholssons Büro. Am Sekretärinnenschreibtisch vor seiner Tür saß niemand, also klopfte sie an die schwere, getäfelte Tür, die auf etwas Eindrucksvolleres hinwies als Fitz' kleines Kabuff.

»Herein.«

Beim Eintreten bemerkte Odette dunkles Holz, Leder, gerahmte Titelseiten von Zeitungen an den Wänden und einen ausladenden Schreibtisch. Der Chefredakteur war Anfang fünfzig, das mit Silberfäden durchsetzte Haar glatt gekämmt, dazu ein gepflegter weißer Schnurrbart. Er trug einen dunkelblauen Nadelstreifenanzug, ein strahlend weißes Hemd und eine dunkle Krawatte. Ostentativ sah er auf die Uhr. Er bildete sich etwas darauf ein, mit allen Ebenen seines kleinen Imperiums in Verbindung zu stehen, und das persönliche Einführungsgespräch mit jedem Volontär und jeder Volontärin war ein Ritual, auch wenn er später vielleicht nie wieder mit ihnen sprach.

»Kein guter Anfang, Miss Barber. Pünktlichkeit gehört zum guten Benehmen, aber für einen Reporter ist sie unerlässlich. Kommen Sie in Zukunft lieber zu früh, das zahlt sich meist aus.«

»Es tut mir sehr leid, Mr. Mendholsson, aber ...«

»Ich bin sicher, Sie haben einen guten Grund, Miss Barber, das haben Volontäre immer.« Odette nickte, öffnete den Mund und wollte es erklären, aber Mr. Mendholsson hob die Hand und fuhr fort: »Doch ich will ihn nicht hören, vielen Dank.«

Odette schloss den Mund und saß schweigend da.

»Zunächst einmal begrüße ich gerne alle Volontäre persönlich, und ich wünsche Ihnen alles Gute. Sie werden während der ganzen Zeit Beurteilungen unterliegen, und wenn Sie nicht das Zeug zur Journalistin haben, endet das Volontariat sofort. Verstanden?«

Odette nickte.

»Sie sind der *Women's Gazette* zugeteilt worden und unterstehen direkt Mrs. Kay Metcalf. Wie gut sind Sie in Kurzschrift?«

»Äh ... nicht so gut, befürchte ich. Ich habe es mir selbst beigebracht.«

Sie verschwieg, dass sie tatsächlich nie dazu gekommen war, sich die mysteriösen Hieroglyphen beizubringen. Nach einem Blick in das Buch, das Mr. Fitz ihr gegeben hatte, ließ sie es prompt in ihrer Schreibtischschublade liegen.

»Aber tippen können Sie, nehme ich an.«

»Ja. Selbstverständlich.«

»Sie werden zusammen mit den anderen Volontären den Stenounterricht besuchen. Sie werden jeweils mehrere Monate in den verschiedenen Ressorts der Zeitschrift verbringen, und wenn Sie eine Neigung für ein bestimmtes Feld oder eine Richtung zeigen, werden Sie sich im letzten Jahr des Volontariats auf diesem Gebiet spezialisieren. Falls Sie es bis zum letzten Jahr schaffen. Die Ausfallquote ist hoch. Das hier ist nicht der glanzvolle Beruf, der er zu sein scheint.«

»Ich habe Journalismus nie als glanzvollen Beruf betrachtet«, unterbrach Odette.

»Ach? Als was betrachten Sie ihn dann?«

»Als ein Mittel zur Kommunikation, zur Zusammenführung von Menschen. Den Menschen Information und Unterhaltung zu bieten, über andere Menschen, Orte und Ereignisse zu berichten, von denen sie sonst nie erfahren hätten. Ihnen die Wahrheit nahe zu bringen.«

»Eine Idealistin, was?«

»Mein früherer Chefredakteur hat mir beigebracht, dass Reporter eine Berufsethik haben, eine moralische Verpflichtung – wie Ärzte.«

»Das klingt genau nach Fitzpatrick. Wie geht es ihm denn da draußen am Ende der Welt …? Wo befindet sich seine Buschzeitung noch mal?«

»In Amberville. Der *Clarion*. Es geht ihm gut, er rennt immer noch gegen Windmühlen an.«

»Ein guter Mann. Habe nie verstanden, warum er in den Busch gegangen ist, hielt ihn immer für einen Stadtmenschen durch und durch.«

»Ich glaube, es gefällt ihm, sein eigener Chef zu sein und sein eigenes Rennen zu veranstalten«, sagte Odette leise.

»Ja … hm. Das Mädchen draußen wird Sie zur *Gazette* bringen.«

Er stand auf und schüttelte ihr die Hand. »Viel Glück, Miss Barber.«

»Vielen Dank. Ich bin dankbar, dass mir diese Möglichkeit geboten wird. Und ich werde bis zum Ende durchhalten, Mr. Mendholsson.« Sie schenkte ihm ein breites Lächeln, forderte ihn heraus, es zu wagen, ihr zu widersprechen.

Er nickte und dachte: »Die Kleine könnte tatsächlich bis zum Ende durchhalten.«

Kay Metcalf war eine kleine, attraktive Frau in den Vierzigern mit kurz geschnittenem, graublondem Haar. Ihr Lippenstift war leuchtend rot und ihre Kleidung auf dem neuesten Stand – ein modischer weißer Faltenrock und eine lila Bluse mit Stehkragen.

Sie gab sich warm und herzlich, und Odette mochte sie sofort.

Sie setzten sich und redeten ausführlich miteinander, wobei die Ältere auf freundliche Weise so viel wie möglich über Odettes Hintergrund zu erfahren versuchte. Dann zeigte sie Odette den für sie vorgesehenen Schreibtisch.

Der kleine Holztisch wirkte, als habe man ihn erst nachträglich in diese Ecke geschoben. Er stieß an Mrs. Metcalfs Schreibtisch, der mit Ablagekörben, Druckfahnen und mehreren Spießen voller Zettel bedeckt war. Auf Odettes Tisch stand eine altmodische Remington-Schreibmaschine, Eingangs- und Ausgangskörbe, daneben lagen ein Paket Manuskriptpapier und ein Tischkalender.

Mrs. Metcalf deutete auf Odettes Tisch. »Der gehört Ihnen, Odette. Tut mir leid wegen der alten Remington, Sie werden beim Tippen auf dem Ding kräftige Arme bekommen wie wir alle. Sie sind hier bei mir untergebracht, weil ich momentan Ressortleiterin und stellvertretende Chefin vom Dienst für Nancy Corrigan bin. Nancy wird Ihnen die Arbeitsgebiete zuweisen, und ich werde Ihnen mit Rat und Tat zur Seite stehen.«

»Ich bin froh, mit Ihnen zu arbeiten, Mrs. Metcalf. Das ist alles ein bisschen überwältigend. Es ist nett, so herzlich willkommen geheißen zu werden.«

»Blödsinn. Ich kann auch zäh wie ein alter Stiefel sein – Sie werden schon sehen. Aber bellende Hunde beißen nicht, also stören Sie sich nicht daran. Ich bin dazu da, Ihnen zu helfen, stellen Sie mir also ruhig Fragen. Solange Sie hart arbeiten, unterstütze ich Sie. Wenn Sie versuchen, mich an der Nase herumzuführen, fresse ich Sie lebendig mit Haut und Haaren.«

Noch zwei weitere Schreibtische waren in den kleinen Raum gequetscht. Odette würde sich das Büro außerdem noch mit der Redaktionssekretärin Elaine und mit Tante Bea teilen, die die Leserbriefe beantwortete. In ihren Antworten gab sie Ratschläge für alle, von verliebten Teenagern – »tief betrübt, Parramatta« – bis hin zu älteren Menschen – »Vergessene Oma, Sutherland«.

Eine aus Sperrholz und in der oberen Hälfte aus Glas bestehende Trennwand reichte halbwegs bis zu den Neonröhren an der Decke hinauf. Auf der anderen Seite des Flurs befanden sich gleichartige Büros, in denen es ebenso eng war und genauso lebhaft zuging. Auf jedem Tisch stand eine Schreibmaschine. Ein Regal, das unter den Fenstern entlang verlief, war mit alten Ausgaben aller vom Verlag herausgegebenen Publikationen gefüllt. Die Fenster gingen auf einen öden Teil der Stadt hinaus – eine griechische Kirche, einen Ramschladen und ein langweiliges Gebäude, in dem kleine Büros von Anwälten und Buchhaltern untergebracht waren.

Über das ganze Stockwerk verlief unterhalb der dunklen, fleckigen Decke ein dickes Rohr, das an verschiedenen Stellen mit abwärts führenden Röhren und Auffangkästen versehen war. Durch diese luftdruckbetriebene Verbindung schossen zylinderförmige, gepolsterte Kapseln, die noch feuchte Bürstenabzüge aus der Setzerei in den Tiefen des Gebäudes heraufbeförderten. Mit einem dumpfen Geräusch fielen sie in die Auffangkästen in den verschiedenen Ressorts. Es war die Aufgabe der Laufjungen oder -mädchen, beim Geräusch des Aufpralls der Zylinder die aufgerollten Satzfahnen herauszunehmen und sie sofort dem zuständigen Redakteur zu bringen.

Odette verbrachte den Rest des Morgens damit, sich

Namen zu merken und sich in dem Labyrinth der Redaktionsräume zurechtzufinden. Toby, der Laufjunge, freundete sich gleich mit ihr an und zeigte ihr, wo der Wasserkessel stand, damit sie sich Tee oder Pulverkaffee machen konnte. Toby war in einem kleinen schrankförmigen Kabuff untergebracht, in dem sich ein Brett mit nummerierten Summern befand. Wenn er gebraucht wurde, leuchtete ein Licht bei der entsprechenden Zahl auf, und er wusste anhand dieser Zahl, wer ihn gerufen hatte. Er war sechzehn und begierig auf ein Volontariat, aber er wusste, dass er darauf noch ein Jahr warten musste.

Odette war froh über den Tee und nahm sich auch Kekse, da sie kein Geld hatte, sich mittags etwas zu essen zu kaufen.

Kay Metcalf kam ihr zu Hilfe, als sie fragte, ob Odette schon bei der Zahlstelle gewesen sei und die entsprechenden Formulare ausgefüllt hätte. Odette schüttelte den Kopf und fragte schüchtern: »Wann werden wir bezahlt?«

»Jeden Donnerstagnachmittag.« Kay lächelte sie an. »Soll ich Ihnen bis Donnerstag etwas leihen? Ich weiß, wie teuer es ist, sich eine neue Wohnung einzurichten. Sie werden merken, wie kostspielig das Leben hier in der Stadt ist.«

»Ich habe noch keine Wohnung. Ich bin am Wochenende angekommen und wohne im CVJF – wo mir sofort mein Geld gestohlen wurde.«

Kay Metcalf sagte empört: »Diese Christen sind nicht besser als die Löwen, denen man sie bei den alten Römern vorgeworfen hat! So ist diese Stadt, behandelt jeden Mann, jede Frau und jeden Hund als einen Feind, bis sie das Gegenteil bewiesen haben. Komm, Mädchen. Jetzt werden erst mal die Formulare ausgefüllt. Wenigstens ist dies hier ein Beruf, in dem wir Frauen das Gleiche verdienen wie die Männer!«

Odette war froh, dass Kay Metcalf sie unter die Fittiche genommen hatte. Die Größe und Betriebsamkeit der *Women's Gazette*, die nur ein Stockwerk des Gebäudes einnahm, verwirrte sie. Und die Stadt da draußen war riesig und unvertraut, voll fremder Menschen und ein wenig bedrohlich. Aber es lag eine Erregung in der Luft, die ihre Stimmung hob. Die Stadt schien vor Leben zu beben, und Odette hatte das Gefühl, mittendrin zu sein.

Kay Metcalf und Elaine luden sie zum Lunch ein, im »Schmierlöffel«, wie sie lachend meinten, einem großen und lärmenden Restaurant über dem Ramschladen. Ein Schild verkündete in abblätternder Farbe, dass der eigentliche Name des Lokals »Parthenon« war.

Das Tischtuch war mit Soße und verschüttetem Wein vorheriger Gäste befleckt, aber die Journalistinnen machten keine Bemerkung darüber. Sie taten sich an Moussaka, griechischem Salat und starkem schwarzen Kaffee gütlich. So etwas hatte Odette noch nie gegessen. Sie würde es als eine der köstlichsten Mahlzeiten ihres Lebens in Erinnerung behalten.

»Billig und sättigend. Selbst die hohen Tiere essen hier«, bemerkte Elaine.

Später am Nachmittag ging Odette den Flur entlang und traf auf den bärtigen, kahlköpfigen Grafiker, den sie am frühen Morgen nach dem Weg gefragt hatte. Sie lächelte ihn an.

»Wie läuft's?«, fragte er.

»Gut.« Odette grinste. »Ich glaube, ich werd's überleben.«

»Ja, so nennt sich das Spiel – Überleben.«

Innerhalb von zwei Wochen war Odette mit Elaine zusammengezogen, die nach einer Wohnung näher an der Stadt gesucht hatte. Offiziell war Elaine die Mieterin, und Odette mietete ein Zimmer bei ihr. Sie fuhren zusammen in die Redaktion, und Elaine gestand ihr, sie sei Ende dreißig und suche immer noch nach einem Ehemann. Aber in all den Jahren, in denen sie ihre alte Mutter versorgt hatte, hatte sie nie gelernt, ein »anziehendes, flottes« Mädchen zu sein. Nachdem ihre Mutter gestorben war, fand Elaine es schwer, sich an das Leben als Alleinstehende zu gewöhnen. Aber Odette und sie verstanden sich gut, und Elaine brachte ihr bei, ausgefallenere Mahlzeiten zu kochen, als sie es widerstrebend bei Tante Harriet gelernt hatte.

Die ersten Wochen vergingen wie im Flug, und Odette schrieb glückliche und begeisterte kleine Brief an ihre Tante. Gerne hätte sie auch Zac berichtet, wie sehr sie ihr neues Leben genoss, aber sie wusste, dass er sich auf einer Reise zu sich selbst befand. Außerdem hatte sie keine Ahnung, wo er war. Doch irgendwie spürte sie – oder wollte es glauben –, dass sich ihre Wege wieder kreuzen würden.

Sie schrieb an Fitz, dankte ihm erneut dafür, ihr den Weg geebnet und ihr diese Möglichkeit verschafft zu haben, und schrieb ihm, ihr wäre jetzt mehr denn je klar, welche phantastische Arbeit er leisten würde, indem er den *Clarion* fast ganz allein führte. Sie versprach, ihm den ersten Artikel zu schicken, der unter ihrem Namen erscheinen würde. Odette wusste nicht, dass Mr. Fitzpatrick bereits jede Woche die *Women's Gazette* kaufte – »für meine Frau«, erklärte er dem Zeitungshändler.

Eines Tages nach der wöchentlichen Redaktionskonferenz trat Kay Metcalf zu Odette an den Schreibtisch und verkündete: »Gut, Sie sind jetzt für drei Monate dem Gesellschaftsressort zugeteilt.«

Odette sank das Herz. Die Gesellschaftsseiten – wie öde. Wie langweilig. Wie unaufregend. »Muss ich meinen Schreibtisch hier räumen?«

»Nein. Edna mag ihr großes Büro. Aber Sie sollten sich die Zeit nehmen, ihr Archiv durchzusehen. Darin befinden sich haufenweise Skelette aus der besseren Gesellschaft der Stadt.«

Odette verzog die Nase. »Ich hab nicht viel übrig für diese Kreise.«

Kay Metcalf lächelte schwach. »Tja ... wie Sie auch privat darüber denken mögen, sein Bild auf den Gesellschaftsseiten der *Gazette* zu haben heißt, dass man es geschafft hat. Alles sehr prestigeträchtig. Trägt zum Verkauf der Zeitschrift bei, und Sie werden merken, dass einige der Veranstaltungen durchaus Spaß machen können. Vielleicht lernen Sie einen geeigneten Junggesellen kennen.«

»Wenn er es darauf anlegt, auf die Gesellschaftsseiten der *Women's Gazette* zu kommen, ist er nichts für mich.«

»Ah, hinter das Geheimnis werden Sie schon noch kommen. Man nimmt sich nicht die vor, die auf die Gesellschaftsseiten wollen, sondern die, die es nicht wollen. Das ist die wahre Elite. Man muss die Aufsteiger nach den Blaublütigen durchkämmen.«

»Gibt es denn welche?«

»Kein Kommentar. Miss Cooper wird Ihnen die entsprechenden Kniffe beibringen.«

»Ich hoffe nur, dass sie mich nicht kneift«, murmelte Odette. »Wahrscheinlich wird sie ihre neue Supervolontärin sehen wollen.«

Odette stapfte aus dem Büro, und Elaine und Kay grinsten sich an. Sie hatten Odette in der kurzen Zeit schon richtig lieb gewonnen.

Miss Edna Cooper, die Gesellschaftsredakteurin, stammte aus einer der ›guten Familien‹ Sydneys, womit eine Familie gemeint war, die entweder vermögend oder einflussreich war oder beides. Sie nahm die Gesellschaftsszene sehr ernst. Odette fand die Aktivitäten eines anscheinend auserwählten und snobistischen Teils der Gesellschaft seicht und doof.

»Warum machen sie so was nur? Diese Wohltätigkeitsbälle, Cocktailpartys, Festbankette und Debütantinnenbälle?«, fragte sie.

Miss Cooper, die für Odette wie die Direktorin einer schicken englischen Privatschule aussah und sich in vornehmem Ton und gewählter Sprache ausdrückte, sah sie verwirrt an. Ihre Augen blitzten hinter den Brillengläsern auf, voller Erstaunen darüber, dass irgendjemand das in Frage stellen konnte, was für sie ihre Daseinsberechtigung war. Odette fiel zum ersten Mal Miss Coopers Brille auf. Sie schien das einzig Frivole an der makellosen, aber konservativen Aufmachung der Redakteurin. Die Brille lief in Form von Katzenaugen seitlich nach oben spitz zu und war, wenn auch diskret, mit kleinen Gold- und Silbersprenkeln geschmückt.

»Odette, diese Veranstaltungen bringen Geld für gute Zwecke ein. Wohltätigkeit, meine Liebe. Es schadet doch nichts, daraus ein festliches Ereignis zu machen. Wenn die Leute Geld spenden, erwarten sie etwas dafür. Das ist der Lebensstil. Ein Art zu leben und sich zu unterhalten und den Standard zu wahren. Seinen Verpflichtungen nachzugehen. Eine Menge dieser Veranstaltungen mögen nach außen hin wie Partys aussehen, Odette, aber es sind oft genug Geschäftstreffen. Die richtigen Leute zu treffen und zu kennen kann höheren Ortes Türen öffnen.«

Odette antwortete nicht. Es war also nicht alles nur müßiger Zeitvertreib. Hinter dem Geplauder, den Cocktails und dem Geplänkel spielte sich ein primitives Schachern ab. Geschäftskontakte, Informationen und Gefallen wurden ausgetauscht, Söhne und Töchter eingeführt. Aber warum konnten sie das nicht bei einem Teller Butterbrote und einer Kanne Tee machen statt bei ›Filet Mignon‹ und Champagner? Vielleicht, um den Damen Gelegenheit zu geben, ihre neuesten Modekreationen zu tragen.

Odette widmete sich den Gesellschaftsereignissen mit viel Energie, da sie wusste, dass sie »aus jedem Punkt einen Gewinnpunkt« machen musste, wie Tante Harriet zu sagen pflegte. Je mehr Odette jedoch die gesellschaftlichen Rituale beobachtete, desto mehr verachtete sie diese Welt. Sie entwickelte ein unfehlbares Geschick dafür, bei jeder Veranstaltung, wie groß oder klein sie auch immer war, direkt auf den Mann loszusteuern, der mit seiner Geliebten dort war, und ihn zu fragen, ob man das Paar für die Gesellschaftsseiten fotografieren dürfe. Die verschiedenen Pressefotografen begannen Buch über Odettes Trefferquote zu führen. Diejenigen, die sie dazu brachte, sich fotografieren zu lassen, fanden nie Miss Coopers Zustimmung.

»Odette, das sind keine aus der ersten Garnitur. Hier, nehmen Sie das ›Who's Who‹ und das Gesellschaftsregister mit nach Hause und lesen Sie über die besseren Familien nach.«

»Das sind nicht die besseren Familien, Miss Cooper. Sie haben nur mehr Geld.«

»Ob sie sich den Einlass erkauft haben oder in diese Kreise hineingeboren wurden, sie sind trotzdem drin. Die wahren Blaublütigen leben auf dem Lande, wir müssen uns in der Zwischenzeit mit den Kreisen aus den östlichen Vororten von Sydney begnügen.«

Miss Cooper war kurz angebunden. Es war deutlich zu merken, dass ihr Odettes Infragestellung dessen, was sie immer für selbstverständlich gehalten hatte, nicht gefiel. Ihr schales Leben war angefüllt mit Verlobungen, Hochzeiten, Geburten und Todesfällen in einer Hierarchie, in die sie hineingeboren war, aber an der sie nie richtig teilgehabt hatte. Allmählich erfuhr Odette, dass Miss Coopers Familie zwar einen ›Namen‹ hatte, aber wenig Geld. Obwohl sie eine gewisse Macht als Gebieterin darüber besaß, wer auf den Gesellschaftsseiten auftauchte, nahm sie an

Veranstaltungen nie in ihrer Funktion als Gesellschaftsredakteurin der *Women's Gazette* teil. Geld für den Lebensunterhalt verdienen zu müssen galt nicht als standesgemäß.

Odette fühlte sich der wohlhabenden Gesellschaftsschicht nicht unterlegen, aber ihr fiel doch auf, wie weltfremd ihre Kleidung und Aufmachung war im Vergleich zu den eleganten Redakteurinnen der *Gazette* und dem modernen Stil der anderen jungen Reporterinnen. Odette hatte sich stets einfach gekleidet – Röcke und Blusen, durchgeknöpfte Kleider. Jetzt war sie mit taillierten Kammgarnkostümen, Hüten und Handschuhen konfrontiert und mit jedem aus Europa importierten neuen Modestil.

Viele der jungen Frauen trugen ihr Haar zu einer Außenrolle aufgesteckt oder hatten eine Dauerwelle. Odettes widerspenstige goldrote Locken ließen sich nicht glätten oder ordentlich in Form bringen. Sie lackierte ihre Fingernägel nicht und fragte sich, wie es den Frauen gelang, mit diesen überlangen, blutroten Krallen zu tippen. Sie benutzte nur wenig Make-up und bewunderte ehrfurchtsvoll die kunstvoll geschminkten Augen der Mannequins, die zum Fotografieren in die Redaktion kamen.

Odette machte eine entsprechende Bemerkung gegenüber Kay Metcalf, die grinste. »Sie überstrahlen sie alle, Odette. Sie sind hübsch und natürlich, also belassen Sie es dabei. Ein frisches Gänseblümchen unter lauter künstlichen Blumen. Aber Sie werden es schnell genug lernen – nächsten Monat wechseln Sie vom Gesellschaftsressort zu Betsy Blake in die Moderedaktion.«

Odette beschränkte ihr Interesse nicht auf die *Women's Gazette*, sondern wanderte durch die Stockwerke, wo die anderen Publikationen der Australischen Zeitungsgesellschaft produziert wurden. Geführt von Toby, wagte sie sich auch in den Keller hinunter, in die Setzerei und Druckerei, wo die Linotype-Setzmaschinen klapperten und ratterten, bedient von Männern in von Druckerfarbe geschwärzten Schürzen und Kappen aus Zeitungspapier. Es war eine betriebsame Welt, die sie faszinierte, eine Welt des berauschenden Geruchs nach heißem Blei und Druckerschwärze, wo die auf Manuskriptpapier getippten Artikel in Bleizeilen verwandelt, mit Druckerschwärze eingefärbt und dann in langen Papierfahnen zur Korrektur abgezogen wurden. Druckerlehrlinge liefen mit Seiten und Korrekturfahnen durch die Gänge, und es herrschte ständiger Lärm und Bewegung. Eine fast greifbare Spannung lag in der Luft, besonders bei Redaktionsschluss, doch die Männer verloren auch dann ihre gutmütige Freundlichkeit nicht.

Das große, pochende Herz der Zeitung zu sehen, wenn sich die gewaltigen Rotationsmaschinen in Bewegung setzten, war für Odette sehr aufregend. Sie hatte das starke Gefühl dazuzugehören. Sie wusste, dass sie ihre Richtung und ihren Platz in der Welt gefunden hatte. Sie freundete sich mit einigen der Drucker an, die sich über Odettes Interesse an ihrer Arbeit freuten. Die Drucker erklärten ihr, wie aus diesem scheinbaren Chaos Ordnung entstand und eine Publikation, die immer zum angegebenen Zeitpunkt fertig wurde.

Die neue Vierfarbrolle für die Zeitschriften war eine erregende Innovation für eine Druckerei, in der seit der Vorkriegszeit nicht viele technische Neuerungen eingeführt worden waren. »Eines Tages werden vielleicht sogar Zeitungen im Vierfarbdruck hergestellt werden«, sagten sie ihr.

Odette zog die Nase kraus. »Nein, das wäre nicht dasselbe. Zeitschriften sind eine Sache für sich, aber meine Morgenzeitung habe ich lieber in Schwarzweiß.«

»Sie sind eine Traditionalistin, Odette. Man kann nicht

in der Vergangenheit verharren, wenn täglich neue technische Entwicklungen auf den Markt kommen«, meinte einer der Drucker.

»Die euch dann arbeitslos machen«, sagte sie lachend.

»Wenn das passiert, geh ich angeln«, verkündete ein anderer.

Die Männer richteten sich plötzlich auf und taten sehr geschäftig. Odette drehte sich um und sah den alten Mann, den sie am ersten Tag im Aufzug getroffen hatte, vor sich aufragen. Er trug einen dunklen Anzug und die gleiche dunkle Brille mit dem schweren Gestell.

»Sie arbeiten immer noch hier?«, fragte er.

Sie grinste ihn an. »Ja. Und Sie anscheinend auch!«

Ein leichtes Lächeln umspielte seinen strengen Mund. »In der Tat. Gefällt es Ihnen?«

»O ja. Sehr gut.«

»Warum sind Sie hier unten?«

»Um zu erfahren, wie das alles ... funktioniert. Ich wollte wissen, was mit meinen Worten passiert.«

»Und wie schätzen Sie Ihre Worte zum jetzigen Zeitpunkt ein?«

»Sie beginnen, für mich zu arbeiten ... na ja, wenigstens glaube ich das. Sie sind zumindest besser als einiges von dem Quatsch, der so gedruckt wird.«

»Von diesen Maschinen?«, fragte er.

»Ja.«

»Hm ... War schon was von Ihnen im *Dady*?«

»Bisher noch nicht. Ich bin immer noch Volontärin bei der wöchentlichen *Gazette*.«

»Das kommt noch, junge Dame. Da wette ich drauf.« Er drehte sich um und ging weg.

Der Setzer sah Odette mit einem verblüfften Ausdruck an. »He, Sie trauen sich aber was.«

»Was meinen Sie damit?«

»So mit dem Chef zu reden. Ich dachte, er würde Sie rausschmeißen, weil Sie sich hier unten rumtreiben.«

»Dem Chef? Wer ist das?«

»Sir George Tippit. Dem gehört die Australische Zeitungsgesellschaft. Der ganze Haufen.«

Odette schlug die Hände vor den Mund. »O nein! Wissen Sie, den hab ich an meinem ersten Arbeitstag im Aufzug getroffen und ihn gefragt, ob er hier arbeitet!«

Die Männer brüllten vor Lachen, und innerhalb einer halben Stunde hatte die Geschichte in der Druckerei die Runde gemacht.

Nachdem sie sich in ihrer Wohnung und am Arbeitsplatz eingelebt hatte, beschloss Odette, die seit langem erträumte Pilgerfahrt nach Zanana zu unternehmen. Da sie annahm, dass das Tor verschlossen und das Betreten schwierig sein würde, entschied sie sich dafür, wie früher dorthin zu gelangen. Per Boot.

Aber zuerst fuhr sie ›nach Hause‹. Als sie durch die Vorortstraßen von Kincaid ging, wo sie mit ihren Eltern gewohnt hatte, stiegen Erinnerungen in ihr auf – das tröstliche Wissen, geliebt worden zu sein, die eng miteinander verbundene Familie, die sie gewesen waren, und die Einheit, die Ralph und Sheila Barber gebildet hatten.

Obwohl sich wenig verändert hatte, kam ihr alles kleiner vor als in ihrer Erinnerung. Häuser und Gärten sahen gepflegter aus, ein paar neue Geschäfte waren entstanden, aber es wirkte alles noch so vertraut wie damals, als sie von hier fort musste.

Sie blieb am Tor ihres Elternhauses stehen. Auch hier hatte sich nichts verändert. Odette hatte plötzlich die verrückte Idee, sie könne einfach den Pfad entlanggehen, durch die Tür treten, rufen, und Sheila und Ralph würden da sein, um sie zu begrüßen.

»Odette …? Bist du das?«

Mrs. Bramble, die Nachbarin, die sich um sie gekümmert hatte, kam den Weg herunter. Ein Lächeln breitete sich über ihr Gesicht. »Diese Haare sind unverwechselbar. Wie geht es dir, meine Liebe?«

»Sehr gut, vielen Dank, Mrs. Bramble. Ich bin gerade nach Sydney gezogen und dachte … na ja …«

»Gewiss. Deine Tante hat mir geschrieben, dass du herkommen würdest. Komm und trink eine Tasse Tee mit mir. Hat keinen Sinn zu fragen, ob du hineingehen und dir das Haus ansehen kannst.« Sie senkte die Stimme. »Da wohnt jetzt eine pingelige alte Dame. Hält sich meist für sich. Nicht sehr nachbarschaftlich.«

»Ich glaube nicht, dass ich ins Haus gehen möchte. Es scheint sich hier nicht viel verändert zu haben.« Sie gingen zu Mrs. Brambles Haus zurück.

»Nein. In Kincaid tut sich nicht viel. Erzähl mir, wie es deiner Tante geht und was du jetzt machst. Du bist ja richtig hübsch geworden«, meinte sich lächelnd.

Als der Tee getrunken und der Teller mit Keksen leer gegessen war, hatten sie sich gegenseitig alles erzählt, was es an Neuigkeiten gab. Odette sagte Mrs. Bramble nichts von dem wahren Grund ihres Hierseins.

Doch für den Fall, dass es irgendwelche Veränderungen in Zanana gegeben haben sollte, fragte sie zögernd: »Ist hier viel abgerissen und neu gebaut worden?«

»Meine Güte, nein. In Kincaid verändert sich nie etwas. Gut, lass uns in Verbindung bleiben. Du kannst jederzeit vorbeikommen. Grüß deine Tante von mir. Und ich werde auf deinen Namen in der *Women's Gazette* achten.«

»Es wird noch eine Weile dauern, bis ich namentlich genannt werde. Nochmals vielen Dank, Mrs. Bramble. Auf Wiedersehen.«

Odette ging zum Bootsverleih und fragte, ob sie ein

Dinghi leihen könnte. »Ich habe früher hier gewohnt ... ich möchte gern für zwei Stunden oder so den Fluss hinaufrudern. Eine Art Erinnerungsfahrt.«

Der Besitzer betrachtete sie neugierig. Irgendwas an dem großen, schlanken Mädchen mit den rotbraunen Locken und den klaren, aquamarinblauen Augen kam ihm bekannt vor, aber ihm fiel der Zusammenhang nicht ein. »Nehmen Sie einfach eins von den Booten, die da am Steg vertäut sind. Über die Bezahlung reden wir, wenn Sie zurückkommen.«

Er sah Odette nach, als sie mit kräftigen Schlägen vom Steg wegruderte und das sonnenbeschienene Wasser durchschnitt. Dann fiel es ihm ein. Das Barber-Mädchen, dessen Eltern ertrunken waren. Er schüttelte den Kopf. Traurige Erinnerungsfahrt.

Der Fluss war genau wie immer, und zuerst empfand sie es als erwärmend und angenehm, sich das Entzücken der damaligen Sommertage in Erinnerung zu rufen. Aber dann überkam sie ein plötzliches Gefühl der Furcht vor dem, was sie vorfinden mochte. Sie ließ die Ruder schleifen, ließ sich treiben, verwirrt über ihre Gefühle. Ob wohl der Verwalter und sein Sohn noch dort waren? Sie hoffte es und ruderte entschlossen weiter auf Zanana zu.

Als sie sich der Biegung näherte, ließ sie wieder die Ruder sinken und saß ganz still da. Sie schloss die Augen, und allmählich, wie den ersten sanften Hauch einer Brise, nahm sie den Duft der Rosen wahr. Sie wurde in die Kindheit zurückversetzt. Die Erinnerungen an Zanana strömten auf sie ein. Würde es wie damals sein?

Die Wirklichkeit stimmte mit der Erinnerung überein. Der durchhängende Anlegesteg und das schiefe Bootshaus, der raschelnde Bambushain, die Terrassen, der versunkene Garten, das leere Sandstein-Schwimmbecken und die überwachsene Grotte.

Odette hatte das Boot vertäut und durchquerte langsam das Gestrüpp am Flussufer, dabei blieb sie immer wieder stehen, um die vertraute Umgebung in sich aufzunehmen. Alles war friedvoll und ruhig. Eine seltsame Stille, als ob man sich einen Film ohne Ton anschaute. Sie bog ab und ging zum Rosengarten. Die Rosenbüsche hatten überlebt und waren zu einem dornigen Gestrüpp über einem Teppich aus herabgefallenen Blütenblättern verwachsen.

Sie ging an den Ställen vorbei zum Verwalterhaus, das unter dicken Eichen in der Nähe des Wagenschuppens lag. Sofort erkannte sie, dass es leer stand – staubige Fenster, ein Vorhängeschloss an der Tür und überall hohes Unkraut. Niedergeschlagen wanderte sie herum und beschloss, zur Molkerei zu gehen. Von der obersten Gartenterrasse aus konnte sie die offenen Gehege der Farm und die niedrigen roten Ziegelsteingebäude der Molkerei sehen. Es sah alles leblos aus, aber plötzlich kam eine Gestalt aus der Tür der Molkerei und ging nach hinten zum Melkschuppen. Odette lief den Abhang hinunter.

Sie traf auf einen Mann mittleren Alters in Overall und Gummistiefeln. Er trug eine altmodische Sense auf den mit Unkraut überwachsenen Hof. »Hallo«, rief Odette.

Der Mann zuckte zusammen, drehte sich erstaunt um, beschattete die Augen mit der Hand und sah ihr entgegen. »Wer sind Sie? Wie sind Sie hier reingekommen? Sie haben mich ganz schön erschreckt«, beschwerte er sich in nörgelndem Ton.

»Ich bin nur zu Besuch ... eigentlich bin ich auf der Suche nach einem Freund ... dem Verwalter und seinem Sohn ...«

»Die sind vor zwei Jahren weggezogen.«

»Ach. Und wohin? Arbeiten Sie jetzt hier?«

»Keine Ahnung, wohin. Ich werde nur dafür bezahlt, dass ich alle zwei Wochen herkomme und das Gras und das Unkraut mähe. Hat aber nicht viel Zweck.«

Er hantierte mit der Sense und einem Wetzstein herum.
»Was passiert mit dem Ganzen hier? Wem gehört es?«
»Hab nicht die geringste Ahnung.«
»Wer hat Sie denn angestellt?«
»Hab den Job durch ein Anwaltsbüro in der Stadt gekriegt. Sie sind aber ganz schön neugierig, was?«
»Tut mir leid. Ich bin früher öfter hier gewesen, als ich ein Kind war. Ich war mit dem Sohn des Verwalters befreundet, bin dann weggezogen und jetzt wieder hier und wollte einfach wissen ...«
»Das verfällt hier doch alles. Viel zu groß heutzutage für eine Familie. Sollte abgerissen werden, um Platz für Häuser zu schaffen, die sich gewöhnliche Leute leisten können.«

Es hätte keinen Zweck gehabt, ihm zu widersprechen, das wusste Odette. Zwecklos auch, ihm erklären zu wollen, dass Zanana zur Geschichte gehörte und dass seine Schönheit und Pracht erhalten werden müssten.

»Sie haben doch nichts dagegen, wenn ich mich ein bisschen umschaue?«
»Nein. Aber passen Sie auf.«
»Das werde ich. Vielen Dank.« Sie ging weg und wanderte über das Grundstück, bis sie zum indischen Haus kam.

Blätter waren auf die Stufen geweht, die kunstvollen Fenster waren verschmutzt von Staub und Regenflecken. Das Haus sah verloren und leer aus. Odette rüttelte an der Tür. Sie war unverschlossen, widerstand aber zunächst ihren Bemühungen, sie zu öffnen. Dann gab sie schließlich mit einem Quietschen nach und öffnete sich knarrend. Odette trat in das dämmrige Innere. Heute gab es kein fröhliches Spiel von Licht und Schatten in der kühlen Düsternis. Stattdessen schienen eine Atmosphäre der Melancholie und ein modriger Geruch den kleinen Raum zu erfüllen. Überall hingen Spinnweben. Odette blieb stehen, um das alles in sich aufzunehmen, und wurde des schwachen Sandelholzgeruchs gewahr. Er rührte Erinnerungen und Gefühle an. Sie ging zu dem alten Vierpfostenbett, setzte sich auf das hölzerne Podest und schaute nach oben. Der edelsteinbesetzte Baldachin war immer noch intakt, aber mit Spinnweben behangen.

Sie war unendlich traurig, dass der Verwalter und sein Sohn nicht mehr in Zanana lebten, und wunderte sich, warum sie das so bedrückte. Ihre Bekanntschaft mit dem Jungen war nur so kurz gewesen, und doch spürte sie, dass er einen besonderen Platz in ihrem Leben einnahm.

Das Gefühl der Ruhe und Heiterkeit, das sie vor so langer Zeit in diesem fremdartigen und exotischen indischen Miniaturpalast empfunden hatte, war verschwunden. Jetzt lag hier etwas in der Luft, das zutiefst beunruhigend war.

Odette saß auf dem Rand des thronartigen Betts, ließ ihre Beine baumeln und betrachtete den gemusterten Marmorboden, als ein plötzliches Gefühl der Furcht sie ganz steif werden ließ. Ohne sich zu bewegen, ohne sich umzudrehen, ohne tatsächlich ein Geräusch zu hören, wusste sie, dass sie nicht allein im Raum war. Ihre Beine schwangen langsam aus, ihre Finger klammerten sich an den hölzernen Bettrahmen, und ihr Rücken versteifte sich vor Anspannung. Jetzt hörte sie ein schwaches Geräusch, wusste aber, dass es keine huschende Ratte oder das Flattern eines gefangenen Vogels war. Sie spürte einfach eine Präsenz, konnte aber ihr Gesicht nicht der dunklen Ecke des Raumes zuwenden, in der sie das Unbekannte vermutete.

Mit erheblicher Anstrengung rutschte sie vom Bett und machte mühsame kleine Schritte auf die Tür zu, mit immer noch angespanntem Körper, so als erwartete sie jeden Moment eine Berührung oder einen Schlag von hinten. Sie erreichte die geschnitzte Tür und konnte das Sonnenlicht und das Strauchwerk des Gartens sehen, aber bevor sie darauf zugehen konnte, hörte sie hinter sich ein leises Seufzen, ein Stöhnen.

Odette blieb zögernd bei der Tür stehen, ihre Füße waren wie am Boden festgeklebt. Das Geräusch hypnotisierte sie beinahe. Es war die Stimme einer Frau, so traurig, so verloren, so flehend. Dieser Atemhauch war ein Ruf nach Hilfe.

»Nein!« Odette rannte los, stürzte durch die Tür, stolperte die Stufen hinab und über den dicht mit Gänseblümchen bewachsenen Rasen.

Sie rannte weiter, bis sie den Pfad zum Bootshaus erreichte, und blieb dann stehen, um zu Atem zu kommen. Was hatte sie so erschreckt? War es Einbildung gewesen? Nein. Sie wusste, dass ihre Vorstellungskraft ihr keinen Streich spielte. Da war ein Geräusch gewesen … eine Präsenz – die einer Frau.

Also gab es einen Geist im indischen Haus. Odette fürchtete sich nicht mehr. Die Frau hatte sich aus irgendeinem Grund an sie um Hilfe gewandt. Aber wer war sie und was wollte sie?

Odettes Gedanken purzelten wirr durcheinander, während sie die Ruder des kleinen Bootes mit kräftigen Schlägen durchzog. Aber aus all der Verwirrung trat eine Überzeugung deutlich hervor – irgendwie musste sie das Rätsel um Zanana lösen, eines Hauses, das von Erinnerungen erfüllt und von vergessenen Rosen umgeben war.

Kapitel dreizehn

Zanana 1918

Wally Simpson öffnete die Augen und sah einen Engel. Das wunderschöne Gesicht des Engels war von einer weißen Aureole umgeben und lächelte friedvoll auf ihn herab.

Das verschwommene Bild wurde klarer, und er sah, dass der Engel leicht schielende blaue Augen und etwas schiefe weiße Zähne hatte. Gleichzeitig wurde er sich schmerzlich seines eigenen Körpers bewusst. Ihm tat alles weh, und er verspürte einen brennenden Schmerz. Er verzog das Gesicht, versuchte den Arm zu heben und fragte sich, wo er war. Was war das Letzte, an das er sich erinnerte? Ach ja, Schlamm und Krach und Schreie und Rufe.

Eine kühle Hand berührte sein Gesicht, und eine ruhige Stimme mit einem vertrauten Akzent sagte leise: »Liegen Sie still, Sie sind ziemlich schwer verwundet worden. Aber das wird schon wieder.«

Erneut sah er zu seinem Engel auf. Weiche braune Haarsträhnchen lugten unter dem raschelnden weißen Tuch hervor, das von einer kleinen Haube aus über ihren Rücken fiel. Ihre gestärkte weiße Tracht, die ihr bis zu den Knöcheln reichte, trug sie über einer langärmeligen, blauen, hochgeschlossenen Bluse. Ein kurzes rotes Cape lag um ihre Schultern, und auf der weißen Binde an ihrem Arm befand sich ein schlichtes rotes Kreuz.

»Wo bin ich?«

»Im Feldlazarett in Almantiers. Wenn Sie kräftig genug sind, werden Sie zurück nach Hause transportiert.«

»Sie sind Australierin? Was machen Sie so weit weg von zu Hause?«

Sie lächelte. »Wir gehen dorthin, wo wir gebraucht werden. Hier, trinken Sie einen Schluck Wasser, und ruhen Sie sich aus. Wir unterhalten uns später weiter. Ich bin froh, dass Sie wach sind.« Sie hob ein Glas an seine Lippen, und Wally trank, sank zurück auf sein schmales Bett und nahm zum ersten Mal die weiß getünchten Wände, den unangenehmen Geruch von Antiseptika und das Stöhnen der Männer wahr, die Schmerzen litten. Erschöpft nickte er und streckte der jungen Schwester dankbar die Hand entgegen. Schweigend drückte sie seine Hand und ging mit einem Rascheln der gestärkten Tracht und geräuschvollen Tritten in ihren festen Schuhen davon.

Der Weltkrieg, jetzt gewonnen, kam an sein trauriges Ende. Die Begeisterung, die Erregung und der Optimismus, aus denen heraus sich die Männer der Herausforderung gestellt hatten, waren zu Schmerz, Trauer und Entsetzen geworden und in dem erschöpften Bewusstsein der Sinnlosigkeit des Krieges erloschen. Aber sie hatten den Feind trotz erbitterten Widerstandes geschlagen, und darauf waren sie stolz.

Gladys Butterworth bemühte sich, nicht verbittert zu sein, als sie im *Daily Telegraf* von den letzten Säuberungsaktionen las. Ihr Harold war für immer verloren, gefallen in einem unbekannten Land, aber das Leben musste weitergehen.

Die lähmende Traurigkeit ihrer Tage wandelte sich, als ein Brief von Wally Simpson für sie in Zanana eintraf. Eine Krankenschwester hatte ihn geschrieben, sie erklärte, dass Wally verwundet sei.

... schwere Schrapnellverletzungen an seiner rechten Körperseite behindern die Bewegungsfähigkeit, und er leidet immer noch an den Auswirkungen des Senfgases, daher schreibe ich diesen Brief nach seinem Diktat.

Der Brief lautete:

Ich wollte Dich fragen, Gladys, ob ich nach Zanana kommen kann – um mich ein wenig zu erholen. Ich muss weiterhin den Arzt aufsuchen und habe es nicht eilig, allzu bald nach Bangalow zurückzukehren. Leider muss ich Dir sagen, dass Enid vor mehreren Monaten gestorben ist. Meine Frau war nie sehr kräftig, wie Du Dich vielleicht erinnerst, und eine Grippeepidemie hat sie dahingerafft. Zusammen mit dem Verlust von Harold hat mich das sehr niedergeschlagen, und zum ersten Mal in meinem Leben war es mir egal, ob ich lebte oder starb, um ehrlich zu sein, Gladys. Ich möchte Dir natürlich nicht zur Last fallen, aber ich dachte mir nur, dass ich in Zanana schneller auf die Beine käme, als wenn man mich mit irgendwelchen halb verrückten Kerlen in ein Krankenhaus stecken würde ...

Gladys zeigte Kate den Brief. »Wie traurig, die Sache mit Mrs. Simpson. Natürlich kann er bei uns bleiben«, stimmte Kate zu.

Als sie merkte, wie Gladys Butterworth bei den Vorbereitungen für Wally Simpsons Ankunft aufblühte, begann Kate einen Plan für Zanana zu erwägen.

Zwei Tage später eilte Gladys zur Verandatür, an der Sid Johnson wie wild klopfte und nach ihr rief.

»Was ist denn los, Sid?«

»Es ist vorbei, Gladys. Sie haben den Waffenstillstand unterzeichnet. Es ist vorbei. Ben kommt nach Hause.« Seine Augen glänzten, und sein Gesicht, das in den letzten achtzehn Monaten stark gealtert war, wurde von einem breiten Lächeln erhellt.

»Gott sei Dank, Sid! Schnell, hol Nettie her, damit wir es feiern können. Ich setz schon mal den Kessel auf.«

»Warum machen wir nicht zur Feier des Tages den guten Sherry und den Port auf?«, schlug Kate vor, die von hinten herangekommen war.

Als Sid durch den Garten eilte, um seine Frau zu holen, umarmte Kate ihre Pflegemutter. »Ich weiß, wie du dich fühlen musst, Mum. Aber wir haben einander – und das ist die Hauptsache.«

Die Ankunft der ersten Europa-Heimkehrer aus dem Distrikt von Kincaid war ein Anlass zum Feiern für die ganze Stadt. Hunderte kamen zum Bahnhof, um den Zug zu empfangen, der die Männer aus Darling Harbour brachte, wo die Truppentransporter die kriegsmüden Soldaten ausgeladen hatten. Selbst diejenigen, deren Söhne, Väter, Ehemänner und Brüder nicht nach Hause kommen würden, wollten deren Kameraden zujubeln. Der Bahnhof war mit roten, weißen und blauen Fähnchen und Flaggen geschmückt, und die Blaskapelle von Kincaid spielte schwitzend in ihren marineblauen Uniformen patriotische Lieder. Der Bahnsteig und das anschließende Gelände standen voller Menschen, und ein Schrei erhob sich, als ein junger Gepäckträger, der auf den hundert Meter entfernten Signalmast geklettert war, eine Fahne schwenkte zum Zeichen, dass der Zug sich näherte.

Jubel und Applaus brandeten auf, als der Zug in einer weißen Dampfwolke und mit schrillem Pfeifen in den Bahnhof rollte. An den Abteilfenstern hingen Trauben von Männern in khakifarbenen Uniformen, schwenkten ihre Hüte, riefen Freunden und Verwandten etwas zu oder gaben nur ihrer Freude Ausdruck, wieder zu Hause zu sein. Überall auf dem Bahnsteig wurden die Willkommensbanner hochgehalten, und die Kapelle spielte ein schneidiges »Heil den siegreichen Helden«.

Aber das Lächeln verschwand, und das Lachen verstummte, als die Türen aufflogen und die Unverletzten ihren Kameraden aus dem Zug halfen. Bandagiert und an Krücken humpelnd, stützten sie sich aufeinander, so wie sie sich aufeinander verlassen hatten während der Zeit, die sie für immer verändert hatte. Die Jungs waren zu Männern geworden, dünner und älter, und alle hatten zu viel gesehen. Die Kriegserlebnisse hatten sie zusammengeschweißt, hatten eine Barriere errichtet, die für den Rest ihres Lebens all diejenigen ausschloss, Männer und Frauen, die nicht daran teilgenommen hatten. Viele der Heimkehrer hatten sich so verändert, dass sie sich ihrem früheren Leben nicht mehr anpassen konnten. Jungen, die mit frischen Gesichtern und gesunden Körpern in den Krieg gezogen waren, hatten jetzt dem Land, für das sie gekämpft hatten, wenig zu bieten – keine Fähigkeiten, keine Ausbildung, keinen Beruf.

Aber trotzdem überwog in diesem Moment die Freude. Als der Zug sich leerte, waren Entzückensschreie zu hören, man umarmte sich, Tränen flossen, und es wurde gelacht. Bald lagen sich alle in den Armen und schüttelten einander die Hände, junge Männer küssten unbekannte Mädchen und wurden bereitwillig zurückgeküsst.

Arme schlangen sich fest um Kate. Sie drehte sich um und hatte einen lächelnden Hector Dashford vor sich.

»Du bist gekommen, um mich abzuholen! Deine Briefe waren wunderbar. Vielen Dank, Kate.«

Sie zog sich überrascht zurück. »Ich bin gekommen, um alle willkommen zu heißen, Hector. Du siehst gut aus in deiner Uniform.«

Er stellte sich in Pose, um sich bewundern zu lassen. »Bin froh, wieder hier zu sein, muss ich sagen. Hast du gehört, dass ich eine Auszeichnung bekommen habe? Wurde ins Hauptquartier der Brigade versetzt. Ich wünschte nur, das wäre eher geschehen, an der Front zu sein war kein Spaß. Oh, ach ja, es tut mir leid, das von deinem Vater zu hören.«

»Danke. Deine Familie wird sicher schon nach dir Ausschau halten, Hector. Willkommen zu Hause.« Kate entfernte sich, bevor Hector fortfahren konnte. Sein prahlerischer Ton gefiel ihr nicht.

Sie drängte sich durch die Menge und entdeckte Sid und Nettie Johnson, deren Blick ängstlich über die Gesichter der vielen Menschen wanderte, nachdem nun die Türen des Zuges geschlossen wurden und der Stationsvorsteher »Bitte Einsteigen« rief und in seine Pfeife blies.

»Nichts von Ben zu sehen, Mr. Johnson?«

»Nein, Kate. Jemand sagte uns, es wären noch längst nicht alle Soldaten repatriiert. Kann wohl noch ein paar Tage dauern.« Sid sah niedergeschlagen aus. Nettie zerknüllte ein Spitzentaschentuch in der Hand. Sie trug ihr bestes Sommerkleid, dazu ihren Lieblingshut mit der schwungvollen Feder und dem kleinen Schleier. Kate hatte tiefes Mitgefühl mit dem freundlichen Paar.

»Er wird zu Hause sein, ehe Sie sich's versehen. Ich freue mich auch schon auf ihn.«

Kate schloss sich wieder Gladys und Hock Lee an. Sie zog ihren Patenonkel beiseite und redete leise mit ihm. Hock Lee beugte sich vor, denn er musste sich anstrengen, um sie bei all dem fröhlichen Lärm ringsherum verstehen zu können.

»Was meinst du, Hock Lee? Ich habe noch nicht alles durchdacht, aber ich wollte schon mal die Saat pflanzen und sehen, was du dazu sagst und wie ich es machen könnte.«

»Darüber muss man sehr genau nachdenken, Kate. Hier ist nicht der richtige Ort, um darüber zu sprechen. Ich werde in ein paar Tagen nach Zanana kommen, dann können wir ausführlich darüber reden.« Er umarmte sie kurz und wurde dann von der Menge mitgezogen, die zu den Festlichkeiten strömte und sich die Willkommensreden anhören wollte.

Kate grübelte über die Idee nach, die in ihrem Kopf Gestalt annahm. Entgegen ihrer sonstigen Gewohnheit hatte sie mit Gladys nicht darüber gesprochen und sehnte sich zum ersten Mal danach, mit ihrer leiblichen Mutter reden zu können.

Welche Träume hatte Catherine MacIntyre für Zanana gehabt? Kate wusste, dass ihre Mutter kein Veilchen gewesen war, das im Verborgenen blühte, und im Gegensatz zu vielen anderen viktorianischen Damen ihre eigenen Ansichten gehabt hatte.

Gladys Butterworth hatte Kate von Catherines Wirken für das Waisenhaus erzählt und auch davon, dass sie vor Kates Geburt ein kleines Mädchen adoptiert hatte.

Viele Fragen gingen Kate durch den Kopf. Was war mit dem Mädchen geschehen? Und warum hatte ihr Vater sie weggeschickt? Plötzlich brannte sie darauf, Hock Lee all diese Fragen zu stellen. Als engster Freund ihres Vaters wusste er sicher mehr als Mrs. Butterworth. Zum ersten Mal begann Kate, nun eine junge Frau von achtzehn Jahren, sich der Verantwortung und der Rolle bewusst zu werden, die ihr für die zukünftige Entwicklung von Zanana zufielen. Der Gedanke nagte mehrere Tage an ihr.

Verwirrt und traurig schritt sie durch das violette Licht des Gewächshauses, das angefüllt war mit Usambaraveilchen und wilden Orchideen, die Robert und Catherine MacIntyre gezüchtet hatten. Es kam ihr wie ein Tunnel vor, der in die Frühzeiten von Zanana zurückführte. Sie trat ins Tageslicht hinaus und ging mit festen Schritten am versunkenen Garten und den Rosenterrassen vorbei zum indischen Haus.

Sie ging langsamer, schlüpfte mit einem Gefühl der Vorahnung aus ihren Schuhen und fröstelte, als sie den kalten Marmorboden berührte. Das Innere des Hauses war von dämmrigem, sanftem Licht erfüllt, und ein schwacher Sandelholzduft lag in der Luft. Kate legte sich auf das erhöhte Bett und schaute durch halb geschlossene Lider zu den Juwelensternen und den kleinen Spiegeln hinauf.

Als würde eine Decke über sie fallen, kehrte Frieden in sie ein, ihre Augen schlossen sich, und ihr Atem wurde langsamer. Sie versank allmählich in die innersten Tiefen ihrer selbst, und Stille umschloss sie. Beim Öffnen ihrer Augen merkte sie, dass sie lächelte und von Zufriedenheit erfüllt war. Sie streckte sich und glitt vom Bett herunter. Ohne sich sonderlich zu beeilen, ging sie durch die Gärten zurück. Jetzt hatte sie einen genauen Plan und wusste, dass ihre Mutter Catherine dem zustimmen würde.

Als sie ins Haupthaus zurückkam, herrschte große Aufregung, denn Wally Simpson war gekommen. Hock Lee hatte den Verwundeten mit seinem Rover vom Bahnhof abgeholt, wo täglich Männer zu zweit oder zu dritt ankamen, nachdem sie aus der Armee entlassen worden waren.

Kate war, genau wie Gladys, entsetzt darüber, wie gebrechlich und alt Wally aussah. Sein einer Arm war bandagiert und hing in einer Schlinge, Hüfte und Bein waren immer noch zerschmettert und unbrauchbar. Er lehnte sich schwer auf eine Krücke.

»Kate …? Bist du das? Du siehst so erwachsen aus.«
Kate umarmte ihn, konnte kaum sprechen.
Mit erstickter, kummervoller Stimme erzählte er Kate und Gladys von Harolds Tod. »Ich dachte, wir würden es beide schaffen. Das dachte ich wirklich. Ich war bei ihm. Es ging sehr schnell.«

»Immer ruhig, Wally. Ganz ruhig.« Gladys Butterworth tätschelte seine Schulter.

Nach dem Essen später am Abend, als Sid und Nettie Johnson herübergekommen waren, überreichte Wally Gladys die persönlichen Erinnerungsstücke, die er bei Harolds Tod aus dessen Jacke genommen hatte. Schweigend breitete Gladys Kates Aquarell vom Rosengarten, die Briefe und Fotos und Harolds unbeendeten Brief an sie auf dem Küchentisch aus.

Als Kate nach ihrem Aquarell griff, räusperte sich Wally. »Es ... ähm ... hat ein bisschen gelitten ... der Schlamm. Er hatte das Bild sehr gern. Sagte, es würde ihn jedes Mal, wenn er es anschaute, zurück nach Hause bringen.«

Tränen tropften Kate aus den Augen. Wally griff nach ihrer Hand und streichelte sie. »Wein nicht, Liebes. Bei Gott, er fehlt mir auch.«

»Danke, Onkel Wally. Für alles.«

Gladys nahm Harolds unbeendeten Brief in die Hand und las ihn durch. Sie fuhr sich mit der Hand über die Augen und gab Kate den Brief. Harold schrieb ihr, wie selbstlos Ben den Verwundeten aus dem Niemandsland gerettet und wie feige sich Hector verhalten hatte.

... Ich nehme an, er hat von dem dauernden Artilleriebeschuss einen Koller gekriegt. Ich habe nie jemanden so starr vor Angst gesehen. Er erreichte die Gräben in dem Moment, als Ben den Verwundeten über die Brustwehr hievte und dabei getroffen wurde, und in dem ganzen Durcheinander sah es so aus, als hätte Hector sie beide reingebracht. Ein Offizier, der erst jetzt dazukam, deutete das alles falsch, und während der arme Ben und der Mann, den er gerettet hatte, in den Sanitätsunterstand gebracht wurden, gratulierte dieser Offizier Hector, der nichts dazu sagte. Ich wollte mich erst überzeugen, dass es Ben gut ging, aber ich

werde dafür sorgen, dass bekannt wird, wer der eigentliche Held ist ...

»Harold ist nicht mehr dazu gekommen, die Sache zurechtzurücken«, erklärte Wally leise. »Und Ben wollte kein Aufhebens machen. Der Mann, den er reingebracht hatte, überlebte, und Ben hat sich auch rasch erholt. Was ihn betraf, war die Sache damit erledigt.«

»Hector hat mir erzählt, er hätte eine Auszeichnung bekommen. Und einen ruhigen Posten hinter der Front. Das kommt mir so ungerecht vor«, rief Kate.

»Ben wird bald nach Hause kommen. Jetzt wollen wir dich aber erst mal unterbringen, Wally. Wir haben für dich ein Zimmer neben der Veranda hergerichtet, damit du keine Stufen oder Treppen steigen musst«, sagte Mrs. Butterworth und half ihm auf die Füße.

Wie versprochen kam Hock Lee ein paar Tage später nach Zanana und machte mit Kate einen Spaziergang durch den Rosengarten, während sie ihm ihre Pläne darlegte.

»Es scheint mir eine Verschwendung, dass Zanana so brachliegt. All der Platz, und dazu die Farm und die Molkerei, die uns eine fast vollständige Selbstversorgung ermöglichen. Ich habe das Gefühl, dass etwas Sinnvolles damit geschehen sollte.«

»Zu Lebzeiten deiner Eltern war Zanana nicht nur ein glückliches und von Wärme erfülltes Heim, sondern Teil des Gesellschaftslebens. Bälle, Wohltätigkeitsveranstaltungen, Feste, Picknicks für Kinder ... damals war hier viel los, Kate.«

»An so etwas hatte ich eigentlich nicht gedacht. Der Krieg ist gerade erst vorüber, und viele Menschen haben zu kämpfen. Von meiner Aushilfstätigkeit beim Roten Kreuz weiß ich, dass die Krankenhäuser überfüllt sind und so viele Männer erst gesund gepflegt werden müssen, bevor sie nach Hause zurückkehren können. Ich möchte aus Zanana ein Heim für genesungsbedürftige Soldaten machen. Wir brauchen natürlich Pflegepersonal und die entsprechenden Einrichtungen ...«

»Und Geld. Solche Dinge kosten Geld, Kate.«

»Ich habe dich nie nach dem Geld und dem Erbe gefragt, Hock Lee. Aber jetzt möchte ich es wissen – wo stehe ich? Jetzt und in den kommenden Jahren?«

»Ich wollte dich mit solchen Dingen nicht belasten, aber wo du jetzt fragst und zu einer so praktischen und verantwortungsbewussten jungen Frau herangewachsen bist, ist es nur richtig, dass du es erfährst.«

Sie saßen auf Catherines Lieblingsbank in der späten Nachmittagssonne, und Hock Lee erklärte Kate, er sei der Nachlassverwalter für Roberts Erbe, das von einem Treuhänderausschuss verwaltet wurde. Die Vorsitzenden des Ausschusses seien er selbst und Charles Dashford, der sich um die rechtlichen und administrativen Dinge kümmerte.

»Der größte Teil des Geldes deines Vaters wurde in ein Treuhandvermögen umgewandelt. Daraus wird jährlich Geld für den Unterhalt von Zanana bezahlt – für Reparaturen, Gehälter, zusätzliche Ausgaben für die Farm, die Molkerei und die Pflege des Grundstücks. Außerdem gibt es ein paar kleine Legate – die Unterstützung des Waisenhauses im Namen deiner Mutter, und natürlich wurde auch für Mary eine Abfindung bezahlt ... du weißt von ihr?«

»Nur, dass meine Eltern für kurze Zeit ein Mädchen aus dem Waisenhaus adoptierten.«

»Sie wurde nicht für kurze Zeit adoptiert, Kate. Deine Mutter betrachtete Mary genauso als eigenes Kind, als sei sie in Zanana geboren. Leider war es dein Vater, der es zu schmerzlich fand, die Beziehung aufrechtzuerhalten. Und aufgrund des unerwarteten Todes deiner Mutter waren nicht alle Papiere unterzeichnet und die Adoption noch nicht rechtskräftig. Zudem reagierte Mary nicht eben freundlich auf deine Ankunft. Du hattest sie ihres Platzes beraubt, und dann kam natürlich noch der traurige Tod deiner Mutter hinzu ...«

»Sie hatte das Gefühl, ich hätte sie verdrängt?«

»Mary war noch sehr jung«, erklärte Hock Lee sanft. »Aber ja, es gab Probleme. Ihre Eifersucht wurde unerträglich für die Butterworths und gefährlich für dich. Sie gaben sich wirklich alle Mühe mit euch beiden.«

»Das kann nicht leicht für sie gewesen sein. Was passierte mit Mary?«

Hock Lee saß einen Moment lang schweigend da. »Sie wurde auf ein gutes Internat geschickt und steht jetzt auf eigenen Füßen. Ich habe versucht, sie in meine Familie zu integrieren, und die Butterworths haben sich sehr bemüht, die Verbindung nicht abreißen zu lassen. Aber es war Marys Entscheidung, alle Brücken abzubrechen.«

»Sie will nichts mit uns zu tun haben?«

Hock Lee schüttelte den Kopf. »Dein Vater wollte keinen Kontakt mit ihr haben, aber da deine Mutter das Kind geliebt hat, habe ich dafür gesorgt, dass für ihre Schule und ihren Lebensunterhalt bezahlt wurde und ihr bis zu ihrem einundzwanzigsten Geburtstag eine kleine Summe aus dem Erbe deiner Eltern zur Verfügung stand.«

Kate war tief in Gedanken versunken und biss sich auf die Lippen, während sie zuhörte. Hock Lee wechselte das Thema. »Gut ... zurück zu deinem Plan. Ich halte ihn für ausgezeichnet. Da Gelder aus dem Vermögen benötigt werden, bedarf es der Zustimmung des Treuhänderausschusses. Obwohl ich sicher bin, dass wir Krankenhausbetten, Rollstühle und sonstiges zur Verfügung gestellt bekämen. Wir brauchen erfahrenes Pflegepersonal, und im Haus müsste einiges renoviert und verändert werden. Nicht auf Dauer natürlich. Und was sagt Gladys zu alldem?«

»Ich habe noch nicht mit ihr darüber gesprochen. Ich hielt es für das Beste, erst mit dir zu reden. Ich will sie nicht mit zusätzlicher Arbeit belasten, und es würde eine Menge Veränderungen bedeuten.«

»Hm ... Irgendwie glaube ich, dass sie die Idee begrüßen wird. Sie ist eine so mitfühlende Seele, und ihre Energie auf etwas anderes zu richten mag ihr helfen, den Schmerz über Harolds Verlust zu verwinden.«

»Die Johnsons würden bestimmt auch mitmachen.«

»Wir sollten es mit ihnen allen besprechen und überlegen, wie wir es gestalten wollen und wie es funktionieren kann, bevor ich die Treuhänder davon unterrichte.«

»Ich möchte selbst mit den Treuhändern sprechen.«

Er sah sie erstaunt an. Aber als er das energisch vorgereckte Kinn und den entschlossenen Zug um ihren Mund bemerkte, wurde ihm klar, was für eine willensstarke junge Frau sie geworden war. »Vielleicht würde sie das in ihrer Entscheidung positiv beeinflussen. Einer vernünftigen Argumentation und einem hübschen Gesicht kann man nur schwer widerstehen.«

Wie Hock Lee vorausgesagt hatte, hörte sich Gladys Butterworth Kates Idee nachdenklich an und nickte dann. »Ja. Es wird Zeit, dass die Türen des Hauses sich wieder der Welt öffnen. Ich glaube, Harold und die MacIntyres wären sehr damit einverstanden.«

Die Johnsons und Wally Simpson kamen zu ihnen in die Küche, und von allen Seiten wurden Vorschläge gemacht, während Gladys die große Teekanne auffüllte.

Wally deutete mit der Hand auf die Gärten vor dem Fenster. »Ein Mann wird viel schneller gesund, wenn er einen solchen Anblick vor sich hat statt grauer Wände und abgetretener Linoleumböden, das ist mal sicher.«

Sie schwiegen alle, dann sagte Kate: »Du hast mir gerade die Idee gegeben, wie ich meinen Plan den Herren vom

Treuhandausschuss vortragen kann, Onkel Wally. Hock Lee, wir müssen ein paar Hausaufgaben machen, dann knöpfen wir sie uns vor.«

Wally schlug auf den Küchentisch. »So ist's richtig, Kate: Schließlich bist du der Boss hier.«

Sie lachten alle und halfen dann dabei, die Tassen und Kuchenteller abzuräumen. Aber Wallys Bemerkung ließ Kate erkennen, dass sie in der Tat die Erbin dieses Besitzes war und dass es Zeit wurde, dass sie die Kontrolle über dessen Zukunft übernahm.

Kate kleidete sich sorgfältig für das Treffen am Nachmittag. Ein kalter Wind blies, also wählte sie ein dunkelblaues Wollkostüm. Der Saum des langen, schwingenden Rockes, der Kragen des Jacketts und die Ärmelränder waren in farblich passendem Samt eingefasst. Zwei Samtknöpfe schlossen das Jackett über ihrer schlanken Taille. Der gekräuselte Kragen einer weißen Chiffonbluse umschloss ihren Hals, und über den schmalhackigen schwarzen Schuhen trug sie weiße Knopfgamaschen. Sie steckte ihr Haar auf und krönte ihre Erscheinung mit einem flotten Filzhut und einer scharlachroten Feder. Zufrieden über ihre Kleidung, mit der sie das richtige Gleichgewicht zwischen Weiblichkeit und Autorität gefunden hatte, zog sie ihre schwarzen Glacéhandschuhe an und griff nach ihrem schwarzen Muff. Erregung malte rosige Flecken auf ihre Wangen, und ihre saphirblauen Augen, von intensiverem Blau noch als ihr Kostüm, funkelten erwartungsvoll der Herausforderung entgegen, der sie sich stellen würde.

Sie rauschte die breite Treppe hinunter, an deren Fuß Hock Lee und Mrs. Butterworth warteten.

»Kate! Du siehst ...« Gladys fehlten die Worte. Diese angriffsbereite und weltgewandte Frau war nicht ihre kleine Kate.

Hock Lee strahlte und bot ihr seinen Arm an. »Du siehst von Kopf bis Fuß aus wie eine Dame, die eine Mission zu erfüllen hat«, verkündete er.

Alle Zusammenkünfte des Zanana-Ausschusses wurden in den Büroräumen von Charles Dashford in Sydneys imposanter Macquarie Street abgehalten, einer Straße von Macht und Prestige. Das dreistöckige Sandsteingebäude stand gegenüber dem Botanischen Garten, und im Gegensatz zu den freundlichen, verwitterten hellen Sandsteinblöcken war das Innere dunkel und wirkte kalt und unfreundlich.

Die Absätze von Kates Schuhen klapperten auf den schwarzweißen Marmorfliesen des Foyers, als sie rasch die Treppe emporstieg. Die großen Holztüren trugen in frisch gemalten Goldbuchstaben die Aufschrift »Charles Dashford und Sohn – Anwälte«. Kate und Hock Lee warfen sich fragende Blicke zu. Er drückte ihren Arm, gab seinem weichen Filzhut mit dem Spazierstock einen verwegenen Schubs und öffnete die Tür.

Sie wurden von einem schüchternen jungen Anwaltsgehilfen in das Sitzungszimmer geführt. Das leise Gemurmel um den Mahagonitisch verstummte, und es gab ein Rascheln und Stühlerücken, als sich die Treuhänder erhoben, um Kate zu begrüßen.

Hock Lee übernahm es, die Anwesenden einander vorzustellen, stockte aber, als er sah, wie Hector Dashford Kate mit einem offenen und bewundernden Lächeln betrachtete. »Hector kennst du natürlich. Äh ... wirst du bei der Sitzung dabei sein?«, fragte Hock Lee. Er klang nicht gerade erfreut über die Anwesenheit einer Person, die nicht zum Ausschuss gehörte.

»Hector macht sich mit den Angelegenheiten unserer Kanzlei vertraut«, erklärte Charles Dashford glatt. »Er kann bei dieser Sitzung natürlich nicht mit abstimmen.«

»Ich dachte, die Vermögensverwaltung von Zanana sei nicht eine Angelegenheit Ihrer Kanzlei, sondern die gemeinsame Aufgabe aller hier Anwesenden«, sagte Kate milde, als ihr Hock Lee den Ledersessel an dem langen ovalen Tisch zurechtrückte.

»Aber gewiss, meine Liebe. Hector macht sich mit allen Aspekten meiner Geschäftsinteressen vertraut, und Zanana ist Teil meines ... Portefeuilles«, sagte Charles Dashford mit einem angespannten Lächeln.

»Es macht dir doch nichts aus, dass ich hier bin, Kate?«, fragte Hector und lächelte immer noch zuvorkommend.

»Im Moment nicht. Ich glaube sogar, dass dich interessieren wird, was ich vorzuschlagen habe.«

Ein ältlicher Bankier mit einem dicken Schnurrbart und einem altmodischen Gehrock fuhr mit den Fingern über seine seidenen Rockaufschläge. »Vielleicht sollten wir die Sitzung eröffnen und anfangen. Miss MacIntyre, Sie stehen als Erste auf der Tagesordnung.«

Der Schriftführer verlas rasch die Tagesordnung und erteilte dann Kate das Wort.

Sie zögerte einen Augenblick und schaute sich die zehn ausdruckslosen Gesichter um den Tisch herum an. Hector lächelte immer noch nachsichtig in ihre Richtung. Sie beachtete ihn nicht und begann zu sprechen.

»Meine Herren ... ich frage mich, ob Sie wissen, was ›Zanana‹ bedeutet?« Sie unterbrach sich und lächelte innerlich, als sie alle etwas verdutzt schauten. Dann fuhr sie fort: »Es bedeutet Ort des Schutzes und der Zuflucht, Ort des Friedens und der Ruhe. Ein Ort, an dem die geistigen Kräfte erneuert werden können. Ein Ort des Heilens. Für Geist, Seele ... und Körper. Also scheint es mir nur passend, dass Zanana, zumindest vorübergehend, zu einem Ort wird, an dem Männer, die aus dem Krieg zurückgekehrt sind, sich erholen können.«

»Ein Hospital!«, entfuhr es Charles Dashford entsetzt.

»Eher ein Heim für genesungsbedürftige Soldaten. Eine Zwischenstation zwischen dem Krankenhaus und der Rückkehr in ihr eigenes Heim. Es erscheint mir bedauernswert, dass in diesen schwierigen Zeiten ein so großes Haus leer steht, während die Krankenhäuser überfüllt sind mit Männern, die keiner dringenden medizinischen Versorgung bedürfen, aber einer überwachten Rekonvaleszenz. Es würde nicht allzu viel Geld kosten, für die Einrichtung zu sorgen. Hock Lee und ich haben eine vorläufige Auflistung der Kosten erstellt. Das städtische Krankenhaus hat sich einverstanden erklärt, uns Betten und die notwendige Grundausstattung zur Verfügung zu stellen. Und wie Sie wissen, vorsorgt sich der Besitz selbst – die Molkerei und die Farm sind sehr produktiv.«

Charles Dashford polterte laut los. »Mein liebes Mädchen, das ist unmöglich. Ein kindischer Einfall. Natürlich gut gemeint, aber ...« Er machte eine wegwerfende Handbewegung.

Hock Lee meldete sich zu Wort. »Was haben Sie denn dagegen einzuwenden, Charles?«

Dashford sah sich am Tisch um und wurde leicht unsicher, da er nicht die übliche Unterstützung spürte. »Es ist absurd. Die einfache Frage lautet – wozu? Dieses Vorhaben beinhaltet Schwierigkeiten, Aufwand, Kosten und ein Risiko ... und ich frage erneut, wozu?«

Einer der Treuhänder sagte leise: »Ich habe meinen Sohn in Frankreich verloren. Ich würde gerne etwas für die Jungs tun, die zurückgekehrt sind und Hilfe bei der Genesung brauchen.«

Der Sitzungspräsident verschränkte die Hände über seiner Weste. »Was ist mit dem Pflegepersonal, Miss MacIntyre? Es werden doch sicherlich erfahrene Pflegeschwestern sowie zusätzliche Haushaltskräfte benötigt.«

»Das stimmt. Ich habe mich erkundigt, und es gibt eine vor kurzem in Pension gegangene Oberschwester in Kincaid, die gerne die Leitung übernehmen würde. Sie meint, es gäbe genug erfahrene Krankenschwestern im Distrikt und einige Frauen mit guten Kenntnissen in erster Hilfe und Pflege, die angestellt werden könnten. Andere könnten ausgebildet werden, und es gibt viele Männer und Frauen in der näheren Umgebung, die helfen wollen, viele auf freiwilliger, unbezahlter Basis. Wir haben genügend Arbeiterunterkünfte auf dem Grundstück, die als Behausung für das Personal verwendet werden können. Was den finanziellen Aspekt angeht, so hat Hock Lee die entsprechenden Zahlen für Sie vorbereitet. Ich kann mir keine bessere Verwendung für einen Teil des Geldes aus dem Treuhandvermögen meiner Eltern vorstellen.«

»Sie scheinen ja alles in Betracht gezogen zu haben«, sagte der Sitzungspräsident mit einem leichten Zwinkern.

Charles Dashford wirbelte zu ihm herum. »Rawlings! Sie werden doch nicht etwa diesem Plan zustimmen? Wir haben die Aufgabe, die Interessen des Besitzes zu vertreten. Wer kann sagen, in welchen Zustand er verfallen wird oder welche Diebstähle und Schäden auftreten werden. Das Haus ist voll wertvoller Antiquitäten, wie Sie sich erinnern mögen. Nein, ich kann dem keinesfalls zustimmen.«

Hock Lee legte eine mitfühlende Hand auf Kates Arm. Er hatte sie gewarnt, dass Dashford den Vorschlag blockieren würde. Aber sie schien ganz ruhig zu bleiben.

»Nun ja, Mr. Dashford, wie traurig wäre die Welt, wenn alle wie Sie dächten. Meine Eltern waren Wohltäter und Philanthropen. Sie wissen von der Arbeit meiner Mutter für die unterprivilegierten Kinder eines Waisenhauses. Ich glaube, dass mein Vater meinen Plan billigen würde, die von meiner Mutter begonnenen guten Taten fortzusetzen. Ist es nicht so, Hock Lee?«

Hock Lee nickte. Er sagte nichts. Kate machte ihre Sache ausgezeichnet.

»Das war vor langer Zeit. Hirngespinste, meine Liebe«, widersprach Dashford.

»Ich schlage vor, dass wir zur Abstimmung kommen«, sagte der Sitzungspräsident.

Kate sah sich am Tisch um und versuchte festzustellen, wer ihren Plan befürworten würde. Hock Lee, wahrscheinlich der Sitzungspräsident und der Treuhänder, dessen Sohn gefallen war. Der Rest wirkte unsicher. Hock Lee hatte ihr erklärt, dass Charles Dashford es meist schaffte, den Ausschuss auf seine Seite zu bringen. Die meisten würden wie er stimmen, um sicherzugehen, anstatt ihren Hut für eine junge Frau und ein finanzielles Risiko in den Ring zu werfen.

Kate erhob sich. »Meine Herren, bevor Sie abstimmen, würde ich gerne noch ein Wort allein mit Mr. Dashford sprechen.«

Charles Dashford seufzte. »Kate, ich glaube nicht, dass das nötig ist.«

Sie lächelte ihn zuckersüß an. »Nur einen kleinen Augenblick, um zu sehen, ob ich Sie nicht doch noch umstimmen kann.«

Widerstrebend erhob er sich, und als auch Hector aufstehen wollte, wandte sich Kate an ihn. »Wenn es dir nichts ausmacht, Hector, würde ich lieber allein mit deinem Vater sprechen.« Hector hob die Augenbrauen und ließ sich wieder auf seinem Stuhl nieder.

Kate legte ihren Muff auf den Tisch, nahm ihre kleine Handtasche und rauschte aus dem Sitzungszimmer.

Charles Dashford schloss die Tür hinter ihnen. »Also wirklich, Kate, damit verschwenden wir nur Zeit. Du hast nicht zu bestimmen, was mit Zanana geschieht, du bist immer noch ein junges Mädchen.«

Sie sah ihn an und sprach mit leiser Stimme, jedes Lächeln war aus ihrem Gesicht gewichen. »Ich spüre, dass es das Richtige ist. Eine moralisch richtige Sache, die ich für meinen leiblichen Vater, für meinen Pflegevater Harold und all jene jungen Männer tun möchte, die in diesem schrecklichen Krieg an Leib und Seele verletzt wurden. Viele von ihnen werden vielleicht nie wieder ganz genesen. Ihre Körper schon, aber nicht ihr Geist und ihre Herzen.«

Dashford verdrehte die Augen. »Nun werde nicht auch noch melodramatisch, meine Liebe.«

Sie beachtete ihn nicht und fuhr fort: »Und ich will es auch für Männer wie Ben Johnson tun – die wahren Helden. Es könnte Sie interessieren, dass Hector die Tapferkeitsauszeichnung nicht verdient hat. Sie gehört in Wirklichkeit Ben.«

»Was meinst du damit? Das ist doch alles Blödsinn.«

Schweigend nahm sie Harolds Brief aus ihrer Handtasche und reichte ihn Charles Dashford. Er las ihn rasch durch. Alle Farbe wich aus seinem Gesicht, als er von Bens Rettung des Verwundeten und von Hectors Feigheit las.

»Da waren auch noch andere – einschließlich Wally Simpson –, die es gesehen haben. Sie wollen doch sicher nicht, dass diese Geschichte bekannt wird, nehme ich an.«

Sie hatte ihre letzte Karte ausgespielt, trat einen Schritt zurück und betrachtete ihn mit einem ruhigen und freundlichen Ausdruck, aber mit stählernem Glanz in ihren blauen Augen. Er gab ihr den Brief, machte auf dem Absatz kehrt, ging zurück ins Sitzungszimmer und schloss die Tür mit einem ärgerlichen Klick.

Kate setzte sich auf die lederbezogene Chaiselongue und wartete. Eine schlicht gekleidete junge Frau in einem langen, marineblauen Rock und einer weißen Bluse mit kirschroter Schleife kam geschäftig auf sie zu. »Hätten Sie gerne eine Tasse Tee, während Sie warten?«

»Nein, vielen Dank.«

Die beiden jungen Frauen sahen sich an. Kate nahm an, dass die andere älter war als sie. »Arbeiten Sie hier?«

»Ja. Ich bin Mr. Dashfords Privatsekretärin.«

»Ah ja, verstehe.«

Die junge Frau starrte Kate unverwandt an, und zum ersten Mal an diesem Tag fühlte sich Kate unbehaglich.

»Entschuldigen Sie mich. Ich muss an meine Arbeit zurück.« Sie drehte sich um und verschwand.

Die Türen öffneten sich, und ein strahlender Hock Lee kam heraus und reichte Kate ihren Muff. »Tja, ich weiß nicht, wie du es fertig gebracht hast, den alten Dashford rumzukriegen, aber sie haben deinem Plan alle zugestimmt. Er muss natürlich noch ein bisschen ausgefeilt werden, doch ich schlage vor, wir gehen zum Feiern in die ›Tea-Rooms‹.«

»Wunderbar!« Kate hakte sich bei ihm ein und schlüpfte mit der anderen Hand in ihren seidenweichen Muff.

Als sie die Treppe hinuntergingen, lachte Hock Lee. »Du hättest Dashfords Gesicht sehen sollen, als er ins Sitzungszimmer zurückkam. Es war schwarz wie Gewitterwolken. Sie daran zu erinnern, dass Zanana Zufluchtsort bedeutet, war eine Meisterleistung, meine Liebe.«

»Ich hielt es nicht für notwendig zu erwähnen, dass ein Zanana nur ein Zufluchtsort für Frauen ist. Das hätte meine Argumentation wohl eher geschwächt«, gestand sie verschmitzt.

Hock Lee brüllte vor Lachen. »Kluges Mädchen. Nun erzähl mir, was du zu Dashford gesagt hast.«

»Beim Tee. Und einem Stück Torte.«

»Einverstanden«, sagte Hock Lee. »Jetzt fängt unsere Arbeit erst richtig an.«

III
Der Ruf des Echos

Kapitel vierzehn

Zanana 1920

Das Heim für genesungsbedürftige Soldaten in Zanana war ein Erfolg. Die Villa und die schönen Gärten hatten eine beruhigende, heilende Wirkung auf die seelischen und körperlichen Verletzungen der Männer.

Wally Simpson, der sich bis auf ein leichtes Humpeln fast vollständig erholt hatte, blieb in Zanana, um hier und dort auszuhelfen. Zwischen ihm und Gladys Butterworth war eine Bindung entstanden, die auf ihrer beider Trauer um Harold, einer gemeinsamen Vergangenheit und alter Freundschaft basierte.

»Gemeinsame Kindheitserinnerungen verbinden sehr«, bemerkte Wally zu Kate.

Doch trotz ihrer ausgefüllten Tage und der Befriedigung, die Männer physisch und seelisch geheilt nach Hause zurückkehren zu sehen, war Kate ruhelos. Sie ging ganz in ihrer Arbeit auf und freute sich an der Tatsache, dass Zanana eine wertvolle Rolle für die Allgemeinheit spielte, nur konnte sie nicht verstehen, warum sie so unzufrieden war.

Sie war geduldig und freundlich wie immer. Die Männer verehrten sie alle, sagten, sie sei ein Engel der Barmherzigkeit und besser als Florence Nightingale. Ihre Großzügigkeit, Zanana als Erweiterung des Krankenhauses zur Verfügung zu stellen, wurde genauso anerkannt wie die Großzügigkeit ihrer Seele. Die junge Frau setzte sich zu den Männern, erzählte, hörte zu, wenn sie von ihren Familien sprachen, ihrem Zuhause oder Anekdoten aus dem Krieg zum Besten gaben. Denn trotz der Entsetzlichkeiten, die sie durchgemacht hatten, gestanden viele der Männer, dass es die beste Zeit ihres Lebens gewesen war.

Kate teilte ihre Gefühle niemandem mit und sprach auch nicht über sich. Gladys Butterworth war voll beschäftigt mit der täglichen Organisation der Mahlzeiten, dem Dienstplan und der Überwachung der freiwilligen Helfer. Wally unterstützte Sid Johnson bei der Leitung der Farm und half in der Villa und auf dem Grundstück aus. Ihre emsige Tätigkeit ließ Gladys und Wally kaum Zeit, über den Verlust der von ihnen geliebten Menschen nachzudenken oder sich zu allein zu fühlen. In der nächtlichen Abgeschiedenheit mussten sie beide mit ihrem Schmerz und ihrer Trauer fertig werden, aber mit dem Beginn des neuen Tages fühlten sie sich gebraucht und anerkannt und waren froh, anderen helfen zu können.

Immer empfindsam für die Stimmungen seiner Patentochter, bemerkte Hock Lee Kates Anfälle von Betrübtheit und Ruhelosigkeit. Eines Tages schlug er ihr vor, einen Spaziergang durch den Garten zu machen, und sie ließen sich im Schatten eines Baumes auf Catherines Lieblingsbank nieder.

Kate schlüpfte aus ihren Schuhen und wackelte mit den Zehen in den hellen Seidenstrümpfen.

Hock Lee griff nach ihrer Hand und betrachtete ihre Handfläche.

»Was siehst du?«, fragte sie beiläufig.

»Fragen«, erwiderte Hock Lee in ernsthaftem Ton.

»Oh«, entfuhr es Kate überrascht.

»Erzähl mir von deinen Gefühlen, Kate, oder sag mir, welche Wünsche du hast – falls du sie überhaupt kennst. Ich spüre, dass dich etwas bedrückt.«

Sie dachte kurz nach und seufzte dann tief auf. »Ich weiss nicht genau, was mit mir los ist. Es ist, als würde ich morgens aufwachen, und Traumfetzen würden verblassen, die ich nicht mehr greifen kann, bevor sie verschwinden. Ich habe das Gefühl, dass ich etwas wissen sollte oder dass etwas passieren müsste oder dass ich etwas tun sollte, aber ich weiss nicht, was.«

»Du bist wie ein kleiner Vogel in einem Bambuskäfig, der gegen die Stäbe flattert und nicht entkommen kann. Du sehnst dich danach, dass sich die Tür öffnet und du frei sein kannst, deine Flügel ausbreiten und davonfliegen kannst.«

»Ja, ja. Genau dieses Gefühl habe ich. Du bist eine weise alte Eule, Hock Lee.«

»Kate, meine kleine Taube. Es mag grausam sein, aber manche Vögel sind für den Käfig bestimmt. Sie singen und singen in der Sicherheit ihrer kleinen Welt, doch wenn man sie freilässt, schickt man sie in den Tod. Sie können sich nicht verteidigen, sind den wilden Vögeln schutzlos ausgeliefert.«

»Willst du damit sagen, dass Zanana mein Käfig ist?«

»In gewisser Weise ja, denn es ist dein Erbe, und deine Zukunft liegt hier. Kate, mein liebes Kind, du sehnst dich nach Liebe. Du wirst geliebt, und du liebst uns, aber es kommt eine Zeit, in der die Liebe zwischen Mann und Frau an oberster Stelle im Leben steht.«

Kate zog ihre Hand zurück und verschränkte beide Hände schüchtern in ihrem Schoss. »Ich hatte nicht so … direkt daran gedacht. Aber du hast wohl Recht. Wie immer, Hock Lee. Und was soll ich nun machen?«

»Mach dir keine Sorgen darüber, was sein wird. Unser Schicksal ist bereits vorausbestimmt, also können wir es nicht ändern. Er wird dir schon über den Weg laufen, wenn die Zeit gekommen ist.«

»Ich glaube, er ist mir schon über den Weg gelaufen«, sagte sie leise, und eine leichte Röte stieg ihr in die Wangen.

Hock Lee lächelte. Er hatte so eine Ahnung, wen seine Patentochter meinte, aber er sagte nichts. Stattdessen stand er auf und schnippte ein herabgefallenes Blatt von seinem dunkelgrauen Wollanzug, dessen strenger Stil durch die auffällige Weste aus chinesischer Seide gemildert wurde.

Als er Kate aufhalf, sagte er: »Da ist noch etwas anderes, das du bedenken musst, Kate. Du wirst bald volljährig und bekommst dann formell die Verfügungsgewalt über dein Erbe. Du wirst die Herrin von Zanana sein und als solche eine sehr wichtige Dame der Gesellschaft. Es könnte eine Bürde für dich sein, und du musst sorgfältig die Menschen prüfen, die um dich werben mögen und auf irgendeine Weise an deinem Leben teilhaben möchten.«

Sie lachte leise. »Keine Bange, Hock Lee. Mum warnt mich seit Monaten vor Glücksrittern. Außerdem habe ich dich und diese muffigen Treuhänder, die mir über die Schulter schauen.«

Er fiel in ihr Lachen ein. »Ich hoffe, es macht dir nichts aus, dass ich dir über die Schulter schaue, aber die verknöcherten alten Treuhänder und Mr. Dashford sind zweifellos wachsam. Wenn ich auch glaube, dass du bestens mit ihnen fertig wirst.«

Das Gespräch hatte Kate entspannt, ihre Unruhe verschwand, und sie begann ein neues Vorhaben zu planen. »Wir brauchen neue und bessere Rollstühle, also werde ich mir was ausdenken müssen, um zu Spenden zu kommen«, verkündete sie Mrs. Butterworth.

»Was hast du denn diesmal vor? Du wirst deiner Mutter wirklich immer ähnlicher«, gluckste Gladys.

»Ja? Was hat sie gemacht? Ich dachte, sie und mein Vater seien mehr im abstrakten Sinne Philanthropen gewesen.

Du meinst, meine Mutter hat sich in der Gemeinde betätigt?« Kate war neugierig geworden und sah ihre Pflegemutter erwartungsvoll an.

Mrs. Butterworth zögerte. Die Bemerkung war ihr einfach entschlüpft. Sie war nie näher auf Catherines Engagement für das Waisenhaus eingegangen, aus Furcht, es könnte Marys Geist heraufbeschwören. »Sie betätigte sich nicht außerhalb von Zanana. Sie hat hier Picknicks für arme Kinder veranstaltet.«

»Wie reizend von ihr. Vielleicht werde ich das später auch machen.«

»Im Moment haben wir alle Hände voll zu tun mit diesen Soldaten.« Rasch wechselte Mrs. Butterworth das Thema. »Ach ja, Kate, Mr. Dashford hat angekündigt, dass er heute Morgen aus geschäftlichen Gründen herkommen würde, und Ben kam vorbei und sagte, er hätte gerne, dass du dir etwas anschaust, woran er im Garten arbeitet.«

»Was denn? Weißt du, Ben ist auf seine stille Weise sehr künstlerisch. Er vollbringt wahre Wunder mit Pflanzen und bei der Gartengestaltung.«

»Er kann auch gut mit Tieren umgehen«, fügte Mrs. Butterworth hinzu. »Wie auch immer, er ist unten beim Schwimmbecken.«

»Welcher Mr. Dashford kommt denn her?«, fragte Kate mit einem Blick über ihre Schulter.

»Hector – natürlich«, erwiderte Mrs. Butterworth mit einem anzüglichen Grinsen.

»Hm. Vielleicht kann ich ihn dazu bringen, mir bei der Vorbereitung dieses Benefizkonzerts zu helfen. Wart's nur ab, es wird wundervoll werden – eine Sommerabend-Symphonie.«

»Eine was?«

Kate drehte sich um und erklärte: »Die Musiker werden auf einem Floß spielen, das an unserem Anlegesteg vertäut wird. Alles wird angestrahlt werden, und die Gäste – die nicht zu knapp für dieses Privileg bezahlt haben! – werden auf den Rasenflächen am Fluss entlang picknicken. Sie werden mit der Fähre aus der Stadt hierher gebracht, und in ihrem Eintrittspreis ist für jeden ein Picknickkorb enthalten.«

»Guter Gott«, entfuhr es Mrs. Butterworth. »Woher kriegst du nur solche Ideen?« Ihr Erstaunen wich profaneren Überlegungen. »Wollen wir nur hoffen, dass es nicht regnet«, sagte sie und signalisierte damit ihre Zustimmung.

»Immer praktisch, typisch für dich! Wo bleibt dein Sinn für Abenteuer? Na, Ben hat auf jeden Fall versprochen, dass es nicht regnen wird. Er sagt, in Sydney ist es um diese Jahreszeit immer trocken.«

»Das kommt mir alles sehr ausgefallen vor. Ich hab noch nie von so was gehört.«

»Ich weiß«, lachte Kate. »Deshalb wird es ja auch Spaß machen. Und alle werden kommen! Alle Patienten bekommen Ehrenplätze, und ich weiß, dass sie es genießen werden. Das Geld, das wir einnehmen werden, wird uns helfen, neue Anschaffungen an medizinischer Ausrüstung zu machen, und es wird hoffentlich genug übrig bleiben, um einen kleinen Fonds zur Unterstützung ihrer Familien einrichten zu können. Ohne die Arbeitskraft ihrer Männer ist es schwierig für sie, ein Auskommen zu finden, selbst mit der Versehrtenrente.«

»Das ist wohl wahr«, seufzte Mrs. Butterworth.

Kate ging vom Haus durch den Garten und sah Wally, der einen quietschenden Rollstuhl schob. Bald hatte sie ihn eingeholt.

»Hallo!« Sie beugte sich vor und begrüßte den Soldaten, dessen Augen verbunden waren. Er streckte unsicher die Hand aus, Kate ergriff sie und drückte sie freundlich.

»Und was hast du vor, junge Dame?«, fragte Wally.

»Ich will zu Ben. Wie geht's denn voran?«

»Prima. Sergeant Hawkins hat heute ein halbes Dutzend Schritte geschafft, bald wird er hier überall herumlaufen. Und Tom hier bekommt morgen die Verbände abgenommen.«

»Bald werden Sie ein neuer Mensch sein, was?«, sagte Kate.

»Da bin ich mir nicht so sicher. Das Gas hat meine Augen ziemlich verbrannt. Aber im Vergleich zu manchen anderen geht's mir recht ordentlich«, erwiderte Tom.

»Wir sind auf dem Weg zum Rosengarten. Da riecht es so gut«, sagte Wally.

»Na schön, aber seid brav. Dass du mir nicht wieder die Schwestern aufziehst, Wally«, meinte Kate lächelnd.

»Ich mag zwar gute dreißig Jahre älter sein als du, Kate, aber ich steh noch nicht mit einem Fuß im Grab«, grinste Wally und zwinkerte ihr zu.

Kate ging weiter durch die Gärten zu den Terrassen, die hinab zum Flussufer führten. Das große Schwimmbecken funkelte in der Morgensonne. Die Badepavillons waren frisch gestrichen worden, und eine Reihe von Kentiapalmen warf Spitzenmuster aus Schatten auf das frisch gemähte Gras.

»Ben? Bist du da?«

»Hier drinnen, Kate«, rief er aus den Büschen, die das Becken abschirmten.

Sie bahnte sich ihren Weg in das Gebüsch. Ben saß auf einem Felsbrocken und hatte vor sich auf dem Boden ein Blatt Papier ausgebreitet.

»Was machst du da?«

»Ich entwerfe das Geschenk zu deinem einundzwanzigsten Geburtstag.«

»Was meinst du damit?«, fragte Kate verblüfft. Ben hatte

ihr noch nie etwas geschenkt, und bis zu ihrem Geburtstag war es noch lange hin.

»Ich wollte dir etwas Besonderes schenken. Ich muss es dir sagen, weil ich die Erlaubnis dazu bei Hock Lee und Mrs. B. einholen musste. Ich baue dir eine Grotte.«

»Eine Grotte …? Ben, das klingt wunderbar.«

»Hier, das ist der Plan dafür. Das Material und das Bauen der Grotte sind kein Problem, weil ich nur eine Ton- und Sandsteinmischung dafür verwenden werde. Der schwierigere, aber auch vergnüglichere Teil wird sein, ihr die richtige Form zu geben. Und dann natürlich die Pflanzen. Sie müssen alle aus dem Regenwald stammen – Farne, Bromelien, Orchideen und Moose … Wally will dafür sorgen, dass ein Freund welche aus Bangalow herschickt.« Er brach ab und sah sie lächelnd an. »Was hältst du davon? Hier ist meine Skizze. Du könntest es viel hübscher zeichnen.«

Kate kniete sich ins Gras und betrachtete das Blatt Papier mit der detaillierten Zeichnung. »Ben, das ist ja wie im Märchen. Es ist zauberhaft.«

Kate setzte sich auf und umschlang ihre Knie unter dem Baumwollrock. Sie sah zu Ben in seinen groben Tweedarbeitshosen und dem kragenlosen Hemd auf, dessen Ärmel bis zu seinem Bizeps hochgerollt waren. Sein lockiges braunes Haar fiel ihm über das eine Auge, sein offenes, freundliches Gesicht war von der Sonne gebräunt.

»Was für ein guter Mensch er ist«, dachte Kate. Manche Menschen hätten Ben vielleicht als einfachen Arbeiter abgetan, aber ihr war klar geworden, wie sehr er die Natur und die Schönheit liebte – er schien die Gabe zu haben, um sich herum Harmonie zu schaffen. Hinter seiner Einfachheit verbarg sich eine Tiefe des Gefühls und der Fürsorge. Auf seine stetige, ruhige Art war er so beständig wie der Fcls, auf dem er saß.

Ben stand auf und faltete das Blatt zusammen. »Ich bin froh, dass dir meine Idee gefällt. Es wird etwas ganz Besonderes werden.«

Sie lachten leise über ihr gemeinsames Geheimnis, und er streckte die Hand aus und half ihr hoch. Einen Moment lang waren sich ihre Körper so nahe, dass sie sich fast berührten, und sie sahen sich, immer noch Hand in Hand, in die Augen. Bens Kopf näherte sich Kates Gesicht, doch dann ließ er ihre Hand los und nestelte an dem Grottenplan herum.

Sanft nahm Kate ihn ihm weg. »Gib ihn mir, dann male ich ein Aquarell davon, wie es aussehen wird.«

»Eine Impression der Künstlerin?«

»In diesem Fall bist du der Künstler, Ben.«

Die Gala-Sommersymphonie, von Kate bis ins kleinste Detail geplant, war noch monatelang in aller Munde. Es war ein herrlicher Sommertag. Der Fluss lag im verführerischen Licht des Sonnenuntergangs, der das Wasser erst silbern und dann rot und golden glänzen ließ.

Fröhlich geschmückte Boote brachten die Gäste zum Anlegesteg. Einige waren in Abendgarderobe, andere nach der neuesten ›Flapper‹-Mode gekleidet, die Männer in Flanellhosen und gestreiften Blazern. Manche der Frauen trugen breitkrempige Hüte, beladen mit Seidenblumen, während andere mit eng anliegenden Glockenhüten über neumodischen Bubikopffrisuren auffielen. Viele Männer trugen flotte Strohhüte, trotz der frühabendlichen Stunde.

Chinesische Laternen baumelten an den Ästen, und als es dunkel wurde, gingen am Flussufer entlang elektrische Lampen an und warfen ihren gelben Lichtschein auf das Wasser. Bevor das Konzert begann, schlenderten Musikanten, Jongleure und Zauberer durch die Picknickgäste, um sie zu unterhalten und zu amüsieren.

In dem Moment, als der Sonnenball hinter dem Horizont versank, kündeten drei Hornstöße von einem Schlepper den Beginn des Musikvortrags an. Geschäftig bugsierte der kleine Schlepper das große Floß heran, auf dem das Orchester saß, ganz in Schwarz und Weiß gekleidet. Viele grinsten selbstbewusst, andere wirkten leicht nervös, doch alle waren beeindruckt von der Schönheit der Szenerie und dem zahlreich erschienenen Publikum. Der Schlepper ankerte rasch und geschickt, und die Mannschaft versammelte sich an Deck, nachdem ihre Arbeit fürs Erste getan war.

Der Dirigent erhob sich, verbeugte sich vor der Menge am Ufer, hob den Stab, und die ersten Töne von Rimskij-Korsakows »Hindu-Lied« klangen über das Wasser.

Kein Windhauch bewegte die Wasseroberfläche, aber als es Nacht wurde, leuchteten Sterne am samtigen Himmel auf, und die Temperatur kühlte angenehm ab.

Kate saß zusammen mit Hock Lee, Mrs. Butterworth, Wally Simpson und den Dashfords.

Während der Pause beugte sich Hector zu Kate und flüsterte: »Sind noch welche von diesen köstlichen kleinen Törtchen übrig?«

Kate reichte ihm eins der klebrigen Törtchen auf einem kleinen Stück Tortenpapier. »Danke für all deine Hilfe, Hector. Du hast mir sehr damit geholfen, für die Fährboote und die Werbung zu sorgen. Ich glaube, wir haben eine Menge Geld eingenommen.«

»Du hast die ganze Arbeit gemacht, Kate. Erstaunlich, wenn man es bedenkt.«

»Erstaunlich? Meinst du damit die Veranstaltung oder die Tatsache, dass ich, die ich ja nur eine Frau bin, das alles arrangiert haben soll?«, fragte sie mit erhobenen Augenbrauen.

Hector sah leicht verlegen aus. »So habe ich das nicht gemeint. Wollen wir nicht einen kleinen Spaziergang machen, Kate, uns die Beine vertreten? Wir haben noch genug Zeit, bis die Musik wieder anfängt.«

Widerstrebend schloss sich Kate Hector an und entschuldigte sich kurz bei den anderen. Sie bahnten sich ihren Weg durch die auf dem Rasen versprengten Gruppen und befanden sich bald in einem ruhigeren Teil der Gärten.

»Ich hoffe, du nimmst mir das nicht übel, was ich gesagt habe«, setzte Hector an. »Ich meine ... ich muss schon sagen, du bist ziemlich außergewöhnlich.«

»Danke, Hector.«

»Und nicht nur als Organisatorin, Kate. Du bist eine sehr attraktive Frau, und ich ...« Hector hielt inne, verwirrt und unsicher, was er als Nächstes sagen sollte, das war ganz ungewöhnlich für sein sonst so übermäßig selbstbewusstes Auftreten.

Sie befanden sich im Schatten des Bambushains, der das Mondlicht in Silbersplitter zerteilte. Hector griff nach Kates Hand und zog sie näher an die raschelnden Stauden heran, wo sie von den Menschen am Flussufer nicht gesehen werden konnten.

»Kate, was ich wirklich sagen möchte, ist ... ich ... würde dich gerne heiraten. Werde meine Frau.«

Kate zuckte zurück und entriss ihm ihre Hand, sie war völlig schockiert. »Hector! Das ... kommt so ... überraschend.«

»Wieso, Kate? Wir kennen uns seit vielen Jahren, seit wir Kinder waren sogar. Es scheint mir in vieler Hinsicht passend. Du brauchst einen Mann, der sich um dich und Zanana kümmert. Jemand, dem du vertrauen kannst. Ich hoffe sehr, dass ich diese Rolle ausfüllen kann.«

Kate starrte ihn verwirrt an, aufgewühlt von Gefühlen. Sie schwieg einen Moment, obwohl sie ihn am liebsten angeschrien hätte: »Ich brauche niemanden, der sich um mich kümmert. Für Zanana bin ich verantwortlich, und ich kümmere mich darum. Aber viel wichtiger, wie ist es mit der Liebe? Liebst du mich, Hector?« Doch sie verkniff sich die Worte und brachte schließlich heraus: »Es tut mir leid, Hector. Das kann ich nicht.«

Als sie die Enttäuschung in seinem Gesicht sah, fügte sie hastig hinzu: »Ich bin noch nicht bereit zu heiraten. Ich fühle mich geschmeichelt, dass du mich darum gebeten hast, aber ich muss ablehnen. Bitte zieh mich nicht in Betracht.«

»Dich nicht in Betracht ziehen! Kate, du bist wunderschön, und ich würde dich glücklich machen. Denk an das Leben, das wir zusammen haben könnten.«

Genau daran dachte Kate. Eine plötzliche Vorstellung von dem gealterten Hector – einem Ebenbild seines Vaters – kam ihr vor Augen, und sie musste sich zusammennehmen, um nicht zu erschaudern oder in Gekicher auszubrechen. Hector heiraten – was für ein Schicksal. Armer Hector, sein männlicher Stolz war verletzt, also versuchte sie den Schlag zu mildern, wobei sie zu spät erkannte, dass sie ihm damit vielleicht Hoffnungen machte.

»Nimm es nicht persönlich, Hector. Es liegt an mir … ich bin noch nicht bereit, mich zu binden. Ich kann dir nicht erklären, was ich fühle, aber mich jetzt mit dir zu verloben wäre nicht das Richtige für mich.«

»Würdest du mich … könntest du mich … lieben, wenigstens ein bisschen?«

»Hector, wir kennen einander ja kaum …«

»Genau dafür ist die Verlobungszeit da, Kate.«

»Bitte, Hector, lass uns nicht mehr darüber reden. Die Musik beginnt, wir müssen zurück.« Sie drehte sich um und ging den Weg entlang, den sie gekommen waren, Hector trottete niedergeschlagen neben ihr her.

»Guten Abend, Hector.«

Eine junge Frau stand plötzlich vor ihnen. Kate schaute verwirrt auf das Gesicht, das ihr vage bekannt vorkam.

»Oh, hallo. Gefällt Ihnen die Veranstaltung? Darf ich vorstellen: Miss MacIntyre. Kate, das ist Miss O'Hara.« Hector war höflich, aber distanziert.

»Wie geht es Ihnen, Miss MacIntyre? Wir kennen uns bereits.«

Kate sah sie durchdringend an, dann fiel es ihr ein. »Natürlich. Aus Mr. Dashfords Büro.«

»Das stimmt. Ich bin die Assistentin von Mr. Dashford – Mr. Dashford senior.« Die junge Frau starrte Kate mit einem wie festgefrorenen Lächeln an, Funken blitzten in ihren Augen.

Hector sah unbehaglich aus. »Wir müssen zurück zu unseren Plätzen. Herrliche Umgebung, nicht wahr?«, murmelte er.

»O ja. Zanana ist wunderbar. Etwas ganz Einmaliges. Auf Wiedersehen.« Miss O'Hara ging an ihnen vorbei, und Kate betrachtete sie neugierig.

»Sie ist attraktiv und offensichtlich gescheit. Wer ist sie, Hector?« Kate war froh über diese Ablenkung.

Hector antwortete kurz angebunden. »Ich weiß nicht viel von ihr, aber mein Vater hält große Stücke auf sie – in beruflicher Hinsicht.«

Kate sagte nichts, aber es schoss ihr durch den Kopf, dass diese junge Frau die perfekte Partnerin für Hector wäre. Warum konnte er ihr keinen Heiratsantrag machen? Doch innerlich wusste Kate, dass sie etwas besaß, das Miss O'Hara nicht hatte und das ein großer Anreiz für Hector war. Sie besaß Zanana.

In den folgenden Wochen ging Kate Hector, der regelmäßig anrief und zu Besuch kam, aus dem Weg. Sie erklärte Mrs. Butterworth, warum sie ihn nicht sehen wollte und was passiert war.

»Ich liebe ihn nicht. In gewisser Weise kann ich verstehen, warum eine Verbindung zwischen uns als ideal betrachtet werden würde. Die Dashfords sind wohlhabend, vertreten die Interessen von Zanana und haben sich um mein Wohlergehen gekümmert. Aber er macht mich nicht glücklich. Und hast du nicht immer gesagt, dass Liebe bedeutet, mit jemandem glücklich zu sein?«

Mrs. Butterworth nickte. Sie wusste von Hectors Heiratsantrag, da sein Vater bei einem Besuch in Zanana Mrs. Butterworth gedrängt hatte, Kate ins Gewissen zu reden und zur Vernunft zu bringen.

Jetzt sagte Mrs. Butterworth nur: »In der Liebe gibt es keine Missverständnisse. Sie mag nicht immer plötzlich und ungestüm sein, aber für mich bedeutet Liebe, ständig mit dem Menschen zusammen sein zu wollen, der einen glücklich macht. Man kann es nicht erzwingen. Zwei Menschen lieben einander, oder sie tun es nicht.«

»Ich liebe Hector jedenfalls nicht, und ich wünschte, er hätte mir keinen Heiratsantrag gemacht. Ich fühlte mich wie …« Kate zuckte die Schultern und wedelte verwirrt mit den Händen.

Mrs. Butterworth nahm sie in die Arme und lächelte. »Schon gut, schon gut, du benimmst dich ja wie ein aufgeregtes Huhn. Hector wird schnell darüber hinwegkommen, du wirst sehen. Dafür wird seine Arroganz schon sorgen. Aber sei vorsichtig, Kate, mach ihn dir nicht zum Feind.«

Kate widmete sich ihrer Arbeit mit den Kriegsveteranen, half den Krankenschwestern, und als die neuen Rollstühle kamen, verbrachte sie viele Stunden damit, die Verwundeten durch den friedlichen Garten zu schieben.

Die Rosenlaube stand in voller Blüte, und dorthin brachte sie die Blinden. Sie hielt unter dem viktorianischen Torbogen an, damit sie den Duft riechen konnten, während sie die vielfältigen Farben der Kletterrosen über ihnen beschrieb.

Der einzige Ort, zu dem Patienten und Personal keinen Zutritt hatten, war das indische Haus. Kate hielt es verschlossen und ging gelegentlich hin, wenn sie allein sein wollte, um über ihre Zukunft und die von Zanana nachzudenken. Wie jedes Mal, wenn sie in dem kühlen, duftenden Inneren des Hauses eine Zeit lang meditiert hatte, war sie danach von einem Gefühl der Gelassenheit und Klarsicht erfüllt.

Die Wochen vergingen, und obwohl sie Ben oft sah und mit ihm plauderte, waren sie beide beschäftigt und verbrachten nicht viel Zeit miteinander. Dann kam er eines Morgens zum Haus auf der Suche nach ihr. Er trug ein neues Hemd und sah frisch gewaschen und gesund aus, ein strahlendes Lächeln lag auf seinem Gesicht.

»Hast du ein paar Minuten Zeit, Kate?«

»Natürlich.« Sie erwiderte sein Lächeln. In ihrem gerade geschnittenen, neumodischen Zwanziger-Jahre-Kleid aus Seide mit der Schärpe um die schmale Taille sah sie äußerst grazil aus.

Sie plauderten angeregt, und er führte sie durch die Gärten. Bei den Ställen blieben sie stehen.

»Wir haben ein neugeborenes Fohlen. Möchtest du es sehen?«

Sie gingen in die geräumigen Ställe, wo der kleine Hengst mit gespreizten Beinen das Gleichgewicht zu halten versuchte, während seine Mutter ihn zärtlich ableckte.

»Er ist wunderschön. Schau dir nur die dünnen Beinchen an.« Kate lachte leise.

Sie beobachteten das Fohlen und die Stute ein paar Minuten, dann sagte Ben: »Das ist nicht alles, was ich dir zeigen wollte. Komm mit.«

Er führte sie weiter, vorbei an dem versunkenen Garten,

wo Kate stehen blieb und die Sonnenuhr betrachtete, den plätschernden Springbrunnen und die farbenfrohen Wasserrosen mit den üppigen Blütenkelchen.

Ben bemerkte ihren Stimmungsumschwung. »Es ist so friedlich hier, nicht?«

»Ich fühle mich meinem Dad immer ganz nahe, wenn ich hier bin.« Ihre Stimme klang wehmütig.

»Ich erinnere mich an die Zeichnung, die du ihm geschickt hast. Sie hat ihm so gut gefallen. Mir auch.«

»Er war der einzige Vater, den ich gekannt habe. Manchmal ist es ein seltsames Gefühl zu wissen, dass ich noch andere Eltern hatte. Sie sind ein Mysterium für mich.«

»Wenn du erst einmal eine eigene Familie hast, wirst du den Verlust vielleicht nicht mehr so stark empfinden. Du kommst dir bestimmt so vor, als ständest du im Moment zwischen zwei Welten.«

»Da magst du Recht haben.« Sie fühlte sich weniger verwirrt. Mit Ben zu reden gab ihr immer ein Gefühl von … Sicherheit. Sie lächelte ihn an. »Also, wohin wollen wir?«

»Folge mir.«

Sie gingen hinunter zum Flussufer, vorbei am Schwimmbecken und hinein in das üppige Gebüsch.

»Schließ die Augen.«

Gehorsam kam sie seiner Aufforderung nach. Ben nahm ihre Hand, führte sie ein paar Schritte weiter und blieb dann hinter ihr stehen, dabei ließ er die Hände auf ihren Schultern liegen.

»Öffne die Augen!«

Kate schnappte nach Luft. Vor ihr befand sich der Eingang zu der fertig gestellten Grotte. Es war ein ausgeklügeltes Labyrinth aus kühlen Höhlen und steinernen Überhängen, bedeckt mit weichen grünen Moosen und Farnen und Orchideen, die aus den Spalten hervorwuchsen. Das Mauerwerk, obwohl von Menschenhand gemacht, sah aus wie feuchter grauer Sand, der durch die Hand eines Riesen gerieselt und dann erstarrt war. Ein kleiner Pfad schlängelte sich durch die Grotte und führte in Windungen in all die verborgenen Kammern, die Ben geformt hatte.

Seine Hände ruhten immer noch auf ihren Schultern, und sie griff hinauf und berührte sie, während sie das alles staunend betrachtete.

»Gefällt dir dein Geburtstagsgeschenk?«, fragte er schüchtern.

»Es ist einfach wunderschön.«

Sie lief los, um sich alles zu besehen, und er folgte ihr langsam, lächelte über ihre Begeisterung.

»Wenn du in einige der Höhlen schaust, wirst du sehen, dass ich kleine Tiere und komische Gesichter geformt habe – mythische Kreaturen.«

»Wie Wasserspeier?«

»Nein, nicht so was Hässliches. Ich will dir doch keinen Schreck einjagen.«

»O Ben.« Sie lief zu ihm zurück. »Das hier wird immer mein Lieblingsort sein. Das indische Haus ist etwas Besonderes, aber das hier ist etwas Zauberhaftes.«

Ben sah ihr in die strahlenden Augen. Sein Lächeln verschwand, und ein Ausdruck der Liebe und Zärtlichkeit trat auf sein Gesicht. Diesmal zögerte er nicht. Er beugte sich zu ihr herab und küsste ihre weichen, zitternden Lippen.

»Ben. O Ben«, flüsterte sie und schlang ihre Arme um seinen Hals, damit sein Mund den ihren noch einmal berührte. Er hatte die Arme um sie gelegt und zog sie an sich. Als sie die Wärme seines Mundes spürte, die Kraft seiner Umarmung, wusste Kate, dass sie sich liebten. Und es war wie ein Geschenk.

Kapitel fünfzehn

Sydney 1965

Odette ließ ihren Blick über die ausgelassene, fröhliche Gruppe schweifen, die sich im »Schmierlöffel« versammelt hatte. Man feierte Odette, denn sie hatte den diesjährigen Journalistenpreis für die beste Reportage bekommen. Der Preis war vergleichbar mit einem Hollywood-Oscar, und es hatte bereits Angebote gegeben, sie der *Gazette* abspenstig zu machen.

Wie schnell die letzten Jahre ihres Volontariats vergangen waren! Odette war mit schwindelerregendem Erfolg in die Rolle einer erfahrenen Journalistin geschlüpft. Ihre Artikel kamen bestens an. Odette schob es auf eine Serie glücklicher Zufälle, aber ihre Ressortleiterinnen und Mentorinnen bei der *Gazette* wussten es besser. Es gelang ihr, die Menschen aus sich herauszuholen und sie dazu zu bewegen, sich ihr anzuvertrauen, ihr Innerstes und ihre Geschichten vor ihr auszubreiten. Sie hatte ein gutes Auge, und ihre anschauliche Schreibweise konnte zu Tränen rühren oder zu amüsiertem Lächeln. Es gelang ihr, Aufgeblasenheit und Oberflächlichkeit zu durchschauen und stets zum Kern der Geschichte vorzudringen.

Odette war nach Übersee geschickt worden, um über wichtige Ereignisse vom Tennisturnier in Wimbledon bis hin zur Hochzeit eines Maharadschas in Kaschmir zu berichten. Sie hatte Berühmtheiten und Unbekannte porträtiert, war aber am glücklichsten, wenn sie die Lebensmuster und Gewohnheiten der Menschen in ihrem Umkreis beobachten konnte. Ein paar Exklusivberichte und Erstmeldungen hatten dafür gesorgt, dass ihr Name in fetten Lettern gedruckt wurde, aber sie hörte immer noch auf den Rat und die Meinung von Nancy Corrigan und Kay Metcalf, die weiterhin in der Zeitschrift die ausschlaggebende Rolle spielten.

Gelegentlich erwog Odette, sich endgültig niederzulassen und eine Wohnung zu kaufen, aber dann dachte sie wieder daran, sich abzusetzen und durch Europa zu reisen. Sie teilte sich immer noch die Wohnung mit Elaine, und wenn Tante Harriet zu Besuch kam, schlief Odette auf der Couch.

Ihre Beziehung zu Tante Harriet war in eine neue und einfachere Phase eingetreten. Odettes Erfolg und ihre Unabhängigkeit gaben ihr die Führungsrolle, und ihre Tante ließ sich gern von Odette leiten, wenn es um die Sehenswürdigkeiten von Sydney ging, um die Geschäfte und guten Restaurants.

Ohne viel zu sagen, hatte Tante Harriet deutlich gemacht, dass sie beeindruckt war von den Leuten, die Odette interviewte, nicht zuletzt, weil sie in Amberville damit angeben konnte. Wenn man Tante Harriet reden hörte, hatte sie schon immer gewusst, dass Odette hervorragend schreiben konnte, sie sei ein gescheites Mädchen gewesen, ausersehen, im Rampenlicht zu stehen, und in ihrer Laufbahn war sie immer von ihrer Tante gefördert und beraten worden. Odette hörte sich das an und sagte nichts, schob den lieblosen Gedanken beiseite, dass sie, wenn es nach Tante Harriet gegangen wäre, jetzt hinter dem Schalter einer Bankfiliale von New South Wales sitzen würde.

Odette genoss ihre Freiheit, den Reiz ihrer Arbeit und die Freunde, mit denen sie arbeitete und gesellschaftlich verkehrte. Sie nahm Essenseinladungen an und ging zu Partys mit jungen Männern, die sie durch ihre Arbeit kennen lernte. Sie hatte ein paar romantische Begegnungen, die innerhalb einer Woche oder so vorüber waren, und ein oder zwei Mal war sie versucht gewesen, mit einem besonders gut aussehenden und charmanten Begleiter ins Bett zu gehen, doch die Erinnerung an Zac hielt sie zurück. Sie hätte das Gefühl gehabt, ihn zu betrügen, obwohl keine feste Bindung zwischen ihnen bestand. Außerdem glaubte sie, dass kein Liebhaber es je mit Zac aufnehmen könnte. Sie wusste, dass sie eines Tages die Erinnerung an ihn loslassen musste, aber für den Augenblick war ihr Leben zu ausgefüllt, betriebsam und anregend.

Tony James vom *Clarion* hatte es ebenfalls in die große Stadt geschafft und arbeitete bei einer Boulevardzeitung. Alle paar Wochen trafen sie sich auf einen Drink in der »King's Crown Tavern«, einer Kneipe, die von den Angestellten der Australischen Zeitungsgesellschaft bevorzugt wurde. In dem großen Lokal fanden sich die Gruppen aus den verschiedenen Abteilungen zusammen – die Journalisten, die Fotografen, die Grafiker, die Leute aus der Anzeigenabteilung und die Redaktionsangestellten. Andere Zeitungsleute von anderen Verlagshäusern verkehrten in Lokalen in Surry Hills oder auf dem Broadway, und wenn eine Sensation in der Luft lag oder wenn es besonders saftigen Klatsch gab, begaben sich kleine Gruppen in diese Kneipen, um zu erfahren, was die Konkurrenz wusste.

Odette war ständig in Bewegung, hastete von einem Auftrag zum anderen, jagte Artikeln und Leuten hinterher. Sie kam nur zur Ruhe, wenn sie ein Interview abtippte und überarbeitete. Immer unter Termindruck, immer unter Anspannung, konzentrierte sie sich dann ganz auf das Blatt Papier in der alten Remington und nahm den Krach, das Geschwätz und die Aktivitäten um sich herum nicht mehr wahr. Sie war die Einzige in ihrer Abteilung, die nicht rauchte, aber stattdessen unzählige Tassen Tee trank. Früher einmal hatte sie gedacht, dass es schick aussähe, mit einer pastellfarbenen Sobranie-Zigarette aus den schwarzgoldenen Schachteln herumzuwedeln, aber die waren sehr teuer. Dann hatte sie sich auf filterlose Gauloise verlegt, aber entschieden, dass der schale Geschmack in ihrem Mund, die verfärbten Zähne und die Kopfschmerzen es nicht wert waren, hatte die blaue Packung weggeschmissen und erklärt, ihre Laster seien Rotwein und griechisches Essen.

Aber egal, wie viele Artikel Odette schrieb, jeder Auftrag war für sie herausfordernd und erregend. Genau wie die Geschichte, hinter der sie jetzt her war.

Odette hatte die letzte Stunde über gedöst, den Kopf an das Autofenster gelehnt, die Arme um den Körper geschlungen, während Max, der Fotograf, die Bergstraße hinauffuhr.

Max, rundlich, rothaarig und unter dem Spitznamen »Allzeitbereit« bekannt, drehte das Fenster herunter und atmete die frische Bergluft ein. Der schrille Ruf eines Peitschenvogels ertönte plötzlich aus den Bäumen am Straßenrand und weckte Odette auf. Sie streckte sich und gähnte.

»Wie lange noch?«, fragte sie.

»Etwa zwei Stunden. Dir entgeht die ganze Aussicht.«

Als der Kombi um eine Haarnadelkurve fuhr, sah Odette aus dem Autofenster und schnappte nach Luft. Sie befanden sich am Rande eines Abhangs, der steil nach unten fiel und im Regenwald verschwand. Gewaltige Baumfarne und subtropische Gewächse klammerten sich an die Berghänge. In der Ferne erstreckten sich üppige grüne Täler und gezackte Hügelketten bis zum Horizont.

Odette zog ihren Notizblock heraus und begann zu schreiben.

»Fängst du schon mit deinem Artikel an?«

»Nein, ich mache mir bloß Notizen, überlege mir Fragen.«

Max nickte. »Ja, du bist nicht wie manche von den anderen. Fangen mit ihrer Einleitung schon auf dem Weg zum Interview an. Wissen bereits, was sie schreiben wollen, noch bevor sie da sind.«

»Ich hoffe, dass ich nie so einseitig werde, Max.« Odette kaute an ihrem Bleistift und schaute aus dem Fenster. »Es ist wunderschön hier. Kein Wunder, dass die Leute ihre Jobs in der Stadt an den Nagel hängen und hier nach draußen ziehen.«

Und das war, kurz gesagt, die Geschichte, hinter der sie her waren.

Nancy Corrigan, die Chefin vom Dienst, hatte ihre Starreporterin zu sich gerufen und Odette gesagt, sie würde sie für ein paar Tage aus der Stadt schicken.

»In die Outbacks? Oh, prima.«

»Nein, nicht in die Outbacks ... mehr in den tropischen Norden von New South Wales. Der Ort heißt Friedenstal, glaube ich.«

»Nie davon gehört. Wie ist es da?«

»Soviel ich weiß, ist das ein Tal mit alten Milchwirtschaftsfarmen, die von Ausreißern aus der Stadt übernommen worden sind.«

»Ausgerissene Kinder?«

»Schon eher erwachsene Aussteiger.«

»Sie meinen, wie die Hippies, die Blumenkinder – rauchen Hasch, geben sich der freien Liebe hin und hören Folksongs?«

»Solche soll es da auch geben ... soviel mir bekannt ist, soll es in den Hügeln um das Tal alle möglichen Arten von Leuten geben. Aber ich bin an einer Geschichte über eine Gruppe von Familien interessiert, manche davon mit guten

Mittelschichtsberufen, die sich dort niedergelassen haben. Sie fangen ein neues und völlig anderes Leben an.«

»Hm, klingt interessant, wenn es sich um denkende Menschen handelt und nicht um Ausgeflippte.«

Nancy Corrigans Lippen zuckten leicht amüsiert. »Soviel ich gehört habe, können sie klar denken und sind sich ihrer Handlungsweise durchaus bewusst.«

»Wo haben Sie davon gehört?«

»Mein Zahnarzt hat die Stadt verlassen, um sich da oben anzusiedeln. Er hat mir davon erzählt. Klingt, als könnte es eine gute Bildgeschichte geben. Mehr Informationen habe ich leider nicht, den Rest müssen Sie herausfinden.«

Und so hatten Max und Odette die Kameraausrüstung und ein paar Kleidungsstücke in den Kofferraum des Firmenkombis gepackt und waren von Sydney aus über den Pacific Highway nach Norden gefahren.

Da sie spät gestartet waren, übernachteten sie unterwegs, fuhren am nächsten Tag weiter und kamen gegen Mittag an. Sie mieteten Zimmer in einem Landgasthof in Lismore und erkundigten sich nach dem Weg zum Friedenstal.

»Nie davon gehört«, meinte die Frau, die die Gaststube kehrte und die Kassenabrechnung machte.

Auch woanders hatten sie wenig Glück, bis Max vorschlug, sie sollten es in der Tierfutter- und Saatguthandlung am Ort versuchen. »Irgendwo müssen sie ja ihre Vorräte einkaufen, schätze ich.«

Der Kaufmann blieb vage und schüttelte den Kopf. »Der Name sagt mir gar nichts. Ich dachte, ich würde die meisten Orte hier in der Gegend kennen. Sind natürlich eine Menge Farmen verkauft worden und neue Leute eingezogen, vielleicht haben sie das Land aufgeteilt und nennen es jetzt anders.«

»Was für Leute ziehen da ein?«, fragte Odette. »Gentleman-Farmer, würde ich sagen. Auch ein paar Leute aus der Stadt. Sagten, sie hätten in der Stadt alles verkauft.«

»Genau diese Leute suchen wir. Können Sie sich erinnern, wo die jetzt leben, oder haben Sie vielleicht Kundenkonten für sie eingerichtet, zu denen es auch Adressen gibt?«

Der Mann kratzte sich am Kopf. »Die zahlen meistens bar. Aber einer der Jungs hat vor kurzem da was hingeliefert. Stimmt – er sagte, da gäbe es ein paar Familien auf einem großen Anwesen. Ein Riesengrundstück. Die hatten ein paar teure Landmaschinen bestellt.«

»Wo ist der Junge, der sie geliefert hat? Er könnte uns sagen, wohin er gefahren ist.«

»Das muss Terry gewesen sein. Der liefert gerade eine Ladung Saatgut aus. Müsste morgen früh zurück sein.«

Während Max sich in seinem Zimmer über dem lärmenden Gasthof aufs Ohr legte, schlug Odette die Adresse der Lokalzeitung nach und trottete die Straße hinunter zum *Northern Star*. Sie bat darum, den Chef vom Dienst sprechen zu können, und erklärte ihm, sie sei daran interessiert, Leute aus Sydney zu finden, die hier in der Gegend Land gekauft hätten.

Der Zeitungsmann betrachtete die hübsche Frau, die vor ihm stand. »Klingt nicht gerade nach 'ner aufregenden Story«, bemerkte er trocken. »Viele Leute kaufen hier Land. Weil's billig ist.«

»Ich meine nicht solche, die es als Geldanlage sehen oder die hier ihren Lebensabend verbringen wollen. Ich meine junge, gebildete Familien, die aus den Städten hier in den Bezirk ziehen.«

»Das wäre ganz schön verrückt, wenn Sie mich fragen. Die Orte hier in der Gegend sterben genauso aus wie die Milchwirtschaft. Es gibt keine Arbeit. Kleine Schulen und Krankenhäuser werden geschlossen. Wir sind jetzt hier der einzige größere Ort. Hinter was sind Sie denn genau her?«

Odette versuchte einzuschätzen, ob er nur verschlossen war und nicht zu viel preisgeben wollte oder ob er tatsächlich nichts von den neuen Siedlern wusste, die hier in die Gegend gezogen waren. Wenn er nichts davon gehört hatte, wollte sie ihn nicht neugierig machen und so ihre Story verlieren. Wenn es überhaupt eine Story gab.

Sie dachte rasch nach. »Schauen Sie, eigentlich geht es mir nur um eine bestimmte Familie. Eine Zahnarztfamilie. Sie sind offenbar aus Sydney geflohen, worüber viele seiner Patienten gar nicht glücklich sind. Hat sie ausgenommen und eine Menge Schulden hinterlassen.« Im Stillen entschuldigte sich Odette bei Mrs. Corrigans gutem Zahnarzt.

»Für wen arbeiten Sie, sagten Sie?«

»Ich habe nichts dergleichen gesagt. Aber ich arbeite für die Australische Zeitungsgesellschaft.« Sie erwähnte nicht, dass sie bei der *Women's Gazette* war, denn eine Sensationsgeschichte über einen betrügerischen Zahnarzt würde dort nicht gebracht werden.

»Tja, ich kann Ihnen leider nicht helfen. Sprechen Sie mit Tom Ribbons, unserem Lokalreporter – der kommt mehr in der Gegend herum.«

»Danke, dass Sie sich für mich Zeit genommen haben.« Odette schüttelte ihm die Hand, froh, dass sie ihm nicht ihren Namen genannt hatte. So würde er sie nicht aufspüren können, wenn er daran denken sollte, die Geschichte für den *Star* zu verbraten.

Sie beschloss, nicht mit dem Reporter zu sprechen, und ging stattdessen zum Gasthof zurück. Da Max, wie sie wusste, immer noch tief und fest schlafen würde, trat sie an das vor dem Gasthof parkende Taxi und klopfte an die Scheibe.

Der Fahrer, der mit dem Kopf an der Rückenlehne seines Sitzes friedlich schnarchte, fuhr mit einem Ruck hoch, beugte sich hinüber und öffnete die Beifahrertür. »Tut mir leid. Wohin?«

»Egal. Ich bin Touristin. Zeigen Sie mir die Sehenswürdigkeiten.«

Er grinste sie an. »Sie wollen mich auf den Arm nehmen.«

»Nein, ich meine es ehrlich. Ich möchte etwas von der Gegend hier sehen.« Sie grinste zurück.

Der Fahrer ließ den Motor des Holden an und gluckste. »Sie meinen die Kathedrale, den Park, den Fluss? Das geht schnell.«

»Nein, ich dachte mehr an die weitere Umgebung. Wie weit können wir in die Hügel und Täler hineinfahren, bis es dunkel wird?«

»Ach, ein ganzes Stück. Welche Richtung?«

»Die schönste. Leben Sie hier im Ort?«

»Ja.« Der Fahrer fuhr die Hauptstraße hinunter und wusste immer noch nicht so recht, was er von seinem Fahrgast halten sollte.

»Wenn Sie in eine wirklich schöne Landschaft ziehen wollten, alles hinter sich lassen sozusagen, ein neues Leben anfangen, wohin würden Sie dann gehen?«

»Müsste ich immer noch Taxi fahren? Ich meine, wenn ich weiter damit meinen Lebensunterhalt verdienen müsste, würde das meine Entscheidung schon beeinflussen.«

»Nein, gehen wir mal davon aus, Sie hätten ein bisschen Geld, würden sich vielleicht zusammen mit ein paar Freunden ein Stück Land kaufen und ein Haus bauen, ein neues Leben beginnen ohne all die Hektik oder sich vielleicht ganz zurückziehen und das tun, was Sie schon immer tun wollten. Wohin würden Sie dann gehen?«

Das Gesicht des Fahrers erhellte sich. »Ja, dann ist es

ganz einfach. In die Täler am Fuß der Berge. Da ist es einfach wunderschön. Alles alte Milchfarmen.«

»Gut, dann fahren wir dahin.« Odette machte es sich auf ihrem Sitz bequem.

Der Fahrer warf ihr einen Blick von der Seite zu. »Soll mir recht sein. Haben Sie vor, hier raufzuziehen?«

»Ich will mich nur umschauen. Erzählen Sie mir von diesem Bezirk. Wie ist das Klima hier, das Land, die Leute?«

»Der feuchteste Teil des Staates. Subtropisch, grün und dunstig. Die Bewohner sind konservative, solide Farmer und Holzarbeiter. Was soll das werden, ein Frage-und-Antwort-Spiel?«

Sie fuhren durch eine Landschaft mit verstreuten Farmhäusern, Koppeln, fetten Kühen und Bananenplantagen. Der Fahrer sprach leise, kenntnisreich und voll offenkundiger Verbundenheit mit dieser Gegend.

»Diese Berge sind erloschene Vulkane, und weiter oben, nach Norden zu, kommt man in den richtigen Regenwald. Ich stamme aus dem Tweed Valley nicht weit von Murwillumbah, und das ist wirklich Gottes eigenes Land. Meine Familie lässt sich bis in die Mitte des neunzehnten Jahrhunderts zurückverfolgen – die ersten Zedernfäller. Kann man ihnen nicht vorwerfen, wenn man die Zeit bedenkt, aber es ist eine verdammte Schande, was sie getan haben. Die Verlockung des roten Goldes wurde es genannt, Wälder, die es seit Tausenden von Jahren gegeben hatte, wurden zerstört.

Die ersten Farmer kamen so um 1860 herum. Schottische und irische Auswanderer. Sie rodeten den Wald für die Landwirtschaft und löschten damit natürlich die dort lebenden Aboriginestämme aus, die Sammler und Jäger waren – sie verloren ihre Nahrungsgrundlage. Dann kam das Zuckerrohr und danach die Milchwirtschaft, Bananen, Holzabbau und Anbau von Getreide.«

»Warum wohnen Sie in der Stadt? Sie scheinen das Land doch sehr zu lieben.«

»Wir waren nie Farmer, meine Familie hat immer nahe der Stadt gelebt und gearbeitet. Könnte meine Frau nicht dazu überreden, von all den modernen Annehmlichkeiten wegzuziehen.«

»Und was ist mit Ihnen?«

»Ich würde sofort in den Busch gehen. Bin kein Kneipengänger. Hab eigentlich die Schnauze voll vom Stadtleben. Wenn man mir die Chance geben würde, tät ich mich glatt mit diesen neuen Siedlern zusammen.«

»Neue Siedler? Sie haben von denen gehört? Erzählen Sie mir, was Sie wissen«, sagte Odette interessiert.

»Stadtleute. Hauptsächlich aus Sydney. Vor einem Jahr oder so sind die ersten hierher gezogen. Haben ein paar angrenzende Milchfarmen gekauft, die Bankrott gegangen waren, haben eine Gemeinschaft gegründet, ernähren sich vom eigenen Anbau, haben Häuser gebaut, unterrichten ihre Kinder selbst und versuchen sich sozusagen der Landschaft anzupassen.«

»Warum haben Sie mir nicht früher davon erzählt?«

»Weil Sie nicht speziell danach gefragt haben.«

Das musste sie sich merken. Schöne Reporterin! »Stimmt, da haben Sie Recht. Wissen Sie, wo diese Leute sind?«

»Klar. Ich bin ziemlich oft dort. Alle vierzehn Tage fahre ich ein oder zwei Frauen von denen in die Stadt zum Einkaufen. Wenn sie auch eigentlich nicht viel aus der Stadt brauchen. Die betrachten das mehr als Ausflug.«

»Könnten Sie mich dorthin bringen?«

»Heute nicht mehr, es wird bald dunkel, und der Weg ist schon bei gutem Licht ziemlich schwierig. Wie wär's mit morgen?«

»Okay. Meinen Sie, es macht denen was aus, wenn ich da so einfach reinschneie?«

»Glaub ich nicht. Das sind zivilisierte Leute. Haben zwar andere Vorstellungen, aber ich muss sagen, ich bin ziemlich beeindruckt von dem, was sie bisher geschafft haben und noch erreichen wollen. Idealisten und Träumer in gewisser Weise, aber jemand muss ja den Anfang machen und mit dem ganzen Schlamassel aufräumen, in den wir zu rutschen scheinen, was?«

»Welcher Schlamassel?« Odette beugte sich vor und reckte den Hals, um die Wipfel der Bäume zu sehen, die rechts und links des ausgefahrenen Lehmweges standen. In der Ferne ragten gezackte Berge verlockend zwischen Wolken und Baumwipfeln auf.

»Zu viele Menschen, zu viel Müll und Abfall, zu viel Habgier ... ach, Sie werden das alles morgen hören.« Er sah sie neugierig an. »Warum sind Sie überhaupt so daran interessiert?«

»Ich bin Reporterin.«

»Das passt. Wollen Sie sich über diese Leute lustig machen oder sie ernst nehmen?«

»Keins von beidem. Ich schreibe nur, was ich sehe und höre. Meinen Sie, das macht denen was aus? Ich will mich da nicht einschleichen und so tun, als sei ich keine Reporterin. So arbeite ich nicht.«

»Dann werden Sie willkommen sein. Der Weg wird ab hier ein bisschen holprig, wir sollten besser umkehren. Ich zeige Ihnen die Katzenfälle, wenn Sie wollen.«

Er bog mit dem Taxi auf einen schlammigen Pfad ab, fuhr einige hundert Meter und hielt an. »Von hier aus sind es nur ein paar Minuten zu Fuß.«

Odette folgte dem stämmigen Fahrer, der Shorts, Kniestrümpfe, Sandalen und ein weißes kurzärmeliges Hemd trug.

Der Pfad führte zu einem kleinen Aussichtsplatz am Rande eines steilen Abhangs. Gegenüber bildete ein hoher

Felsen ein Halbrund aus grauem und rostfarbenem Granit, dessen nasse Oberfläche im letzten Sonnenlicht glänzte. In der Mitte der hohen Felswand stürzte ein schmales Band schäumenden Wassers hinab in ein Becken, das außer Sichtweite lag. Rechts und links davon klammerten sich Vogelnestfarne, Talgholzbäume und hohe Schirmfarne an den nackten Fels.

»Warum heißt er Katzenfall?«

»Hören Sie.«

Über dem Dröhnen des herabstürzenden Wassers war das klagende Schreien einer Katze zu hören.

»Was ist das? Doch bestimmt keine echte Katze?«, fragte Odette erstaunt.

»Katzenvögel. Leben von Früchten und Nüssen in den Wipfeln der Bäume und miauen wie Katzen. Daher der Name.«

Wieder ertönte das Miauen, und Odette lachte. »Von denen hab ich noch nie gehört. Wie sehen sie aus?«

»Sie sind schwer zu entdecken – ziemlich große Vögel mit leuchtend smaragdgrünem Gefieder. Man hört sie meist nur bei Sonnenaufgang und in der frühen Dämmerung wie jetzt. Niemand weiß, warum ihre Rufe so klingen. Bestimmt nicht, um Katzen nachzuahmen, da es im Regenwald nie welche gegeben hat. Auch keine Hunde. Nicht mal wilde.«

Sie gingen zurück zu dem abgestellten Taxi. »Sie wissen wirklich eine Menge.«

»Man kann nicht in einer Gegend wie dieser leben, ohne das eine oder andere über sie zu lernen. Wenn vielleicht mehr Menschen herkämen, würden sie das zu schätzen wissen, was wir hier haben, und ein bisschen besser drauf Acht geben, statt das Land kaputtzumachen. Ich sag Ihnen, bis wir die achtziger Jahre erreichen, kann es vielleicht schon zu spät sein.«

Odette nickte nachdenklich, wollte sich aber nicht auf eine Diskussion einlassen. Der Fahrer hatte ihr genug Stoff zum Nachdenken gegeben, und sie sehnte sich allmählich nach einem Becher heißem Tee oder einem großen kalten Bier. Max lehnte bestimmt schon an der Bar des Gasthofs.

Die Fahrt zurück in die Stadt war wunderschön, und sie beobachteten schweigend, wie der Abendnebel aufstieg, sich sanft um die großen Bäume und über das Land legte und die Täler verbarg, in die sich Schlaf und Stille zu senken schien.

Odette fand Max an der Bar, wie sie vorausgesehen hatte. Er winkte ihr zu. »Wo warst du? Was möchtest du haben?«

»Was zu essen. Ich bin halb verhungert. Ich werde einen Drink zum Essen nehmen. Wollen wir hier bleiben oder zum Chinesen gehen, ein Stück die Straße rauf?«

Max griff nach seinem Bierkrug. »Lass uns in die Gaststube gehen. Die Leute hier sagen, das Essen sei gut.«

Odette folgte Max, der von dem schmalen Barhocker glitt und vor ihr her in die Gaststube ging. »Und was haben dir die Einheimischen noch so erzählt?«

»Wirklich, Odette, wir könnten es hier mit einer ziemlich abstrusen Geschichte zu tun haben.«

»Ach ja? Lass uns erst bestellen, und dann erzähl mir, was du gehört hast.«

Sie bestellten Roastbeef für Odette und ein durchgebratenes T-Bone-Steak für Max, der dann die plastiküberzogene Speisekarte beiseite schob, sich über den Tisch zu ihr beugte und die Stimme senkte. »Da sind ein paar merkwürdige Geschichten im Umlauf über die Leute in den Hügeln.«

»Was denn für welche?«

»Über Sexorgien und Teufelsanbetung, Drogen und Opferungen!«

Er lehnte sich zurück, hob die Augenbrauen und nickte weise.

Odette prustete los. »Quatsch!«

»Woher willst du wissen, dass es Quatsch ist?«

»Woher weißt du, dass es stimmt?«, gab sie zurück.

»Wo Rauch ist ...«

»Hör doch auf, Max. Ich glaube kein Wort davon. Und ich bin vollkommen anderer Meinung. Auf jeden Fall werden wir es morgen erfahren.«

»Wie denn? So was werden sie doch nicht zugeben. Wir müssen vielleicht ein bisschen herumschnüffeln. Und sag, hast du herausgefunden, wo sie sind?«

Odette nippte an ihrem lauwarmen Gin Tonic. »Vielleicht müssen wir so tun, als wollten wir uns ihnen anschließen. Müssen an ein paar wilden Orgien und so was teilnehmen, was meinst du, Max?« Sie grinste ihn an.

»Jetzt machst du dich über mich lustig. Aber warum sollten sich Leute mit guten Berufen, schönen Häusern und allem in ein paar Hügeln weit entfernt von jeder Zivilisation verstecken?«

»Vielleicht halten sie nicht viel von dem, was wir Zivilisation nennen.«

»Es ist doch nicht normal, in die Steinzeit zurückkehren zu wollen.«

»Lass uns erst mal abwarten und sehen, wie es ist, Max. Hier kommt dein Steak. Himmel, wie kannst du nur ein Stück Fleisch essen, das schon fast zu Holzkohle verbrannt ist?«

»Ich will nur sichergehen, dass es wirklich tot ist.« Max beäugte den rosa Saft um Odettes Roastbeef mit Abscheu. »Prost!« Er trank sein Bier aus, und sie unterhielten sich während der restlichen Mahlzeit über dies und das. Nachdem ihr Obstsalat mit Creme serviert worden war, sagte Odette gute Nacht und ging in ihr Zimmer, während Max beschloss, noch einen zu trinken, bevor er sich schlafen legte.

Odette trottete mit dem dünnen, kratzigen Handtuch den Gang hinunter, schloss sich in dem kalten, gefliesten Badezimmer ein, wusch sich das Gesicht und zog ihr Nachthemd an. Da kein Radio in ihrem Zimmer war und der einzige Fernseher des Gasthofs in voller Lautstärke unten in der Gaststube lief, setzte sie sich mit ihrem Notizblock ins Bett und schrieb die Bemerkungen des Taxifahrers auf. Zwischen dem, was »Allzeitbereit« in der Bar aufgeschnappt hatte, und dem, was der Taxifahrer gesagt hatte, schien in der Tat ein großer Widerspruch zu bestehen. Odette gähnte und knipste die kleine Nachttischlampe aus. Hoffentlich würden sich die trüben Wasser morgen klären.

Es war ein strahlender Tag. Max und Odette folgten dem Taxi durch die verschlungenen Täler, die zwischen grünen Hügeln verborgen lagen.

»Dieser Taximensch scheint sich in der Gegend ja gut auszukennen«, bemerkte Max, als sie von der unbefestigten Straße auf einen fast zugewachsenen Waldweg abbogen.

Der Weg führte sie auf die Kuppe eines Hügels mit einem atemberaubenden Ausblick auf das Tal, dessen terrassenförmige Abhänge mit tropischen Pflanzen bedeckt waren. Unten im Tal befanden sich gepflegte Felder und ein breiter, ruhiger Fluss, in dem sich der blaue Himmel und die Federwolken spiegelten. Mitten in einer Baumgruppe erhob sich ein einfacher Holzturm, die mit Schindeln gedeckten Dächer daneben waren kaum zu erkennen. Rauch stieg träge aus abgelegenen Teilen des Geländes auf. Die leuchtenden Blüten von Flammenbäumen unterbrachen hier und da das weiche und freundliche Smaragdgrün.

Das Ganze, dachte Odette, war idyllisch, unwirklich … fast paradiesisch.

»Sieht wie eine Filmkulisse aus«, bemerkte Max. »Wie hieß der Film noch … ›Das geheime Tal‹ oder so? Wo alle verschrumpeln und plötzlich hundert Jahre alt sind, wenn sie das Tal verlassen?«

»›Der verlorene Horizont‹«, murmelte Odette.

Das Taxi fuhr den gewundenen Pfad hinunter, der jetzt von Palmen und Baumfarnen überschattet war und an dessen Rändern Büschel von Adlerfarn wuchsen.

Sie erreichten das Tal, und das Taxi, das über eine Grasfläche nahe dem Flussufer holperte, hielt vor einem großen Gebäude an, das eine Art Versammlungshaus zu sein schien. Aber das sanft geschwungene Dach und die runde Form glichen keinem Gebäude, das sie je gesehen hatten. Der Fahrer stieg aus und trat zu Max und Odette.

»Das hier ist das Zentrum – das Versammlungshaus –, aber da niemand weiß, dass Sie kommen, schlage ich vor, dass wir zu einem der Häuser gehen und Sie vorstellen. Das der Rawlings ist nur ein Stück den Hügel hinauf.«

Sie stiegen aus, und Max schloss das Auto ab.

»Das ist hier nicht nötig«, grinste der Taxifahrer.

»Ach, ist halt so eine Angewohnheit. Wenn was von der Ausrüstung abhanden kommt, muss ich es aus eigener Tasche bezahlen.«

Sie gingen unter Bangalow-Palmen hindurch, vorbei an Bananenstauden und Büscheln süß duftender Ingwerpflanzen und standen plötzlich und überraschend vor einer Treppe aus roh behauenen Holzbalken, die zu einem im Laubwerk gut verborgenen Haus hinaufführte. Eigentlich nicht verborgen, dachte Odette, sondern mit dem Hügel verschmolzen. Es schien wie ein Teil der natürlichen Vegetation aus ihm herauszuwachsen. Max und Odette blieben stehen und betrachteten das Haus voller Bewunderung.

Es war aus altem Holz und handgefertigten Lehmziegeln gebaut, wirkte offen und luftig und war von einer Veranda umgeben, doch es schien auch gemütlich und einladend zu sein. Große, runde Fenster mit eingearbeiteten Vögeln und Blumen aus farbigem Glas waren in die Wände eingesetzt. Pflanzen und Blumen hingen von der Veranda herab, auf der Hängematten schaukelten und ein Windspiel in der leichten Brise klimperte. Ein Huhn beäugte sie kurz aus dem Garten und kratzte dann wieder zwischen den Blumen und Kräutern.

Der Fahrer ging die Stufen hinauf und rief: »Jemand zu Hause?«

»Ja. Komm rauf.«

Peter Rawlings kam über die Veranda, um sie zu begrüßen. Er war groß, kräftig und gebräunt, hatte schulterlanges, mit Grau durchsetztes Haar, war sauber rasiert und trug ein bequemes Batik-T-Shirt, einen gebatikten Sarong um die Hüften und schlammbedeckte Gummistiefel. Er grinste breit und schüttelte dem Fahrer herzlich die Hand.

»Hallo, Nev. Schön, dich zu sehen. Du hast Freunde mitgebracht.«

»Na ja.« Dem Fahrer ging plötzlich auf, dass er ihre Namen nicht kannte.

Odette trat vor. »Hallo. Ich bin Odette Barber, und das ist Max Jenkins. Nev war so gut, uns herzubringen. Wir haben ihn als eine Art Führer angeheuert. Und ich will Ihnen gleich sagen, dass ich Journalistin bin, Max ist Fotograf, und ich möchte mit Ihnen über die Möglichkeit sprechen, einen Artikel über Ihre Gemeinschaft hier zu schreiben.«

»Ah ja.« Rawlings betrachtete Odette mit einem offenen und freundlichen Blick. »Kommen Sie rein, dann reden wir bei einer Tasse Tee darüber. Ich kann das nicht allein entscheiden, wissen Sie«, erklärte er und zog die Gummistiefel aus.

Der Fahrer schlüpfte aus seinen Schuhen, Odette folgte seinem Beispiel und bedeutete Max, seine Stiefel auszuziehen.

Sie betraten das Wohnzimmer des Hauses, und Odette blieb überrascht stehen. »Ach, was für ein wunderschöner Raum!«

Es gab einen Kamin mit einem großen, bequemen Sofa davor, über das farbenfrohe Decken drapiert waren. Mehrere Schaffelle lagen auf dem Boden, dazu wertvoll aussehende Perserbrücken. In einer Ecke stand ein eiserner Kanonenofen, dessen Schornstein durch das Dach verschwand. Ein Oberlicht war in der Mitte des spitzen Daches angebracht, durch das Sonnenlicht in den Raum gelangte. Die restlichen Möbel waren rustikal, aus klobigem, natürlich gewachsenem Holz gefertigt. Der Raum war von Licht und Farben erfüllt, und einige interessante Dinge standen herum – ein Spinnrad, eine Staffelei, große Keramikvasen mit Ingwerzweigen und Wildblumen, Bücherregale an den Wänden und mehrere Holzschnitzereien.

Peter Rawlings nahm den Kessel mit heißem Wasser vom Rand des Kanonenofens und stellte ihn direkt über das Feuer. Er füllte ein Tablett mit Keramikbechern, einem Krug, einer Teekanne und einer Schüssel mit Honig.

»Das sind Töpferarbeiten meiner Frau. Mögen Sie Limonengrastee?« Er goss heißes Wasser über zerdrückte grüne Blätter in der Teekanne und stellte sie dann auf den Couchtisch, der aus einer runden, glatt polierten Baumscheibe bestand.

»Es tut mir leid, dass wir hier einfach so eindringen, aber es schien keine andere Möglichkeit zu geben, mit Ihnen in Kontakt zu treten, als hier aufzukreuzen. Der Zahnarzt meiner Ressortleiterin ist hierher gezogen, dadurch haben wir von Ihnen erfahren«, sagte Odette, um den Fragen zuvorzukommen.

»Wir wollen keine Publicity. Die meisten von uns waren berufstätig und haben dann beschlossen, dass es im Leben mehr geben muss als das Anhäufen materieller Besitztümer und das Gerangel in der Berufswelt. Wir haben Gleichgesinnte gefunden, und nachdem andere Freunde und Familien sahen, was wir machen und wie wir leben, haben auch sie sich uns angeschlossen. Aber wir wollen keine Touristenattraktion werden, wir sind nur ganz gewöhnliche Menschen, die ihr Leben so führen, wie es ihnen am besten erscheint. Ich glaube, dass mehr Menschen das für sich in Betracht ziehen sollten, was wir tun – wir widmen uns unseren Familien und Freunden, wir gehen sorgsam mit der Umwelt um und sind für unsere Kinder da, wir versuchen, Selbstversorger zu sein und neue Fähigkeiten zu erlernen. Wir haben einen Seelenfrieden gefunden, der im hektischen Stadtgetriebe nicht möglich ist.«

»Sie könnten aber doch wohl nicht hier sein, wenn Sie in jener Welt nicht einen bestimmten Status oder finanzielle Erfolge gehabt hätten«, sagte Odette und rührte einen Löffel dunklen Honig in den klaren, heißen Tee.

»Das stimmt. Wir führen die Sache hier auf Gemeinschaftsbasis – man muss sich einkaufen – und legen unser Geld für alle Ausgaben zusammen. Es ist alles sehr strukturiert und gut organisiert. Es gibt aber auch welche hier, die sich nicht eingekauft haben, die arbeiten dann für ihre Unterkunft. Wir sind da ziemlich flexibel.«

»Und die Kinder?«

»Wir haben unsere eigene Grundschule, das ist recht abenteuerlich – zwei der Ehefrauen sind ehemalige Lehrerinnen, die von der Engstirnigkeit des üblichen Schulsystems enttäuscht waren. Wir ermutigen die Kinder zu eigenständiger Entwicklung und zum Experimentieren. Aber die Lehrerinnen halten sich gleichzeitig auch an schulische Grundregeln, so dass die Kinder später die High School in der Stadt besuchen können. Wir planen jedoch, in Zukunft auch die Älteren selbst zu unterrichten.«

»Und wenn jemand krank wird?«, fragte Max.

»Wir verfügen über ein Gesundheitszentrum. Wir haben eine Hebamme, eine Krankenschwester und Spezialisten in anderen medizinischen Heilweisen wie Akupunktur, chinesischer Kräutermedizin, Massage und Naturheilkunde.« Als er Odettes fragenden Blick sah, erklärte er: »Viele von uns folgen bestimmten östlichen Lehren, und wir glauben, dass das, was im Geist und in der Seele vorgeht, Auswirkungen auf den ganzen Körper haben kann. Aber ich sollte mich nicht zu sehr darüber auslassen. Sie werden die Führer unserer Gemeinschaft kennen lernen und mit ihnen sprechen, und dann werden wir alle entscheiden, ob Sie über uns schreiben können. Ich persönlich fände, dass es anderen Menschen helfen könnte, aber hier entscheidet die Mehrheit. Viel wird von Ihrem Verhalten und Ihrem Verständnis für uns abhängen.«

»Ich weiß das zu schätzen, und es klingt vernünftig. Wie kann ich diese ... äh ... Führer kennen lernen?«

»Heute Abend ist bei Sonnenuntergang ein Treffen im Versammlungshaus geplant. Sie können den Tag damit verbringen, ein bisschen herumzuwandern, und sich dann dort mit uns am späten Nachmittag treffen. Sie können gerne über Nacht bleiben, unter der Voraussetzung, dass Sie nicht über uns schreiben, sollten wir dem nicht zustimmen.«

Odette schüttelte ihm die Hand. »Einverstanden. Und vorläufig auch keine Fotos, nehme ich an?«

»Nach dem Treffen, wenn Sie die Zustimmung kriegen. Sie haben einen freien Tag, Max«, lachte Rawlings. »Ich muss mich wieder an die Arbeit machen ... in unserem so genannten Nahrungskorb ... wir bauen unsere Grundnahrungsmittel selber an ... Sie können gerne mitkommen, wenn Sie wollen.«

»Ich fahre zurück in die Stadt. Ich hab ein paar Zeitschriften und Zeitungen für dich im Taxi, falls du interessiert bist, Peter«, sagte der Fahrer.

Odette und Max sahen den beiden nach, als sie zum Taxi gingen. »Ich glaube, der Fahrer will ihm sagen, dass wir in Ordnung sind«, meinte Odette. »Er hätte uns nicht hergebracht, wenn er das nicht glauben würde.«

Peter Rawlings, der sich als Anwalt herausstellte, machte Odette mit seiner Frau Ruth bekannt, die im Gemüsegarten hinter dem Haus arbeitete. Sie trug Shorts, ein Männeroberhemd und einen großen Sonnenhut. Sie war ungeschminkt, hübsch und, wie Odette schätzte, Anfang vierzig.

Ruth richtete sich auf und rieb sich die Erde von den Händen. »Ich will gerade ins Studio. Kommen Sie mit, das wird Sie bestimmt interessieren.«

In einem großen luftigen Raum aus Lehmziegeln mit einem strohgedeckten Dach war eine Gruppe von Frauen mit verschiedenen handwerklichen Tätigkeiten beschäftigt: Sie bereiteten Schurwolle zum Spinnen und Färben vor, machten Seidenmalereien, woben und fertigten Schnitzereien an. In einem kleineren, vom Hauptraum abgeteilten Studio saßen Töpferinnen bei der Arbeit an Schalen und Schüsseln. Überall waren kleine Kinder verstreut, die mit Ton, Farben und bunter Wolle spielten.

Odette wanderte herum, sah zu und sprach mit den Frauen, die alle freundlich waren und viel lachten. Neben dem Studio saß eine attraktive Frau in einem prächtigen handbemalten Sarong vor einer Staffelei und legte letzte Hand an ein kleines Ölgemälde von Blumen und Gärten, gemalt in naivem Stil.

»Das ist wunderschön«, rief Odette. »Verkaufen Sie Ihre Bilder?«

»Manchmal. Größtenteils benutze ich sie zum Tauschen.

Wir machen eine Menge Tauschhandel in den kleinen Städten der Umgebung, um Dinge einzutauschen, die wir nicht selbst herstellen können.«

Odette fand das kindliche, fröhliche und farbenfrohe Bild bezaubernd. »Das würde ich am liebsten in meinem Schlafzimmer aufhängen. Denn es strahlt so viel Fröhlichkeit aus.«

»Dann gehört es Ihnen.«

»O nein, das kann ich nicht annehmen. Lassen Sie mich dafür bezahlen. Oder etwas eintauschen.«

»In Ordnung. Wie wär's mit Ihren Schuhen?«, meinte die Künstlerin grinsend.

»Hier, probieren Sie sie an«, schlug Odette vor und schlüpfte aus ihren stabilen italienischen Strohsandalen.

»Passen wie angegossen. Hier ist Ihr Bild. Geben Sie Acht, es ist noch nicht ganz trocken.«

Odette war begeistert. »Sind Sie sicher? Haben Sie schon immer als Malerin gearbeitet?«

»Gott bewahre. Ich habe erst hier damit angefangen. Unter anderem.«

»Was haben Sie in der Stadt gemacht?«

»Gemacht? Ich habe gar nichts gemacht. Oh, ich bin zu Essenseinladungen und Dinnerpartys und zum Einkaufen gejagt, habe Geld dafür ausgegeben, das Haus umzugestalten, oder habe mich mit Leuten getroffen. Aber gemacht habe ich nichts. Und ich war einsam – trotz eines wohlhabenden und erfolgreichen Ehemannes.«

»Was macht der jetzt?«

Sie lachte. »Sitzt wohl immer noch in der Villa herum, nehme ich an. Ich weiß es nicht. Nach über zwanzig Jahren der Abhängigkeit, in denen ich mich nur um ihn und sein Leben gekümmert habe, beschloss ich, dass es Zeit war, mich um meine eigenen Bedürfnisse zu kümmern. Die Kinder sind erwachsen und aus dem Haus. Dachten, ich sei verrückt, bis sie herkamen und sahen, was ich mache. Meine Tochter meint, ich wäre nun wohl auch erwachsen geworden und aus dem Haus gegangen.«

Odette nahm zusammen mit der Studiogruppe das Mittagessen ein, das auf einem farbigen Tuch unter einem Baum ausgebreitet wurde – einfaches, aber köstliches selbstgebackenes Brot, Gemüseplatten, Nusspasteten und Obst.

»Essen Sie auch Fleisch?«, fragte sie.

»Manche ja, aber nicht jeden Tag. Wir achten meist darauf, was unser Körper verlangt. Manchmal sind es Nudeln und Gemüse, zu anderen Zeiten scheint der Körper Appetit auf eine Lammkeule zu haben. Im Allgemeinen gilt die Grundregel, alles in Maßen zu essen, außer es verstößt gegen eine religiöse Überzeugung«, wurde ihr gesagt.

Den Rest des Nachmittags wanderte Odette herum und sah sich in dieser einmaligen Gemeinschaft um. Eine friedliche Atmosphäre lag über dem Tal, und doch ging es geschäftig und produktiv zu. Besonders faszinierte sie die unterschiedliche Bauweise der Häuser.

Sie ging hinab zum Fluss und fand einen großen, ausgehöhlten Felsen, der einen bequemen Sitz abgab. Sie setzte sich hinein, ließ die Füße im Wasser baumeln, lehnte sich gegen den Fels und schloss die Augen.

Hatte sie geschlafen? Oder geträumt? Sie hörte, wie ihr Name leise ausgesprochen wurde. Blinzelnd öffnete sie die Augen und sah in Zacs lächelndes Gesicht.

Im ersten Augenblick war sie sprachlos. »Zac?«

Er setzte sich neben sie, nahm ihre Hand und küsste die Fingerspitzen. »Faul am Fluss zu sitzen, arbeitet so eine stark beschäftigte Reporterin an einem Artikel?«

»Das nennt man die Atmosphäre in sich aufnehmen. Du wusstest, dass ich hier bin?«

»Ich habe davon gehört. Ich muss zugeben, dass ich ein

bisschen überrascht war, aber Cerina hat ja gesagt, dass sich unsere Wege wieder kreuzen würden.«

»Was machst du hier?« Odette richtete sich auf, sie sehnte sich danach, ihm die Arme um den Hals zu werfen und ihn an sich zu drücken, war aber von einer gewissen Scheu ergriffen und hielt sich zurück.

»Meine Zigeunerfamilie hat einen Lagerplatz in der Nähe dieses Tals. Ich habe ein paar Leute kennen gelernt, die hierher gezogen waren, und entdeckte, dass wir ein gemeinsames Interesse an Musik haben. Einer von ihnen ist nach Sydney zurückgegangen, und ich habe sein Haus übernommen, also lebe ich jetzt auch hier.«

»Schreibst du immer noch Songs?«

»Sehr viele. Ich werde heute Abend für dich singen. Und du hast also die große Stadt erobert, kleiner Vogel?«

»So in etwa. Es hat Spaß gemacht. Doch wenn ich mein Leben mit dem vergleiche, das ihr alle hier führt, bin ich … unzufrieden.« Sie zuckte die Schultern.

»Du hast noch nicht alle Berge bezwungen. Welche Pläne hast du?«

»Ich hab einiges gespart. Vielleicht mache ich eine Europareise. Schaue mir an, wie es da drüben ist. Reporterin zu sein ist recht aufregend, aber ich denke manchmal, dass ich es nicht für immer sein möchte. Ich meine, ich werde nie aufhören zu schreiben, aber … na, wir werden sehen. Erzähl mir von deinem Leben.«

Er lachte. »Eigentlich willst du doch vor allem wissen, ob es eine Frau in meinem Leben gibt.«

Er zog sie an einer ihrer Locken. »Nein, im Moment nicht. Und bei dir?«

»Oh, Dutzende von Männern!« Auch sie lachte, und diesmal schlang sie ihm die Arme um den Hals. »Ach, Zac, ich hab dich so vermisst!«

Er küsste sie auf die Nase. »Es war das Beste, dass wir

unsere eigenen Wege gegangen sind. Aber ich hab viel an dich gedacht.«

Odette fand seinen Mund und küsste ihn. »Jetzt lass ich dich nie wieder fort.«

Er machte sich sanft von ihr los. »Sachte, Kleines. Was geschehen wird, wird geschehen. Es reicht, dass wir einander wieder gefunden haben. Ich hab dir gesagt, dass ich nie weit von dir weg sein würde.«

»Na gut. Erzähl mir von diesem Ort hier. Ist wirklich alles so friedlich und heiter, wie es scheint?«

»Für uns, die wir hier leben, ja. Aber Außenseiter wissen oft nicht recht zu würdigen, was wir zu tun versuchen. Also sind wir vorsichtig damit, wie wir uns nach außen hin darstellen. Die Leute bilden sich die verrücktesten Sachen ein, wenn sie nicht wissen oder verstehen, was wir tun und wer wir sind. Einige nennen uns einfach Regenwald-Aussteiger, meinen, wir fänden es leichter, uns nicht mit den Realitäten und Herausforderungen des Lebens in der so genannten realen Welt auseinander zu setzen. Es ist schwer, ganz neu anzufangen, glaub mir.«

»Ich habe ein paar unglaubliche Geschichten im Gasthaus gehört.«

»Gemeinschaften wie unsere werden mit der Zeit alltäglicher und anerkannter werden. Und es wird welche geben, die nicht der gleichen Philosophie folgen wie wir. Drogen, Armut, Verzweiflung – man nimmt dieselben Probleme mit sich. Man muss zu den Anfängen zurückkehren und einen neuen Lebensstil schaffen. Einen, der ein stabiles Lebenssystem für die Menschen und die Umwelt gewährleistet. Wir haben das verschwendet, was Gott und die Natur uns gegeben haben, also muss jemand der Rufer in der Wüste sein.«

»Du hast nur einen Stamm gegen den anderen ausgetauscht, Zac.«

»Es stimmt, unser Lebensstil hier ist ähnlich. Aber im Gegensatz zu den Zigeunern, die ewige Wanderer sind, glauben diese Leute, sie hätten ihr Utopia gefunden.«

»Das ist schon vorher versucht worden – William Lane und seine Gruppe, die nach Paraguay gingen, die Landsiedlungen der katholischen Kirche –, warum sollte es hier funktionieren?«

»Vielleicht wird es nicht funktionieren. Aber man muss es versuchen. Und ganz selbstsüchtig gesprochen, bringt es denen, die hier leben und arbeiten, Freude. Sie glauben, sie bauen eine bessere Welt für ihre Kinder auf, und hoffen, dass ihre Ideale irgendwann von einer breiteren Öffentlichkeit übernommen werden.«

»Und sie sind zufrieden und glücklich mit dem, was sie tun?«

»Sehr. Komm, wir müssen zu der Versammlung gehen und sehen, was sie beschließen. Ich werde für dich sprechen.«

»Aber nur, wenn du es wirklich willst, Zac. Über diesem Ort hier liegt ein Zauber. Ich möchte nicht, dass er durch Publicity zerstört wird.«

Als sie das Versammlungshaus betraten, saßen ein Dutzend Männer und Frauen auf Matten im Kreis. Max saß zwischen Peter und Ruth Rawlings. Als Odette und Zac eintraten, verstummten alle. Zac führte Odette in die Mitte des Kreises, ließ sie Platz nehmen und stellte sich neben sie. Er sprach kurz über Odette, wie lange er sie schon kannte, dass er sie für äußerst integer hielt und dass man ihr trauen konnte.

Max verdrehte die Augen. Odette war unglaublich. Oder hatte einfach nur Glück. Wie gelang es ihr nur, immer die Nase vorn zu haben?

Danach wurde darüber diskutiert, welche Vor- und Nachteile es haben könnte, wenn sie über das Friedenstal schrieb. Die Argumente waren beeindruckend, gut formuliert und mit Leidenschaft vorgebracht. Man kam schließlich überein, dass ein positiver und intelligenter Artikel, in dem ihre Überzeugungen, vermischt mit persönlichen Anekdoten und Fakten, vorgebracht wurden, mehr erreichen würde als die Verdächtigungen und Anspielungen, die momentan kursierten. Bei der Abstimmung erhielt dieser Vorschlag ein einstimmiges Ja. Odette wurde nur auferlegt, dass sie die genaue Lage des Tals nicht preisgab. Damit war sie einverstanden. Max durfte frei fotogafieren, wen und was er wollte, vorausgesetzt, die Fotos verrieten ebenfalls nichts über die Lage des Tals. Er nickte.

Ihnen wurden zwei kleine, jeweils aus einem Raum bestehende Hütten zugewiesen, die für Besucher der Siedlung gedacht waren.

»Morgen fahren wir in die Stadt und holen unsere Sachen aus dem Gasthaus, und ich rufe in der Redaktion an und sage Bescheid, dass wir in einer Woche zurück sind«, sagte Odette zu Max.

»Gut, und ich muss meine Frau anrufen. Hätte nichts dagegen, wenn sie sich hier auch mal umsehen könnte. Würde ihr vielleicht die Augen ein bisschen öffnen«, meinte Max nachdenklich.

Odette lächelte in sich hinein – das Friedenstal hatte selbst den zynischen Zeitungsfotografen in seinen Bann gezogen. Wenn ihr Artikel dazu beitragen würde, dass wenigstens ein paar Menschen in sich gingen und überlegten, wie sie lebten und wie sie mit der Umwelt umgingen, wäre schon viel erreicht.

Später räkelte sich Odette genüsslich in dem bequemen Fichtenholzbett. Sie hob das Moskitonetz an und blies die Sturmlaterne aus. Seit ihren Besuchen in Zanana hatte sie sich nirgendwo mehr so ruhig und friedvoll gefühlt.

Und wie in einem Traum kam Zac leise zu ihr, hob das

Moskitonetz an, ließ seinen Sarong zu Boden fallen und glitt neben sie. Er umschlang sie mit den Armen und drückte sie in einer liebevollen Umarmung an seinen warmen, kräftigen Körper.

Als sein Mund den ihren fand, weiteten sich ihre Lippen zu einem zufriedenen Lächeln. Sie küsste seine Oberlippe, ließ die Zunge langsam an seiner vollen Unterlippe entlangfahren, doch dann gab es kein Halten mehr, und die Leidenschaft übermannte sie. Ihre Münder öffneten sich vor Verlangen, und sie erkundeten sie einander mit ihren Zungen. Odette legte sich auf ihn und bedeckte seinen schlanken festen Körper mit ihrer Weichheit.

Zac ließ seine Hände über ihren Rücken gleiten, drückte ihre Brüste gegen seinen Burstkorb, klemmte ihre Pobacken zwischen seine Schenkel. Odette beugte sich zurück, setzte sich rittlings auf ihn und führte seine zu voller Stärke angeschwollene männliche Kraft in ihren feuchten, warmen und willigen Körper. Mit leisem Stöhnen ritt sie ihn, gab sich ganz ihrem Genuss hin, mit zurückgeworfenem Kopf, die Haare in wirren Locken. Zac hob den Kopf und saugte an den Spitzen ihrer harten Brustwarzen, bis sie mit einem lauten Aufstöhnen kam und über ihm zusammensank.

Sanft rollte Zac sie von seinem Körper, strich ihr das feuchte Haar aus dem Gesicht, senkte den Kopf, küsste und leckte sie, bis sie erneut erregt war, glitt langsam wieder in sie und hob ihre Beine hoch über seine Schultern. Gemeinsam bebten und sangen ihre Körper, verschmolzen zu einem einzigen, und Odette wusste, dass sie heimgekehrt war.

Kapitel sechzehn

Zanana 1921

Mrs. Butterworth wusste sofort, dass Kate sich verliebt hatte. Und es war nicht zu übersehen, dass Ben das Objekt ihrer Zuneigung war. Die beiden waren unzertrennlich. Sie spazierten sittsam Seite an Seite durch die Gärten, aber doch so eng nebeneinander, dass sich ihre Arme hin und wieder berührten, und nahmen nichts außer einander wahr. Sie saßen ins Gespräch vertieft auf Catherines Lieblingsbank im Rosengarten. Sie tauschten sehnsuchtsvolle Küsse in der Grotte aus. Ben fand dauernd Gründe, zum Haus zu kommen, brachte frisches Gemüse aus dem Garten, gerade gelegte Eier oder Wiesenblumensträuße.

»Glaubst du, Sid und Nettie wissen, dass ihr Sohn in Kate vernarrt ist und sie in ihn?«, fragte Wally eines Morgens Mrs. Butterworth.

»Wahrscheinlich nicht, aber sie müssten eigentlich was gemerkt haben, weil Ben ständig mit diesem dümmlichen Lächeln herumläuft.«

»Wie ernst ist es den beiden? Ich meine, zu ernst darf es doch wohl nicht werden, oder?«

»Was willst du damit sagen, Wally?« Mrs. Butterworth unterbrach das Ausrollen des Teiges auf der Marmorplatte und starrte ihn an.

Wally stellte seine Tasse auf den Küchentisch. »Na ja, du weißt doch. Sie ist Kate und er ist ... nur Ben.«

»Wally, komm zur Sache!«

»Kate ist die Erbin von Zanana. Ben ist der ... Gärtner. Würdest du ihn nicht auch so bezeichnen?«

Mrs. Butterworth setzte sich an den Tisch und goss sich mit mehligen Händen den Rest aus der Teekanne ein. »So hatte ich es noch gar nicht gesehen. Oje, ich glaube, ich sollte mit Hock Lee sprechen.«

»Vielleicht solltest du erst mal mit Kate reden.«

Mrs. Butterworth wollte den richtigen Moment für ein kleines Gespräch von Frau zu Frau mit Kate abpassen, aber sie schien sie nie allein erwischen zu können, wie ein Schmetterling flatterte Kate von Aufgabe zu Aufgabe oder flog davon, um sich mit Ben zu treffen.

Kate teilte ihre Zeit und Aufmerksamkeit zwischen Ben und Zanana auf. Sie war mehr als glücklich, dass sich ihr Plan, Zanana den Kriegsversehrten als Genesungsheim zur Verfügung zu stellen, als so erfolgreich und befriedigend erwiesen hatte. Ihre Liebe zu Ben erblühte Tag für Tag mehr, und jeder Tag war von einer Freude erfüllt, wie sie sie noch nie zuvor gekannt hatte.

Sie dachte nicht weiter voraus als bis zum nächsten Augenblick, dem nächsten Treffen mit Ben, wenn sie zu einer bestimmten Zeit in der Grotte verabredet waren oder wenn er zufällig um die Ecke des Hauses kam und sie überraschte. Oft führte sie dann gerade einen Invaliden spazieren und tauschte mit Ben nur ein paar Worte und ein heimliches Lächeln aus. Aber der Glanz in ihren Augen, die Zärtlichkeit in ihren Stimmen, ihr verschwörerisches Lächeln machten für alle offenkundig, wie viel Zuneigung sie einander entgegenbrachten.

Kate summte vor sich hin, als sie einen Stapel frisch gewaschener, nach Sonne duftender Laken zu dem großen Wäscheschrank aus Zedernholz trug. Mrs. Butterworth, die, den Kopf über ein Blatt Papier gesenkt, den Flur entlangkam, prallte fast mit ihr zusammen.

»Hoppla! Entschuldige, Kate, ich habe nicht aufgepasst … war ganz in die Dienstpläne vertieft.« Sie lächelte Kate an. »Soll ich dir helfen?«

Ohne eine Antwort abzuwarten, öffnete Mrs. Butterworth die deckenhohen Schranktüren in der Wäschekammer. Der Geruch von Kampfer, Lorbeer und Lavendel schlug ihnen von den Borden voll gestärkter und gebügelter Bettwäsche entgegen. Kate legte den Stapel, den sie trug, hinein und schloss die Türen.

»Ich liebe diese kleine Kammer. Der Geruch erinnert mich immer an die Zeit, als ich hier im Haus Verstecken spielte.«

»Du und deine Spiele. Du hast den armen Harold und mich ständig in diesem großen Haus umhergejagt.«

Kate drückte Mrs. Butterworths Arm. »Das war eine schöne Zeit. Ich war so glücklich hier mit Dad und dir, fühlte mich immer so sicher und geborgen. Ihr wart wundervoll.«

»Wir haben unser Bestes getan, Liebes«, sagte Gladys leise. »Aber, meine Güte, das klingt ja, als wolltest du fort oder so. Kate? Ich wollte schon die ganze Zeit mit dir reden. Über dich und Ben.««

»Was ist mit Ben?«, fragte Kate etwas scharf.

»Nun hör mal, Kate. Ich kenn dich zu gut. Wie ernst ist die Sache zwischen dir und Ben? Es lässt sich nicht übersehen, dass ihr sehr aneinander hängt. Ich nehme an, dass er noch nicht mit dir über … Heirat gesprochen hat. Ich meine, es ist eine Sache, ein wenig miteinander zu flirten, aber eine ernsthafte Werbung ist ganz etwas anderes. Besonders für ein Mädchen in deiner Position.«

»Was meinst du damit, Mum?« Kate war ehrlich überrascht.

»Ich meine dich und Zanana. Du bist die Herrin eines großen Besitzes, eine Erbin. Wenn deine Eltern noch lebten, würden sie prächtige Bälle für dich veranstalten, dich in die Gesellschaft einführen und heiratsfähigen jungen Männern vorstellen.«

»O Mum, das will ich alles gar nicht. Die Zeiten haben sich geändert, jetzt nach dem Krieg.«

»Das glaube ich nicht, Kate. Du musst dir deiner Verantwortung bewusst sein, deines Erbes, deiner Zukunft.«

»Meine Zukunft liegt hier in Zanana. Und Ben ist genauso ein Mann wie irgendeiner dieser so genannten Gesellschaftslöwen. Außerdem ist von Heirat überhaupt noch nicht gesprochen worden. Wir fühlen uns nur einfach ... wohl zusammen.« Kate wollte die Angelegenheit nicht weiter verfolgen. »Ich muss Mr. Hollingsworth holen, er ist noch im Garten. Keine Bange, Mum, es gibt nichts, worüber du dir Sorgen machen musst.«

Wieder hatte sich eine leichte Schärfe in Kates Stimme geschlichen, und sie lief mit unnötiger Eile davon. Mrs. Butterworth biss sich auf die Lippen. Sie beschloss, trotzdem ganz offen mit Hock Lee darüber zu sprechen.

Bei seinem nächsten Besuch nahm sie ihn beiseite, und er hörte aufmerksam zu. Sein rundes Chinesengesicht blieb ausdruckslos.

»Sie haben Recht, sich Sorgen zu machen, Mrs. B. Aber wir müssen aufpassen, dass wir nicht etwas zu ernst nehmen, das vielleicht nur eine kleine Schwärmerei ist. Kate kann sehr dickköpfig sein, und wir könnten sie unter Umständen in eine Richtung treiben, die sie gar nicht einschlagen will. Hier handelt es sich um die erste Liebe, und niemand lässt sich gern sagen, dass es vielleicht nicht die Liebe fürs Leben ist. Leider hat Kate wenig Erfahrung mit der Außenwelt und jungen Männern.«

»Hector Dashford hatte es sehr auf sie abgesehen.«

»Ich glaube, Kate hat dem einen Riegel vorgeschoben. Und, ehrlich gesagt, ich würde unsere Kate nicht gerne mit Hector verheiratet sehen. Sie etwa?«

»Lieber Himmel, nein. Wenn ich nur an diese Episode während des Krieges denke ... wie Harold und Wally ihn dafür verachtet haben, so ein Feigling zu sein und an Bens Stelle die Auszeichnung anzunehmen.«

»Genau. Aber wer bleibt dann noch übrig? Wir müssen sie hier herausbringen. Sie muss mehr vom Leben kennen lernen, andere Menschen – junge Leute, nicht die Alten, mit denen sie hier zu tun hat.«

»Die Männer beten sie an, Hock Lee.«

»Das weiß ich. Und sie ist gerne mit ihnen zusammen und hört sich ihre Geschichten an, aber sie sollte sich mit Menschen ihres eigenen Alters vergnügen. Es ist nicht Ihr Fehler, Gladys. Ich bin selbst ein bisschen daran schuld. Ich neige dazu, Kate entweder als kleines Mädchen zu betrachten oder als sehr vernünftige und erwachsene junge Frau, aber in Wirklichkeit ist sie immer noch eine zarte Knospe. Ich war zu sehr in meine Arbeit vertieft, um ihrem Erblühen genug Aufmerksamkeit zu schenken.«

»Ich kann mir vorstellen, dass Ihre Geschäfte Sie sehr in Anspruch nehmen. Ich weiß nicht, wie Sie das alles in den Griff bekommen.«

»Ich habe es zu meinem Lebensinhalt gemacht. Als Robert starb, habe ich all meine Gedanken und meine Energie auf die geschäftlichen Unternehmungen gelenkt – auf Kosten meines Privatlebens, nehme ich an«, gestand Hock Lee traurig.

»Ich habe mich oft gefragt, warum Sie nicht geheiratet haben. Aber ich wollte nicht aufdringlich sein.«

Der inzwischen recht stämmig gewordene Hock Lee strich sich über das immer noch tiefschwarze Haar und lächelte Mrs. Butterworth an. »Meine Eltern haben versucht, eine Heirat für mich zu arrangieren, aber das wollte ich nicht. Verstehen Sie mich nicht falsch, diese alten Bräuche haben durchaus ihr Gutes, aber ich hatte das Gefühl, dass die zusätzliche Verantwortung für eine Familie mich in zwei Hälften spalten würde. Ohne es recht zu merken, hatte ich wohl die Entscheidung getroffen, in der Welt weiterzumachen, die ich am besten kannte. Ich habe es nie bedauert – außerdem sind Zanana und Ihre Familie ebenfalls Teil meines Lebens.«

Hock Lee und Mrs. Butterworth sprachen noch länger über Kates Zukunft und einigten sich schließlich auf einen Plan.

Hock Lee sprach die Sache Kate gegenüber an, die sofort zurückschoss: »Mum und du habt über mich gesprochen und das zusammen ausgebrütet, nicht wahr?«

»Nun hör mal, Kate, hier handelt es sich nicht um eine finstere Verschwörung. Wir dachten, du würdest dich darüber freuen, in die Welt hinauszukommen. Du arbeitest viel zu schwer in Zanana, du solltest hübsche Kleider kaufen, mit anderen jungen Damen zu Partys gehen, vielleicht ein bisschen reisen.«

»Warum?«, fragte Kate dickköpfig.

»Weil du kein Urteil über etwas abgeben kannst, solange nicht Erfahrung in deine Entscheidungen einfließen kann. Das gehört zum Prozess der Reife und des Erwachsenwerdens.«

Kate erzählte Ben von dem Gespräch mit Hock Lee. »Er will mich in die Gesellschaftskreise der Stadt einführen. Ich will nichts davon wissen«, erklärte sie mit festem Ton.

Aber sie war überrascht, als Ben dem Vorschlag Hock Lees zustimmte. »Das solltest du aber, Kate. Fotos von dir auf schicken Partys und tollen Empfängen sollten in den Frauenzeitschriften erscheinen – du weißt schon, was ich meine«, sagte er lächelnd.

»Und was ist mit dir? Vielleicht solltest du auch in die große weite Welt hinausgehen, dich vergnügen und mit Leuten deines Alters verkehren«, gab Kate zurück.

Ben antwortete nicht, sie wechselten das Thema und beide waren froh, als Sid plötzlich auftauchte und Ben bat, etwas in den Ställen für ihn zu erledigen.

Kate floh in den Rosengarten, war verletzt und verwirrt. Warum konnte niemand ihre Gefühle verstehen? Warum fühlte sie sich im einen Moment so glücklich und war im nächsten von schmerzlicher Sehnsucht erfüllt und dem Gefühl, alles in Frage stellen zu müssen? Warum erschienen ihr die vor ihr liegenden Jahre als nebelverhangener, unbekannter Pfad, der in ein Land der Schatten und Sorgen führte? Manchmal wollte sie, dass ihr Leben genauso blieb wie jetzt, dann wieder verspürte sie eine Sehnsucht nach etwas Endgültigerem, an das sie sich klammern konnte, das sie umhüllen und ihre Welt sicher, geborgen und sonnig machen würde. In solchen Momenten dachte sie an Bens starke Arme, die sie umschlossen, an den süßen Geschmack seiner Lippen und den frischen, grasigen Duft seiner Haare.

Kate wusste nur, dass sie Zanana liebte und dass sie Ben liebte. Die beiden Dinge waren nicht voneinander zu trennen.

Sie war verstimmt, dass Ben ihr zuredete, Hock Lees Plänen zuzustimmen und eine Saison in Sydney zu verbringen. Je mehr sie darüber nachdachte, desto stärker wurde das Gefühl dickköpfiger Unabhängigkeit, das sich in ihr Herz schlich, und schließlich verkündete sie Hock Lee und Mrs. Butterworth, sie könnten loslegen und alles arrangieren, was sie wollten.

»Was aber nicht bedeutet, dass ich es auch nur im Geringsten genießen werde«, sagte sie, warf den Kopf zurück und streckte das Kinn vor.

Mrs. Butterworth tauschte ein Lächeln mit Hock Lee aus, als Kate aus dem Zimmer segelte. »Sorgen Sie nur dafür, dass sie gut in die Gesellschaft aufgenommen wird. Sie wird schon ihren Spaß haben und es genießen, da bin ich sicher.«

Hock Lee machte sich sofort an die Vorbereitungen, seine schöne Patentochter in die Gesellschaft von Sydney einzuführen. Die zwanziger Jahre versprachen, ein Jahrzehnt der Frivolität, der Ausgelassenheit und Schnelllebigkeit zu werden. Aber wie es für diese scheue junge Frau passend war, die einen der größten Besitze des Landes erben würde, gestaltete er ihre Einführung mit Anstand und Zurückhaltung.

Kate wurden verschiedene Möglichkeiten geboten, wo sie während ihrer zwei Monate in Sydney wohnen konnte, aber sie entschied sich für die Gästezimmer von Hock Lees Villa in Mosman. Seine beiden Schwestern lebten noch zu Hause, und Kate fühlte sich in der vertrauten Umgebung wohler.

Ihr wurde ein blassgrün gestrichenes Schlafzimmer zur Verfügung gestellt, dazu ein eigener, in dunklerem Grün gehaltener Salon und ein Vorraum. Antike chinesische Möbel schimmerten vom emsigen Polieren, und auf der Kommode stand eine handbemalte Schale aus der Ming-Dynastie. Schlicht gerahmte Bilder von alten chinesischen Landschaften hingen an der Wand. Kate betrachtete die feinen Pinselstriche, mit denen schneebedeckte Bergspitzen hinter zarten Blättern angedeutet wurden, ein Land so weit entfernt von dem erstaunlichen Hafen und dem tiefblauen Himmel vor ihren großen Aussichtsfenstern.

Hock Lee hatte dafür gesorgt, dass sich Kate eine neue modische Garderobe zulegte – Tageskleider, Kostüme und elegante Abendkleider. Sie verbrachte Tage in den Kaufhäusern von Sydney: *Marcus Clarke, Farmers, Mark Foys* und *David Jones*. Als sie zu den Pferderennen nach Melbourne fuhren, hatte er sie zu *Georges*, in das *Myer Emporium* und zu *Buckley and Nunns* geführt. Weitere Kleider wurden von zwei Schneiderinnen aus Stoffen angefertigt, die Hock Lee importierte. Hock Lee bestand auch darauf, dass sie sich mehrere Henderson-Hüte kaufte, und ließ von einem Hutmacher die neueste Pariser Hutmode nacharbeiten.

Schon bald war Kate in eine Welt der Bälle, Partys, Dinnereinladungen und Tanztees, Tennisspiele, Picknicks, Bootsausflüge, Konzerte und Theateraufführungen eingetaucht. Kate kam es so vor, als sei sie in einen Korb selbstzufriedener Bienen geraten, die summten, ausschwärmten und von einer Blume zur nächsten schwirrten. Eine Weile lang machte es ihr Spaß, großen Spaß, doch dann schien sich alles nur endlos zu wiederholen. Dieselben Leute in noch extravaganteren oder freizügigeren Ensembles sagten dieselben Dinge zu einem wechselnden Kreis lächelnder, affektierter Gesichter, tanzten umeinander herum, flirteten, neckten sich und lachten unablässig. Es schien ein Leben von unbesonnener Leichtigkeit zu sein, ohne ernsthafte Gedanken an das Heute, ganz zu schweigen von Morgen oder den Jahren, die vor ihnen lagen.

Kate betrachtete sich im Spiegel der Kommode. Sie sah sich etwas verschwommen durch den zarten Schleier an dem bebänderten Hut, der auf ihrem hochgesteckten Haar saß. Wer war diese elegante Frau, und wohin würde sie heute gehen?

Sie nahm den Hut vom Kopf, ließ sich auf den Bettrand sinken, schlüpfte aus den Schuhen und wackelte mit den Zehen in den blasslila Seidenstrümpfen. Einen Moment lang konnte sie sich nicht erinnern, wohin sie heute sollte – ach ja, ein Wohltätigkeitspicknick und die Ruderregatta der besten Privatschulen, gefolgt von einem Essen in der

Residenz von Lady Bradstow in Point Piper. Kates Begleiter für diesen Tag war der gut aussehende Adjutant des Gouverneurs, Himmel, wie hieß er noch gleich? Ah ja, Bradley Fortescue Stephens.

So viele Wochen, und ständig unterwegs. Kate seufzte. Wozu um alles in der Welt tat sie das nur? Zugegeben, manches davon hatte Spaß gemacht, und es war faszinierend gewesen, Einblick in die Häuser und das Leben der Reichen und Mächtigen zu bekommen. Aber für sie war kein Haus und kein Garten so schön wie Zanana. Sie hatte kein Interesse daran, für immer ein Teil dieser schwindelerregenden Welt zu sein, obwohl sie sich nicht vorstellen konnte, dass diese Menschen das ganz Jahr so lebten. Doch dem höflichen Geplauder der anderen jungen Frauen und ihrer Mütter hatte sie entnommen, dass der größte Teil des Jahres auf die Gesellschaftssaison und die jährlichen gesellschaftlichen Höhepunkte ausgerichtet war.

»Es muss schwer für Sie sein, meine Liebe«, meinte Lady Elizabeth Worthington, eine der Gesellschaftsgrößen, mitfühlend beim Lunch in Lady Bradstows Haus. »In die Gesellschaft eingeführt zu werden ist eine so diffizile Angelegenheit, wenn man es richtig machen will, und ohne die Hilfe Ihrer Mutter sind Sie wirklich im Nachteil. Mr. Hock Lee war zweifellos sehr brauchbar, aber er ist ja schließlich kein richtiges Mitglied unserer Kreise, nicht wahr?« Rasch plapperte sie weiter: »Ich meine, da ist wirklich die Hand einer Frau vonnöten, aber ich muss sagen, Sie sind außerordentlich beliebt und so hübsch, dass es schon gut gehen wird.«

Ein Streichquartett spielte ein weiteres Stück von Mozart. Lady Bradstow war berühmt für ihre Mozart-Lunchs während der Saison. So stilvoll, sagten alle.

Kate saß ruhig da, die Hände im Schoß verschränkt, aber sie hörte die Musik kaum. »Gut gehen wird?«, dachte sie. »Es geht mir gut. Es ging mir bereits gut, bevor ich diesen ganzen Zirkus hier in der Stadt mitzumachen begann. Und was ›die Hand einer Frau‹ anbelangt, da hat meine Mum bestimmt mindestens so viel für mich getan wie jede andere Mutter, und das in Dingen, auf die es wirklich ankommt.«

Sie versuchte, sich die rundliche, stets Schürzen tragende Mrs. Butterworth in diesem Salon vorzustellen, doch anstatt eines Gefühls der Peinlichkeit rief diese Vorstellung eine plötzliche Erkenntnis in ihr hervor. Mrs. Butterworth stand weit über dem schalen und oberflächlichen Leben dieser Leute. Sie konnte auf ein Leben der Hingabe, der Dienstbarkeit, der Treue und Liebe zurückblicken, nicht nur für Kate, sondern auch für Zanana und alles, wofür es stand.

Leichter Applaus kündete das Ende des Musikvortrags an. Kate kehrte wieder in die Gegenwart zurück. Sie bedankte sich höflich und verabschiedete sich, konnte aber kaum das dringende Bedürfnis verheimlichen, aus dieser stickigen Atmosphäre zu entfliehen.

Aber bevor sie fliehen konnte, musste sie noch mehr seichtes Geplauder von Seiten eines der jungen Herren über sich ergehen lassen, der ebenfalls an dem Lunch teilgenommen hatte.

Während sie auf der Veranda die Ankunft ihres Taxis erwartete, ließ er sich über den Nachmittag aus. »So gediegen und stilvoll, finden Sie nicht? Eine glänzende Art, den Nachmittag zu verbringen.«

Das Taxi kam. Er hielt höflich die Tür für sie auf. »Sehe ich Sie morgen zum Tennis bei den Barlow-Jones?«

»Ja. Ich habe die Einladung angenommen. Tennis macht mir viel Spaß. Ich spiele oft … ach, es spielt keine Rolle. Wir sehen uns dann bestimmt morgen.«

»Allerdings! Adieu!«

Als der Wagen die geschwungene Auffahrt hinabfuhr, dachte Kate an die einarmigen Soldaten, mit denen sie in Zanana Tennis spielte, und fragte sich, was der junge Mann wohl gedacht hätte, wenn sie ihm von ihren Partnern erzählt hätte. Auf dem Weg nach Hause dachte sie ganz objektiv über die Männer der Gesellschaftskreise nach, in denen sie sich jetzt bewegte.

Die Männer in der Stadt sprachen über ihre Berufe meist nur in Hinsicht auf ihre persönlichen Verbindungen, auf ihre Aufstiegschancen und Aussichten, es ging ihnen nicht um Zufriedenheit oder Großzügigkeit oder darum, etwas für die Verbesserung der Gesellschaft zu tun. Sie waren stets auf ihr eigenes Wohl bedacht und entwickelten Ambitionen auf dem Gebiet des Bankwesens, des Rechts und der Politik, hatten Posten in der Armee oder im öffentlichen Dienst. Doch der Egoismus ihres Verhaltens war Kate zuwider.

Zuerst hatten sie die Schmeicheleien der jungen Männer erfreut. Aber sie entdeckte bald, dass Schmeichelei in dieser Gesellschaft eine billige Ware war, die großzügig verteilt und beiläufig angenommen wurde, all das war Teil eines Spiels, das niemand ernst nahm. Allmählich ging es Kate auf die Nerven.

Und da war noch etwas, was sie ärgerte. Diese Bestimmtheit, mit der fast alle ihre australische Herkunft zu verleugnen entschlossen waren. Die Meinungen und Einstellungen, die in Gesprächen zutage traten, waren meist mit der Mode importiert worden. Man bemühte sich nach Kräften, äußerst britisch zu klingen. Kricketmatches gegen England schienen das einzige Thema zu sein, bei dem es erlaubt war, sich als Australier zu fühlen. Kate verstand nichts von Kricket und hatte auch nichts dafür übrig – wie sie herausfand, eine ihrer wenigen Gemeinsamkeiten mit den anderen jungen Damen. Und so war es auch nicht verwunderlich, dass die Männer Gespräche über Kricket in Gegenwart von Frauen meist vermieden.

Zanana faszinierte sie alle – oder zumindest die Vorstellung von Größe und Reichtum, die damit verbunden war. An dem Projekt für genesungsbedürftige Soldaten, das Kate so viel bedeutete und mehrere Jahre lang ihr Leben gewesen war, waren sie weit weniger interessiert.

»Es gefällt Ihnen tatsächlich, sich mit diesen Burschen auf den Krankenstationen abzugeben?«, fragte ein ungläubiger junger Mann, der an einem Sonntagnachmittag ihr Tennispartner war. Curtis Lonigan war Juniorchef eines großen Kaufhauses, wo er von seinem Vater, dem Hauptaktionär, auf die Rolle des Direktors vorbereitet wurde. »Ich meine, das müssen doch ziemlich langweilige Burschen sein nach all der Zeit, die sie im Krankenhaus verbracht haben. Sie sollten wirklich Personal einstellen, das diese Arbeiten verrichtet ... Krankenschwestern.«

»Wir haben Krankenschwestern, aber ich verbringe den größten Teil meiner Zeit damit, etwas eher Persönliches oder Menschliches für die Männer zu tun ... ihnen einfach zuzuhören oder bei einer Tasse Tee mit ihnen zu plaudern ... und so. Sie behandeln mich, als würde ich zur Familie gehören«, erklärte Kate und bemühte sich, nicht aufbrausend zu werden. »Und nein, sie sind nicht langweilig«, fügte sie entschieden hinzu.

»Ja, aber worüber unterhalten Sie sich denn mit denen?«

Kate merkte plötzlich, dass ihr die Worte fehlten. »Na ja ...«, sie unterbrach sich. »Vielleicht darüber, wie es war, auf einer Farm unten im Süden Kühe zu melken, bevor jemand in den Krieg zog und ihm die Hand abgeschossen wurde.«

»Guter Gott!«, entfuhr es Curtis. Nun schienen ihm die Worte zu fehlen. Alles, was ihm einfiel, war: »Wie seltsam.«

»Sie finden das seltsam, ja? Nun, ich nicht.«

»Schauen Sie, ich wollte Sie nicht verärgern. Aber es ist wirklich ziemlich seltsam, so was zu machen, wenn Sie doch bei anderen Dingen viel mehr Spaß haben könnten. Kommen Sie, Florence Nightingale, wir sind dran. Lassen Sie uns James und Courtney das Fell über die Ohren ziehen.« Damit stürmte Curtis Lonigan, Direktor in spe, auf den Tennisplatz.

Kate spielte miserabel.

Während des ganzen Spiels musste sie an Zanana und Ben denken. Sie war unfähig, die Männer in ihrer weißen Tenniskluft nicht mit Ben zu vergleichen. Er verstand, warum ihr die Soldaten so am Herzen lagen, er teilte ihre Liebe für Zanana und das Land, er brachte sie zum Lächeln und Lachen, ohne dafür komplizierte Wortspiele oder gehässigen Klatsch heranziehen zu müssen. Er war zuverlässig und vertrauenswürdig. Kate spürte, dass sie sich auf Männer wie Curtis Lonigan niemals verlassen oder ihnen vertrauen könnte.

Sie verloren sechs zu null. Curtis war wütend und beschloss bei Tee und Gurkenschnittchen, sein Interesse an Kate abflauen zu lassen. Auch Kate kam zu einem Entschluss und verließ die Tennisparty vorzeitig.

In den nächsten Tagen kam sie all ihren Verpflichtungen nach, lehnte aber jede neue Einladung höflich ab und ließ sich am Telefon verleugnen.

»Fühlst du dich nicht wohl, meine Liebe?«, wollte Hock Lee wissen, als er davon erfuhr, dass Kate nicht mehr an gesellschaftlichen Veranstaltungen teilnahm und stattdessen in den Gärten spazieren ging oder den steilen Weg hinab zur Mosman Bay einschlug, um Bleistiftskizzen von den Booten im Wasser zu machen.

»Mir geht es gut, Hock Lee. Und ich habe diese Zeit sehr genossen. Ich kann dir nicht genug für all das danken, was du für mich getan hast, aber ich werde bald nach Hause zurückkehren.«

Hock Lee legte ihr den Arm um die Schultern und unterbrach ihre kleine Rede. »Stopp. Das hört sich ja an, als sei alles zu Ende. Als hättest du nur deine Pflicht getan. Ich kann mir vorstellen, dass dich der ganze Wirbel etwas mitgenommen hat. Ruh dich ein paar Tage aus. Was hältst du davon, wenn wir zur Erholung mit dem Zug nach Katoomba in die Blue Mountains fahren – da warst du noch nicht –, und dann kehrst du erfrischt zurück. Es gibt immer noch eine Menge Leute, die du kennen lernen solltest, weißt du.«

»Hock Lee! Genug!«, rief Kate verzweifelt. »Ich will keine Leute mehr kennen lernen, zu keiner Veranstaltung mehr gehen und nichts mehr sehen.« Sie holte tief Luft und bemühte sich, ruhig zu sprechen. »Die vergangenen Wochen waren aufregend und interessant, eine wahre Offenbarung für jemanden wie mich. Und wenn der Plan darin bestand, das Leben und die Welt außerhalb von Zanana kennen zu lernen, so habe ich ihn erfüllt. Wenn der Plan aber vorsah, dass ich dieses Leben der Abgeschiedenheit von Zanana vorziehen würde, dann ist das Experiment gescheitert. Und wenn geplant war, dass ich einen heiratsfähigen Junggesellen finden und mich mit ihm verloben würde, dann ist das ebenfalls gescheitert.«

»Hat es denn irgendetwas gebracht?«, fragte Hock Lee leise.

»Allerdings. Ich habe erkannt, dass ich für ein einfaches und ruhiges Leben bestimmt bin. In Zanana. Ich ziehe die Natur der Gesellschaft dieser Menschen vor. Ich muss nicht von einem Ort zum anderen rauschen und dauernd in Bewegung sein, und ich brauche keinen großen Freundeskreis. Ich fühle mich in meiner eigenen Gesellschaft wohl. Aber am wohlsten fühle ich mich in der Gesellschaft von Ben Johnson. Er ist ein ganz besonderer Mensch, und ich möchte den Rest meines Lebens mit ihm verbringen.«

»Weiß Ben davon?«

»Nein. Aber er wird sich schon damit einverstanden erklären, wenn er erkennt, was ich wirklich will.«

Hock Lee sah sie nachdenklich an. »Hm, ich verstehe. Kate, Ben ist nicht mehr in Zanana. Gladys und ich wollten dir das später sagen.«

Kate starrte ihren Patenonkel mit entsetztem Erstaunen an. »Was meinst du damit? Es geht ihm doch gut, oder?«

»Aber ja. Doch auch er hatte das Gefühl, das tun zu müssen, was du tust – hinauszugehen und zu sehen, was auf der anderen Seite des Flusses und hinter den Mauern von Zanana liegt.«

»Warum hat er mir nichts davon gesagt?«

»Er hat mich gebeten, es dir zu sagen. Das bedeutet nicht das Ende eurer Freundschaft. Er hofft, dass du es dir gut gehen lässt, und er wird dir schreiben und dich wissen lassen, wie er vorankommt.«

Tränen rollten über Kates Wangen, und sie wischte sie ärgerlich weg. »Ich dachte, er ... hätte mich gern.«

Hock Lee nahm Kate in die Arme und wiegte sie. »Kate, Liebste, ich glaube, er hat dich sehr gern. Das ist auch der Grund, warum er fort musste.«

»Was soll das heißen?«, schniefte Kate. »Und wo ist er hin?«

»Nach Melbourne. Er arbeitet und lernt bei einem bekannten Botaniker, einem Schüler von Guilfoyle, der den dortigen Botanischen Garten gestaltet hat. Ben scheint es ernst zu sein mit der Landschaftsgestaltung und dem Gartenbau. Er hat eine natürliche Veranlagung dazu, besitzt aber keine richtige Ausbildung.«

Kate biss sich auf die Lippen. »Ja, wir haben über seine Idee gesprochen, Gärten und Parks so zu gestalten, dass sich die Menschen der Natur nahe fühlen.« Kate wandte sich ab. »Ich hoffe, er ist glücklich. Es kommt nur so überraschend. Er hat mir gegenüber nie auch nur angedeutet, dass er fortgehen wollte.«

»Was nicht heißt, dass er in irgendeiner Weise weniger von dir hält, Kate, aber er muss auf eigenen Beinen stehen und sich die Welt erobern. Er konnte nicht in Zanana bleiben und in deinem Schatten stehen.«

»Ich frage mich, ob er je zurückkommen wird – um zu bleiben, meine ich.«

»Seine Eltern sind dort, Ben ist fast so eng mit Zanana verbunden wie du.«

»Aber es wird nicht mehr dasselbe sein.« Kate war traurig. Warum hatte Ben ihr nichts gesagt, warum hatte er bis jetzt gewartet, um seine eigenen Wege zu gehen? Hatte er nur mit ihr gespielt, und würde er jetzt, wo er draußen in der Welt war, seine Kindheitsfreundin vergessen? Ihre Küsse, seine Hand, die ihr eine Haarsträhne aus dem Gesicht strich, das verstohlen ausgetauschte Lächeln, die geflüsterten Träume – bedeutete ihm das alles gar nichts?

Während der nächsten Stunden verwandelte sich ihre Traurigkeit in eine stählerne Entschlossenheit, ebenfalls ihren eigenen Weg zu gehen. »Ich brauche Ben Johnson nicht, um aus meinem Leben ein Ganzes zu machen. Ich komme sehr gut allein zurecht.«

Zum Erstaunen von Hock Lee stürzte sich Kate in eine letzte Runde von Bällen und Gartenpartys, brachte eine Reihe formeller Abschiedsbesuche bei den ›wichtigsten‹ Damen hinter sich und nahm an weiteren Abendeinladungen teil, wo die heiratsfähigen jungen Damen diskret vorgeführt wurden wie preisgekrönte Schafe.

Kate fand einiges davon recht unterhaltsam, aber nicht aus den von ihren Gastgebern angenommenen Gründen. Die üppige, von schlechtem Geschmack zeugende Gestaltung ihrer Häuser, das kreischende Lachen der Frauen, das heisere, von Whisky angeheizte Getöne der Männer und das alberne Gekicher ihrer Töchter amüsierte sie. Trotz all ihres Reichtums und der Opulenz, mit der sie sich umgaben, stammten die meisten dieser Menschen von Siedlern, Schafzüchtern und Händlern ab, die Profit gemacht hatten, weil sie die Ersten in einem neuen Land gewesen waren.

Kate konnte die Vorstellung nicht ertragen, in ein Zanana ohne Ben zurückzukehren. Daher blieb sie noch in der Stadt und schrieb jeden Tag an Mrs. Butterworth, die begeistert war, von all ihren Aktivitäten zu hören, die all ihre Erlebnisse nachempfand, immer wieder alle Einzelheiten darüber nachlas, wohin sie gegangen war, wen sie getroffen hatte, wer wie gekleidet und was gesagt worden war. Kate kam all dem gutmütig nach und verbarg ihre eigentliche Enttäuschung sowohl über die ›vornehmen‹ Kreise von Sydney als auch über die Leere, die sie in Zanana erwartete.

Während der Saison hatte sie die Dashfords regelmäßig gesehen. Sie fand Mr. und Mrs. Charles Dashford kalt und hochnäsig und fragte sich, warum ihr Vater ausgerechnet Charles Dashford zu seinem Anwalt gemacht hatte. Natürlich kam Charles Dashford nie auf ihre Konfrontation bei der Treuhändersitzung zu sprechen, in der die Umgestaltung Zananas in ein Genesungsheim für Kriegsveteranen gebilligt worden war. Die Tatsache, dass es so erfolgreich und auch vorbildlich für andere Heime im Lande war, schien Dashford eher zu verstimmen als zu freuen.

Seit sie Hectors Heiratsantrag und auch seine späteren Avancen zurückgewiesen hatte, ignorierte er sie offenkundig, wann immer es möglich war. Begegneten sie sich bei gesellschaftlichen Veranstaltungen, war er höflich, aber kühl. Jedes Mal, wenn sie ihn sah, war er in Begleitung eines anderen strahlenden jungen Dings, da Hector als sehr begehrenswert galt. Er war eine führende junge Persönlichkeit in der Rechtswelt und wurde als geschickter, wenn auch etwas ungestümer Anwalt betrachtet, der den Vorteil hatte, einen Vater mit einem beträchtlichen Vermögen zu besitzen. Aber wenn Kate zusammen mit Hock Lee zu formellen Familienfesten im Haus der Dashfords eingeladen war, fiel ihr auf, dass Hector die meiste Zeit in der Gesellschaft der persönlichen Assistentin seines Vaters verbrachte. Kate erinnerte sich an ihre Begegnung bei der Sommersymphonie, als Hector ihr den Heiratsantrag gemacht hatte. Damals hatte sie sich gewünscht, dass er sich eine passendere Braut suchen würde, jemanden wie die geschickte und wohlerzogene Sekretärin seines Vaters. Offensichtlich bestand nun eine enge Freundschaft zwischen den beiden.

Während einer Einladung der Dashfords zu einem Lunch am Schwimmbecken und nachfolgendem Krocketspiel beobachtete Kate diese Frau, die Hectors Aufmerksamkeit errungen hatte. Sie hatte gute Manieren, war höflich und schien nie in ein Fettnäpfchen zu treten. Und doch hatte sie etwas Berechnendes, das Kate beunruhigte, während sie die streng, aber teuer gekleidete Frau zwischen den Gästen herumgehen sah.

Als hätte sie die Beobachtung bemerkt, kam sie zu Kate herüber, die im Schatten saß, und fragte sie, ob ihr der Nachmittag gefiele.

»Sehr gut. Ich habe noch nie Krocket gespielt. Es macht Spaß.«

»Sie spielen ausgezeichnet für eine Anfängerin. Einige der Mutigeren unter uns wollen nachher schwimmen gehen. Wir stellen Mannschaften für ein paar Spiele zusammen, wollen Sie mitmachen?«

Kate schüttelte den Kopf. »Nein, danke. Ich ziehe es vor zuzusehen.«

»Wie Sie wollen, Miss MacIntyre, vielleicht werden wir Sie bitten, als Schiedsrichterin zu fungieren.«

Sie entschuldigte sich und ging weg, aber Kate spürte die Abneigung, die von ihr ausging, und eine merkbare Andeutung ihrer Überlegenheit.

Zu ihrer Freude bekam Kate bald kurze, herzliche Briefe von Ben, in denen er ihr von seinen Studien erzählte und der Arbeit mit Gartenbauexperten, die momentan einen Teil des Botanischen Gartens von Melbourne erweiterten. Die Briefe waren so freundlich und ungekünstelt, wie Ben immer war.

Sie munterten Kate auf, und sie teilte Hock Lee mit, dass sie bereit sei, nach Zanana zurückzukehren. Es kam ihr nun nicht mehr so einsam vor wie zu dem Zeitpunkt, als sie erfuhr, dass Ben fort war.

Hock Lee hob fragend die Augenbrauen. »Du bist also bereit, zurückzukehren und wieder dieselbe zu sein wie vor drei Monaten?«

»Nicht ganz. Jetzt bin ich viel zufriedener. Ich habe die andere Seite des Flusses gesehen und ziehe das Leben in Zanana vor. Und ich möchte, dass du aufhörst, mich zu einer Heirat zu drängen.«

Er grinste. »Du hast doch wohl nicht vor, eine alte Jungfer zu werden?«

»Natürlich nicht! Ich bin noch nicht mal einundzwanzig, Hock Lee! Vielleicht ergreife ich einen Beruf. Viele Frauen tun das jetzt, weißt du.«

»Du hast einen Beruf. Die Leitung von Zanana.«

»Das stimmt.« Kate wurde ernst. »Ich habe ein paar Ideen für die Zukunft. Zanana kann nicht für immer ein Genesungsheim bleiben. Die Männer gehen fort.«

»Manche scheinen es als ihr ständiges Zuhause zu betrachten.«

»Ja.« Kate seufzte. »Aber sie haben nichts anderes. Keine Familie, keine Arbeit. Doch sie leisten auf andere Weise ihren Beitrag, Hock Lee.«

»Ja, natürlich. Und was sind das für Pläne?«

»Oh, bisher sind sie noch recht vage. Ich habe das Gefühl, dass Zanana weiterhin für Gemeinschafts- oder Wohltätigkeitszwecke zur Verfügung stehen sollte ...«

»Und wenn du heiratest? Willst du dann nicht dort leben wie deine Eltern? Du wirst über dein Erbe verfügen können, wenn du einundzwanzig bist, und kannst es dir leisten, stilvoll zu leben.«

»Ich dachte, das Geld sei für den Unterhalt und die Instandhaltung gedacht, und außerdem will ich nicht auf großem Fuß leben. Mir ist klarer denn je, dass das nicht mein Stil ist. Ich bin ein einfaches Mädchen vom Land.«

Hock Lee lächelte die hübsche junge Frau an, die da vor ihm saß.

Dem Herzen nach war sie vielleicht ein einfaches Mädchen, aber die letzten Monate hatten viel dazu beigetragen, sie erwachsen werden zu lassen und ihr eine größere Charaktertiefe zu geben. »Gut, dann also zurück nach Zanana.«

Hock Lee verlangsamte den Wagen, als sie durch das Tor von Zanana bogen und die lange Auffahrt zwischen dicken Palmen und Buchsbäumen entlangfuhren.

Kate breitete ihre Arme weit aus. »Zu Hause! Endlich zu Hause!«

Am Eingang des Hauses war eine regelrechte Parade zu ihrer Begrüßung angetreten. Mehrere Veteranen in ihren Rollstühlen, eine Hilfskrankenschwester, Sid und Nettie Johnson, ein strahlender Wally Simpson und die tränenüberströmte Gladys Butterworth standen zu ihrem Empfang bereit.

Mrs. Butterworth und Kate umarmten sich, während

Wally und Hock Lee die Lederkoffer und den großen Schrankkoffer aus dem Kofferraum des Wagens luden.

»Du siehst wirklich wie eine weltgewandte Dame aus, Kate«, begeisterte sich Mrs. Butterworth beim Anblick der cremefarbenen Crêpe-de-Chine-Bluse und des flotten roten Hutes, des lila Wollkostüms, dessen Rock nur bis zu den Waden reichte und die gut geformten Beine preisgab, und der schwarzen hochhackigen Schuhe mit den Rheinkieselspangen.

»Nein, ich bin nach wie vor die alte. Ich weiß nicht, was ich jetzt mit all den schicken Kleidern anfangen soll, die ich mir auf Hock Lees Drängen angeschafft habe.« Sie lächelte und hakte sich bei Wally ein. »Jetzt erzähl mal, was es Neues gibt. Was machen die Rosen? Haben wir neue Jungtiere?«

Unter viel Gelächter und Geplauder nahmen sie den Morgentee auf der langen Veranda ein, von der aus man die makellosen terrassenförmigen Rasenflächen und die Gärten überblickte. Hinter den Bäumen, die das Schwimmbecken und die Grotte abschirmten, glitzerte silbern der Fluss.

Mrs. Butterworth betrachtete Kate zärtlich, die ein Milchbrötchen vertilgte und ihre Schuhe von sich schleuderte. Sie hatte sich nicht verändert. Vielleicht hatte sie mehr Sicherheit und Selbstvertrauen gewonnen, aber nichts von dem Snobismus und dem Klassenbewusstsein der so genannten besseren Gesellschaft, in der sie sich bewegt hatte, schien auf sie abgefärbt zu haben. Innerlich seufzte Mrs. Butterworth vor Erleichterung.

Am nächsten Tag besuchte Kate, bequem gekleidet in einen Baumwollrock und eine einfache Bluse, Sid und Nettie Johnson. Nettie stellte ihr eine Menge Fragen darüber, was sie gemacht hatte und wo sie überall gewesen war, und seufzte, als Kate von der Bahnfahrt nach Melbourne erzählte. »Und ist Melbourne großartig? Was hast du alles gesehen?«, fragte sie.

»Die Henley-on-the-Yarra-Regatta war recht hübsch. Hat mich an unseren Fluss erinnert. Und natürlich die Pferderennen von Melbourne, obwohl unsere Rosen denen an der Rennbahn von Flemington weit überlegen sind. Ich habe eine Bizet-Oper gesehen, im Princess-Theater, aufgeführt von der Lyster Company aus Amerika, und habe das Ausstellungsgebäude besichtigt. Ich bin sogar im Zoo gewesen und auf einem Elefanten geritten. Und ich war im Botanischen Garten.«

Sid strahlte. »Hast du gehört, dass Ben jetzt dort ist? Wir sind mächtig stolz auf ihn. Er hat aus seiner Liebe zu Gärten und Pflanzen einen richtiggehenden Beruf gemacht. In seinem letzten Brief schrieb er, dass er eine Ecke des Botanischen Gartens selbst gestaltet. Denk doch nur mal, das wird für immer bestehen. So was wie eine Auszeichnung für ihn, denk ich mir.«

Nettie schüttelte den Kopf. »Er war immer so ein scheuer, ruhiger Junge, der die Natur und Tiere und Blumen liebte, aber wer hätte gedacht, dass er das in sich hat?«

»Kommt er bald nach Hause?«, fragte Kate beiläufig.

Nettie lachte. »Ach, der Junge. Wir wissen es nie. Er taucht einfach auf. Wie damals nach dem Krieg. Kam eines Morgens einfach zur Tür herein und warf seinen Tornister ab.«

Kate nickte, sie konnte sich noch gut an jenen Morgen erinnern.

Nach dem großen Willkommensempfang für die heimkehrenden Soldaten am Bahnhof von Kincaid waren die Johnsons zutiefst niedergeschlagen, dass sich Ben nicht unter den ersten Heimkehrern befunden hatte. Die Demobilisierung der Truppe war danach nur unstet und sprunghaft vorangegangen, und nach den ersten Massenentlassungen kehrten die Soldaten nur noch in kleinen Gruppen zurück.

Kate war im Rosengarten gewesen, hatte cremige rosa »Grace Darling«-Teerosen geschnitten und sie in einen Korb gelegt, als sie mehr spürte als hörte, dass sich ihr jemand näherte. Beim Umdrehen sah sie direkt in die Sonne, und von ihren Strahlen geblendet, fragte sie sich, ob die Gestalt, die sich ihr nährte, ihrer Einbildung entsprungen war. Gegen das helle Licht hob sich die unverkennbare Silhouette eines Soldaten mit einem hochgebogenen Schlapphut und einem Tornister über der Schulter ab. Die Gestalt war von Licht umgeben wie das Bild eines Engels, und einen Moment lang hatte Kate gedacht, ihr Dad sei zu ihnen nach Hause gekommen.

Sie ließ die Schere fallen, machte einen Schritt vorwärts und blieb stehen. Die Gestalt wurde erkennbar, ihr Herz schlug schneller, und ein Lächeln schien von ihren Zehen bis zu ihren Haarwurzeln aufzusteigen und sie mit einem Prickeln zu erfüllen.

»Ben«, flüsterte sie. Mit einem freudigen Lachen lief sie auf ihn zu.

Auch für Ben war Kate so etwas wie eine ätherische Vision. Ihre schlanke Figur eilte wie schwebend durch den Wind, der ihr das Musselinkleid um den Körper wehte und ihr langes goldblondes Haar in Wellen über den Rücken fliegen ließ. Unbeholfen ließ er seinen Tornister fallen, als er ihr glückliches Lachen hörte.

»Ben! Ben!« Sie verlangsamte ihren Schritt, und plötzlich standen sie bewegungslos voreinander. Zu ihrer beider Überraschung war es Kate, die die unsichtbare Barriere zwischen ihnen überwand, ihm die Arme um den Hals schlang und ihn fest an sich drückte.

»Was für eine Überraschung! Wir wussten nicht, dass du heute kommen würdest.«

Ein Grinsen breitete sich über sein Gesicht, und nur zögernd gab er ihren weichen, warmen Körper aus seinen Armen frei. Kate trat zurück und legte den Kopf schräg, ihre Augen lachten ebenso rein und klar und blau zu ihm auf, wie er sie in Erinnerung hatte. Er nahm seinen Tornister und ging neben ihr her, musste sich beherrschen, nicht nach ihrer Hand zu greifen.

»Ich wollte nur zuerst den Rosengarten sehen. Ich habe viel an ihn gedacht, während ich ... dort drüben war. Wie wir alle.«

Kate nickte traurig und dachte an ihren Dad, an Harold. Schweigend blieben sie einen Moment lang stehen, betrachteten den Springbrunnen mit dem Cherub inmitten der Wasserrosen, die Sonnenuhr und die Rosenhecke dahinter.

»Ich bin froh, dass du gesund zurückgekehrt bist, Ben«, sagte Kate leise.

Ben nickte. »Dann gehe ich jetzt mal zum Haus. Kommst du mit?«

»Nein. Du solltest deine Mum und deinen Dad allein begrüßen. Komm doch später auf eine Tasse Tee zu uns. Mum wird sich schrecklich freuen, dass du wieder da bist.«

Die kleine Barriere war wieder aufgerichtet. Kate wandte sich ihren Rosen zu, während Ben zum Cottage der Johnsons trottete.

War das schon drei Jahre her?

Kate kam mit einem Ruck in die Gegenwart zurück, als Nettie ihr noch eine Tasse Tee anbot. »Nein, vielen Dank. Ich muss los. Ich habe immer noch nicht alles ausgepackt.«

»Bist sicher froh, wieder hier zu sein, was?«, fragte Sid.

»Allerdings. Und wie.« Kate stellte ihre Tasse auf die Anrichte und winkte ihnen zu. »Bis später dann.«

Sie sahen ihr nach, wie sie über den Rasen ging. »Sie hat sich nicht verändert«, lächelte Sid.

»Kate doch nicht. Obwohl ich angenommen hatte, sie käme vielleicht verlobt zurück.«

»Ich dachte, sie und Ben wären mal eine Zeit lang ineinander verliebt gewesen.«

»Aber Sid, sie sind doch fast so was wie Familie ... wie Cousin und Cousine sozusagen. Aber du kannst doch nicht im Ernst denken, dass unser Ben die Herrin von Zanana heiraten würde. Das gehört sich nicht.«

»Tja ... da magst du wohl Recht haben«, murmelte Sid. Seine Frau drückte ihm die große Porzellanteekanne in die Hand.

»Hier, geh und wirf die Teeblätter auf das Tomatenbeet.«

Kate richtete sich wieder in ihrem Zimmer und ihrem Leben in Zanana ein, während Ben weiterhin in einer kleinen Pension in Melbourne wohnte. Beide dachten, der andere sei zufrieden und würde seine Träume verwirklichen. Beide irrten sich.

Kapitel siebzehn

Friedenstal 1966

Odette faltete die auf dem Bett gestapelten Kleidungsstücke zusammen, verstaute sie in ihrer Reisetasche und stopfte seitlich die Wanderstiefel, Turnschuhe und Sandalen hinein. Obendrauf kamen ein dickes leeres Notizbuch, ein paar Stifte, ein Kulturbeutel und ein weicher Hut. Fertig. Sie zog den Reißverschluss triumphierend zu.

»Alles gepackt.«

»Was? Du hast doch gerade erst angefangen.« Elaine kam an die Tür, einen Becher Tee und eine Zigarette in der Hand. »So, die Starreporterin macht also Urlaub? Und wohin fährt sie? Nach Paris? Rom? Denver? Nein, in das nordöstliche New South Wales. Wenn du dich irgendwo verkriechen willst, warum dann nicht in der Toskana?«

Odette lachte. »Es gibt keinen Ort auf der Welt wie das Friedenstal, ehrlich, Elaine. Es könnte ein herrlicher Erholungsort für Touristen sein, aber genau das wollen wir ja nicht. Touristen, die hordenweise durch den Regenwald trampeln.«

»Du fährst doch nicht wegen der Landschaft hin. Dir geht's um einen Mann.«

»Stimmt. Ich kann nicht gut lügen. Aber sag ihm nichts davon.«

»Wie lange kennst du diesen Zac eigentlich schon?«

»Ach, wir haben uns jahrelang hin und wieder gesehen.

Er ist so was wie ein schwer einzufangender Schmetterling.«

»Das sind die schlimmsten, Odette. Verlass dich lieber auf die sicheren, die einschätzbaren, stetigen Typen. Die Zacs dieser Welt brechen dir das Herz und fliegen davon.«

»Das hat er bereits getan«, sagte Odette leise. »Nein, Zac ist anders. Er ist etwas Besonderes.«

Elaine verdrehte die Augen und zog an ihrer Zigarette. »Wirst du versuchen, ihn aufzuspießen?«

»Hm, für meine Schmetterlingssammlung?«, grinste Odette. »Nein, das ist unmöglich. Mit Zac genießt du den Augenblick, solange er währt.« Wie sollte sie erklären, dass jeder Augenblick, den sie mit Zac verbracht hatte, eine kostbare Erinnerung war, bewahrt und gehütet wie ein Säckchen glitzernder Kristalle.

»Tja, dann mach das Beste aus deinen drei Wochen.«

Odette hängte sich die Tasche über die Schulter. »Das hab ich vor.« Seit sie Zac und das Friedenstal entdeckt hatte, waren Odettes Gedanken ständig dorthin zurückgekehrt. Ihr Artikel über die »New Age-Leute«, wie man sie nannte, und die Fotos des atemberaubend schönen Friedenstals hatten Aufsehen erregt, und die *Gazette* wurde mit Anfragen überhäuft, wo dieses Tal lag. Niemand wusste es, und Odette gab nichts preis.

Aber wie so viele, die ihren Artikel lasen, begann auch Odette, ihr Leben in Frage zu stellen. Wohin bewegte sie sich? Was wollte sie? Sie konnte diese Fragen nicht beantworten, fühlte sich aber zum Friedenstal hingezogen, auch wenn Zac nicht dort gewesen wäre. Irgendwie schienen sie unlösbar miteinander verbunden zu sein. Es erschien ihr so folgerichtig, dass sich Zac, zumindest für den Augenblick, an diesem magischen Ort niedergelassen hatte.

Sie hatte um Urlaub gebeten, und als sie entdeckte, wie viel Urlaub ihr noch zustand, wurde ihr klar, dass sie seit ihrer Ankunft in Sydney kaum welchen genommen hatte. Ab und zu war sie nach Amberville gefahren, um Tante Harriet zu beruhigen, und wenn sie im Ausland gewesen war, hatte sie am Ende des Auftrags manchmal noch ein paar Tage angehängt. Aber richtiger Urlaub ohne Pläne und ohne den Druck, sich etwas ansehen oder etwas unternehmen zu müssen ... das war etwas Neues. Odette erkannte ebenfalls, dass sie ausgebrannt war. Geistig und körperlich. Ja, sie konnte tausend gute Gründe finden, ins Friedenstal zu fahren. Aber der einzige, der wirklich zählte, war Zac.

Odette verließ Sydney per Zug an einem völlig verregneten Tag. Es goss in Strömen auf dem windgepeitschten Bahnsteig des Hauptbahnhofs. Die Vororte und Industriegebiete von Redfern und Newtown sahen durch den Wasservorhang vor ihrem Abteilfenster kalt, hässlich und traurig aus. Aber im Abteil war es gemütlich, und Odette machte es sich mit der Taschenbuchausgabe von Edgar Allan Poes Erzählung »Das verräterische Herz« auf ihrem Sitz bequem.

Später schlief sie, danach ging sie in den Speisewagen und beschloss, sich noch einmal an all den ungesunden Köstlichkeiten gütlich zu tun, die sie jetzt bestimmt wochenlang nicht mehr bekommen würde. Die aufgewärmte Fleischpastete, der Kartoffelbrei, das Erbspüree mit Bratensaft, übergossen mit Tomatensoße, schmeckten wunderbar. Sie spülte alles mit heißem Tee hinunter und hatte nicht das geringste schlechte Gewissen. Sie wusste, dass das Essen im Friedenstal gesund, nahrhaft, bekömmlich und gelegentlich exotisch war, aber jetzt, an einem regnerischen Tag auf der Fahrt nach Norden, eingehüllt in den gemütlichen Kokon des Daylight-Express, war Fleischpastete genau das Richtige. Um das Erlebnis zu vervollständigen, kaufte sich Odette einen Schokoriegel, ging zurück in ihr

Abteil und kaute zufrieden, während sie die Seiten ihres Buches umblätterte.

Als sie die Stadt und die Küstenorte hinter sich gelassen hatten, hörte der Regen auf. Bald kam die Sonne heraus und beschien grau-grüne Koppeln, gesprenkelt mit umgefallenen, ausgedorrten Gummibäumen, Flüsse und Hügel. Odette klappte das Buch zu und gab sich ganz der beschaulichen Betrachtung der Landschaft hin, während sie stetig nach Norden rollten.

Es war bereits dämmrig, als sie aus dem Zug stieg und die hoch gewachsene, schlanke Gestalt von Zac auf sich zukommen sah. Sein lockiges Haar wehte um seine Schultern, und seine Zähne blitzten weiß in dem lachenden Gesicht. Er trug einen kleinen Strauß weißer Blumen, mit dem er ihr zuwinkte.

Ihr Herz machte einen Freudensatz. Sie lief auf ihn zu, und er wirbelte sie in einer fröhlichen Umarmung herum.

Er reichte ihr die Blumen, griff nach ihrer Tasche, nahm ihre Hand, und sie verließen den kleinen malerischen Landbahnhof, dessen weiße Holzgebäude mit Vogelnestfarn und Töpfen mit gelben Ringelblumen und wuchernder Kapuzinerkresse behangen waren.

»Frieden«, seufzte Odette, als Zacs Fahrzeug den Berg hinunterfuhr. »Sie haben wirklich den richtigen Namen für dieses Tal gewählt.«

Der Tag neigte sich dem Ende zu, die Sonne versank hinter den gezackten Berggipfeln, und die warmen Lichter aus den Häusern im Tal glimmten durch die Bäume wie Glühwürmchen. Der Geruch von Holzrauch hing in der Luft, vermischt mit dem Duft nachts blühender Blumen, die Blätter der Bäume raschelten leise und überzogen sich mit dem ersten Abendtau. Odette hatte das Gefühl, sich in eine geborgene und freundliche Umarmung zu begeben.

Zac zeigte zum Himmel hinauf, wo das Licht zu schwinden begann. »Such nach dem Abendstern und wünsch dir was.«

»Aber ich darf meinen Wunsch nicht verraten, sonst geht er nicht in Erfüllung«, erwiderte sie, schloss die Augen und verschränkte die Hände.

Der amerikanische Armeejeep aus dem Zweiten Weltkrieg mit Linkssteuerung und ohne Verdeck bog von der Straße ab und rumpelte über das Gras zu dem hölzernen Stelzenhaus, in dem Zac wohnte. Er parkte den Jeep unter dem Haus.

»Hält den Regen ab, aber nicht die Opossums. Ich bin schon oft morgens losgefahren und habe ein verschlafenes Opossum unter dem Sitz gefunden«, lachte er.

Lampen brannten entlang der Veranda, und im Haus knisterte ein kleines Feuer im offenen Kamin und warf seinen sanften Schein in den Raum, der zugleich Küche, Esszimmer und Wohnzimmer war. Ein kleines Schlafzimmer und ein Bad befanden sich auf der Rückseite des Hauses, und außen herum führte eine überdachte Veranda.

»Das ist wunderschön, Zac.«

Er lächelte. »Einfach, gemütlich und funktional.«

»Rustikal und anheimelnd«, fügte sie hinzu, während Zac die Kerzen anzündete. Odette trug ihre Tasche ins Schlafzimmer, wo ein japanischer Futon auf einem Holzpodest lag, ein Moskitonetz war darüber gespannt. Zac erschien leise hinter ihr und legte die Arme um sie.

»Das Bett ist sehr bequem.« Er rieb seinen Kopf an ihrem Haar. »Möchtest du jetzt essen oder später?«

Odette schmiegte sich an ihn, vergrub ihr Gesicht an seiner Schulter, machte sich dann los und ging zum Feuer. »Ist mir egal.« Sie ließ sich auf das kleine Sofa fallen, war plötzlich schüchtern.

Zac setzte sich neben sie. »Was ist?«

»Nichts. Gar nichts. Ich kann es nur nicht fassen, dass

ich hier bin. Einfach so.« Sie lächelte zurückhaltend. »Ich habe noch nie mit einem Mann zusammengewohnt.«

Zac rieb ihre Hände zwischen den seinen. »Du hast zu viel Gepäck mitgebracht.«

»Hab ich nicht! Nur eine kleine Tasche!«

»Ich meine die anderen Dinge, die du mit dir trägst – Schuldgefühle, das Bedürfnis, das Richtige zu sagen und zu tun, Eindruck machen zu wollen, den Leuten gefallen zu wollen. Sei einfach du selbst, Odette. Sei selbstsüchtig. Tu das, was dir ein gutes Gefühl verschafft.«

»Ich glaube, ich weiß nicht, was mir ... ein gutes Gefühl verschafft. Ich fühle mich ein bisschen eingeschüchtert und nervös. Ich weiß, dass ich mich nicht natürlich verhalte. Gib mir etwas Zeit, mich einzugewöhnen. Vielleicht reicht die Zugfahrt nicht aus. Vielleicht sollte man die Leute durch eine besondere Tür oder einen Tunnel führen, bevor sie hier ankommen – wie Alice im Wunderland! Kann sein, dass ein Glas Wein mir helfen würde. Ich habe eine Flasche sehr guten Rotwein mitgebracht.«

»Nein. Das ist nicht nötig. Ich hab eine bessere Idee.«

Odette war noch nicht bereit, mit Zac zu schlafen. All das Verlangen und die Erinnerung waren verflogen, jetzt, wo Zac bei ihr war. Seine Kraft und seine Männlichkeit überwältigten sie, und obwohl sie es nicht gerne zugab, fühlte sie sich fremd.

Doch Zac versuchte nicht, sie zu verführen. Er streichelte nur ihr Haar. »Schau eine Weile ins Feuer. Leg noch ein Scheit nach.«

Odette streckte sich aus und blickte in die flackernden Flammen, ließ sich treiben, spürte, wie sich ihr Geist und ihr Körper langsam entspannten. Ihr war bewusst, dass Zac in einem anderen Zimmer herumkramte, dass irgendwo Wasser lief und dass es angenehm duftete, aber es schien alles weit weg.

»Komm mit mir.« Zac stand vor ihr und führte sie in das kleine Badezimmer, das warm und von Dampf erfüllt war, von den Wänden hing würziger Kampferlorbeer. Die auf einem hölzernen Podest stehende Badewanne war mit duftendem Wasser gefüllt. Aus einem deckenhohen Fenster sah man in das tropische Grün hinaus. Zac setzte sie auf den Rand des Podests, kniete sich vor sie und zog ihr die Schuhe aus. Wortlos ließ Odette sich von ihm entkleiden, und er hängte alles ordentlich über ein Holzgestell.

»Steig rein, meine Schöne. Es ist nicht zu heiß.«

Odette ließ sich ins Wasser gleiten, das sich weich anfühlte und nach Blumen roch. Zac schlüpfte aus seinen Sachen, setzte sich hinter sie in die Wanne und legte seine Arme um sie. Odette lehnte sich an seine Brust und atmete die blumigen Öle ein, die das Wasser seidenweich machten. Zac löste die Spangen aus ihrem Haar und rieb ihren Kopf.

»Diese wilden, ungebärdigen Locken. Ich bin froh, dass du nicht auf die dumme Idee gekommen bist, dir das Haar abzuschneiden.«

»Die Moderedakteurin hat mir das einzureden versucht.«

»Erzähl mir, was du gemacht hast.«

Als das Wasser abkühlte, spürte Odette, wie ihre Haut weich wurde und ihr Körper sich entspannte. Sie gab Zac eine kurze Zusammenfassung ihrer Zeit bei der *Gazette*.

»Du hast es also geschafft, kleiner Vogel. Der alte Fitz muss sehr stolz auf dich sein.«

Odette lächelte. »Er ist ganz glücklich. Ich habe ihn während meines letzten Besuchs bei Tante Harriet gesehen.«

Zac griff nach einem kleinen Holzeimer neben der Wanne. »Lass mich dir die Haare waschen.« Sanft ließ er das Wasser über ihr dickes Haar laufen, tat sich ein wenig Shampoo auf die Handfläche und massierte es in ihre Haare ein.

Das schäumende Shampoo gab einen holzigen Geruch

nach Kräutern ab, und Odette schloss die Augen in wohliger Zufriedenheit, während Zac leise summte und mit seinen langen Fingern zärtlich und doch fest ihre Kopfhaut massierte, die angenehm zu prickeln begann.

»Das ist herrlich. Ich fühle mich sooo entspannt«, murmelte sie. »Sing für mich.«

Zac ließ seine Finger weiter durch ihre seifigen Locken gleiten, hinab in ihren Nacken und bis nach vorne zu ihrer Stirn, und sang dabei. Seine klare Stimme hallte in dem von Dampf erfüllten Raum wider, während er von den verborgenen Tiefen des Waldes sang. Odette hörte zu, eingelullt durch das gluckernde Wasser, träumte und ließ sich treiben.

Schließlich machte Zac sie wach und spülte ihr Haar mit klarem Wasser ab. Er stieg aus der Wanne, trocknete sich rasch ab und schlang sich ein Handtuch um die Hüften. Mit einem weiteren Handtuch rubbelte er kräftig Odettes Haar. Dann half er ihr aus der Wanne und befahl ihr, still zu stehen, während er sie abtrocknete.

»Komm mit zurück ans Feuer.«

Odette folgte ihm gehorsam; sie hielt sich an Zacs Hand fest wie ein kleines Kind und fragte sich, wieso es ihr überhaupt nicht peinlich war, hier vollkommen nackt herumzulaufen.

Zac zog ein großes Schaffell vors Feuer. »Leg dich hin, auf den Bauch und die Arme zur Seite.«

Odette tat, wie ihr gesagt, und Zac stocherte im Feuer und legte eine Platte auf. Leise Flötenmusik erklang im Hintergrund. Er beugte sich über sie und begann, ausgehend vom Hinterkopf, langsam ihren Körper zu massieren. Ihre Haut war weich und geschmeidig vom Badeöl. Zacs Hände glitten fest und doch sanft über ihre Haut, kneteten und massierten ihre Schultern und den ganzen Rücken.

Odette hatte noch nie einen solchen Genuss erlebt, eine

derartige körperliche Entspannung, die zum einen sinnlich war und ihr zum anderen das Gefühl gab, ihr Körper sei leicht und fest zugleich. Sie glitt in einen tranceartigen Zustand äußersten Wohlbefindens.

Dann merkte sie, wie Zacs Lippen ihren Rücken und ihre Schenkel, ihre Schultern und die Stelle hinter den Ohren mit leichten Küssen bedeckten. Langsam drehte er sie um, küsste ihren Bauch, ihre Brustwarzen, und als sie die Arme nach ihm ausstreckte, fand sein Mund ihre Lippen, und ihre beiden Körper kamen so leicht und geschmeidig zusammen wie Öl, das auf dem Wasser schwimmt. Sie schlang ihre Arme und Beine um ihn, als er sich sanft und doch fest in ihr bewegte. Odette wollte ihn nie wieder loslassen.

Später saßen sie, bekleidet mit japanischen Baumwollkimonos, im Schneidersitz auf dem Boden neben dem Feuer und verzehrten hungrig Nudelsuppe aus großen Schüsseln. Während das Feuer herunterbrannte, spielte Zac auf der Gitarre und sang ihr einige der Lieder vor, die er seit seiner Ankunft im Friedenstal geschrieben hatte. Lieder von Liebe und Hoffnung und Frieden, von Kindern und Natur und Freude. Sie brachten sie zum Lachen und zum Weinen.

»Ach, Zac, ich wünschte, ich könnte so schreiben, wie du singst.«

Dann schlüpften sie unter die weichen Decken auf dem Futon, stopften das Moskitonetz um sich fest und liebten sich erneut. Schlaf breitete sich über sie wie eine Wolke, die herabsank, um Probleme, Träume und Ängste auszulöschen.

Die Tage gingen mühelos ineinander über. Jeder Tag war ein goldener Tag, der damit begann, dass Zac verschlafen die Arme nach ihr ausstreckte und sie sich liebten, manchmal langsam und genüsslich, manchmal spielerisch und ungestüm. Und während sich Odette wie eine Katze streckte und aus dem Fenster den rauschenden Bäumen und dem Schwirren farbenfroher Vögel zuschaute, presste Zac frischen Fruchtsaft aus und brachte ihr Vollkorntoast, den sie im Bett aßen.

An manchen Tagen arbeitete Odette mit den Frauen im Studio und lernte töpfern. Sie genoss das lebendige Gefühl, etwas mit den Händen zu schaffen anstatt mit dem Kopf. Indem sie die Hände leicht um den Tonklumpen legte, zog sie ihn sanft auf der Töpferscheibe hoch und versuchte, ihm eine harmonische Form zu geben. An anderen Tagen arbeitete sie an Zacs Seite, pflückte mit ihm die schweren Büschel kleiner grüner Bananen oder beteiligte sich an seinen sonstigen Arbeiten.

Eines Morgens stellte sie ihm beim Frühstückstee zögernd die Frage, die sie seit Tagen beschäftigte. »Wirst du für diese Arbeit bezahlt, Zac? Ich meine, wovon lebst du? Wie verdienst du dein Geld?«

»Nein, ich werde nicht dafür bezahlt. Ich arbeite im Austausch dafür, dass ich hier leben kann. Die meiste Zeit verbringe ich mit Liederschreiben. Keine Bange, kleiner Vogel. Geld ist nicht alles. Es wird schon kommen, wenn ich es brauche.«

An manchen Abenden aßen sie zusammen mit einer geselligen Gruppe im Haus der Rawlings. Odette war fasziniert von dem Leben, das all diese Leute geführt hatten, und davon, wie sie ihre Zukunft und die ihrer Kinder sahen. Die Unterhaltung war lebhaft, anregend und humorvoll. Immer sang Zac am Schluss des Abends, und Odette erkannte, dass er mit seinen Liedern die Geschichte des Friedenstals aufzeichnete. Peter Rawlings nannte ihn ihren friedensstiftenden Troubadour.

»Bei dem Filmteam, das wir hier hatten, kam er bestens

an. Sie meinten, er würde eines Tages mit seiner Musik die Welt im Sturm erobern.«

Odette wandte sich an Zac. »Welches Filmteam?«

Zac sah verlegen aus. »Nachdem dein Artikel erschienen war, haben uns diese Filmleute gefunden. Sie waren ganz in Ordnung und damit einverstanden, nur das zu machen, was wir wollten, also haben wir ihnen erlaubt, eine Dokumentation über das Tal und über uns zu drehen.«

»Wirklich? Wenn sie es so gemacht haben, wie ihr es wolltet, dann ist das doch prima. Wer waren diese Leute? Wo wird der Film gezeigt?«

Peter Rawlings mischte sich ein. »So wie damals, als wir dir erlaubt haben, den Artikel zu schreiben, hielten wir es auch hier für besser, es ordentlich zu machen, statt eine Menge unausgegorener Versuche zu wagen, also haben wir uns von ihnen zwei Wochen lang filmen lassen. Es war eine englische Fernsehgesellschaft. Keine Ahnung, was sie damit machen werden. Sie sagten, ABC würde es vielleicht hier in Australien senden.«

Eines Morgens verkündete Zac, sie würden an den Strand fahren. »Die Fahrt dauert nur eine halbe Stunde. Nimm ein bisschen Obst und eine Flasche Wasser mit, und wir machen uns einen schönen Tag.«

Der Jeep schlitterte durch die Sanddünen, hielt im Schatten einer Pandanuspalme, und Zac sprang hinaus. Odette folgte ihm auf die Düne hinauf und betrachtete staunend den Anblick, der sich ihr bot. Der Strand erstreckte sich viele Meilen lang in jeder Richtung, so weit wie sie sehen konnte, und verschwand im gleißenden Sonnenlicht ferner Landzungen. Lange blaugrüne Wellen mit weißen Schaumkronen rollten heran und liefen auf dem gelben Sand aus wie der Atem einer trägen, lebendigen blauen Kreatur. Bis auf eine Schar kreischender Möwen war der Strand leer.

Sie schwammen nackt und spürten die Freiheit des Wassers, das über ihre Haut glitt und ihre Körper mit dem Meer und der Sonne vereinte. Sie plantschten und jagten einander und tauchten Hand in Hand zum sandigen Boden des klaren blauen Wassers hinab, während die Brecher über sie hinwegrollten. Sie spielten Robinson Crusoe und folgten einander in ihren Fußstapfen über den unberührten Sand. Sie liebten sich in der Senke einer Düne und verzehrten ihr Picknick im gesprenkelten Schatten einer Pandanuspalme.

Zufrieden streckte Zac sich aus, verschränkte die Arme unter dem Kopf und döste ein. Odette betrachtete seine glatte, von der Sonne zu einem tiefen Oliv gebräunte Haut und ließ ihre Augen über seinen schlanken, gut gebauten Körper wandern, von den dichten dunklen Wimpern, die seine Wangen berührten, bis hin zu den wohlgeformten Füßen und den hellen Zehennägeln.

»Es ist nicht gerecht, dass ein Mann einen so schönen Körper hat und dazu auch noch perfekt geformte Füße«, dachte sie. Und lächelte in sich hinein.

Während Zac schlief, wühlte Odette in dem Beutel, den sie mitgebracht hatten, und holte ihr Notizbuch und den Stift heraus. Sie hatte Eindrücke und Gefühle in ihrem Kopf angestaut, wollte sie aber nicht vor Zac niederschreiben, da so vieles davon ihn betraf. Jetzt schrieb sie wie befreit. Sie ließ einfach ihre Gefühle und Gedanken auf das Papier fließen. Sie hatte keine Ahnung, was sie mit dem Geschriebenen anfangen würde, wenn sie denn überhaupt etwas damit anfangen würde, aber für Odette war das Niederschreiben die vertrauteste Form des Ausdrucks.

Sie wusste nicht, wie lange sie schon so dasaß, als ein Schauder sie überlief. Es war kein Frösteln, sondern mehr ein inneres Zittern. Tante Harriet nannte so etwas, »jemand ist über mein Grab gegangen«. Odette legte Stift und Notizbuch beiseite und sah hinaus aufs Meer. Ihr war warm, sie fühlte sich wohl, ihr dickes Haar war getrocknet und mit einem Band zurückgebunden. Durch ihre Sonnenbrille hatte das Wasser einen gelblichen Schimmer und sah aus wie ein fernes und seltsames Gemälde.

Ein paar Minuten später verspürte Odette plötzlich den Wunsch, nicht den Drang, zurück ins Wasser zu gehen. Sie ließ ihre Sonnenbrille fallen und ging, ohne den Blick vom Meer abzuwenden, über den Strand. Ihr Verstand fragte sich, warum sie das machte – sie wollte eigentlich nicht wieder ins Wasser.

Ohne zu zögern, ging sie hinein, bis ihr das Wasser an die Taille reichte. Dann holte sie tief Luft, tauchte und schwamm mit kräftigen Zügen vorwärts, spürte, wie eine Welle über sie hinwegrollte. Sie schwamm, bis sie fast außer Atem war, dann tauchte sie auf und durchbrach spritzend und prustend die Oberfläche mit dem Gesicht zur Sonne. Sie öffnete die Augen und schnappte überrascht, fast panisch nach Luft – direkt vor ihr schwamm ein Delphin, der sie mit seinen großen, freundlichen Augen betrachtete. Er war so nah, dass sie den Arm hätte ausstrecken und seinen breiten Kopf mit der spitz zulaufenden Nase berühren können, aber bevor sie eine Bewegung machen konnte, tauchte er unter ihr weg und verschwand.

Odette drehte sich strampelnd im Wasser und sah bei einem Blick über die Schulter, dass drei weitere Delphine zwischen ihr und dem Ufer durchs Wasser schossen. Einer glitt näher und betrachtete sie mit einem wissenden Ausdruck, ein anderer schwamm unter ihr hindurch, kam wieder hoch und rollte sich vor ihr herum.

»Ach, ihr wollt spielen«, rief Odette, tauchte ab und sah ihre Gefährten um sie herumtauchen und sie umkreisen. Sie paddelte wieder nach oben und schoss lachend aus dem Wasser heraus. Dann streckte sie den Arm aus, und sie glitten an ihr vorbei, eben außer Reichweite ihrer Fingerspitzen. Die Delphine waren so anmutig, so fröhlich, so schön, dass Odette meinte, ihr Herz würde zerspringen. Sie schaute zum fernen Ufer, weil sie sehen wollte, ob Zac wach war. So laut sie konnte, rief sie: »Zac!« Und in Sekundenschnelle war das Meer um sie herum leer.

»O nein, geht nicht weg!« Odette sah sich um, schwamm ein bisschen weiter hinaus und rief die Delphine. Dann sagte ihr ein Instinkt, sich still zu verhalten. Sie ließ sich auf dem Rücken treiben und von den Wellen zum Strand schaukeln.

Die Delphine kamen zurück, ohne Vorwarnung tauchten sie neben ihr auf. Sie waren einfach da. Tränen traten Odette in die Augen, als die Delphine sie umkreisten und ihre Sprünge machten. Sie sah ihnen einfach zu, bis sie alle drei gleichzeitig in einem vollendeten Bogen hochschnellten, mit einem seltsam klickenden Geräusch wieder eintauchten und mit einem letzten Schlagen der Schwanzflosse verschwanden.

Langsam schwamm Odette zurück ans Ufer, blieb noch einen Moment an Strand stehen und schaute hinaus aufs Meer – ihre Gefährten waren verschwunden.

Zac hatte die Arme um die Knie geschlungen und sah ihr entgegen. Odette lief zu ihm, warf sich in seine Arme und fiel mit ihm zusammen in den Sand. »Zac, du kannst dir nicht vorstellen, was passiert ist. Hast du es gesehen? Das war Zauberei. O Zac!«

Sie weinte und lachte, und er drückte sie an sich. »Ja, ich hab's gesehen. Die Delphine sind zu dir gekommen.«

»Warum bist du nicht auch ins Wasser gekommen? Sie haben mit mir gespielt, ich schwör's dir, Zac. Sie haben mit mir gespielt.«

»Nein, diesmal waren sie deinetwegen da. Ich bin schon früher mit ihnen geschwommen. Sie kommen, wenn man dazu bereit ist. Ich hätte sie möglicherweise vertrieben. Die

Delphine sind eher feminine Wesen und reagieren besser auf Frauen als auf Männer.«

»Was meinst du damit, wenn man bereit dazu ist?«

»Wenn sich dein Geist und dein Herz anderen Ebenen öffnen, um andere Gedanken und Möglichkeiten aufzunehmen und zuzulassen.«

»Du willst mir doch nicht erzählen, dass sie Außerirdische sind oder irgendwelche höheren Wesen, die Magie auf mich ausüben.«

»O Odette, was soll ich nur mit dir machen, du zynische Journalistin!«, lachte Zac. »Nein, natürlich nicht. Obwohl viele Menschen glauben, dass Delphine ein größeres Gehirn besitzen als wir und daher auf einer höheren Intelligenzebene und mit einem erweiterten Bewusstsein leben. Nein, sie sind einfach nur wunderschöne und außergewöhnliche Wesen des Meeres, und du hattest ein außergewöhnliches und wunderschönes Erlebnis. Welche Auswirkungen das auf dein Leben hat, liegt ganz bei dir.«

Auf der Rückfahrt zum Tal in dem lauten, rumpelnden Jeep, in dem eine Unterhaltung schwer möglich war, blieb Odette schweigsam und nachdenklich. Es war ein bewegendes und freudiges Erlebnis gewesen und sonderbarerweise eines, das sie für sich behalten und über das sie nicht schreiben wollte. Vielleicht hatte sie sich verändert durch die Zeit, die sie hier verbracht hatte. Sie spürte, dass die Richtung und die Ziele ihres Lebens sich auf subtile Weise verschoben, und wenn das auch teilweise mit Zac zu tun hatte, so fühlte sie doch, dass sie an einem Scheideweg ihres Lebens angelangt war.

Ein paar Tage später, während sie einen unwilligen Tonklumpen auf der Drehscheibe zu bearbeiten versuchte, hielt Odette die Scheibe an, brach ein Stück Ton ab, bearbeitete es frei mit den Händen und brachte es mit raschen, geschickten, sicheren Bewegungen in eine einfache Form.

Ruth Rawlings blieb neben ihr stehen. »Das ist ja zauberhaft, Odette.«

Odette schaute auf den perfekt geschwungenen Delphin hinab, der feuchte, schimmernde Ton ließ ihn aussehen, als sei er gerade aus dem Meer gesprungen. »Es ist einfach so passiert.«

»Ah ja, verstehe. Du warst neulich am Strand – hast du die Delphine gesehen?«

»Ja. Sind die immer da?«

»Immer, aber nicht jedes Mal zu sehen. Sie kommen, wenn man bereit dazu ist.«

»Das hat Zac auch gesagt. Es war seltsam, ich fühlte mich plötzlich ins Wasser gezogen oder gerufen. Ich bin keine begeisterte Schwimmerin, um die Wahrheit zu sagen. Meine Eltern sind ertrunken.«

Ruth legte Odette die Hand auf die Schulter und drückte sie mitfühlend. »Wie traurig. Das Meer kann herrlich sein, aber manchmal auch gefährlich. Wir hier betrachten es als einen Ort, an dem man ganz besondere Freunde finden kann. Du musst wieder kommen, wenn die Wale zum Kalben nach Norden ziehen. Allerdings ist es noch besser, wenn sie zurück nach Süden wandern, dann nehmen sie sich Zeit zum Spielen.«

»Wie schön. In Sydney scheinen wir nur Haie zu haben.«

Ruth lachte. »Und die nicht nur im Meer! Wo du jetzt bewiesen hast, wie geschickt du mit den Händen bist, Odette, wird es Zeit, dass du Brot backen lernst. Ich will gerade damit anfangen. Komm, ich zeig's dir.«

Vorsichtig legte Odette ihren Delphin auf ein Bord zum Trocknen. »Brot! Das glauben die mir bei der *Gazette* nie!«

»Morgen Nacht haben wir Vollmond«, verkündete Zac, nachdem er den Mondkalender an der Toilettentür studiert hatte.

»Oh, gehen wir dann ins Freie und heulen, singen oder werden verrückt?«, erwiderte Odette lachend.

»Das kannst du alles machen, wenn du willst, aber wichtig ist, wohin wir gehen. Du wirst zu faul. Morgen Nacht besteigen wir den Mount Warning und sehen uns den Sonnenaufgang an.«

»Aber der ist so hoch. Und steil!«

»Und er ist es wert. Wir müssen um Mitternacht aufbrechen, damit wir gegen drei Uhr den Fuß des Berges erreichen. Er ist über neunhundert Meter hoch, und man braucht gut zwei Stunden oder länger, um hinaufzuklettern, je nachdem, wie schnell man geht«, sagte er mit einem spöttischen Grinsen.

»Ich werde dir direkt auf den Fersen bleiben, Zac, und wenn es mich umbringt.«

Odette hatte bald das Gefühl, dass dies tatsächlich der Fall sein würde. Sie waren bei Dunkelheit am Fuße des Berges angekommen, hatten den Jeep geparkt und den gewundenen Pfad eingeschlagen, der sich langsam aufwärts schlängelte. Die aufragende Bergspitze mit der seltsamen Kuppe sah gegen die mondhellen Himmel gewaltig und uneinnehmbar aus.

Zac, der einen kleinen Rucksack trug, ging voraus. Sie waren beide mit Taschenlampen bewaffnet, da das Blätterdach des Regenwalds rund um den Berg das Mondlicht nicht durchließ. Er erklärte ihr die mythische Bedeutung des Berges, den die Aborigines Wollumbin – den Wolkenfänger – nannten, da die Spitze während des größten Teils des Jahres wolkenverhangen war. Viele Menschen glaubten, dass der Mount Warning, Cape Byron und Murwillumbah ein Becken bildeten, das in sich eine Quelle mächtiger kreativer und positiver Energien barg. Captain Cook hatte dem Berg den Namen gegeben, um die Seeleute vor den

Riffs bei Point Danger zu warnen, wo seine Endeavour 1770 fast zerschellt wäre.

»Als erste Weiße bestieg eine Bergsteigergruppe 1868 den Berg. Zwei Jahre später wagte der Botaniker Guilfoyle den Aufstieg, aber er brauchte dafür dreieinhalb Tage«, sagte Zac.

»Das kann ich gut verstehen«, schnaufte Odette, zog ihren Pullover aus und band ihn sich um die Hüften.

»Lass uns eine Pause machen. Du brauchst den Pullover später, da oben ist es eiskalt.« Zac reichte ihr die Flasche aus seinem Rucksack, und sie trank dankbar. »Mach deine Taschenlampe aus«, flüsterte Zac.

Sie saßen im Dunkeln, und nachdem sich ihre Augen daran gewöhnt hatten, sah Odette am Hang neben sich eine Wolke von Glühwürmchen. Dann hörten sie ein geschäftiges Rascheln, und Zac knipste die Taschenlampe an, in deren gelbem Schein ein kleines Beuteltier auftauchte und sie erstaunt anblinzelte.

»Was ist das ... eine Maus oder ein Opossum?«

»Ein Kaninchenkänguru ... manche glauben, die Kängurus stammen von diesem kleinen Wesen ab. Was da sonst noch raschelt, sind wahrscheinlich Beutelmäuse, Buschratten oder Bandikuts. Auf dem Rückweg bei Tageslicht werden wir mehr sehen.«

Sie sprachen wenig, als der Pfad steiler wurde und sich immer höher den Berg hinaufwand. Gelegentlich konnte Odette durch einen Einschnitt im Regenwald den Vollmond sehen, der groß und tief am Himmel hing, und sie hatte das Gefühl, ihn bei ihrem Aufstieg zum Gipfel hinter sich zu lassen.

Gerade als sie meinte, keinen Schritt weitergehen zu können, erreichten sie den letzten Teil des Anstiegs. Eine glatte Felswand ragte vor ihr auf.

»Was jetzt?«, fragte Odette schwer atmend.

»Richte deine Taschenlampe ein wenig zur Seite. Da sind Haken in die Wand eingeschlagen, dazwischen hängt ein Seil. Zieh dich mit Hilfe des Seils hoch und halt die Füße flach gegen den Felsen gedrückt.«

Diese letzten zweihundert Meter waren die schlimmsten, dann waren sie oben und saßen am Rand des Vulkans, der vor zwanzig Millionen Jahren ausgebrochen und erstarrt war. Die ersten schwachen Lichtstreifen erhellten den Nachthimmel. Odette fröstelte, als ein kalter Wind aufkam, und war froh, ihren Pullover überziehen zu können.

Zac deutete zur Küste, wo ferne Lichtbänder schimmerten. Direkt unter ihnen wallte weißer Nebel und bedeckte die Täler des Tweedbeckens. Dann brachen plötzlich am weit entfernten Horizont die ersten rotgoldenen Strahlen der Sonne hervor.

Bald formte der lodernde Rand der Sonne einen Bogen auf der geraden Linie des Horizonts. Zac stieß Odette an und bedeutete ihr, hinter sich zu schauen. Der Vollmond versank hinter den Bergen in einem lavendel- und rosafarbenen Himmel. Vor ihnen schien der neue Tag aus dem Meer aufzusteigen, strahlend hell, mit Ehrfurcht gebietender Intensität.

»Wir haben Glück, dass es ein klarer Morgen ist, es kann leicht passieren, dass man hier raufklettert und alles im Nebel versinkt, besonders während der feuchten Jahreszeit.«

Wie ein Maler seine Leinwand betupfte die Sonne den ziehenden silbrigen Nebel mit Farbe und trieb ihn weiter und weiter hinunter in dunkle Abgründe. Jetzt waren die üppig grünen Täler zu sehen, die sich zur Küste hin erstreckten. Als die Sonne höher stieg, warf der Mount Warning seinen mächtigen Schatten auf die dahinter liegende Hügelkette. Impulsiv sprang Odette auf und ab und wedelte mit den Armen, in der Hoffnung, auch ihren Schatten auf dem grau-grünen Blätterdach des Bergwaldes zu sehen.

Dann brach sie über ihre morgendliche Verrücktheit in Lachen aus.

Zac lachte und umarmte sie. Sie setzten sich auf einen Felsbrocken und öffneten ein Päckchen Kekse.

»Was hast du sonst noch in deinem Zauberbeutel?«, fragte Odette und kaute dankbar.

»Keinen heißen Tee, fürchte ich. Das muss warten. Ebenso der Champagner, wir feiern einfach mit einem Kuss.«

Auf der Bergspitze, Hunderte von Meilen sichtbar, küssten sich die beiden, und Odette hatte das Gefühl, sie wären allein auf der Welt.

»Ich danke dir, Zac. Für alles.«

Beim Abstieg sickerte das Morgenlicht durch den Wald von Eukalyptusbäumen, Brushbox und Blackbutt, und sie entdeckten einen Kurzkopfgleitbeutler, der sich in der Nacht an Früchten gütlich getan hatte und auf dem Weg zu seinem Schlafplatz war, wo er sich kopfunter an einen Baum hängen würde. Der Morgengesang der Bergvögel hatte die Luft mit lauter Musik erfüllt, und jetzt sahen sie sie zwischen den Ästen hindurchschießen. Ein fettes, unbekümmertes Talegallahuhn trippelte vor ihnen her. Als sie einen ungewöhnlichen Ruf und ein kratzendes Geräusch hörten, schoben Zac und Odette ein paar Blätter zur Seite und sahen auf einer kleinen Lichtung einen braunen Vogel, der eifrig Blätter zu einem Haufen zusammenkratzte.

»Das ist ein Albert-Leierschwanz. Sie haben nicht den großen, harfenförmigen Schwanz, aber sie sind sehr selten. Es ist ein glückliches Omen, einen zu sehen«, flüsterte Zac.

Sie brauchten viel länger als zwei Stunden für den Rückweg, und wenn da nicht die Verlockung von heißem Tee und Toasts im Murwillumbah-Café gewesen wäre, hätte Odette am liebsten den ganzen Tag im Busch verbracht. Aber das Café musste noch warten.

Als sie durch den Regenwald gingen, der den unteren Teil des Berges bedeckte, griff Zac nach ihrer Hand und führte sie vom Pfad weg in das dichte Unterholz. Sie traten in eine andere Welt ein. Die Zeit hörte auf zu existieren, Jahrhunderte schienen unter diesen uralten, zum Himmel aufragenden Bäumen zu bloßen Sekunden zusammenzuschrumpfen. Moosbedeckte Ranken bildeten Vorhänge zwischen den Bäumen, die selbst mit Flechten, Moosen und Schmarotzerpflanzen bedeckt waren. Auf den vermodernden Überresten umgefallener Stämme wuchsen Farne und schillernde, seltsam geformte Pilze. Das einsickernde Licht war grün und neblig, und der durchdringende Geruch nach vermodernder Vegetation, feuchter Erde und langsamem, ständigem Wachstum war stark und süß.

»Wie die Kulisse für einen Märchenfilm. Nur besser«, sagte Odette mit plötzlich vor Bewegung erstickter Stimme. Sie hatte das Gefühl, gleich in Tränen ausbrechen zu müssen. »Könntest du noch ein letztes Mal klettern? Ich möchte dir ein Geheimnis zeigen.«

»Klettern? Meine Beine sind wie Gummi. Wohin soll ich klettern?«

Zac deutete ins Blätterdach hinauf. »Dorthin.«

Er führte sie an der Hand zu einem erstaunlichen Baumstamm.

Für Odette sah er aus wie eine Filigransäule, die in den Himmel aufragte. Ein kreuz und quer verlaufendes Geflecht alter Schlingpflanzen bildete so etwas wie eine Spalierleiter.

»Was ist das?«

»Eine Würgerfeige. Ein Vogel hat einen Samen in die Zweige des Baumes fallen lassen, der hat gekeimt, hat einen Schössling nach unten geschickt, wo dann weitere Schösslinge um den Wirtsbaum wuchsen. Der erwürgte Baum verrottete schließlich und ließ die Feige mit einem hohlen

Inneren zurück. Schau, das ist eine regelrechte Leiter. Folg mir. Ich bin schon oft da raufgeklettert.«

Er half ihr auf den Baum. Odette war erstaunt, wie kräftig die Ranken waren. Langsam folgte sie Zac dieses seltsame Klettergerüst hinauf.

»Schau nicht nach unten«, rief Zac über die Schulter und sah, dass Odette vorsichtig ihre Hände und Füße genau in seinen Spuren platzierte.

Sie kletterten an den Baumfarnen vorbei, bis sie etwa sechs Meter über dem Boden waren, wo die Schlingpflanzen sich verzweigt und eine Art Podest gebildet hatten – ein natürliches Baumhaus. Zac setzte sich und half Odette, sich neben ihn zu zwängen.

»Na, ist das nicht was?«

Odette schaute sich um. Obwohl die sie umgebenden Bäume noch viel höher bis zum Blätterdach des Regenwalds aufragten, kam sie sich vor, als würde sie im grünen Raum schweben.

Die Luft war feucht und warm, und über ihnen war ein Dach aus niedrigeren Bäumen und Schlingpflanzen, eine vor dem grellen Sonnenlicht geschützte grüne Welt unter dem Schirm der Riesenbäume.

»Ich hab das Gefühl, in einem Vogelnest zu sitzen. Es ist himmlisch. Ein tolles Baumhaus, Zac.«

»Ja, es hat etwas Magisches. Und wir müssen es bewahren.«

»Aber das hier existiert doch schon seit Jahrhunderten.«

»Dieser Wald ja. Doch der Mensch hat bereits in vielen Regenwäldern Schaden angerichtet. Sie sehen so unverwundbar aus, basieren aber auf einem äußerst zerbrechlichen Gleichgewicht. Sobald man Teile davon abholzt oder irgendwelche Veränderungen vornimmt, stirbt der Wald. Und er wächst nie wieder so nach, wie er war. Diese Wälder sind die Lunge der Erde. Alle Geheimnisse des Lebens sind hier zu finden. Wir haben sie bloß noch nicht alle entdeckt.«

»Ich weiß, was du meinst. Erinnerst du dich an den Busch, das kleine Stück Regenwald bei Amberville, in den du mich damals geführt hast? Als ich das letzte Mal da war, hatte er sich schon verändert. Man hat ein Stück für einen Picknickplatz freigeschlagen und Bäume abgeholzt, um ihn der Öffentlichkeit zugänglicher zu machen und die Flughunde loszuwerden. Der Wald wird sterben. Warum müssen wir ständig alles verändern? Warum können wir manche Dinge nicht einfach hinnehmen, wie sie sind, und sie so lassen?«

»Das ist die menschliche Natur, Odette. Selbst du kannst die Dinge nicht immer hinnehmen, wie sie sind, du willst sie auch manchmal ändern.«

»Was denn zum Beispiel?«

Zac griff nach ihrer Hand. »Mich. Was zwischen uns ist, das ist etwas Besonderes. Aber für dich wird es nie genug sein, weil ich mich nicht ändern werde, um mich deinem Leben oder deiner Welt anzupassen.«

»Aber ich kann mich deiner anpassen«, protestierte Odette.

»Das wäre nicht von Dauer, kleiner Vogel.« Zac drehte ihre Hand um und betrachtete die Handfläche. »Und hier steht, dass du einem anderen Weg folgen wirst als ich.«

»Was bedeutet das?«, fragte Odette mit schwacher Stimme. Sie wusste, dass Zac ihr etwas Wichtiges mitteilen wollte.

»Meine Zigeunerfamilie hat dir gesagt, dass du einen vorbestimmten Weg hast, der dich zum Erfolg führen wird und dem du folgen musst, sonst wirst du enttäuscht und verbittert. Du hast eine Gabe, die du nützen musst. Deine Herzlinie führt dich nach einem kleinen Umweg zum Glück und zurück zu deinen Anfängen.«

»Willst du damit sagen, dass du ein kleiner Umweg bist?«

Er schloss ihre Hand und sah ihr in die Augen. »Ich will dir damit sagen, dass du ein außergewöhnlicher Mensch bist, dass es in meinem Leben nur dich geben wird, aber nicht umgekehrt. Versuch es nicht zu verstehen oder zu hinterfragen, Odette. Es gibt jemanden, der dich glücklich machen wird. Aber das bin nicht ich.«

»Warum nicht, Zac?« Odette begann wie ein kleines Kind zu weinen. »Ich verstehe das nicht. Ich werde nie jemand anderen lieben als dich«, setzte sie trotzig hinzu.

Zac lächelte und strich ihr über das Haar wie ein Vater, der ein kleines Kind nach einem Zornausbruch beruhigt.

»Doch, das wirst du, Odette. Ich war deine erste Liebe, und das ist immer etwas Besonderes. Vergiss das nicht.«

»Du redest so, als sei alles vorbei.« Sie hörte auf zu weinen, war aber von einer unermesslichen Traurigkeit erfüllt.

»Was zwischen uns ist, wird nicht einfach vergehen. Ich werde dir immer nahe sein. Jetzt komm, auf zu Tee und Toast. Lass mich vorausklettern.«

Odette konzentrierte sich auf den Abstieg von ihrem Schlingpflanzengerüst und schaute dabei in das hohle Innere, das einst der Stamm eines uralten und gewaltigen Baumes gewesen war, erdrückt durch Arme, die ihn in tödlicher Umarmung erstickt hatten. Ihr schoss die Frage durch den Kopf, ob es möglich war, so sehr zu lieben, dass man den Geliebten erdrückte.

Als sie mit vor Butter tropfendem Rosinentoast und einer Kanne starkem Tee beim Frühstück saßen, hatte Zac mit seinem Geplauder und einem komischen kleinen Lied, das er ihr leise über die Tisch hinweg vorsang, ihre gute Laune wiederhergestellt.

Während der nächsten Tage schien sich zwar nichts zu

ändern, aber Odette merkte, dass sich immer wieder Gedanken an ihr anderes Leben einschlichen, und sie begann sich zu fragen, was wohl in der Außenwelt passierte. Je mehr sie an diese andere Welt dachte, desto mehr wandten sich ihre Gedanken der Zukunft zu. Wohin bewegte sie sich? Wohin kehrte sie zurück?

Das Erlebnis auf dem Berg hatte etwas in ihr geöffnet, und sie erkannte mit großer Klarheit, dass ihre Zukunft Zac nicht mit einschloss. Nicht als Lebenspartner, obwohl zwischen ihnen eine außergewöhnliche Verbindung bestand, doch irgendwo wartete eine andere Liebe auf sie. So schmerzlich es auch war, sie merkte, dass sie Zac loslassen und ihm einen anderen Platz in ihrem Leben zuweisen musste. Sie mochte sich jedoch auch nicht mit dem Gedanken anfreunden, zu ihrer bisherigen Routine zurückzukehren. Mehr und mehr spürte sie die Verlockung des Reisens. Neue Orte, neue Menschen, neue Umgebungen, neue Herausforderungen. Eine Veränderung würde den Heilungsprozess fördern, entschied sie. Lief sie davon? Nein, sie breitete ihre Flügel aus. Die Vorstellung erregte sie.

Sie hatte ihre Tasche gepackt, als Zac später zum Haus zurückkehrte.

Sein Blick fiel auf die Reisetasche neben der Tür. »So. Die Zeit ist also gekommen, kleiner Vogel.«

»Ja, Zac. Ich muss fort. Ich werde ein bisschen reisen. Ins Ausland gehen, habe ich beschlossen.«

Zac nickte. »Eine gute Idee.«

Er brachte sie zum Zug, umarmte sie rasch und flüsterte ihr zu: »Flieg hoch und sicher. Du weißt, dass ich immer ein Teil deines Lebens sein werde.«

»Ja, Zac. Aber nicht so, wie ich es mir wünsche. Ich brauche ein wenig Zeit, um mich ... neu zu orientieren.«

Auf der Zugfahrt nach Süden schrieb Odette die Namen von Städten und Ländern auf ein Stück Papier, dabei wurde ihr klar, dass ihr die ganze Welt offen stand. Zu schwierig, entschied sie, also schloss sie die Augen und tippte mit dem Finger auf die Liste. Als sie die Augen öffnete, sah sie, dass ihr Finger auf Italien deutete.

Florenz. Als Ausgangspunkt so gut wie jeder andere. Sie begann Pläne zu machen. Sie würde abreisen, bevor sie Gelegenheit hatte, es sich anders zu überlegen.

Zwei Monate später war Odette von Italien nach Griechenland gereist, und als sie dann Geld brauchte und ihre berufliche Herausforderung vermisste, ging sie nach London. Fleet Street, das Mekka der Journalisten, lockte sie. Sie rief bei der *Gazette* und ihrem Schwesternblatt, dem *Daily Telegraph* an, sagte, sie sei in London, wurde an das dortige Büro verwiesen und erhielt den Auftrag, sobald wie möglich regelmäßige Artikel zu schicken.

Ihre Berichte aus London für die Zeitschrift und die Zeitung wurden in Australien mit großem Interesse verfolgt, und bald hatte sie sich in der Fleet Street einen Namen als Korrespondentin für Lord Northcliffs Zeitungsimperium gemacht.

Die »Swinging Sixties« in London zu erleben war aufregend und machte Spaß, und als sich die siebziger Jahre näherten, spürte sie, dass in der Tat ein neues Zeitalter bevorstand.

Nach fast fünf Jahren traf Odette nicht bewusst die Entscheidung, nach Australien zurückzukehren, aber sie sehnte sich nach blauem Himmel, Sonnenschein, warmer Brandung und kaltem Bier. Sie spürte die ständige Feuchtigkeit in den Knochen, es war ein trübseliger Winter gewesen. Und es kam ihr so vor, als hätte sie alles an Geschichten abgedeckt, was England zu bieten hatte.

Sie rief Tante Harriet an, bei der sie sich von Zeit zu Zeit meldete, denn im Gegensatz zu ihrer vernünftigen Tante, die ihr alle drei Wochen schrieb, fand Odette das Telefonieren bequemer, wenn es auch teuer war.

Sie tauschten ein paar Höflichkeiten aus, sprachen über das Wetter, und plötzlich fragte Tante Harriet, wann sie denn nach Hause zurückkommen würde.

»Ich habe noch keine Pläne gemacht, aber ich habe schon daran gedacht zurückzukommen.«

»Ich wünschte, du würdest bald kommen. Denn ich denke, hier gibt es etwas, worüber du unbedingt schreiben solltest.«

Odette stöhnte innerlich. »Sag mir kurz, worum es geht. Denk dran, dies ist ein Ferngespräch.« Sie hatte nicht viel Vertrauen in das Nachrichtengespür ihrer Tante.

Im Wohnzimmer des kleinen Hauses in Amberville holte Tante Harriet tief Luft und sprach dann, so schnell sie konnte.

»Mrs. Bramble, die Nachbarin deiner Eltern in Kincaid, braucht deine Hilfe. Ein Bauunternehmen will eine Villa namens Zanana abreißen und das Grundstück parzellieren. Sie möchte, dass du darüber schreibst und Zanana rettest.«

In diesem Moment kam Odette zu einem Entschluss.

»Willst du die Einzelheiten hören, Liebes?«

»Im Moment nicht, Tante Harriet.«

Das brauchte sie nicht. Odette wusste, dass sie heimkehren musste. Um Zanana zu retten.

Kapitel achtzehn

Zanana 1922

Zum ersten Mal in ihrem Leben fühlte sich Kate in Zanana einsam. Sie wanderte ziellos durch den Rosengarten, schaute müßig zu, wie ein grüner Frosch von einem Wasserrosenblatt in den Teich sprang, und fuhr mit dem Finger den Schatten des Zeigers auf der Sonnenuhr nach. Sie ging hinauf zu dem Marmorengel, der das Grab ihrer Eltern bewachte, gelangte schließlich zum indischen Haus und saß sinnend im stillen, kühlen Dämmerlicht.

Kate fragte sich, ob sie es hier nach all dem Trubel in den gesellschaftlichen Kreisen von Sydney zu ruhig fand. Oder lag es daran, dass die meisten Kriegsveteranen Zanana verlassen hatten, zum Teil nach Hause zurückgekehrt waren oder sich mit Unterstützung der Regierung als Farmer im Westen niedergelassen hatten? Vielleicht war aber auch Bens Abwesenheit der Grund.

Woran es auch immer liegen mochte, sie hatte auf jeden Fall das Gefühl, dass ihre Träume für Zanana ihr durch die Finger schlüpften. Kate schloss die Augen und überließ sich dem alten Zauber des indischen Hauses. Langsam glitt sie in eine Welt ohne Licht, ohne Bilder, eine Welt ruhig fließender Gelassenheit.

Mrs. Butterworth vertraute sich – wie so oft in diesen Tagen – Wally Simpson an. »Sie scheint sich an einem Scheideweg zu befinden, Wally. Ich weiß nicht, wie ich ihr helfen kann. Ich nehme an, sie wird schon zu gegebener Zeit ihre Entscheidung treffen.«

»Oder jemand anderes wird sie für sie treffen«, erwiderte Wally.

»Was meinst du damit? Kate ist sehr unabhängig, sie lässt sich von niemandem sagen, was sie zu tun hat.«

»Ich meine nicht so sehr, sich bestimmen lassen, als sich beeinflussen lassen. Du weißt, wie sich das Schicksal oft einmischt. Lass sie in Ruhe, Gladys, und warte ab, was passiert. Sie ist nicht unglücklich, nur im Moment ein wenig ziellos.«

Gladys Butterworth seufzte. Wie Recht er hatte. Wenn sie zurückschaute, war der Verlauf ihres eigenen Leben durchaus von dem abgewichen, was wie ein vorgegebener Kurs ausgesehen hatte. Als Harold und sie von Bangalow nach Zanana gezogen waren, hatte sie sich vorgestellt, dass sie bis zum Ende ihrer Tage dort bleiben und für die MacIntyres sorgen würden. Dann waren Catherine und Robert gestorben. Der Krieg war ausgebrochen. Harold war gefallen. Und nun irrte Kate, ein Mädchen, das eigentlich alles haben sollte, wie ein unruhiger Schatten durch die weitläufigen Gärten und die leeren Räume einer Villa, gebaut als Zufluchtsort für eine Frau – ihre Mutter –, die über alles geliebt worden war und nie einsam gewesen war.

Kate schlief bis zum späten Nachmittag im indischen Haus. Sie wurde nur langsam wach. Als sie wieder ganz bei sich war, merkte sie, dass sich etwas verändert hatte. Sie fühlte sich sehr ruhig, vollkommen entspannt. Dann erkannte sie, was anders geworden war – sie war frei von dem Wirrwarr der Gedanken, die sie am Morgen dieses Tages ständig im Kreis herum geführt hatten. Ihr Geist war zur Ruhe gekommen.

Draußen keckerte eine Elster, und als hätte dieses Geräusch sie endgültig wach gemacht, setzte Kate sich auf. Sie blieb auf dem Rand des alten, reich geschmückten Bettes sitzen und staunte im Stillen über die Klarheit ihrer Gedanken. Sie war sich einer wunderbaren inneren Stärke bewusst, die, während sie eingehüllt in den warmen Schimmer des Raumes saß, zu einem Gefühl großer Entschlossenheit und einer sicheren Gewissheit der einzuschlagenden Richtung anwuchs. Sie fühlte sich nicht mehr verloren. Der vor ihr liegende Weg war deutlich sichtbar – es war Zeit, ihr Erbe einzufordern und die Zügel für Zanana ganz in die Hand zu nehmen.

Es war, als hätte sie ein neues Identitätsgefühl bekommen, sie glaubte endlich zu wissen, wer sie wirklich war, wo sie herkam und wer sie in Zukunft sein musste. Es war zwecklos, erkannte sie mit Erleichterung, vorzugeben, jemand anderes zu sein, nur weil andere sich aufgrund ihres Erbes Vorstellungen von ihrer Person machten. Stattdessen wusste sie jetzt die bescheidene Herkunft ihrer Eltern mehr zu schätzen, die einfachen und aufrichtigen Wertmaßstäbe ihrer Pflegeeltern – Gladys und Harold und jetzt Wally – und den enormen Einfluss, den der Besitz von Zanana auf ihre eigenen Wertmaßstäbe und ihre Lebenseinstellung hatte.

Sie ging zur Tür und schaute in die Sonne, die golden hinter dem Rosengarten versank. »Ende des Tages, Ende des Kapitels«, dachte sie. Aber das Kapitel hatte in Wirklichkeit schon vor Monaten geendet, als sie ihren einundzwanzigsten Geburtstag feierte – sie hatte damals nur einfach die volle Bedeutung ihrer Entscheidung nicht erkannt.

Kate hatte den Vorschlag abgelehnt, diesen Tag im Kreise der ›besseren‹ Gesellschaft von Sydney zu feiern. Stattdessen hatte sie darauf bestanden, ein Fest für alle Bewohner von Zanana zu geben – für die Angestellten und die Veteranen. Hock Lee war aus der Stadt gekommen und hatte den Vorsitz über den formellen Teil übernommen. Der Tag endete mit einem großartigen Feuerwerk, das für kurze Zeit Zanana in alter Pracht und Herrlichkeit erstrahlen ließ.

Kate hatte das Fest überaus genossen, auch wenn Ben nicht da gewesen war. Hock Lee hatte eine Rede gehalten, in der er verkündete, dass Kate nun volljährig sei und die rechtmäßige Herrin von Zanana. Doch die Bedeutung dieser Worte war ihr an diesem Tag voller Spaß, Feuerwerk, Musik und Tanz völlig entgangen.

Aber jetzt war sie sich ihrer ganzen Tragweite bewusst. Sie schloss die Tür des indischen Hauses und ging langsam zur Grotte. Sie folgte dem gewundenen, von Farnen gesäumten Pfad, schaute in die zauberhaften kleinen Höhlen, aus denen ihr Bens schrullige Wesen entgegengrinsten, und bewunderte die winzigen Orchideen, die in den moosigen Spalten blühten.

Die Grotte ... er hatte sie als Geschenk für Kate gebaut. Nie würde sie die glücklichen Momente vergessen, die sie hier verbracht hatten, aber wie kostbar sie ihr auch war, die Grotte war nur ein kleiner Teil von Zanana. Jetzt ging es um die Zukunft des gesamten Besitzes. Es war Zeit zu handeln, und sie wusste genau, was sie zu tun hatte, um ihrem Leben Sinn und Richtung zu geben.

Als ersten Schritt rief sie am nächsten Morgen Hock Lee an und war nur vorübergehend enttäuscht, als sie erfuhr, dass er sich auf Geschäftsreise befand. Rasch beschloss sie, die Dinge selbst in die Hand zu nehmen, und machte einen weiteren Telefonanruf, diesmal bei ihrem Anwalt.

Zanana besaß nun ein eigenes Auto, einen Ford Modell T, den Wally Simpson fuhr, hauptsächlich, um Besorgungen für das Gut zu machen, bei Bedarf die Veteranen zu transportieren und gelegentlich Kate in die Stadt zu bringen.

»Ich glaube, es wird Zeit, dass ich Auto fahren lerne,

Wally«, bemerkte Kate, als sie für die Fahrt zum Anwalt einstieg. »Kannst du es mir beibringen?«

Wally schüttelte den Kopf. »Ich denk nicht dran. Was nicht heißt, dass ich es dir nicht zutraue. Junge Frauen bringen heutzutage alles Mögliche fertig. Aber ich will die Verantwortung nicht übernehmen. Weder für dich noch für das Auto.«

»Na gut. Dann bitte ich Hock Lee. Aber ich werde dir genau zuschauen auf dem Weg in die Stadt«, erwiderte sie mit Nachdruck.

»Denk bloß nicht, du könntest dich einfach reinsetzen und losfahren«, meinte Wally mit einem besorgten Stirnrunzeln. »Du würdest es gar nicht erst schaffen, den Motor anzukurbeln.« Aber er wusste, dass das nicht stimmte – Kate würde alles schaffen, was sie wollte, besonders jetzt, wo sie sich in einem neuen Stadium der Unabhängigkeit befand und voller Tatendrang war.

Im ziemlich trübseligen Vorzimmer der Kanzlei Dashford und Sohn begann Kates Selbstvertrauen erneut zu wanken. Sie zupfte nervös an der Schärpe ihres Seidenkleides, bis sie in Charles Dashfords Privatbüro geführt wurde.

Es war jedoch Hector, der sich zu ihrer Begrüßung hinter dem ausladenden Schreibtisch seines Vaters erhob. »Guten Morgen, Kate. Wie schön, dich zu sehen. Wie geht es dir?« Sie schüttelten sich über die Breite des Schreibtisches hinweg die Hand.

»Mir geht es gut, vielen Dank, Hector. Und wie geht es deinem Vater? Ist er nicht da?«

»Mein Vater hat vor kurzem beschlossen, sich zurückzuziehen. Allerdings behält er das meiste hier im Auge und kommt einmal in der Woche vorbei.«

»Ah so.« Kate war beunruhigt über diese Neuigkeit. »Das muss eine Menge Arbeit für dich bedeuten.«

Die Tür öffnete sich, und Charles Dashfords Privatsekretärin trat ein. Hector erhob sich und lächelte. »Ich habe eine sehr tüchtige Hilfe. Kate, ich glaube, du hast noch nichts davon gehört. Das ist meine persönliche Assistentin ...«

»Ja, ich habe Miss O'Hara bereits kennen gelernt.«

»Sie ist jetzt meine Frau.«

Kate war verblüfft. Hector schien es zu freuen, sie mit dieser Eröffnung überrascht zu haben. Kate erholte sich rasch und war ehrlich erfreut. »Na, so was! Meinen Glückwunsch! Wann hat denn die Hochzeit stattgefunden?«

»Vor zwei Monaten. Wir sind in aller Stille in London getraut worden.« Die neue Mrs. Dashford sprach ruhig und setzte sich auf den freien Stuhl hinter dem Schreibtisch, so dass sie nun beide Kate gegenübersaßen. Hectors Frau hatte eine Dokumentenmappe mitgebracht, die sie auf den Schreibtisch legte. »Also, Kate. Zum Geschäftlichen. Wie können wir dir helfen? Bist du wegen Zanana hier oder geht es um etwas Persönliches?«, fragte Hector.

»Ein wenig von beidem, würde ich sagen.« Kate warf einen Blick auf Mrs. Dashford und spürte ein leises Unbehagen.

Hector hatte ihren raschen Blick gesehen. »Kate, meine Frau arbeitet schon länger in der Kanzlei als ich und ist mit allen Angelegenheiten unserer Klienten vertraut. Bitte hab keine Bedenken, offen vor ihr zu sprechen.«

»Nun ja, es ist nichts Dramatisches. Wie dir bekannt sein dürfte, bin ich einundzwanzig geworden, und laut den gesetzlichen Bestimmungen bin ich jetzt in der Lage, über die Zukunft von Zanana zu entscheiden. Ich wollte gerne die Einzelheiten meines Erbes klarstellen.«

»Hock Lee hat dich nicht darüber aufgeklärt?«

»Nur ganz allgemein. Er ist auf Reisen, sonst hätte ich ihn gebeten, mich heute hierher zu begleiten.« Kate wünschte, sie hätte auf den weisen Hock Lee gewartet und wäre nicht allein vorgeprescht. Einerseits wollte sie nicht den Eindruck erwecken, als könne sie es nicht erwarten, Hand an ihr Erbe zu legen, andererseits wollte sie auch nicht, dass sie dachten, sie könne nichts ohne Hock Lee unternehmen. Sie schätzte seinen Rat, aber sie wollte ihre Unabhängigkeit beweisen.

Hector sah leicht verwirrt aus. »Darf ich fragen, was du vorhast? Willst du etwas mit dem Besitz unternehmen?«

»Sie haben doch nicht vor, ihn zu verkaufen?«, fragte Hectors Frau.

»Ich denke keinesfalls daran, etwas zu verkaufen, und ich habe auch nichts Weltbewegendes mit dem Besitz vor. Zumindest keine weit reichenden Veränderungen. Ich möchte nur über die finanziellen Aspekte Bescheid wissen. Das Kapital und so weiter. Wie viel Geld zur Verfügung steht, welche Klauseln mein Vater festgelegt hat und ob er möglicherweise konkrete Pläne gehabt hat.«

»Ich habe die Unterlagen hier.« Hectors Frau gab ihm die Mappe, und er lächelte ihr zu.

»Tüchtig wie immer, meine Liebe.«

Hector schob die Mappe über den Tisch, und seine Frau erhob sich und streckte Kate die Hand hin.

»Auf Wiedersehen, Miss MacIntyre. Ich lasse Ihnen Tee bringen.«

»Vielen Dank, Mrs. Dashford.«

Die Tür schloss sich hinter Hectors patenter und geschäftstüchtiger Frau.

»Ich muss sagen, du hast mich wirklich überrascht, Hector. Ich freue mich sehr für dich, wie deine Eltern sicherlich auch. Bist du glücklich, Hector?«

»Ich habe es gut getroffen und bin zufrieden, ja.«

Kate beobachtete ihn genau. Sie konnte sich nicht vorstellen, dass er seine Braut in ein vom Mondlicht beschienenes Bambusgebüsch gezerrt und sie umarmt hatte, wie er es am Abend der Sommersymphonie mit ihr getan hatte, als er ihr seinen Heiratsantrag machte. Irgendwie ging sie davon aus, dass der Antrag an seine jetzige Ehefrau, wenn dieser auch angenommen wurde, eher formell und geschäftsmäßig vorgebracht worden war. Wie Kate vorausgesehen hatte, passten sie ausgezeichnet zusammen. Seine Frau schien ein wenig älter zu sein als Hector, aber sie würde ihn zweifellos ermutigen, nach Höherem und nach Erfolg zu streben. Kate konnte sich nicht vorstellen, dass sie Spaß zusammen hatten, und sie sah Mrs. Dashford auch nicht inmitten einer Kinderschar. Sie war durch und durch eine Karrierefrau.

Kate schob den Gedanken an das Privatleben der Dashfords beiseite und konzentrierte sich auf die Papiere in der Mappe auf ihrem Schoß.

Beim oberflächlichen Lesen fiel ihr nichts Besonderes auf. Sie war nicht vertraut mit der oft recht bürokratischen Sprache, und die Dokumente waren natürlich sehr unpersönlich gehalten. Irgendwo musste es noch mehr persönliche Dokumente geben, und sie beschloss, die Angelegenheit mit Hock Lee genauer zu besprechen. Er hatte ihrem Vater am nächsten gestanden, und er würde mehr über das Treuhandvermögen und die finanzielle Abwicklung wissen.

Sie gab Hector die Unterlagen zurück. »Vielen Dank. Anscheinend muss ich auf nähere Einzelheiten von den Buchhaltern warten, bevor ich Entscheidungen treffe. Guten Morgen. Richte deinen Eltern bitte herzliche Grüße von mir aus.«

Hector kam eilig hinter seinem Schreibtisch hervor, um Kate die Tür aufzuhalten, und sah der schlanken Gestalt in dem taillierten Seidenkleid nach. Er bemerkte, dass sie ihr langes blondes Haar nicht abgeschnitten hatte, sondern es unter ihrem Glockenhut zu einem Knoten geschlungen trug. Von der Bubikopffrisur, die sich seine Frischangetraute zugelegt hatte, war er nicht sonderlich beeindruckt gewesen, hatte aber nicht widersprochen, als sie ihm erklärte, das sei jetzt die neueste Mode. Er hatte klein beigegeben, wie er es immer tat, um nicht als altmodisch zu gelten.

»Wie ist es gelaufen?«, fragte Wally, als er den Wagen durch den Vorstadtverkehr steuerte.

»Ich habe nicht so viel erreicht, wie ich gehofft hatte. Ich muss noch auf Unterlagen von den Buchhaltern warten. Bis ich nicht über die finanzielle Lage des Besitzes Bescheid weiß, kann ich keine längerfristigen Pläne machen.«

Wally beäugte das junge Mädchen neben sich. »Ich weiß nicht, ob ich mich mit solchem Kram abgeben wollte. Vielleicht sollest du das den Leuten überlassen, die den Kopf dafür haben, Kate.« Als würde er ihre Gedanken lesen, fügte Wally hinzu: »Wir sind nur einfache Leute vom Land. Ich nehme an, bei dir ist es anders, weil du mit dem Wissen aufgewachsen bist, dass Zanana für dich und deine Kinder bestimmt ist.« Er zwinkerte ihr zu. »Ein bisschen wie bei Königen, was, Liebes?«

Kate lachte. »Wohl kaum. Aber du hast Recht. Zanana liegt mir im Blut, und ich könnte mich nie davon trennen. Seltsam, Hectors neue Frau war sehr daran interessiert, ob ich vorhabe, Zanana zu verkaufen. Mein Vater hat es für meine Mutter gebaut, um späteren Generationen ein Zeugnis ihrer Liebe zu geben. Sie haben ihre Spur auf jedem Zentimeter des Besitzes hinterlassen.«

»Ich weiß, dass du eine starke gefühlsmäßige Bindung zur Vergangenheit von Zanana hast, Kate. Aber wenn du an die Zukunft denkst, könnte es ein rechter Klotz am Bein werden. Vielleicht wäre der Verkauf – natürlich an die richtigen Leute – die Antwort. Dann könntest du dir etwas

Zweckmäßigeres zum Leben suchen. Natürlich kommt es immer darauf an, wen du heiratest.«

»Das hat überhaupt nichts damit zu tun«, sagte Kate fest. »Außerdem heirate ich vielleicht gar nicht. Ich habe nicht allzu viele Herren kennen gelernt, die mir gefallen hätten«, neckte sie ihn. »Wie dem auch sei, mein Vater hat Geld zur Seite gelegt, das für den Unterhalt des Besitzes bestimmt ist, und genau dafür werde ich es verwenden. Zanana sollte ein Ort bleiben, an dem die Familie, Freunde und Bedürftige Zuflucht finden.«

»Und wenn die Veteranen alle fort sind, was wirst du dann damit machen?« Wally war aufrichtig interessiert.

»Es ist so gut als Genesungs- und Pflegeheim eingerichtet, dass ich es gerne in dieser Art weiterführen möchte. Für Kinder. Weißt du, Kinder, die gerade aus dem Krankenhaus kommen oder bald ins Krankenhaus müssen.«

Kate verfiel in Schweigen, offenbar dachte sie über ihre Pläne nach, während sie die Stadt hinter sich ließen.

Als sie in Zanana ankamen, nahm Mrs. Butterworth gerade eine Schweinshaxe aus dem Ofen, die mit Salz eingeriebene Kruste war knackig und goldbraun und darum herum lagen gebackene Kartoffeln und leise brutzelndes Kürbisgemüse. Nettie Johnson rührte die Apfelsoße, und Sid schnitt frisch gebackenes Brot auf.

»Zu wessen Ehren wird denn dieses Festmahl veranstaltet? Hm, riecht das gut.« Wally begrüßte alle und ging sich die Hände waschen.

Kate nahm den Hut vom Kopf, schlüpfte aus ihren Schuhen und ließ sich in den Schaukelstuhl fallen. »Woher wusstet ihr, dass wir in der Stadt kaum was gegessen haben? Ein rasches Sandwich auf dem Weg, das war alles. Wir sind kurz vorm Verhungern.«

Mrs. Butterworth lächelte und stellte den Bräter seitlich auf den Küchenherd. Trotz des neuen Gasherds bevorzugte sie den mit Holz beheizten alten Ofen. »Das dachte ich mir fast. Sid und Nettie haben beschlossen, eine Reise zu machen, und da Sid uns eine Schweinehälfte gebracht hat, haben wir entschieden, sie auf einmal zu verbrauchen. Die Männer haben schon alle gegessen.«

»Das ist gut, sonst kämen sie alle angerannt bei dem köstlichen Duft. Wohin wollt ihr beiden denn?«, fragte Kate.

»Ach, nichts Exotisches, Kate. Nur eine kleine Reise in die Vergangenheit. Zurück nach Bangalow. Vielleicht für immer«, erklärte Nettie. »Sid hat vor einiger Zeit einen seiner Kumpel verloren, und da wir ja auch nicht jünger werden, haben wir gedacht, wir besuchen unsere alten Freunde.«

»Von wegen nicht jünger werden! Wir sind doch noch im besten Alter«, sagte Wally beim Zurückkommen in die Küche. Er begann das Tranchiermesser zu schärfen.

»Fährt Ben auch mit?«, fragte Kate.

»Diesmal nicht. Obwohl er sich die Gegend gerne mal ansehen würde. Er war noch ein Kleinkind, als wir weggezogen sind. Ben denkt daran, vielleicht da oben zu arbeiten, als Landschaftsgärtner und so«, erwiderte Sid und stellte die Butterdose auf den Tisch neben das aufgeschnittene Brot.

»Er hat es wirklich zu etwas gebracht«, bemerkte Mrs. Butterworth und füllte das Gemüse in eine angewärmte Schüssel, während Wally mit dem Tranchieren begann.

»Soll ich die Soße machen, Gladys?«, fragte Nettie.

Kate entschuldigte sich, um sich vor dem Essen frisch zu machen.

»Beeil dich, wir essen gleich«, rief Mrs. Butterworth ihr nach.

Kate war plötzlich müde und sehnte sich nach einem heißen Bad in ihrer großen weißen Badewanne, mit einem kräftigen Schuss Lavendelöl. Genau das würde sie gleich nach dem Essen tun. Sie zog sich das Kleid über den Kopf und schlüpfte aus ihren Seidenstrümpfen. So, Ben Johnson hatte es also zu etwas gebracht? Zu schade, dass er so weit weg war, in Melbourne, und ihr nur gelegentlich in Eile geschriebene Briefchen schickte, in denen er von seinen Aktivitäten berichtete.

Kate glättete ihr Haar und zog einen Faltenrock und eine lockere Matrosenbluse über. Tja, sie hatte ebenfalls Pläne. Sie mochte zwar keine Karrierefrau sein wie Mrs. Dashford junior, aber auch sie hatte ein Projekt – Zanana. Zwar hatte sie ihre eigenen Ideen für die Zukunft Zananas und somit auch für die ihre, aber innerlich wusste sie doch, dass sie damit einen Wunsch ihrer Mutter erfüllte. Die Liebe, die ihre Mutter Kindern entgegengebracht hatte, Zananas erprobte Rolle als Zufluchtsort und ihres Vaters vorsichtige schottische Art halfen ihr, den einzuschlagenden Weg klar zu sehen.

Während des Essens wurde viel über die Reise der Johnsons gesprochen, über Kates Vorhaben, Auto fahren zu lernen, über die Abreise zweier wiederhergestellter Veteranen, die sich auf dem ihnen von der Regierung zur Verfügung gestellten Land bei Wagga Wagga als Farmer niederlassen wollten, sowie über die schwierigen Wetterbedingungen und die Wirtschaftskrise, die in letzter Zeit Schlagzeilen in den Zeitungen machten.

»Ein großer Teil des Landes leidet unter einer Dürreperiode, und man nimmt an, dass sie noch eine Weile anhalten wird«, sagte Wally. »Ich weiß nicht, ob ich auf einem Stück Land, das ich überhaupt nicht kenne, wieder ganz von vorne anfangen wollte.«

»Auf den Märkten läuft es dieser Tage auch nicht mehr so gut«, fügte Sid hinzu. »Keine Ahnung, wohin das noch führen wird, die Preise für viele Produkte sind in den Keller gerutscht. Vielleicht müssen wir noch mehr Viehkoppeln für Gemüseanbau hergeben, aber dann brauchen wir auch mehr Hilfskräfte. Das wird allmählich ein echtes Problem.« Sid kratzte sich am Kopf, offensichtlich verwirrt angesichts der Kompliziertheit des Ganzen.

»Was seid ihr heute Abend für alte Miesmacher«, rief Kate. »Man sollte nicht denken, dass es irgendwo Probleme oder Schwierigkeiten gibt, wenn man das Gewimmel in den Straßen von Sydney sieht. Heute war der Verkehr absolut furchtbar. All die großen Busse, die jetzt fahren, ganz zu schweigen von den Straßenbahnschienen, die überall verlegt werden. Was mich wieder aufs Autofahren bringt, Wally. Da ist einiges, was ich wissen muss.« Worauf es eine Viertelstunde lang unter viel Gelächter recht turbulent wurde, als Tisch, Teller, Messer, Gabeln und Stühle für eine Fahrstunde benutzt wurden, an der alle teilnahmen und nach der Kate verwirrter war als zuvor.

Später, als Nettie und Sid das Geschirr spülten, erzählte Wally Gladys von Kates Plan, aus Zanana einen Zufluchtsort für Kinder zu machen, sobald die letzten Veteranen fort wären – was nicht mehr lange dauern würde.

»Da kommt man schon ein bisschen ins Grübeln über die Zukunft, Gladys. Ich meine, hier löst sich langsam alles auf. Und diese Sache mit den Kindern ... tja, ich weiß nicht, ob da je was draus wird, und außerdem sollte Kate heiraten und eine Familie gründen.«

»Meine Güte, was dir aber heute Abend nicht alles durch den Kopf geht, Wally«, rief Gladys in spaßigem Ton. Dann fügte sie ernster hinzu: »Was würdest du denn machen wollen, Wally? Ich habe mich daran gewöhnt, dich hier zu haben ... wie einen festen Bestandteil des Hauses sozusagen, fast wie ein Möbelstück.« Ihr gefiel die Vorstellung von Zanana ohne Wally und die Johnsons nicht, während Kate ihr eigenes Leben lebte.

Gladys spürte einen Stich von Traurigkeit, als sie an Kates neu gefundene Unabhängigkeit dachte. Das Mädchen war so lange wie eine Tochter für sie gewesen, dass es ihr leicht gefallen war, die ganzen Jahre lang die Tatsache zu übersehen, dass sie in einem zweifellos sehr eigentümlichen Verhältnis zueinander standen. Eigentümlich vielleicht, dachte sie, aber Kate war glücklich gewesen und hatte sich zu einer prächtigen jungen Dame entwickelt. Nun ja, sinnierte Gladys, sie wäre sicher eine ganz andere junge Frau geworden, wenn sie unter der Obhut ihrer Mutter und ihres Vaters aufgewachsen wäre. Ja, anders, aber nicht unbedingt besser, schloss sie mit einem Gefühl des Stolzes.

»Nein, nicht unbedingt besser ...«, sagte sie unbewusst laut vor sich hin.

Wally schüttelte das Streichholz aus, nachdem die lose aus seiner Zigarette hängenden Tabakfäden in Funken aufgegangen waren. »Was sagst du, Gladys?«

»Ach nichts, Wally, hab nur laut nachgedacht, über dies und das.«

»Ja, ja. Sids und Netties Reise hat auch mich zum Nachdenken gebracht. Ich wollte nicht zurück nach Hause, seit ich meine Frau verloren habe. Mein kleines Haus ist wahrscheinlich längst verfallen, obwohl meine Nachbarn ein Auge drauf haben. Ist nur ein einfaches Häuschen am Rande der Stadt. Mit einem großen Garten, aber nicht wie eine Farm oder so was. Hab's hin und wieder vermietet, was mir ein bisschen zusätzliches Geld eingebracht hat.«

»Vielleicht solltest du hinfahren und es dir mal ansehen. Es wäre doch dumm, es verkommen zu lassen, Wally. Bring's in Ordnung und verkauf es. Oder zieh wieder ein. Du könntest doch Arbeit als Metzger finden, oder?«

»Na ja ... mag sein. Du hast wohl Recht. Gut, ich werd drüber schlafen.« Er ging hinaus zum Schuppen.

Mrs. Butterworth seufzte. Die Männer waren doch alle gleich. Sie waren nicht so schnell von etwas zu überzeugen und brauchten eine Weile, bis sie sich mit einer neuen Idee anfreunden konnten. Wally würde zwischen seinen Werkzeugen, Gartengeräten, Maschinenteilen, Sattelzeug und Autoersatzteilen herumwerkeln, über alles nachgrübeln und in ein oder zwei Tagen etwas verkünden, als sei es ihm gerade eingefallen.

Auch Kate war nachdenklich in diesen Tagen. Sie ging durch die Krankenzimmer und Schlafsäle und war erfüllt von Ideen und Plänen, wie sie diese nun fast leeren Räume mit dem Lachen von Kindern wieder zum Leben erwecken würde. Dann wanderte sie durch die schönen Empfangsräume, die Bibliothek, den Salon, das kleine Wohnzimmer und saß allein in all der eleganten Pracht. Alles war poliert und abgestaubt, die Kissen aufgeschüttelt, die Teppiche und der Boden fleckenlos, doch wie traurig und leer wirkten diese Räume. Kate sehnte sich danach, in den Schatten und Ecken, zwischen den Bildern, Dekorationen und Möbeln, die von ihrer Mutter, die sie nie gekannt hatte, zusammengestellt worden waren, den Geist ihrer Eltern heraufzubeschwören. Wenn sie sie doch nur für einen kurzen Moment sehen und mit ihnen sprechen könnte, damit sie ihr Rat erteilen, ihr Unterstützung geben und etwas über ihr Leben mitteilen könnten, über die Hoffnungen und Träume, die sie gehabt hatten, das würde ihr Kraft geben, mit ihrem eigenen Leben fortzufahren.

In diesen Momenten war sie von Einsamkeit überwältigt und voller Furcht, für immer allein leben zu müssen. Eine alte Jungfer, die in einer großen Villa voller Erinnerungen an die Vergangenheit hauste, ohne ein eigenes Leben oder eine Zukunft zu haben. Aber sie versuchte, diese düsteren Gedanken zu vertreiben, schüttelte entschlossen den Kopf und ging nach draußen in den Rosengarten, knipste energisch die Köpfe verblühter Rosen ab oder schnitt einen Arm voll blühender Rosen, um Farbe ins Haus zu bringen.

Im Winter mied sie den traurigen Anblick des Rosengartens und hielt sich lieber in der amethystfarbenen Welt des Gewächshauses auf, schnitt Blätter von den Usambaraveilchen ihres Vater ab, um neue Triebe heranzuzüchten, und goss und pflegte die vielen Orchideen.

Hier war sie auch eines Morgens beschäftigt und mühte sich mit einem Büschel Orchideen ab, das sie aus einem Tontopf genommen hatte und teilen wollte, als sie Schritte auf den Marmorfliesen hörte. Kate schaute nicht auf, da sie vermutete, dass es Wally war.

Kate biss sich auf die Lippen, zerrte mit aller Kraft an den Wurzeln und dachte gerade, sie hätte vielleicht eine Axt nehmen sollen, da legten sich zwei Arme um ihre Schultern und zwei schlanke braune Hände teilten geschickt das widerspenstige Wurzelgeflecht der Orchideen.

»Das gibt ein paar hübsche Pflanzen.«

Kate hatte sich nicht bewegt und drehte sich nun zitternd zu Ben um, der über ihrer Schulter lehnte. Seine Arme hielten sie noch immer umschlossen, seine Hände ruhten auf den ihren. Ihre Haare streiften sich, und sie spürte seinen warmen Atem auf ihrer Wange.

»Oh«, flüsterte sie.

Sie sahen sich tief in die Augen, das überwältigende Gefühl seiner Nähe machte jede oberflächliche Begrüßung unmöglich, jede lustige Bemerkung, die sie vielleicht sonst gemacht hätte. Die Monate der Trennung – das Hineinschnuppern in andere Welten, der Umgang mit anderen Menschen, das Ausprobieren eines neuen Lebens – waren vergessen. In seinem festen Blick, in ihren zitternden Lippen spürten sie einander, wie sie wirklich waren, und wussten, dass ihre Liebe stärker war als je zuvor.

»O Ben.« Sie drehte sich ganz herum, und er schloss sie fest in die Arme und vergrub sein Gesicht im weichen Goldblond ihrer Haare.

»Meine wunderbare Kate.«

Sie küssten sich voll Sehnsucht und Leidenschaft und lächelten einander immer wieder an.

Ben zog sich als Erster zurück. Er nahm Kates Hände in die seinen und senkte den Kopf. »Kate, ich möchte, dass du mich heiratest. Willst du? Mich heiraten?« Mit einem scheuen, ernsthaften Blick sah er sie an.

Kates Lächeln erhellte ihre Augen und ihr Gesicht. »Ja, Ben! Ja.« Sie reckte sich hoch und küsste ihn zärtlich auf die Nasenspitze.

Ihre Hände lagen immer noch in den seinen, und er sagte mit großem Ernst: »Kate, ich musste gehen, damit du wachsen und, na ja, deine Flügel ein bisschen ausbreiten konntest. Andere Menschen kennen lernen und den Lebensstil führen konntest, der dir zukommt.« Als Kate protestieren wollte, legte er ihr den Finger auf die Lippen. »Und ich musste gehen, um etwas aus meinem Leben zu machen, um dir mehr bieten zu können als nur meine Liebe. Ich glaube, das kann ich jetzt. Ich weiß, dass du an Zanana gebunden bist, aber ich habe nun meinen eigenen Beruf. Wenn ich auch noch ganz am Anfang stehe. Und ich denke, ich werde es schon schaffen. Verstehst du?«

»Natürlich verstehe ich das, Ben. Nicht, dass es für mich eine Rolle gespielt hätte, es ist nur dein männlicher Stolz. Aber ich bin froh und stolz auf das, was du tust.«

»Ich habe noch nicht mit Mrs. B. gesprochen. Das sollte ich besser tun. Mit Hock Lee habe ich allerdings schon geredet.« Hand in Hand gingen sie zurück den violett beleuchteten Gang entlang.

»Was hat Hock Lee gesagt?«

»Ich sagte ihm, dass ich dich heiraten möchte. Dass ich

meine, dich als meine Frau ernähren zu können, aber natürlich nicht für den Unterhalt von Zanana aufkommen könnte und dich auch nicht von hier fortbringen möchte. Er schlug vor, ich sollte dir zunächst einmal einen Heiratsantrag machen. Ich muss zugeben, dass ich nervös war, ich dachte, du wärst vielleicht wütend auf mich und würdest mich abweisen. Ich habe dir seit Ewigkeiten nicht geschrieben.«

»Du hast mir kaum die Chance gegeben, nein zu sagen«, lächelte Kate. »Und, Ben, ich möchte alles mit dir teilen. Zanana ist mein Erbe, aber es wird unser Heim sein, und wir müssen alles gerecht miteinander teilen.«

Ben drückte ihre Hand. »Das wird sich finden. Wir werden uns von Hock Lee beraten lassen.«

Gladys Butterworth brach prompt in Tränen aus, als Ben schließlich bei einer Tasse Tee auf der Veranda mit der Neuigkeit herausplatzte. Mrs. Butterworth streckte die Hand aus und tätschelte seine Wange. »Es ist so offensichtlich, dass ihr beide zusammengehört. Ich wusste, dass ihr ineinander verliebt wart, aber meine Güte, ihr kennt euch schon seit der Kindheit.«

»Das ist der Grund, warum ich mich fern gehalten habe, als ihr Kate zur Saison nach Sydney geschickt habt. Mir war klar, dass sie jemanden finden und sich für einen anderen Lebensstil entscheiden könnte oder vielleicht jemanden mit nach Zanana zurückbringen würde.«

»Sie hat bestimmt Angebote bekommen, aber es war nicht zu übersehen, für wen ihr Herz schlug. Ich finde es sehr gut, dass du so schwer gearbeitet und dir etwas Eigenes aufgebaut hast, Ben. Deine Eltern sind so stolz auf dich … hast du es ihnen schon gesagt?«

»Noch nicht. Ich habe vor, sie in Bangalow zu besuchen. Jetzt habe ich einen sehr guten Grund dafür. Ich weiß, dass ich Kate nicht das Leben ermöglichen kann, das sich ihre

Eltern für sie gewünscht hätten, aber niemand könnte ihr mehr Liebe und Fürsorge geben als ich, Mrs. B.«

Mrs. Butterworth betrachtete den ernsten jungen Mann, der da vor ihr saß. Er mochte zwar in materieller Hinsicht nicht reich sein, aber er trug etwas dazu bei, die Welt zu einem besseren und schöneren Ort zu machen, und er und Kate hatten die gleichen einfachen Ideale. Ben war erwachsen und selbstsicher geworden, er schämte sich nicht seiner einfachen Herkunft, aber er versprach, hart zu arbeiten, und würde mehr an Liebe, Fürsorge und Unterstützung zu geben haben als viele andere Männer. Kate würde mit ihm an ihrer Seite eine glückliche Frau werden.

»Ich wünschte, Harold wäre hier, um das mitzuerleben«, schniefte sie.

Ben sagte leise: »Ich bin sicher, dass er es weiß. Ich meine oft, seine Gegenwart zu spüren, wenn ich unten im Garten bin.«

»Na, da hab ich ja jetzt was zum Nachdenken, nicht wahr? Eine Hochzeit. Wie sehen eure Pläne aus?«

Ben hob die Arme in gespieltem Entsetzen, als wolle er sich ergeben. »Keine Ahnung, das überlasse ich ganz Kate und Ihnen. Ich bin bereit, alles mitzumachen, was Kate will.«

»Oh, ich muss es Wally erzählen. Und können wir es auch den anderen erzählen, die noch hier sind? Sobald Hock Lee zurück ist, werden wir das feiern.«

Eine Woche später kehrte Hock Lee nach Sydney zurück und fuhr gleich hinaus nach Zanana, als er die Nachricht bekam.

Kate lief ihm entgegen, als er aus dem Auto stieg, wie sie es seit ihrer Kindheit getan hatte.

Er umarmte sie und drückte sie an sich. »Mein liebes Kind, ich bin so froh für euch beide. Ihr passt so gut zueinander.« Während er die junge Frau umarmte, für die er sich seit der Nacht ihrer Geburt verantwortlich gefühlt hatte, füllte sich sein Herz mit Liebe und dem tiefen Wunsch, sie möge ein glückliches Leben führen. Sie hatte so viele Verluste erlitten, und trotz der Liebe und Fürsorge, die er und die Butterworths ihr entgegengebracht hatten, würde die Heirat mit Ben und die Gründung einer eigenen Familie ihrem Leben erst die wahre Erfüllung geben. Er hielt sie sanft auf Armeslänge von sich entfernt und sah ihr in die sprühenden, azurblauen Augen. »Bist du dir ganz, ganz sicher?«

Sie lächelte ihn an. »Bedarf das einer Frage, Hock Lee?«

Er lachte. »Nein, dein Strahlen sagt alles. Wo ist denn der glückliche junge Mann?«

»Er wartet voller Nervosität im Wohnzimmer auf dich. Obwohl er ja schon vor einiger Zeit mit dir gesprochen hat, wie er mir sagte.«

»Das hat er. Und ich war sehr beeindruckt von seinen Plänen und seinen Absichten, aber vor allem, und das ist das Wichtigste, von seiner aufrichtigen Liebe zu dir, Kate. Ihr kennt einander sehr gut, was ein großer Vorteil ist.«

»Stimmt, wir sind gern zusammen. Aber jetzt, seit wir verlobt sind, fühle ich mich irgendwie anders. Ein bisschen scheu und, na ja, nervös. Mir ist klar geworden, welchen gewaltigen Schritt ich da mache. Aber nicht, dass ich auch nur einen Moment lang gezweifelt hätte.«

Hock Lee nickte, als sie hineingingen. »Das ist nur natürlich. Erzähl mir von den Hochzeitsplänen. Als dein Pate werde ich natürlich für die Hochzeit aufkommen. Also ... feiern wir die Hochzeit in der größten Kirche von Sydney mit tausend Gästen?«

»Auf gar keinen Fall. Du wirst überrascht sein ... na ja, vielleicht auch nicht – du weißt, was für einfache Menschen Ben und ich im Grunde sind.«

Hock Lee blieb stehen und nahm sie am Arm. »Aber, Kate, du heiratest nur einmal! Du musst ein solches Ereignis in einem angemessenen Rahmen feiern.«

Kate tätschelte seinen Arm. »Keine Bange, es wird eine ganz besondere Feier werden.«

Und entgegen Mrs. Butterworths Befürchtungen angesichts der Hochzeitspläne von Kate und Ben wurde es etwas Besonderes. Sie wollten keine pompöse Hochzeit. »Nichts Übertriebenes«, beharrte Kate immer wieder. Ursprünglich wollte Kate noch nicht einmal in einer Kirche getraut werden. »Lass uns die Trauung im Garten von Zanana vornehmen. Ich bin sicher, der Reverend hat nichts dagegen.«

Mrs. Butterworth war entsetzt. »So was hab ich ja noch nie gehört, Kate. Was sollen die Leute denken? Es würde so aussehen, als wärt ihr gar nicht richtig verheiratet.«

Widerstrebend stimmte Kate einer Trauung in der St.-Johns-Kirche zu, der kleinen Sandsteinkirche von Kincaid. Ben war bereit, alles mitzumachen, was Kate vorschlug. Auch er hatte eine einfache Feier im Garten für eine hübsche Idee gehalten. »Doch wenn du wirklich einen heiligen Ort im Freien finden wolltest, wäre der Regenwald genau das Richtige. Er ist wie eine grüne Kathedrale.«

Seit er vom Besuch bei seinen Eltern in Bangalow zurückgekehrt war, sprach Ben viel über die Schönheit der tropischen Landschaft im Norden. Daraufhin hatte Kate vorgeschlagen, ihre Hochzeitsreise dorthin zu machen.

»Aber Kate, Liebste, das hört sich nicht gerade großartig an. Ich meine, deine Eltern sind schließlich nach Indien gefahren.«

»Mit dir zusammen ist alles großartig, Ben. Außerdem haben wir einen kleinen Teil Indiens direkt hier in Zanana.« Sie umarmte ihn. »Wir werden später ins Ausland reisen. Erst möchte ich mehr von meinem eigenen Land sehen.«

Kate trug das Hochzeitskleid ihrer Mutter aus cremefarbenem Satin mit einem weiten Rock und einer kleinen Schärpe. Der aus Spitzen gefertigte Hochzeitsschleier, der Kates schottischer Großmutter gehört hatte, wurde aus der mit Kampfer ausgelegten Truhe geholt und auf ihrem langen goldblonden Haar mit einem Reif aus rosafarbenen Moosröschen befestigt. Mrs. Butterworth hatte gemeint, Kate hätte ihr Haar mit professioneller Hilfe aufstecken sollen, aber als sie die offen herabfallenden goldenen Locken sah, seufzte sie und musste zugeben, dass Kate wie eine Märchenprinzessin aussah.

Mrs. Butterworth bedauerte es, dass Kate keine Freundinnen und keine Verwandten hatte, die ihr als Brautjungfern dienen konnten, aber Kate hatte fröhlich erklärt, sie hätte stattdessen eine Ehrengarde, bestehend aus den sechs Soldaten, die immer noch in Zanana lebten.

Für diese Männer, von denen keiner mehr enge Familienbande besaß und die Zanana als ihr Zuhause betrachteten, war es eine große Ehre. Sie bürsteten ihre alten Uniformen aus, putzten ihre Schuhe, polierten ihre Orden, marschierten zur Kirche und bildeten ein Spalier, drei auf jeder Seite. Sie salutierten zackig, als Kate, eingehüllt in Brüsseler Spitze wie ein ätherisches Wesen aus der von vier weißen Pferden gezogenen Kutsche stieg und an Hock Lees Arm zum Klang der Dudelsäcke die Kirche betrat.

Und später, als Kate und Ben aus der Kirche in den warmen Sonnenschein hinaustraten, zogen die sechs mit breitem Grinsen Beutel aus ihren Uniformjacken und bewarfen das Brautpaar mit Rosenblättern. Mrs. Butterworth hatte den ganzen Morgen kaum zu weinen aufgehört, und Nettie Johnson, selbst den Tränen nahe, reichte ihr immer wieder frische Taschentücher. Wie sehr sich Gladys wünschte, Harold wäre bei ihnen! Wie stolz wäre er auf seine wunderschöne Kate gewesen und wie froh, dass sie ein solches Glück gefunden zu haben schien. Zumindest würde Zanana jetzt wieder ein richtiges Zuhause werden.

Bevor sie von der Kirche abfuhren, stand Kate in der offenen Kutsche auf und warf den Hochzeitsstrauß aus Tuberosen, Niphetos-Rosen und duftenden Stephanotis-Rosen über ihre Schulter. Er wurde von der überraschten Gladys Butterworth aufgefangen.

Nettie und Gladys hatten zusammen mit dem Hilfskoch, der bei Bedarf engagiert wurde, ein üppiges Hochzeitsfrühstück vorbereitet, das unter einem Baldachin serviert wurde, den Wally auf der obersten Rasenfläche von Zanana aufgestellt hatte, so dass die Gäste über die terrassenförmig zum Fluss hin abfallenden Gärten schauen konnten. Es waren nicht viele Gäste geladen. Familien, die auf dem Besitz gearbeitet hatten, neue Kollegen von Ben, Hock Lee und seine Schwestern, Wally Simpson, Bens Eltern, die sechs Veteranen und Freunde und Bekannte aus dem Dorf. Charles Dashford und Mrs. Dashford senior waren ebenfalls da, und Kate war insgeheim froh, dass sich Hector und seine Frau auf Urlaub in Europa befanden.

Während der letzten Wochen hatte die Hochzeitsplanung Kate ganz in Anspruch genommen und die geschäftlichen Dinge in den Hintergrund gedrängt.

Nachdem die wenigen kurzen Reden gehalten worden waren und der Hochzeitskuchen angeschnitten war, nahm Hock Lee Kate und Ben beiseite und bat sie, sich ein paar Minuten Zeit zu nehmen und mit ihm zum indischen Haus zu kommen.

Der süße vertraute Duft von Sandelholz schlug ihnen an der Tür entgegen. Kate schlüpfte aus ihren Satinschuhen, raffte ihr Hochzeitskleid und trat ein. Das Sonnenlicht brach sich im farbigen Glasmosaik der Scheiben und warf bunte Lichtpfützen auf den Marmorboden, die Ben lächelnd betrachtete.

»Dieses kleine Haus lag deiner Mutter sehr am Herzen, Kate, und auch deinem Vater, der es als Geschenk für sie gebaut hatte. Also scheint es mir passend, dass wir ein paar Augenblicke hier verbringen, um ihnen nahe zu sein«, begann Hock Lee.

»Ich spüre hier immer den Geist meiner Mutter«, sagte Kate leise mit Tränen in den Augen.

Ben griff nach ihrer Hand. »Kommt, setzen wir uns.« Ohne jede Förmlichkeit ließen sie sich im Kreis auf dem glatten weißen Boden nieder.

Hock Lee zog einen Korb zu sich heran, der nahe der Wand gestanden hatte. Er nahm ein kleines Kristallgefäß heraus und entfernte den Korken. Dann sprenkelte er Rosenwasser über die verschränkten Hände von Ben und Kate.

»Wasser ist ein Symbol der Reinheit und der Geduld. Wassertropfen können einen Stein aushöhlen, daher symbolisiert es die Tiefe und Dauerhaftigkeit eurer Liebe«, erklärte er.

Nun nahm er aus dem Korb einen kleinen dornigen Zweig, dessen unteres Ende in ein feuchtes Tuch gewickelt war. Er gab ihn Ben. »Diese Rose sollt ihr pflanzen und wachsen und erblühen sehen, genau wie euer gemeinsames Leben blühen wird.«

Noch einmal griff er in den Korb und holte einen Samtbeutel heraus. Aus ihm ließ er cremefarbene Perlen in Kates Hand gleiten. Sie hielt sie staunend hoch. Es war eine Kette aus kleinen, perfekt geformten Perlen, in deren Mitte eine prächtige goldgetönte Perle in der Größe von Hock Lees Daumenspitze hing.

Er legte die Kette um ihren Hals. »Das ist mein Hochzeitsgeschenk für dich. Sie gehörte deiner Mutter.«

Ben betrachtete die schimmernden Perlen auf Kates weißer Haut. »Sie sind wunderschön, Hock Lee, und sie stehen dir, Kate. Als wär die Kette für dich gemacht«, sagte er.

Kate berührte die Perlen zärtlich. »Ich weiß nicht, was ich sagen soll. Sie sind so schön, Hock Lee.« Sie beugte sich vor und küsste ihn auf die Wange.

»Und für dich, Ben, ein gemeinsames Andenken von Kates Vater und mir.« Er reichte Ben einen goldenen Siegelring, der mit einem Goldnugget geschmückt war. »Wir konnten es nicht über uns bringen, dieses Nugget zu verkaufen. Es ist von unerheblicher Größe, aber sieh dir seine Form mal genau an.«

Ben zog den Ring über den kleinen Finger und betrachtete ihn zusammen mit Kate. »Das ist ja eine Knospe«, entfuhr es ihm.

»Eine Rosenknospe! Eine richtige Rosenknospe. Wie ungewöhnlich«, rief Kate.

»Ich werde ihn immer in Ehren halten. Vielen Dank, Hock Lee.«

Hock Lee streckte die Hand aus und legte sie wie zu einer Segnung auf ihre Köpfe. Schweigend saßen sie einen Moment lang da, alle drei dachten an Catherine und Robert MacIntyre und spürten, wie ihnen ihre Liebe und ihre guten Wünsche zuflossen.

Hock Lee erhob sich steifbeinig. »Ich werde alt, auf dem Boden herumzukriechen ist nichts mehr für meine Knie. Kommt ... es wird Zeit, zu euren Gästen zurückzukehren.«

An diesem Abend saß Gladys Butterworth im Bett, schrieb in ihr Tagebuch und berichtete, wie Kate und Ben ihre Rose nahe der Sonnenuhr eingepflanzt hatten – »nahe bei dir, lieber Harold« –, dann fügte sie eine kleine Zeichnung der Perlenkette und des Goldrings mit dem Rosenknospen-Nugget hinzu.

… es war ein fröhlicher Tag, der nur dadurch getrübt war, dass du nicht daran teilnehmen konntest, liebster Harold, aber wir spürten alle, dass du im Geiste bei uns warst, und ich dachte an dich, als wir auf unsere abwesenden Freunde anstießen. Ben und Kate sind so glücklich und so verliebt. Ich bete darum, dass in ihrem gemeinsamen Leben alles gut gehen wird …

Drei Wochen später kehrten Ben und Kate von ihrer Hochzeitsreise zurück, bezaubert von allem, was sie gesehen hatten. Bangalow hatte Kate gut gefallen, und sie hatten Freunde von Harold und Gladys kennen gelernt, Wally Simpsons kleines Häuschen gesehen, das, wie Kate sagte, zwar zugewachsen, aber reizend sei, und hatten Sid und Nettie in dem Haus besucht, in dem Ben geboren war.

Sie waren bis nach Murwillumbah gefahren und hatten sich an der Schönheit der Landschaft fern der üblichen Sehenswürdigkeiten erfreut. Sie hatten neben Wasserfällen und Flüssen gepicknickt, hatten gemächliche Tage am Strand verbracht und waren meilenweit durch herrliche Wälder gewandert.

Am meisten hatte es sie begeistert, durch den Regenwald zu streifen, der noch nicht den Holzfällern der Gegend zum Opfer gefallen war. Es gab nur noch wenige Flecken Regenwald entlang der Küste, das meiste war von Farmern abgeholzt worden wegen des nährstoffreichen Bodens, der hier über die Jahrhunderte entstanden war.

Ben und Kate hatten den Regenwald mit dem Postauto erreicht, das sie eines frühen Morgens nicht weit von ihrem Gästehaus in Lismore bestiegen. Man hatte ihnen gesagt, dass es eine lange Fahrt wäre und unterwegs Dutzende Male an Briefkästen entlang der Straße angehalten werden würde, also hatten sie einen Picknickkorb und Flaschen mit Limonade mitgenommen. Der Fahrer, Ned Clarkson, war ein jovialer, rundlicher Mann, der während des Krieges Ambulanzfahrer in Frankreich gewesen war. Sie teilten sich den großen Wagen mit drei Frauen, die alle auf dem Heimweg zu ihren am Weg gelegenen Farmen waren.

»Ihr habt Glück, dass heute ein ruhiger Tag ist«, hatte Ned gesagt, als sie ihn fragten, ob sie mitfahren könnten. »Gewöhnlich hab ich den Wagen voller Leute, die zu ihren Farmen oder in die Stadt wollen. Gibt keine bessere Straße im ganzen Bezirk, um ein Gefühl dafür zu kriegen, wie es ist, im Busch zu leben. Wird eine echte Erfahrung für euch Stadtleute sein.«

Am Ende der Straße, angrenzend an die neue Milchfarm eines Kriegskameraden von Ned, war ein Tal mit unberührtem Regenwald. Für Kate und Ben war es ein magischer Ort von unglaublicher Friedlichkeit und Schönheit. Ned ließ sie ein paar Stunden herumwandern, während er mit seinem Kumpel von der Farm schwätzte. »Muss mich hier draußen an keinen Fahrplan halten«, erklärte er.

Auf dem Rückweg sprach Kate begeistert von dem Wald und dem Tal. »Glauben Sie, dass es noch lange so unberührt bleiben wird?«

»Mag sein«, sagte Ned, »hängt von 'ner Menge Umstände ab.«

»Ich hoffe, es bleibt so, damit die Menschen sich in Zukunft genauso daran erfreuen können wie wir heute. Es ist wirklich der friedlichste Ort, an dem ich seit langer Zeit gewesen bin. Wie heißt das Tal?«

»Keine Ahnung. Glaub nicht, dass es einen Namen hat.« Eine Weile lang konzentrierte sich Ned auf das Fahren entlang der holprigen Straße über den steilen Abhängen des Tals. Dann fiel ihm plötzlich etwas ein. »He, warum geben Sie ihm nicht einen Namen, Lady?«

»Was für eine hübsche Idee«, meinte Kate. »Wie sollen wir es nennen, Ben?«

Er dachte kurz nach und sagte dann leise: »Frieden ... Friedenstal.«

»O Ben, das passt genau. Finden Sie nicht auch, Mr. Clarkson?«

»Frieden hört sich gut für mich an. Hab im Krieg Jahre damit verbracht, an Frieden zu denken. Ja, Frieden klingt sehr gut.«

Ben und Kate kehrten von der Hochzeitsreise zurück und ließen sich im Torhaus von Zanana nieder. Kate verwandelte das alte, aus Stein gebaute Haus in ein reizendes und gemütliches Heim. Der Sandstein war von süß duftendem Jasmin und Klematis überwachsen, auf dem gedrungenen Schornstein war eine Wetterfahne in Form einer Taube angebracht. Das obere Stockwerk hatte Bleiglasfenster, und in den Blumenkästen blühten Geranien. Das Haus wurde von einer großen Eiche beschattet und hatte das solide Aussehen eines englischen Gartencottages.

Als er sah, wie gut sie untergebracht und wie glücklich sie waren, verkündete Hock Lee, er werde eine längere Reise machen. Da jetzt nur noch er und seine beiden Schwestern lebten, hatte er vor, sie zurück nach China zu bringen, nach Shanghai, der Heimat ihrer Vorfahren. Die Schwestern, die ihr Leben fern ihrer Heimat und ohne Familienbande verbracht hatten, wollten ihre letzten Jahre an ihren Ursprüngen verbringen.

»Das ist für sie eine Heimkehr, wie es unserem Brauch entspricht«, erklärte er Kate am offenen Feuer in ihrem gemütlichen Wohnzimmer.

»Aber du wirst doch hierher zurückkehren, Hock Lee? Ich könnte den Gedanken nicht ertragen, dich für immer so weit von uns weg zu wissen.«

Er lächelte freundlich und betrachtete das einzige Kind seines besten Freundes mit großer Zuneigung. Er hoffte, dass Catherine und Robert in Frieden ruhten und wussten, wie vorteilhaft sich alles entwickelt hatte. »Natürlich komme ich zurück. Das hier ist meine Heimat. Als meine Eltern aus China nach Australien einwanderten, hielten sie an den alten Bräuchen fest, und ich habe das stets respektiert. Doch ich bin in Australien aufgewachsen und habe mein ganzes Leben hier verbracht. Ich bin ein Mann, der zwischen zwei Kulturen schwankte und nie in der Lage war, unauffällig in die zweite Haut der Nationalität zu schlüpfen, die er erwählt hat. Aber ich muss dankbar sein für alles, was mir beschert wurde.«

Er schwieg kurz, streckte mit einer zärtlichen Geste die Hand aus und berührte Kates Wange. »Und dazu gehörst du, liebe Kate.«

Sie drückte seine Hand an ihre Wangen und schloss die Augen, ihre zitternden Lider verbargen die aufsteigenden Tränen. Mit leiser Stimme sagte sie: »Falls ich dir das noch nicht oft genug gesagt habe, Hock Lee, ich liebe dich.«

Kurz nachdem Hock Lee und seine Schwestern nach Shanghai abgereist waren, kehrten die Dashfords von ihrem Europaurlaub zurück. Kate wartete einen Monat, bis sie sich wieder in Sydney eingelebt hatten, und traf dann eine Verabredung mit ihnen und den Buchhaltern.

Im Konferenzraum herrschte eine recht formelle Atmosphäre. Um den großen Zedernholztisch saßen die drei Buchhalter mit mehreren dicken Ordnern und Kontobüchern vor sich, dazu Hector und seine Frau und Kate und Ben.

Hector Dashford hüstelte leicht, zum Zeichen, dass sie nun beginnen sollten. »Also, womit möchtest du anfangen?«

»Ich hätte gern ein allgemeines Bild der gegenwärtigen finanziellen Lage«, erwiderte Kate. »In einfachen Worten, wenn das möglich ist. Ich habe immer noch eine Menge über den finanziellen Aspekt des Besitzes zu lernen.«

»Meinen Sie den Wert des Besitzes als Ganzes, Mrs. Johnson?«, fragte Frank Stuart-Wright, der Chefbuchhalter.

»Nein, die verfügbaren Gelder, Gewinn- und Verlustrechnungen und so weiter.«

»Nun ja ... das ist eine recht delikate Angelegenheit«, begann er, und Kate spürte, wie sich die anderen hinter dem Tisch versteiften.

»Delikat?«, fragte sie.

»Ja, das dürfte eine treffende Beschreibung sein. Am besten fange ich wohl mit den Betriebskonten bei der Bank an.«

Als er nach einem der Kontobücher griff, verließ Mrs. Dashford den Raum. »Ich sorge dafür, dass uns Tee und Sandwiches gebracht werden«, sagte sie.

Was sie dann in den folgenden Stunden erfuhren, glich einem Alptraum, der Kate und Ben völlig niederschmetterte. Nachdem die Buchhalter gegangen waren, tranken Kate, Ben und die Dashfords noch eine Tasse Tee und gingen das Ergebnis der Enthüllungen durch, die ihnen da präsentiert worden waren.

Ben meinte: »Kurz gesagt, befindet sich der Besitz in einer sehr verzweifelten Lage.«

Hector bemühte sich, die Dinge nicht gar so düster erscheinen zu lassen. »Ganz so schlimm ist es nicht, würde ich sagen. Aber hier muss mit Besonnenheit vorgegangen werden. Zunächst einmal befindet sich nur noch sehr wenig Geld auf den Betriebskonten aufgrund der großen Summen, die jahrelang für das Genesungsheim aufgewendet wurden.

Und die Einkünfte aus dem Farmbetrieb sind drastisch gesunken, was keinesfalls an der Arbeit der Verwalter liegt, muss ich gleich hinzufügen. Die Zeiten sind schwer und die Preise nicht mehr das, was sie einmal waren. Einige der Unternehmen, in die dein Vater investiert hat, haben in letzter Zeit nur noch Verluste erbracht, und der Wert ihrer Aktien ist gefallen. Einige Darlehen sind geplatzt, und eine Firma, die auf dem ländlichen Sektor tätig war, ist in Konkurs gegangen. Ein großer Schock für alle, das kann ich dir versichern.«

»Es war auch für mich alles ein großer Schock, Hector«, sagte Kate mit gepresster Stimme.

Ben griff nach ihrer Hand und drückte sie leicht. »Was muss demnach unternommen werden?«

»Nun ja, wir müssen einige der Vermögenswerte verkaufen, um das Betriebskonto aufzufüllen, oder einen höheren Überziehungskredit beantragen. Ich schlage vor, dass wir die schlecht laufenden Aktien verkaufen, um damit nicht noch mehr zu verlieren. Dann, denke ich, sollten wir dem Rat meiner Frau folgen, der von Mr. Stuart-Wright gebilligt worden ist, und einige der unergiebigeren Vermögenswerte liquidieren und in die neuen Minengesellschaften reinvestieren, die zurzeit so erfolgreich sind. Die Aussicht auf Kapitalgewinne ist sehr gut.«

Hectors Frau, die ihren Platz wieder eingenommen hatte, sagte ruhig: »Natürlich gibt es auch noch eine andere Möglichkeit. Sie könnten Zanana verkaufen und mit etwas Bescheidenerem von vorne beginnen.«

»Nein! Niemals! Zanana ist nicht zu verkaufen«, schrie Kate beinahe, dann sackte sie auf ihren Stuhl zurück. »Tut mir leid, ich fürchte, das war alles etwas viel für mich.«

»Keine Bange«, sagte Hector beruhigend, »wir werden etwas ausarbeiten und dir so bald wie möglich Bericht erstatten. Meine Frau wird sich ganz auf die Restrukturierung der Finanzsituation konzentrieren. Ihr Talent für Geschäfte und für die Hochfinanz ist außergewöhnlich.«

»Das ist sehr freundlich von Ihnen«, sagte Ben. »Wie lange wird es dauern, bis wir von Ihnen hören?«

»Das kann ich nicht genau sagen, Mr. Johnson, aber ich werde Ihrer Angelegenheit meine ungeteilte Aufmerksamkeit widmen, das kann ich Ihnen versichern«, sagte Mrs. Dashford.

Auf der Rückfahrt nach Zanana sprachen sie leise über die verheerende Entwicklung der Lage. »Meinst du, wir sollten Hock Lee davon schreiben? Es wird ihn bestimmt sehr verblüffen«, sagte Ben.

Kate dachte kurz darüber nach. »Nein, wir müssen allein damit fertig werden. Hock Lee hat genug eigene Sorgen, und außerdem würde die Post zu lange brauchen, als dass es für uns von Nutzen sein könnte.«

Den Rest des Weges fuhren sie schweigend, und als sie durch das große Eisentor in die gewundene Einfahrt einbogen, beschloss Kate, dass sie Zanana nie aufgeben würde, was auch immer passierte.

Kapitel neunzehn

Sydney 1971

Nach fünf Jahren in London packte Odette ihre Habe zusammen und kehrte nach einem langen Flug durch die Dunkelheit in eine Welt zurück, die ihr vertraut war und die doch anders geworden war. Die Jahre im Ausland hatten Odettes Wahrnehmung verändert. Dinge, die sie früher geärgert hatten, fand sie jetzt liebenswert. Sydney hatte in vieler Hinsicht den Rest der Welt eingeholt, und sie war froh, dass einige Besonderheiten erhalten geblieben waren.

Sie hielt ihren Einzug bei der *Gazette* als siegreiche Heldin – bekam ihr eigenes Büro, konnte die Artikel schreiben, die sie wollte, und man gewährte ihr Freiheit und Vertrauen in Anerkennung ihrer Verdienste. Odette mochte diese Unabhängigkeit, doch in vieler Hinsicht war es, als sei sie nie fort gewesen. Die Zeit mit Zac im Friedenstal vor fünf Jahren schien unendlich lang her zu sein. Die Wunde in ihrem Herzen war geheilt, wenn ihr auch die heitere Ruhe des Tals in besonders hektischen Augenblicken oft in den Sinn gekommen war – am Trafalgar Square, einmal an der Fontana di Trevi in Rom, im Stau auf dem Santa Monica Freeway. Warum waren alle immer in Eile und nahmen sich nicht die Zeit, stehen zu bleiben, mit anderen Menschen zu reden, tief durchzuatmen und zum Himmel hinaufzublicken?

Sie beschloss, sich als Erstes um das Schicksal Zananas zu kümmern. Als sie nach dem Hörer griff, um Mrs. Bramble anzurufen, spürte sie die vertraute Erregung, die sie stets überkam, wenn sie eine herausfordernde Geschichte witterte.

Mrs. Bramble reagierte zurückhaltend auf Odettes Vorschlag, sie zu besuchen. »Ich möchte meinen Sohn nicht in Schwierigkeiten bringen. Er arbeitet in der Stadtverwaltung und war derjenige, der herausgefunden hat, was da vorgeht«, erklärte sie Odette.

»Dann kommen Sie doch in die Stadt zu mir in die Redaktion, und wir reden hier oder gehen einen Kaffee trinken – was halten Sie davon?«

Mrs. Bramble wartete nervös auf Odette am Empfang im fünften Stock der Australischen Zeitungsgesellschaft. Als sie Odette mit wippenden Locken und einem breiten Lächeln den Flur entlangeilen sah, entspannte sich Mrs. Bramble. »Du hast dich nicht verändert, seit du ein kleines Mädchen warst, Odette. Ich habe dich oft beobachtet, wie du mit deinen fliegenden Locken die Straße hinaufgerannt bist. Ach, wie stolz deine Mum und dein Dad jetzt auf dich wären.«

Sie gingen in ein kleines italienisches Café in der Rowe Street, und Mrs. Bramble war fasziniert von der zischenden Espressomaschine und dem exotischen Kuchenangebot. Vom Einfluss der vielen neuen Einwanderer war in Kincaid nicht viel zu spüren.

Nachdem sie ihren schaumigen Cappuccino und die honigsüßen Halvastückchen vor sich hatten, erzählte Mrs. Bramble, was sie wusste.

»Mein Sohn arbeitet in der Planungskommission der Stadtverwaltung, und da er aus Kincaid stammt, spitzte er die Ohren, als Zanana erwähnt wurde. Es liegt ein Antrag einer großen Baufirma vor, Zanana als Bauland freizugeben und Häuserblöcke darauf zu errichten bis hinab zum Flussufer. Kein Uferstreifen für die Vögel, nicht mal ein kleiner Park für uns Anwohner. Viele von uns sind besorgt, dass sie alles einebnen werden, einschließlich der alten Bäume und der Gärten. Es sah immer so hübsch aus vom Wasser, ich kann mir vorstellen, wie schön das Grundstück sein muss, und es wäre furchtbar schade, das alles zu verlieren, Odette. Es ist ein Teil unseres Lebens, und es liegt uns sehr am Herzen.«

»Mir auch«, murmelte Odette.

»Ich denke, wir Anwohner haben es immer als eine Selbstverständlichkeit betrachtet, wie so vieles andere. Zanana gehört zu unserer Lokalgeschichte, und obwohl die meisten von uns das Grundstück nie betreten haben, hängen wir doch daran. Der Gedanke, dass alles abgerissen wird und dafür hässliche, billige Wohnblocks errichtet werden, hat uns ganz schön zornig gemacht, das kann ich dir sagen.«

»Das ist sehr interessant, Mrs. Bramble. Heutzutage stellen nur wenige Leute Fragen, wenn alte Häuser abgerissen werden. Das wird als Fortschritt bezeichnet. Haben Sie etwas gegen den Fortschritt?«

»Na ja, wir brauchen zweifellos mehr Wohnungen bei all diesen Zuwanderern, und viele Menschen bekommen dadurch Arbeit. Aber einige von uns haben neulich beim Tee darüber gesprochen, dass es doch nicht notwendig ist, alles abzureißen. Und genau das scheint zu passieren – alles wird abgerissen ... und Zanana ist einfach zu schön, um von den Bulldozern niedergewalzt zu werden.«

Odette nahm einen Schluck von ihrem Kaffee. »Also, mal abgesehen von diesen nostalgischen Beweggründen, hier geht es doch zunächst einmal darum, dass Bauspekulanten klammheimlich einen Teil des historischen Sydney parzellieren und geschichtsträchtige Bauten niederreißen wollen. Könnte Ihr Sohn mir Kopien der Pläne besorgen? Und den Namen des Bauunternehmens herausfinden?«

Mrs. Bramble sah besorgt aus. »Ich will ihn nicht in Schwierigkeiten bringen. Ich werde ihm sagen, er soll dich abends nach der Arbeit anrufen. Gib mir deine Privatnummer. Wir würden wirklich alles begrüßen, was du für uns tun kannst, Odette. Zu viel Altes wird niedergerissen, um Platz für Modernes zu schaffen. Wir müssen einiges von dem Alten bewahren. Daher haben wir eine Bürgerinitiative gegründet. Wir wollen Zanana retten.«

Odette holte Mrs. Metcalfs Meinung zu der Geschichte ein. »Ich glaube, das könnte einen guten Artikel geben. Ich versuche, objektiv zu bleiben, aber ich muss zugeben, dass Zanana für mich etwas Besonderes ist. Ein kurzes Zwischenspiel in meiner Kindheit, das großen Eindruck auf mich gemacht hat.«

»Dann werden Sie bestimmt mit großer Leidenschaft und Anteilnahme darüber schreiben. Aber seien Sie vorsichtig mit diesen Bauspekulanten, das muss sehr sorgfältig recherchiert werden. Ich weiß nicht, wie groß das Interesse an Geschichte und Tradition wirklich ist, obwohl es Anzeichen dafür gibt, dass es in Mode kommt.«

Odette nahm sich als Erstes die Bibliothek von Kincaid vor und fand Zeitungsausschnitte, die bis zurück zur Jahrhundertwende reichten, Unterlagen und Feuilletonartikel über die MacIntyre-Familie und den »australischen Mandarin« Hock Lee. Sie vertiefte sich in die Blütezeit von Zanana, die Berichte über die Feste und die Geschäftsinteressen dieses seltsamen Paares – des chinesischen Barons und des schottischen Philanthropen.

Sie betrachtete vergilbte Zeitungsfotos von Robert und Catherine MacIntyre mit einer Eindringlichkeit, als handele es sich um wiedergefundene Verwandte. Alles war genauso hinreißend und fabelhaft, wie sie es sich vorgestellt hatte. Was war schief gegangen? Was war mit der Familie geschehen? Wo war das MacIntyre-Vermögen geblieben?

Mehrere Abende lang saß sie in der Bibliothek und blätterte alte Zeitungsordner durch. Aus der Zeit des Ersten Weltkriegs gab es viele Berichte über Soldaten aus Kincaid, über traurige Verluste und mutige Taten. Dann fiel ihr ein Foto ins Auge, als sie die Seiten umblätterte. Es war der chinesische Gentleman im Zentrum einer Gruppe, der ihre Aufmerksamkeit erregte. Die Bildunterschrift lautete: »Der Sydneyer Geschäftsmann Hock Lee, begleitet von Miss Kate MacIntyre und Mrs. Gladys Butterworth aus Zanana, heißen unseren Kriegshelden Mr. Hector Dashford am Bahnhof von Kincaid willkommen.« Das Foto war mitten in der zur Begrüßung der Heimkehrer zusammengeströmten Menge aufgenommen worden, und die Gruppe, bis auf den strahlend lächelnden Hector Dashford, sah ein wenig überrascht in die Linse des Fotografen. Odette notierte sich die Namen Dashford und Butterworth.

Bald trafen dicke Pakete mit Papieren, Zeitungsausschnitten und gut recherchierten Unterlagen von der »Rettet Zanana«-Initiative auf Odettes Schreibtisch ein. Es schien, als habe sich die ursprüngliche Besorgnis einer Hand voll Leute wie ein Buschfeuer ausgebreitet, und der Unmut war allgemeinem Zorn gewichen. Zumindest in Kincaid.

Mrs. Brambles Sohn durchforschte die Kommunalsteuerunterlagen und entdeckte, dass sich Zanana im Besitz einer Scheinfirma befand und sämtliche Korrespondenz an ein Postfach in der Stadt ging. Die Steuern wurden immer pünktlich bezahlt. Er gab ihr auch den Namen des Bauunternehmens durch sowie den des zuständigen Architekten.

Odette arbeitete sich langsam durch die Papierberge hindurch, und allmählich nahm das Bild von Zanana in seiner Blütezeit Formen an, wie bei einem Puzzle. Sie erkannte, dass es einmal so etwas wie ein großes altenglisches Landgut gewesen sein musste, mit ertragreichen Obstgärten, einer Gärtnerei und einer Molkerei. Und sie entdeckte menschliche Züge in den Berichten über Dinnerpartys mit dem Generalgouverneur und Catherines jährliche Veranstaltungen für Waisenkinder. In seriösen Zeitungen brachten Experten Beweise für die architektonische Bedeutsamkeit des Hauses und der Außengebäude vor, für die Einmaligkeit der Gärten, der Grotte und des versunkenen Gartens mit dem Schwimmbecken und den Badepavillons.

Es war alles faszinierend zu lesen, aber Odette fragte sich doch, wie viel das alles dazu beitragen konnte, die Umwandlung in Bauland aufzuhalten. Der Besitzer und das große Geld würden vermutlich die lautere Stimme haben. Solche Proteste hatten nach Odettes Erfahrung wenig Chancen. Doch ihr Instinkt als Reporterin, einer guten Geschichte auf der Spur zu sein, veranlasste sie, weiter in den Akten zu wühlen und sich Notizen zu machen.

Eine hübsche kleine Abhandlung der Gartenbau- und Gärtnereigesellschaft von Kincaid, verfasst in Zusammenarbeit mit dem Rosenzüchterverein, verbreitete sich in fast lyrischer Weise über den Rosengarten von Zanana und die Notwendigkeit, ihn zu erhalten. Verschiedene der seltenen alten Rosenstöcke blühten immer noch und bildeten eine konkurrenzlose Sammlung, die auf die frühesten Tage des Jahrhunderts zurückging. Diese Rosen waren Teil eines großartigen, intakten edwardianischen Gartens, der auf jeden Fall gerettet werden sollte, wenn auch alles andere verloren ging. Ein örtlicher Angelclub wies zusammen mit einer Gruppe von Vogelliebhabern in beredsamer Weise darauf hin, dass unbedingt die Mangroven erhalten bleiben müssten, die das Flussufer säumten.

Es schien, als sei Kincaid aus einem langen Schlaf erwacht. Die Leute hatten etwas gefunden, um das es sich zu kämpfen lohnte.

Odette war wieder bei Elaine eingezogen und schob das Vorhaben hinaus, sich etwas Eigenes zu suchen. Außerdem war Elaine für sie wie eine große Schwester. Eines Morgens saß Odette in der Frühstücksecke und aß ihren Toast, während sie weitere Dokumente über Zanana durchlas, die aus dem Archiv der Stadtverwaltung stammten.

»Du bist ja allmählich ganz besessen von dieser Geschichte«, gähnte Elaine und hob die Teekanne an, um zu sehen, ob Odette sie wie gewöhnlich leer getrunken hatte. Sie hatte. Elaine füllte den Wasserkessel. »Hast du schon die Morgenzeitung gesehen?«

»Nein. Ich werde sie im Büro lesen. Man nennt das Recherche, nach guten Stoffen suchen. Außerdem hattest du die Zeitung.« Odette stopfte sich das letzte Stück von ihrem Toast in den Mund.

»Dein Freund Zac nimmt den größten Teil des Feuilletons im heutigen *Daily Telegraph* ein. Offenbar ist er groß rausgekommen.«

Odette schaute auf, mit noch halb vollem Mund. »Was?«

»Ist er in einem Film aufgetreten? Einer Dokumentation über das Friedenstal?«

»Ja, ist er ... aber das ist ewig her. Er dachte, das Projekt sei gestorben. Was ist passiert?«

Elaine lächelte, als sie die Zeitung von der Bank nahm. Diese Nachricht hatte Odettes Aufmerksamkeit wieder auf die Gegenwart gelenkt. »Scheinbar sind alle ganz wild auf ihn und seine Musik, seit der Film in Amerika gelaufen ist.«

Sie schlug die Seite drei der Zeitung auf, mit Zacs Foto unter der Schlagzeile in Balkenlettern: AUSTRALISCHER TROUBADOUR EIN WELTHIT.

»Lass mich sehen! Lass mich das sehen!«

Elaine wedelte mit der Zeitung über dem Tisch, und

Odette schnappte danach, um rasch den Artikel zu lesen. »Sie nennen ihn einen Dichterphilosophen, dessen Botschaft und dessen Musik bald Millionen erreichen werden. Guter Gott!«

»Wo ist Zac?«, fragte Elaine anzüglich.

»Ich weiß es nicht. Das weiß ich nie«, seufzte Odette. »Wir sind sporadisch in Verbindung geblieben, während ich fort war. Er könnte überall sein.«

Elaine stellte den Kessel ab und setzte sich Odette gegenüber. »Würde er dir nicht erzählen, wenn so was passiert oder wenn er ans andere Ende der Welt fliegen würde?«

»Nein«, sagte Odette nur.

Elaine schüttelte den Kopf. »Ich will ja nicht neugierig sein, aber das scheint mir eine ziemlich merkwürdige Geschichte zu sein zwischen dir und diesem Kerl. Ich dachte, er sei die Liebe deines Lebens.«

»Ach, Elaine, das ist schwer zu erklären. Er war meine erste und einzige wirkliche Liebe – körperlich, gefühlsmäßig und geistig. Ich habe so viel von ihm gelernt. Er ist ein außergewöhnlicher Mensch, ganz außergewöhnlich. Aber er wird sich nie den Erwartungen anpassen, die von der Gesellschaft, den Frauen, den so genannten Normen diktiert werden. Deswegen bin ich weggegangen.«

»Klingt so, als würde er seinen eigenen Weg gehen wollen. Oder nach seinen eigenen Regeln leben.«

»Aber nicht auf selbstsüchtige Weise. Er ist ein freier Geist, und das ist eines der Dinge, die ich an ihm liebe – seine Zigeunerseele. Ich glaube, wenn ich ständig mit ihm zusammen wäre, würde der Zauber verfliegen.«

»Auf was bist du dann aus? Im Moment schwimmst du obenauf, weil du einen interessanten Job und deine Freiheit hast. Aber was kommt dann? Denkst du nie an Kinder, an eine Familie, daran, etwas tief Schürfendes und Bedeutungsvolles zu schreiben?«

Odette faltete die Zeitung zusammen, schob den Stuhl zurück und trug Teller und Tasse zur Spüle. »Das ist zu tiefsinnig fürs Frühstück. Ich nehm's, wie es kommt, einen Tag nach dem anderen.«

»Ich wette, das ist Zacs Philosophie.«

Odette antwortete nicht und stapfte unter die Dusche. Sie konnte nicht beschreiben, was sie mit Zac verband.

Später, als sie im Büro war, ging sie hinunter in die Nachrichtenredaktion, um ein paar Nachforschungen wegen des Artikels über Zac anzustellen. Er war über den Ticker gekommen, und es hatte keine Zitate von Zac gegeben. Das Foto war ein Standbild aus dem Film. Odette war instinktiv davon überzeugt, dass Zac noch im Friedenstal war und keine Ahnung davon hatte, welchen Eindruck der Film – und er – gemacht hatten.

»Ich kenne den Jungen ziemlich gut. Wollt ihr eine Geschichte über ihn? Ich glaube, er ist immer noch da oben im Norden. Ich fliege rauf und telefoniere sie euch morgen durch«, schlug sie dem Nachrichtenredakteur des *Daily Telegraph* vor. »Für die *Gazette*, die ja nur wöchentlich erscheint, käme sie nicht mehr rechtzeitig. Gut, dass wir zur selben Zeitungsgruppe gehören. Jeder wird ihm auf den Fersen sein, aber ich glaube, ich weiß, wo er ist und dass er von all dem noch keine Ahnung hat.«

»Verdammt, Odette, hast du einen geheimen Draht zu allen Sensationsnachrichten?«, spöttelte der Nachrichtenredakteur, fügte aber rasch hinzu: »Gut. Wenn die *Gazette* einverstanden ist, dann lass es uns machen. Kümmere dich nicht erst um einen Fotografen, wir benutzen das Bild hier.«

Widerwillig stimmte die *Gazette* zu, dass Odette zum Friedenstal flog und für den *Daily Telegraph* einen Artikel über Zac schrieb.

Als sie aus dem Flugzeug auf den cremeweißen Küstenstreifen von New South Wales hinunterschaute, bekam sie plötzlich Zweifel – was, wenn sie vergeblich hinter Zac herjagte? Er könnte längst drüben in England oder Amerika sein und sich vom Fernsehen und von Schallplattenfirmen feiern lassen. Aber das hätte er ihr gesagt, führte sie an. Nicht unbedingt, antwortete sie sich selbst. Zac folgte seinem eigenen Plan – er war nicht an Publicity interessiert.

Sie bestieg ein Taxi und ließ sich zum Friedenstal fahren. Das Tal lag so ruhig und friedlich in der Vormittagssonne wie immer. Zwei Männer, die Bananen abschnitten, unterbrachen ihre Arbeit und sahen dem Taxi nach, das über den ausgefahrenen Pfad zu Zacs Haus holperte.

Als sie um eine Biegung kamen, entdeckte Odette Ruth Rawlings, die mit einem kleinen Mädchen an der Hand neben dem Pfad herging.

»Halten Sie bitte an, ich möchte mit der Frau da sprechen.«

Odette rief Ruths Namen. Sie umarmten sich, und Odette fragte atemlos: »Ist Zac immer noch hier im Tal?«

»Ja, er ist hier. Ist was passiert? Es ist so schön, dich wiederzusehen. Wie war's im Ausland?«

»Wunderbar. Ich bring nur meine Sachen rasch zu Zac. Wir sehn uns später, dann erzähl ich dir alles.«

»Ich bin im Studio beim Kunstunterricht der Kinder«, rief ihr Ruth nach, als Odette wieder ins Taxi stieg. »He, was bringt dich hierher zurück? Die Liebe oder ein Artikel?«

»Beides«, erwiderte Odette aus dem fahrenden Wagen.

Sie ging die Treppe hinauf zur Veranda, rief: »Zac?«, und betrat das geräumige Wohnzimmer.

»Ich bin hier, Odette«, kam Zacs ruhige Antwort.

Sie ließ ihre Reisetasche fallen und eilte ins Schlafzimmer.

»Zac? Du wusstest, dass ich es bin?«

Er saß auf dem Fußboden, Kleidungsstücke, Notenblätter und Bücher lagen um ihn herum verstreut. Er packte. »Ich habe ein Auto gehört und aus dem Fenster gesehen.« Er faltete einen Pullover zusammen und stopfte ihn in seinen Seesack. »Komm und gib mir einen Kuss, kleiner Vogel. Es ist lange her.«

Odette seufzte. Sie hatte ihr Verlangen überwunden, der einzige Mensch in seinem Leben zu sein, aber hätte er nicht zur Tür laufen, sie umarmen und begrüßen können? »Du weißt also, was los ist?«

»Was soll los sein?« Sie setzte sich neben ihn, umschlang ihre Knie, und er beugte sich zu ihr und küsste sie auf die Nasenspitze.

»Das weißt du sehr gut. Wohin fährst du?«

»Zunächst nach England. Zu Plattenaufnahmen. Dann ist die Rede von einer Amerikatournee, zuerst durch die Universitätsstädte.«

Odette schüttelte verwundert den Kopf. »Du redest sogar schon wie eine Berühmtheit. Wie kannst du hier so ruhig sitzen – ausgerechnet hier – und davon sprechen, Plattenaufnahmen zu machen, Konzerte zu geben und ein Star zu sein?«

Zac legte das Hemd weg, das er gerade zusammenfaltete, griff nach Odettes Händen und sah ihr tief in die Augen. Jetzt war nichts mehr von Gleichgültigkeit zu merken. »Weil ich dir schon vom ersten Augenblick an gesagt habe, Odette, dass meine Musik mich weit weg tragen würde, um den Menschen zu helfen. Das ist ein weiterer Grund, warum wir nicht zusammen sein können.«

»Du willst die Welt mit einem Lied ändern, Zac, und ich glaube nicht, dass du das kannst.«

»Aber manchmal, für einen kurzen Moment, kann man den Menschen Freude und Hoffnung geben. Und wenn sie die Erinnerung an diesen Moment mitnehmen und versuchen – sei es nur für Minuten –, weitere solche Momente zu schaffen, in denen Menschen positive Gedanken haben, das Gute im anderen sehen und ihr Leben und die Welt um sie herum verändern wollen, dann verbinden sich all diese einzelnen Momente. Sie werden zu einer unsichtbaren Kette, die die Menschen verbindet und zusammenhält, egal wer wir sind. Dann ist das Hilfe und Heilung.«

Er hielt immer noch Odettes Hände. »Ich habe mich nicht verändert, dies ist meine Bestimmung, ich wusste, dass es geschehen würde, also bin ich nicht überrascht. Ich werde reisen und singen und versuchen, die Menschen zu erreichen, wo immer ich bin. Ich habe schon immer versucht, dir das klar zu machen, kleiner Vogel. Ich kann nicht einem einzigen Menschen gehören, nicht an einem einzigen Ort bleiben.«

Odettes Augen füllten sich mit Tränen. Eine große Traurigkeit stieg in ihr hoch, aber auch die Erkenntnis, dass sie immer gewusst hatte, dieser Tag würde kommen. Sie lehnte sich an ihn und verbarg ihr Gesicht in seiner Halsbeuge. Mit gedämpfter Stimme murmelte sie: »Ich weiß, Zac. Ich hab's wohl schon immer gewusst, aber wir Mädchen wollen nun mal die Hoffnung nicht aufgeben, dass wir den Mann, den wir lieben, ändern können.«

Sie hob den Kopf und lächelte wehmütig. »Es mag vielleicht kitschig klingen, aber ich fühle mich geehrt, weil du mir einen Teil deiner selbst geschenkt hast, weil du mir gezeigt hast, was Liebe sein kann, und mich so viel gelehrt hast. Ich habe das Gefühl, dass dir langsam Flügel gewachsen sind und du nun davonfliegen wirst, hoch hinauf und frei. Ich muss dich gehen lassen und froh über das sein, was wir zusammen hatten und was mir immer bleiben wird.«

Er wischte ihre Tränen mit dem Finger weg. »Wenn ich dir so viel Verständnis vermitteln konnte, dann bin ich froh. Du weißt, dass du in meinem Herzen immer bei mir sein wirst, Odette.«

Sie nickte und fühlte sich, als sei ein großes Gewicht von ihr genommen worden. Es war, als würde sie von einer Sehnsucht befreit, die unerfüllbar war, so als könnte sie sich nun dem Leben zuwenden, offen für alles, was auf sie zukam.

Sie fuhr sich mit den Händen durch die wirren Locken. »Nun gut, ich bin nicht nur hergekommen, um mich an deiner Schulter auszuweinen. Ich bin gekommen, um einen Artikel über Australiens Geschenk an die Welt zu schreiben – über dich.«

Er lachte. »Ganz die eifrige kleine Reporterin!« Er wusste, dass sie trotz ihres leichtherzigen Tons innerlich immer noch traurig war. Aber das würde sich bald geben. Er küsste ihre Handfläche. »Nein, du bist gekommen, damit wir einander freigeben können.« Er schloss ihre Finger über dem Kuss und zog sie sanft hoch. »Komm, lass uns die anderen suchen und für heute Abend ein Fest organisieren. Um uns und die Zukunft zu feiern.«

An diesem Abend versammelten sich alle um das große Lagerfeuer, das sie mit seiner Wärme und seinem Licht umgab, und tauschten Gedanken und Träume aus in dem Bewusstsein, dass sie die Freundschaft, die sie in dieser Nacht verband, niemals vergessen würden.

Als es spät wurde und das Feuer herunterbrannte, bat Zac sie alle, sich an den Händen zu fassen. Er nahm seine Gitarre und sagte nur: »Das ist mein Geschenk an dich, Odette.« Dann sang er das Lied, das er für sie geschrieben hatte – »Ohne Liebe«. Er sang mit geschlossenen Augen und voller Leidenschaft, und die Antwort auf alle Fragen, alle Probleme der Menschen und der Welt wurden auf einen einfachen Nenner gebracht – dass es ohne Liebe, zu den Menschen und zu dieser Welt, keine Hoffnung gab.

Der Artikel, den Odette schrieb, erläuterte Zacs Ansichten über verschiedene Themen, von der Notwendigkeit, sorgsam mit unserer Umwelt umzugehen, über die Verständigung zwischen den Kulturen bis hin zur Sicherung unserer Zukunft. »Diese Dinge mögen heute als nebensächlich betrachtet werden, aber in zwanzig Jahren werden sie von großer Bedeutung sein«, wurde er am Ende des Artikels zitiert. Der zuständige Redakteur hatte als Titel STIMME IN DER WILDNIS ODER STIMME DER ZUKUNFT? gewählt.

»Scheint ein ziemlicher Idealist zu sein, aber was er sagt, ergibt einen Sinn«, bemerkte der Nachrichtenredakteur grummelnd. »Guter Artikel.«

Odette vertiefte sich wieder in die Geschichte von Zanana. Irgendwie kam es ihr jetzt dringlicher vor, wichtiger – sie ging mit mehr Leidenschaft an die Sache heran. Und sie wusste auch, warum. Zanana zu retten unterschied sich wenig von der Rettung des Regenwaldes. Zac und sie teilten dieselbe Leidenschaft.

Bei Hacienda Homes, der Baugesellschaft, stellte man sich stur, also beschloss sie, sich an den beratenden Architekten zu wenden, einen Mr. Eden Davenport. Er rief sie zurück und schien auf ihre Anfrage weder misstrauisch noch beunruhigt zu reagieren. Er hatte eine freundliche, angenehme Stimme. Ein wenig verunsichert suchte Odette nach einem plausiblen Grund, warum die *Women's Gazette* an seinen Plänen für Zanana interessiert war.

»Ich arbeite an einem historischen Artikel über große alte Villen, und soweit ich informiert bin, kennen Sie Zanana recht gut und arbeiten momentan an gewissen Entwürfen?« Sie ließ die Frage in der Luft hängen.

Am anderen Ende entstand eine kurze Pause. »Ich bin nicht sicher, ob die Firma, für die ich arbeite, die Pläne in diesem Stadium schon an die Öffentlichkeit bringen will«, erwiderte er vorsichtig.

Odette wusste, dass sie im Spiel war. »Garantiert nicht«, dachte sie ärgerlich, fragte aber mit freundlicher Stimme: »Handelt es sich um eine Renovierung des Hauses?«

»Meine Pläne betreffen das Grundstück, nicht das Haus. Soviel ich weiß, ist es in gutem Zustand und gehört nicht zum Gesamtkonzept.«

»Sie haben es sich nicht angesehen?«

»Äh ... nein, ich habe nach Plänen und Zeichnungen gearbeitet.«

Odette hätte ihn am liebsten angeschrien, fragte aber ruhig: »Könnten Sie mir etwas über das Konzept erzählen?«

»Hören Sie, Miss Barber, ich weiß nicht, ob ich berechtigt bin, mit Ihnen darüber zu sprechen. Hacienda hat eine Abteilung für Öffentlichkeitsarbeit, vielleicht sollten Sie sich mit der in Verbindung setzen.«

»Verstehe.« Sie machte sich Notizen, wusste aber bereits, dass die Firma nichts preisgeben würde.

Odette war klar, dass sie so nicht weiterkam. »Lassen Sie mich ganz offen mit Ihnen sein, Mr. Davenport. Wussten Sie, dass es eine Bürgerinitiative gibt, die gegen die Umwandlung von Zanana in Bauland protestiert?«

Er klang vollkommen überrascht. »Nein, das wusste ich nicht. Welche Einwände haben sie dagegen?«

»Zahlreiche. Vor allem aber wollen sie nicht, dass ein historisches und wunderschönes Wahrzeichen zerstört und der Besitz mit billigen Sozialwohnungsblöcken bebaut wird«, erwiderte sie rasch.

»Ach, Blödsinn! Das denken die also? Hören Sie, das ist doch die alte Geschichte. Konservative, altmodische Weltverbesserer protestieren doch immer gegen jede Art von Veränderung. Wie kann man etwas verdammen, was man nicht gesehen hat? Das ist doch lächerlich.«

»Lächerlich?«, fragte Odette mit deutlich hörbarer Skepsis.

»Entschuldigen Sie, Miss Barber, ich weiß nicht, hinter was für einer Geschichte Sie her sind, aber ich kann Ihnen nicht helfen. Ich arbeite für alle möglichen Kunden und Firmen aufgrund von allgemeinen Angaben. Die Kunden kennen meinen Stil und engagieren mich auf dieser Basis. Wenn die Anwohner von Kincaid Einwände gegen Veränderungen in Zanana haben, sagen Sie ihnen, sie sollen sich an den Stadtrat wenden, an Hacienda Homes oder die Besitzer. Meine Arbeit ist so gut wie abgeschlossen. Guten Tag.«

Die Leitung war tot, und Odette legte den Hörer auf. Seine Tirade hatte mehr Fragen aufgeworfen, als beantwortet worden waren. Sie beschloss, dass es Zeit war, ein paar Nachforschungen bei der Stadtverwaltung von Kincaid anzustellen. Statt sich am Telefon mit Ausreden abspeisen zu lassen, fuhr sie selbst dorthin.

Sie bat darum, mit jemandem vom Baudezernat sprechen zu können. Dabei lächelte sie die junge Dame am Informationsschalter freundlich an. »Jemand, der Geduld hat und mir die Dinge so erklären kann, dass ich sie verstehe«, sagte sie.

Die Frau verdrehte die Augen und forderte sie auf zu warten. Sie hielt Odette für eine von diesen dämlichen Weibern, die keine Ahnung von Planungsvorgängen und Bebauungsanträgen haben. Die Leute marschierten hier einfach so rein, als würden Baugenehmigungen wie Konfetti in der Gegend verstreut.

»Mr. O'Toole, der alte Knacker, soll er sich doch mit dieser jungen Frau rumärgern«, dachte sie mit einem hämischen Grinsen.

Der wohlbeleibte Beamte führte Odette zu seinem Büro.

Während sie den Korridor entlanggingen, in dem ernste Fotos ehemaliger Bürgermeister aufgehängt waren, empfand Odette Mitleid mit dem alten Mann. Er war klein und ein bisschen krumm, sein verknittertes weißes Hemd hing ihm teilweise aus der Hose, die vor Alter glänzte. Genau wie die Hose würde er wohl bald ausgemustert werden und in Pension gehen. Dazu trug er altmodische Hosenträger und einen abgewetzten Ledergürtel.

Mr. O'Tooles Büro passte zu dem Mann. Es war klein und schlecht beleuchtet, voll gestellt mit Aktenschränken und überhäuft mit aufgerollten Karten und Plänen. Sein Schreibtisch lief fast über. Aber als sie sich unterhielten, fand Odette in dem alten Mann eine warmherzige Persönlichkeit mit einem Schuss irischem Humor.

Sie verstanden sich auf Anhieb, plauderten über die Unbequemlichkeit von Behördenbüros und Redaktionsräumen. Dann begann ihm Odette vorsichtig auf den Zahn zu fühlen. Sie hoffte, nicht nur Informationen zu bekommen, sondern auch Mr. O'Tooles Gerechtigkeitssinn anzusprechen.

»Prächtig, dieses Zanana. Hab ein paar Leute gekannt, die früher da gearbeitet haben. Phantastischer Rosengarten. Bin selbst so was wie ein Rosenliebhaber«, vertraute er ihr an. »Schade, dass das alles verschlossen und vernachlässigt ist. Die Rosen bräuchten dringend Pflege.«

»Wäre doch schrecklich, das alles zu verlieren – es abzureißen, die Gärten einzuebenen und so, nicht wahr?«, sagte Odette.

Mr. O'Toole zupfte sich schockiert an seinem silbrigen Schnurrbart. »Mein liebes Kind, so was dürfen Sie nicht mal denken. Das wird man bestimmt nicht zulassen. Zanana ist ein Juwel, eine echte Kostbarkeit.«

»Aber dem Stadtrat liegen Anträge vor, Mr. O'Toole, die genau das bezwecken. Hacienda Homes will das ganze Grundstück parzellieren.«

»Es ist aber nicht verkauft worden, nicht wahr? Dem

Stadtrat liegt nur ein Antrag zur Umwandlung in Bauland vor. Ich glaube nicht, dass das Bauunternehmen seine Baupläne bisher veröffentlicht hat. Das ist auch nicht nötig. Natürlich ist Parzellierung die einzige Möglichkeit für den Bauunternehmer. Sehr zu bedauern, wirklich, aber es finden jetzt so viele Veränderungen statt. Die kann man nicht aufhalten, wissen Sie. Man kann nur hoffen, dass der Stadtrat darauf bestehen wird, einen Teil von Zananas außergewöhnlicher Schönheit zu erhalten.«

»Ihre Hoffnung in Ehren, Mr. O'Toole, aber es gibt wohl kaum Grund für solchen Optimismus, oder?«

»Nun ja, der Stadtrat muss die Meinung der Bürger genauso berücksichtigen wie die Pläne der Bauunternehmer, und die Leute hier sind wirklich zum Kampf bereit. Hab noch nie so was erlebt. Eine gute Sache«, begeisterte sich der alte Beamte.

Da sie das Gefühl hatte, einen wichtigen Verbündeten gefunden zu haben, hakte Odette nach, um diese Verbindung zu festigen. »Es wäre wunderbar, wenn Sie etwas beisteuern könnten, damit sichergestellt wird, dass das Richtige geschieht.«

Der alte Beamte machte sich mit den Unterlagen auf seinem Schreibtisch zu schaffen und bedachte Odettes Bitte. Er hatte dreißig Jahre damit verbracht, Papiere herumzuschieben, deren äußerst langweiliger Inhalt mit der Verwaltung einer Kommune zu tun hatte, in der nie etwas von Bedeutung geschehen war. Jetzt zog ihn eine Reporterin von einer der großen überregionalen Zeitungen ins Vertrauen. Kincaid würde Schlagzeilen machen. Es passierte tatsächlich mal etwas in Kincaid, und er hatte die Chance, dabei eine wichtige Rolle zu spielen.

Odette beobachtete ihn, sagte aber nichts.

Er gab das Herumkramen in seinen Unterlagen auf, verschränkte die Hände auf dem Schreibtisch, beugte sich vor, sah ihr in die Augen ... und zwinkerte. »Sie können auf mich zählen, meine Liebe.« Mr. O'Toole senkte verschwörerisch die Stimme. »Ich werde ein bisschen herumschnüffeln und sehen, was ich herauskriegen kann. Ich meine mich zu erinnern, dass Hacienda Homes vor ein paar Jahren in eine unsaubere Angelegenheit verwickelt war. Ich werde mir die Unterlagen vornehmen.«

Odette schüttelte seine Hand. »Wunderbar. Übrigens, Sie sagten, Sie hätten einige Leute gekannt, die auf dem Besitz gearbeitet haben – wer sind diese Leute, leben sie noch? Da gab es früher einen Verwalter, aber der scheint weggezogen zu sein.«

»Davon weiß ich nichts. Ein Freund meines Vaters hat dort eine Weile gewohnt, bevor das Haus geschlossen wurde. Es war einige Jahre lang ein Genesungsheim für Kriegsveteranen.«

»Ja, das weiß ich. Ich habe vor vielen Jahren einen der Veteranen kennen gelernt. Lebt der Freund Ihres Vaters noch? Hat er noch Verbindung zu anderen Veteranen?«

»Mein Vater ist gestorben, aber George lebt immer noch. Ich werde ihn fragen, woran er sich erinnert. Und in der Zwischenzeit werde ich versuchen, so viel wie möglich über Hacienda Homes herauszufinden.«

Odette dankte ihm und ging. Jetzt hatte sie zwei Spitzel in der Stadtverwaltung – Mr. O'Toole und Mrs. Brambles Sohn. Den beiden würde es doch sicherlich gelingen, an irgendwelche Informationen heranzukommen.

Ein paar Tage später klingelte ihr Telefon. »Odette, hier ist jemand am Empfang, der Sie sprechen möchte.«

»Wer ist es?«

»Er will seinen Namen nicht nennen.« Die junge Frau am Empfang lächelte den Besucher offenbar an, denn ihre Stimme klang ein wenig kokett.

Odette ging den Flur hinunter und war verblüfft, einen

Fremden am Empfang stehen zu sehen. Er dankte der jungen Frau und kam mit einem zurückhaltenden Lächeln und ausgestreckter Hand auf Odette zu.

Er war Anfang dreißig, groß, gutaussehend, hatte ein frisches, offenes Gesicht, hellbraunes Haar, gebräunte Haut und klare, haselnussfarbene Augen. Gekleidet war er in eine gut geschnittene beigefarbene Hose, ein weißes Hemd und ein dunkelbraunes Jackett mit schwachen olivfarbenen Streifen. Er wirkte tüchtig, freundlich und unbefangen.

»Ich bin Odette Barber. Entschuldigen Sie, aber kennen wir uns?« Sie schüttelte seine Hand.

»Eigentlich nicht. Zumindest nicht persönlich. Ich bin Eden Davenport. Ich habe der Dame am Empfang nicht gesagt, wer ich bin, weil ich befürchtete, dass Sie dann nicht mit mir sprechen wollten.« Er grinste entwaffnend.

»Oh.« Odette zog ihre Hand zurück und bewegte sich nicht. »Ich glaube nicht, dass wir noch etwas zu besprechen hätten – oder?«

»Nun ja, ich habe über unser Gespräch nachgedacht, und es hat mich ein bisschen beunruhigt. Wegen der Anwohner von Kincaid, die mit den Plänen für Zanana nicht einverstanden sind. Sie sagten, es gäbe da eine Bürgerinitiative. Ich habe mich gefragt, ob Sie mich mit denen in Verbindung bringen könnten, damit ich mit ihnen reden und vielleicht ihre Beunruhigung zerstreuen kann.«

»Ist das Ihre Idee oder die der Öffentlichkeitsabteilung?« Ganz schön glattzüngig, der Kerl, dachte Odette bei sich.

»Miss Barber, bitte, es ist nicht so, wie Sie denken.« Die typische zynische Journalistin, dachte er bei sich.

»Wie ist es dann? Wie sollte ein Gespräch mit der Bürgerinitiative von Kincaid zur Rettung von Zanana beitragen?«

»Weil Zanana nicht zerstört werden wird. Lassen Sie

mich ihnen zumindest das Konzept meines Entwurfs erklären. Bevor das alles außer Kontrolle gerät. Das hat nichts mit Hacienda Homes zu tun, möchte ich hinzufügen. Man hat mich dort keineswegs dazu angestiftet, mit diesen Leuten zu sprechen. Ich muss gestehen, dass mein Ego ein bisschen angekratzt war. Es gefällt mir nicht, dass die Leute denken, ich verdiene meinen Lebensunterhalt mit etwas so Kaltschnäuzigem und Unsensiblem wie der Zerstörung einer historischen Stätte wie Zanana.«

Odette betrachtete ihn. Er schien es aufrichtig zu meinen. Oder er war ein sehr guter Redner. Warum tat er das? Tja, es gab nur eine Möglichkeit, das herauszufinden.

»Na gut. Kommen Sie mit in mein Büro.«

»Ich habe eine bessere Idee.« Er sah auf die Uhr. »Wie wär's mit einem gemeinsamen Lunch?«

»Ich wette, Sie haben bereits irgendwo einen Tisch reserviert«, sagte sie hochmütig.

Er sah verlegen aus. »Das habe ich tatsächlich. Nur so auf gut Glück, falls ich Sie überreden könnte, mir zuzuhören. Sie wissen, wie schwer es ist, hier in der Gegend einen anständigen Tisch in einem netten Lokal zu bekommen.«

Ich frage mich, ob der je Fehler macht, dachte Odette. Sie zuckte die Schultern. »Nein, weiß ich nicht. Im ›Schmierlöffel‹ kriegt man immer einen Tisch. Entschuldigen Sie mich kurz, ich muss meine Handtasche holen.«

An ihrem Schreibtisch nahm sie ihre Jacke von der Stuhllehne, griff nach der Puderdose und zog rasch ihre Lippen nach. Wieder klingelte das Telefon.

»Miss Barber? Hier Mr. O'Toole, 007 und drei viertel«, gluckste er.

»Hallo, Mr. Bond, haben Sie schon Glück gehabt?«, lachte sie.

»Ja und nein. Ich habe herausgefunden, dass Hacienda Homes nicht gerade den Ruf hat, geschmackvolle Bauten zu errichten, um es mal so zu sagen. Vor einigen Jahren gab es ziemlichen Ärger wegen schlecht ausgeführter Arbeiten, missachteter Bauvorschriften und nicht eingehaltener Bestimmungen. Seltsamerweise wurde alles außergerichtlich geregelt. Als ich nach Haciendas neuem Antrag suchte, fehlten die gesamten Unterlagen. Was nicht in Ordnung ist, wenn Sie verstehen, was ich meine. Höchst eigentümlich.«

»Was ist mit dem alten Freund Ihres Vaters?«

»Ja, ich habe den alten George besucht. Zum Glück hatte er seinen guten Tag. Sagte, er würde sich an die Haushälterin erinnern, Mrs. Butterworth. Sagte, sie sei eine tolle Frau gewesen.«

»Was ist mit ihr passiert?«

»Er kann sich nur daran erinnern, dass ihm jemand gesagt hat, sie sei aus Zanana weggezogen, als das Haus geschlossen wurde.«

Mrs. Butterworth. Der Zeitungsausschnitt. Das musste dieselbe sein. »Er erinnert sich wohl nicht, wohin sie gezogen ist?«

»Doch. Nach Norden. In einen kleinen Ort namens Bangalow.«

»Sie sind ein Schatz, Mr. O'Toole! Ich muss los, auf mich wartet jemand. Tausend Dank. Ich ruf Sie wieder an – ich glaube, wir zwei sind ein prima Team, O'Toole.«

Kapitel zwanzig

Zanana 1923

Kate ging unruhig im indischen Haus auf und ab und befühlte immer wieder die geschnitzten Bettpfosten, die winzigen Spiegel an den mit Samt ausgeschlagenen Wänden, das kunstvolle Muster der Farbglasfenster. Sie erhoffte sich Antworten von den Schatten und dem Geist ihrer Mutter, dessen Anwesenheit sie hier so deutlich spürte.

Es war ein aufreibendes Jahr gewesen, und eine endgültige Lösung war noch immer nicht in Sicht.

Das große Haus war geschlossen und alle Veteranen entlassen worden, um Kosten zu sparen. Kate machte Pläne für die Renovierung, um es in ein Kinderheim zu verwandeln, und stellte Überlegungen an, wie das zu finanzieren wäre. Aber dieser Traum rückte in immer weitere Ferne, da sich die Finanzsituation ständig verschlechterte.

Kate und Ben wohnten nach wie vor in dem renovierten alten Torhaus am Ende der Auffahrt. Es war nur ein kleines, aber wohnliches Cottage, gebaut aus Hawkesbury-Sandstein, mit einem eigenen Garten und einem Gartenzaun. Kate gefiel das gemütliche Häuschen, und sie fanden es beide viel romantischer als die große Villa. Sie fühlten sich sehr wohl in ihrem Cottage, wenn sie abends in den bequemen, chintzbezogenen Sesseln vor dem offenen Feuer saßen. An solchen Abenden konnten die Probleme des Besitzes vorübergehend beiseite geschoben werden.

Aber sie kamen zurück wie ein nicht enden wollender Alptraum, und dann kam ein noch schwererer Schlag, als sie aus China die entsetzliche, niederschmetternde Nachricht von Hock Lees Tod erhielten.

Ein Brief war aus China gekommen, adressiert in einer ihr unbekannten Handschrift, und Kate hatte eine schreckliche Vorahnung, was er enthalten würde. Sie trug ihn mehrere Stunden mit sich herum und öffnete ihn schließlich in der Abgeschiedenheit des Rosengartens.

Der Brief kam von einem Anwalt, der seine Kanzlei im englischen Bezirk der Internationalen Zone von Shanghai hatte. Er schrieb im Namen der gramgebeugten Schwestern und teilte ihr wenig mehr als die nackten Fakten mit – Hock Lee sei, kurz nachdem er seine Schwestern in ihrer luxuriösen Wohnung in Shanghai untergebracht hatte, an Gelbfieber gestorben. Er hatte sich die Krankheit zugezogen, als er den Heimatort seiner Vorfahren besuchte, weit entfernt von der Stadt und den modernen medizinischen Einrichtungen. Er hatte diese Reise aus Pflichtgefühl angetreten, um das Grab seiner Eltern zu besuchen, die in ihren Heimatort zurückgekehrt und dort gestorben waren.

Hock Lee war neben seinen Eltern begraben worden. Der Anwalt ließ sie wissen, dass er sich wieder mit ihr in Verbindung setzen würde, sollte irgendetwas in Hock Lees Papieren auftauchen, das für sie von Bedeutung war. Der Nachlass, schrieb er, schiene ziemlich kompliziert zu sein, und es würde eine Weile dauern, sich durchzufinden.

Kate hatte geschluchzt, als würde ihr das Herz brechen. Und auch jetzt, Monate später, konnte sie es immer noch nicht fassen, dass Hock Lee tot war. Dass er nie wieder nach Zanana kommen würde, um ihr die Wärme einer Freundschaft zu geben, die er vor so langer Zeit mit ihrem Vater auf den Goldfeldern begründet hatte. Als ihr Pate hatte Hock Lee dafür gesorgt, dass sie jede Unterstützung erhielt, die sie brauchte, hatte ihr immer mit Rat und Tat zur Seite gestanden, hatte stets die richtigen Worte gefunden, um sie zu trösten und zu ermutigen. Jetzt war da nur noch Schweigen und eine große Leere.

Diese Leere wurde noch verschlimmert durch die Abreise von Gladys und Wally. Sie waren nach Bangalow gefahren, um die Johnsons zu besuchen und ihre Verbindung mit dem Ort zu erneuern, in dem sie aufgewachsen waren. Gladys hatte Kate versprochen, sie würde rechtzeitig zur Geburt des Babys zurückkommen.

Die Schwangerschaft war eine der wenigen guten Nachrichten in diesem sonst so trübseligen Jahr. Kate hatte es Ben in der Grotte erzählt, dann hatte das begeisterte junge Paar es den Angestellten und den wenigen noch verbliebenen Veteranen mitgeteilt. Rasch hatte man an dem Abend ein Fest für alle, die noch da waren, organisiert, und für ein paar Stunden war Zanana wieder in voller Lebensfreude erstrahlt. Aber seit diesem fröhlichen Abend vor vielen Monaten hatte es wenig zu feiern gegeben.

Kate saß auf dem Rand des Bettes und spürte, wie sich das Baby in ihr bewegte. Sie legte die Hände auf ihren gewölbten Bauch und fühlte das Zittern, das durch ihren Unterleib lief. Wie sehr hatte sie dieses Baby gewollt, ein lebendiges Symbol für die tiefe Liebe, die Ben und sie verband. Doch sie war von großer Traurigkeit erfüllt. Was würde dieses Kind erben? Dabei ging es ihr nicht um Geld, obwohl ihr schmerzlich bewusst war, wie sehr sie es brauchten, um Zanana in der Familie zu behalten. Sie wollte, dass ihr Kind die Liebe zu Zanana erbte, seine besondere Bedeutung begriff, hier aufwuchs und Wurzeln schlug, so wie Catherine und Robert es für ihre Kinder und Enkel geplant hatten – hier, in der Ruhe und Schönheit von Zanana. Aber die Aussichten dafür wurden von Woche zu Woche trüber. Die Einnahmen der Farm hatten sich immer noch nicht gebessert, und obwohl die Dashfords für eine Restrukturierung der Investitionen gesorgt hatten, blieben die Kapitalerträge erschreckend gering. Die meisten der Aktien wurden an der Börse nicht eben hoch gehandelt. Die Dashfords rieten dringend zu Geduld.

Kate hatte mehrfach mit Hector und seiner Frau telefoniert und um Erläuterung der komplexen Briefe gebeten, in denen ihre Zustimmung zu Investitionsvorschlägen oder die Autorisation zum Verkauf von Aktienanteilen erbeten wurde. Hector verwies sie unweigerlich an seine Frau, wenn es um komplizierte Fragen ging. Doch Kate fand Mrs. Dashford immer sehr spröde am Telefon, und die Unterhaltung mit ihr war schwierig.

»Seien Sie versichert, Mrs. Johnson, dass wir unser Bestes tun. Wir lassen uns nur von erfahrenen Experten beraten. Aber Sie müssen sich im Klaren sein, dass das alles Zeit braucht«, sagte sie kurz angebunden.

»Das ist mir bewusst, Mrs. Dashford, aber die Restrukturierung – wie Sie das nennen – kostet mehr, als ich für möglich gehalten hätte ... und der Erlös aus einigen der verkauften Vermögenswerte war so gering, dass ich es kaum glauben kann.«

»Wir haben schwierige Zeiten.«

»Das weiß ich ... aber uns bleibt kaum noch etwas, das wir verkaufen können, nicht wahr?«

»Ich muss Ihnen zustimmen, dass die Situation der Vermögenswerte nicht allzu gut ist.«

»Gibt es denn gar nichts, was wir tun können?«, fragte Kate verzweifelt.

»Leider nicht. Ich sagte Ihnen bereits, dass wir unser Bestes tun. Ich kann Mr. Stuart-Wright, den Buchhalter, bitten, Ihnen das zu bestätigen, wenn Sie wünschen. Aber er wird Ihnen auch nur das sagen können, was Sie bereits wissen.«

Kate überlegte kurz. »Ach, ich glaube nicht, dass das helfen wird. Buchhalter reden immer in einer Sprache, die ich nicht ganz verstehe.«

»Wie Sie meinen«, warf Mrs. Dashford ein. »Gut, wir werden uns wieder mit Ihnen in Verbindung setzen, wenn wir etwas Positives zu berichten haben.«

»Vielen Dank.« Kate wollte gerade auflegen, als Hectors Frau hinzufügte: »Ich höre, Sie erwarten ein Baby.«

»Ja, sehr bald schon. Es nimmt mich im Moment ziemlich mit.«

»Das kann ich mir denken. Auf Wiedersehen.«

Es klickte, und am anderen Ende wurde aufgelegt. Kate war überrascht über die Abruptheit, mit der das Gespräch beendet worden war, und legte den Hörer verwirrt und beunruhigt auf die Gabel.

Ben war mitfühlend und liebevoll wie immer, aber er sah die Dinge aus einer anderen Perspektive. »Mach dir doch nicht so viele Sorgen, Liebste. Wir können Zanana immer noch für eine Weile vermieten und nach Norden gehen, um dort unser Kind großzuziehen. Und wenn sich die Situation verbessert, kommen wir zurück.«

»Das klingt sehr verlockend, Ben, wenn du es so einfach darstellst. Aber es ist nicht so einfach ... Zanana liegt mir im Blut. Ich möchte, dass sich diese Verbundenheit auf das Baby überträgt und dass es sich vom Beginn seines Lebens an als Teil von Zanana fühlt.«

Bens Besorgnis wuchs, als sich Kate tagelang in Träumereien verlor und immer lustloser wurde. Es war, als würden die finanziellen Sorgen und die Schwangerschaft ihr alle Lebenskraft rauben. Er sehnte sich nach seiner übersprudelnden, enthusiastischen, energiegeladenen Kate. Um sie abzulenken und aufzumuntern, schlug er eine Reise nach Bangalow vor.

Insgeheim versicherte er sich der Mithilfe von Gladys

Butterworth, die sofort begeistert schrieb und sie zu einem Besuch einlud. Gladys war bei Bens Eltern untergekommen, die sich inzwischen wieder ganz in Bangalow eingelebt hatten. Wally war in sein altes Cottage gezogen und hatte es mit Gladys Hilfe hübsch und gemütlich hergerichtet.

Trotz Gladys langer Briefe und der Versicherung, sie seien herzlich willkommen und würden liebevoll aufgenommen, ließ sich Kate nicht dazu bewegen. Sie war entschlossen, ihr Kind in Zanana zu bekommen.

Sie bestand auch darauf, von Doktor Hampson behandelt zu werden, der sie in jener stürmischen Nacht zur Welt gebracht hatte, in der ihre Mutter starb. Er war jetzt Ende sechzig und praktizierte immer noch in der Stadt, kam aber auf Kates Bitte zu ihr nach Zanana. Er drängte sie jedoch, sich in dem kleinen, aber durchaus akzeptablen Krankenhaus von Kincaid entbinden zu lassen.

»Ich möchte, dass das Baby zu Hause geboren wird. Ich weiß, dass es eine lange Fahrt für Sie ist, aber wir haben hier in der Nähe ausgezeichnete Hebammen, und ich könnte dafür sorgen, dass eine bei mir ist, bis Sie kommen. Ich möchte wirklich, dass Sie hier bei mir sind ... wie Sie auch bei meiner Mutter waren. Es ist mir ungeheuer wichtig ... bitte.«

Doktor Hampson seufzte. Es war schwer, sich der Entschlossenheit der jungen Frau zu widersetzen. Sie besaß den stählernen Willen ihres Vaters, sinnierte er. »Nun gut, Kate. Ich füge mich Ihrem Wunsch, vorausgesetzt, es gibt keine Komplikationen. Mrs. Butterworth wird doch sicher auch bei Ihnen sein. Keine Bange, alles wird gut gehen. Alles sieht bestens aus.«

Kate lächelte strahlend und begleitete ihn zu seinem Wagen, sie fühlte sich glücklich wie schon lange nicht mehr. Doch der Doktor teilte diese Stimmung nicht, während er langsam die Auffahrt hinabfuhr. Ihm war eher melancholisch zumute. Der Ort hier barg zu viele traurige Erinnerungen, auch wenn er an einigen der großen Empfänge teilgenommen hatte, als Zanana auf dem Höhepunkt war. Er war froh, dass Kate nichts von der Nacht wusste, in der sie geboren wurde … der traurige Verlust von Catherine und Roberts heftiger Zorn auf die ganze Welt, den er an dem armen Waisenkind ausgelassen hatte. Was wohl aus dem Mädchen geworden ist? Zu schade, dass Kate allein aufgewachsen war. Kate hing zweifellos voller Leidenschaft an Zanana, was ihren Vater und ihre Mutter sehr stolz gemacht hätte. Sie hatte sich zu einer willensstarken und schönen jungen Frau entwickelt, und es war traurig, dass sie schon zu diesem frühen Zeitpunkt ihrer Ehe mit beträchtlichen finanziellen Problemen konfrontiert war, die ihr so sehr zu schaffen machten.

Kate war allein in Zanana. Ben war für zwei Tage nach Palm Beach gefahren, nördlich von Sydney. Dieses Erholungsgebiet war zu einer regelrechten Spielwiese für die Reichen geworden, die sich hier kostspielige Wochenend- und Ferienhäuser bauen ließen. Ben hatte den Auftrag bekommen, die Gärten für verschiedene dieser neuen Häuser zu gestalten.

Kate hatte vorgehabt, den Rosengarten von Unkraut zu befreien, doch ihr rund gewölbter Leib machte sie zu unbeweglich, daher hatte sie sich damit zufrieden gegeben, die Köpfe verblühter Rosen abzuknipsen. Als sie sich mit schwerem Schritt auf den Rückweg machte, sah sie zu ihrer Überraschung Rauch aus dem Schornstein des Torhauses aufsteigen.

Sie lugte vorsichtig durch die Küchentür und entdeckte zu ihrer Freude Mrs. Butterworth mit Tassen herumhantieren und einen Kuchen aufschneiden. Kate ließ den Korb mit den Rosen fallen, lief zu ihr und schloss sie in die Arme. »Was für eine wunderbare Überraschung! Warum hast du mir nicht geschrieben, dass du kommen würdest?«

»Zwei unserer Freunde haben mich im Auto mitgenommen, es war eine ganz spontane Entscheidung.« Sie betrachtete Kate eindringlich. »Tja, abgesehen von deiner Rundlichkeit muss ich sagen, dass du noch nie besser ausgesehen hast«, verkündete Gladys mit Befriedigung. »Ich habe Kuchen mitgebracht. Der Tee ist gleich fertig. Ich nahm an, dass du irgendwo auf dem Grundstück bist, also habe ich mich hier nützlich gemacht. Wo ist Ben?«

»Er ist für ein oder zwei Tage fort, legt einen Garten an.«

»Und du bist hier ganz allein!«, rief Mrs. Butterworth.

»Na ja, nicht ganz. Es arbeiten immer noch Leute auf der Farm. Nicht mehr ständig, weil es so wenig Arbeit gibt. Sie kennen die Situation, also versuchen sie, woanders Arbeit zu finden«, seufzte Kate. »Aber mir geht es gut. Es sind ja noch Wochen bis zur Geburt. Warum bist du schon so früh gekommen? Oder wirst du ganz hier bleiben?«

Mrs. Butterworth zog sich einen Stuhl heran und nahm ihren Hut ab. »Darüber wollte ich mit dir reden, Kate. Ich wollte doch noch einmal versuchen, dich zu überreden, nach Bangalow zu kommen und das Baby dort zu bekommen, wo wir dir alle helfen können. Ben könnte sogar für einen Monat oder mehr in Bangalow Arbeit finden. Es würde dir gut tun.« Sie sprach nicht weiter, doch als sie Kates starrköpfigen Gesichtsausdruck sah, fuhr sie fort: »Aber wenn du immer noch entschlossen bist, das Baby hier zur Welt zu bringen, dann komme ich her und bleibe so lange, wie du mich brauchst.«

»Vielen Dank, Mum.« Kate umarmte sie, setzte sich dann an den Küchentisch und griff nach einem Stück des gebutterten Kuchens. »Warum bleibst du nicht gleich hier?

Musst du denn wieder zurück? Das würde dir die Reise ersparen.«

Mrs. Butterworth fummelte an der Tischdecke herum. »Tja, ich bin sehr kurz entschlossen hergefahren und hatte nicht vor, allzu lange zu bleiben. Ich wollte eigentlich nur sehen, wie es dir geht, und dir etwas mitteilen.«

Kate sah sie besorgt an, aber Mrs. Butterworth lächelte beruhigend. »Oh, nichts Schlimmes. Na ja, es ist so, Wally und ich, wir dachten, äh ... wir dachten, wir tun uns zusammen. Heiraten. Wir kennen uns schon ewig, und es scheint so sinnlos, dass wir beide im Alter einsam sind. Ich weiß, er war Harolds bester Freund ...«

Kate beugte sich vor und nahm Mrs. Butterworths Hände in die ihren. Tränen schimmerten in ihren Augen. »Ich finde das wunderbar. Und Dad bestimmt auch.«

Mrs. Butterworth schniefte, teils vor Glück, teils vor Erleichterung. Sie war ein wenig besorgt gewesen, wie Kate es aufnehmen würde. »Ich wollte nicht, dass du denkst, wir wären zwei verrückte Alte. Aber er ist ein guter Mann. Er braucht immer noch jemanden, der sich ein bisschen um ihn kümmert.«

»Genau wie du. Ihr werdet einander sehr glücklich machen. Ich wette, die Johnsons freuen sich auch.«

»O ja, das tun sie. Wir haben vor, in Bangalow zu bleiben, Liebes. In Wallys altem Haus. Und wir dachten nur an eine einfache kleine Feier in Lismore. Deswegen hoffte ich, du würdest kommen und bis zur Geburt des Babys bleiben. Die Ärzte und das Krankenhaus da oben sind sehr gut.«

»Ben und ich würden die Hochzeit nicht um alles in der Welt verpassen wollen. Wir werden rechtzeitig da sein, aber nein, Mum, das Baby möchte ich hier bekommen. Und so gern ich auch bei dir wäre, ich werde es schon schaffen, ganz bestimmt. Vielleicht komme ich nach der

Geburt eine Weile zur Erholung zu dir. Was hältst du davon?«

»Sehr viel. Aber glaubst du, dass du die Reise in deinem Zustand verkraften kannst?«

»Selbstverständlich. Wir werden den Schlafwagen nehmen. Damit reisen wir sehr bequem. Besser als mit dem Auto.«

Es war keine anstrengende Reise, aber Kate war doch froh, als sie in den Bahnhof einfuhren, wo Gladys und Wally zu ihrem Empfang bereitstanden. Wally neckte Kate wegen ihres dicken Bauches, musste aber Gladys zustimmen, dass die junge Frau blühend aussah.

Die Trauung war kurz und schlicht, aber die anschließende Feier im örtlichen Gemeindehaus war ausgelassen und fröhlich. Kate freute sich zu sehen, was für einen großen Freundeskreis Gladys, Wally, Sid und Nettie hier hatten. Manche Freundschaften gingen bis auf die Schulzeit zurück oder bis zu den Tagen, in denen Harold um Gladys und Wally um seine verstorbene Frau Enid geworben hatten. Andere waren neuere Freunde, viele davon Kriegsheimkehrer, die sich mit ihren Frauen hier angesiedelt hatten. Die gemeinsame Kriegszeit hatte ein Band der Kameradschaft geschaffen und war ein Anknüpfungspunkt für neue Freundschaften.

Gladys, gekleidet in ein Satinkostüm mit einem Ansteckbukett aus Rosen an der Schulter und umgeben vom Hauch eines Schleiers, der auf dem frisch ondulierten Haar von einer Rheinkieselspange gehalten wurde, lächelte und errötete an Wallys Arm. Wally, prächtig anzusehen in seinem blauen Anzug mit einer von Frauenhaarfarn umgebenen Nelke im Knopfloch, strahlte ununterbrochen. Als die Paare durch den geschmückten Saal tanzten, setzte sich Wally neben Kate, die die schnelleren Tänze ausließ.

»Na, Kate, bist du mir böse, dass ich dir Gladys sozusagen gestohlen habe?«

»Selbstverständlich nicht, Wally. Ich bin wirklich froh für euch beide. Natürlich vermisse ich es, Mum täglich um mich zu haben, aber wir müssen wohl beide unser eigenes Leben führen.«

»Das muss nicht so sein. Ben fühlt sich hier oben sehr wohl – schließlich wurde er hier geboren. Sid und Nettie haben sich wieder ganz eingewöhnt. Ben könnte hier Arbeit finden. Meinst du nicht, es wäre vernünftig, wenn ihr beide hier bleiben würdet? Nur für eine Weile, bis Zananas Zukunft geklärt ist.«

»Ich weiß, dass das vernünftig klingt. Aber ich kann Zanana einfach nicht aufgeben. Es ist das Erbe unseres Kindes.«

»Doch was wird das Kind da erben, Kate? Einen riesigen weißen Elefanten, einen Besitz, der tief in Schulden steckt und sich heutzutage kaum mehr unterhalten lässt. Ich weiß, es bedeutet dir viel – gefühlsmäßig –, aber dein Kind weiß nichts davon, ihm wird es nicht so viel bedeuten. Zwing deinem Kind nicht deine Gefühle auf, Kate!«

»Aber ich werde dafür sorgen, dass mein Kind Zanana genauso liebt wie ich! Wie kann man einen Ort, der so schön und so außergewöhnlich ist, nicht lieben? Und ich spüre einfach, dass sich letztlich alles regeln wird. Ich weiß, dass die finanzielle Situation im Moment schwierig ist, doch irgendwie werden wir eine Möglichkeit finden weiterzumachen. Es mag eine Weile dauern, aber ich werde nicht aufgeben, Wally.«

Wally schüttelte den Kopf. »Dickköpfig wie immer. Ich muss dich bewundern, Kate, du hast dich auch früher nicht kleinkriegen lassen, wenn die Hürden unüberwindlich schienen, also, wer weiß.«

Er tätschelte ihre Hand, denn er wollte sie nicht beunruhigen. Aber innerlich wünschte er sich, sie könnte sich vom Geist der Liebe ihrer Eltern und all dem, was mit Zanana verbunden war, befreien. Möglicherweise war eine Kleinstadt auf dem Land ein gewisser Abstieg, wenn man in Zanana aufgewachsen war, aber sie hatte einen liebevollen Mann mit guten Berufsaussichten, und sie könnten ein bequemes und glückliches Leben hier oben haben. Vielleicht konnte Ben sie dazu überreden, sonst würde sie bald genug entdecken, dass ein einsames Leben auf einem einstmals prächtigen Besitz es nicht mit den eng geknüpften Freundschaften in einer sehr kleinen Gemeinde aufnehmen konnte.

Kate machte einen Spaziergang durch die Gärten von Zanana, als sie spürte, dass die ersten Wehen einsetzten. Ruhig ging sie zurück zum Torhaus und rief Ben an, Doktor Hampsons Praxis und die Hebamme.

Es war früher Nachmittag, sonnig und still. Kate suchte frische Bettwäsche, ein Nachthemd und ein paar persönliche Toilettensachen zusammen und nahm den Schlüssel für die Hintertür der Villa vom Haken. Sie atmete tief und ruhig durch, als die Wehen sich stärker bemerkbar machten, und ging hinüber zum Haus.

Beim Gang durch die Küche bemerkte sie die Staubschicht, die über allem lag. Die Möbel im Wohnzimmer waren mit Staubdecken verhüllt. Im ganzen Haus waren die Vorhänge zugezogen, und es war dämmrig und melancholisch. Mit einer Hand am Geländer, mit der anderen ihre Habe umklammernd, zog sich Kate langsam und schwerfällig die Treppe hinauf.

Sie ließ sich auf dem Bett in ihrem ehemaligen Schlafzimmer nieder. All ihre persönlichen Dinge, die Bilder und alles, was dieses Zimmer zu dem ihren gemacht hatte, waren längst entfernt. Es war nur noch eine Hülle, aber immer noch voller Erinnerungen. Kate war entschlossen, das Kind hier zu gebären, an dem Ort, der ihm rechtmäßig zustand.

In den folgenden Stunden, die sie nur verschwommen wahrnahm, rief Kate nach Mrs. Butterworth und nach der Mutter, die sie nie gekannt hatte. Ben war an ihrer Seite, streichelte ihre feuchte Stirn und flüsterte ihr beruhigende Worte zu.

In den frühen Morgenstunden brachte Kate mit Hilfe von Doktor Hampson und der Hebamme einen kräftigen Jungen zur Welt. Nachdem er sich rasch davon vergewissert hatte, dass das Kind gesund war, übergab Doktor Hampson es der Hebamme und wandte seine Aufmerksamkeit wieder Kate und dem jetzt strahlenden Ben zu.

»Ein prächtiger Bursche. Kräftig und gesund. Wie bald auch Sie wieder, meine Liebe.«

Müdigkeit und Erleichterung erfüllten Doktor Hampson. Wenn doch nur Catherine sich einer so blühenden Gesundheit erfreut hätte, als sie Kate zur Welt brachte ... wenn nur, wenn nur. Aber im Moment kam es nur auf die Freude in Kates Gesicht an, als die Hebamme ihr das Baby in die Arme legte.

Gladys wurde per Telegramm von der Geburt unterrichtet und kam am folgenden Abend mit dem Zug aus Lismore. Als sie Zanana erreichte, war Kate bereits wieder bequem im Cottage untergebracht; die Wiege mit ihrem Sohn stand direkt neben dem Bett.

Drei Wochen später wurde das Baby auf den Namen Alec getauft, und Gladys fuhr den Kleinen zur Feier des Tages in dem hochrädrigen Kinderwagen, in dem schon Kate gelegen hatte, durch die Gärten. Sie sprach mit ihm, während sie ihn schob, erzählte ihm von seinen Großeltern Robert und Catherine und von Zanana, bis sie den weißen Marmorengel erreichte. Dort hob sie den kleinen Alec aus dem Wagen und blieb mit ihm zwischen den Gräbern von Robert und Catherine stehen.

»Hier, meine Lieben. Hier ist euer Enkelsohn. So ein sonniges Baby, mit Catherines blauen Augen und Ihrem dunklen Haar, Robert. Er ist ein echter MacIntyre, das ist gewiss.«

Sie blieb noch eine Weile stehen, wiegte das Baby in den Armen und fragte sich, wie seine Zukunft wohl aussehen würde. »Du bist auf eine Welt gekommen, in der alles nicht mehr so rosig aussieht, aber eines ist sicher, kleiner Mann, du hast eine Familie, die dich liebt – und niemand liebt dich mehr als deine Oma Gladys.«

Widerstrebend riss sich Gladys von der kleinen Familie los und kehrte nach Bangalow zurück, nachdem sie Ben und Kate das Versprechen abgenommen hatte, so bald wie möglich nachzukommen. So eng verbunden Ben und Kate auch immer gewesen waren, die Geburt ihres Sohnes Alec hatte ihrer Liebe ein tiefes Gefühl der Erfüllung und Reife hinzugefügt, was Gladys sehr glücklich machte.

»Nettie ist außer sich, weil ich ihren Enkel als Erste in den Armen gehalten habe. Sie sind so erpicht darauf, ihn zu sehen. Wären da nicht Netties Arthritis und Sids schlimmer Rücken, dann wären sie auch mitgekommen«, sagte sie.

Ben tätschelte ihren Arm. »Ich weiß. Ich habe Mum und Dad versprochen, dass wir noch innerhalb dieses Monats nach Bangalow kommen. Und dann werden wir die Taufe auch richtig feiern. Ich hätte ihn ja dort taufen lassen, aber Kate wollte, dass er in der Kirche getauft wird, die Zanana am nächsten liegt«, vertraute er ihr an.

Sobald es Kate gut genug ging, packten sie die Koffer und einen großen Korb mit Babysachen, verstauten alles in dem alten Ford Modell T und fuhren los in Richtung Bangalow.

Sid und Nettie warteten unruhig auf die Ankunft ihres Sohnes, ihres Enkels und der Schwiegertochter. Zusammen mit Gladys und Wally planten sie ein Familienfest, um Alecs Geburt zu feiern.

»Sie sagten, sie würden wahrscheinlich Donnerstag oder Freitag hier eintreffen, also dachte ich mir, dass ein ordentliches Sonntagsessen das Beste wäre. Lamm oder Schwein, was meinst du?«, fragte Nettie.

»Lamm, würde ich sagen. Mit Pfefferminzsoße, Kartoffeln, Kürbis und Wurzelgemüse. Oh, und Wally sagt, er hätte frische Erbsen aus dem Garten. Und ich backe einen Kuchen. Mit blauem Guss natürlich«, meinte Gladys.

»Ich backe noch einen Blaubeerkuchen. Den hat Ben so gern, mit viel Schlagsahne. Hinter dem Schuppen wachsen jede Menge Blaubeeren.«

Nachdem Wally beim Metzger und Gladys und Nettie im Kurzwarenladen gewesen waren, um Material für ein Moskitonetz und Stoff zum Ausschlagen des Babykörbchens zu kaufen, wusste die ganze Stadt von dem bevorstehenden Besuch. »Sie kommen doch aber bestimmt mal mit dem Baby vorbei, nicht?«, sagte die Frau hinter dem Ladentisch, als sie die Spitze, das Netz, die Bänder und den weichen Moltonstoff in braunes Papier einschlug und Nettie reichte.

Am Freitagmorgen hörte Nettie eine Autotür zuschlagen. Sie lief rasch ins Schlafzimmer, nahm ihre Schürze ab, glättete sich das Haar und rief: »Sid, sie sind da!«

Als die Klingel ging, legte Sid seine Zeitung beiseite. »Das können sie nicht sein, sie würden durch die Hintertür kommen, nicht an der Vordertür klingeln.«

Nettie folgte Sid den Flur entlang, war aber enttäuscht, als sie durch die Milchglasscheibe eine kräftige, untersetzte Gestalt sah. Das war nicht ihr Ben.

Sid öffnete die Haustür. Nettie wandte sich wieder der

Küche zu, erstarrte aber, als sie Sid zögernd sagen hörte: »Morgen, Sergeant. Was kann ich für Sie tun?«

Ein Blick in das gequälte Gesicht des örtlichen Polizeibeamten, der seinen Hut in der Hand hielt und leise sagte: »Kann ich reinkommen, Sid?«, und Nettie wusste, dass etwas Schreckliches passiert war. Ihr wurden die Knie weich. Sid griff nach ihrem Arm und bat den Sergeanten ins Wohnzimmer.

Er brachte es ihnen so schonend wie möglich bei. Ein Autounfall ... gleich nach der Morgendämmerung waren der Ford und ein großer Lastwagen kollidiert ... Ben war sofort tot. Kate war lebensgefährlich verletzt und im Krankenhaus ... Das Baby war aus dem Auto geschleudert worden, außer ein paar blauen Flecken und Kratzern fehlte ihm nichts.

»Ich muss zu Kate. Bitte, bringen Sie mich hin«, flehte die verzweifelte Gladys, nachdem der Sergeant die schluchzenden Johnsons verlassen und mit der traurigen Nachricht zu Gladys und Wally gekommen war.

»Gladys, das dauert Stunden. Vielleicht ist es das Beste, auf weitere Nachrichten zu warten«, meinte Wally sanft. »Bleib bei Sid und Nettie, hilf ihnen, das durchzustehen.«

»Ich will zu Kate!« Gladys' Augen waren trocken und voll wilder Entschlossenheit, und sie schüttelte den Arm des Polizeibeamten. »Können Sie mich zu ihr bringen? Sonst nehme ich ein Taxi. Was geht am schnellsten?«

Wally legte den Arm um sie, als sie die Hände vors Gesicht schlug, und nickte dem Polizisten dankend zu. »Ich bringe dich hin, Gladys, wenn du es unbedingt willst. Wir trinken noch eine Tasse Tee, dann fahren wir los.«

Gladys sackte im Sessel zusammen und begann hemmungslos zu schluchzen.

Der Sergeant bat Wally mit einem Kopfwinken, ihm nach draußen zu folgen. Leise sagte der Beamte. »Es ist wohl das Beste, wenn Sie hinfahren. Ich weiß nicht, ob Sie Sid mitnehmen wollen, denn da sind Vorkehrungen zu treffen … Sie wissen, wegen seines Sohnes. Für das Kind ist momentan gesorgt, aber wer weiß, wie es mit der Mutter wird. Besser, Sie fahren hin, Wally. Es tut mir so leid. Das Mädchen ist so etwas wie eine Tochter für Gladys, habe ich gehört … Entsetzliche Sache … Diese großen Holzlaster sind viel zu breit für die unbefestigten Straßen durch den Busch. Wenn sie voll beladen bergab fahren, sind sie kaum zu bremsen.«

Er setzte seine Mütze wieder auf und trottete mit gesenktem Kopf und hängenden Schultern zu seinem Polizeiwagen zurück.

Sid und Nettie waren so niedergeschmettert, dass sie sich nicht in der Lage fühlten mitzufahren, also versprachen Gladys und Wally, dafür zu sorgen, dass Bens Leiche nach Bangalow überführt wurde. Gladys wollte nur an Kates Seite sein, als könnte ihre Anwesenheit ihr die Kraft geben durchzuhalten.

»Das Mädchen ist eine Kämpferin, sie wird es schon schaffen«, meinte Wally tröstend während der zweihundert Meilen weiten Fahrt zum Krankenhaus.

Gladys saß mit rot geweinten Augen schweigend neben ihm, hielt den Griff ihrer Handtasche umklammert und versuchte mit all ihrer Willenskraft, Kate zu bewegen, durchzuhalten und sich an das bisschen Leben zu klammern.

Es war eine Erleichterung, dass dem kleinen Alec nichts passiert war, aber wie konnte das Schicksal so grausam sein, erst zu Catherine und nun zu ihrer Tochter Kate?

Kapitel einundzwanzig

Sydney 1971

Odette ging durch den sonnigen Hyde Park. Das Wasser des Archibald-Springbrunnens ergoss sich auf die umliegenden Steine, an deren Rand aufgeplusterte Tauben in der feuchten Kühle saßen. Paare hatten sich in ihrer Mittagspause auf dem Gras ausgestreckt, schmusten, lasen, aßen Sandwiches aus braunen Papiertüten.

Sie ging in den gepflegten Rememberance-Garten und trat in den lavendelfarbenen Schatten der Glyzinienlaube. Dort setzte sie sich auf eine Bank und versuchte, ihre verwirrten Gedanken zu ordnen.

Der Lunch mit Eden Davenport war nicht so verlaufen, wie sie erwartet hatte.

Zum ersten Mal schien ihre »Einschätzungs-Antenne« nicht zu funktionieren. Sie wusste nicht, was sie von ihm halten sollte. Er war völlig entspannt. Erst dachte sie, er wolle sie reinlegen, dann wieder hatte sie den Eindruck, dass er vollkommen aufrichtig und ehrlich war. Sie fand ihn charmant und anziehend – was ihre Abwehr in Alarmbereitschaft versetzte – und lauschte dann interessiert und beeindruckt seinen Plänen und Beschreibungen. Der Lunch selbst war fast des Guten zu viel.

Das Lokal war schick und um Klassen besser als Odettes »Schmierlöffel«. Es lag am Wasser und hatte Stil – weiße Leinentischdecken, Silberbesteck und Weingläser aus Kristall. Eden hatte den Wein mit Kennerblick aus der Weinkarte ausgesucht.

»Ja«, dachte Odette, als sie langsam das Glas mit dem weißen Burgunder drehte, »der Mann hat Stil.« Und es ließ sich nicht leugnen, dass er sehr attraktiv war, obwohl er sich seines Aussehens und seines Charmes nicht bewusst zu sein schien. Sie wandte ihre Aufmerksamkeit wieder der inzwischen ziemlich einseitigen Unterhaltung zu, die mehr einem Vortrag über seine persönliche Architekturphilosophie glich.

»... so sehe ich das. Meine Herangehensweise an Entwürfe und Bauplanung ist eher mit der eines Malers zu vergleichen, der ein Gemälde in Angriff nimmt. Aber mir ist es wichtig, dass der Entwurf organisch aus der Umgebung heraus entsteht, sie harmonisch mit einbezieht, aus ihr wächst, ihr nicht aufgezwungen wird ...« Er unterbrach sich, sah Odette an und entschuldigte sich dann. »Es tut mir leid, ich muss Sie ja langweilen. Hab mich ein wenig verstiegen. Schieben Sie es auf den Wein.«

»Sie brauchen sich nicht zu entschuldigen, es ist sehr interessant. Wie lässt sich dies alles auf Zanana übertragen?«

»Ich nehme an, Sie stellen sich so etwas vor wie Massen von rotem Backstein mit roten Ziegeldächern.«

Darauf war Odette nicht vorbereitet. »Äh, na ja ...«

»Das wäre sogar logisch. Australier lieben Backsteinhäuser mit roten Ziegeldächern, aber ich hatte gehofft, Sie hätten inzwischen gemerkt, dass ich den Vorortheiden das Heil zu verkünden versuche.«

Odette hatte das Gefühl, dieser Lunch würde ihr allmählich entgleiten, und sie sollte wohl besser auf den Nachtisch verzichten. Bevor sie etwas sagen konnte, machte Eden einen überraschenden Vorschlag.

»Würden Sie gerne die Pläne und Modelle für das Zanana-Projekt sehen?«

»Im Ernst?«, fragte Odette misstrauisch.

»Ja. Sie sind in meinem Büro, nur ein Stück die Straße hinunter. Aber Sie können nicht darüber berichten, sie sich nur ansehen. Ich habe nur sehr vage Angaben von Hacienda bekommen, was mir allerdings auch am liebsten so ist. Ich habe mich bemüht, innovativ zu sein, typisch australische Bauweisen mit einzubeziehen – umlaufende Veranden, niedrige Häuser im Ranchstil. Die Siedlung wird von Gärten umgeben sein, mit viel Platz zwischen den Häusern, Fahrradwegen, Spielplätzen und so weiter. Falls Sie heute keine Zeit haben, können Sie sich die Entwürfe gerne an einem anderen Tag ansehen.«

»Danke, lieber an einem anderen Tag. Aber ist Ihnen bewusst, wie viel Widerstand gegen die Bebauung besteht? Jetzt sind auch noch die örtlichen Vogelliebhaber auf die Barrikaden gegangen. Sie haben sogar ein paar sibirische Vögel auf ihrer Seite, seltene Zugvögel.« Odette wollte sich das Gespräch nicht ganz entreißen lassen.

»Ja, das weiß ich. Ich habe Ihnen schon gesagt, wie sehr ich mich von der Umwelt beeinflussen lasse. Das Flussufer wird unberührt bleiben, die Mangroven gehören sowieso nicht zum Grundstück, und ich versuche, die Gärten mit einzubeziehen, die Grotte, das indische Haus – das alles soll der Öffentlichkeit zugänglich gemacht werden.«

»Wie schön. Und was ist mit der Villa?«

Eden schwieg und widmete sich den Resten seiner Forelle. »Ich würde sie gerne retten, aber was soll man damit anfangen? Der Bauunternehmer wollte sich da nicht festlegen.«

»Wie wär's mit einem Gemeindezentrum?«, schlug Odette vor und fragte sich dann, wie sie auf die Idee gekommen war.

»Das ist gar nicht schlecht. Das könnte die Entscheidung positiv beeinflussen. Eine einmalige Attraktion, besonders, wenn der Stadtrat die Verantwortung übernimmt. Vielen Dank für den Einfall.« Lächelnd hob er sein Glas. »Auf Zanana.«

Nun war Odette vollkommen verwirrt. Der Mann machte ihre gesamte Abwehr zunichte und untergrub ihren Zorn. Auch sie hob leicht das Glas, nahm einen Schluck und stellte es ab. »Tja, es wäre schön, wenn sich das alles so entwickeln würde«, sagte sie mit festem Ton. »Aber woher wissen Sie, dass Hacienda sich an Ihre Entwürfe halten wird?« Diese Spitze, dachte sie, brachte sie wieder in Angriffsposition, die Initiative war wieder auf ihrer Seite.

»Meine Entwürfe sind noch nie von einem Kunden missachtet worden. Sie zahlen mir viel Geld dafür. Und die Leute von Hacienda haben mir keinen Anlass gegeben, ihnen zu misstrauen.«

Odette platzte beinahe mit den Informationen heraus, die sie von Mr. O'Toole bekommen hatte, aber sie hielt den Mund. »Natürlich, warum sollten Sie denen auch nicht trauen? Tut mir leid, aber ich muss zurück in die Redaktion.«

Zur Hölle mit dem Nachtisch, dachte sie, dieser Lunch ist zu anstrengend. Zeit, einen strategischen Rückzug anzutreten und sich wieder zu sammeln.

Sie verabredeten, sich einige Tage später in Edens Büro zu treffen.

Auf dem Rückweg durch den Park atmete Odette den Duft der Glyzinien ein. Langsam ging sie zur Redaktion der *Gazette* zurück. Ihr schwirrte der Kopf von den verschiedenen Richtungen und Entwicklungen, die diese Zanana-Geschichte nahm. Man müsste es machen wie mit den Butterblumen, dachte sie, und wünschte sich, sie könnte die Blütenblätter auseinander pflücken, wie sie es als Kind getan hatte, bis nur noch eine unzweideutige Antwort übrig blieb.

Die Frau am Empfang hob die Augenbrauen, als Odette aus dem Fahrstuhl stieg. »Heute ist offenbar Ihr großer Tag. Sie haben schon wieder Besuch. Er ist rauf zu Mr. Mendholsson gegangen, sagte, er würde Sie später schon finden.«

»Wer ist es denn?«

»Verschwiegene Burschen, Ihre Freunde. Sagte nur, er wäre ein alter Bekannter.«

Odette zuckte die Schultern. »Er wird sich doch hoffentlich nicht beim Chefredakteur beschweren wollen.«

Sie machte sich frisch und begann ihre Notizen durchzusehen. Sie war in ihre Unterlagen vertieft, als sie ein diskretes Husten hörte und eine Gestalt vor ihrem Schreibtisch auftragte. Odette hob den Kopf und sah das grinsende Gesicht ihres alten Chefredakteurs vom *Clarion* vor sich.

»Fitz! Was für eine tolle Überraschung. Wie schön, Sie zu sehen, warum haben Sie mir nichts davon gesagt, dass Sie in die Stadt kommen würden?«

»Wozu? Damit du dir eine Ausrede einfallen lassen kannst, um mir aus dem Weg zu gehen?«, fragte er und erwiderte ihre liebevolle Umarmung.

»Sie wissen, dass ich das niemals tun würde. Und jetzt erzählen Sie mir alles. Ziehen Sie sich einen Stuhl ran, und ich lass uns vom Laufjungen zwei Tassen von diesem scheußlichen Kaffee holen.«

Fitz erklärte, er sei in die Stadt gekommen, um mal was anderes zu sehen, und richtete ihr Grüße von Tante Harriet aus. »Sie hat mir auch was für dich mitgegeben, aber das liegt im Hotel – ich wollte es nicht den ganzen Tag mit mir rumschleppen.«

Odette war begeistert, ihren alten Chefredakteur zu sehen, und merkte einmal mehr, wie gern sie ihn hatte. »Hören Sie, Fitz, haben Sie etwas Dringendes vor? Hätten Sie Zeit, ein bisschen mit mir zu plaudern? Ich bin mitten in einer Sache, die ein wenig verwirrend ist, und ich würde sie liebend gern mit Ihnen durchkauen.«

»Hätte mir denken können, dass du mich gleich einspannst. Meine anregende Gesellschaft reicht dir wohl nicht, was?«

Beim Kaffee erzählte Odette Fitz alles, was sie über Zanana, Eden Davenport, Hacienda Homes und Mrs. Brambles Bürgerinitiative wusste und was sie von den beiden Kontaktpersonen in Erfahrung gebracht hatte, die für sie in der Stadtverwaltung schnüffelten. Wie immer erwartete Fitz von ihr, dass sie ihm einen leidenschaftslosen und sachlichen Überblick verschaffte.

»Also, was ist dabei zu holen? Wer hat was zu gewinnen, wer hat was zu verlieren und wie hart werden sie um den Sieg kämpfen? Es kommt mir vor, als ginge es da um einen gewaltigen Preis. Meiner Ansicht nach ist das kein normales Geschäft, das sich da irgendein Unternehmen unter den Nagel gerissen hat. Dazu ist bereits zu viel geplant und intrigiert worden. Die Sache ist zu groß.«

»Es ist tatsächlich eine große Sache. Es gibt kein Ufergrundstück nahe der Stadt, das auch nur vergleichbar wäre. Hunderte von Häusern haben darauf Platz. Mir wird ganz schwindlig bei dem bloßen Gedanken, um wie viel Geld es bei dem gesamten Projekt geht«, sagte Odette.

»Eine Menge Häuser ... sogar noch mehr Geld und Profit, wenn man Wohnblocks daraus machen würde – Hochhäuser am Flussufer, zum Beispiel«, meinte Fitz leise.

»Das können sie nicht machen!«, platzte Odette heraus. »Vollkommen unmöglich. Und der Antrag auf Umwandlung in Bauland betrifft auch nur Einfamilienhäuser.«

»Für den Anfang nicht schlecht ... dann erhöhen sie den Einsatz, wenn die Bauarbeiten erst mal angefangen haben und der Stadtrat zugänglicher geworden ist – oder sich leichter kaufen lässt.«

»Mein Gott, Sie sind wirklich ein alter Skeptiker, Fitz«, neckte sie.

»Und es könnte dir nicht schaden, auch ein bisschen skeptischer zu sein, mein Kind. Die beste Waffe eines Reporters! Denk daran – fast jeder hat seinen Preis, und bei einer Gemeindeverwaltung kann dieser Preis sehr niedrig sein. Wir erleben zurzeit einen mächtigen Aufschwung, und eine Menge zwielichtiger Geschäfte laufen in den Hinterzimmern der Behörden im ganzen Land ab, glaub mir. Grab weiter nach, Odette, und lass dir nicht von einem glattzüngigen jungen Architekten deinen Riecher für gute Geschichten verderben.«

»Und was sollte ich Ihrer Meinung nach als Nächstes unternehmen?«

»An deiner Stelle würde ich mich mal in Zanana selbst umsehen. Schau dir das Grundstück an, krieg wieder ein Gefühl dafür. Ich glaube, das könnte sich als nützlich erweisen.«

»Sie haben Recht. Ich war seit mehreren Jahren nicht mehr dort. Allerdings war es das letzte Mal ein bisschen unheimlich. Ich hatte das Gefühl, als sei da jemand, aber es war niemand da, wenn Sie wissen, was ich meine.«

»Du willst damit sagen, es spukt da? Guter Gott, Odette, du glaubst doch nicht an Geister?«, entfuhr es Fitz.

»Eigentlich nicht«, erwiderte sie verlegen. »Aber ich will auch nicht behaupten, dass es sie nicht gibt.«

»Weibliche Logik«, seufzte Fitz. »Na, viel Glück, Mädel. Ich lad dich auf ein Bier ein, bevor ich wieder zurückfahre.«

Am Abend nach dem Essen beschloss Odette, ein ausgedehntes Bad zu nehmen. Sie ließ sich in das warme, schaumige Wasser gleiten, lehnte sich zurück und dachte über Zanana nach. Gleich morgen würde sie hinfahren, entschied sie.

»Es ist also eine komplizierte Geschichte, was?«, meinte der füllige Fotograf auf der Fahrt nach Kincaid. »Da wird die Madam Chefredakteurin aber nicht erfreut sein. Komplizierte Geschichten mag sie nicht. Man kann ja nicht von den Lesern verlangen, dass sie zu viel denken.«

»Quatsch, Max«, schnappte Odette, die diesen Spruch schon in verschiedenen Variationen gehört hatte. Sie beschrieb ihm die verwirrende Geschichte eines romantischen alten Hauses, das von phantastischen Gärten umgeben war, seine Rolle in der Gesellschaft von Sydney zu Beginn des Jahrhunderts, die Tragödie der ersten Besitzer, die spätere Rolle als Genesungsheim für Veteranen des Ersten Weltkriegs, die mysteriöse plötzliche Schließung und den nachfolgenden Verfall. Und jetzt die gierigen Hände der Bauspekulanten, die danach griffen.

»Da sind ein paar interessante Aspekte, die ich noch tiefer ergründen muss, und es gibt eine Menge unbeantworteter Fragen.«

Max stieß einen leisen Pfiff aus. »Du suchst dir aber auch immer die schwierigsten Sachen raus.« Das Auto näherte sich dem großen Tor von Zanana. »Und jetzt?«

Max hielt an, Odette stieg aus und rüttelte am Tor. Es war fest verschlossen.

»Sieht nicht so aus, als ob wir auf das Grundstück kommen könnten«, sagte Max.

»O doch, es gibt einen Weg. Komm mit«, grinste Odette. Vorsichtig bestieg »Allzeitbereit« das schmale Ruderboot. Odette saß am Heck, die Kameratasche zwischen den Füßen.

»Ich weiß nicht, ob das so eine tolle Idee war, Odette.«

»Keine Bange, Max. Das ist kinderleicht. Ich bin früher dauernd nach Zanana gerudert. Willst du, dass ich die Ruder übernehme?«

»Nein, das krieg ich schon hin«, murmelte er, schob die

Ruder ins Wasser und umfasste die Enden mit seinen großen Pranken.

Sie fuhren bei strahlendem Sonnenschein los, und Odette verspürte die altvertraute Erregung vor einem Besuch in Zanana. Ein Gefühl, das sie in die Kinderzeit zurückversetzte und sie minutenlang in Erinnerungen versinken ließ. Plötzlich bemerkte sie die Mangroven.

»Oje, ich hoffe nur, dass der Anlegesteg noch steht«, sagte sie laut.

Eines der Ruder platschte aufs Wasser. »Himmel, Odette, ich hab keine Lust, ans Ufer zu waten.«

»Hör auf herumzunörgeln, Max. Ich kenne den Fluss gut. Bin hier aufgewachsen.«

Wieder gingen Odettes Gedanken zurück zu den glücklichen Stunden, die sie auf dem Fluss verbracht hatte, allein oder mit ihren Eltern. Sie erzählte Max nichts davon, dass Sheila und Ralph hier im Fluss ertrunken waren. Es war eine traurige Erinnerung, die nur selten hervorgeholt wurde. Sie verspürte immer noch einen schmerzhaften Stich bei dem Gedanken an ihre Eltern, besonders an ihrem Geburtstag und zu Weihnachten. Aber meist bewahrte sie die Erinnerung an sie in ihrem Herzen wie ein warmes, sanft glühendes Stück Kohle, das immer da war, stetig und zuverlässig. Odette spürte, dass sie über sie wachten und wussten, wie es ihr erging. Sie bemühte sich, nur an die schönen Zeiten zu denken.

Hinter einer Biegung des Flusses spähte Odette um Max' stämmige Gestalt herum.

»Schau, er ist immer noch da.«

Der schwitzende Fotograf lehnte sich auf die Ruder und sah über die Schulter. Der Steg hing schief im Wasser und war in der Mitte offenbar durchgesackt. Durch die Reste des Bootshauses war der Himmel zu sehen.

»Sieht nicht gerade stabil aus.«

Odette betrachtete Max' schwergewichtige Figur, »Ich geh als Erste und probier's aus, sonst musst du ans Ufer rudern, deine Hosenbeine aufkrempeln und durch den Schlamm waten.«

»Na prima«, seufzte Max.

Aber als sie näher an den alten Anlegesteg kamen, entdeckte Odette die Löcher, wo die Holzplanken weggefault waren. »Ich glaube, wir müssen beide durch die Mangroven, Max.«

Sie banden das Ruderboot an einen Baum, zogen die Schuhe aus und bahnten sich ihren Weg durch den blauschwarzen Schlamm und die verhedderten Mangrovenwurzeln, Odette vorneweg. Sie fand den Bambushain, obwohl der Pfad hindurch kaum noch zu erkennen war. Doch schließlich gelangten sie auf der untersten Terrasse an, und Max sah hinauf zu den Steinbalustraden und den stufenförmig angelegten Terrassen, die zu den Bäumen rund um die Villa führten. Der Turm und das Dach des Hauses waren gerade noch zu sehen.

Wieder stieß Max einen leisen Pfiff aus. »He, das muss ja ein toller Anblick gewesen sein, als das alles noch in Schuss war, was?«

In der Nähe des Schwimmbeckens fanden sie einen noch funktionierenden Wasserhahn, wuschen ihre Füße und setzten sich auf den dekorativen Steinsitz, um sich die Schuhe anzuziehen. Das Becken war voller Unkraut, und sogar Baumschösslinge hatten in der dicken Lage vermoderter Blätter, die das ganze Becken bedeckte, Wurzeln geschlagen.

»Soll ich davon eine Aufnahme machen?«, fragte Max und deutete mit dem Fotoapparat in Richtung Schwimmbecken.

»Nein. Da gibt es bessere Motive«, sagte Odette und schob sich durch das Gebüsch, hinter dem die Grotte verborgen war. Max bückte sich, wühlte in seiner Kameratasche herum und legte einen Film in den Apparat ein.

»Komm und sieh dir das mal an. Es ist wunderschön«, rief Odette. »Nun mach schon, Max.«

Als er sie erreichte, zog Odette vorsichtig die Ranken beiseite und legte die kleinen Orchideen frei, die in den Spalten der von Menschenhand geschaffenen Höhlen blühten. »Schau mal rein, da gibt es niedliche kleine Figuren. Jemand mit einer blühenden Phantasie muss sich große Mühe gegeben haben, das hier zu bauen.«

Max kroch hinein und schaute in die Ecken und Winkel der verschlungenen Höhlen. »Ich glaube, da brauche ich das Blitzlicht«, sagte er und ging mit seiner üblichen Tüchtigkeit ans Werk.

Ein Stück weiter fand Odette etwas, das wie ein dicker Baumstumpf aussah, aus dem große Farnbüschel herauswuchsen. In kleinen abgebrochenen Zweigen hockte ein winziges, aus Stein geformtes Opossum und lugte hinter einer Buschorchidee hervor. Um den Fuß des Baumstumpfs wuchs ein Ring großer Pilze, auf denen zierliche Märchenfiguren saßen. Odette streckte die Hand aus und berührte den Baumstumpf und die Pilze. Alles war aus Stein, jetzt bedeckt mit Moos und den Luftwurzeln der Orchideen und Bromelien.

Vorsichtig teilte Odette die Blätter der Pflanzen auf dem steinernen Baumstumpf und fand ein eingeritztes Herz mit den verschlungenen Initialen B und K.

»Noch ein Hinweis«, flüsterte sie, während Max' Blitz das Dämmerlicht der Grotte erhellte.

Nur unter Schwierigkeiten gelang es ihr, Max von dem versunkenen Garten fortzuzerren, in dem die Sonnenuhr immer noch Wache hielt.

»Sieh mal da oben, Max«, rief Odette mit stockender Stimme.

Die Rosen standen in voller Blüte. Sie hatten Zeit und Vernachlässigung überdauert und den Kampf gegen Unkraut und Gras, unregelmäßige Wasserzufuhr und jede Witterung gewonnen. Sie hatten sich über die Beete und Lauben ausgebreitet, hatten sie mit ihren dornigen Armen umschlungen und sich dem Himmel entgegengestreckt. Wie ein Sternenhimmel war das wirre Gebüsch mit leuchtenden Blüten übersät.

Odette atmete tief ein. »Riech mal. Immer, wenn ich den Duft von Rosen rieche, werde ich hierher nach Zanana zurückversetzt.«

»Sie sind prächtig. Absolut überwältigend.« Für einen Augenblick hatte Max seine Kamera völlig vergessen. Dann hob er langsam den Apparat und begann die Rosen zu fotografieren.

Er stieg hinauf, aber es war unmöglich, weiter vorzudringen. Also beschloss er, sie mit dem Weitwinkelobjektiv aufzunehmen.

Odette fand die rustikale Gartenbank noch immer intakt, befreite sie von verwelkten Blättern und Zweigen, setzte sich und sah dem Fotografen zu.

Als Max den Film verknipst hatte, setzte er sich neben sie und legte eine neue Rolle ein.

»Kannst du dir vorstellen, dass das hier alles mit Bulldozern eingeebnet wird?«, fragte Odette.

»Das wäre ein Verbrechen. Man sollte es wieder herrichten und der Öffentlichkeit zugänglich machen. Junge, das muss wirklich mal großartig gewesen sein. Wie sieht denn die Villa aus?«

»Oh, die Villa hat ihren eigenen Zauber. Aber es gibt noch ein kleines Haus, das ganz außergewöhnlich ist. Komm, lass uns weitergehen.«

»Was bedeutet Zanana eigentlich?«, fragte Max, während er ihr auf dem Weg zwischen den überwachsenen

Blumenbeeten und dem kniehohen Gras folgte, das einmal ein gepflegter Rasen gewesen war.

»Weißt du, es ist mir ja peinlich, das zuzugeben, aber in all den Jahren, in denen ich hierher kam, ist mir nicht einmal in den Sinn gekommen, dass es überhaupt etwas bedeuten könnte. Erst als ich mit den Recherchen angefangen habe, las ich in einer der alten Zeitungen, dass der Name aus Indien stammt. Er bezeichnet die abgeschiedenen Räume in den Palästen, in denen die Frauen untergebracht waren – die Maharanis und Konkubinen und ihr Gefolge. Die mysteriösen verschleierten Frauen, die von Eunuchen bewacht wurden.«

Max blieb stehen und drehte sich um. »Meine Güte, willst du damit sagen, das hier war so was wie ein privater Harem?«

Odette lachte über seinen verblüfften Gesichtsausdruck. »Das glaube ich kaum, Max. Zanana bedeutet gleichzeitig Zufluchtsort. Der ursprüngliche Besitzer, Robert MacIntyre, stammte aus Schottland, verbrachte die Flitterwochen in Indien und baute dann das hier für seine Frau«, erklärte Odette im Weitergehen.

Max achtete darauf, wohin er auf dem brüchigen Plattenweg trat, und sah nicht, was vor ihnen lag, bis Odette leise sagte: »Das hat er auch für seine Frau gebaut.«

Mit offenem Mund starrte Max den kleinen indischen Palast vor ihnen an. Die bunten Glasscheiben funkelten im Sonnenlicht, die Marmorkuppel und die anmutigen Säulen wirkten immer noch glatt und alterslos trotz der Schimmelflecken, kleiner Vogelnester, toter Blätter und Zweige, die sich überall angesammelt hatten.

Sie gingen die Stufen hinauf, und Odette zögerte vor der Tür. »Können wir rein?« Max merkte, dass er flüsterte.

»Ja. Es ist nur so, dass ich beim letzten Mal, als ich hier war ... ein seltsames Erlebnis hatte«, erwiderte Odette.

»Was denn für ein Erlebnis?«, fragte Max vorsichtig.

»Ach, eigentlich nichts. Nur meine blühende Einbildungskraft, nehme ich an. Aber ich hatte das Gefühl, dass jemand da drin war ...«

»Sich da drin versteckte, meinst du?«

»Nein, ein Geist oder so was. Eine Frau ...«

»Oh, es spukt also da drin! Na, dann ist ja alles in Ordnung«, lachte Max, trat an ihr vorbei und gab der geschnitzten Tür einen kräftigen Schubs.

Sie öffnete sich widerstrebend mit einem Quietschen der rostigen Türangeln. Max trat ein und stieß erneut seinen unvermeidlichen Pfiff aus. »Ich kann's nicht glauben. Mein lieber Mann, das ist ja phantastisch!«

Odette trat neben ihn und seufzte erleichtert auf. Das indische Haus war noch intakt. Genauso, wie sie es in Erinnerung hatte.

»Was ist das?« Max ging weiter hinein.

»Ein Bett. Leg dich drauf und schau zum Baldachin hinauf.«

Er warf ihr einen verwirrten Blick zu, kam aber ihrer Aufforderung nach, schaute nach oben, und ein breites Grinsen legte sich über sein Gesicht. »Ah, das ist ja unglaublich. Himmel, sind diese Steine echt? Das Blattgold muss auf jeden Fall echt sein.«

»Keine Ahnung. Ich habe mir immer gerne vorgestellt, dass der edelsteinbedeckte Himmel echt ist.«

Max setzte sich auf und schaute sich um. »Weißt du, es wäre schade, wenn das bekannt würde. Vandalen könnten hier eindringen, vor allem, wenn sie meinen, hier wären echte Juwelen zu holen. Nein, sie können nicht echt sein«, entschied er.

»Das war mein Geheimversteck«, gestand Odette. »Ich kann es nicht zulassen, dass es zerstört wird. Ich traue Eden Davenport und diesen Hacienda Homes einfach nicht.

Mach ein paar Aufnahmen, dann gehen wir rauf zur Villa. Ich glaube nicht, dass wir reinkommen. Einmal war ich drin ... vor langer Zeit, aber da hatte ich Hilfe.«

Während Max damit beschäftigt war, das Innere und Äußere des indischen Hauses zu fotografieren, saß Odette draußen im Sonnenlicht auf den Stufen, tief in Gedanken versunken. Das Gefühl, durch die Zeit zu treiben, an einem anderen Ort, in einer anderen Zeit zu sein, überkam sie, und wieder spürte sie eine Präsenz. Sie schloss die Augen und konzentrierte sich, versuchte ihre Gedanken auf das zu richten, was sie fühlte, in der Hoffnung, vor ihrem inneren Auge etwas Bildhaftes zu sehen.

Aber sie sah nur wirbelnde, glitzernde Lichtpunkte, als hätte ihr jemand schimmernden Feenstaub in die Augen gestreut und sie für einen Moment geblendet. Odette spürte eine leichte Berührung an der Schulter.

»Was ist, Max?« Sie drehte sich um.

Aber da war niemand.

Ein Schauer überlief sie, und sie sprang auf. »Max!«

Der Fotograf streckte den Kopf aus der Tür. »Ja?«

Odette antwortete nicht, dann sagte sie mit schwacher Stimme: »Ich glaube, wir sollten jetzt besser zur Villa hinaufgehen.«

»Gut, machen wir.« Er hängte sich den Fotoapparat über die Schulter und griff nach seiner Kameratasche.

Schweigend führte Odette ihn an den Ställen und dem Torhaus vorbei zur Hauptauffahrt, die zur Villa führte.

»Ja, da soll mich doch ...« Max blieb wie angewurzelt stehen, als die volle Pracht des Hauses in Sichtweite kam. »Mir fällt bald nichts mehr ein. Mann!« Er stellte die Kameratasche ab und betrachtete staunend die großartige Villa.

Odette lächelte ihn an. »Das ist schon was, nicht? Von hier aus ist der Blick auf den Fluss und die Gärten ganz besonders schön. Da drüben sind die Molkerei, der Obstgarten und die Farm.«

Max schüttelte in stummer Bewunderung den Kopf. »Wie die damals gelebt haben müssen! Hat bestimmt 'ne Menge Geld gekostet, das alles zu unterhalten.«

»Tja, ich glaube, das wurde für sie auch immer schwieriger. Das große Haus wurde nach dem Ersten Weltkrieg als Genesungsheim für Kriegsveteranen genutzt. Eigentlich ein bisschen traurig. So habe ich das Innere des Hauses auch in Erinnerung – Überreste einer prächtigen edwardianischen Inneneinrichtung, vermischt mit lauter altem Krankenhausinventar.«

»An so einem Ort würde ich schnell wieder gesund werden. Wer hat denn hier gelebt nach dem Kerl, der es gebaut hat?«

»Genau da wird die Sache etwas verwirrend. Wie in den alten Zeitungen zu lesen ist, ist seine Frau bei der Geburt ihres Kindes gestorben und er nicht lange danach. Ein Bootsunfall. Aber was genau passiert ist, muss ich noch herausfinden. Es gibt ein Foto der alten Haushälterin und einer Miss Kate MacIntyre, das während des Ersten Weltkriegs aufgenommen wurde. Das muss demnach die Tochter gewesen sein, aber was mit ihr und dem Besitz passiert ist, weiß ich nicht. Als ich als Kind herkam, stand das Haus schon seit Jahren leer, und es gab einen Verwalter, aber der ist vor einigen Jahren weggezogen, wie ich gehört habe, und seitdem wohnt hier niemand mehr.«

Max betrachtete das Haus, während sie miteinander sprachen. Ein seltsamer Ausdruck huschte über sein Gesicht. »Bist du sicher, dass hier niemand wohnt?«

»Na ja … sicher bin ich nicht, warum?«, fragte Odette vorsichtig.

»Ich dachte, ich hätte am Fenster im ersten Stock einen Schatten gesehen und der Vorhang hätte sich bewegt. Ich hoffe, wir kriegen keine Schwierigkeiten wegen unerlaubten Eindringens.«

Odette schaute rasch hinauf, konnte aber nichts entdecken. »Vielleicht hast du den Geist gesehen, der mir auch schon begegnet ist.«

Sie gingen um das Haus herum und durch das lavendelfarbige Licht des Gewächshauses. »Junge, dieses Glas muss ein Vermögen wert sein. Hübsche Idee, fördert das Wachstum der Pflanzen«, meinte Max bewundernd.

»Am Ende des Gewächshauses sind die Küche und der Küchengarten«, sagte Odette, als sie bei dem mit Unkraut überwachsenen Kräutergarten wieder in den Sonnenschein hinaustraten.

Hier draußen war alles freundlich, sonnig und friedvoll. Sie befanden sich auf der hinteren Seite der Villa. Das Gitterwerk, das den Küchengarten umgab, war teilweise zerbrochen.

Odette und Max hatten dem Haus den Rücken zugekehrt und betrachteten die überwachsenen Beete, auf denen unter dem Unkraut noch einige duftende Kräuter hervorlugten.

Verwundert stellten sie fest, dass jemand hier vor kurzem Unkraut gejätet haben musste.

Die Stille des sonnigen Morgens wurde jäh unterbrochen, als die Küchentür mit einem Knall aufgestoßen wurde. Erschreckt fuhren sie herum, und Odette kam es so vor, als stürzte sich ein großer schwarzer Vogel auf sie.

Eine hoch gewachsene, hagere alte Frau, ganz in Schwarz gekleidet und mit wirr abstehendem grauweißem Haar, fuchtelte mit einem Stock herum und kreischte: »Gehen Sie! Gehen Sie weg! Wer sind Sie? Diebe, Eindringlinge, Vandalen!«

Max trat einen Schritt zurück und hob die Hände mit einer beschwichtigenden Geste. Odette bewegte sich nicht, und die Frau humpelte auf ihren Stock gestützt auf sie zu und schüttelte ihre knochige Faust.

»Verschwinden Sie! Lassen Sie mich in Ruhe! Sie haben hier nichts zu suchen! Das ist mein Haus!«

»Hören Sie, es tut uns leid, Lady, wir wussten nicht, dass hier jemand wohnt. Wir führen nichts Böses im Schilde, haben uns nur umgesehen«, entschuldigte sich Max besänftigend.

Odette hatte die alte Frau nicht aus den Augen gelassen. »Wer sind Sie?«, fragte sie. »Ist das wirklich Ihr Haus?«

Die Frau wandte ihre Aufmerksamkeit von Max ab und funkelte Odette mit kalter Hochmütigkeit an. »Wer ich bin?« Sie richtete sich auf, stützte sich mit beiden Händen auf ihren Stock und sagte mit Nachdruck: »Ich bin die Herrin von Zanana. Das hier ist immer mein Heim gewesen. Und das wird es auch immer bleiben. Jetzt wissen Sie, wer ich bin, Sie vorwitziges junges Ding. Und es spielt keine Rolle, wer Sie sind«, fügte sie hinzu. »Gehen Sie jetzt bitte.«

Mit einer herrischen Geste verschränkte sie die Arme und ließ den Stock von ihren knotigen Händen herabbaumeln. Sie erinnerte Max an eine ausgemergelte Königin Viktoria. Und ihre Kleidung entsprach auch dem Geschmack und dem Stil jener Zeit. Das schwere schwarze Seidentaftkleid war bis zu dem hohen Kragen zugeknöpft und schwang in einer Halbkrinoline bis auf den Boden herab. Der Rock war hinten mit einer Turnüre gestützt, und die schwarzen Jettperlen und Knöpfe am Mieder glitzerten in der Sonne.

Odette bemerkte, dass die schwarze Spitze am Ende der langen Ärmel ausgefranst war, und nach dem Geruch zu urteilen, war das Kleid lange nicht gewaschen worden. Die Spitzen staubiger, schwarzer Knopfstiefel schauten unter dem Saum des langen Kleides hervor.

Odette erwiderte den arroganten Blick. »Mein Name ist Odette Barber, ich bin Reporterin, und Sie haben durchaus nicht immer hier gewohnt. Das Haus hat jahrelang leer gestanden. Wer sind Sie?«

»Das ist mein Haus. Ich bin die Herrin von Zanana.«

»Schon gut, schon gut. Nett, Sie kennen gelernt zu haben.«

Max wollte den Rückzug antreten und gab Odette Zeichen mit den Augen, aber sie beachtete ihn nicht.

»Wenn Sie die Herrin von Zanana sind, warum lassen Sie dann zu, dass das Grundstück parzelliert und bebaut wird?«, beharrte sie.

Die Augen der Frau verengten sich. »Sie tun, was ich sage. Zanana gehört mir. Das ist mein Heim. Und Sie befinden sich auf meinem Grundstück. Verschwinden Sie, oder ich rufe die Polizei.«

»Lass uns gehen, Odette.«

Odette hatte noch jede Menge Fragen an die seltsame alte Frau. Sie sah ihr nach, als sie auf dem Absatz kehrtmachte und zum Haus zurückging. Dort stand sie in der dunklen Höhle des Türeingangs, bevor sie nach einer weiteren drohenden Gebärde mit ihrem Stock die Tür zuwarf.

Max machte sich eilig auf den Rückweg durch die Gärten. »Na, die gibt deiner Geschichte ja noch einen besonderen Reiz. Sie sieht aus, als hätte sie seit dem letzten Jahrhundert hier gehaust. Wahrscheinlich total plemplem.«

»Exzentrisch vielleicht, aber nicht verrückt«, erwiderte Odette. »Die Frage ist, wer ist diese Herrin von Zanana?«

In der Redaktion arbeitete Odette bis spät in die Nacht am ersten Teil ihrer Reportage über den Aufstand der Vorortbewohner gegen die Bauspekulanten, die einen Teil des historischen Erbes ihrer Heimat zerstören wollten. Die mysteriöse Herrin blieb ein Geheimnis, ein Rätsel, dessen Lösung noch gefunden werden musste.

Sie legte ihr Manuskript auf den Schreibtisch der Chefredakteurin, zusammen mit einer Auswahl hervorragender Bilder von »Allzeitbereit«, der, angesteckt von ihrem Enthusiasmus und dem Gefühl, dass Eile geboten war, Stunden in der Dunkelkammer verbracht hatte.

Als sie mit Max vor dem Heimgehen noch eine Tasse Tee trank, war Odette von einem warmen Gefühl der Zufriedenheit erfüllt. Ihr erster Schuss in der Schlacht zur Rettung Zananas war abgefeuert worden.

Kapitel zweiundzwanzig

Bangalow 1930 – 1940

Der Flur des Krankenhauses lag verlassen da. Durch den Gang, der zu Station C führte, drang ein gelegentliches Husten, das Knacken und Knirschen der Metallbetten, und zuweilen blitzte es weiß auf, wenn eine Krankenschwester vorbeieilte.

Für ein Krankenhaus war es ungewöhnlich ruhig. Aber auf Station C war es nicht die Stille erholsamer Ruhe, sanfter Erneuerung und Heilung. Es war die schreckliche Einsamkeit betäubter, von Schmerzen erfüllter Seelen, die mit dem Schwinden ihres Lebenswillens langsam der Realität entglitten. Nur ein gelegentliches Stöhnen, der Ruf nach einer Schwester, ein Klingeln, das Quietschen und Rattern des Essenswagens oder das seltene Schnattern von Stimmen durchbrachen die Stille.

Die im letzten Zimmer von Station C liegende Gestalt war so schmächtig, dass die Decke und die weißen Laken den Körper darunter zu erdrücken schienen. Das Gesicht auf dem Kissen war von Schmerz zerfurcht und zeigte einen Ausdruck der Niedergeschlagenheit und des Verlangens, von den Ketten des Lebens befreit zu werden.

Auf einem Stuhl neben dem Bett, den er so nah wie möglich herangezogen hatte, saß Wally Simpson. Er sehnte sich verzweifelt danach, dem antiseptischen Krankenhausgeruch zu entfliehen, an die Luft zu kommen und sich eine

Zigarette anzuzünden. Aber er wagte nicht wegzugehen. Jeden Augenblick konnten sich die bläulichen Augenlider öffnen und ein verwirrter Blick den seinen suchen.

Die Gestalt unter der Bettdecke erzitterte leicht, und als Wally sich vorbeugte, schlug Sid Johnson verstört die Augen auf, doch der verhärtete Zug um seinen Mund entspannte sich, als er Wally sah.

»Wie geht's dir, Kumpel? Hast ein bisschen gepennt, was?«, lächelte Wally.

»Scheint alles zu sein, was ich noch fertig kriege. Dazu hab ich dort, wo ich hingehe, noch genügend Zeit. Tut mir leid, Kumpel. Warum hast du mich nicht geweckt?«, flüsterte Sid.

»Was! Um mir von dir den Kopf abreißen zu lassen? Ich hab's nicht eilig. Dieser Drachen von einer Oberschwester wird sich hüten, mich rauszuschmeißen. Hab ihr gesagt, ich würde hier bleiben, um mit meinem alten Kumpel zu plaudern.«

Sid hielt sich am Bettrand fest und versuchte sich aufzurichten, hatte aber nicht die Kraft dazu. Sein Gesicht verzerrte sich vor Schmerz, und seine Schultern sackten zusammen. Wally stand auf, schob seine Hand unter Sids Achselhöhle und half ihm hoch.

Sid sagte nichts, bedankte sich für die Hilfe aber mit einem Nicken und glättete die blau und weiß gestreiften Ärmel seines Pyjamas.

Wally wartete, bis Sid wieder bei Atem war, dann fragte er: »Möchtest du eine Tasse Tee?«

Sid schüttelte den Kopf. Wally flüsterte ihm verschwörerisch zu: »Aber ich. Ich geh und schnorr mir eine und sag, sie wäre für dich. Bin gleich zurück.«

Beide Männer waren froh über diesen kleinen Aufschub, der eine, weil es ihn quälte zu sehen, wie viel Tapferkeit sein Freund aufbrachte, um seine Schmerzen vor ihm zu verbergen, der andere, weil er sich wünschte, seine Qual wäre nicht so offensichtlich und mitleiderregend.

Während er auf seinen Tee wartete, ging Wally rasch durch eine Seitentür nach draußen und zündete sich eine Zigarette an. Sich fröhlich zu geben, um seinen alten Freund aufzumuntern, kostete ihn große Anstrengung. Er wusste, dass Sid Nettie vermisste, die vor zwei Jahren an einem Tumor gestorben war. Innerhalb von sieben Jahren hatte sich ihrer aller Leben so dramatisch und tragisch verändert.

Und alles hatte mit Kates und Bens Unfall begonnen.

Wally war nicht mehr in einem Krankenhaus gewesen seit der furchtbaren Zeit, die er und Gladys an Kates Krankenbett gesessen und sie verzweifelt ins Leben zurückgewünscht hatten. Wally war überzeugt, wenn ein Mensch einen anderen durch seine Willenskraft retten könnte, dann hätte Gladys Kate MacIntyre Johnson aus der Schattenwelt des Todes zurückgeholt.

Es hatte ihm das Herz gebrochen, Kates schönes Gesicht mit Verbänden bedeckt zu sehen. Der Arzt hatte ihnen bereits gesagt, dass Kate verunstaltet wäre und blind bleiben würde, aber Gladys hatte das beiseite gewischt.

»Sie wird es schaffen, warten Sie's ab. Kate, Kate, ich bin bei dir. Dein kleiner Junge ist in Sicherheit, ihm ist nichts passiert. Jetzt werden wir dafür sorgen, dass du wieder gesund wirst. Ich habe dein ganzes Leben lang für dich gesorgt, liebstes Kind, genau wie für deine wunderschöne Mama. Halt dich an mir fest, lass mich dir Kraft geben, Kate, sei stark.«

Gladys hatte sich über das Bett gebeugt und Kates Hände ergriffen, ihre Tränen tropften auf die schneeweißen Verbände, und sie ließ all ihre Liebe und Willenskraft durch ihre Fingerspitzen in Kates kühle, stille Hände fließen.

Wally hatte sich im Hintergrund gehalten, er bangte um sie beide. Leise trat er zu seiner Frau und legte ihr die Hand auf die Schulter. »Ganz ruhig, Liebes. Sie kann dich nicht hören. Du machst dich nur kaputt. Lass es sein.«

Sie hatte seine Hand abgeschüttelt. »Nein«, sagte sie entschieden. »Ich kümmere mich um Kate. Sie braucht mich mehr denn je.«

Und als sie da standen und auf Kates verbundenen Kopf hinunterschauten, von dem nur die Nasenlöcher und der Mund zu sehen waren, hatten sich Kates bleiche Lippen bewegt. Gladys beugte sich tiefer herab. »Sag's mir, Kate ... was ist? Ich bin hier bei dir, meine Kleine.«

Wally hatte versucht, ihr die Worte von den Lippen abzulesen, voller Furcht, dass sie nach Ben fragen würde. Sie war nicht in der Verfassung, den Tod ihres geliebten Mannes verkraften zu können.

Ein schwaches Lächeln spielte um ihre Lippen, und sie flüsterte kaum hörbar: »Ich komme ...«

Gladys verstärkte ihren Griff und umklammerte Kates Hand mit ihren geschwollenen, abgearbeiteten Händen. »Nein! Kate, bleib hier ... geh nicht weg«, rief sie gequält.

Wally legte seinen Arm um Gladys und sagte sanft: »Ganz ruhig, Gladys. Lass sie, du ängstigst sie nur.«

Tränen strömten über Gladys' Gesicht. Immer noch hielt sie Kates Hand umklammert in dem Versuch, sie davon zurückzuhalten, in den dunklen Abgrund zu gleiten, der sie voneinander trennen würde. Mit einer wilden Entschlossenheit, die Wally in Angst versetzte, klammerte sie sich an Kate und streichelte ihre Hand, als ringe sie mit einem übermächtigen Gegner um ihr geliebtes Kind.

Aber für Kate war es anders, als Gladys es sich vorstellte.

Kate war im Rosengarten von Zanana. Sie saß auf Catherines Lieblingsbank, den Kopf mit geschlossenen Augen zum Himmel erhoben. Die Sonne schien ihr warm ins Ge-

sicht, eine Biene summte, und der Duft der Rosen lag in der Luft. Ein Gefühl großer Zufriedenheit und Freude erfüllte sie, und sie öffnete langsam die Augen. Sie war nicht überrascht, bei den Rosen am anderen Ende des Gartens eine wunderschöne junge Frau stehen zu sehen. Die Frau trug ein langes, cremefarbenes Spitzenkleid, dessen hoher Kragen am Hals mit einer Kameenbrosche geschmückt war. Das Spitzenmieder lag eng an ihrem Körper an, und der weite Rock aus Seidenchiffon bauschte sich bis zum Boden. Ihr hellblondes Haar war aufgesteckt, und ihre leuchtenden, saphirblauen Augen glichen denen von Kate.

Kate lächelte. »Hallo ... Mutter.« Die Gestalt bewegte sich nicht, aber Kate sah sie lächeln. »Du siehst genauso aus wie auf den Bildern und Fotografien von dir in Zanana, nur noch schöner.«

Kate erhob sich von der Bank und ging langsam über den gewundenen Weg durch den Garten auf die Gestalt zu. »Ich habe es so sehr vermisst, dich an meiner Seite zu haben. Ich wollte über so vieles mit dir reden.« Wieder lächelte die Gestalt und winkte sie mit einer sanften Geste zu sich.

»Ich komme, Mutter ... ich komme.«

Die Erscheinung drehte sich um, schwebte aus dem Garten, und Kate folgte ihr.

»Nein! O Gott, nein! Nein! Nein!« Gladys ließ ihren Kopf auf Kates Brust sinken und schluchzte laut auf.

Die Augen voller Tränen, zog Wally sie hoch und führte sie ein Stück beiseite. »Ruhig, ganz ruhig, Liebste. Es ist vorbei. Und es ist am besten so.«

Die Oberschwester und eine andere Schwester kamen hereingeeilt, die Oberschwester beugte sich rasch über Kate, drehte sich dann zu ihnen um und schüttelte den Kopf.

Als Wally die völlig gebrochene Gladys aus dem Zimmer führte, zog die Schwester das Laken hoch und bedeckte Kates Gesicht.

Die Oberschwester kam ihnen nach und hielt Wally am Arm zurück. »Es tut mir leid, Sie in einem solchen Moment stören zu müssen, aber Sie haben Besuch, Mr. Simpson. Aus Sydney. Wenn Sie mir folgen möchten, die Dame wartet in meinem Büro. Ich werde eine der Schwestern bitten, Ihrer Frau ein Beruhigungsmittel zu geben.«

Wally nickte nur.

Die Oberschwester öffnete die Tür zu ihrem Büro und entschuldigte sich, um Gladys ein Glas Wasser und eine Tablette bringen zu lassen.

Die klassisch gekleidete Mrs. Dashford erhob sich von der lederbezogenen Polstercouch und reichte ihnen die Hand.

»Ich bin sofort gekommen, als ich hörte, dass Kate in kritischer Verfassung ist. Hector bat mich, Ihnen sein tief empfundenes Mitgefühl auszusprechen, leider kann er nicht hier sein, es geht ihm nicht gut. Angesichts des Ernstes der Lage fand Hector es wichtig, dass ich herfahre und einige Papiere bringe; nur für den Fall.« Sie schwieg, als Gladys zu schluchzen begann.

»Ist etwas passiert?«

Gladys sank in einen Sessel und verbarg das Gesicht in den Händen, ihre Schultern bebten vor Kummer.

Wally erklärte leise mit erstickter Stimme: »Kate ist gerade von uns gegangen. Es stand in den letzten Tagen auf Messers Schneide.«

Eine Krankenschwester kam herein und führte Gladys in ein kleines Nebenzimmer, wo sie ihr ein Glas Wasser und zwei Tabletten reichte.

Eine Mischung verschiedenster Gefühle glitt über das sonst so gefasste Gesicht der anderen Frau. »Oh, es tut mir entsetzlich leid. Mein tiefstes Beileid, Mr. Simpson. Das ist jetzt nicht der passende Augenblick. Ich will Sie nicht länger behelligen. Ich bin im Commercial Hotel abgestiegen, wir müssten uns zu einem späteren Zeitpunkt kurz zusammensetzen. Die Situation ist jetzt ziemlich kompliziert, vom rechtlichen Standpunkt aus gesehen.«

»Was meinen Sie damit, Mrs. Dashford?«

»Es müssen Papiere unterzeichnet werden, die Ben und Zanana betreffen. Hector meinte, das müsse so rasch wie möglich geschehen. Und jetzt, durch das traurige Ableben von Mrs. Johnson, kommt natürlich auch die Frage der Zukunft ihres Kindes hinzu.«

»Der arme kleine Alec. Gladys und ich werden uns natürlich um ihn kümmern.« Wally setzte sich, völlig niedergeschmettert.

»Von Rechts wegen gehört der Junge zu seinen Großeltern, Sid und Nettie Johnson. Solche Dinge müssen genau ausgearbeitet werden. Ich werde Hector anrufen, um ihm die traurige Nachricht von Kates Tod mitzuteilen, und ihn bitten, die entsprechenden Papiere zu schicken. Kate und Ben haben ihr Testament bei uns hinterlegt. Ich werde so lange wie nötig hier bleiben.«

Wally sah hinüber zu Gladys, die neben der Schwester saß. »Ich glaube, es wäre am besten, wenn wir alles so schnell wie möglich hinter uns bringen könnten. Es ist schon schwer genug für Gladys. Ich werde mit Sid und Nettie reden. Es wird nicht leicht sein, ihnen das beizubringen, nachdem sie bereits Ben verloren haben.«

»Selbstverständlich. In Ordnung. Wir werden alles möglichst bald fertig stellen. Dafür sorge ich. Ich nehme an, Sie werden sich um die … Beerdigung kümmern?«

Wally strich sich mit der Hand über die Stirn. »Ja, das werden wir wohl … Gladys möchte sicher, dass Kate nach Zanana zurückgebracht wird. Um dort beigesetzt zu werden. Bei den anderen Familienmitgliedern.« Er wandte sich ab, unfähig, weiterzusprechen.

Die großgewachsene, dünne Frau legte ihm für eine Sekunde die schwarz behandschuhte Hand auf den Arm. »Mein Beileid Ihnen allen«, wiederholte sie. »Das ist alles sehr tragisch. Ich werde mich morgen mit Ihnen in Verbindung setzen.«

Leise verließ sie den Raum.

Kate war in Zanana beerdigt worden, neben ihren Eltern. Nach einer schlichten Zeremonie waren Gladys, Wally, Sid und Nettie ein letztes Mal über das Grundstück gegangen.

»Wir haben auch schöne Zeiten hier erlebt, glückliche Zeiten, nicht wahr, Nettie?«, bemerkte Gladys. »Aber das ist vorbei. Alles vorbei.«

Die vier gingen schweigend weiter, alle dachten an den kleinen Jungen, um den sich momentan Freunde in Bangalow kümmerten. Gladys war diejenige, die aussprach, was sie alle dachten. »Das hier sollte Alecs Zuhause sein. Seine Großeltern haben es für ihre Kinder und die nachfolgenden Generationen gebaut. Es ist etwas Außergewöhnliches. Robert betete Catherine an, Ben und Kate sind hier aufgewachsen und haben sich ineinander verliebt. Alec sollte die Familiengeschichte fortführen.«

»Was wird jetzt mit Zanana geschehen?«, fragte Nettie.

Sid seufzte. »Mrs. Dashford hat es mir erklärt, aber ich muss sagen, ich fand es zu dem Zeitpunkt schwierig, das alles zu begreifen. Der Besitz ist mit Schulden überlastet, es liegt eine Hypothek darauf. Ich fürchte, er muss verkauft werden, und was dann noch übrig bleibt, wird in einen Treuhandfonds für Alec übergehen. Zum Glück haben Ben und Kate daran gedacht, ein Testament zu machen.«

»Was wird aus Alec werden ... in den kommenden Jahren?«, fragte Wally vorsichtig. Sid und Nettie hatten die

Vormundschaft für ihren Enkel bekommen, aber beide waren nicht mehr jung. Nettie war gebrechlich und Sid bei schlechter Gesundheit.

»Keine Bange, wir werden uns alle um ihn kümmern, das ist doch klar«, sagte Gladys schärfer, als sie beabsichtigt hatte.

Wally blieb stumm. Wie sollten sie in diesem Stadium ihres Lebens noch ein Kind großziehen? Er behielt seine Gedanken für sich, aber er wusste, dass eine Lösung des Problems noch ausstand.

Sie bemühten sich. Gott, wie schwer die vier sich plagten, um sich gemeinsam um das Baby zu kümmern. Aber innerhalb weniger Monate war Nettie mit dem Verdacht auf einen Tumor zusammengebrochen, und Gladys hatte die tägliche Pflege von Alec übernommen, den sie jeden Tag ein paar Stunden zu seiner kranken Großmutter brachte. Bald wurde ihnen klar, dass sie eine traurige, aber notwendige Entscheidung treffen mussten. Gladys hatte sich bis zum Ende dagegen gewehrt, wusste aber im Grunde ihres Herzens, dass diese Lösung das Beste für das Kind war.

Alec wurde zur Adoption freigegeben. Gladys wollte unbedingt mit dem Paar in Verbindung bleiben, das ihn zu sich nahm, doch ihr wurde gesagt, es sei besser für alle Beteiligten, die Verbindungen abzubrechen. Wenn Zanana verkauft würde, ginge das Geld in einen Treuhandfonds für Alec über, bis er einundzwanzig werden würde. Die Dashfords würden sich um die rechtliche Seite kümmern und Alec von seinem Erbe unterrichten.

Man sagte ihnen, Alec sei zu gutherzigen Farmersleuten gekommen, die ihr einziges Kind verloren hatten und keine Kinder mehr bekommen konnten. Das Paar wusste vage über Alecs Herkunft Bescheid – dass seine Eltern bei einem Autounfall ums Leben gekommen waren und in einem großen Haus in Sydney gewohnt hatten. Sie hatten vor,

Alec die Einzelheiten über seine Familie und die Adoption zu erzählen, wenn er volljährig wäre. Bis dahin würde er ein geordnetes Leben in der Obhut zweier warmherziger und freundlicher Menschen führen, die hofften, dass ihr Adoptivsohn einmal die Farm übernehmen würde, wenn sie sich zur Ruhe setzten. Was auch immer er von seinen Eltern erben mochte, sie hofften, er würde es in die Farm stecken, die zu seinem Zuhause werden würde.

»Er bekommt ein gutes Zuhause bei Menschen, die ihn naturverbunden aufziehen werden. Ben hätte das bestimmt gefallen«, sagte Wally tröstend zu Gladys.

Aber von dem Moment an, da Gladys Kates kleinen Sohn der Frau von der Adoptionsagentur übergeben hatte, war jeder Lebensfunke aus ihr gewichen. Ihre Augen wurden trüb, ihr Verhalten lustlos. Sie schleppte sich durch jeden Tag, und nichts, was Wally tat, schien sie aufmuntern zu können. Sie besuchte Nettie fast täglich, und die beiden Frauen teilten ihren Kummer. Nettie klammerte sich starrköpfig ans Leben, trotz der Meinung des Arztes, dass sie nur noch Monate zu leben hatte.

Wally bestand darauf, dass auch Gladys zum Arzt ging, der aber keine körperlichen Mängel feststellen konnte. Als er allein mit Wally darüber sprach, sagte er traurig: »Sie ist wie ein Pferd – ihr Wille ist gebrochen. Sie hat den Kampf aufgegeben. Wenn Sie nicht etwas finden können, was ihr Interesse und ihren Tatendrang weckt, wird sie einfach langsam verlöschen.«

»Es ist nicht ihr Wille, Doktor, es ist ihr Herz, das gebrochen ist«, erwiderte Wally. »Und dafür gibt es noch kein Heilmittel.« Er setzte seinen Hut auf und verließ die Praxis, ernüchtert und traurig.

Tief in ihrem Inneren wusste Gladys es auch. Eines Abends kam sie in das kleine Wohnzimmer, wo Wally die Zeitung las und Radio hörte. Einen Moment lang blieb sie schweigend stehen und hielt eine kleine Schachtel an die Brust gedrückt. »Wally?«

»Ja, Schatz?« Wally legte die Zeitung beiseite und nahm die Brille ab.

Gladys blieb bei der Tür stehen, die Arme noch immer um die Pappschachtel geschlungen. »Falls ich es dir nie richtig gesagt habe, du bist sehr gut zu mir gewesen. Als ich Harold verlor, dachte ich, es sei alles zu Ende. Du hast mir den Lebensmut wiedergegeben und mir geholfen weiterzumachen. Du bist mein bester Freund gewesen, Wally.« Eine Träne rann ihr über die Wange.

»Komm, komm. Was soll das alles?« Wally ging zu ihr und legte ihr unbeholfen den Arm um die Schultern. »Hier, setz dich erst mal, Gladys. Möchtest du eine Tasse Tee? Fühlst du dich nicht gut?«

»Doch, doch. Ich wollte nur sichergehen, dass du weißt, was ich empfinde. Du bist ein guter Mann, Wally. Du warst nie nur der zweitbeste, weißt du. Unsere Liebe war eben anders, nicht wahr?«

»Ja, das war sie. Aber das heißt nicht, dass sie schlechter war. Wir haben beide einen Ehepartner und Freund verloren und einander gefunden. Wir haben Glück gehabt. Ich glaube, ich hab dir das auch noch nie richtig gesagt«, seine Stimme wurde etwas undeutlich, »aber ich liebe dich, Gladys. Du bist die Beste.«

Sie nickte, denn sie wusste, welche Gefühle hinter diesen schlichten Worten lagen.

»Darum wollte ich auch, dass du über das hier Bescheid weißt.« Sie stellte die Schachtel zwischen sie beide aufs Sofa. »Da drin sind meine Kostbarkeiten. Ich will nicht, dass irgendwas damit passiert, dass sie vielleicht irgendwann einmal weggeworfen werden. Ich möchte, dass du darauf aufpasst, und wenn die Zeit gekommen ist ... eines Tages wirst du wissen, wem du sie geben sollst. Vielleicht gelangen sie ja irgendwie zu Alec zurück, damit er erfährt, wie das alles war.«

»Was ist denn da drin?«, fragte Wally leise.

»Nichts, was für jemand anderen wichtig oder wertvoll wäre. Mein Tagebuch, das ich geführt habe, seit ich nach Zanana kam. Ein paar Fotos und Briefe, mehr nicht. Aber für mich sind sie wichtig, Wally.« Sie sah ihn mit einem gequälten und sorgenvollen Ausdruck an.

Wally legte seine Hand auf die ihre. »Ich passe gut darauf auf, keine Bange, Gladys. Mir ist klar, wie viel diese Dinge dir bedeuten.« Er schaute sie an, und sie tauschten einen Blick tiefen Verständnisses aus. Gladys' Gesicht wurde wieder weich, und ihre traurigen Augen bekamen einen warmen Schimmer.

Wally richtete sich energisch auf. »Aber nun hör mal, was soll das alles? Du wirst noch lange hier rumwirtschaften und allen auf die Nerven gehen, wenn ich längst nicht mehr bin. Wie wär's jetzt mit einer Tasse Tee? Ist noch was von dem Kuchen übrig?«

Die dünne Fassade des Alltags baute sich wieder zwischen ihnen auf, und Gladys griff nach der Schachtel, wischte sich über das Gesicht und schob sich eine graue Strähne hinter das Ohr. »Ich setz den Kessel auf, und ja, es ist noch Kuchen übrig. Ich hab ihn in der Speisekammer versteckt, damit wir später noch was haben. Du hättest ihn sonst ja auf der Stelle verputzt«, schimpfte sie gutmütig, als sie das Zimmer verließ.

»Du bist eben eine zu gute Köchin«, rief er ihr nach. Aber die Fröhlichkeit klang ein wenig gezwungen. Er hatte das Gefühl, ihm würde das Herz zusammengedrückt, und das Atmen fiel ihm schwer. Tränen traten ihm in die Augen und rannen durch die tiefen Furchen und Falten seines Gesichts. »O Gladys, du wirst mir so fehlen«, flüsterte er.

Gladys starb eine Woche später friedlich im Schlaf.

Die Dashfords sorgten dafür, dass Gladys in Zanana begraben wurde, wie sie es sich gewünscht hatte. Zwei Jahre später starb Nettie, und nun lag Sid im Krankenhaus.

Wally wusste, dass er seinen alten Freund nicht mehr aus dem Krankenhaus heimbringen würde. Bald würde er ganz allein sein auf der Welt. Der enge Freundeskreis, Gladys, Sid und Nettie und auch Harold und Wallys erste Frau Enid – alle tot. Er hatte Freunde und Bekannte in Bangalow, aber die Verbindungen zu seiner Jugend waren nun abgebrochen. Als er an die Freundschaften und Bindungen dachte, die über die Jahre entstanden waren, fragte er sich, was wohl aus den Kameraden geworden war, die das Entsetzen des Weltkriegs mit ihm geteilt hatten.

Er drückte seine Zigarette aus und kehrte an Sids Krankenbett zurück.

Auch Sid mussten ähnliche Gedanken durch den Kopf gegangen sein. »Wenn ich nicht mehr bin, wirst du ganz allein sein«, sagte er. »Was wirst du dann mit dir anfangen, Wally? Sitz bloß nicht rum und warte darauf, dass man dich mit den Füßen voran aus dem Haus trägt. Hat keinen Zweck, nur so rumzuhängen. Ich hab mir oft gewünscht, ich wär mal nach Frankreich gekommen. Um zu sehen, wie es da war. Ich hab's immer bedauert, dass sie mich abgewiesen haben und dass ich nicht mit euch Burschen da rübergehen konnte.«

»Du hast hier deinen Teil getan, Sid. Es war die Hölle, und wir haben eine Menge unserer Kameraden verloren, aber wir hatten auch gute Zeiten, das kann ich dir sagen. Mir kommt da eine Idee, Sid. Wenn du wieder bei Kräften bist und hier rauskommst, könnten wir das zusammen machen. Nach Frankreich fahren. Was hältst du davon?«

»Mach dich doch nicht lächerlich, Wally. Ich komm hier nie mehr raus. Aber ich fänd's prima, wenn du das machen würdest. Versprich mir, dass du was unternimmst und nicht nur einfach auf das Ende wartest. Das macht keinen Spaß, glaub's mir, Kumpel.«

Wally konnte nicht sprechen, griff nach der Hand seines Freundes und drückte sie.

»Na gut«, sagte er schließlich. »Ich setz meine Denkkappe auf und mach ein paar Pläne.«

Aber Wally fiel es schwer, sich vorzustellen, irgendetwas ohne die fröhliche Kameradschaftlichkeit seiner Gladys zu unternehmen, und außerdem gestattete ihm seine Pension nicht, große Sprünge zu machen. Also werkelte er im Haus und im Garten herum und füllte seine Tage zwischen den Krankenbesuchen bei Sid mit kleinen Aufgaben aus.

Sechs Wochen später kam er auf Station C und fand die grünen Vorhänge um Sids Bett zugezogen. Schweren Herzens zog er sie mit einem metallischen Klirren zur Seite. Das Bett war leer.

Eine junge Krankenschwester kam auf ihn zugeeilt. »Es tut mir leid. Wollten Sie zu Mr. Johnson?«

Wally nickte.

»Er ist heute Morgen gestorben. Sind sie ein Verwandter?«

»Nein. Sein Freund. Sein einziger Freund.«

Aus der Reise nach Übersee wurde nie etwas. Wally blieb in Bangalow und machte in der gleichen einfachen Routine weiter wie bisher. Es war nur noch die Hülle seines früheren Lebens, und er merkte mehr und mehr, dass er zwar in der Gegenwart existierte, aber in der Vergangenheit lebte. Er saß in der Sonne im Garten, und die Stunden vergingen unbemerkt, während er die Kriegsjahre mit Harold und dem jungen Ben nacherlebte und vor allem all die glücklichen Jahre in Zanana.

Im Jahr 1940, nachdem Australien in den Krieg eingetreten war und die Engländer im Kampf gegen die Deutschen unterstützte, zog Wally nach Sydney um, in das Kriegsveteranenheim von Bondi. Auf dem Land und in den ländlichen Städten übernahm die Women's Land Army viele der vorher von Männern ausgeführten Arbeiten, und Wally fühlte sich überflüssig und einsam. Als er von einem Kameraden aus seinem Bataillon hörte, der in Bondi lebte, beschloss Wally, seine Heimatstadt endgültig zu verlassen.

Er verkaufte das Häuschen, packte zwei Kisten und zwei Koffer, schickte sie voraus und nahm den Bus nach Lismore, um mit dem Nachtzug nach Süden zu fahren. Der Bus hielt in der Stadtmitte, und Wally spazierte durch die Keen Street, bevor er den Weg zum Bahnhof einschlug.

Er kam am Rathaus vorbei und blieb einen Moment stehen, während er zusah, wie sich ein junges Paar vor dem Rathausportal fotografieren ließ. Sie hatten sich gerade standesamtlich trauen lassen.

Wie jung sie sind, dachte Wally mit einem Blick auf die sehr kindlich wirkende Braut in ihrem rosa Kostüm mit dem großen Blumenbukett am Aufschlag und einem Hut in einem tieferen Rosa auf dem Haar, das in weichen Wellen ihr Gesicht einrahmte.

Der junge Mann mit dem frischen Gesicht war in Uniform und trug den Schlapput lässig auf dem Kopf. Sie lächelten den Fotografen strahlend an.

Wally konnte zwar nicht verstehen, was sie sagten, aber der junge Mann stupste seine kindliche Braut mit dem Ellbogen an. »Zieh deinen Bauch ein, Sally.«

»Dafür ist es zu spät, Alec. Das lässt sich nicht mehr verstecken«, kicherte sie, hängte sich an seinen Arm und sah ihm lachend in die blauen Augen.

Zwei ihrer Freunde, die bei dem Fotografen standen, winkten ein Taxi herbei. Sie öffneten die Türen und warteten auf das letzte Klicken des Fotoapparats. Der Fotograf nahm eine Karte aus seiner Brusttasche, schrieb etwas darauf und reichte sie dem jungen Mann. »Hier. Die Fotos werden fertig sein, wenn Sie von der Hochzeitsreise zurückkommen.«

Das Mädchen zog den frisch gebackenen Ehemann mit sich zum Taxi.

»Beeil dich, Alec, sonst verpassen wir den Zug.«

Unter Gelächter stiegen die vier ein, und das Taxi fuhr davon.

Wally ging mit schwerem Herzen weiter und dachte daran, wie sorglos er und seine Kameraden in den Krieg gezogen waren, den sie für ein großes Abenteuer gehalten hatten.

Diese Generation würde es doch bestimmt besser wissen. Wozu sonst all die Opfer? Die Geschichte schien sich zu wiederholen. Würde dieser junge Mann zu seiner Kindbraut zurückkehren? Wenn ja, dann wird aus dem Jungen ein verbitterter Mann geworden sein, dachte Wally.

Auf dem Ecksitz seines Zweiter-Klasse-Abteils hörte Wally das schrille Pfeifen, das Zischen der komprimierten Luft aus den Bremsen und dann den mit lautem Puffen ausströmenden Dampf. Dann glitt auch schon der Bahnhof vorbei, als sich der Zug in Richtung Sydney in Bewegung setzte. Bald nahm er Geschwindigkeit auf, und das rhythmische Rattern der Räder sowie das sanfte Schaukeln waren tröstlich und beruhigend.

Wally schaute aus dem Fenster und hielt den Blick in die Ferne gerichtet, als ihm plötzlich einer von Gladys' Lieblingssprüchen einfiel: »Du musst vorwärts schauen, Wally. Ganz egal, was kommt, sieh nach vorne.«

An der Spitze des Zuges fuhr die große Lokomotive mit langem, schrillem Pfeifen in die Nacht.

Kapitel dreiundzwanzig

Sydney 1971

Eden faltete sorgfältig die Mittelseite des *Daily Telegraph* zusammen und lehnte sie gegen eine leere Vase auf dem Frühstückstisch. Obwohl er sich darauf zu konzentrieren schien, sich eine weitere Tasse Kaffee einzuschenken, war er mit den Gedanken bei Odettes Artikel. Wenn auch nichts Abschätziges über seine Pläne für Zanana gesagt wurde – ja, Eden wurde sogar kaum erwähnt –, war er trotzdem verstimmt über die Reportage. Während er abwesend an seinem Toast knabberte und hin und wieder einen Schluck Kaffee nahm, las er den Artikel noch einmal durch, überprüfte die Details, suchte nach Fehlern, nach dem Ursprung seiner Gereiztheit.

Trotz der Jahre der Vernachlässigung fingen die Fotos die architektonische Pracht der Villa und die Schönheit der einst sorgsam gepflegten Gärten ein. Die Zusammenfassung der Geschichte des Besitzes war faszinierend, wenn auch große Lücken blieben, die Odette die Möglichkeit gaben, auf Geheimnisse und Intrigen hinzudeuten. Er las diesen Teil des Artikels mehrere Male, bevor er sich den Einzelheiten der momentanen Auseinandersetzung widmete.

Es wurde berichtet, dass der vergessene Besitz am Fluss, bewohnt von einer alten Einsiedlerin, aber offenbar vernachlässigt, ein wertvolles, mehrere Hektar großes Ufergrundstück war, um das nun von zwei verschiedenen Seiten erbittert gekämpft wurde. Auf der einen Seite stand die Baugesellschaft Hacienda Homes, die eine Kaufoption erwirkt und einen Antrag auf Umwandlung in Bauland gestellt hatte, ihre Baupläne aber erst später bekannt geben würde. Auf der anderen Seite stand eine Bürgerinitiative, geführt von Mrs. Flora Bramble. Ein Komitee mit dem Namen »Rettet Zanana« kämpfte nicht nur um die Erhaltung des geschichtsträchtigen Hauses, sondern vertrat auch die Meinung, dass sich bei den Bürgern ein immer stärkeres Bewusstsein für die Notwendigkeit durchsetzte, historische Stätten zu bewahren.

Mrs. Bramble wurde zitiert, die dargelegt hatte, dass die fünfziger Jahre ein Jahrzehnt der Erneuerung und der Modernisierung um jeden Preis gewesen seien. In den Sechzigern sei ein neues Bewusstsein dafür entstanden, dass man die Dinge auch anders handhaben könne und dass ein neues Zeitalter bevorstehe. In diesem Jahrzehnt nun hoffe sie, dass die Stimme des Volkes sich erhebe und von den Politikern und anderen einflussreichen Persönlichkeiten wahrgenommen und gehört werde. Sie fügte hinzu, dass die Notwendigkeit bestehe, die Vergangenheit zu respektieren und die Symbole vergangener Tage zu bewahren. Damit seien nicht nur prächtige alte Gebäude gemeint, sondern auch einfache Behausungen, die bedeutsam für die Entwicklung Australiens seien – Siedlerhäuser, klassische Schafscherschuppen, Gehöfte, Läden und städtische Bauten.

Diese Denkweise werde von der Regierung und den Behörden als etwas Neues betrachtet, von örtlichen Gemeinden aber begeistert aufgenommen, weil ihnen klar werde, dass auch sie eine Stimme hätten. Eden fand, dass sich die Darlegungen Mrs. Brambles etwas übertrieben anhörten, und fragte sich, ob Odette Barber der Vororthausfrau die Worte nicht in den Mund gelegt hatte.

Eden hatte durchaus Verständnis für die Einstellung dieser Leute, wünschte sich aber, sie würden ein bisschen besser begreifen, was er für Zanana geplant und entworfen hatte. Er war der Meinung, der Artikel sei unfair gegenüber Hacienda.

An diesem Morgen stand Odettes Telefon nicht still. Die Leute von der Bürgerinitiative aus Kincaid waren begeistert und wollten Odette wissen lassen, wie sehr sie es begrüßten, dass sie ihr Anliegen so hervorgehoben hatte. Ein oder zwei Radiostationen wollten sie für ein Interview, und ein paar Journalisten, die sie von anderen Zeitungen kannte, baten sie um Kontakttelefonnummern in Kincaid.

Es gab mehrere Gründe für das Interesse der anderen Medien – die kleinen Leute, die es mit einem großen Bauunternehmen aufnahmen, die Neuheit, dass gewöhnliche Bürger ein altes Gebäude und dessen Gärten retten wollten, und die traditionelle Saure-Gurken-Zeit, die sich in diesem Sommer ungewöhnlich lange hinzog. Die Zanana-Geschichte war vielleicht ein Anzeichen für das Ende der Saure-Gurken-Zeit, obwohl die meisten Redakteure glaubten, dass diese »Geschichtsvernarrtheit« keine Zukunft hätte. Es war jedoch eine willkommene Abwechslung zu der ständigen Anti-Vietnam-Debatte.

Wieder klingelte das Telefon. »Odette Barber.«

»Eden Davenport.«

»Oh.« Odette hatte erwartet, dass er anrufen würde, und trotzdem traf sie seine Stimme wie ein elektrischer Schlag. »Hallo«, fügte sie mit neutraler Stimme hinzu, erstaunt, wie schwer es ihr fiel, überhaupt etwas herauszubringen.

»Eine nette Geschichte, die Sie da gebracht haben, aber ich denke, Sie hätten wenigstens die Höflichkeit besitzen können, vorher mein Angebot anzunehmen, sich die Entwürfe für das Gelände anzusehen. Ich finde, Sie waren nicht sehr fair zu Hacienda ... oder zu mir.«

»Mr. Davenport, ich ...«

Eden unterbrach sie. »Ach, hören Sie doch auf mit dieser Förmlichkeit, Odette. Ein gemeinsamer Lunch mag zwar keine lebenslange Freundschaft bedeuten, aber ich dachte doch, wir hätten uns auf eine rationale Herangehensweise an diese Sache geeinigt – zwei vernünftige Menschen aus gegnerischen Lagern, die bereit sind, einander zuzuhören.«

Wieder, wie schon beim Lunch, verunsicherte sie seine Direktheit. »Es tut mir leid ... Eden.« Es fiel ihr schwer, seinen Namen auszusprechen, als käme das einer Kapitulation gleich. »Ich bin immer noch bereit zuzuhören. Was hat Sie an der Geschichte denn so gestört? Ich habe sehr sorgfältig darauf geachtet, alle Fakten korrekt darzustellen. Bitte sagen Sie mir genau, was inkorrekt war.«

»Na ja, inkorrekt war eigentlich nichts ... mich stört mehr das, was Sie ausgelassen haben. Sie haben das Bauvorhaben mit zwei kurzen Absätzen abgetan. Haben den Eindruck entstehen lassen, es handle sich um scheußliche Sozialbauten. Warum haben Sie sich meine Entwürfe nicht angesehen und eine zutreffende Beschreibung geliefert?«

»Dazu hatte ich keine Zeit. Der Redaktionsschluss wurde vorverlegt«, log sie. »Auf jeden Fall hätte es auch nicht viel geholfen, da ich in diesem Artikel nur einen allgemeinen Überblick gegeben habe, ohne auf nähere Einzelheiten einzugehen. Und ich habe nicht den Eindruck erweckt, es handle sich um Sozialbauten. Das interpretieren Sie nur hinein.«

»Blödsinn!«, explodierte Eden.

»Lesen Sie es mir vor«, schnappte Odette zurück. »Lesen Sie mir die Stelle vor!«

Schweigen am anderen Ende bis auf Papierrascheln.

»Also?«, fragte Odette ruhiger.
»Schauen Sie, es liegt an dem, was Sie nicht sagen.« Sein Ton war besänftigend. »Einander anzuschreien bringt uns auch nicht weiter, oder?«

Odette entspannte sich und lehnte sich zurück. »Nein, Sie haben Recht. Das Gespräch fängt an, sich im Kreis zu drehen.«

»Werden Sie sich meine Entwürfe ansehen, bevor Sie den nächsten Artikel schreiben?«

»Ja. Das hatte ich sowieso vor. Es lag nur an der Zeit.«

»Wie wär's dann mit morgen? Um zehn Uhr?«

»Sie haben es aber eilig.«

»Vielleicht versuche ich ja nur, mit Ihnen Schritt zu halten.«

»Gut, also morgen um zehn.« Aber bevor sie auflegte, sagte Odette zu ihrer Überraschung: »Und keine gegenseitigen Angriffe mit harten Gegenständen, ja?«

Eden lachte. »Nein, keine Angriffe. Versprochen.«

Odette bürstete an ihrem Haar herum, ungehalten und gereizt, weil es sich nicht glätten lassen wollte und seinen »eigenwilligen« Tag hatte. Sie hatte ein paar Tropfen von ihrem Lieblingsparfüm »Rosejoy« aufgetragen, wünschte sich, sie hätte etwas anderes angezogen, und fragte sich plötzlich, warum sie so ein Theater wegen ihres Aussehens machte. »Also gut, Eden Davenport, dann lass uns mal sehen, was du mit meinem Zanana vorhast«, sagte sie zu sich selbst, als sie aus der Redaktion stapfte und ein Taxi herbeiwinkte.

Eden begrüßte sie mit einem warmherzigen Lächeln und einem freundlichen Händedruck. Sie lehnte sein Angebot einer Tasse Kaffee ab. Er hob die Hände in gespielter Bestürzung. »Kommen Sie, ich habe eine sehr schicke Espressomaschine, die echten italienischen Kaffee produziert.«

»Na gut«, seufzte sie, ließ sich auf einem beigefarbenen Ledersofa nieder und schaute sich in seinem Büro um. Es war aufgeräumt, modern gestaltet und in verschiedenen Schattierungen von Creme und Beige gehalten. Diverse Topfpflanzen in Aluminiumtöpfen waren über den Raum verteilt, und große gerahmte Nahaufnahmen von einer Blume, einem Farnwedel und einem Baumstumpf brachten als einzige Dekorationsobjekte sanfte Farben in den Raum. Eine Auswahl ausländischer Zeitschriften über Landschaftsgärtnerei und Architektur lag ordentlich ausgebreitet auf dem aus Stahl und Glas gefertigten Couchtisch.

»Sein Geschmack neigt deutlich der Moderne zu«, dachte sie. »Sentimentalität und die Vergangenheit scheinen hier keinen Platz zu haben. Trotzdem wirklich attraktiv. Er hat auf jeden Fall Stil.«

Eden reichte ihr einen hohen weißen Becher mit aromatisch duftendem Kaffee und setzte sich neben sie. »Jetzt lassen Sie mich Ihnen erklären, auf welcher Grundlage meine Pläne für Hacienda entstanden sind. Die Firma hat einen Antrag auf Umwandlung in Bauland gestellt und eine Option erworben, Zanana zu kaufen, wenn der Antrag angenommen wird.«

»Und wenn nicht?«, unterbrach sie.

»Dann war alles umsonst, und die Option verfällt automatisch.«

»Reden Sie weiter. Der Kaffee ist übrigens wirklich gut.«

»Hacienda hat mir gesagt, die Sache wäre eine, wie soll ich sagen, sensible Angelegenheit. Sie wollten, dass ich eine Bebauung entwerfe, die angenehm für das Auge ist, praktisch und erschwinglich – für sie und für potenzielle Käufer – und sich in die Umgebung einfügt. Ungewöhnlich war, dass sie die Entwürfe haben wollten, bevor der Stadtrat zusammentritt. Sie meinten, das sei vielleicht förderlich für ihr Anliegen.«

»Sie sind zu bescheiden. Sie wollen damit doch sagen, dass der Stadtrat, wenn er Ihre Modelle und Entwürfe vor Augen hat, so begeistert und beeindruckt sein wird, dass er dem Antrag zustimmen wird.«

Eden betrachtete Odette eindringlich, während er zu entscheiden suchte, ob sie das spaßig gemeint hatte. Ihr Gesichtsausdruck blieb unverbindlich. »Vielleicht war das Haciendas Intention. Die Leute von Hacienda kamen zu mir, weil sie meine Arbeit kannten. Sie gilt als ziemlich innovativ, selbst wenn das unbescheiden klingen mag. Vielleicht sollten wir uns erst mal ansehen, worüber wir hier sprechen.«

Odette stellte ihren Becher auf den Couchtisch und folgte Eden in sein Arbeitszimmer. Es war ähnlich wie der Empfangsbereich gehalten, nur dass hier ein großer Tisch mit Stapeln von Papier und aufgerollten Plänen stand. An diesem Tisch war eine silberfarbene Klemmlampe angebracht. Daneben stand ein in Leder gerahmtes Foto von einem Mann in Armeeuniform mit dem typischen auf einer Seite hochgeschlagenen Schlapphut, der mit ernstem Gesicht in die Kamera blickte. Es war der einzige persönliche Gegenstand im ganzen Büro.

In einer Ecke des Raumes stand ein weiterer weißer Tisch, auf dem sich ein maßstabsgerechtes Modell der Gärten von Zanana befand. Odette hatte zunächst den Eindruck, eine Puppenhauslandschaft vor sich zu haben.

Edens Ton wurde professionell. »Hier ist der Fluss und der Gesamtgrundriss des Geländes. Wie Sie sehen können, sind es Flachbauten im Ranchhaus-Stil, vom Charakter her aber eher australisch mit umlaufenden Veranden und einfachen abgerundeten Dächern. Ich habe so viele Bäume und Büsche wie möglich stehen lassen, um das Vorhandene zu nutzen. Ich halte nichts davon, alles einzuebnen und dann neu zu bepflanzen. Umsichtige Planung kann das

Beste von dem, was vorhanden ist, mit dem Besten von dem, was zu bauen ist, verbinden. Das ist ein ziemlich neues Konzept, es sieht eine lockere Bebauung vor mit dazwischen liegenden Rasenflächen, Fahrradwegen, Spielplätzen und so weiter.«

»Also, wenn man schon Vorortsiedlungen bauen muss, dann ist das hier hübscher und innovativer als die meisten von ihnen«, gab sie widerstrebend zu. »Es ist nur schade, dass es ausgerechnet in Zanana sein muss.« Plötzlich beugte sie sich vor und nahm das Modell genauer in Augenschein. »Da fehlen ja alle Originalgebäude. Sie haben keine Modelle davon gemacht?«

Eden sah unbehaglich aus. »Ich glaube nicht, dass sie zur Gesamtplanung gehören.«

»Sie wollen doch wohl nicht das Haus und all die alten Gebäude abreißen, oder?« Odette funkelte ihn wütend an.

»Ehrlich gesagt, Odette, ich weiß nicht, was Hacienda damit vorhat. Die alten Farmgebäude müssen den neuen Häusern weichen. Aus rein wirtschaftlichen Gründen. Der Rest des Besitzes auf den oberen Terrassen gehört nicht zu dem Gelände, für das meine Häuser geplant sind. Ich nehme an, die alte Villa wird in keinem guten Zustand mehr sein. Und außerdem lebt ja die alte Dame noch dort.«

»Was passiert, wenn sie stirbt? Woher wollen Sie wissen, dass Hacienda dann nicht alles abreißt?«

Eden zuckte die Schultern.

Odette wandte sich ihm wütend zu. »Und es scheint Ihnen offenbar auch egal zu sein. Sie haben Ihren Teil erledigt, nicht wahr? Später, wenn die alte Dame stirbt oder das Haus abgerissen wird, erwarten Sie wohl, dass man Sie damit beauftragt, irgendeine moderne Monstrosität dorthin zu bauen!« Sie spie das Wort »modern« geradezu aus.

»Jetzt übertreiben Sie wieder. Nicht alle modernen Gebäude sind hässlich, wissen Sie«, gab Eden zurück.

»Doch, wenn sie etwas ersetzen, das klassisch und schön und außergewöhnlich und historisch ist.«
»Und kurz vor dem Verfall.«
»Woher wollen Sie das wissen, Sie haben gesagt, Sie wären nicht dort gewesen.«
»Ich habe einen Inspektionsbericht.«
»Von Hacienda, vermute ich. Die würden alles behaupten, um die Sache durchzuboxen.«
»Sie sind unfair, Odette. Wir müssen alle gelegentlich Kompromisse schließen, wissen Sie ...«, meinte Eden in besänftigendem Ton.
»Ich nicht. Nicht, wenn es auf Kosten von etwas so Einmaligem geht.« Odette war so wütend, dass sie sich plötzlich den Tränen nahe fühlte. Wie sollte sie diesem Mann den Zauber von Zanana beschreiben, die starke Anziehung, die es auf sie ausübte? Den Platz, den es in ihrer Erinnerung einnahm? Zanana war das Heiligtum ihrer Kindheit. Sie hatte sich vorgestellt, dass es unverändert weiter bestehen würde, bis in alle Ewigkeit.

Eden schaute sie mit kaltem Blick an. »Was für einige etwas Einmaliges sein mag, muss es für andere noch lange nicht sein. Halten Sie es für richtig, dass heutzutage eine reiche Person allein einen solchen Besitz bewohnt und ihn verkommen lässt, wenn er einer breiteren Öffentlichkeit zur Verfügung stehen könnte?«

»Also wirklich«, sagte Odette mit kaum verhohlener Verachtung. »Jetzt hören Sie sich an wie ein Sozialist. Außerdem geht es den Leuten in Kincaid ja genau darum ... um Zugang für die breitere Öffentlichkeit.«

»Aber sehen Sie denn nicht, dass sie alle nicht praktisch denken? Es geht um Ökonomie ... nicht um Geschichte«, argumentierte Eden frustriert. »Und mit dieser Geschichtsschwärmerei lässt sich kein Geld verdienen. Sie lassen zu, dass ein Traum die Realität verzerrt, über die Sie berichten sollten.« Er ballte die Fäuste, versuchte seine Wut zurückzuhalten. »Verdammt noch mal ... Sie sind einäugig!«

Odette funkelte ihn an, ebenso wütend wie er. Sprachlos sah Eden zu, wie sie zornig ihren Stift und ihren Block in die Tasche stopfte und aufstand. »Ich glaube, Sie haben völlig verquere Wertmaßstäbe. Ich gehe. Vielen Dank für den Kaffee. Wiedersehen.« Sie wirbelte herum, stapfte hinaus und knallte die Tür hinter sich zu.

»Wo bleibt Ihre journalistische Objektivität?«, rief er ihr nach.

Sie hörte es, obwohl die Tür geschlossen war und sie schon draußen auf den Stufen stand, und es versetzte ihr einen Stich. Sie ärgerte sich, dass sie keinen harten Gegenstand zur Hand gehabt hatte.

Der Tag wurde durch einen Anruf von Mick O'Toole gerettet. Sie tauschten Neuigkeiten aus, und Odette berichtete ihm von Davenports Entwurf.

»Ich habe das Modell gesehen und die Baupläne – wenigstens Teile davon. Ich bin ziemlich an die Decke gegangen, als ich sah, dass zumindest in diesem Stadium keine Vorkehrungen dafür getroffen worden sind, die alten Gebäude zu erhalten. Eden Davenports Konzept für eine Bebauung mit viel Grün ist okay – wenn es nicht für Zanana wäre.«

Odette war sich der Ambivalenz bewusst, mit der sie Edens Plänen gegenüberstand. O'Tooles Erwiderung riss sie aus ihren Gedanken.

»Tja, das ist doch nur Publicity, nehme ich an. Das bedeutet gar nichts.«

»Was meinen Sie damit, Mick?«

»Baupläne werden im Allgemeinen erst vorgelegt, wenn die Bebauung genehmigt worden ist. Hacienda will damit nur den Eindruck erwecken, dass sie etwas sehr Ansprechendes planen. Aber das bedeutet nichts, sie unterliegen keiner rechtlichen Verpflichtung, das auch auszuführen. Das Bauunternehmen kann die Pläne verwerfen, nachdem der Antrag genehmigt worden ist, und mit etwas völlig anderem kommen.«

»Tatsächlich? Glauben Sie, Davenport weiß das?«

»Na, er muss zumindest wissen, dass es durchaus im Bereich des Möglichen liegt, aber im Allgemeinen kann man davon ausgehen, dass niemand so einen Auftrag vergibt, wenn er die ganze Arbeit später nicht nützen will.«

»Außer man möchte einen guten Eindruck machen und den Stadtrat beeinflussen.«

»Genau. Darüber hinaus könnte Hacienda, wenn der Antrag genehmigt ist, seine Option verkaufen, und der Käufer könnte mit dem Bauland dann machen, was er will.«

Odette stieß einen leisen Pfiff aus. »Wie wird sich Ihrer Meinung nach der Stadtrat entscheiden, wenn der Antrag zur Debatte steht?«

»Schwer zu sagen. Das ›Rettet Zanana‹-Komitee hat sich stark engagiert und bestimmt einige der Stadträte auf seine Seite gezogen. Es wird zweifellos eine interessante Sitzung werden. Sie steht für nächsten Donnerstag auf der Tagesordnung.«

Odette wusste, dass sie darüber auf jeden Fall berichten musste. Sie plante als Fortsetzung ihrer Reportage eine Reihe von Artikeln für die Morgenzeitung. Da die Sache jetzt das Interesse von Funk und Fernsehen erregt hatte, konnte die wöchentlich erscheinende *Women's Gazette* nicht mehr als Erste davon berichten. Aber Odette spürte, dass am Ende eine gute Hintergrundgeschichte für die *Gazette* dabei rausspringen würde.

Wie diese Geschichte aussehen würde, wusste sie noch nicht. Verwirrende Fakten, Bilder, Gefühle und Möglichkeiten wirbelten ihr durch den Kopf. Noch nie war sie an einer Geschichte gefühlsmäßig so stark beteiligt gewesen. Sie bemühte sich stets um Objektivität und hatte oft gemerkt, dass sie ihre Gefühle im Zaum halten musste, um sich nicht durch eine emotionale Reaktion auf die Person, die sie interviewte, beeinflussen zu lassen. Erst einmal zuvor hatte sie einen Artikel mit so viel persönlicher Betroffenheit geschrieben – ihre Geschichte über Zac und die Zigeunerkönigin Cerina.

Fitz' Zynismus und seine herausfordernden Fragen hatten sie gelehrt, eine Geschichte immer von zwei Seiten zu betrachten. Vernebelte ihre Bindung an Zanana die Fakten? War sie Eden Davenport gegenüber ungerecht?

Sie wünschte, sie könnte mit Zac darüber reden. Während der Jahre im Ausland waren ihre verwirrten Gefühle zur Ruhe gekommen, und jetzt, wo er international berühmt war und in Fernsehshows auftrat, wo seine Musik ständig im Radio gespielt wurde und seine Platten Verkaufshits geworden waren, hatte sie sich an seine Rolle als Troubadour des Volkes gewöhnt. Er konnte nie nur einem einzigen Menschen gehören. Aber sie vermisste seine Weisheit und erwischte sich oft bei dem Gedanken, was Zac wohl zu diesem und jenem sagen würde.

Es war schmerzlich gewesen, Zac loszulassen, als sein Stern aufstieg. Aber sie erkannte, wie außergewöhnlich er war und dass sie nach wie vor miteinander verbunden waren. Sie würden nie ein gemeinsames Leben haben, doch er würde stets ein Teil des ihren sein. Das körperliche Verlangen war abgeklungen, die Wunde in ihrem Herzen verheilt, und wenn sie jetzt an ihn dachte, strömten Wärme und Ruhe durch ihren Körper. Oft spürte sie seine Nähe und wusste, dass er an sie dachte, was ihr ein Gefühl von Sicherheit gab. Sie musste ihren eigenen Weg gehen, aber auf irgendeine Weise würde Zac stets für sie da sein.

Eines Abends trottete Odette durch die Straßen der Innenstadt, tief in Gedanken über die Verworrenheit der Zanana-Geschichte. »Was soll ich jetzt als Nächstes tun, Zac?«, fragte sie laut. Und wie zur Antwort blitzte plötzlich eine Erinnerung auf. Der alte Wally Simpson. Sie hatte ihn seit einem kurzen Besuch im Veteranenheim vor ihrem Auslandsaufenthalt nicht mehr gesehen.

Natürlich! Wally war nach dem Krieg ein paar Jahre in Zanana gewesen. Sie hatten darüber gesprochen, aber nie sehr ausführlich. Hoffentlich war Wally geistig noch rege und gesund genug, sich zu erinnern und mit ihr zu reden. Er konnte ihr sicher Antworten geben, doch es lag an ihr, die richtigen Fragen zu finden.

Am nächsten Morgen fuhr sie nach Bondi und bat darum, Wally Simpson besuchen zu dürfen. Die junge Frau am Empfang sah in ihrem Buch nach und ließ den Finger an der Reihe von Namen entlanggleiten. Sie sah auf, und Odette hielt den Atem an. »Zimmer zwölf, am Ende des Flurs auf der rechten Seite.«

Odette atmete auf und lächelte, dankte ihr und ging rasch den breiten Flur hinunter, wo ein alter Mann ihr im Rollstuhl entgegenkam. Sie klopfte an die Tür, wartete und öffnete sie dann langsam.

Ein Mann lag schlafend in einem Bett und atmete rasselnd durch den offenen Mund.

Wally Simpson saß in einem Lehnstuhl neben seinem frisch gemachten Bett. Sonnenstrahlen fielen durch das Fenster und breiteten eine Decke aus gelbem Licht über seine im Schoß verschränkten schwieligen Hände. Das Kinn war ihm auf die Brust gesackt, und er schien zu schlafen.

Odette kniete sich vor ihn hin, legte ihre Hände auf die seinen und sagte leise: »Wally? Ich bin's. Odette. Odette Barber.«

Er öffnete die Augen und sah sie verständnislos an, lächelte dann aber, als er sie erkannte.

»Es tut mir leid, dass ich Sie so lange nicht besucht habe. Ich war fort. Im Ausland. Bin viel gereist und habe viel gesehen.«

Er nahm das in sich auf und fragte dann: »Frankreich? Waren Sie in Frankreich? Wir waren da, wissen Sie. Aber das scheint ja keinen mehr zu interessieren.«

»Ich weiß, dass Sie da waren, Wally. Zusammen mit Ihren Kameraden. Sie haben mir davon erzählt. Ja, ich war da – hab die alten Schützengräben gesehen. Sagen Sie, würden Sie gern ein bisschen in den Garten gehen? Können Sie laufen oder soll ich einen Rollstuhl für Sie holen?«

»Ich schaff das schon. Brauch den verdammten Rollstuhl nicht«, grummelte Wally und stemmte sich mühsam hoch. »Wo ist mein Stock? Keiner hat hier mehr Geduld mit einem alten Mann. Packen einen in den Rollstuhl und sausen mit einem rum, als wär's ein Rennauto.«

Odette reichte ihm den Stock, der neben seinem Bett stand, und half ihm aus dem Stuhl hoch. Schwer auf seinen Stock und auf Odette gestützt, die ihn untergehakt hatte, schlurfte Wally dann zur Tür.

Sie kamen nur langsam voran, aber sie hatten es beide nicht eilig. Odette machte hin und wieder eine Bemerkung, wollte ihn aber nicht in der Aufmerksamkeit stören, mit der er einen Fuß vor den anderen setzte. An der Tür trat Odette vor und hielt sie für ihn auf.

Wally blieb stehen, atmete tief durch und schaute in die Ferne. »Bist du das, Gladys? Bist du da draußen im Rosengarten?« Er schlurfte weiter, und Odette führte ihn zu der gusseisernen Bank am Rande des gepflegten Gartenwegs.

Sie ließen sich nieder, und er lehnte sich zurück, genoss die Sonnenwärme und schloss die Augen. »Ach, wie die Rosen duften.«

»Wally? Was wissen Sie noch von Zanana? Wer ist Gladys?«

Er wandte ihr seinen Blick zu, der langsam aus der Vergangenheit in die Gegenwart zurückkehrte. »Gladys. Mit ihr lief Zanana so reibungslos wie 'ne Schweizer Uhr, jawoll. Brach ihr das Herz, als sie alle starben. Aber wir hatten ein gutes Leben, o ja, am Ende in Bangalow.«

»Gladys? Gladys Butterworth, Wally? Haben Sie sie gekannt?«

»Wir hatten ein paar gute Jahre zusammen, Gladys und ich. Dann sind sie alle gestorben. Außer Alec natürlich. Armer kleiner Junge, hätte in Zanana aufwachsen und es übernehmen sollen. Schließlich gehörte es ihm. Aber nein.« Er verfiel in Schweigen, hing einer Erinnerung nach.

»Was ist passiert, Wally?«

»Ging alles den Bach runter, kein Geld mehr, Ben und Kate tot. Wünschte, wir hätten Alec nie weggegeben. Er ist dort draußen.«

»Wo, Wally? Wo ist Alec? Wer ist er?«

»Sollte in Zanana sein.« Er drehte sich zu Odette und zog an ihrem Arm. »Finden Sie Alec und bringen Sie ihn heim nach Zanana. Tun Sie das, für einen alten Burschen, bitte?«

Er sah gequält aus, und Odette sagte beruhigend: »Ich werde mein Bestes tun, Wally. Ich verspreche es.«

Sie hatte keine Ahnung, wer Alec war oder was er mit Zanana zu tun hatte, aber es schien den alten Mann zu beruhigen, dem es jetzt offenbar unmöglich war, sich auf die verschwommene Vergangenheit zu konzentrieren. Er murmelte Unverständliches vor sich hin.

Odette sorgte dafür, dass ihm Tee aufs Zimmer gebracht wurde, und die nächste halbe Stunde saßen sie neben seinem Bett, während Odette versuchte, mehr von dem alten Mann zu erfahren.

Als sie sich schließlich von ihm verabschiedete, hielt er einen Moment lang ihre Hand fest. »Odette«, sagte er und schien wieder ganz klar zu sein, »schreiben Sie immer noch für diese Zeitschrift? Ich hab eine in meinem Schrank, mit Ihrem Namen drauf.«

Odette hatte Wally nichts von dem Aufruhr um Zanana erzählt. Sie spürte, dass die Nachricht von einem möglicherweise bevorstehenden Abriss ihn zu sehr aufregen würde. »Ja, Wally. Ich schreibe immer noch für die *Gazette* – warum?«

»Eines Tages schreiben Sie über Zanana, ja?« Odette war verblüfft, aber bevor sie antworten konnte, wandte er sich ab und meinte mit einem Nicken zu sich selbst: »Sie ist die Richtige. Das weiß ich genau.«

»Auf Wiedersehen, Wally. Ich komme Sie bald wieder besuchen. Passen Sie gut auf sich auf.« Aber Wally hatte sich in seinem Stuhl zurückgelehnt und war eingeschlafen. Odette verließ leise das Zimmer, Wallys Zimmerkamerad ließ immer noch sein rasselndes Schnarchen hören.

Als Odette am Donnerstag das Rathaus erreichte, drängte sich eine Menschenmenge vor der bereits überfüllten Zuschauertribüne. Ein aufgeregter und gereizter Saaldiener versuchte die Menge zu beruhigen, die lautstark Einlass verlangte. Odette zeigte ihm ihren Presseausweis, zwängte sich durch die Tür und fand den für die Presse reservierten Tisch. Der Lokalreporter hatte seinen Block bereits geöffnet und rutschte auf der Bank ein Stück weiter, um ihr Platz zu machen. Sie stellten sich einander vor.

»Das scheint ja 'ne tolle Sache zu werden. Hab noch nie so viel Interesse an einer Stadtratssitzung erlebt. Die sind wirklich gut organisiert.« Er deutete mit einem Kopfnicken auf Mrs. Bramble und das »Rettet Zanana«-Komitee.

Die Leute von der Bürgerinitiative füllten die gesamte

Zuschauertribüne inklusive der Stehplätze und der Stufen aus. Sie waren mit Spruchbändern und Plakaten gekommen, doch man hatte sie gebeten, sie im Foyer zu lassen. Mrs. Bramble winkte Odette zu und hielt die gekreuzten Finger hoch. Odette lächelte zurück.

Mehrere Stadträte hatten bereits Platz genommen, verglichen Notizen, lasen die Tagesordnung durch und unterhielten sich leise. Odette sah Mick O'Toole an einem für die Stadtverwaltung reservierten Tisch sitzen und zwinkerte ihm diskret zu.

Im Mittelpunkt des Raumes stand ein kleiner, mit einem Tuch bedeckter Tisch, daneben eine Tafel, an der ein Gesamtgrundriss des Grundstücks von Zanana angeklammert war.

Die restlichen Stadträte nahmen ihre Plätze ein, nur der Stuhl des Bürgermeisters war noch leer. Jetzt traf auch der Reporter vom *Sydney Morning Herald* ein, ein alter Hase in der Lokalberichterstattung, dem Odette schon bei verschiedenen Gelegenheiten begegnet war. Sie begrüßten sich und ließen sich dann rasch von dem Journalisten aus Kincaid, einem pensionierten Reporter, der mit Berichten aus dem Rathaus für den *Kincaid Courier* seine Rente aufbesserte, über die Stadträte informieren. Der Mann war mit Schuppen und Zigarettenasche bedeckt und schien sich bestens auszukennen.

»Wir haben hier zwei Immobilienmakler, einen Bauunternehmer und einen Lehrer – unser radikaler Linker hier am Ort, der ganz auf der Seite der Bürgerinitiative steht, ein großer Anhänger von Jack Mundey, dem Grünen –, dann ist da der Vertreter der örtlichen Handelskammer, ein Drogist, zwei pensionierte Beamte, dann der Bürgermeister, und dann noch dieser gewitzte Schweinehund, Mr. Beck, besser bekannt als Mr. Big, ein Unternehmer, der mit gebrauchten Autos handelt und allem Möglichen, was während des Kriegs nicht so ganz koscher war, wenn Sie verstehen, was ich meine. Das wird bestimmt ein heißes Rennen werden.«

Sie hatten es kaum geschafft, den Gesichtern Namen zu geben, als der Bürgermeister eintrat und die Sitzung mit übermäßigem Zeremoniell eröffnete. Auf der lärmenden Zuschauertribüne wurde es still. Odette sah Eden Davenport durch eine Seitentür hereinschlüpfen und war überrascht, dass sein Auftauchen ein flüchtiges Gefühl der Erregung in ihr verursachte. Er nahm den für ihn reservierten Platz neben einem schick gekleideten Herrn ein, und sie begannen sogleich eine geflüsterte Unterhaltung und sahen sich die Tagesordnung an. Odette vermutete, dass der andere der Vertreter von Hacienda war.

Die Sitzung verlief in geordneten Bahnen, die ersten Tagesordnungspunkte wurden in der üblichen langweiligen Routineform abgehandelt. Dann war der Antrag für Zanana an der Reihe, und auf der Tribüne wurde es unruhig, was den Bürgermeister veranlasste, um Ruhe zu bitten und mit seinem Hammer leicht auf den Tisch zu klopfen. Er räusperte sich.

»Ich weiß, dass viele der Zuhörer auf der Tribüne an diesem Tagesordnungspunkt interessiert sind ...« Ironisches Gelächter unterbrach den Bürgermeister, der diesmal seinen Hammer energischer einsetzte. »Ruhe, Ruhe. Also, ich will eines von vornherein klarstellen – ich werde keine Einmischung in unsere Debatte dulden. Ich werde Ihnen den Ablauf erklären, damit Sie alle wissen, was vor sich geht. Beamte des Baudezernats haben einen Bericht ausgearbeitet, in dem sie den Antrag auf Umwandlung in Bauland befürworten ...« Wieder entstand Unruhe auf der Tribüne, diesmal sprangen viele auf, wedelten mit Flugblättern und riefen ihre Forderungen in den Saal.

Dem Bürgermeister gelang es mit viel Geklopfe, die

Ruhe wiederherzustellen, obwohl es hauptsächlich den Zeichen von Mrs. Bramble zu verdanken war, dass sich die Menge wieder beruhigte. Etwas gereizt fuhr er mit seiner Erklärung fort: »Zuerst wird ein Vertreter von Hacienda Homes sprechen, dann liegt ein Antrag aus dem Stadtrat vor, und danach folgt die Debatte. Mr. Alan Harper, würden Sie bitte das Wort ergreifen.« Er nickte dem Mann neben Eden zu.

Der große, kräftig gebaute Mann in dem teuren Anzug trat vor. Er strömte Selbstvertrauen aus und war offensichtlich nicht im Geringsten beunruhigt über die feindselige Stimmung auf der Tribüne.

»Herr Bürgermeister, meine Herren. Es gibt wenig zu sagen, denn, wie Sie sehen werden, spricht das Projekt am besten für sich. Es ist in der Tat der wichtigste Fortschritt in der Geschichte Kincaids.«

Auf der Tribüne erhob sich Protestgebrüll, und Alan Harper wartete geduldig und unbewegt, bis es sich wieder gelegt hatte. »Ich bin natürlich bereit, sämtliche Fragen zu beantworten, würde aber unseren beratenden Architekten Mr. Eden Davenport bitten, die Einzelheiten zu dem Projekt, das wir uns für Zanana vorstellen, zu erläutern.«

Die Kürze seiner Präsentation überraschte Odette. Ihr gefiel Harper nicht. Er tat so, als hätte er bereits alles in der Tasche. Sie sah hinüber zu O'Toole, der ihren Blick mit erhobenen Augenbrauen erwiderte. Der Mann vom *Herald* lehnte sich auf seinem Stuhl zurück und flüsterte Odette zu: »Unangenehmer Bursche, was?«

Eden trat an den Tisch, auf dem das Modell stand, und zog das Tuch weg. Er sprach mit ruhiger Autorität, und die Leute auf der Tribüne hörten aufmerksam zu. Er betonte, dass es hier um ein Konzept mit lockerer Bebauung und vielen Grünanlagen ging, und erteilte dem Stadtrat eine ausführliche, aber höfliche Lektion in moderner Stadtplanung, wie sie sich in der westlichen Welt immer mehr durchsetzte und sich natürlich auch in seinen Entwürfen niederschlug.

Während seiner Präsentation schaute Eden verstohlen hinüber zu Odette. Ihre Blicke trafen sich, und sie konnte nicht anders, als ihm ein flüchtiges Lächeln zu schenken. »Verdammt, warum hab ich das getan?«, fragte sie sich im Stillen. »Vor ein paar Tagen haben wir uns noch angeschrien.«

Dann brach ihr Bleistift ab. »Verdammt«, murmelte sie, laut genug, dass es der halbe Raum mitbekam. Wieder fühlte sie Edens Blick auf sich, errötete und wühlte in ihrer Tasche nach einem Kugelschreiber, den sie nur ungern benutzte. Sie zwang sich dazu, sich auf seine Worte und ihre Kurzschriftnotizen zu konzentrieren.

»Meine Herren, ich weiß, dass es viel Widerstand gegen dieses Projekt gibt, aber es will mir scheinen, dass sich hier Gefühle statt gesunden Menschenverstands der Realität entgegenstellen.«

Von der Tribüne war lautes Gemurmel zu hören, aber kein Protestgeschrei. Seine ruhige Professionalität forderte den Zuhörern ein gewisses Maß an Respekt ab. Er fuhr fort: »Wenn die Besitzer von Zanana verkaufen wollen, kann niemand sie daran hindern. Aber es müssen gute Gründe vorgebracht werden, um eine Bebauung abzulehnen. Ich vertrete die Meinung, wenn eine Bebauung stattfinden soll, dann in der bestmöglichen Weise für die Gemeinde. Ich habe mich bemüht, das bei meinen Entwürfen zu berücksichtigen – wie auch die kommerziellen Interessen von Hacienda. Ich bin bereit, Fragen zu beantworten.«

Der Reporter aus Kincaid flüsterte: »Jetzt kommt's. Mr. Big schlägt wieder zu.«

Bevor jemand auf Edens Aufforderung reagieren konnte, erhob sich schwerfällig Stadtrat Beck, ein sehr dicker und rotgesichtiger Mann, schaute, ohne dass es nötig gewesen wäre, auf ein Stück Papier und ergriff das Wort. »Herr Bürgermeister, ich möchte den Antrag stellen, dass die Empfehlung des Baudezernats für die Umwandlung des als Zanana bekannten Grundstücks in Bauland angenommen wird.«

Ein weiterer Stadtrat fügte rasch hinzu: »Ich unterstütze den Antrag.« Auf der Tribüne brach Gebrüll aus.

Wieder war es nicht so sehr der Bürgermeister als Mrs. Bramble, die die Menge zum Schweigen brachte.

»Wenn das noch mal vorkommt, lasse ich die Tribüne räumen«, schimpfte der Bürgermeister. »Es muss ein Antrag gestellt werden, um die Debatte zu eröffnen. Mr. Beck, wollen Sie zu Ihrem Antrag Stellung nehmen?«

Der Stadtrat räusperte sich und versuchte sich aufzurichten, um eine ehrfurchtgebietendere Figur abzugeben, aber zu viele Jahre des guten Essens und des Weingenusses machten diese Bemühungen zunichte. »Ich denke, Mr. Davenport hat uns alles gesagt, was wir wissen müssen, und der Bericht des Dezernats ist ausführlich und informativ genug. Wir können nicht in der Vergangenheit leben. Fortschritt heißt die Devise, Fortschritt ... das ist es, was die Leute wollen.«

Aber die Leute auf der Tribüne machten deutlich, dass er nicht für sie sprach, und die Debatte wurde ständig von Rufen oder Applaus unterbrochen, je nach Argumentation. Es schien, als sei der Stadtrat zu gleichen Teilen für und gegen den Antrag. Schließlich stellte der wortgewaltigste Gegner des Bebauungsvorhabens, ein Stadtrat mit einem buschigen Bart in einem alten Tweedjackett mit Lederflicken auf den Ärmeln einen Zusatzantrag.

»Jetzt kommt der intellektuelle Gegenangriff«, zischte der Mann vom *Kincaid Courier*.

»Herr Bürgermeister, aus der heutigen Debatte und der Leidenschaftlichkeit, mit der die Öffentlichkeit auf diese wichtige Sache reagiert, wird deutlich, dass es völlig unangemessen wäre, in so überstürzter Weise noch heute über Mr. Becks Antrag abzustimmen. Um den unsterblichen Barden zu zitieren: ›Viel lässt sich zu beiden Seiten sagen‹, und ich bin überzeugt, dass wir noch sehr viel mehr hören müssen, bevor wir eine wohl überlegte Entscheidung in dieser Angelegenheit treffen können. Ich beantrage daher, die Angelegenheit an einen Stadtratsausschuss zurückzuverweisen, um weitere Untersuchungen vorzunehmen und Berichte anzufertigen.«

Der Antrag wurde sofort unterstützt.

Der Bürgermeister, der bei einem Unentschieden die für ihn peinliche entscheidende Stimme hätte abgeben müssen, machte rasch deutlich, wie er dazu stand. »Ich halte das in diesem Stadium für eine vernünftige Lösung. Wollen Sie Ihren Antrag noch weiter begründen?«

Der Lehrer fasste die Hauptargumente für die Erhaltung historischer Stätten zusammen, ohne die Möglichkeit auszuschließen, dass ein Kompromiss zwischen Bebauung und Erhaltung erzielt werden könnte.

»Ich glaube, wir sind die Speerspitze einer revolutionären neuen Denkweise in der Stadtplanung«, verkündete er mit etwas erzwungener Feierlichkeit. »Es steht uns nicht zu, die Bevölkerung zu ignorieren, wenn die Bevölkerung mit solcher Leidenschaft und Deutlichkeit spricht. Aber bevor wir über den Antrag abstimmen, Herr Bürgermeister, würde ich gerne Mr. Davenport noch eine Frage stellen … Welche Garantie haben Sie, dass Hacienda Homes sich tatsächlich an Ihr Konzept halten wird?«

Eden erlaubte sich ein leichtes Lächeln. »Kunden zahlen gewöhnlich nicht für einen Architektenentwurf – und nehmen ihn an –, um dann einfach ihre Meinung zu ändern.

Bei unseren Treffen und Besprechungen habe ich den Eindruck gewonnen, dass Hacienda meinen Entwurf befürwortet und ihn auch ausführen wird.«

»Aber Sie haben keine Garantie, ich wiederhole – keine Garantie – dafür, nicht wahr, Mr. Davenport?« Der Stadtrat schlug mit der Faust auf den Tisch, um diesen Punkt zu unterstreichen.

Eden antwortete nicht sofort, verblüfft über die melodramatische Geste. »Nein, aber ich halte es für plausibel, davon auszugehen, dass bei der derzeitigen Nachfrage nach Wohnraum die entsprechenden Gelder zur Ausführung des Entwurfs zur Verfügung gestellt werden.«

»Plausibel, Mr. Davenport?«, gab der bärtige Stadtrat mit dick aufgetragener Ironie zurück. »Plausibel? Ich glaube, Sie sind noch ein bisschen zu jung und naiv für dieses Geschäft, Mr. Davenport.«

Die Protestler applaudierten laut, und von hinten war der Ruf zu hören: »Alles Schwindel ... alles Schwindel.«

Odette konnte sehen, dass Eden sehr verlegen und wütend war. Als er sich setzte, warf er Odette einen zornigen Blick zu, und sie schüttelte vehement den Kopf, um abzustreiten, dass sie den Stadtrat angestiftet hatte, diese Frage zu stellen.

»Meine Herren Kollegen«, sagte der Stadtrat mit großem Ernst, »es ist egal, was Hacienda behauptet vorzuhaben – Ihnen gegenüber, Mr. Davenport, oder der Öffentlichkeit gegenüber –, die Firma hat das Recht, so ziemlich alles zu tun, was sie will, wenn der Bebauungsantrag ohne Restriktionen genehmigt wird.«

Die Debatte über den Zusatzantrag erbrachte nichts Neues mehr, aber er wurde ausreichend unterstützt, und dadurch wurde der Tag der endgültigen Entscheidung hinausgeschoben. Die Abstimmung wurde von der Tribüne mit Jubel begrüßt.

»Sie haben die Schlacht gewonnen, aber nicht den Krieg«, bemerkte der Reporter aus Kincaid, als er sich eine schlecht gedrehte Zigarette anzündete. »Mr. Beck wird seine Truppen sammeln und zurückschlagen, glauben Sie mir. Die Stimmenverteilung wird nicht so bleiben.«

Bis zum späten Abend hämmerte Odette ihren zweiten Artikel über Zanana in die Maschine. Er erschien jetzt auf den Nachrichtenseiten, und sie bemerkte schadenfroh, dass ein pfiffiger Redakteur ihm die Überschrift Ist der Garten Eden ein Schwindel? gegeben hatte

Erst eine Stunde später, als sie im Bett lag und nicht einschlafen konnte, tat es ihr leid, dass sie diesen Einwurf aus dem Publikum nicht weggelassen hatte.

Kaum hatte Eden den Artikel gelesen, rief er bei Odette an und warf ihr einseitige Berichterstattung vor, doch bevor er fortfahren konnte, unterbrach sie ihn. »Wie sicher sind Sie sich wirklich über Hacienda? Die Sache hat ein Schlupfloch, durch das man mindestens mit einer Kanone schießen kann.«

»Okay, ich gebe zu, dass die Möglichkeit besteht, aber das heißt nicht, dass man bei Hacienda sein Wort brechen wird. Man hat mir erneut versichert, dass man sich definitiv an meine Entwürfe halten wird.«

»Was sollen die denn sonst sagen? Glauben Sie nicht, dass Sie nur benutzt werden?«

»Mein Gott, Sie sind wirklich die typische zynische Journalistin. Ich kann nur sagen, warten Sie's ab, und Sie werden am Ende vielleicht eine ganz andere Geschichte schreiben.«

»Sie meinen, eine Entschuldigung?«, schnappte Odette. »Das glaube ich kaum. Sie sind doch nur sauer wegen der negativen Reaktion der Öffentlichkeit.«

Eden schwieg. »Hören Sie, Odette«, sagte er dann, »ich

weiß nicht, warum wir uns streiten. Ich habe einen Auftrag bekommen und glaube, dass ich etwas Harmonisches entworfen habe, von dem alle profitieren werden, die Bevölkerung, Zanana und der Bauunternehmer. Hacienda hätte sich genauso gut für etwas anderes entscheiden können. Ich habe sie von meinem Konzept überzeugt, und ich finde, die Leute sollten froh sein, dass sie keine eng an eng gebauten hässlichen Ziegelklötze bekommen.«

»Das streite ich ja nicht ab. Ich persönlich bin dagegen, dass überhaupt etwas in Zanana gebaut wird, aber wenn es denn schon sein muss, dann wäre ich eher für Ihren Entwurf als für die hässliche Alternative, von der Sie da sprechen. Ich finde es nur gefährlich, wenn der Stadtrat seine Zustimmung gibt und der Schuss dann nach hinten losgeht.«

Eden seufzte. »Da muss ich Ihnen zustimmen. Aber ich sehe nicht, wie sich das umgehen lässt. Es liegt am System, da ist etwas faul. Ich habe getan, was ich konnte. Die Entscheidung liegt jetzt bei anderen.«

»Das stimmt genau, Eden. Und diese anderen bemühen sich, Antworten zu finden, glauben Sie mir. An der Sache ist mehr, als Sie denken.«

»Ich glaube, Sie bauschen das Ganze nur unnötig auf, Odette.« Nach kurzer Pause fügte er in verändertem Ton hinzu: »Es tut mir leid, dass sich das alles zwischen uns gestellt hat.«

Die Worte trafen sie wie ein fast körperlich spürbarer Schlag.

Jetzt war Odette diejenige, die schwieg. Sie war nicht damit einverstanden, dass er sich auf Hacienda eingelassen hatte, aber je öfter sie mit ihm sprach, desto mehr erkannte sie, dass er ein aufrechter und ehrlicher Mann war, der höchstwahrscheinlich nur als Schachfigur benutzt wurde.

Es war frustrierend, dass er das nicht einsehen wollte. Aber sie konnte nicht einfach auflegen, ohne es ein letztes Mal zu versuchen.

»Eden, sollen wir Waffenstillstand schließen? Ich möchte Ihnen etwas zeigen. Vielleicht betrachten Sie die Sache dann in einem anderen Licht.«

Kapitel vierundzwanzig

Sydney 1972

Zanana verfolgte Odette bis in ihre Träume. Es war nicht nur die Geschichte des Kampfes zwischen einem Bauspekulanten und der Öffentlichkeit. Sie spürte eine Anziehungskraft, eine persönliche Verpflichtung, die weit über ihre Rolle als Reporterin hinausging.

Sie träumte vom Rosengarten und erwachte umgeben von Rosenduft. Sie träumte vom indischen Haus und erwachte mit einem Ruck, als hätte jemand leise ihren Namen gerufen.

Sie war verwirrt und aus dem Gleichgewicht gebracht, und als Mrs. Bramble sie eines Morgens kurz nach der Stadtratssitzung anrief, um ihr von der geplanten Protestkundgebung zu erzählen, rieb sich Odette die Stirn, als versuchte sie, ihre Verwirrung wegzumassieren.

»Wir haben jetzt die ganze Bevölkerung auf unserer Seite«, berichtete Mrs. Bramble stolz. »Es geht nicht mehr nur um Zanana, sondern auch um moralische und philosophische Fragen«, setzte sie in fast rhetorischem Ton hinzu. »Wenn diese Stadträte uns nicht hören wollen, müssen wir eben lauter sprechen ... und genau das werden wir bei der Kundgebung vor den Toren Zananas tun.«

Sie fuhr ohne Pause fort und erzählte ihr von der großen fahrbaren Bühne auf einem Lastwagenanhänger, von Luftballons mit der Aufschrift »Rettet Zanana« für die Kinder, von Bands und Musikkapellen, bis es Odette vorkam wie ein Karneval, ein Musikfestival und eine politische Kundgebung in einem. Es fiel ihr schwer, sich auf diese Mrs. Bramble einzustellen, die sie kaum wiedererkannte.

»Das klingt ja, als planten Sie etwas Gigantischeres als ›Ben Hur‹, Mrs. Bramble. Es wird sicher Eindruck machen, aber wird es auch die Ansicht der Stadträte ändern?«

»Wenn nicht, dann können sie davon ausgehen, dass sie bei der nächsten Wahl nicht wieder gewählt werden.«

»Einige sind vielleicht ganz froh darüber, wenn diese Schlacht erst geschlagen ist. Warum lassen Sie sich nicht für den Stadtrat aufstellen?«, fragte Odette im Spaß, aber Mrs. Bramble ging völlig ernsthaft darauf ein.

»Glaub nicht, dass ich das nicht schon erwogen hätte. Meine Güte, ich war nur eine einfache Hausfrau wie die meisten anderen in der Nachbarschaft, bis diese Sache anfing. Ich war immer der Meinung, dass andere sich um so was wie die Stadtverwaltung kümmern sollten. Aber jetzt nicht mehr. Nachdem ich neulich bei der Sitzung gehört habe, wie manche dieser Männer reden, bin ich zu der Überzeugung gekommen, dass der Stadtrat dringend ein wenig altmodischen gesunden Menschenverstand zur Auffrischung braucht. Ein paar Frauen im Stadtrat täten den Herren mehr als gut. In der Zwischenzeit müssen wir ihnen zeigen, dass wir sie durchschaut haben.«

Bei Odettes wöchentlichem Anruf zeigte sich Tante Harriet beeindruckt von den neuesten Entwicklungen. »Das klingt ja so, als sei die Verwandlung der Flora Bramble von der Rührteigexpertin zur politischen Aufrührerin vollendet«, witzelte sie. »Ich kann nur sagen, dass ich voll damit einverstanden bin. Ich bin hier von Zeit zu Zeit auch mit dem Stadtrat aneinander geraten. Man muss ein Auge auf sie haben, aber ich werde zu alt, um mich noch über solche Dinge aufzuregen.«

Odette bezweifelte das. Tante Harriet war sanfter geworden, aber sie war immer noch eine Kämpferin und ließ es sich nicht nehmen, zu allen wichtigen Dingen ihre Meinung zu äußern. Odette betrachtete den Einfluss, den Tante Harriets kritische und herausfordernde Einstellung allem gegenüber während der so wichtigen und formenden Teenagerjahre in Amberville auf sie gehabt haben musste, jetzt mit neuen Augen. Plötzlich hatte sie Sehnsucht nach der Stadt ihrer Jugend.

»Ich dachte, ich komme vielleicht für ein paar Tage, um mich zu erholen und meine Gedanken zu sammeln«, sagte Odette spontan. Ja, es war eine gute Idee, einmal alles hinter sich zu lassen. Außerdem gefiel ihr der Gedanke an ein kühles Bier mit Fitz, ihrem alten Chefredakteur.

»Das wäre wunderbar, Odette. Sag mir nur, wann, damit ich uns ein schönes Stück Fleisch von Frank, dem Metzger, besorge.«

»Mir steht noch Urlaub zu. Ich rede mit meiner Chefredakteurin. Wie wär's mit nächster Woche? Vielleicht klappt es schon Samstag.«

Amberville hatte sich nicht verändert. Wenn sie auch keine gefühlsmäßige Bindung zu der ländlichen Kleinstadt verspürte, war Odette toleranter geworden gegenüber der hiesigen Lebensweise und dem Gefühl der Abgeschiedenheit von der Welt, in der sich das wirkliche Leben abspielte.

Nach wie vor fühlte sie sich in der unordentlichen Redaktion des *Clarion* am meisten zu Hause. Fitz umarmte sie und zeigte ihr gleich den neuesten Beweis technischen Fortschritts – einen kleinen Kühlschrank in seinem Büro, um das Bier kalt zu halten.

Sie stellte fest, wie unverändert ihr die Stadt erschien, während Fitz ein Bier öffnete und in dem voll gestopften Büro nach zwei Gläsern suchte. Er lachte. »Du würdest dich doch als Erste beschweren, wenn du zurückkämst und hier Modernisierungen vorfinden würdest. Zumindest haben wir jetzt ein Motel.«

»Tja, ich wünschte mir nur, dass diese Fortschrittsgläubigen den Regenwald am Ende der Hauptstraße in Ruhe lassen würden. Er ist nicht mehr das, was er in meiner Kindheit war. Wann werden wir endlich lernen, solche Kostbarkeiten zu erhalten? Das ist genau wie mit Zanana, Fitz, man wird es erst wirklich zu schätzen wissen, wenn es nicht mehr existiert.«

»Du klingst so pessimistisch. Ich dachte, du wärst bereit, dich vor aller Augen irgendwo anzuketten wie Mrs. Pankhurst, die Frauenrechtlerin.«

»Dazu kann es durchaus kommen, wenn Mrs. Bramble sich durchsetzt. Sie ist dabei, eine riesige Protestkundgebung zu organisieren, um die Stadträte vor der nächsten Abstimmung auf ihre Seite zu bringen. Es mag funktionieren, aber ich spüre es in den Knochen, dass da irgendwas faul ist.«

Fitz gab seiner Zustimmung Ausdruck, indem er Odettes Glas auffüllte. »Das höre ich gern – Knochen, die etwas spüren. Du musst auf deine Knochen hören – und auf deinen Instinkt. Das unterscheidet den erfolgreichen Reporter von der Masse der anderen. Erzähl mir davon.«

Odette trug ihm die ganze Geschichte vor, einschließlich ihrer Verwirrung wegen Eden Davenport, was ihr einen durchdringenden Blick über den Rand seiner Brillengläser eintrug. Aber er sagte wenig und trank nur langsam sein Bier.

»Also, diese Entwicklung von Mrs. Bramble gefällt mir. Sie scheint so was wie ein politisches Naturtalent zu sein«, witzelte er. »Und ich würde sagen, während du hier bist und die ländliche Idylle von Amberville genießt, sind da unten die Geschäftemacher im Hintergrund schon eifrig am Werk. Die schmutzigen Geschäfte werden zweifellos in diesem Moment ausgehandelt. So was spielt sich meist zwischen den Sitzungen ab.«

Odette grinste. »Sie versuchen, mir meinen Urlaub zu vermiesen. Ich hab schon kapiert. Aber ich habe Spitzel, die für mich in der Stadtverwaltung am Werk sind, ganz abgesehen von Mrs. Brambles Spezialeinheit.«

»Spitzel, was du nicht sagst. Tja, du hast entschieden dazugelernt. Darauf trinke ich.«

Sie hoben beide ihre Gläser.

Zwei Tage später, mit der nötigen emotionalen wie auch räumlichen Distanz zu der Zanana-Geschichte, spürte Odette, wie ihr Kopf allmählich klarer wurde. Sie betrachtete die Teile des Puzzles und begann zu sehen, welche noch fehlten.

Tief in Gedanken ging sie am Flussufer entlang und beschloss, sich in der Nachmittagssonne im Gras auszustrecken. Sie verschränkte die Arme unter dem Kopf und schloss die Augen.

Als sie fast eingeschlafen war, wehte ihr ein Grashalm ins Gesicht und kitzelte sie an der Nase. Sie wischte ihn weg, aber er fiel ihr wieder aufs Gesicht. Sie fuchtelte mit der Hand, als wollte sie eine lästige Fliege verscheuchen, und spürte plötzlich, wie ihre Hand mit festem Griff gehalten wurde.

Mit einem erschrockenen Schrei fuhr sie hoch, wollte sich freikämpfen und sah dabei in Zacs blitzende Augen.

»Erwischt«, sagte er leise und lächelte.

»Zac! Du bist erstaunlich. Bist du es wirklich oder ist es eine Erscheinung?« Sie richtete sich auf und stieß ihm den Finger in die Brust. »Nein, du bist es wirklich. Was um alles in der Welt macht ein international berühmter Star in Amberville? Ferien weit ab vom Schuss?«

»Ja und nein. Hauptsächlich bin ich deinetwegen hier.

Elaine sagte mir, du seist hergefahren, um Abstand von einer großen Geschichte zu bekommen, die dir zu schaffen macht.«

»Ach, so schlimm ist es auch wieder nicht, aber die Sache bedeutet mir viel. Ich dachte, du wärst in Schweden.«

»Das war letzte Woche. Ich habe beschlossen zurückzukommen.«

»Nach Australien oder nach Amberville?«

»Eigentlich zu dir. Ich musste dich sehen.«

Odette war verblüfft. Er sah sie so ernsthaft an, dass sie sich aufsetzte und ihm tief in die Augen blickte. Dann lachte sie. »Du musstest mich sehen? Und das soll ich glauben? Aber es ist wirklich schön, dich wiederzusehen, Zac. Wirklich schön.«

Er nahm sie in die Arme, und sein Geruch, die Wärme und die Form seines Körpers waren ihr angenehm vertraut. Aber sie spürte kein Verlangen, worüber sie sehr froh war.

»Ich wollte dich wirklich wiedersehen ... und Australien auch ... aber hauptsächlich dich. Ich mache mir Sorgen um dich. Ich werde dir gleich sagen, warum. Erzähl mir erst mal, was du so gemacht hast.«

Sie saßen zusammen am Flussufer, wie damals vor Jahren, und Odette erzählte ihm die ganze Geschichte von Zanana. Nachdem sie geendet hatte, schaute er sie nachdenklich an. »Natürlich darf Zanana nicht zerstört werden. Und du sagst, als du im indischen Haus warst, hast du eine Art von Präsenz gespürt und dachtest, du würdest eine Stimme hören?« Sie nickte. »Tja, du hast wohl tatsächlich eine Stimme gehört ... einen Geist, der zu dir sprach.«

»Ein Geist! Zac, bitte. Ich bin es, mit der du sprichst, die zynische Reporterin, vergiss das nicht.«

Er lächelte sie an. »Du bist gar nicht so zynisch, Odette. Du hast eine sanfte, liebevolle Seele, aber du bemühst dich sehr, sie zu verstecken. Zanana gehört schon sehr lange zu deinem Leben, und ich glaube, es ist auch Teil deines Schicksals. Diese Stimme ist eine Stimme des Schicksals.«

»Zac, hör zu …« Sie suchte nach den richtigen Worten. »Schau, Zanana hat eine wichtige Rolle in meiner Kindheit gespielt, und ich will nicht, dass es zerstört wird. Das ist alles. Und eine Menge Leute denken genau wie ich.«

Zac nahm ihre Hände in die seinen und sah ihr tief in die Augen. Odette fröstelte leicht, erschrocken über seine Ernsthaftigkeit und seinen fast hypnotischen Blick.

»Dahinter steckt viel mehr, Odette. Ich spüre eine Art von Gefahr. Eine Gefahr, die mit dem Haus verbunden ist. Und ich sehe das Bild eines Kindes vor mir. Ich bin zurückgekommen, um dich zu warnen.«

Odette zuckte zusammen und versuchte, sich dem hypnotischen Starren zu entziehen. Sie wollte etwas sagen und war erstaunt, dass nur ein Flüstern herauskam. »Zac, ich bin kein kleines Kind mehr … ich will nichts mehr von diesem sechsten Sinn der Zigeuner und all dem Zeug hören.«

Zac streichelte ihr sanft über das Gesicht. »Du denkst nur, dass du dich verändert hast, Odette. Nichts kann die Kraft unserer Beziehung wirklich verändern, denn wir sind durch die Sterne miteinander verbunden. Sei vorsichtig, kleiner Vogel. Wo Gutes ist, da ist auch Böses, das ist der Lauf der Welt.«

Odettes aufgesetzte Skepsis zerbröckelte. »Das ist ein bisschen beängstigend, Zac. Was soll ich jetzt tun?«, fragte sie leise.

»Sieh dich einfach nur vor. Der vor uns liegende Weg ist manchmal klar erkennbar, aber das ist nur selten der Fall. Die meiste Zeit tappen wir im Dunkeln. Sei einfach vorsichtig.« Er rückte etwas von ihr ab und lächelte. »Jetzt aber genug mit diesem Zigeunerunsinn … was kann ich tun, um eure Sache zu unterstützen?«

Sie lächelte, als ihr die Bedeutung seines Angebots klar wurde. »Du meinst, du würdest dich öffentlich für uns einsetzen?«

»Genau. Wie wär's mit einem Song? Ich bin kein großer Redner. Ich schreibe einen Song über Zanana. Ich erinnere mich an das, was du mir davon erzählt hast ... es gibt einen Rosengarten, und es ist ein Ort des Friedens und der Schönheit. Eine Oase in der Stadt, hast du es mal genannt. Genau das Richtige, um ein Lied darüber zu schreiben.«

Odette fiel ihm um den Hals. »Zac, du bist wunderbar. Wie kommt es, dass du immer dann auftauchst, wenn ich dich brauche?«

»Die Sterne«, sagte er mit einem frechen Zwinkern. »Soll ich dir noch was sagen? Dein Herz ist wieder zur Liebe bereit.«

»Meinst du?«, erwiderte Odette verwundert. »Könntest du ihn vielleicht beschreiben, damit ich ihn nicht übersehe?«

Er griff nach ihrer Hand und betrachtete ihre Handfläche mit gespielter Konzentration: »Du wirst einem großen, dunklen Fremden begegnen.«

Sie zog ihre Hand weg. »Was du nicht sagst. Du hast Recht ... genug mit diesem Zigeunerunsinn. Ich weiß nie, was ich dir glauben soll und was nicht. Aber ich bin trotzdem froh, dass du mich gefunden hast. Wo wirst du übernachten?«

»Eigentlich wollte ich das neue Motel ausprobieren, aber ich glaube, ich bleibe heute Nacht hier draußen, als Erinnerung an alte Zeiten. Es wird eine milde Nacht. Dann muss ich kurz ins Friedenstal, danach komme ich nach Sydney zurück. Wegen ein paar geschäftlicher Dinge ... und deiner Kundgebung.«

Bei ihrer Rückkehr nach Sydney fand Odette ihren Schreibtisch mit Telefonnachrichten überhäuft, die dringendste von Mick O'Toole aus der Stadtverwaltung von Kincaid. Sie rief ihn sofort zurück.

Er war im Büro und sprach fast flüsternd. »Der Stadtrat ist immer noch zur Hälfte gespalten, aber es bewegt sich was. Auf den Fluren geht das Gerücht um, dass einer der Stadträte auf die Seite der Bebauungsbefürworter überwechseln wird. Könnte jeder sein, der Geschäftsinteressen hier in der Stadt hat. Und die andere interessante Sache ist die Zuversicht von Stadtrat Beck ... und sein neues Auto.«

»Neues Auto?«, fragte Odette verwirrt.

»Er war schon immer ein Liebhaber großer Wagen, aber das waren höchstens Topmodelle von Holden oder Ford. Jetzt hat er sich einen sehr teuren Mercedes zugelegt. Es sieht ihm nicht ähnlich, so viel Geld für ein Auto auszugeben, also glaube ich, dass er vor kurzer Zeit ein sehr gutes Geschäft gemacht haben muss. Nur so eine Ahnung.«

Odette sagte nichts. Die Information wirbelte ihr im Kopf herum, aber sie kam zu keinem endgültigen Schluss. Ihre Gedanken wurden von Mick unterbrochen. »Sind Sie noch dran?«

»Ja. Habe nur nachgedacht. Hören Sie, beschaffen Sie mir die Namen aller Firmen, mit denen er zu tun hat, dann setze ich unseren Finanzexperten dran. Ich habe ihn schon dazu gebracht, Nachforschungen über den Besitzer von Zanana anzustellen. Danke für den Tipp, Mick. Es lebe die Revolution!«

Ihr nächster Anruf galt Mrs. Bramble, um ihr mitzuteilen, dass Zac bei der Kundgebung auftreten und einen Song singen würde, den er extra für Zanana komponieren wollte. »Einen internationalen Star dabeizuhaben ist die beste Garantie dafür, dass wir ein großes Publikum anziehen werden, Mrs. B., besonders aus der jüngeren Bevölkerungsschicht.«

»Warte, bis ich erst die Medien davon unterrichte. Phantastisch, Odette«, begeisterte sich die aufgeregte Mrs. Bramble.

»Tut mir leid, Mrs. B. Ich habe das Erstveröffentlichungsrecht. Kein Wort darüber, bis die Zeitung morgen früh erscheint. Okay?«

Mrs. Bramble war sofort damit einverstanden. »Der Konkurrenz wieder um eine Nasenlänge voraus, was?«, rief sie lachend.

Odette staunte über die überschäumende Selbstsicherheit dieser Vororthausfrau, die bestimmt nie zuvor in ihrem Leben die Autoritäten herausgefordert hatte. »Sie haben wirklich hervorragende Arbeit geleistet mit dieser Kampagne.«

»Ich habe auch eine prima Mannschaft hinter mir, Odette. Aber ich will dir was sagen, ich habe die Schule mit fünfzehn verlassen, habe jung geheiratet und war der Ansicht, dass ich keine besonderen Qualifikationen besitze. Aber die Jahre, in denen ich den Haushalt geführt, die Familie versorgt, Schulveranstaltungen und andere Gemeindeaktivitäten organisiert habe, die haben mich mehr qualifiziert, als ich gedacht hatte. Viele Frauen im Komitee stammen aus ähnlichen Verhältnissen wie ich. Es ist sehr befreiend ... ja ... Zanana befreit uns, und wir versuchen, Zanana zu befreien. Siehst du, ich fange schon an, wie eine Politikerin zu reden«, und sie beide lachten.

»Und wie kommt Mr. Bramble damit zurecht?«

»Am Anfang war es etwas schwierig für ihn, und er hat ein bisschen gegrummelt, wenn das Abendessen nicht pünktlich um sechs Uhr auf dem Tisch stand. Aber er hat sich damit abgefunden, und ob du's glaubst oder nicht, er kocht jetzt sogar, um mich zu entlasten. Kriegt eine prima

Lammkeule hin mit allem Drum und Dran. Nicht schlecht für jemanden, der bisher kaum mehr getan hat, als sich Marmelade aufs Brot zu schmieren.«

Danach kam der Anruf bei Eden Davenport.

Er war höflich, aber nicht mehr so freundlich wie zuvor, was Odette ihm nicht verdenken konnte, nachdem sie aus seinem Büro gestürmt war.

»Sie haben mir versprochen, sich mit mir zusammen etwas anzusehen und mir noch eine letzte Chance zu geben, Sie umzustimmen und mit Ihrer Hilfe Hacienda zu überzeugen, die Pläne fallen zu lassen oder zumindest zu ändern«, redete sie ihm zu.

»In Ordnung. Ich will mir von Ihnen nicht vorwerfen lassen, unaufgeschlossen zu sein.« Er sagte allerdings nichts davon, dass er sich freute, sie wiederzusehen. Er wünschte, sie hätten sich unter günstigeren Bedingungen kennen gelernt.

Sie holte ihn ab, und er sah beim Einsteigen auf die Uhr. »Und pünktlich ist sie auch«, bemerkte er.

»Auch?« Die Andeutung eines Lächelns spielte um ihre Lippen, als sie sich in den Verkehr einfädelte.

»Und dazu attraktiv, talentiert und sehr entschlossen.«

Odette nahm es als ein leicht dahingesagtes Kompliment und blieb ernst. »Wenn man wirklich an etwas glaubt, dann muss man sich mit aller Kraft dafür einsetzen, finden Sie nicht auch?«

»Allerdings. Aber Sie haben eine zusätzliche Verantwortung als Journalistin ... doch lassen wir das, damit wir uns nicht gleich wieder anbrüllen. Bleiben wir bei dem Waffenstillstand, den Sie vorgeschlagen haben. Wo fahren wir hin?«

»Sie werden schon sehen. Es ist ein bisschen ... äh ... hinterlistig.«

Sie war auf dem Weg nach Zanana, das er bisher nur auf dem Papier kannte. Er musste den Blick von der oberen Terrasse hinab auf den Fluss schweifen lassen und diese wunderbare Aussicht genießen, er musste die Villa sehen und die Rosen riechen, dann würde er bestimmt den Wert dieses einmaligen Besitzes erkennen. Da war zwar das Problem mit der alten Dame, aber Odette hoffte, dass sie im Haus blieb und ihnen nicht über den Weg lief. Sie konnte kaum die Besitzerin sein, da Odette herausgefunden hatte, dass Zanana im Besitz einer Scheinfirma mit dem Namen Beveridge war.

»Sie sind sehr schweigsam. Ich will Sie nicht vom Fahren ablenken oder von irgendwelchen Plänen, die Sie ausbrüten, aber erzählen Sie mir doch ein bisschen von sich«, meinte Eden, um ein Gespräch zu beginnen. »Wie lange arbeiten Sie schon bei der *Gazette* und dem *Telegraph*?«

»Seit ein paar Jahren. Ich war zwischendurch einige Jahre im Ausland. Es war eine interessante Zeit, die ihren Zweck erfüllt hat.«

»Ihren Zweck erfüllt hat?«, wiederholte Eden grinsend. »Um ein gebrochenes Herz zu heilen?«

»Nein! Es war wegen der Erfahrung und des Abenteuers«, schnappte sie. Doch als sie sah, dass er vor ihrer scharfen Antwort leicht zurückzuckte, gab sie zu: »Ja, auch um über jemanden hinwegzukommen. Ich würde es nicht als gebrochenes Herz bezeichnen. Wir sind immer noch gute Freunde. Mehr konnte es nie sein. Aber damals wusste ich das nicht.«

»Ein guter Freund ist nicht so leicht aufzuwiegen.«
»Das stimmt.«

Eden wechselte das Thema. »Und Sie haben Ihre journalistische Ausbildung bei der *Gazette* erhalten?«

»Nein. Beim *Clarion*.« Sie sah sein fragendes Lächeln. »In der fabelhaften Stadt Amberville, einer Bezirksstadt mit fünfzehntausend Einwohnern. Aber es war eine hervorragende Grundlage, die Zeitung wurde von einem erstklassigen Zeitungsmann aus der Hauptstadt geführt, der beschlossen hatte, dem Großstadttrubel zu entfliehen. Wo sind Sie ausgebildet worden – Sie sind mehr als ein Architekt, nicht wahr?«

»Nein, ich bin eine Art Kreuzung zwischen einem Planer und einem Gestalter, aber wohl hauptsächlich Planer. Ich bin in einer kleinen Stadt aufgewachsen, und es war schwer, das Geld für die Universität aufzubringen. Aber ich habe ein paar technische Kurse belegt und bin einem alten Mann begegnet, der sehr weise war und phantastisch mit Holz umgehen konnte. Er war viel mehr als ein Tischler, konnte ein Stück Holz in die Hand nehmen und sofort beschreiben, wie es einst als lebendiger Baum ausgesehen hatte. Er glaubte daran, dass man jedes Stück Holz mit Respekt behandeln muss, so wie man Respekt vor der gesamten Natur haben sollte. Ein echter Buschphilosoph, aber er hatte einen gewaltigen Einfluss auf mich. Lehrte mich das, was ich die Philosophie der Umgebung nenne.«

»Was bedeutet das in einfachen Worten?«

»Dass wir nicht nur das Produkt unserer Erziehung, des Einflusses von Familie, Freunden und Lebensumständen sind, sondern ebenfalls das Produkt unserer unmittelbaren Umgebung. Damit meine ich das Haus, in dem wir leben, die Form und Farbe der Räume, die Möbel, das Licht. Und wenn wir zur Haustür hinaustreten, sehen wir dann Schönheit oder Hässlichkeit? Gibt es da einen Baum, etwas Grünes, etwas Wachsendes – selbst wenn es nur ein winziges Beet ist –, oder sind wir nur von Stein und Beton umgeben, von unnatürlichen Dingen?«

Odette antwortete mit Leidenschaft in der Stimme. »Und kann ich einen Vogel hören oder nur den Verkehrslärm? Das ist interessant. Ich weiß, es gibt viele Studien über die Auswirkung von Raum und Farbe auf die Psyche. Genau das meine ich ja mit Zanana! Etwas, das schön ist und einmalig und die Seele mit Harmonie erfüllt. Und wenn man es zerstört, dann bringt man die Musik zum Schweigen.«

»Odette, bitte, lassen Sie uns nicht wieder davon anfangen. Ich will Zanana nicht zerstören, nur die Möglichkeit schaffen, dass mehr Leute sich an der Schönheit erfreuen können.«

»Aber es wird nie mehr dasselbe sein. Zanana ist ein Kleinod. Wenn man ein kostbares Juwel zu lauter kleinen Steinen zurechtschleift, sind sein ursprünglicher Wert und seine Schönheit dahin. Okay, wir sind da.«

Sie bog auf den Parkplatz neben dem renovierten Bootsschuppen von Kincaid ein. »Warten Sie einen Moment.«

Eden wartete mit gutmütiger Geduld, ein nachsichtiges Lächeln auf dem Gesicht.

Odette kam aus dem Büro heraus, ging in Richtung Anlegesteg, winkte ihm, ihr zu folgen, und machte ein Dinghi los.

»Wollen wir Boot fahren?«

»Ja. Steigen Sie ein und setzen Sie sich ans Heck. Ich nehme die Ruder.« Sobald sie im Boot waren, stieß sich Odette vom Steg ab, aber bevor sie die Ruder ins Wasser tauchte, zog sie ein Tuch aus der Tasche. »Ich werde Ihnen die Augen verbinden, damit die Wirkung nachher umso größer ist.«

Er grinste, als sie ihm das Tuch um die Augen band. »Wie Sie wollen.«

Schweigend glitten sie den Fluss hinunter, und als der Anlegesteg und das Bootshaus in Sicht kamen, sagte sie zu Eden: »Ziehen Sie Schuhe und Socken aus. Wir müssen an Land waten. Der Steg ist ziemlich kaputt.«

Er gehorchte, krempelte seine Hosenbeine hoch und gestattete ihr, ihm aus dem Boot zu helfen, das sie an einer Mangrove vertäut hatte.

Sie nahm seine Hand, führte ihn zum Bambushain und dann auf die unterste Terrasse. Oben auf dem Hügel war das Dach der Villa hinter den großen, stattlichen Bäumen jetzt kaum mehr zu sehen.

Odette nahm ihm das Tuch ab. Eden rieb sich die Augen und blinzelte.

»Zanana«, sagte er leise und drehte sich dann zu Odette. »Mich hierher zu bringen wird nichts an meiner Einstellung ändern, Odette.«

»Aber Sie sagten, Sie hätten es sich nie angesehen. Kommen Sie, schauen Sie einfach nur. Sagen Sie nichts, bitte.«

Sie schien den Tränen nahe, also hielt er sich zurück, und sie gingen schweigend Seite an Seite die Terrassen hinauf, durch den versunkenen Garten, an der bemoosten Sonnenuhr vorbei und auf den Rosengarten zu. Hier blieben sie kurz stehen, gingen dann spontan zu der alten Gartenbank, setzten sich und schauten sich um und atmeten den Duft der wirr durcheinander wuchernden Rosen ein.

»Das ist nur ein Teil des Rosengartens«, erklärte Odette. »Er zieht sich noch weiter hinauf bis zu einer Laube und zur obersten Terrasse.«

»Ich weiß.«

»Aber finden Sie nicht, dass es besser ist, es so zu sehen, als nur auf einer Karte oder einem Plan?«

»Absolut. Aber ich bin schon hier gewesen, wissen Sie. Ich habe nicht vollkommen blind gearbeitet. Sie werden doch nicht glauben, dass ich ein ganzes Konzept ausarbeite, ohne vorher über das Gelände gegangen zu sein, die Luft eingeatmet zu haben, gesehen zu haben, wie die Schatten fallen, wo die Bäume stehen?«

»Aber Sie sagten mir, Sie hätten sich Zanana nicht angesehen, bevor Sie Ihren Entwurf gemacht haben?«

»Das brauchte ich nicht. Sehen Sie, ich weiß sehr viel über Zanana, was Sie vielleicht erstaunen wird.«

Odette war verwirrt. »Was denn zum Beispiel?«

»Ich weiß von dem edelsteinbesetzten Himmel über dem Bett im indischen Haus.«

Odette starrte ihn an. Er kannte Zanana. »Wann ... wie ...?«, stammelte sie.

Eden griff plötzlich nach ihrer Hand. »Odette, ich möchte Sie nicht im Ungewissen lassen. Ich muss Ihnen etwas erzählen.« Er schwieg einen Moment.

»Ich bin hier aufgewachsen. Mein Vater hat ein paar Jahre als Verwalter hier gearbeitet. Ich kenne Zanana, glauben Sie mir.«

Odette war sprachlos. Sie starrte ihn immer noch an, den Kopf voll wirrer Gedanken und widersprüchlicher Gefühle. Eden sagte nichts, aber er spürte die Anspannung in ihrer Hand.

Dann leuchteten plötzlich ihre Augen auf. »Dean ... du bist Dean!«

Ihm sackte das Kinn herab. »Das war mein Spitzname als Kind ... Woher wissen Sie das ...?« Und nun fehlten ihm die Worte. Er sah sich ratlos um, schaute sie dann wieder an, und ihre Blicke trafen sich, als ihm allmählich ein Licht aufging.

»Detty? Odette ... Detty. Du bist das!«

Voller Verwunderung sahen sie sich an, in der Erkenntnis, dass sie eine kurze Zeit ihrer Kindheit miteinander geteilt hatten.

»Ich habe mir oft überlegt, was wohl aus dir geworden ist. Ich hatte gehört, dass deine Eltern ertrunken waren, und mich gefragt, ob du je wiederkommen würdest. Dann ist mein Vater mit mir zurück aufs Land gezogen. Ich dachte, ich würde dich nie wiedersehen. Ich hätte es ahnen müssen, als du uns hierher gerudert hast. Ich wusste, dass du mich herbringen würdest, aber ich dachte, ich mache mit, um dir einen Gefallen zu tun. Aber ich wusste nicht ... Detty – die Abkürzung für Odette.«

»Ja. Und Dean statt Eden. Seltsamer Name, nicht?«

Er sah verlegen aus. »Mit diesem Namen hatte ich es ziemlich schwer in der Schule, also erzählte ich allen, ich hieße in Wirklichkeit Dean, und sie hatten Eden bald vergessen.«

Odette versuchte verzweifelt, ihrer Gefühle Herr zu werden. Einerseits war sie aufgeregt und glücklich über diesen erstaunlichen Zufall. Und die Erinnerungen an jene Tage stimmten sie sowohl fröhlich wie auch traurig. Aber im Vordergrund stand ihre Verwirrung über das, was sie als einen Widerspruch in Eden ansah.

»Eden, wie konntest du dich auf diese Sache einlassen, bei der wahrscheinlich all das hier zerstört wird«, sie machte eine ausladende Handbewegung. »Der Ort, an dem du gelebt hast? Hast du Zanana denn nicht geliebt?«

»Nein ... und ja. Sicher, ich fand das alles außergewöhnlich und sehr schön. Aber mein Vater hat es gehasst, und ich denke, das hat meine Ansichten stark beeinflusst, anders als bei dir. Für dich war es ein Ort voller Magie, den du besuchen konntest, um dich daran zu erfreuen, und wir hatten ja auch Spaß zusammen. Aber mein Vater und ich lebten in einem kleinen Häuschen am Rande des Grundstücks, und du weißt, dass er mir verboten hatte, in die Villa zu gehen. Er hat mir eingebläut, dass es ein verruchter Ort sei, dass etwas Böses und Unheilvolles darüber läge. Irgendwie machte er Zanana für alles verantwortlich, was in unserem Leben schief gegangen war. Es kommt mir jetzt so irrational vor.«

»Das ist es auch. Du solltest dich von dem, was damals geschehen ist, heute nicht mehr beeinflussen lassen.«

»Vielleicht hattest du Recht, mich einen Sozialisten zu

nennen«, sagte er mit einem Grinsen. »Ich bin wirklich davon überzeugt, dass Zanana der Öffentlichkeit zugänglich gemacht werden muss und einem vernünftigen Zweck dienen sollte. Als es erbaut wurde, waren die Zeiten anders, die Gesellschaft nahm solche Klassenunterschiede einfach hin. Dad hat es gehasst, hat dauernd behauptet, dass die Reichen und Mächtigen alle anderen rücksichtslos ausbeuteten. Dad zufolge regierte die Habgier.«

»Er muss ein sehr verbitterter Mann gewesen sein.«

Eden seufzte. »Ja, das war er. Ich wünschte, ich hätte ihn mehr über seine Familie befragt, aber als Kind ist man daran nicht so sehr interessiert. Ich wusste nur, dass er adoptiert worden war. Er heiratete meine Mutter, die Sally hieß, sie brannte mit einem amerikanischen Soldaten durch und ließ ihn mit einem Kleinkind allein. Es muss schwer für ihn gewesen sein.« Er sah sich lange und aufmerksam um. »Ja, es gibt keinen Zweifel, dass das hier mit Liebe geschaffen wurde.«

»Ich habe so viel über die Geschichte Zananas gelesen, wie ich finden konnte. Die MacIntyres waren ziemlich außergewöhnlich, stammten aber anscheinend aus einfachen Verhältnissen. Sie wurden sehr reich, waren aber große Philanthropen«, sagte Odette.

»Wir sind also derselben Ansicht – Zanana sollte dem Volk gehören.«

»Aber es sollte so bleiben, wie es ist. Ich meine, in restaurierter Form«, schoss Odette zurück.

Eden warf die Hände hoch. »Frieden. Warum schauen wir nicht, ob wir ins indische Haus hineinkommen, ohne die alte Dame aufzuschrecken?«

Er grinste sie an, und sie waren wieder zwei Kinder, die ein gemeinsames Abenteuer erlebten. Auf einem Umweg gelangten sie um die Villa herum, fanden das indische Haus aber verschlossen. Also lugten sie durch die Buntglasfenster und sahen die Farbprismen drinnen auf dem Marmorboden tanzen.

»Das Bett steht noch. Ob es den Edelsteinhimmel wohl noch gibt?«, fragte Odette.

»Du hast immer geglaubt, es seien echte Steine und echtes Gold. Wir könnten uns ins Haus schleichen und den Schlüssel holen ... falls er noch am gleichen Platz hängt. Weißt du noch, die Schlüssel, die an den Haken in der alten Küche hingen? Erinnerst du dich an des erste Mal, als wir in der Villa waren?«

»Wir mussten durch diesen unheimlichen Keller. Und dein Vater hätte uns fast erwischt!«

Sie gingen zu einem anderen Fenster und sahen hinein. Eine Metallkiste war zu sehen und ein unordentlicher Haufen Kartons, aus denen Bücher, Papier und Kleider quollen. Daneben ein kleiner Hocker, auf dem eine heruntergetropfte Kerze in einem altmodischen weißen Emaillehalter voller Streichhölzer stand.

»Sieht so aus, als würde die alte Dame das indische Haus als Abstellkammer benutzen«, meinte Odette.

»Vielleicht sollten wir lieber verschwinden, solange sie uns noch nicht bemerkt hat«, schlug Eden vor und nahm Odettes Hand, um ihr über die zerfallenen Stufen zu helfen.

Auf dem Rückweg zum Bootsschuppen sprachen sie kaum. Odette setzte Eden vor seinem Büro ab.

»Danke, dass du mitgekommen bist. Ich weiß nicht, ob ich damit etwas erreicht habe, aber es hat sich trotzdem gelohnt, weil ich entdeckt habe, dass du ein Teil meiner Vergangenheit bist«, sagte sie lächelnd.

»Es war ein schöner Nachmittag, Odette. Danke. Warum betrachten wir den heutigen Tag nicht als einen Wendepunkt in unserem Leben? Wir haben eine gemeinsame Verbindung zu unserer Kindheit, wir sind unterschiedliche

Wege gegangen, aber jetzt sind wir uns wieder begegnet. Vielleicht setzen wir unser Leben auf diesen unterschiedlichen Wegen fort, doch das heißt nicht, dass wir keine Freunde sein können. Ehrlich gesagt, ich glaube, dass das vorausbestimmt war.«

»Vielleicht hast du Recht. Wir müssen abwarten und sehen, was das Schicksal mit uns vorhat. Ich habe einen Freund, der sich mit solchen Dingen auskennt … Bestimmung und Schicksal und so. Ich werde seinen Rat einholen und dich wissen lassen, was er meint. Auf Wiedersehen, Eden.«

Er blieb auf der Straße stehen und sah ihr nach, bis das Auto verschwunden war. »Schicksal?«, murmelte er und ging ins Haus. Vor seinem inneren Auge sah er einen Kopf voll wirrer roter Locken, aquamarinblaue Augen, ein entschlossenes Kinn in einem herzförmigen Gesicht und hörte den Wildfang voller Selbstsicherheit verkünden: »Ich bin Detty.«

Kapitel fünfundzwanzig

Sydney 1972

Ein Laufjunge sauste durch die Redaktion der *Gazette* und knallte einen dicken Umschlag auf Odettes Schreibtisch.

»Weltbewegende Informationen aus einer absolut zuverlässigen Quelle im Zentrum der internationalen Finanzwelt«, verkündete er mit lauter Stimme.

Odette lächelte. »Danke, Meister. So viel Stil und Service werden bestimmt bei der Direktion nicht unbemerkt bleiben, und du wirst mit einer schnellen Beförderung belohnt werden, ohne erst ein Volontariat machen zu müssen. Weiter so!«

»Ich gebe mich auch damit zufrieden, bei dieser großen Kundgebung, mit der Sie zu tun haben, Zac vorgestellt zu werden. Wie wär's damit, BO?«, sprach er sie an, indem er ihre Initialen umkehrte – ein bei den Laufjungen sehr bewunderter Versuch, witzig zu sein.

»Nur, wenn du jede Menge Freunde mitbringst. Jetzt lass mich weiterarbeiten. Zurück in deine Zelle.«

In dem Umschlag befand sich ein Schreiben des Finanzredakteurs Matthew Tead und ein dicker Packen Kopien. Matt hatte sich einen Namen damit gemacht, seine Berichte aus der Finanzwelt äußerst humorvoll abzufassen, so dass manche sagten, sie seien unterhaltsamer als die Klatschspalte. Sein Schreiben war kurz und prägnant.

Liebe Odette,
solltest Du nicht bereit sein, mich zu einem opulenten Mahl mit gutem Wein einzuladen, brauchst Du nicht weiterzulesen.
Danke. Dann also Freitag beim Griechen.
Dein geheimnisvoller Käufer von Zanana ist immer noch ein Geheimnis. Nein, Du kannst Deine Einladung zum Essen nicht zurücknehmen.
Aber an der Sache ist irgendwas faul.
Soweit ich herausfinden konnte, gehört Zanana keiner Einzelperson, sondern einem komplexen Firmengeflecht unter dem Dach von Beveridge Investments. Alle möglichen zwielichtigen Scheinfirmen sind daran beteiligt, und es wird eine Weile dauern, bis ich mich da durchgewühlt habe. Dabei werde ich bestimmt letztlich auf eine oder mehrere Personen stoßen, aber bisher sind keine Namen aufgetaucht, die mir etwas sagen.
Mit Deinem Stadtrat hatte ich mehr Glück. Sehr zuverlässige Kollegen bei der Börse haben rausgefunden, dass er vor kurzem ein dickes Bündel von Anteilen an einem Bauunternehmen zu einem völlig überhöhten Preis verkauft hat. Niemand sonst hat ein Stück von dem Kuchen abgekriegt – ein Verkäufer und ein Käufer für das ganze Paket. Der Käufer ist – na, rate mal? – Hacienda Homes Development Company Pty Ltd. Nähere Einzelheiten findest Du in den beigefügten Unterlagen. Hacienda besitzt jetzt die Aktienmehrheit. (Nein, es gibt keinen Preis dafür, wenn Du errätst, welche Firma den Zuschlag für die Bauarbeiten in Zanana bekommen wird!)
Die Frage stellt sich, was hat Stadtrat Beck getan, um ein solches Glück auf dem Aktienmarkt zu verdienen? Oder was hat er zu tun vor?
Die Unterlagen erbringen keinen Beweis dafür, dass seine Stimme gekauft worden ist, aber die Folgerungen daraus

sind schwerwiegend genug, um die Titanic zu versenken. Und wer weiß, wie viele Stimmen er noch kauft.
Da bist Du wirklich an 'ner großen Geschichte dran, BO. Die Sache stinkt ...
Gute Jagd. Mach's gut, bis Freitag dann.
Matt

»Hurra!«, schrie Odette begeistert, griff zum Telefon und wählte Mick O'Tooles Nummer, so schnell sie konnte.

»Mick ... wir haben das große Los gezogen. Ihre Ahnung hat sich bestätigt. Stadtrat Beck hat Dreck am Stecken und außerordentliches Glück auf dem Aktienmarkt gehabt. Mehr dazu später, aber wir haben genug, um ihn festzunageln. Es sieht so aus, als würde das zu den Gerüchten passen, dass jemand ins andere Lager übergewechselt ist.«

»Das ist ja phantastisch, Odette. Ich werde schön meinen Mund halten und mich gleich daranmachen, diese Gerüchte zu überprüfen.«

»So ist es richtig ... und, Mick ... denken Sie dabei an Geld und was sich damit kaufen lässt. Das scheint Mr. Becks Art zu sein, Freunde und Einfluss zu gewinnen.«

»Wann geben wir das an die Presse?« O'Tooles neu erworbene Begeisterung für die Zeitungswelt amüsierte Odette.

»Keine Schlagzeilen vor der Kundgebung.«

»Verstanden. Das wird ein Knüller. Ich lege jetzt mal los. Und ich setze auch den jungen Bramble dran.«

Die Unterlagen, die Matt Tead ihr geschickt hatte, erwiesen sich als wenig hilfreich für Odette. Sie grübelte über das verschlungene Labyrinth von Firmen nach, aber nachdem sie die Papiere mehrere Male durchgelesen hatte, konnte sie immer noch nicht feststellen, wer nun eigentlich der Besitzer von Zanana war. Es gab keine offensichtliche

Verbindung zu irgendwas oder irgendjemandem aus Zananas Vergangenheit.

Sie machte sich eine Tasse Instantkaffee und suchte zwischen den Schlucken nach Inspirationen. Vielleicht wusste die alte Dame etwas. Odette konnte sich nicht vorstellen, dass sie das Haus gemietet hatte, aber als Besitzerin schien sie auch nicht in Frage zu kommen. Nein, so jemand wie Mr. Beck würde sich eher hinter einem Netzwerk aus Scheinfirmen verstecken. Trotzdem konnte es nicht schaden, das alte Mädchen zur Rede zu stellen, beschloss Odette. Sie konnte ihr vielleicht ein paar Hinweise zur unmittelbaren Vergangenheit geben, die Licht auf die Sache warfen. Das war das Problem – es gab kaum jemanden, der in Verbindung mit Zanana stand und Licht auf die Sache werfen konnte.

Nein, da irrte sie sich. Odette trank den Becher leer und lächelte. Es gab Wally. Den alten Wally Simpson, den Kriegsveteranen. Sie beschloss, ihn gleich jetzt im Heim zu besuchen.

Auf dem Weg nach Bondi dachte sie daran, ihm ein kleines Geschenk mitzubringen – Zigaretten, Schokolade, Obst oder Zeitschriften. Dann hatte sie eine bessere Idee. Sie hielt bei einer Gärtnerei und kaufte eine kleine eingetopfte Zwergrose. Wenn sie auch nicht aus den Gärten von Zanana stammte, so hoffte Odette doch, dass der zarte Duft ein paar glückliche Erinnerungen in dem alten Mann heraufbeschwören und zu einer Bemerkung, einem Hinweis führen würde, der sie weiterbrachte.

Sie betrat den Eingangsbereich und winkte der jungen Frau am Empfang zu. »Ich weiß, wohin ich gehen muss. Ich will Mr. Simpson besuchen.«

Als sie die Tür seines Zimmers erreichte, hörte Odette hinter sich rasche Schritte. Wallys Zimmerkamerad lag immer noch schnarchend in seinem Bett. Um das von Wally war ein grüner Vorhang gezogen.

»Wally? Schlafen Sie? Ich bin es – Odette.«

Sie zögerte und zog dann vorsichtig den Vorhang zurück. Das Bett war leer. Auf dem Nachttisch stand nichts Persönliches mehr.

Eine Schwester kam herein und blieb stehen, als sie Odette sah, die den grünen Vorhang immer noch umklammert hielt.

»Sie wollten zu Mr. Simpson?«

»Ja«, erwiderte Odette leise und drehte sich um.

»Sind Sie eine Verwandte?«

»Nein ... nur eine Freundin. Was ist mit ihm passiert?«

»Er ist vor drei Tagen gestorben. Es tut mir sehr leid.«

Tränen traten Odette in die Augen. Tränen der Trauer, des Bedauerns und des Vorwurfs an sich selbst, dass sie ihn nicht eher und öfter besucht hatte.

»Er wurde nach Bangalow überführt, wo er auf seinen Wunsch hin begraben wurde. Der Veteranenverband hat für alles gesorgt. Er besaß offenbar keine Verwandten.«

Die Schwester nahm ihr den Blumentopf ab. »Kommen Sie, trinken Sie eine Tasse Tee. Ja, er hat vor einer Woche Anweisungen aufgeschrieben und sie der Hausmutter gegeben. Die Männer scheinen zu wissen, wann es so weit ist. Ich erlebe das oft genug. Setzen Sie sich doch. Milch und Zucker?«

Odette bemühte sich immer noch, ihren Tränenfluss einzudämmen, als die Hausmutter das kleine Wartezimmer betrat.

»Ich hörte, dass Sie Mr. Simpson besuchen wollten. Es tut mir leid. Er ist friedlich gestorben. Er hatte ein langes Leben und war ein angenehmer Patient. Die Schwester sagt, Sie seien keine Verwandte. Darf ich nach Ihrem Namen fragen?«

»Odette Barber.«

»Ah, das dachte ich mir schon. Er hat Ihnen einen Brief

und einen Karton hinterlassen. Wenn Sie mir einen Ausweis zeigen könnten, hole ich es.«

Odette zeigte ihr ihren Presseausweis.

»Sehr schön, vielen Dank. Ich bin gleich zurück.«

Die Schwester kam mit einer Tasse Tee und bemühte sich, ein Gespräch zu führen. »Haben Sie ihn lange gekannt?«

»Als ich ihn kennen lernte, war ich noch ein Kind, und es gab etwas, was uns beide interessierte.« Sie nahm einen Schluck Tee.

»Er war sehr alt. Erstaunlich, wie gut er sich hielt. Nett von Ihnen, ihm einen Rosenstock zu bringen. Er liebte Rosen. Wir haben hier welche im Garten, aber er sagte immer, er hätte schönere gesehen. Sagte, er hätte einst im schönsten Rosengarten der Welt gearbeitet. Sie kommen schon manchmal auf komische Ideen, wenn sie so alt sind.«

Odette zwang sich zu einem Lächeln. »Er hat tatsächlich in einem herrlichen Rosengarten gearbeitet. Ja ... einem wunderschönen Garten.«

Die Hausmutter kehrte zurück und gab Odette ein in braunes Papier eingewickeltes Paket. »Wenn Sie so freundlich wären, mir bitte den Empfang zu quittieren ... ich danke Ihnen.«

Wie betäubt murmelte Odette ein paar Dankesworte und ging langsam zum Parkplatz zurück. Als sie die Tür ihres Wagens aufschloss, hörte sie, wie ihr Name gerufen wurde, und die Schwester kam ihr nachgelaufen. »Sie haben das hier vergessen«, sagte sie und reichte Odette den Rosenstock.

Odette betrachtete die zarten Blüten, die für sie plötzlich ein Symbol der Flüchtigkeit und Vergänglichkeit des Lebens waren. Sie staunte über die Zartheit und Schönheit der winzigen Blüten und über die natürliche Lebenskraft der Pflanze. Die Blüten und Blätter würden abfallen, aber ihr Lebenszyklus würde von neuem beginnen. Odette verspürte das überwältigende Verlangen, die Rose nach Zanana zu bringen und sie dort einzupflanzen.

Sie stellte sie auf den Boden des Autos und riss das braune Papier von dem Paket ab. In dem alten Schuhkarton fand sie in paar Fotos, Briefe und einen dicken Stapel Notizbücher. Obendrauf lag ein an sie adressierter Brief. Sie öffnete ihn und faltete vorsichtig das Blatt auseinander, das mit zittriger Handschrift beschrieben war.

An Miss Odette Barber

Liebe Odette,
meine alte Gladys (Gladys Butterworth, mit der ich die letzten Jahre ihres Lebens verheiratet war) hat Tagebuch geführt, seit sie nach Zanana kam. Hier ist es, zusammen mit ein paar Briefen und Fotos, die sie aufgehoben hat. Sie bat mich, das alles jemandem zu geben, dem es etwas bedeutet und der vielleicht an der Geschichte von Zanana und an den Jahren, die wir dort verbracht haben, interessiert ist.
Ich glaube, Sie sind genau die Richtige, junge Dame, daher vertraue ich es Ihnen an, in der Hoffnung, dass Sie daran Interesse haben und es für sie aufbewahren werden.
Falls Sie die Sachen nicht behalten wollen, schlage ich vor, sie der Historischen Gesellschaft von Kincaid zu überlassen.
Danke, dass Sie mich alten Mann besucht haben, und halten Sie für mich ein Auge auf Zanana.
Freundliche Grüße

Wallace Simpson

Odette wischte sich eine weitere Träne weg und wünschte sich, sie hätte mehr Zeit mit ihm verbracht. Es hätte sich so leicht bewerkstelligen lassen und ihn bestimmt enorm aufgeheitert. Sie sah die Briefe und Fotos durch, die ordentlich mit einer Schnur zusammengebunden waren. Die Notizbücher enthielten das erwähnte Tagebuch. Sie las hier und da einen Eintrag nach.

Eine halbe Stunde später legte Odette mit zitternden Händen alles zurück in den Karton und fuhr nach Hause. Sie würde eine lange Zeit ungestört lesen müssen. In der Wohnung hängte sie das Telefon aus, machte sich eine Kanne Kaffee und ließ sich in einem Sessel nieder. Sie war erleichtert, dass Elaine über Nacht fort war und sie sich ganz auf ihren Fund konzentrieren konnte. Sie las mehrere Stunden lang und legte an einigen Stellen Papierschnipsel ein, um sie später wieder finden und nachlesen zu können.

Als Odette schließlich das letzte Tagebuch zuklappte, wusste sie, dass sie nun den Schlüssel besaß, um einige der Geheimnisse um die alte Villa zu enträtseln. Es war später Abend, und sie legte den Hörer wieder aufs Telefon, das sofort zu klingeln begann.

Es war Zac. Er sprach mit ruhiger, aber ernster Stimme. »Ich habe seit Stunden versucht, dich zu erreichen, Odette. Was ist passiert?«

Odette wunderte sich nicht, dass er, wo auch immer er war, genau wusste, dass ihr Herz schwer war. »Ein alter Freund ist gestorben ... ein alter Soldat, der früher in Zanana gelebt hat.« Sie brachte die Worte nur schwer heraus, und wieder liefen ihr Tränen über die Wangen.

»Das macht mich traurig für dich, kleiner Vogel. Möchtest du, dass ich vorbeikomme?«

»Nein, vielen Dank, Zac. Es geht schon. Hast du deshalb angerufen?«

»Ja. Ich hatte das Gefühl, du brauchst jemanden zum Reden.« Sein besorgter Ton wurde selbstironisch. »Zigeunerunsinn, natürlich.«

»Nein, ist es nicht. Deine Stimme zu hören hat mir unheimlich gut getan, Zac. Das hat mich alles sehr mitgenommen. Wally, der alte Soldat, der gestorben ist, hat mir ein ganzes Bündel Tagebücher über Zanana hinterlassen. Da steht alles drin, Zac. Alles. Na ja, fast.«

Zac spürte ihre Erregung. »Prima. Vielleicht freut es dich zu hören, dass ich mit dem Zanana-Song gut vorwärts komme. Zwei Bilder tauchen immer wieder vor mir auf – Rosen und das indische Haus. Mit den Rosen habe ich keine Schwierigkeiten, aber ich weiß nicht, warum ich ständig dieses indische Haus vor mir sehe. Es passt nicht zu dem Text, den ich schreibe.«

»Ich habe hier einen Rosenstock, den ich Wally mitbringen wollte. Morgen fahre ich nach Zanana und pflanze ihn ein. Ich muss das einfach tun. Für Wally.«

»Was hast du sonst noch in Zanana vor?« Seine Stimme klang wieder besorgt.

»Ich will mit der alten Hexe reden. Sie kann mir vielleicht helfen, die letzten Geheimnisse um Zanana zu lösen.«

»Sei vorsichtig, Odette«, sagte er leise.

»Ist schon gut, Zac. Ich habe deine Warnung nicht vergessen. Ich werde mich vorsehen, wenn ich auch nicht recht weiß, wovor. Und wenn ich jetzt nicht gleich ins Bett gehe, schlafe ich noch am Telefon ein.«

Mick O'Toole rief Odette am nächsten Morgen in der Redaktion an.

»Stoppt die Maschinen!«, befahl er mit einem Lachen.

Odette hielt den Hörer auf Armeslänge von sich weg und rief der verblüfften Redaktion zu: »Stoppt die Maschinen!« Dann nahm sie den Hörer wieder ans Ohr. »Hoffentlich ist es was Wichtiges, Mick, es kostet nämlich ein Vermögen, die Druckmaschinen anzuhalten«, lachte sie.

»Aus wohlinformierten Kreisen des Empire Hotels ist

zu hören, dass Mr. Beck dort gestern Abend mit einem gewissen anderen Stadtrat an der Bar saß und davon sprach, dass die Villa in Zanana abgerissen wird, weil der Besitzer es so will, und dass alle Protestkundgebungen der Welt sie nicht retten könnten. Also los, schreiben Sie das, dann können Sie die Maschinen wieder anwerfen.« Er klang sehr zufrieden mit sich.

»Das ist alles sehr verwirrend. Aber trotzdem tausend Dank, Mick.« Odette sah auf die Uhr. »Lieber Himmel, mein Mittagessen mit Matt! Halten Sie Augen und Ohren offen, O'Toole, ich melde mich später wieder.«

Sie schnappte sich ihre Tasche und rannte aus dem Büro.

Matthew Tead saß bereits am Tisch und hatte eine halb leere Weinkaraffe vor sich.

»Sei mir gegrüßt, Genossin«, sagte er grinsend. »Es macht dir doch nichts aus, dass ich schon ohne dich angefangen habe? Wie läuft der Kampf?«

»Prima. Hast du was Neues für mich?«

»Allerdings. Erst die schlechte Nachricht ... ich bin sehr hungrig.«

Odette lachte. »Du treibst mich in den Bankrott.«

»Jetzt die gute Nachricht – es gibt keine. Und wie man so sagt, keine Nachricht ist eine gute Nachricht.« Matt bemühte sich, keine Miene zu verziehen, und goss ihnen beiden Wein ein.

»Sehr komisch, Matt. Ich habe diese ganzen Papiere gelesen, sogar mehrfach, und kann nichts finden, was mir irgendwie bekannt vorkommt. Nicht den kleinsten Anhaltspunkt«, sagte sie frustriert.

»Falsch. Ein paar dieser Firmengründungen wurden von einer Rechtsanwaltskanzlei namens Dashford in die Wege geleitet. Die Kanzlei gibt es nicht mehr. Als ehemaliger Rechtsreferendar fühle ich mich verpflichtet, darauf hinzuweisen, dass junge Reporterinnen solche Details nicht übersehen sollten. Das ist die Basis eines guten Enthüllungsjournalismus. Doch in diesem Zusammenhang ist es ein bedeutungsloser Zufall. Das Zeug hier ist gut. Ich finde, wir sollten noch eine Karaffe davon bestellen.«

»Aber bitte doch. Dashford. Der Name kam mir irgendwie bekannt vor, aber ich wusste nicht, warum.«

Odette blieb bei ihrer Moussaka, einem Salat und stark gesüßtem Mokka, aber Matt aß sich durch fast alles, was die Speisekarte zu bieten hatte.

Nach dem Essen fuhr Odette nach Paddington. Sie wartete geduldig in Eden Davenports Vorzimmer und legte sich noch einmal zurecht, was sie ihm sagen wollte. Die schlichte Einfachheit des Büros, die ihr beim ersten Mal fast steril vorgekommen war, empfand sie jetzt als beruhigend.

»Odette, was für eine nette Überraschung.« Er kam mit ausgestreckter Hand und einem warmen Lächeln auf sie zu. Sein Haar fiel ihm in die Stirn, und seine haselnussbraunen Augen blitzten grüner denn je, fast im Ton des blassgrünen Hemds, das er unter einem mit Olive und Beige durchwirkten Tweedjackett trug. Wie immer war er einfach und lässig gekleidet, aber die Sachen waren hervorragend geschnitten.

»Komm mit in mein Allerheiligstes. Ich habe gerade einen äußerst befriedigenden Abschluss gemacht. Ein wirklich tolles Projekt.«

»Oh, was denn?«

»Du klingst nicht sonderlich interessiert«, tadelte er. »Oder misstraust du meinen Motiven immer noch?«

»Nicht im Geringsten. Tut mir leid. Ich wollte nicht unhöflich sein. Erzähl mir davon.« Odette merkte, wie viel ihr daran lag, dass die Unterhaltung freundlich verlief.

»Ich bin beauftragt worden, einen Freizeitpark an der

Küste zu entwerfen, in der Nähe von Coffs Harbour. Ich will daraus einen Ort machen, der in Harmonie mit der Natur steht – wo die Menschen sowohl an der Natur als auch an den von Menschenhand geschaffenen Attraktionen ihre Freude haben können. Die Auftraggeber haben meine Vorstellungen angenommen, und es gibt dort noch eine Menge unberührtes Buschland, das ich erhalten werde. Ich muss zugeben, dass ich mich dabei auf die Philosophie des Meisters stütze.«

»Wer ist der Meister?«, fragte Odette mit Interesse.

»Frank Lloyd Wright natürlich. Seine Arbeit ist äußerst inspirierend. Er hat so viele verschiedene Dinge gemacht, war seiner Zeit weit voraus und hat seine Arbeiten stets in Harmonie mit der Natur ausgeführt. Walter Burley Griffin hat mit ihm zusammengearbeitet und sich ebenfalls einige seiner Prinzipien zu Eigen gemacht. Aber das andere inspirierte Genie, das ich bewundere, ist Gaudí. Auch er hat seine Bauten so entworfen, dass sie sich in die Natur einfügten, war aber viel surrealer. Ein Mann mit großen Fähigkeiten und einer enormen Phantasie. Wenn es mir gelänge, bei diesem Projekt den Zauber von Lloyd Wright mit dem von Gaudí zu verbinden, wäre mein größter Traum erfüllt. Und wenn man bedenkt, dass diese Männer in der ersten Hälfte dieses Jahrhunderts gelebt haben, fragt man sich, was sie heute mit den neuen Materialien und Technologien wohl zustande brächten.«

Er unterbrach sich und grinste verlegen. »Entschuldige… ich quassele immer zu viel, wenn es um Architektur und Design geht.«

»Schon in Ordnung. Es ist faszinierend«, meinte sie begeistert.

»Genug davon, erzähl mir, warum du hier bist. Ich vermute, es geht um deine Arbeit.« Er führte sie zu der Ledercouch.

»Ja. Es wird dir vielleicht nicht gefallen, was ich dir zu sagen habe, aber du musst es erfahren.«

»Na, dann ist es ja gut, dass ich sitze. Leg los.« Er sagte dies scherzhaft, aber ohne Ironie.

»Ich habe herausgefunden, dass Hacienda ein fettes Geschäft mit einem der Stadträte abgeschlossen hat – mit Mr. Beck. Die entsprechenden Beweise liegen mir vor. Sie haben ihm ein kleines Vermögen zukommen lassen. Und Mr. Beck hat gerade ein Grundstück gekauft, auf dem ein anderer Stadtrat, ein Drogist, sein Geschäft hat. Der Pachtvertrag steht kurz vor der Verlängerung. Aus verlässlicher Quelle habe ich erfahren, dass der Drogist bereit ist, jetzt der Bebauung zuzustimmen. Und Beck wird selbstverständlich auch dafür stimmen.«

Sie wartete auf seine Reaktion. Eden hatte aufmerksam zugehört, und jetzt zeigte sein Gesichtsausdruck größte Bestürzung.

»Mein Gott«, flüsterte er. Er stand auf, ging ein paar Mal im Zimmer hin und her und blieb dann stehen. »Das ändert alles. Die Folgerungen daraus sind ganz eindeutig. Selbst wenn die Beteiligten abstreiten werden, sich eines Vergehens schuldig gemacht zu haben, besteht ein deutlicher Interessenkonflikt. Und, lieber Himmel, niemand wird sich davon zum Narren halten lassen. Es ist doch nicht zu übersehen, was da vorgeht.« Seine Stimme war laut und wütend geworden.

»Das ist noch nicht alles, fürchte ich«, fuhr Odette fort. »Man hat Beck sagen hören, dass der Besitzer von Zanana als Teil des Bebauungsvorhabens auf dem Abriss der Villa besteht. Sie müssen vertraglich vereinbart haben, dass Hacienda deinen Entwurf auf den Müll schmeißt und etwas anderes baut.«

Edens Kinn sackte herab. »Das ist ja unglaublich. Der reinste Alptraum. Bist du dir sicher?«

Er sah ihr in die Augen. Sie sagte nichts. »Natürlich bist du dir sicher. Wer ist denn nun dieser Besitzer?«

Odette zuckte die Schultern und schüttelte den Kopf.

»Was sollen wir jetzt machen?«, fragte er.

»Die eigentliche Frage ist, was du machen wirst, Eden.« Es war sowohl eine Herausforderung als auch eine Frage.

Fast eine Minute lang ging er schweigend auf und ab, dann setzte er sich neben Odette.

»Hör zu, ich muss zugeben, dass ich, als ich den Auftrag annahm, bereits von dem etwas zwielichtigen Geschäftsgebaren von Hacienda wusste.« Odette nickte und bedeutete ihm damit, dass ihr das ebenfalls bekannt war. Er fuhr fort: »Das Angebot war so gut, und sie klangen so aufrichtig, dass ich bereit war, ihre Vergangenheit zu übersehen. Menschen und Firmen ändern sich ... na ja, wenigstens manche«, fügte er traurig hinzu. »Und Zanana ist ... einmalig.«

»Es ist schwer, jetzt noch Vertrauen in das zu haben, was Hacienda von sich gibt, Eden.« Odette erzählte ihm weitere Einzelheiten über die Sache mit Beck und Hacienda und berichtete dann von der Kundgebung. »Die Öffentlichkeit wird empört sein, wenn das bei der Kundgebung alles enthüllt wird. Es könnte peinlich für dich werden.« Impulsiv legte sie ihm die Hand auf den Arm. »Was würden dein Mr. Gaudí und Mr. Lloyd Wright tun?«

Eden schaute auf ihre Hand und dann in ihre Augen. Leise, aber entschieden sagte er: »Sie würden ihre Prinzipien nie verraten. Genauso wenig wie ich. Ich werde öffentlich verkünden, dass ich jede Verbindung zu dem Unternehmen abgebrochen habe, und erklären, warum. Und das Geld, das ich von Hacienda bekommen habe, werde ich der Kampagne zur Rettung Zananas zur Verfügung stellen.«

Begeistert schlang sie ihm die Arme um den Hals.

»O Eden!« Dann wich sie verlegen zurück. »Warte nur, bis ich das Mrs. Bramble erzählt habe.«

Odette verließ Edens Büro, schaute zum Himmel hinauf und beschloss, nach Zanana zu fahren. Sie wusste, dass sie dort – irgendwo – die letzten Antworten finden würde.

Es war schon spät, und dunkle Wolken waren aufgezogen, die den Himmel verfinsterten und auf Regen hindeuteten. Odette zog das gemietete Dinghi zwischen die Mangroven und watete an Land, eine kleine Schaufel und Wallys Rose unter dem Arm.

Das Grundstück lag genauso verlassen da wie bei ihrem letzten Besuch mit Eden. Sie ging durch den Rosengarten und suchte nach einer unauffälligen Stelle. Dann entdeckte sie den Kopf und eine Flügelspitze des Marmorengels am oberen Ende des Gartens, verborgen hinter einer Eiche. An den Rosenbüschen hingen nur noch wenige Blätter, und durch das Dorngestrüpp konnte sie die metallenen Beeteinfassungen sehen, mit denen einige Grabsteine umgeben waren.

Odette ging an den Gräbern von Robert und Catherine MacIntyre vorbei zu einer Ecke, wo eine schlichte Bronzeplatte mit dem Namen Gladys Butterworth Simpson in den Boden eingelassen war. Sie schob das Unkraut beiseite, grub ein kleines Loch und setzte Wallys Rose neben der Platte ein.

Wally hing an Zanana, und sie nahm an, dass es in Bangalow nur noch wenige gab, die um ihn trauern würden. Die Blütenblätter dieser Rose würden wie ein sanfter Regen auf die Bronzeplatte fallen, und Odette hoffte, dass auf diese Weise der Geist von Wally und Gladys in Zanana zur Ruhe käme.

Ein Donnerkrachen ließ sie erschrocken aufspringen. Sie wischte sich die Erde von den Knien, griff nach dem leeren Topf und der Schaufel und ging auf die Villa zu. Odette war sich unsicher, wie sie die Sache mit der alten Dame angehen sollte, beschloss aber, sich auf ihr Gefühl zu verlassen. Sie war berühmt dafür, auch die härtesten Fälle zu knacken. Sie würde es zunächst mit Freundlichkeit versuchen.

Das indische Haus kam in Sicht, das sich gegen die tief hängenden, schnell dahinrasenden Sturmwolken abhob. Im gleichen Moment öffnete sich die Tür, und die geheimnisvolle alte Frau trat heraus, schloss die Tür und ging mit energischen Schritten davon.

Odette stellte den Topf mit der Schaufel auf den Boden, wischte sich nervös die Hände an ihrem Rock ab und lief ihr nach.

Beim Rosengarten holte sie die Frau ein und rief: »Hallo! Kann ich kurz mit Ihnen sprechen?«

Die Frau wirbelte überrascht herum, und Odette sah, dass sie ein beigefarbenes edwardianisches Nachmittagskleid mit hohem Spitzenkragen und einer Kameenbrosche trug. Ihr graues Haar war so straff auf ihrem Kopf aufgesteckt, dass sich die Gesichtshaut über den scharf hervortretenden Knochen zu spannen schien.

»Wer sind Sie? Was machen Sie hier? Das ist unbefugtes Eindringen!« Ihre Stimme hatte etwas Herrisches, und das Auftauchen dieser Fremden schien sie eher zu verärgern als einzuschüchtern.

Odette blieb in einigem Abstand von der Frau stehen. »Erinnern Sie sich an mich? Ich bin Journalistin und arbeite für eine Zeitschrift. Ich schreibe eine Geschichte über Zanana und wollte Sie bitten, mir noch einige Informationen zu geben.«

»Nein. Warum sollte ich?«

Odette fiel auf, dass sie nicht gesagt hatte, sie wisse nichts über Zanana. »Ich versuche, den Besitzer von Zanana ausfindig zu machen. Nach meinen Informationen will Hacienda Homes das gesamte Grundstück kaufen, und wir würden gerne wissen, was der Besitzer damit vorhat.«

»Das geht niemanden außer mir etwas an«, schnauzte die alte Frau.

»Kennen Sie den Besitzer? Wissen Sie, wer hinter Beveridge Investments steht?«

Die Frau funkelte Odette an und antwortete nicht. Sie faltete nur die Hände vor der Brust wie eine Lehrerin, die auf das Geständnis eines unartigen Kindes wartet.

Odette versuchte es mit einem kleinen Lächeln. »Sie wissen vielleicht nicht, dass Hacienda das ganze Gelände bebauen und das Haupthaus abreißen will. Was wird aus Ihnen, wenn das geschieht?«

Die Frau brach in ein heiseres Lachen aus. »Oh, das wird mit Sicherheit geschehen.«

Odette war verblüfft. Die Frau machte einen Schritt auf sie zu und drohte ihr mit dem Finger. »Sie haben es versucht und sind gescheitert. Jetzt bin ich die Herrin von Zanana! Und ich werde es zerstören! Ich werde es ihnen zeigen. Ihnen allen.« Ihre Augen glitzerten fiebrig, und sie wirkte plötzlich ein bisschen verwirrt.

»Wem wollen Sie es zeigen? Was haben die getan?«, fragte Odette.

Die Frau wirbelte wütend auf dem Absatz herum, warf die Arme hoch und wandte sich mit erhobener Stimme zum Rosengarten. »Das ist mein Zuhause! Ich war zuerst da.«

Es war ein kindischer Wutschrei, aber von solcher Qual erfüllt, dass Odette Mitleid mit ihr bekam. Die alte Frau plapperte weiter, verlor ihre bisherige Beherrschtheit, ihre aufrechte Haltung geriet ins Wanken, und ihre Arme fuchtelten herum, als seien sie außer Kontrolle geraten.

Odette stand ganz still und sagte nichts, während sie die

Frau nur anstarrte. In ihrer Brust bildete sich ein kleiner Knoten der Furcht.

Die Frau schien sie nicht mehr wahrzunehmen und redete mit sich selbst. Dann wandte sie sich um, stockte mitten im Satz und starrte erschrocken in Odettes Richtung.

Ein Schauder überlief Odette, und sie fragte sich, was die Frau wohl so erschreckt hatte. Sie warf einen Blick über ihre Schulter, konnte aber nichts entdecken.

Die alte Dame machte einen stolpernden Schritt auf Odette zu, während sie den Blick auf etwas gerichtet hielt, das hinter ihr war. Ihr Mund klappte auf und zu, als versuche sie zu sprechen.

Es war schon fast dunkel, und in diesem Moment fielen die ersten Regentropfen des Gewitters. Wie zur Warnung grollte Donner in der Ferne.

Aus einem Instinkt heraus sagte Odette nichts und blieb still stehen. Schließlich fand die Frau ihre Sprache wieder, und ein Strom verwirrter Worte kam aus ihrem Mund. »Du hast gesagt, du liebst mich, hast gesagt, du würdest dich um mich kümmern, und dann bist du fortgegangen, und sie kam, und du gingst fort. Er wollte mich zurückschicken, und sie haben mich weggebracht. Fort von meinem Zuhause, und haben gesagt, ich dürfe hier nicht mehr leben.«

Sie rang verzweifelt die Hände, und Tränen rannen ihr über die faltigen Wangen, aber es war die Klage eines Kindes. Es begann in Strömen zu regnen, doch sie nahm keine Notiz davon. Sie redete weiter, plapperte wirres Zeug, immer noch an eine unsichtbare Person im Rosengarten gewandt. Odette fröstelte und hatte wieder das seltsame Gefühl, nicht allein zu sein. Sie trat einen Schritt vor und murmelte besänftigende Worte. Die Frau nahm keine Notiz von ihr, fuchtelte immer noch mit den Händen, verhaspelte sich in sinnlosen Worten und Sätzen, den Blick starr auf den Rosengarten gerichtet.

Sanft berührte Odette sie am Arm. »Bitte ... ist ja gut ...«
Die Frau reagierte heftig, schüttelte ihre Hand ab und fuhr zu Odette herum. Ihre Augen waren glasig, aber dann klärte sich ihr Blick, und sie hörte zu sprechen auf. Sie richtete ihre Aufmerksamkeit jetzt auf Odette, als sähe sie sie zum ersten Mal. »Wer sind Sie?«
»Ich bin Odette. Wer sind Sie?«
Die Frau richtete sich auf und gewann eine Spur ihres vorherigen Stolzes zurück.
»Ich, ich bin Mrs. Dashford. Mary Dashford.«
Die Erkenntnis traf Odette wie ein körperlicher Schlag.
»Mary! Sie sind Mary. O mein Gott!«
»Ja. Ich bin Mary. Und das ist mein Zuhause. Sie haben versucht, es mir wegzunehmen, oh, und wie sie es versucht haben! Aber sie haben es nicht geschafft. Es gehört mir. Ich habe geschworen zurückzukommen. Es ihr und Vater wegzunehmen. Er war derjenige, der mich weggeschickt hat. Und jetzt werde ich seinen kostbaren Traum zerstören. Alles zerstören. Das ist seine Strafe. Weil er mich weggeschickt hat.«
Wieder begann sie zu wüten und zu klagen, im einen Moment brachen Hass und Bitterkeit aus ihr hervor, im nächsten ein mitleiderregendes Wimmern, das sie an die unsichtbare Gestalt hinter Odette richtete.
»Du verstehst es doch, nicht wahr, du verstehst es doch, ja, Mutter?« Sie streckte die Arme aus und stolperte an Odette vorbei. Die herrische alte Frau war jetzt zu einem verletzten und verwirrten Kind geworden.
Odettes Herz flog ihr zu, als sie sich an die Geschichte des von Robert und Catherine adoptierten Waisenkindes erinnerte, die sie in den Tagebüchern gelesen hatte. All die langen Jahre hatte diese arme, bemitleidenswerte Frau gelitten und Pläne geschmiedet, in das einzige Heim zurückzukehren, das sie je gekannt hatte.

Die Qual und die Bitterkeit, die Mary seit so langer Zeit vergiftet hatten, strömten nun aus ihr heraus, während über ihnen der Sturm tobte – krachender Donner, zuckende Blitze und wahre Regenfluten.

Die alte Frau stolperte weiter durch den Rosengarten und rief nach ihrer Mutter, hatte Odette vollkommen vergessen.

Odette schüttelte den Kopf. Jetzt war alles so klar: Mary hatte ihr Leben lang intrigiert, um Zanana zurückzubekommen, und durch die Zerstörung würde sie sich nun an Robert und Kate rächen, die sie offenbar für all den Kummer und die Qual, die sie erlitten hatte, verantwortlich machte. Wie sie sich ihren Weg in die Kanzlei und die Familie der Dashfords erschlichen haben musste, zu dem einzigen Zweck, sich auf hinterhältige Weise die Macht über Zanana anzueignen.

Odette wirbelte der Kopf. Mary Dashford war offensichtlich die Spinne im Mittelpunkt des Netzes von Beveridge Investments. Aber wie sollte sie das beweisen? Es waren keine Unterlagen über Zanana aufgehoben worden, als Dashfords Kanzlei nach Hectors Tod verkauft wurde.

Odette hatte sich nicht von der Stelle gerührt. Die verrückte, traurige, verwirrte alte Frau verschwand allmählich und stolperte durch den Rosengarten auf den Pfad zum Fluss zu, als würde sie von unsichtbarer Hand geführt.

Ihr Gemurmel war verstummt, und ihr Gang wurde sicherer, obwohl sie völlig durchnässt und der Garten fast dunkel war.

Als sie ganz verschwunden war, erwachte Odette wieder zum Leben. Sie schaute hinauf zu dem am Himmel tobenden Gewittersturm und hörte plötzlich über dem wilden Krachen Zacs sanfte Stimme. »Ich sehe immer wieder das indische Haus ... das indische Haus ... das indische Haus ...«

Natürlich. Mary musste die Unterlagen, Papiere und was sie sonst noch hatte, dort verstaut haben. Odette erinnerte sich an die aufgestapelten Kartons, die sie gesehen hatte, als sie mit Eden durch die Fenster lugte. Sie drehte sich um und rannte durch den Sturm zum indischen Haus.

Die Tür war unverschlossen. Mary hatte wohl wiederkommen wollen, war aber von Odette gestört worden. Odette stand in der Dunkelheit des geheimnisvollen kleinen Palastes, umgeben von dem vertrauten Sandelholzgeruch.

Beim nächsten Blitzstrahl erspähte sie den Messingtisch, auf dem eine Kerze in einem altmodischen Leuchter stand. Odette ertastete sich den Weg zum Tisch und hoffte, dass die Streichhölzer in der Nähe lagen. Ja, da waren sie. Hastig zündete sie den Kerzenstummel an und schaute sich um. Die Kartons waren noch da. Sie begann sie zu durchwühlen.

Im ersten Karton fand sie muffige alte Kleider, Spitzen- und Pelzkragen, zerdrückte Hüte und Schmuckschatullen mit unechten Halsketten und Broschen. Der nächste war mit Büchern, Zeitungen und mehreren Tischkalendern voll gestopft. Odette blätterte sie durch, aber sie enthielten nur wenige Einträge, meist Verabredungen und Termine. Im dritten Karton befanden sich Ordner und Mappen, Rechnungsbücher und Hauptbücher. Auch diese blätterte sie durch, aber sie schienen alle ordnungsgemäß geführt und von wenig Interesse zu sein. Enttäuscht kippte sie den Karton aus. Ihr Herz machte einen Satz – ganz unten befanden sich ein paar Mappen mit der Aufschrift ›Zanana‹.

Als sie sie öffnete, stellte sie fest, dass sie leer waren. Odette biss sich auf die Lippen. Irgendwo mussten die Unterlagen über die Machenschaften, durch die Mary Zanana an sich bringen wollte, doch sein. Sie schaute sich um. Weitere Kartons gab es nicht, aber Odette wusste, dass das Gesuchte hier irgendwo war. Sie griff nach dem Kerzenstummel und begann systematisch zu suchen, während sie darum betete, dass Mary nicht zurückkam und sie hier fand. Die Frau hatte jeglichen Bezug zur Realität verloren, und Odette spürte, dass sie gefährlich werden konnte.

Zacs Warnung schoss ihr durch den Kopf – ihr drohe Gefahr von einem Kind! Mary! Jetzt ergab es einen Sinn. Sie durchsuchte alle Ecken und Winkel, aber es gab nur wenige Möbel und kaum einen Platz, wo man etwas verstecken konnte.

Odette schaute auf das große Bett mit dem Baldachin. Langsam ging sie darauf zu und ließ ihre Finger über die geschnitzten Pfosten gleiten. Immer noch mit der Kerze in der Hand stellte sie sich auf das hölzerne Podium und sah hinauf zu dem edelsteinbesetzten Himmel. Sie tastete alles Stück für Stück ab und suchte nach einem verborgenen Fach oder einem möglichen Versteck, fand aber nichts.

Enttäuscht wollte sie wieder vom Bett steigen, als direkt über ihr der Donner krachte und sie erschrocken zusammenzucken ließ. Sie stolperte, verlor das Gleichgewicht und spürte im Fallen, dass eines der Bretter des Bettes unter ihr nachgab.

Die Kerze flackerte, aber Odette konnte trotzdem erkennen, dass sich das Brett unter das nächste geschoben hatte und so einen kleinen Spalt freigab – ein verborgenes Fach im Bett. Darin schimmerte etwas Weißes.

Mit zitternden Händen und wild klopfendem Herzen griff Odette hinein und zog ein Bündel zusammengerollter Papiere heraus, die sorgfältig mit einem Gummiband zusammengehalten waren. Ihre Aufregung wuchs, als sie das Gummiband abstreifte und die Papiere durchblätterte. Ein flüchtiger Blick genügte ihr. Sie hielt die unwiderlegbaren Beweise für Marys von langer Hand vorbereitetes Komplott in der Hand – Urkunden, Besitztitel, Verträge,

Firmenpapiere. Alles war sehr detailliert und verwirrend, und die Fachleute würden einige Zeit brauchen, das alles durchzuarbeiten. Bei den Unterlagen befanden sich auch einige Mappen mit persönlichen Papieren, eine davon mit der Aufschrift »Waisenhaus St. Bridget – Mary O'Hara«.

Odette wartete nicht länger. Rasch rollte sie die Papiere wieder zusammen und stopfte sie in ihre Bluse. Dann zog sie die Jacke darüber und trat hinaus in die stürmische Nacht.

Vorsichtig ertastete sie sich ihren Weg hinunter zu den Mangroven, wo sie das Ruderboot vertäut hatte. Von Mary war nichts zu sehen.

Wasser schwappte auf dem Boden des Dinghis, aber der Sturm hatte so weit nachgelassen, dass sie ungefährdet zurückrudern konnte. Sie stieß sich ab, ließ die Ruder ins Wasser gleiten und ruderte vom Ufer weg.

Auch der Regen ließ nach, und Erinnerungen an die Sturmnacht, in der ihre Eltern ertrunken waren, kamen in ihr hoch. Odette spürte jedoch, wie die Traurigkeit ihrer Kindheit von ihr abglitt. Die Jahre der Einsamkeit und der schmerzlichen Gedanken an die Vergangenheit wurden mit dem jetzt nur noch sanft fallenden Regen weggespült.

Arme Mary. Die Verletzungen und oftmals falschen Beurteilungen, die man als Kind erleidet, nagen an der Seele bis zum Erwachsenwerden, vergraben, aber nie vergessen, bis man sich eines Tages davon befreit. Odette war frei. Mary war stets eine Gefangene ihres eigenen Willens und ihrer Fehlinterpretationen gewesen. Sie hatte die ihr von den Butterworths entgegengebrachte Liebe verschmäht und wahrscheinlich auch die anderer Menschen.

Traurig wurde Odette klar, dass sie vor einem neuen Anfang stand – doch für Mary war es zu spät.

Kapitel sechsundzwanzig

Sydney 1972

Odette bewegte sich im Schlaf, drehte sich um und rutschte in einem Durcheinander aus Decken und Laken auf den Boden. Auf der Couch zu schlafen war doch sehr unbequem.

Ihr Schlafzimmer war voll gestopft mit Bergen von Papier, Tagebüchern, Fotos, Zeitungsausschnitten, Kopien der Bebauungspläne von Hacienda und Eden Davenports Entwürfen. Ein »Rettet Zanana«-Spruchband hing an der Wand, und auf ihrem Bett stapelten sich Plakate und Flugblätter.

Sie bewahrte alle Unterlagen zu Hause auf, aus Furcht, sie könnten in der überfüllten Redaktion verloren gehen. Zudem saß sie oft bis spätnachts daran, die Tagebücher zu einer Art Fortsetzungsgeschichte über das Leben in Zanana zu verarbeiten, aufgezeichnet von Mrs. Butterworth als Zeugin der glänzendsten Jahre des Besitzes wie auch seines Niedergangs. Solche Geschichten liebten die Leser der *Gazette*. Und sie enthielten auch ein paar verblüffende Enthüllungen.

Nur mit einem T-Shirt und weißen Socken bekleidet, hängte Odette sich eine Decke um, tappte schläfrig in die Küche und machte sich eine Kanne Tee.

Elaine erschien und hob die Augenbrauen. »Wieder eine Nacht auf der Couch, was?«

»Ja. Aber es nähert sich dem Ende. Die Kundgebung ist am Samstag, und wir haben genug Munition, um den Stadtrat vor der Sitzung am Montagabend glatt umzupusten. Du kommst doch zu der Kundgebung?«

»Dieses Spektakel würde ich mir um nichts in der Welt entgehen lassen! Wie ich höre, erwartet ihr einen Riesenzulauf – über tausend Menschen. Um ehrlich zu sein, ich wette, viele kommen einfach nur, um Zac zu sehen.«

»Zac ist bestimmt ein großer Magnet, aber hoffentlich erreicht die gesamte Veranstaltung ihr Ziel, den Stadtrat zu überzeugen, nicht für Hacienda zu stimmen.«

»Dass der Architekt die Seiten gewechselt hat, wird der Sache von Hacienda nicht eben förderlich sein. Warum haben sie sich überhaupt die Mühe gemacht und so viel investiert?«

Odette streckte sich. »Wer weiß, welche hässlichen Pläne sie tatsächlich für das Grundstück haben, aber sie haben Eden offensichtlich wegen seines Namens hinzugezogen, wollten ihrem Bebauungsantrag mit seinem Entwurf mehr Glanz verleihen und sich Respekt verschaffen. Vermutlich werden sie sein Honorar als Teil der Kosten abschreiben, die sie aufgewendet haben, um Zanana in die Hände zu bekommen. Es muss inzwischen Millionen wert sein.«

Elaine schüttelte den Kopf. »Was mal wieder zeigt, dass man einfach niemandem glauben kann. Eden muss sich doch ausgenutzt vorkommen.«

»Das tut er wohl auch. Er war sehr gefasst, als ich ihm davon erzählte, und zeigte nicht, dass er gekränkt war. Aber innerlich war er bestimmt entsetzt und wütend. Er hat ziemlich gemischte Gefühle gegenüber Zanana, aber im Grunde liegt es ihm am Herzen, und er dachte, er wäre auf eine Lösung gekommen, wie man das Beste davon retten und dem Besitz gleichzeitig die benötigte Geldspritze geben könnte.«

»Du hast deine Meinung über Mr. Davenport aber ganz schön geändert.«

Odette zuckte die Schultern. »Ich gebe zu, dass ich den Mann zuerst nicht ausstehen konnte, was ungerecht war – es war nicht so sehr der Mann, der mir missfiel, sondern das, wofür er meiner Ansicht nach stand und was er mit Zanana vorhatte. Und es fällt mir schwer, jemanden nicht zu mögen, der ein Freund aus meiner Kinderzeit ist und mit dem ich wunderbare Abenteuer erlebt habe.«

»Und du hattest keine Ahnung, wer er war?«

»Hättest du die gehabt? Also hör mal, Elaine, ich war elf und er war dreizehn, und wir kannten uns nur bei unseren Spitznamen.«

Elaine seufzte. »Wie süß. Und jetzt hat Zanana euch wieder zusammengeführt. Ach, wie romantisch«, schwärmte sie. »Wann siehst du ihn wieder?«

»Am Samstagabend nach der Kundgebung. Ich habe ihn zum Essen eingeladen. Ich muss etwas Privates mit ihm besprechen.«

Elaine hielt die Hand hoch. »Schon gut. Ich werde mich verdrücken. Willst du was kochen?«

»Nein. Ich werde viel zu beschäftigt sein und nach der Kundgebung auch zu müde. Ich habe was Italienisches von ›Luigi's‹ bestellt, dann brauche ich nur noch einen Salat zu machen. Er bringt den Wein mit.«

»Kerzen und leise Musik?«

»Elaine, das wird kein romantisches Essen für zwei. Es hat mit Zanana zu tun.«

»Wie enttäuschend. Mit Mr. Davenport ins Bett zu gehen ist doch nicht das Schlechteste. Nach Zac stände er für mich als Zweiter ganz oben auf der Liste!« Sie zwinkerte Odette anzüglich zu und lachte laut los.

»Elaine, ich bin völlig schockiert!«, rief Odette in gespieltem Entsetzen. »Aber hast du am Samstagabend wirklich was vor? Ich schätze, wir werden so gegen elf Uhr fertig sein.«

»Ich treffe mich mit einer Freundin. Wir wollen bei Edgecliff essen und dann in den Rose-Bay-Wintergarten gehen, um uns einen französischen Film anzusehen. Also wird es spät bei mir.«

Als Odette Eden angerufen hatte, um ihn nach der Kundgebung zum Essen einzuladen, hatte sie ihm klar zu machen versucht, dass es um Zanana ging und nicht um einen romantischen Annäherungsversuch.

»Ich nahm an, das Komitee würde eine große Feier veranstalten, bei der du dabei sein willst«, sagte er.

»Flora Bramble hat alle nach der Veranstaltung zum Nachmittagstee zu sich eingeladen. Dich natürlich auch. Nein, ich dachte, wir könnten danach in Ruhe zusammen essen.«

»Ich freue mich darauf, Odette. Wir sehen uns bei der Kundgebung.«

»Komm nicht zu spät.« Besorgt hatte sie gefragt: »Bist du immer noch bereit, dich auf die Bühne zu stellen und Hacienda öffentlich anzuprangern?«

»Es wird nicht gerade mein Freudentag werden, aber ich werde es tun, ja.« Seine Stimme war härter geworden, und Odette konnte sich den entschlossenen Zug um seinen sonst meist lächelnden Mund und das wütende Funkeln seiner gelb und grün schimmernden Augen vorstellen. »Ich mag es nicht, wenn man mich übervorteilt und meine beruflichen Fähigkeiten ausnutzt.«

Bevor sie einhängte, sagte Odette: »Danke, dass du dazu bereit bist. Ich weiß, dass es nicht leicht ist, vor der Öffentlichkeit zu sprechen, aber ich glaube, du wirst froh sein, es getan zu haben.«

In der Nacht von Freitag auf Samstag wurde Odette wach, hörte den Regen aufs Dach prasseln, und ihr Mut sank. Die Bühne vor den Toren Zananas würde zwar überdacht sein, aber der Regen würde viele vom Kommen abhalten. Zac hatte ihr geraten, den Gedanken an Regen einfach fortzuschieben. »Stell dir den Tag genauso vor, wie du ihn haben möchtest, dann wird er auch so werden«, hatte er gesagt. Odette zog sich das Kissen über den Kopf und versuchte wieder einzuschlafen. Sie war von der Couch zurück in ihr Bett gezogen, nachdem sie alle Unterlagen über Zanana sortiert, abgelegt und verstaut hatte.

Der Samstagmorgen zog klar und sonnig herauf, die Welt sah frisch gewaschen und sauber aus. Über den strahlend blauen Himmel zogen nur ein paar hohe weiße Federwölkchen.

Am Vormittag fand sich Odette bei Flora Bramble in dem kleinen Park vor den Toren Zananas ein. Die Bühne war jetzt mit Spruchbändern geschmückt, und Tontechniker verkabelten die Lautsprecheranlage, während freiwillige Helfer ein Erfrischungszelt aufbauten.

Kartons voll roter Papierrosen und Luftballons standen zum Verteilen an die Menge bereit, dazu dicke Bündel Flugblätter, verfasst von Odette, mit einem Abriss der Geschichte Zananas und einer Zusammenfassung der Gründe für die Notwendigkeit seiner Rettung.

»Es scheint ja alles nach Plan zu laufen. Jetzt müssen wir nur noch auf die Leute warten«, sagte Odette und sah auf die Uhr.

»Sie werden schon kommen. Noch sind sie alle dabei, ihre Wochenendeinkäufe zu erledigen. Die Kundgebung ist für zwei Uhr angesetzt, also ist es noch früh. Lass uns hoffen, dass alle Redner rechtzeitig eintreffen. Und natürlich Zac. Die Presse scheint am meisten an ihm interessiert zu sein«, erwiderte Mrs. Bramble.

»Er ist der große Magnet, aber wenn die Medien erst mal

hören, was wir zu sagen haben, kriegen wir bestimmt die Berichterstattung, die wir uns wünschen«, sagte Odette zuversichtlich. »Ich hoffe nur, dass der Mann von Hacienda und die Stadträte auftauchen.«

»Denen muss klar sein, dass ihnen kein besonders herzlicher Empfang bevorsteht. Aber es würde mich interessieren, was sie zu sagen haben.«

»Setzen Sie die auf die Rednerliste, bevor ich meine Rede halte, dann werden wir sehen, wie sie reagieren. Na gut, da hier ja alles bestens zu laufen scheint, fahre ich rasch nach Hause, ziehe mich um und bin so gegen eins zurück.«

Als Odette die Wohnungstür öffnete, kam ihr Elaine mit weit aufgerissenen Augen und kaum verhüllter Erregung entgegen. »Er ist hier. Im Wohnzimmer«, zischte Elaine, verdrehte die Augen und griff sich mit zitternder Hand ans Herz. »Zac. Höchstpersönlich. Er ist so hinreißend.«

Odette lachte und ging ins Wohnzimmer, wo er lässig auf dem Sofa saß und in einer Zeitschrift blätterte.

»Na, bereit für deinen Auftritt?«, fragte sie.

»Klar. Ich dachte, wir könnten zusammen hinfahren. Moralische Unterstützung. Obwohl ich weiß, dass alles klappen wird. Geht es dir gut? Ich habe viel an dich gedacht.«

»Und ich an dich. Es ist schon fast unheimlich, dass du immer dann auftauchst, wenn ich fest genug an dich denke«, sagte sie eher beiläufig, aber die seltsame Verbindung, die zwischen ihnen bestand, ließ sich nicht leugnen.

Odette erzählte Zac rasch, wie die Kundgebung ablaufen würde, und er hörte aufmerksam zu. Dann tauchte Elaine mit drei Dosen Bier auf. »Nur was zum Ölen für die Kehle des Sängers und der Rednerin. Kein Saufgelage«, grinste sie.

»Prima«, sagte Odette und griff nach ihrer Bierdose. »Ich nehme meins mit in die Dusche, wenn es euch nichts ausmacht. Kümmere du dich doch bitte inzwischen um Zac, Elaine.« Sie zwinkerte ihrer Wohnungsgenossin anzüglich zu und ging mit federnden Schritten aus dem Wohnzimmer.

Odette entschied sich für ein schlichtes Hemdblusenkleid mit zartem viktorianischem Blumenmuster. Sie bürstete ihre rotgoldenen Locken zurück und steckte sie auf einer Seite mit einem Schildpattkamm hoch. Ein Hauch korallenroter Lippenstift, grauer Lidschatten betonte ihre aquamarinblauen Augen. Lächelnd kam sie ins Wohnzimmer zurück und blieb überrascht in der Tür stehen.

Eden und Zac saßen nebeneinander auf dem Sofa und tranken zusammen ein Bier, als seien sie seit Jahren befreundet.

Eden stellte die Bierdose ab und erhob sich mit einem Grinsen. »Ich dachte, du könntest etwas moralische Unterstützung gebrauchen. Aber ich sehe, dass Zac dieselbe Idee hatte.«

»Ihr kennt euch?«

»Jetzt ja«, sagte Zac und zwinkerte ihr zu.

Elaine kam mit weiteren Bierdosen aus der Küche, und Odette setzte sich in den Sessel und beobachtete die beiden Männer. Sie führten ihr Gespräch über Zanana, das Grundstück und seine besondere Bedeutung für die Öffentlichkeit fort.

»Ich muss gestehen, dass ich das Grundstück nie betreten habe«, sagte Zac. »Aber ich war am Tor und habe durch die Gitterstäbe gespäht, wie ein Kind im Zoo. Dennoch habe ich das Gefühl, das alles zu kennen, dank Odettes leidenschaftlicher Beschreibungen. Und es geht um etwas Grundsätzliches, also helfe ich gerne dabei, es zu retten. Zanana bedeutet Odette sehr viel.«

»Mir auch«, sagte Eden. »Wussten Sie, dass wir als Kinder befreundet waren und dort gespielt haben?«

Zac warf Odette einen Blick zu. »Eden ist der Sohn des Verwalters, von dem du mir mal erzählt hast?«

»Ja.« Odette fühlte sich ein bisschen unbehaglich, doch die beiden Männer schienen bestens miteinander auszukommen. »Hört mal, ich glaube, wir sollten allmählich aufbrechen. Wie bist du hergekommen, Zac?«

»Mit dem Taxi. Mein Manager sorgt dafür, dass meine Sachen direkt zum Veranstaltungsort gebracht werden.«

»Dann könnt ihr alle mit mir fahren«, bot Eden an. »Je weniger Autos, desto besser – es wird bestimmt Staus geben, und das Parken wird auch ein Problem sein. Sind Sie so weit, Elaine?«

Odette und Elaine bestanden darauf, hinten zu sitzen, damit die Männer mehr Beinfreiheit hatten. Elaine zeigte Eden eine Abkürzung, durch die er den Stadtverkehr vermeiden konnte. Eden und Zac unterhielten sich während der Fahrt hauptsächlich über Architektur und die Umwelt.

Zac sah über die Schulter nach hinten. »Du bist sehr still, Odette. Ich habe Eden vom Friedenstal erzählt. Du solltest mal mit ihm hinfahren.«

Eden hatte Recht gehabt, was die Parkmöglichkeiten betraf. Er lenkte das Auto durch den stetigen Strom der Menschen, die auf die Grasfläche vor der Bühne zustrebten, fuhr auf ein mit Seilen abgesperrtes Gelände zu, vor dem ein Schild mit der Aufschrift »Nur für Veranstaltungsteilnehmer« aufgestellt war und das von einem Komiteemitglied mit einem Namensschild und einer roten Papierrose im Knopfloch bewacht wurde. Der Wächter warf einen Blick in das Auto, grinste, machte das Seil los und winkte sie durch. Eden parkte hinter der Bühne.

Kaum waren sie ausgestiegen, kam Flora Bramble auf sie zugeeilt. Sie trug ein weites Kleid mit auffallendem Rosenmuster, hochhackige Schuhe und einen kleinen Strohhut, an dem eine große Seidenrose befestigt war.

Odette stellte sie einander vor, und Mrs. Bramble schüttelte Zac begeistert die Hand. »Wir sind ja so froh, dass Sie bereit sind, hier aufzutreten. Sehr viele Menschen sind Ihretwegen gekommen, das hilft unserer Sache enorm.«

Mrs. Bramble schüttelte auch Eden und Elaine die Hand und umarmte Odette. »Wie hübsch du aussiehst, Odette.«

»Sie haben sich aber auch sehr fein gemacht«, erwiderte Odette und dachte bei sich, dass Mrs. Bramble es vielleicht ein bisschen übertrieben hatte. Aus dem Augenwinkel sah sie, wie Elaine den Männern mit erhobenen Augenbrauen einen Blick zuwarf.

»Gefällt es Ihnen? Ich habe es selbst genäht, es ist eigentlich Polsterstoff, aber verraten Sie es niemandem«, meinte sich kichernd zu Zac.

Zac betrachtete sie bewundernd von oben bis unten. »Mrs. Bramble, Sie sehen aus wie ein äußerst bequemer Sessel.«

»Aber setzen Sie sich nicht auf mich! Nehmen Sie mich mal in die Arme, Zac. Ich finde Ihre Musik hinreißend.«

Die vier lachten, und Zac schloss sie in die Arme. »Jetzt machen Sie es sich alle hier hinten bequem, und wenn es so weit ist, kommen Sie auf die Bühne. Ihr Mikrofon und die Lautsprecher sind aufgebaut, Zac. Ihr Toningenieur hat Ihre Gitarre und sagt, es sei alles bereit. Ich sage Ihnen, wenn es so weit ist.«

Während der nächsten Dreiviertelstunde strömten immer mehr Menschen in den Park. Viele nahmen zum ersten Mal Interesse an der großen alten Villa, die meisten hatten sie nie gesehen. Das Haus war hinter den Bäumen nicht sichtbar und durch den hohen Zaun und das kunstvolle schmiedeeiserne Tor abgeschirmt. Ein Geheimnis schien davon auszugehen.

Auf ein Zeichen von Mrs. Bramble betraten Odette, Eden und Zac die Bühne und nahmen ihre Plätze ein. Mrs. Bramble setzte sich neben Odette und faltete nervös ein Blatt Papier auf und zu.

Als die Blaskapelle von Kincaid mit dem aufrüttelnden Marsch »Soldiers of the Queen«, einer Komposition der Jahrhundertwende, durch den Park auf die Bühne zumarschierte, kam sofort Stimmung auf.

»Ich dachte, es wäre hübsch, auch etwas historische Musik dabeizuhaben«, sagte Mrs. Bramble mit unverhülltem Stolz, diesen Einfall gehabt zu haben, zu Eden und Zac. »Fängt die Atmosphäre der Jahrhundertwende ein und hat natürlich auch eine Verbindung zu der Rolle, die Zanana als Kriegsveteranenheim gespielt hat.«

Eine Mädchengruppe in schicken Uniformen marschierte hinter der Blaskapelle her, und, angefacht von Mrs. Bramble, brandete aus der Menge lauter Applaus auf, als sie vor der Bühne Halt machten. Ein Trompeter trat vor und blies eine Fanfare, worauf an die zwanzig Kinder hinter dem Erfrischungszelt hervorrannten, jedes mit einem Dutzend Luftballons in der Hand. Unter lauten »Rettet Zanana«-Rufen ließen sie die Ballons vor der Bühne aufsteigen, und während die Ballons in den Himmel schwebten, legte die Blaskapelle wieder los, und die Menge jubelte. Mrs. Bramble strahlte.

In diesem Moment trafen der Bürgermeister, der Parlamentsabgeordnete für Kincaid und Alan Harper von Hacienda ein. Mrs. Bramble winkte sie auf die Bühne, und ein gespanntes Schweigen senkte sich über die Menge.

Sie drehte sich zu Odette um und flüsterte: »Mein Gott, ich bin ganz durcheinander. Mir zittern die Knie.« Ihr Rouge hob sich in zwei roten Flecken von ihren gepuderten Wangen ab.

»Alles okay, Mrs. B.«, sagte Odette beruhigend. »Stellen

Sie sich einfach vor, Sie würden über den Zaun hinweg mit Ihren Nachbarn plaudern. Sie schaffen das schon.«

Zum ersten Mal in ihrem Leben stand Flora Bramble tatsächlich im Mittelpunkt. Sie trat ans Mikrophon, doch zu Odettes Überraschung sagte sie nichts und blickte nur über die Menge der mehr als tausend ihr zugewandten Gesichter.

Dann lächelte sie und sagte: »Freunde, welch ein strahlender Tag für Kincaid.« Die Menge jubelte, pfiff, applaudierte, und der begeisterte Trompeter blies eine weitere kurze Fanfare, die mit einem etwas schrägen Ton endete.

Eden war völlig verblüfft. Zac grinste von einem Ohr zum anderen, und Odette erblickte Elaine in der Menge, die kaum an sich halten konnte, aber voller Anerkennung die Daumen hochstreckte.

Mrs. Bramble hüstelte leise, und die Menge verstummte. Mit einem fast an Churchill erinnernden Gespür für Zeiteinteilung und Wortwahl warf sie den nächsten Satz in die Menge: »Welch ein großer Tag für einen Kampf!« Wieder schien die Menge zu explodieren, und der Vertreter von Hacienda fühlte sich sichtlich unbehaglich.

Mit erhobener Hand brachte Mrs. Bramble das Publikum zum Schweigen und fuhr fort: »Ja, der Kampf hat wirklich begonnen, und ich muss euch etwas sagen ... wir werden gewinnen.« Weiterer Applaus. Wieder hob sie die Hand. »Als Erstes möchte ich, dass ihr genau erfahrt, worum wir hier kämpfen.«

Sie berichtete in kurzen Zügen über die Geschichte Zananas, wobei sie betonte, welchen besonderen Platz es in der Lokalgeschichte einnahm. Sie nannte die Gründe, warum es in seiner ursprünglichen Form erhalten werden sollte, und führte an, dass die Bevölkerung ein Mitspracherecht bei der Entscheidung über die Zukunft des Besitzes haben sollte.

Sie beendete ihre Rede mit einem Hinweis auf das, was noch kommen würde. »Zum Schluss möchte ich euch noch eines sagen ... wir kämpfen heute um mehr als nur um Zanana, viel mehr. Wir kämpfen für Integrität und Aufrichtigkeit und Weitblick in unserer Bezirksregierung. Daran hat es in den letzten Wochen in bedauernswerter Weise gefehlt, und es ist an uns, unsere Stadträte – von denen sich die meisten heute hier im Publikum befinden – darauf aufmerksam zu machen, dass wir, die Wähler, sie nicht so einfach davonkommen lassen werden. Das kommt nicht in die Tüte.«

Gelächter und Applaus begleiteten den letzten Satz.

Dann stellte Mrs. Bramble den Parlamentsabgeordneten vor. Er erging sich mit einem festgefrorenen Lächeln in Plattitüden, lobte die Menge für ihr Interesse an den Belangen der Gemeinde und versprach, der Regierung die bei dieser Kundgebung gewonnenen Eindrücke zu vermitteln. Er enthielt sich jeder Bemerkung, die als Bevorzugung der einen oder anderen Seite hätte ausgelegt werden können.

Alan Harper von Hacienda wurde mit lauten Buhrufen begrüßt, als er ans Mikrophon trat. Er verlas eine sorgfältig formulierte Erklärung, in der der Öffentlichkeit versichert wurde, dass Hacienda wirklich vorhatte, das von Eden Davenport entworfene Konzept umzusetzen, dass sein Unternehmen der Erhaltung der Villa in Zanana positiv gegenüberstand und dass das Unternehmen die Wünsche der Bevölkerung durchaus in Betracht ziehen würde, was der Grund sei, warum er hier zu ihnen spräche.

Als er sich setzte, erhielt er nur wenig höflichen Applaus zwischen all den Buhrufen, die noch lauter geworden waren.

Der Bürgermeister sprach nur ganz kurz, drückte seine Bewunderung für das Interesse der Bevölkerung an dieser Sache aus und versicherte allen, dass der Stadtrat wie immer im besten Interesse der Steuerzahler und der Bewohner entscheiden würde.

Dann stellte Mrs. Bramble Eden vor. »Freunde, wir hatten eine ganze Reihe von Rednern vorgesehen, die euch nahe bringen sollten, wie wichtig unser Kampf ist. Aber wir haben ihre Reden gestrichen. Stattdessen haben wir einen Redner, der nicht vorgesehen war, und ich weiß, dass ihr verblüfft sein werdet über das, was er zu sagen hat. Mr. Eden Davenport.«

Die Menge wusste nicht recht, ob sie applaudieren sollte, bis Mrs. Bramble den Anfang machte. Der Mann von Hacienda sah betretener aus denn je.

»Meine Damen und Herren«, begann Eden mit fester Stimme, »es ist eine demütigende Erfahrung für mich, heute hier vor Ihnen zu stehen. Ich bin hier dank der Hingabe und des beruflichen Engagements eines Menschen, der eine außergewöhnliche Rolle in dieser ganzen seltsamen Zanana-Affäre gespielt hat – Miss Odette Barber.« Er drehte sich zu Odette um und warf ihr ein kurzes Lächeln zu. Sie errötete.

Die Menge verstummte, als Eden nun verkündete, dass er öffentlich seine Verbindung mit Hacienda beenden wolle, weil er mit bestimmten Aktivitäten von Hacienda, die ihm enthüllt worden waren, nicht einverstanden war, und dass er sämtliche Honorare, die er für den Auftrag von Hacienda erhalten hatte, der Initiative zur Rettung Zananas zur Verfügung stellen würde.

»Ich glaube, dass ich als Aushängeschild benutzt worden bin. Meine Prinzipien sind verletzt worden, und ich stehe zu meinen Prinzipien – ich gehe.«

Seine Worte schlugen ein wie eine Bombe. Die Menge brüllte, jubelte und klatschte, und der Vertreter von Hacienda stürmte von der Bühne. Mrs. Bramble lief zu Eden und umarmte ihn. Als sie ihn losließ, setzte er sich wieder neben Odette und griff nach ihrer Hand. Sie drückte sie und bereitete sich dann auf ihren Auftritt vor, während Mrs. Bramble sie vorstellte.

Odette rückte das Mikrophon zurecht und sprach ruhig und selbstbewusst. »Wie Mrs. Bramble Ihnen bereits gesagt hat, war Zanana ein Teil meines Lebens, als ich noch ein Kind war. Wie hätte ich damals ahnen sollen, dass diese ferne Verbindung eines Tages zu alldem führen würde?« Mit einer ausholenden Geste schloss sie das Publikum ein. »Es ist sehr ermutigend zu wissen, dass so viele Menschen jetzt diese Verbundenheit mit Zanana teilen.

In den letzten Wochen haben genaue und intensive Nachforschungen über die Eigentümer des Besitzes, die Machenschaften des antragstellenden Bauunternehmens und das Verhalten gewisser Stadträte Fakten zutage gefördert, die alle auf eines hinauslaufen … der Bebauungsantrag muss in Bausch und Bogen abgelehnt werden.« Es wurde kräftig applaudiert.

»Mr. Davenports Rücktritt von dem Projekt ist ein Zeichen für die Bedeutsamkeit der aufgedeckten Informationen. Es könnte zu rechtlichen Problemen führen, die Einzelheiten dieser Informationen hier öffentlich zu enthüllen, aber ich werde Ihnen eine Zusammenfassung der Aufdeckungen geben, für die wir dokumentierte und stichhaltige Beweise haben.

Erstens hat das antragstellende Bauunternehmen eine Vereinbarung mit dem Besitzer von Zanana getroffen, nach der die Villa abgerissen und die Gärten zerstört werden sollen. Es ist die Bedingung für die Kaufoption. Das steht in krassem Widerspruch zu dem Eindruck, den das Bauunternehmen zu vermitteln versucht hat.« Ein wütendes Murmeln lief durch die Menge.

»Zweitens hat das Bauunternehmen vor kurzem einen lukrativen Aktienhandel mit einem Stadtrat aus Kincaid abgeschlossen, bei dem dieser Stadtrat einen außerordentlichen Gewinn gemacht hat.« Man hörte, wie die Leute nach Luft schnappten.

»Drittens hat ein anderes Mitglied des Stadtrats, das noch letzte Woche gegen die Bebauung war, offensichtlich die Seiten gewechselt. Die Umstände, die zu diesem Sinneswandel geführt haben, sind, um es vorsichtig auszudrücken, merkwürdig.« Rufe wie »Schande!« und »Werft die Kerle raus!«, ertönten über dem immer lauter werdenden wütenden Gemurmel.

»Es gibt für den Stadtrat keine Möglichkeit, diesen Bebauungsantrag weiter zu befürworten, besonders im Lichte der überwältigenden und leidenschaftlichen Opposition, die Sie heute hier zum Ausdruck gebracht haben. Außerdem wird die Zukunft Zananas von einer einzigen Person entschieden, nicht vom Stadtrat.« Diese rätselhafte Bemerkung verwirrte das Publikum, doch Odette ging darüber hinweg.

»Und wenn Sie wollen«, fügte sie mit einem spitzbübischen Lächeln hinzu, »können Sie im morgigen *Telegraph* alle Einzelheiten nachlesen und dazu weitere interessante Enthüllungen in der am Ende der Woche erscheinenden *Gazette*.«

Als der Applaus verklungen war, stellte sie Zac vor, und wieder wurde geklatscht und gejubelt.

Zac trat mit seiner Gitarre ans Mikrophon und stimmte seinen Song »Zanana« an. Er sang von einer »Oase des Herzens, einem Ort des Friedens und der Schönheit, an dem Träume und Rosen erblühen«.

Das Publikum war ganz still, während er sang, aber Odette spürte, wie ergriffen die Menschen den Worten und der schwermütigen, eindringlichen Melodie lauschten. Ihr Herz zog sich zusammen, und es fiel ihr schwer, die Tränen zurückzuhalten.

Ein Beifallssturm brach los, nachdem Zac geendet hatte, und alles rief nach einer Zugabe. Er hob kurz die Hand, und es wurde wieder still.

Zac sprach mit sanfter Stimme. »Im Leben eines jeden von uns kommt unweigerlich der Moment, an dem wir aufstehen und uns für das einsetzen müssen, woran wir glauben. Wenn wir unsere Stimme gemeinsam erheben, wird man uns hören. Es werden Menschen da sein, die uns führen, aber wir anderen müssen den Mut aufbringen, ihnen zu folgen.

Heute geht es um Anteilnahme, um die Bewahrung der Schönheit für unsere Kinder und um die Liebe. Ohne Liebe sind wir verloren.« Die Menge begann zu klatschen, denn alle wussten, dass Zac seinen größten Hit »Ohne Liebe« singen würde.

Er spielte die Anfangsakkorde, schaute in die lächelnden Gesichter und bat das Publikum, sich an den Händen zu fassen und mitzusingen. Mühelos riss er die Menge mit, und bald wiegten sich alle im Rhythmus des Songs und sangen tief bewegt mit. Auch diejenigen, die auf der Bühne saßen, fielen mit ein, Mrs. Bramble und Odette mit tränenerstickter Stimme.

Am Ende des Songs hob Zac seine Gitarre zum Abschiedsgruß, rief den Leuten seinen Dank zu und verschwand hinter der Bühne, wo er sofort von Autogrammjägern umlagert wurde.

Mrs. Bramble tupfte sich rasch die Augen ab und trat wieder ans Mikrophon. »Vielen Dank, dass Sie alle gekommen sind. Ihre Unterstützung war fabelhaft. Machen Sie sich die Mühe und kommen Sie zu der Stadtratssitzung, sie dürfte interessant werden.« Gelächter tönte auf. »Jetzt brechen Sie aber noch nicht gleich auf. Es wird noch mehr geboten, und lassen Sie sich vor allem nicht den köstlichen Kuchen im Erfrischungszelt entgehen.«

Die Blaskapelle von Kincaid stimmte sofort eine flotte Version von »Waltzing Mathilda« an.

Odette und Mrs. Bramble wurden von Reportern bestürmt wie auch von Freunden und Fremden, die ihnen gratulieren wollten. Eden drängte sich durch das Gewimmel und flüsterte Odette zu, dass er mit Zac fahren würde und sie dann später zum Essen treffen würde. Zac warf ihr durch die Luft einen Kuss zu.

Das bescheidene kleine Ziegelhäuschen der Brambles konnte später all die Gratulanten kaum fassen, und die Gäste verteilten sich über die Veranda auf den gepflegten Rasen hinaus bis auf den Bürgersteig. Kästen mit Bier tauchten auf, als Ergänzung zu den großen Aluminiumkannen mit Tee, die von den Nachbarn vorbereitet worden waren. Dazu gab es große Mengen Würstchen, Mohrenköpfe und Kürbisbrötchen.

»Ich wette, jetzt findet ein großer Kriegsrat statt«, bemerkte Mick O'Toole zu Odette und biss in ein Brötchen, auf das er hausgemachtes Pflaumenmus und einen Klecks Sahne gehäuft hatte.

»Wahrscheinlich. Aber ich glaube, es ist alles vorbei, bis auf das laute Gezeter. Vielen Dank für Ihre Hilfe, Mick. Sie haben uns zum Durchbruch verholfen.«

Der kleine Ire lächelte, und seine Augen blitzten. »Wie Zac sagte, es kommt der Moment, an dem man aufstehen und sich für das einsetzen muss, woran man glaubt. Das Problem ist nur – bei meiner Größe denken die Leute, ich sitze, auch wenn ich in Wirklichkeit stehe.«

Odette lachte. »Egal, ob Sie sitzen oder stehen, Mick, für mich sind Sie ein großer Mann«, sagte sie voller Ernst, beugte sich vor und gab ihm einen Kuss auf die Stirn.

»Ah, was für ein Kompliment! Ich danke Ihnen. Übrigens, was haben Sie damit gemeint, dass das Schicksal von Zanana von einer einzigen Person entschieden wird?«

»Das werden Sie zu gegebener Zeit schon erfahren. Und es wird eine hübsche Geschichte abgeben.«

O'Toole grinste und rief plötzlich mit lauter Stimme: »Extrablatt! Extrablatt! Lesen Sie alles über das Geheimnis von Zanana. Extrablatt!«

Lachend bahnte sich Odette ihren Weg in die Küche zu Mrs. Bramble, die ihre hochhackigen Schuhe gegen flauschige rosa Pantoffeln ausgetauscht hatte und Essen auf Servierplatten häufte, während Mr. Bramble dabei war, ganze Stapel von Tassen und Untertellern abzuwaschen.

»Ich muss gehen, Mrs. B. Ich habe einen Gast zum Essen. Es war ein wundervoller Tag. Sie müssen sehr stolz auf Ihre Mitbürger sein.« Sie nahm die mütterliche Frau in dem rosenbedruckten Kleid fest in die Arme.

Mrs. Bramble drückte sie an sich und brachte es fertig, gleichzeitig eine Kuchenschaufel und einen Teller mit gebutterten Milchbrötchen fest zu halten. »Dank dir, Odette. Ich hätte mir nie träumen lassen, dass wir so viel erreichen würden, als ich dich damals anrief.«

»Zanana hat unser Leben verändert«, erwiderte Odette leise.

Mrs. Bramble nickte. »Besonders deines, glaube ich. Deine Mum und dein Dad wären so stolz auf dich. Und Tante Harriet ist es bestimmt auch.«

Odette nickte, sie hatte einen Kloß im Hals. »Ich muss Tante Harriet anrufen. Sie wird es kaum erwarten können zu hören, wie es heute gelaufen ist.«

Sie rief Mr. Bramble einen Abschiedsgruß zu, und er winkte ihr gut gelaunt mit einer Hand voller Seifenschaum. Als sie in das Taxi stieg, begleitet von fröhlichen Rufen der Männer, die mit ihren Bierflaschen am Gartentor standen, dachte sie, was für ein liebenswürdiges und freundliches Paar die Brambles doch waren und wie gut es der Welt täte, wenn es mehr von solchen Menschen gäbe. Vielleicht gab es sie ja, und wenn die Zeit gekommen wäre, würden auch sie sich bemerkbar machen. Es war ein tröstlicher Gedanke.

»Wohin soll's denn gehen?«, fragte der Taxifahrer, ein italienischer Einwanderer.

Sie bat ihn, bei »Luigi's« vorbeizufahren, wo sie Fettucine, Kalbfleisch mit Parmesan und Cassata abholte. Ihre Auswahl fand großen Beifall bei dem Fahrer.

Zu Hause deckte Odette den Tisch, entschied sich dafür, Kerzen aufzustellen, und ließ sich dann zur Entspannung ein Bad ein. Während sie in dem angenehm duftenden Schaum lag, spürte sie, wie die Anspannung des Tages von ihr abglitt. Mrs. Bramble hatte Recht, sie waren weit gekommen. Aber der Kampf um die Rettung Zananas war für Odette auch zu der Aufgabe geworden, den traurigen Geist zur Ruhe zu bringen, der sich, wie sie jetzt glaubte, im indischen Haus befand.

Zanana war ein kurzer, strahlender Moment in ihrer Kindheit gewesen. Die Zeit, die sie dort verbracht hatte, allein oder mit Eden, blitzte wie ein leuchtender Edelstein aus der behüteten Einfachheit ihres Lebens vor dem Tod ihrer Eltern hervor und strahlte bis in ihr provinzielles Leben in Amberville hinein. Erst als sie durch Fitz und den *Clarion* ein Ventil und einen Brennpunkt für ihre Gefühle und eine Orientierung für ihre Zukunft gefunden hatte, war ihr Leben plötzlich von trübem Schwarzweiß in Technicolor umgeschwenkt.

Jetzt hatte sie durch die Herausforderung ihres Berufs und dank Zac an Selbstsicherheit gewonnen, und sie spürte, dass sie Zufriedenheit gefunden hatte und eine Lebenseinstellung, die ihr über alle Hürden hinweghelfen würde.

Sie war beinahe eingeschlafen, als Elaine an die Badezimmertür klopfte.

»Ich bin zurück, ich habe mich umgezogen, und jetzt verschwinde ich wieder. Viel Spaß heute Abend«, flötete sie.

»Dir auch!«, rief Odette.

»Ich sehe, du hast dich für Kerzen entschieden ... du kannst meine Nat-King-Cole-Platten spielen, wenn du willst ... Bis dann!«

»Elaine, bitte! Doch nicht Nat King Cole«, kreischte Odette, zog den Stöpsel aus der Wanne und griff nach einem Handtuch.

Odette zog eine graubraune Leinenhose an und eine cremefarbene Seidenbluse und band ihr Haar mit einem langen, handbemalten Chiffonschal zurück. Ihr Katherine-Hepburn-Ensemble nannte sie das. Aber bevor sie sich die Schuhe anziehen und Make-up auflegen konnte, klingelte es. Odette sah auf die Uhr. Eden kam sehr früh.

Sie öffnete die Tür, und Zac stand vor ihr, die Arme voller Rosen. »Ich muss wieder fort, kleiner Vogel. Und nach all den Papierrosen heute dachte ich, du würdest dich vielleicht über diese hier freuen.«

»Wie lieb von dir, Zac! Willst du hier bleiben und mit uns essen?«

»Keine Zeit. Bin auf dem Weg zum Flugplatz.« Er legte die Rosen auf einen Stuhl und umarmte Odette. »Du warst fabelhaft.« Er fasste sie an den Schultern, hielt sie von sich weg und sah ihr in die Augen. »Du bist über dich hinausgewachsen, Odette. Du bist stark und tüchtig und unabhängig und liebenswert. Es wird Zeit, dass du dein Herz öffnest.«

»Du meinst, ich bin endlich erwachsen geworden und kann jetzt allein fliegen?«, sagte sie sanft und lächelte ihn an.

»Das kannst du allerdings. Aber du weißt, dass ich immer auf dich Acht geben werde.«

»Du bist mein Mensch gewordener guter Geist«, erwiderte Odette.

Zac lachte. »Cerina hat mir gesagt, dass unser Schicksal miteinander verbunden ist. Und eine Zigeunerkönigin irrt sich nie.« Er küsste sie auf die Wange. »Werde glücklich, kleiner Vogel.«

Er trat aus der Tür, groß und gut aussehend mit seinen bis auf die Schultern herabfallenden Locken, die tiefbraunen Augen voller Liebe und Verständnis.

»Zac ...«, rief sie ihm nach, und er blieb stehen und schaute über die Schulter zurück. »Nur ... vielen Dank.«

Er warf ihr eine Kusshand zu, schlang sich den langen Schal über die Schulter und war fort.

Eden kam ein paar Minuten zu spät und entschuldigte sich dafür. »Ich habe gar nicht mehr auf die Zeit geachtet. Hatte einen wunderbaren Nachmittag mit Zac. Er ist ein außergewöhnlicher Mensch, nicht?«

»Ja, das ist er.«

Eden warf ihr einen durchdringenden Blick zu und lächelte dann fröhlich. »Ich habe einen guten Rotwein mitgebracht und eine Flasche Champagner, um den Erfolg der Kundgebung zu feiern. Weißt du, Odette, mir ist klar geworden, wie erleichtert ich bin, aus der Hacienda-Sache ausgestiegen zu sein.«

Er folgte ihr in die Küche, wo sie ihm zwei Gläser reichte. »Gieß den Champagner ein, ich mache nur rasch den Salat fertig.«

»Ich habe noch weiter über Zanana nachgedacht. Über andere Möglichkeiten. Wie man die Gärten und die alten Gebäude erhalten, aber auch Geld reinbringen könnte.«

»Prost, Eden«, sagte Odette und hob ihr Glas.

»Auf dich. Und auf Zanana«, erwiderte er, ging mit ihr zurück ins Wohnzimmer und machte es sich auf dem Sofa bequem. »Ich finde immer noch, dass meine Gartensiedlung harmonisch, anziehend und praktisch ist. Aber statt die Häuser an Einzelpersonen zu verkaufen, könnte man vielleicht einen Teil des Besitzes in eine gemeinnützige Einrichtung umwandeln. Ich weiß, dass es schwer ist, an öffentliche Gelder zu kommen, vielleicht könnte man auch private Stifter finden.«

»Und an welche Art von Einrichtung hast du dabei gedacht?«

Er nahm einen Schluck Champagner und grinste sie an. »Ich weiß, dass das alles rein hypothetisch ist – keine Ahnung, wie die Besitzverhältnisse liegen –, aber in der Vergangenheit hat Zanana als Genesungsheim für Kriegsheimkehrer gedient. Erinnerst du dich, wie gruselig diese Krankenzimmer aussahen, als wir damals zum ersten Mal in der Villa rumgeschlichen sind?«

»Mir kam das immer so traurig vor. Ja, es gab ein paar sehr traurige Kapitel in der Geschichte Zananas«, sagte Odette langsam.

»Dann ist es vielleicht an der Zeit, dass sich das ändert.« Edens Gesicht leuchtete vor Begeisterung, und als er sich vorbeugte, fiel ihm das sandfarbene Haar in die Stirn. Er strich es zurück und fuhr fort: »Ich finde, Zanana sollte ein Ort für Kinder werden. Denk daran, was es für dich bedeutet hat, und auch für mich hatte es trotz meines Vaters immer etwas Magisches, Märchenhaftes. Wie wäre es, wenn man die Gartensiedlung zur Unterbringung von Kindern mit besonderen Bedürfnissen verwenden würde?«

»Und was ist mit dem Haupthaus?«

»Dort könnten die Gemeinschaftsräume, die Speisesäle und die Verwaltung untergebracht werden, vielleicht auch ein Klassenzimmer und die Unterkünfte des Personals.« Eden erwärmte sich noch mehr für seine Idee. »Die Farm und die Molkerei könnten in kleinem Maßstab wieder in Betrieb genommen werden, zur Selbstversorgung und als

Möglichkeit für die Kinder, auch diese Arbeiten zu lernen.«

Odette stand auf und holte den Champagner aus dem Kühlschrank, um nachzugießen. »Nun mal langsam, Eden. Ich finde, das klingt alles wunderbar, aber es gibt noch ein paar Dinge, die du wissen solltest ...« Odette unterbrach sich und blickte auf das Messer, das im Flaschenhals steckte. »Was soll das denn?«

»Damit er nicht schal wird«, grinste Eden. »Komm, gib her.« Er nahm das Messer heraus, schenkte ihnen nach und schnüffelte. »Hm, das riecht aber gut.«

»Dann lass uns essen. Und nach dem Essen erkläre ich dir, warum ich dich hergebeten habe.«

Eden sah in ihr ernstes Gesicht. »Wird mir das, was du mir zu sagen hast, gefallen? Ich meine, ist es eine gute oder eine schlechte Nachricht?« Er beugte sich vor und betrachtete sie mit gespieltem Entsetzen. Ihr Parfüm roch frisch und ein wenig nach Limone, und er hätte sie am liebsten geküsst.

Odette drückte ihm die Salatschüssel und die Pfeffermühle in die Hand und verkniff sich ein Lachen. »Hier, stell das auf den Tisch. Zünd die Kerzen an und leg Musik auf, während ich das Essen bringe.«

Odette trug den ersten Gang, die Fettucine, zum Tisch zu den Klängen von Nat King Cole – »When I fall in love, it will be forever ...«

»Die Platte gehört Elaine. Ihre Teenagermusik. Da sind auch noch bessere und modernere Platten«, lachte Odette und stellte die Nudeln ab.

»Ich kann dem Mann nur zustimmen. Möchtest du tanzen?« Ohne ihre Antwort abzuwarten, zog er sie an sich und hielt sie umschlungen, während die romantische Musik den Raum erfüllte.

Einen Moment lang ließ sie sich an ihn sinken, roch den

frischen Geruch seiner Haare und seiner Haut und fühlte sich warm und geborgen. Dann machte sie sich los. »Lass uns essen, ich habe stundenlang am Herd gestanden, um das alles zuzubereiten! Kalt schmeckt es nicht.«

Er rückte den Stuhl für sie zurecht, setzte sich ihr gegenüber und hob sein Glas. »Auf alte Freunde und neue Freundschaften. Mehr will ich nicht dazu sagen.«

Sie lächelte und stieß mit ihm an. »Das ist lieb, Eden. Darauf trinke ich. Buon appetito.«

Kapitel siebenundzwanzig

Zanana 1972

Die Kerzen brannten tropfend herunter. Tia Maria wurde eingeschenkt, die Teller wurden beiseite geschoben, und das starke Aroma frisch aufgegossenen Kaffees erfüllte den Raum. Mehrere Stunden waren vergangen, während Odette und Eden Erfahrungen und Anekdoten ausgetauscht, gelacht und in Erinnerungen geschwelgt hatten.

Dann entstand eine dieser entspannten Gesprächspausen, und Eden verschränkte die Arme auf dem Tisch und beugte sich vor. »Es ist so weit. Jetzt erzähl mir, was du mir sagen wolltest. Oder war das nur eine Ausrede, um mich herzulocken?«, grinste er.

Odette lachte. »Ich hole den Kaffee, und dann werde ich alles gestehen. Lass uns auf die Couch umziehen.«

»Sollen wir erst abwaschen?«

»Kommt nicht in Frage. Ich spüle das Geschirr später ab. Das läuft uns nicht weg.«

Nachdem sie sich mit ihren Kaffeetassen auf der alten, aber bequemen Couch niedergelassen hatten, begann Odette, ihm die Geschichte von Zanana zu erzählen.

»Als Mrs. Bramble mich damals bat, ihr bei der Rettung von Zanana zu helfen, willigte ich ein, weil mir Zanana so viel bedeutete und weil es einmalig ist. Und ja, es war eine gute Story, und ich bin Reporterin. Dann geschah etwas, als ich im indischen Haus war – nichts Greifbares, und es hätte ebenso gut Einbildung sein können, aber ich glaube fest, dass es dort einen Geist gibt. Einen Geist, eine verlorene Seele, nenn es, wie du willst. Der Geist einer Frau, der mich um Hilfe zu bitten schien. Sie wirkte so traurig. Wenn ich an unsere Kinderzeit zurückdenke, kann ich mich erinnern, dass ich auch damals eine merkwürdige Präsenz spürte, aber zu der Zeit wusste ich nicht, was ich damit anfangen sollte.«

Eden sah sie aufmerksam an, ohne sich etwas anmerken zu lassen. Er war entschlossen, sie bis zu Ende anzuhören.

»Es gab so vieles über Zanana, was im Dunkeln lag, also begann ich, in der Bibliothek und bei der Historischen Gesellschaft zu recherchieren, und hatte dann das Glück, mit einem alten Kriegsveteranen zu sprechen, der in Zanana gelebt hatte. Das Puzzle ging schließlich auf, als mir der alte Veteran, Wally Simpson, einige Tagebücher, Briefe und Fotos vermachte. Er war mit der Haushälterin von Zanana, Mrs. Butterworth, verheiratet und hat dort auch gearbeitet.«

»Wo sind die Sachen?«, fragte Eden interessiert.

»Ich habe sie hier. Jetzt kenne ich die ganze Geschichte von Zanana und werde sie dir erzählen.« Odette trank von ihrem Kaffee und nahm einen Schluck Tia Maria. »Robert MacIntyre kam aus Schottland und machte ein Vermögen auf den Goldfeldern und durch Geschäfte mit seinem chinesischen Partner Hock Lee. Er ging zurück nach Schottland und heiratete Catherine Garrison. Sie verbrachten ihre Flitterwochen in Indien, und Catherine war offenbar vernarrt in das Land. Robert hatte ihr versprochen, das prächtigste Haus von Sydney für sie zu bauen, also versprach er auch, ihr …«

Eden unterbrach sie. »Das indische Haus zu bauen.«

»Richtig. Laut Mrs. Butterworths Tagebuch erzählte Catherine ihr, dass sie in Indien auch einen Guru getroffen hatte, der ihr einen Talisman gab, ein Symbol für Gesundheit und Fruchtbarkeit, den sie aber beim Umzug verlegt hatte. Sie glaubte, das sei der Grund, warum sie nicht schwanger werden konnte.« Odette lächelte. »Ich weiß, das klingt ein bisschen weit hergeholt. Wie auch immer, mehrere Jahre später adoptierte sie im Rahmen ihrer Tätigkeit für das städtische Waisenhaus ein kleines Mädchen namens Mary. Ein Jahr später wurde sie schwanger, starb aber bei der Geburt, doch das Baby, ein Mädchen, überlebte. Robert MacIntyre konnte ihren Tod offenbar nicht verschmerzen und wollte mit keinem der Mädchen mehr etwas zu tun haben. Er ging sogar so weit anzudrohen, Mary ins Waisenhaus zurückzuschicken.«

»Das arme Kind«, murmelte Eden.

»Ja. Das einzige glückliche Zuhause und die einzige Mutter, die sie je gekannt hatte, wurden ihr genommen. Sie machte das neugeborene Baby dafür verantwortlich und versuchte, ihm etwas anzutun. Also wurde Mary auf ein Internat geschickt. Mrs. Butterworth und ihr erster Mann Harold führten den Besitz nun so gut wie alleine. Sie bemühten sich, die Verbindung zu Mary zu halten, aber sie wies sie zurück.«

»Und was geschah mit Robert?«

»Er trank, vernachlässigte seine Geschäfte und erschoss sich schließlich am Fluss. Es wurde damals vertuscht, die Zeitungen schrieben, es sei ein Unfall gewesen. Hock Lee war sein Nachlassverwalter und nahm Zanana unter seine Fittiche, einschließlich des auf den Namen Katherine – Kate, nach ihrer Mutter – getauften Babys. Sie war sein Patenkind.«

»Dieser Hock Lee kommt mir etwas seltsam vor.«

»Ungewöhnlich wäre ein besserer Ausdruck, Eden. Überaus erfolgreich. Er verband zwei Kulturen. Ungewöhnlich genug, vor allem zu der damaligen Zeit. Seltsamerweise hat er nie geheiratet. Er stand seinen Eltern nahe und schien sein Leben seinen Geschäften zu widmen – und Kate.«

»Kate wuchs in Zanana auf?«

»Ja, und wären ihre Eltern am Leben geblieben, hätte sie ein glänzendes Leben geführt, in den höchsten Gesellschaftskreisen. Aber die Butterworths waren einfache Leute vom Land, bodenständig und Welten entfernt vom gesellschaftlichen Leben Sydneys. Doch sie hatten Catherine geliebt und wurden zu Kates Vormunden bestellt. Ihr Einfluss auf das Mädchen muss enorm gewesen sein.«

»Also wuchs sie als ungekünsteltes Landkind in der fast klösterlichen Abgeschiedenheit Zananas auf. Hatte sie nie den Wunsch auszubrechen?« Eden trank seinen Kaffee aus.

»Anscheinend hat sie sich eine Zeit lang in gesellschaftlichen Kreisen bewegt, und es hat ihr nicht gefallen. Sie zog ihre Verpflichtung gegenüber ihrem Besitz und ihr Engagement für Zananas Rolle in der Nachkriegszeit vor. Sie hatte es in ein Genesungsheim für Kriegsveteranen umgewandelt.«

»Das Mädchen gefällt mir. Sie muss ähnlich gedacht haben wie ich.«

»Sie bekam einen Heiratsantrag von Hector Dashford, dem Sohn des Familienanwalts, der das Treuhandvermögen für Zanana verwaltete, entschied sich aber für Ben Johnson. Er war der Sohn des Ehepaars, das auf der Farm von Zanana arbeitete. Ben scheint so etwas wie ein Gartenbauexperte und Landschaftsgärtner geworden zu sein. Er hat eine Menge in Zanana gemacht.

Tja, und dann ging langsam alles bergab. Hock Lee starb, das Geld, das zum Unterhalt von Zanana gedacht war, versickerte, und es scheint alles zusammengebrochen zu sein. Mrs. Butterworth verlor ihren Mann im Krieg, die Johnsons zogen zurück in ihre Heimatstadt Bangalow. Auch Wally Simpson zog fort und heiratete schließlich Mrs. Butterworth. Kate und Ben blieben in Zanana, schlugen sich schlecht und recht durch und bekamen einen Sohn.«

Eden seufzte. »Was für eine Geschichte. Ich kann mir nicht vorstellen, dass Kate Zanana aufgegeben hat.«

»Diese Entscheidung wurde ihr abgenommen. Auf der Fahrt nach Bangalow starben Ben und sie bei einem Autounfall. Das Kind überlebte.«

»Und die Großeltern haben es aufgezogen?«

»Sie haben es versucht, wurden aber krank, und es war alles zu viel für sie. Sie wussten, dass sie einem Kind ein solches Leben nicht zumuten konnten, und gaben den Jungen zur Adoption frei.«

»Und was geschah mit Zanana?«

»Tja, es stand eine Weile leer, wurde dann an eine Firma verkauft, und auch diese Gelder scheinen über die Jahre versickert zu sein.«

»Diese Dashfords haben sich aber nicht gerade als geschickte Verwalter erwiesen. Und wem gehört Zanana jetzt, hast du das auch herausbekommen?« Eden war fasziniert von den Verwicklungen der Geschichte.

»Ja ... und nein ... die Einsiedlerin, die da wohnt, behauptet, es gehöre ihr.«

»Lieber Himmel ... und sie besteht darauf, dass es abgerissen wird?«, fragte Eden erstaunt.

»Das stimmt.«

»Woher weißt du das?«

»Ich habe sie zur Rede gestellt, und sie hat es mir gesagt. Es war alles sehr eigentümlich. Fast beängstigend.« Odette schenkte ihnen Kaffee nach.

»Warum tut sie das? Wer ist sie?«

Odette sah ihn über ihre Tasse hinweg an. »Mary Dashford.«

»Die Anwälte!«, rief Eden.

»Die Frau des Anwalts, um es genau zu sagen. Sie war seine Sekretärin, aber offenbar eine sehr mächtige, verschlagene und gerissene Frau. Und eine sehr bedauernswerte dazu.«

»Wie hat sie das alles bewerkstelligt?«

»Genau weiß ich das nicht, aber ich nehme an, dass sie die Bücher manipuliert hat, während sie das Treuhandvermögen verwaltete. Anwälte und Rechnungsprüfer werden sich damit auseinander setzen müssen.« Odette ließ sich Zeit mit ihrer Erzählung.

Eden trank tief in Gedanken versunken seinen Kaffee und sah dann, offensichtlich verwirrt, zu Odette auf. »Es ergibt keinen Sinn. Warum will sie etwas zerstören, um das sie sich so lange und mit solcher Ausdauer bemüht hat? Ist sie verrückt oder so was?«

»Zu viele Fragen, um sie auf einmal zu beantworten, Eden. Aber es erscheint verständlicher, wenn man weiß, dass Mrs. Dashford niemand anderes ist als Mary – das Kind, das von den MacIntyres aufgenommen und dann von Robert MacIntyre zurückgewiesen wurde.« Odette machte eine Pause, damit Eden diese verblüffende Information in sich aufnehmen konnte.

Dann fuhr sie fort: »Mary hielt ihre Identität offensichtlich geheim, wurde eine äußerst kompetente Sekretärin in Dashfords Kanzlei und sorgte dafür, dass alles, was Zanana betraf, zunehmend unter ihre Kontrolle geriet. Gott weiß, warum Hector ihr das durchgehen ließ. Vielleicht hat er nichts davon gewusst. Er ist vor Jahren gestorben. Und was ihren Wunsch betrifft, Zanana zu zerstören, tja, da scheint sich der Irrsinn einzuschleichen, und auf gewisse Weise kann ich sie verstehen.«

»Du kannst sie verstehen?« Eden hob erstaunt die Augenbrauen.

»Ja. Stell dir vor, wie es sein muss, aus einem Waisenhaus nach Zanana zu kommen und dann im wahrsten Sinne des Wortes rausgeworfen zu werden, ohne dass sich das Versprechen von Geborgenheit und Liebe erfüllt hat, auf das sie vertraut hatte. Sie muss sehr an Zanana gehangen haben. Die Tagebücher weisen darauf hin, und sie liebte Catherine. Sie war wahrscheinlich besessen davon, Zanana zurückzubekommen. Die Tragödie dabei ist, dass sich die Liebe in Hass verwandelte, was sich auf ihren Geisteszustand ausgewirkt haben muss, und nun will sie, dass Zanana von dem Bauunternehmen zerstört wird. Erstaunlich, nicht wahr?«

»Jetzt verstehe ich«, sagte Eden, während Odette zur Anrichte ging und ihnen beiden einen weiteren Drink eingoss. »Sie wurde um das einzige Glück, das sie je gekannt hatte, betrogen, und dafür machte sie Robert MacIntyre und seine Tochter Kate verantwortlich. Zanana war sein Traum, und ihre Rache besteht darin, seinen Traum zu zerstören. Was für eine Geschichte.«

Odette reichte ihm das Glas. »Es gibt noch ein weiteres Kapitel, und ob du es glaubst oder nicht, die Geschichte wird noch interessanter.«

»Unmöglich.«

»Aus Marys Notizen, die ich in den Unterlagen gefunden habe, geht hervor, dass Kates Sohn schließlich versucht hat, seinen Anspruch auf den Besitz geltend zu machen, aber er musste von den Dashfords erfahren, dass ihm rechtlich nichts zustand. Es war nichts mehr da.«

Odette stellte ihr Glas ab, nahm auch Edens Glas und stellte es auf den Couchtisch. Sie ergriff seine Hände und fuhr mit der Geschichte fort. »Stattdessen machten sie ihn zum Verwalter von Zanana. Sein Name war Alec ...«

Eden schnappte nach Luft. »O mein Gott!«

Sie spürte, wie seine Hände die ihren umfassten, und er

schloss die Augen. Als er sie wieder öffnete, rannen ihm Tränen über die Wangen.

Odette sagte sanft: »Ja, Alec Davenport wurde als Alec Johnson geboren. Ben und Kate waren deine Großeltern.«

Sie hob seine linke Hand und berührte den Ring an seinem Zeigefinger. »Dieser Ring stammt wahrscheinlich von deinem Vater. Hock Lee hat ihn Ben zur Hochzeit geschenkt. Mrs. Butterworth beschreibt ihn in ihrem Tagebuch.«

Eden hob die Hand, bis der Ring direkt vor seinen Augen war, und sah ihn durch einen Tränenschleier hinweg an.

»Ja. Mir wurde erzählt, es sei der Ring meines Großvaters, aber sonst hat Dad nichts dazu gesagt. Er hat überhaupt nie von Zananas Vergangenheit gesprochen. Er war schrecklich verbittert, und jetzt weiß ich, warum.« Er wurde bleich, während er an dem rosenförmigen Goldnugget drehte. Dieses Verbindungsstück zu seinem Vater und zu Zanana hielt seinen Blick gefangen.

Odette holte Papiertücher aus einer Schublade der Anrichte und gab sie Eden.

»Danke«, flüsterte er.

Sie hockte sich vor ihn und sah ihm in die Augen. »Ich glaube, Zanana gehört dir, Eden.«

Eine Weile lang schwiegen sie beide. Odette brach das Schweigen. »Ein Schluck Brandy wird dir gut tun.« Sie reichte ihm das Glas, das noch auf dem Couchtisch stand.

Langsam hob er das Glas, nahm einen tiefen Schluck und schaute Odette an. »Zanana ... soll mir gehören? Das ist einfach unvorstellbar. Woher weißt du das?«

»Matt Tead, ein Kollege von mir, hat sich die Dokumente und Urkunden angesehen, die ich im indischen Haus gefunden habe. Er sagt, da hätten eindeutig vor Jahren illegale Manipulationen stattgefunden, aber es wird wohl einige

Zeit dauern, bis die Anwälte das alles geklärt haben werden.«

Eden stand auf und ging erregt im Raum hin und her. »Das ist alles ein bisschen viel auf einmal. Armer Dad. Jetzt verstehe ich seine Verbitterung. All die Jahre als Verwalter eines Besitzes, der ihm hätte gehören sollen. Wie machtlos er sich gefühlt haben muss. Wie betrogen.« Eden ballte die Fäuste und schüttelte sie, als erlebte er die Enttäuschung nach, die sein Vater empfunden haben musste.

»Wir haben Zanana verlassen, als ich vierzehn war, und er ist fünf Jahre später gestorben. Ich glaube nicht, dass er Zanana in diesen fünf Jahren ein einziges Mal erwähnt hat. Er sprach nie von seinen Adoptiveltern, und als Kind habe ich mich auch nicht dafür interessiert. Du weißt, wie Kinder sind.«

Odette ging in ihr Schlafzimmer und kam mit den Tagebüchern und Fotos zurück. Sie breitete sie auf dem Couchtisch aus, und sie versuchten gemeinsam, Licht in das Dunkel zu bringen.

Das erste Foto, das sie ihm zeigte, war eine verblichene sepiafarbene Aufnahme von Gladys Butterworth mit einem Baby im Arm, offenbar vor der Hintertür des Hauses aufgenommen. Auf der Rückseite standen ein Datum und ein Name – Alec.

»Das ist dein Dad, und das muss die Küchentür von Zanana sein. Das ist Mrs. Butterworth. Kate muss das Foto gemacht haben.«

Stundenlang gingen sie die Tagebucheinträge durch und betrachteten die Fotos, die Gladys Butterworth aufgehoben hatte – manche davon ovale Porträtaufnahmen von Robert und Catherine MacIntyre und ein Foto von den beiden in einem Studio mit Topfpalmen, Samtdraperien und römischen Säulen: Catherine saß auf einem Stuhl mit geschnitzter Rückenlehne, die Hände im Schoß, und

Robert stand steif und ernst an ihrer Seite, eine Hand auf ihrer Schulter. Es gab auch ein paar Schnappschüsse aus den Gärten von Zanana, die Kate und Ben bei der Arbeit zeigten. Auf einem davon stand ein Korbwagen mit rundem Verdeck neben Kate auf dem Gartenweg.

Eden betrachtete das Foto aufmerksam, nahm jede Einzelheit in sich auf. »Nicht auszudenken, dass ich fast dazu beigetragen hätte, das alles zu zerstören.«

»Das wird wohl dein Vater sein, da in dem Korbwagen«, sagte Odette mit einem Lächeln. »Ich würde das Foto gerne für die Geschichte in der *Gazette* verwenden … wenn du damit einverstanden bist.«

»In der *Gazette*?«, erwiderte Eden, als würde er nicht ganz verstehen, was sie meinte.

»Es ist eine tolle Geschichte, Eden, und es wäre ein Jammer, sie nicht zu bringen«, meinte Odette beinahe flehend.

Er sah sie nachdenklich an und lächelte dann. »Ja, du hast Recht. Die Presse wird sich bestimmt auf die Sache stürzen, also sollte ich mich wohl besser an die Vorstellung gewöhnen. Himmel, was für eine Nacht!«

Er nahm Odettes Hände in die seinen. »Was soll ich sagen? Gibt es Worte, um zu beschreiben, was das alles für mich bedeutet? Ich glaube nicht.« Er drückte ihre Hände und flüsterte: »Danke.«

Odette lächelte. »Keine großen Reden, bitte. Fahr nach Hause und ruf mich morgen an, dann fahren wir nach Zanana. Wir müssen dich dort noch für den Artikel fotografieren.« Sie beugte sich vor und küsste ihn auf die Wange, dann brachte sie ihn zur Tür. Vom Fenster aus sah sie ihn wegfahren und wusste, dass er in dieser Nacht nicht schlafen würde.

Gedankenverloren schaute sie auf die leere Straße, bis das Klingeln des Telefons sie zusammenfahren ließ. Es war Mac Jeffersen, der Polizeireporter vom *Telegraph*.

»Tut mir leid, dich so spät noch zu stören, Odette, aber ich dachte, die Sache könnte dich interessieren. Die Polizei hat heute Nacht eine Leiche aus dem Fluss geborgen, nicht weit von Zanana entfernt. Sie glauben, es sei die verrückte alte Dame, die da gewohnt hat.«

Odette war wie betäubt. »Wann ist das passiert … ich meine, gibt es irgendwelche Anhaltspunkte?«

»Die Wasserpolizei hat die Leiche vor drei Stunden gefunden. Sie schätzen, dass sie wohl seit zwei Tagen im Wasser lag. Sie haben den Anlegesteg überprüft und festgestellt, dass ein Teil davon weggebrochen ist. An den Bohlen hingen Fetzen ihres Kleides. Ein ziemlich eindeutiger Fall. Unfalltod durch Ertrinken, würde ich sagen.«

»Danke, Mac. Gut, dass du angerufen hast. Traurige Sache, nicht?«

»Ja, das stimmt. Gute Nacht, Odette.«

Odette blieb mit dem Hörer in der Hand stehen. Sie war plötzlich vollkommen erschöpft. Es war ein unglaublicher Tag gewesen, der sie jedoch emotional sehr mitgenommen hatte.

Sie brauchte eine Weile, bis ihr die volle Bedeutung des Anrufes klar wurde. Ihr war vage bewusst, dass der Tod Mary Dashfords Auswirkungen auf die Klärung der Zanana-Affäre haben würde, aber ihre Gedanken drehten sich nicht um Zanana, sondern um Mary.

Sie empfand überwältigende Trauer und Mitleid mit dem Kind, das Mary einst gewesen war, dem Kind, das nur wenig besaß, dem die verlockende Aussicht gewährt wurde, alles zu haben, und das dann einfach fortgejagt wurde. Dann schossen ihr Bilder von den Menschen durch den Kopf, denen Mary Schaden zugefügt hatte – Kate, Ben, Alec und Eden.

Es war einfach zu viel. Eine Träne rann ihr über die Wange. Odette wischte sie weg und ging wie benebelt ins

Schlafzimmer. Sie schlüpfte aus den Schuhen, fiel aufs Bett und sank in einen erschöpften Schlaf.

Am nächsten Tag trafen sich Eden, Odette und Max vor den Toren von Zanana. Ein Polizist hielt Wache am Tor und öffnete ihnen.

»Der Sergeant erwartet Sie. Fahren Sie rauf zum großen Haus«, sagte er, als Odette ihm ihren Presseausweis zeigte. Odette wandte sich an »Allzeitbereit«. »Fahr du vor. Eden und ich kommen zu Fuß nach.«

Sie stieg aus dem Auto, und Eden folgte ihr. »Irgendwie fände ich es falsch, mit dem Auto zu fahren – zumindest diesmal.« Langsam gingen sie die gewundene, von Bäumen gesäumte Auffahrt hinauf. Ihre Schuhe knirschten auf dem Kies und den vermoderten Blättern, die sich über die Jahre angesammelt hatten. Beim Verwalterhaus blieben sie stehen.

»Das ist es, hier war unser Zuhause«, sagte Eden mit etwas zittriger Stimme. »Zuhause?«, wiederholte er leise. Mit diesem einen Wort drückte er all das aus, was gewesen war und was hätte sein können.

Odette griff nach seiner Hand. »Ich glaube, du solltest dich besser an die Vorstellung gewöhnen, dass all das hier jetzt dein Zuhause ist. Oder es zumindest sein wird.«

Er lächelte. »Es macht mich trotzdem traurig, das Haus zu sehen … so viele Erinnerungen.«

Sie gingen weiter die Einfahrt hinauf und schauten durch die Bäume auf den Garten, die Terrassen, den Fluss und die Koppeln – alles total vernachlässigt, aber immer noch wunderschön.

Die Villa tauchte vor ihnen auf, und sie sahen »Allzeitbereit« auf den Eingangsstufen mit einem Polizisten reden. Die beiden Männer drehten sich um und kamen auf Eden und Odette zu.

»Guten Morgen. Ich bin Sergeant O'Neill. Vielen Dank, dass Sie uns heute Morgen wegen dieser Sache angerufen haben, Miss Barber. Damit sind bereits eine Menge unserer Fragen zu dem Fall geklärt. Ich müsste dann morgen noch auf dem Revier Ihre Aussage für die richterliche Untersuchung zu Protokoll nehmen. Nur eine Formsache.«

Er schüttelte Eden die Hand. »Nach allem, was ich gehört habe, Mr. Davenport, sieht es wohl so aus, als würde Zanana letztendlich Ihnen gehören. Glücklicher Mann! Ein prächtiger Besitz. Ich nehme an, Sie möchten sich umschauen.«

»Ja, wenn das geht. Odette würde gern ein paar Fotos machen.«

Der Sergeant rieb sich das Kinn. »Gut. Schauen Sie sich um. Sie können auch ins Haus gehen, aber berühren Sie nichts. Und beschränken Sie die Fotos auf den Außenbereich. Okay?«

»In Ordnung«, sagte Eden, und auch Odette bekundete nickend ihr Einverständnis.

»Die Vordertür ist offen. Ich muss hinunter zum Anlegesteg. Da ist noch einiges zu tun. Bis später dann.« Der Beamte ging auf die Terrassen zu. »Wirklich schön hier, was?«, rief er über die Schulter zurück.

Einen Moment lang standen sie schweigend da und betrachteten die mit kunstvollen Schnitzereien versehene Eingangstür. Eden griff nach Odettes Hand. »Komm. Der große Moment.«

Mit »Allzeit bereit« auf ihren Fersen, gingen sie die Stufen hinauf und betraten die großartige Halle von Zanana. Als sie unter dem riesigen Kronleuchter standen und sich umschauten, stieß der Fotograf einen langen, bewundernden Pfiff aus.

Das Haus war noch genauso, wie es zu ihrer Kinderzeit gewesen war. Die meisten Zimmer waren seit Jahren nicht benutzt worden und mit einer dicken Staubschicht bedeckt. In anderen lagen Marys Kleider verstreut, dazu weitere Kartons mit Unterlagen aus der Kanzlei der Dashfords.

Sie gingen in die Küche und führten den Fotografen dann lachend durch den geheimen Zugang, den sie als Kinder vor so langen Jahren für ihre Entdeckungstouren benutzt hatten.

Wieder draußen, gingen sie zurück zur Vorderseite des Hauses, wo sich Eden vor der Eingangstür fotografieren ließ. Dann schlugen sie den Weg zum Rosengarten ein. Er hatte unter dem nächtlichen Sturm und dem Regen ein paar Tage zuvor arg gelitten, und die meisten Blüten waren zerstört. Max machte Aufnahmen von Eden mit dem Haus im Hintergrund und ging in die Knie, um auch noch einen Rosenbusch mit auf das Bild zu bekommen. »Sehr schön«, murmelte er und knipste drauflos.

»Fertig?«, fragte Eden.

»Ja. Das reicht. Sonst noch was, Odette?«

»Nein, vielen Dank. Wir sehen uns morgen in der Redaktion.«

Als der Fotograf zu seinem Auto zurückging, kam Eden mit der Hand hinter dem Rücken auf Odette zu. Dicht vor ihr blieb er stehen und reichte ihr schweigend eine einzelne wunderschöne cremefarbene Rose.

Odette nahm die Rose, betrachtete sie einen Augenblick, führte sie dann an die Lippen und küsste die zart duftende Blüte. Sie sah in seine Augen, und plötzlich lagen sie sich in den Armen.

Als sie sich küssten, nahm Odette mehr als nur ein wunderbar erregendes Gefühl wahr ... sie hatte den überwältigenden Eindruck, dass sie nicht allein im Rosengarten waren.

Sie spürte, dass jemand bei ihnen war, obwohl sie wusste, dass da niemand sein konnte.

Und sie wusste auch, dass ihrer beider Vereinigung hier im Rosengarten von Zanana richtig und unvermeidlich war – und dass sie sich nie mehr trennen würden.

Epilog
Die letzte Rose

Zanana 1973

Zwölf Monate waren so rasch und unbemerkt vergangen wie das ruhige, stetige Fließen des Parramatta. Ein weiterer Sommer war fast vorüber, doch an diesem Tag glitzerte der Fluss, als seien Edelsteine über seine samtige Oberfläche gestreut worden.

Hoch über dem Fluss ergoss sich der Sonnenschein über die frisch gemähten grünen Rasenflächen und Terrassen von Zanana. Die Villa, nun wieder strahlend weiß gestrichen, schimmerte im Sonnenlicht. Gestreifte Markisen waren über der oberen Terrasse aufgespannt. Zum versunkenen Garten führte ein roter Läufer, gesäumt von Blumentöpfen, die mit Bändern geschmückt waren. Im Teich blühten Wasserrosen, der Springbrunnen funkelte, und die Messingplatte der alten Sonnenuhr war für diesen Anlass aufpoliert worden.

Ein weißer Torbogen war mit vielfarbigen Rosen umwunden, und daneben stand ein kleiner Tisch mit einer Spitzendecke. Gegenüber waren Stuhlreihen aufgestellt, die sich allmählich mit Gästen zu füllen begannen. Ein Pianist, ein Cellist und ein Gitarrist spielten leise Musik im Schatten eines ausladenden Gummibaums.

Gedämpftes Lachen und Geplauder wehte über den Garten. Tante Harriet kam in Begleitung von Mr. Fitzpatrick den Pfad hinunter, nachdem sie sich die Villa angesehen hatten, und sie setzten sich in die erste Reihe neben Mr. und Mrs. Bramble.

»Ein herrlicher Tag, Harriet«, begeisterte sich Mrs. Bramble. »Eden und Odette haben ein solches Glück. Ich sagte gerade zu Fred, dass jemand Einfluss an höchster Stelle haben muss, um uns zu diesem Anlass so ein Wetter zu bescheren.«

»Gut möglich, Flora, gut möglich«, stimmte Tante Harriet zu. »Odette hat mir immer wieder gesagt, dass besondere Geister über Zanana wachen.«

»Tja, wenn das stimmt, steht den Geistern heute etwas Außergewöhnliches bevor. Haben Sie schon so was wie das hier gesehen?« Sie machte eine ausholende Geste mit dem Arm.

»Es ist mehr als eine Hochzeit, wissen Sie.« Harriet beugte sich zu ihnen, um ihre Worte zu unterstreichen. »Es ist die Wiedergeburt von Zanana.«

»Eine Hochzeit und eine Taufe«, platzte Flora heraus, und alle lachten.

»Die Villa steht aber in krassem Gegensatz zu dem Häuschen, das Odette im Friedenstal bewohnt, nach allem, was ich gehört habe«, bemerkte Odettes früherer Chefredakteur. »Ein bisschen pompös für die heutige Zeit mit all den Kronleuchtern und so.«

»Oh, wo bleibt Ihr Sinn für Romantik und das Erbe der Vorväter?«, rügte Harriet.

»Tja, ich glaube, das Häuschen im Friedenstal ist besser geeignet, um ein Buch zu schreiben.« Zac hatte es gekauft und Odette zur Hochzeit geschenkt, mit der Bemerkung, sie würde dort mehr Inspiration finden. »Ganz schön mutig von dem Verleger, ihr nur aufgrund ihrer journalistischen Arbeit einen Buchvertrag zu geben«, fügte er hinzu.

»Glauben Sie, dass sie es schafft?«, fragte Fred Bramble.

»Ach, da habe ich keine Bedenken. Sie hat ein gutes Auge für Details, kann zuhören und denken. Weiß, wie sie mit Sprache umgehen muss.«

»Das hat sie sicher nicht zuletzt Ihnen zu verdanken«, sagte Fred, und die beiden Frauen stimmten ihm lebhaft zu.

Die Freundschaft und die gegenseitige Anziehung zwischen Eden und Odette waren während des vergangenen Jahres zu einer beständigen und tiefen Liebe angewachsen. Sie hatten viel Zeit damit verbracht, den Anwälten bei der Durchsicht der Papiere über Zanana zu helfen, und das Gericht hatte Edens Anspruch auf den Besitz schließlich anerkannt.

Als Odette den Auftrag bekam, einen Roman zu schreiben, hatte Zac ihr sein Häuschen im Friedenstal angeboten, da er es in letzter Zeit nur noch selten benutzte. Odette war regelmäßig in die Stadt zurückgekehrt, um mit Eden zusammen zu sein und zu sehen, wie seine Pläne für Zanana Gestalt annahmen. Sein neues Konzept bezog die Wünsche der Bevölkerung mit ein ... eine lockere Siedlung mit viel Grün sollte gebaut werden, aber die Villa würde erhalten bleiben und renoviert werden, um hoffentlich später als Kinderheim zu dienen, das von einer Wohltätigkeitsorganisation geführt würde. Die Hauptgärten würden in den Besitz der Stadt übergehen und der Öffentlichkeit zugänglich gemacht werden. Auch der Uferstreifen sollte zu einem Park umgewandelt werden.

Bei einem ihrer Besuche in Zanana, als Eden sie über das Grundstück führte und ihr seine Vorstellungen erklärte, hatte er sie gebeten, ihn zu heiraten. Sie waren im Rosengarten gewesen, der in voller Blüte stand, und hatten sich für einen Moment auf der sonnenbeschienenen Lieblingsbank seiner Großmutter niedergelassen.

»Ach, wie schön es hier ist«, sagte Odette, lehnte sich zurück und hielt ihr Gesicht der Sonne entgegen. Ihr geflochtener Strohhut war ihr vom Kopf gerutscht und gab die Locken frei, die sie darunter gestopft hatte. Zufrieden schloss sie die Augen.

Eden betrachtete sie. Wie lieb ihm dieses hübsche Gesicht geworden war. Aus ihrer anfänglichen Freundschaft war eine liebevolle und innige Beziehung geworden, voll leidenschaftlicher Momente, hitziger, aber freundschaftlicher Diskussionen und viel Gelächter. Aber vor allem empfand er eine Vertrautheit, eine Kameradschaft und eine so feste Gewissheit gegenseitiger Unterstützung, dass es ihm plötzlich undenkbar schien, nicht für immer mit ihr zusammen zu sein. Der Gedanke, Odette wieder verlieren zu können, traf ihn, als hätte man die Sonne ausgeknipst.

Panik erfüllte ihn, und er schluckte schwer. Odette hatte sich nicht bewegt und nichts von den Gefühlen bemerkt, die Eden zu überwältigen drohten.

Er wollte etwas sagen, aber es kam kein Laut heraus. Also beugte er sich vor und gab ihr stattdessen einen zarten Kuss auf den lächelnden Mund. Sie öffnete die Augen.

»Das war schön. Wieso hast du mich geküsst?«

»Weil ich dich liebe.«

»Wirklich?«

»Das weißt du doch.«

Sie grinste. »Ich höre es so gerne, wenn du das sagst. Sag's noch mal.«

Er atmete tief durch. »Odette, ich liebe dich ... und ich möchte dich heiraten ... Willst du? Mich heiraten?«

»Damit hatte ich nicht gerechnet. Du weißt, dass ich dich liebe, Eden. Wirklich liebe.« Sie lächelte über sein ernstes Gesicht, und auch ihr wurde klar, dass dies die Liebe war, auf die sie gewartet hatte, die Liebe, die sie finden würde, wie Zac gesagt hatte – beständig, wahrhaft und aufrichtig.

»Odette ...?«

Ihre Augen strahlten vor Glück. »Natürlich will ich. Ich glaube, das habe ich schon mit elf Jahren beschlossen.«

»Hat ja auch lange genug gedauert. Bist du dir sicher?«

Odette lachte leise. Sie schlang ihm die Arme um den Hals und küsste ihn. »Ich bin mir in meinem Leben nie sicherer gewesen. Hör auf zu reden und küss mich, Eden.«

Sie hatten eng umschlungen im Rosengarten gesessen, ganz erfüllt von der wunderbaren Freude, die ihre Herzen schneller schlagen ließ. Und um sie herum hatten die Rosen in der sommerlichen Brise wie zur Zustimmung genickt.

Sie wussten beide, dass sie nirgendwo anders als in Zanana heiraten wollten, also hatte Eden seine Pläne für die Restaurierung beschleunigt.

Heute, an diesem Spätsommertag, sollte die Hochzeit stattfinden.

Zac war da, um die Braut zum Altar zu führen, was Tante Harriet für ein bisschen unorthodox hielt, Odette und Zac aber richtig und sinnvoll fanden.

Zac wartete auf sie in der Halle der Villa und drehte sich um, als er sie rufen hörte.

»Ich bin fertig, aber wir haben noch jede Menge Zeit.«

»Komm runter, Odette, wir müssen noch ein letztes Ritual hinter uns bringen.«

Langsam kam sie die geschwungene Treppe hinunter. Zac schnappte nach Luft. Elaine folgte ihr aus dem Zimmer und sah ihr bewundernd nach, als Odette auf Zac zuzugleiten schien. Es war alles so schön, dass sie zu Tränen gerührt war, aber sie kämpfte dagegen an, um die Tränen für die eigentliche Hochzeitszeremonie aufzuheben.

Odette trug Catherines Hochzeitskleid und Kates Perlen, die Hock Lee ihr zur Hochzeit geschenkt hatte. Sie hatte alles wunderbar erhalten in einer chinesischen Kampferholztruhe auf dem Speicher gefunden. Das Kleid aus milchiger alter Spitze und Seide war leicht geändert worden, es umhüllte jetzt ihren schlanken Körper und bauschte sich bis auf den Boden. Die Turnüre am Rücken war einer Seidenrose und einer lose geschlungenen Schärpe gewichen. Odettes Haar war hochgesteckt und gab ihren langen Hals und die prachtvolle Perlenkette frei. Ein paar

Strähnchen ihrer rotgoldenen Locken wippten um ihr herzförmiges Gesicht. Der lange Schleier aus Brüsseler Spitze wurde von einem Kranz winziger Rosenknospen gehalten. Im Arm trug sie einen Strauß aus cremefarbenen und weißen Blumen.

»Du siehst hinreißend aus, kleiner Vogel. Viel Glück wartet auf dich. Aber zuerst möchte ich, dass du mit mir kommst.«

Zac nahm sie an der Hand, und Odette reichte Elaine den Strauß. »Bis gleich, Elaine. Geh nur voraus. Nun sag schon, warum tust du so geheimnisvoll, Zac?«

»Stell einem Zigeuner niemals Fragen, wenn er sagt, er besäße alle Antworten«, erwiderte er und führte sie durch die Gärten hinter der Villa. »Ich hatte dieses Bild, diese Vision, nenn es, wie du willst. Ich kann nicht sagen, was es bedeutet, aber ich weiß, dass wir das hier tun müssen.«

»Und ich weiß, wohin wir gehen«, sagte Odette leise, ohne Zac weitere Fragen zu stellen. Sie verstand es nicht, hatte aber gelernt, der Gabe zu vertrauen, die er besaß.

Das indische Haus tauchte vor ihnen auf, und sie gingen die Stufen hinauf. Odette schlüpfte aus ihren Satinschuhen und folgte Zac hinein. Der süße, vertraute Duft nach Sandelholz, die farbigen Lichterspiele auf dem Marmorboden und die kühle Ruhe dieses besonderen Ortes umgaben sie.

»Ich war noch nie hier, aber es ist genauso, wie ich es vor mir gesehen habe«, sagte er leise. Er schaute sich um, entdeckte das Gesuchte, ging auf das Baldachinbett zu und hob die kleine Fußbank hoch.

Er wandte sich an Odette. »Erinnerst du dich an die hier?« Ohne ihre Antwort abzuwarten, drückte er auf die große Perle, und der Deckel sprang auf.

Vorsichtig nahm Zac das blaue Fläschchen heraus und reichte es Odette. Sie schraubte den Silberstöpsel ab und roch daran. »Rosenparfüm.«

»Aber dies hier ist es, was du an dich nehmen musst«, sagte Zac und griff nach dem kleinen Samtbeutel.

Verwundert öffnete Odette den Beutel und ließ den eiförmigen grauen Stein herausgleiten. Sobald sich ihre Finger darum schlossen, wusste sie genau, was es war. »Das ist der Stein, den der Guru Catherine in Indien gegeben hat. Er sieht genauso aus, wie ihn Mrs. Butterworth in ihrem Tagebuch beschreibt.«

»Ich glaube, Catherine wollte, dass du ihn bekommst«, erwiderte Zac. »Komm, es wird Zeit.«

Sie folgte ihm hinaus in den strahlenden Sonnenschein, aber als sie in ihre Schuhe schlüpfen wollte, sagte sie: »O Zac, geh du schon. Ich habe das Parfümfläschchen auf dem Bett liegen lassen.«

Odette lief zurück in das Dämmerlicht des indischen Hauses, um das Fläschchen zu holen. Sie blieb stehen, presste den Beutel mit dem kostbaren *lingam* an sich und schaute erschrocken auf das Bett.

Auf dem hölzernen Podium lag das Parfümfläschchen noch genau da, wo sie es einen Augenblick zuvor abgelegt hatte. Aber jetzt lag daneben eine einzelne weiße Rose.

Langsam nahm Odette die frisch gepflückte und duftende Rose, lächelte sanft und schaute sich um. Alles war still. Sie wusste, dass das indische Haus nun endlich leer war – und seine Ruhe gefunden hatte.

Eden drehte sich um, als das Trio zu spielen begann und Odettes Ankunft ankündigte. Sein Blick fand den ihren, und er sah Odette entgegen, die über den langen roten Läufer auf ihn zuschritt.

An Zacs Arm kam sie lächelnd auf ihn zu. Der Spitzenschleier fiel wie eine Schleppe über ihren Rücken.

Und in der Hand trug sie eine einzelne weiße Rose – die letzte Rose des Sommers.

Danksagung

An meine wunderbaren Kinder und besten Freunde Gabrielle und Nicolas, für ihre Liebe und Ermutigung.

An meine Mutter Kay (Roberts) Warbrook, die immer für mich da ist.

An Dorothy und Bill Morrissey in Liebe und Dankbarkeit.

An den Hutchinson-Clan: Annette, Julie, John Luke, Kim, Christine und Taylor. Und im Gedenken an Big John, Professor Emeritus John Hutchinson, UCLA.

An Nick und Hazel Tate für ihre Liebe und Unterstützung.

An gute Freunde – Brenda und Jim Anderson in Bryron Bay, Clarissa Mason in Sydney.

An meine Agentin Selwa Anthony.

An meine Freunde in Byron Bay und der Ballina-Bibliothek für ihre Geduld, Antworten auf obskure Fragen zu finden.

Und vor allem an meinen Engel, dessen Liebe süßer ist als alle Rosen.

Di Morrissey
Die Perlenzüchterin
Die große Australien-Saga

Seit Lily Barton erfahren hat, dass ihr Urgroßvater kein anderer als der legendäre Perlenfischer Kapitän Tyndall war, fährt sie jedes Jahr für einige Zeit nach Broome im Nordwesten Australiens, um noch mehr über das abenteuerliche Leben ihrer Vorfahren herauszufinden. Als sie dabei auf den Kunsthändler und Archäologen Ted Palmer trifft, sieht sie eine Chance, für immer dort zu leben – sie tritt in die Fußstapfen ihres Urgroßvaters und steigt in die Perlenfischerei ein. Bei einer Schmuckauktion fällt Lily ein mysteriöses Amulett in die Hände. Stammt das wertvolle Stück etwa aus dem Wrack eines gesunkenen Schiffes? Und was hat das mit ihrer Perlenzucht zu tun?

Knaur Taschenbuch Verlag